전쟁과 평화 1

이 도서의 국립중앙도서관 출판예정도서목록(CIP)은
서지정보유통지원시스템 홈페이지(http://seoji.nl.go.kr)와
국가자료공동목록시스템(http://www.nl.go.kr/kolisnet)에서 이용하실 수 있습니다.
(CIP제어번호: CIP2016023248)

세계문학전집
145

Лев Толстой : Война и мир

전쟁과 평화 1

레프 톨스토이 장편소설

박형규 옮김

문학동네

일러두기

1. 톨스토이 탄생 150주년을 기념하여 1978~1981년 모스크바 예술문학출판사에서 발간한 톨스토이 저작집 전22권 중 4~7권을 번역 대본으로 삼았다. *Война и мир* (Л. Н. Толстой. Собрание сочинений. В 22-х т. т. 4~7. м., Худож. лит., 1979~1981)

2. 원주 표시가 없는 주석은 옮긴이의 것이다. 소설의 흐름과 밀접한 관련이 있는 주석은 각주로, 작품 이해에 도움을 주는 상세한 주석은 미주로 처리했다.

3. 각 권 서두의 '주요 등장인물'과 말미의 지도는 독자의 이해를 돕기 위해 옮긴이가 넣은 것이다.

4. 외래어의 표기는 국립국어원 외래어 표기법에 준했으나, 일부는 현지 발음이나 관용에 따랐다.

5. 원서의 프랑스어(또는 기타 언어) 부분은 이탤릭체로 처리했고, 강조 부분은 고딕체로 처리했다.

6. 성서의 인용은 공동번역 개정판에 따랐다.

차례 ▮

제1부   011
제2부   219
제3부   387

주   567
1805년 전역도   575

2권

제1부

제2부

제3부

제4부

제5부

주

1807년 전역도

4권

제1부

제2부

제3부

제4부

에필로그

제1부

제2부

주

1812년 전역도 2

『전쟁과 평화』에 대한 몇 마디
—레프 톨스토이

해설 | 서사시적 일대 장편소설
『전쟁과 평화』

레프 톨스토이 연보

3권

제1부

제2부

제3부

주

1812년 전역도 1

주요 등장인물

러시아의 인명은 이름, 부칭, 성으로 구성되며 다양한 별칭과 애칭이 있다. 괄호 안의 * 표시는 이름의 프랑스어 표기다.

볼콘스키가家

볼콘스키 공작(니콜라이 안드레예비치[안드레이치] 볼콘스키)

안드레이(안드레이 니콜라예비치[니콜라이치] 볼콘스키, 안드류샤, 앙드레*) 그의 아들.

마리야(마리야 니콜라예브나 볼콘스카야, 마샤, 마셴카, 마리*) 그의 딸.

리자(리자베타 카를로브나 볼콘스카야, 리즈 마이넨, 리즈*) '몸집이 작은 공작부인', 그의 며느리.

니콜라이(니콜라이 안드레예비치 볼콘스키, 니콜렌카, 니콜루시카, 코코) 그의 손자.

부리엔(아말리야 예브게니예브나 부리엔, 부리엔카, 아멜리*) 이 집안의 식객, 프랑스 처녀.

베주호프가

베주호프 백작(키릴 블라디미로비치 베주호프)

피예르(표트르 키릴로비치[키릴리치] 베주호프, 키릴, 페탸, 페트루샤, 피에르*) 그의 아들.

카테리나(카테리나 세묘노브나 마몬토바, 카티슈) 그의 조카딸.

로스토프가

로스토프 백작(일리야 안드레예비치 로스토프, 엘리*)

로스토바 백작부인(나탈리야 신시나 로스토바, 나탈리*) 그의 아내.

베라(베라 일리니치나[일리니시나] 로스토바, 베로치카, 베루시카) 그의 장녀.

니콜라이(니콜라이 일리치 로스토프, 니콜라샤, 니콜렌카, 니콜루시카, 코코, 콜랴, 니콜라*) 그의 장남.

나타샤(나탈리야 일리니치나 로스토바, 나탈리*) 그의 차녀.

페탸(표트르 일리치 로스토프, 페트루샤, 페티카) 그의 차남.

소냐(소피야 알렉산드로브나, 소뉴시카, 소피*) 그의 조카딸.

쿠라긴가

바실리 공작(바실리 세르게예비치[세르게이치] 쿠라긴, 바질*)

이폴리트(이폴리트 바실리예비치 쿠라긴) 그의 장남.

아나톨(아나톨 바실리예비치 쿠라긴) 그의 차남.

옐렌(옐레나 바실리예브나 쿠라기나, 룔랴, 헬레네, 엘렌*) 그의 딸.

마리야 드미트리예브나 아흐로시모바 사교계 부인.

바실리 드미트리예비치 데니소프(바샤, 바시카) 경기병 장교, 니콜라이의 친구.

보리스 드루베츠코이(보랴, 보렌카) 안나 미하일로브나의 아들.

빌라르스키 폴란드인, 젊은 프리메이슨.

빌리빈 외교관, 안드레이 공작의 친구.

안나 미하일로브나 드루베츠카야(아네트*) 몰락한 귀족가의 부인.

안나 파블로브나 셰레르(아네트*) 황태후의 여관 女官, 페테르부르크 사교계의 실력자.

알폰스 카를리치 베르그(아돌프) 근위대 장교.

이오시프(오시프) **알렉세예비치 바즈데예프** 프리메이슨의 핵심 인물.

쥴리 카라기나 마리야 공작영애의 친구.

투신 포병 장교.

표도르 이바노비치 돌로호프(페댜) 경기병 장교, 아나톨의 친구.

플라톤(카라타예프, 플라토샤) 농민 보병.

역사상의 주요 인물

나폴레옹(나폴레옹 보나파르트, 1769~1821) 프랑스 황제.

라스톱친(표도르 바실리예비치 라스톱친, 1763~1826) 모스크바 총독.

뮈라(조아생 뮈라, 1767~1815) 프랑스 장군이자 후에 나폴리왕국의 왕, 나폴레옹의 매제.

바그라티온(표트르 이바노비치 바그라티온, 1765~1812) 러시아 사령관.

스페란스키(미하일 미하일로비치 스페란스키, 1772~1839) 알렉산드르 1세 때 개혁을 주도한 정치가.

아락체예프(알렉세이 안드레예비치 아락체예프, 1769~1834) 알렉산드르 1세의 총신으로 군인이자 정치가.

알렉산드르 1세(알렉산드르 파블로비치 로마노프, 1777~1825) 러시아 황제.

쿠투조프(미하일 일라리오노비치 쿠투조프, 1745~1813) 러시아 총사령관.

제1부

1

"그것 보세요, 공작. 제노바도 루카도 보나파르트 일가의 영지, 영지나 다름없이 되어버렸잖아요.[1] 미리 말씀드려두지만, 그래도 전쟁 같은 건 없다고 하시거나 반그리스도의(정말 저는 그자가 반그리스도라고 믿고 있어요) 추악하고 무서운 소행을 변호라도 하실 생각이라면, 저는 당장 당신과 절교하겠어요. 당신은 더이상 제 친구도, 당신이 늘 입버릇처럼 말씀하시는 제 충실한 노예도 아녜요. 어쨌든 잘 오셨습니다, 잘 오셨어요. 제가 당신을 놀라게 해드린 것 같군요. 자, 앉아서 말씀을 들려주세요."

1805년 7월, 마리야 페오도로브나 황태후를 가까이 모시면서 이름을 떨치고 있던 여관女官 안나 파블로브나 셰레르는 자기 집 야회에 맨먼저 도착한 위세 있는 고관 바실리 공작을 맞아들이면서 말했다. 안나 파블로브나는 며칠째 기침을 하고 있었는데, 그녀의 말대로 하면 이른바 유행성감기에 걸린 것이었다(유행성감기는 당시 새로 생긴 말로 소수의 사람만 썼다). 오늘 아침 붉은 옷을 입은 하인이 돌리고 다녔던 초대장에는 모두 이렇게 적혀 있었다.

백작(혹은 공작), 만약 별 지장이 없고, 가엾은 병자 옆에서 하룻 저녁 보내는 것이 그리 언짢지 않으시다면, 오늘밤 일곱시에서 열시 사이에 와주신다면 대단히 기쁘겠습니다.
아네트 셰레르

"아니, 이건 정말 맹렬한 공격인데요!" 이처럼 맞아들이는데도 조금도 당황하는 기색 없이 들어온 공작이 대답했다. 수놓은 궁중복, 스타킹과 단화, 별 모양의 훈장들, 너부죽한 얼굴의 밝은 표정.
그는 우리 조상들이 말할 때뿐만 아니라 생각할 때도 썼다는 세련된 프랑스어로, 그리고 사교계와 궁중에서 나이든 고관대작 특유의 조용하고 상대방을 감싸주는 듯한 어조로 말했다. 그는 안나 파블로브나에게 다가가서 향수를 뿌린 번들거리는 대머리를 내밀며 그녀의 손에 입을 맞추고 느긋하게 소파에 앉았다.
"그보다 건강은 어떠십니까, 나의 친구? 저를 부디 마음놓게 해주십시오." 그는 목소리도 어조도 바꾸지 않고 말했으나, 예의바르고 동정하는 듯한 어조 뒤에는 무관심에 조소까지 어려 있었다.
"어떻게 좋을 수가 있겠어요? 이렇게 정신적으로 괴로운 때에…… 감정을 가진 사람이라면 지금 같은 세상에 평온할 수 있을까요?" 안나 파블로브나는 말했다. "당신은 오늘밤 내내 저와 같이 있어주실 거죠?"

"영국 공사의 축하연은 어떡하고요? 오늘은 수요일입니다. 저는 그곳에도 가보지 않으면 안 됩니다." 공작은 말했다. "딸아이가 나중에 이리로 와서 저와 같이 가기로 했습니다."

"오늘 축하연은 취소된 것으로 알고 있었어요. 사실 저는 그런 축하연이니 불꽃놀이니 하는 것이 모두 못 견디게 싫어졌어요."

"당신이 그런 기분이란 것을 알았다면 그 축하연은 그만둘 걸 그랬는데요" 하고 공작은 태엽이 감긴 시계처럼 대답했는데, 그것은 상대방이 믿길 바라지 않는 말을 할 때 나오는 입버릇이었다.

"저를 괴롭히지 말아주세요. 그건 그렇고, 노보실초프의 긴급 공문서 건*은 어떻게 결정됐죠? 당신은 다 알고 계실 테죠?"

"뭐라고 말씀드려야 할까요." 공작은 냉담하고 권태로운 어조로 말했다. "어떻게 결정됐느냐고요? 보나파르트가 배수진을 쳤으니까 러시아도 그럴 각오를 한다, 뭐 그렇게 결정된 것 같더군요."

바실리 공작은 배우가 오래된 연극의 대사를 외는 것처럼 언제나 활기 없이 말했다. 반면에 안나 파블로브나 셰레르는 벌써 마흔이나 됐지만, 활기차고 열정이 넘쳤다.

정열가라는 것이 그녀의 사회적 위치처럼 되어버렸고, 그래서 그녀

---

* 1805년 봄, 영국과 러시아, 오스트리아, 프로이센, 스웨덴, 양시칠리아왕국의 동맹 교섭이 재개되자 불안을 느낀 나폴레옹은 영국에 강화를 제안하는 서신을 보내 외교적 책략을 강구했다. 영국과 프랑스 사이에서 중재 역할을 하던 러시아는 노보실초프를 베를린에 파견하나, 그는 나폴레옹이 제노바와 루카를 점령한 사실을 알고 급히 황제에게 알렸다. 알렉산드르 1세는 입으로만 강화를 말하면서 침탈을 멈추지 않는 프랑스와의 교섭을 거부했다.

는 이따금 그다지 마음이 내키지 않아도 자기를 알고 있는 사람들의 기대에 어긋나지 않기 위해 억지로 정열가가 되었다. 안나 파블로브나의 입가에 감도는 겸손한 미소는 한창때를 지난 그 얼굴에 어울리지 않았지만, 버릇없는 아이에게 흔히 있는 사랑스러운 자기 결점에 대한 자각의 표시같이 보였고, 그녀는 그 결점을 고치려 하지 않았고, 고칠 수도 없었으며, 그럴 필요조차 찾지 못했다.

정치에 관한 대화 도중 안나 파블로브나는 발끈 열을 올렸다.

"아아, 오스트리아 얘기 따윈 그만하세요! 제가 잘 모르는 건지도 모르지만, 오스트리아는 결코 전쟁을 원한 적이 없고, 지금도 원하지 않아요. 그 나라는 우리를 배신하고 있는 거예요.[2] 오직 러시아만이 유럽의 구세주가 되어야 해요. 우리 폐하께서는 당신의 고귀한 사명을 알고 계시고, 그 사명에 충실하실 겁니다. 제가 믿는 건 이것뿐이에요. 우리의 선량하고 예성하신 황제 폐하께서는 이 세상에서 가장 위대한 역할을 눈앞에 두고 계시고, 그렇게 덕망 있고 훌륭한 분이시니 하느님이 폐하를 저버리실 리 없으며, 폐하께서는 이제는 살인자에 악한으로 돌변해 더욱 끔찍해진 혁명의 히드라*를 퇴치하는 사명을 반드시 수행하실 거예요.[3] 우리 러시아인만의 힘으로 의인들이 흘린 피를 반드시 씻어주어야 합니다.[4] 어디 한번 말씀해보세요, 우리는 도대체 누구에게 희망을 걸어야 합니까?…… 장사치 근성의 영국은 우리 알렉산드르 황제의 숭고한 정신을 이해한 적이 없고, 이해할 수도 없습니다. 영국은 몰타 섬에서 철병하기를 거부했어요.[5] 그러고는 우리 러시아

---

* 그리스신화에 나오는 아홉 개의 대가리를 가진 뱀으로 헤라클레스에게 퇴치되었다.

가 하는 일에 무슨 의도가 있는지 알아내려 파고들기나 하고 있어요. 그들은 노보실초프에게 뭐라고 말했을까요? 아무 말도 하지 않았어요. 자신을 위해서는 아무것도 바라지 않고 오직 세계의 행복만을 희구하시는 우리 황제 폐하의 희생적인 정신을 이해하지도 않고, 이해할 수도 없는 거예요. 게다가 영국이 무엇을 약속했죠? 아무것도 약속하지 않았어요. 설사 약속했다 할지라도 그들은 실행하지 않을 거예요! 프로이센은 공공연히 보나파르트는 무찌를 수 없으며, 유럽 전체가 덤벼들어도 안 될 거라고 선언했고…… 저는 하르덴베르크나 하우크비츠*의 말은 한마디도 믿지 않아요. *그 떠들썩한 프로이센의 중립이니 하는 것은 그저 함정에 지나지 않으니까요.*[6] 제가 믿는 것은 하느님과 우리 소중한 황제 폐하의 고귀한 운명뿐입니다. 폐하께서는 반드시 유럽을 구하실 겁니다!……" 그녀는 열을 올리고 있는 자신을 비웃듯이 미소 짓더니 갑자기 입을 다물었다.

"제 생각에는," 공작은 웃으면서 말했다. "만약 당신께서 우리의 친애하는 빈첸게로데** 대신에 파견되셨더라면 맹공격으로 프로이센 왕의 동의를 얻어내셨을 겁니다. 당신은 대단한 능변가시니까요. 차나 한잔 주시겠습니까?"

"네, 곧. *그건 그렇고*," 그녀는 다시 마음을 가라앉히고 말했다. "오늘 굉장히 재미있는 두 분이 여기 오시는데요, *한 분은 모르트마르 자*

---

* K. A. 하르덴베르크(1750~1822)는 1805년 당시 프로이센의 외무대신이고, C. G. 하우크비츠(1752~1832)는 1805년까지 프로이센의 외무대신이었다. 당시 프로이센은 나폴레옹의 세력 확장을 지켜보면서도 대프랑스동맹 가입을 주저하고 있었다.
** F. F. 빈첸게로데(1770~1818). 러시아 장군. 대프랑스동맹을 협의하기 위해 오스트리아와 프로이센에 파견되었다.

작⁷⁾으로 그의 집안은 로앙가를 통해서 몽모랑시가와 한집안이 되는, 프랑스 최고의 명문 중 하나예요. 망명객 중에서도 진정으로 뛰어난 분 이지요. 또 한 분은 모리오 신부⁸⁾인데, 그분의 심오한 지성은 알고 계 시겠죠? 그분에게는 황제 배알이 허락되었어요. 알고 계세요?"

"아! 그거 정말 기쁜 일이군요." 공작은 말했다. "말씀해주십시오." 그는 문득 무언가 생각난 듯 유달리 시큰둥한 어조로 덧붙였으나, 실 은 지금 물어보려는 것이 오늘 방문의 주된 목적이었다. "그게 사실입 니까, 황태후께서 푼케 남작을 빈의 일등 서기관으로 임명하실 생각이 라는 것이? *별 능력도 없는 사내인가보던데요, 그 남작은.*" 바실리 공 작은 어떤 사람들이 마리야 페오도로브나 황태후에게 추천해서 푼케 남작을 앉히려고 하는 자리에 자기 아들이 앉기를 바라고 있었다.

안나 파블로브나는 지그시 눈을 감았는데, 그것은 자기는 물론이고 그 누구도 황태후가 하고자 하는 일에 감히 이러쿵저러쿵할 수 없다는 뜻이었다.

"*푼케 남작은 황태후 폐하의 자매 되시는 분이 직접 추천하셨습니 다.*" 그녀는 서글프고 덤덤한 어조로 이렇게만 말했다. 황태후라는 말 을 입에 담자 그녀의 얼굴에는 갑자기 우수가 어린 깊고 진지한 충성 과 존경의 표정이 떠올랐고, 그것은 그녀가 이야기를 하는 중에 자기 의 고귀한 비호자에 관해 말할 때 으레 나타나는 모습이었다. 그녀는 황태후 폐하가 푼케 남작에게 커다란 존경을 보이셨다고 덧붙였고, 그 러자 또다시 그 눈동자는 우수의 구름으로 덮였다.

공작은 무관심한 듯 잠자코 있었다. 안나 파블로브나는 황태후에게 추천된 사람에 대해 그처럼 불손한 반응을 보인 바실리 공작이 경솔한 것 같기도 하고 또 동시에 위로해주고 싶은 마음도 들어서 궁정의 여자다운 특유의 경묘하고 기민한 기교를 부리면서 말했다.

"참, 당신 가족에 대한 얘기인데요." 그녀는 말했다. "알고 계시겠지만, 댁의 따님은 사교계에 나온 이래 사교계 전체의 감탄의 대상이 되고 있어요. 모두들 따님을 가리켜 해님처럼 아름답다고 말하지요."

공작은 존경과 감사의 표시로 고개를 숙였다.

"저는 종종 그렇게 생각해요." 안나 파블로브나는 잠깐 입을 다물었다가 공작에게 다가앉더니 부드러운 미소를 지으며 말을 이었는데, 정치나 사교계 이야기는 그만두고 이제부터 격의 없는 대화를 시작해보겠다는 뜻을 내비치려는 것 같았다. "저는 종종 그렇게 생각해요, 인생의 행복은 불공평하게 분배되는 것 같다고요. 운명은 왜 그처럼 훌륭한 자녀분을 둘씩이나 당신에게 주었을까요(작은아드님 아나톨만은 예외예요, 저는 그분을 좋아하지 않으니까요—그녀는 눈썹을 치켜세우며 반론을 허락하지 않는 어조로 덧붙였다), 그렇게 훌륭한 자녀분들을. 그런데도 당신은 정말 그분들의 진가를 누구보다 낮게 생각하시니, 그분들의 어버이로서 자격이 없으세요."

그녀는 특유의 황홀한 미소를 지었다.

"그럼 어떡하란 말씀입니까? 라바터*라도 된다면 제게 부성애 돌기 같은 건 없다고 말했을 테지만." 공작은 말했다.

"농담은 그만두세요. 저는 당신과 진지하게 이야기하고 싶어요. 사

---

* J. K. 라바터(1741~1801). 스위스 신학자이자 시인, 관상학자. 저서 『관상학』에서 인간의 본성, 성벽, 능력 등은 머리 구조, 특히 두개골 돌기에 나타난다고 주장했다. 그의 이론은 당시 유럽에서 큰 인기를 끌었다.

실 저는 당신의 작은아드님에게 불만이에요. 우리끼리 있으니까 말씀입니다만(그녀는 서글픈 표정을 띠었다), 그 아드님에 관한 이야기가 이미 황태후 폐하의 귀에까지 들어갔고, 모두들 당신을 딱하게 여기고 있어요……"

공작은 대답하지 않았으나, 안나 파블로브나는 의미심장한 눈길로 말없이 그의 얼굴을 쳐다보며 대답을 기다렸다. 바실리 공작은 얼굴을 찌푸렸다.

"저보고 어떡하라는 말씀입니까?" 마침내 그는 말문을 열었다. "제가 자식들의 교육을 위해 아비로서 할 수 있는 일을 다 했다는 것은 당신도 잘 아실 거고, 그런데도 둘 다 바보가 되고 말았습니다. 그래도 이폴리트는 얌전한 바보입니다만, 아나톨이란 놈은 막돼먹은 바보입니다. 차이란 게 고작 이겁니다." 그는 여느 때보다 더 부자연스럽고 활기차게 미소지으며 말했지만, 주름진 입가에 예기치 않은 거칠고 불쾌한 뭔가가 유달리 날카롭게 나타났다.

"정말 어째서 당신 같은 분에게 아들이 태어났을까요? 만약 당신이 아버지가 아니었다면 제가 당신을 책망하는 일은 없었을 텐데 말이에요." 안나 파블로브나는 깊은 생각에 잠긴 듯 눈을 들면서 말했다.

"저는 당신의 충실한 노예이고, 당신에게만은 고백할 수 있습니다. 제 아들들은 제 존재의 *무거운 짐*입니다. 제 *십자가*입니다. 저는 이렇게 저 자신을 다독이고 있습니다. *대체 어떡하라는 말씀입니까?*……" 그는 자신의 잔인한 운명에 대한 체념을 몸짓으로 나타내면서 입을 다물었다.

안나 파블로브나는 생각에 잠겼다.

20

"당신은 그 방탕한 아나톨을 장가들여야겠다고 생각해보신 적이 한 번도 없었을 거예요. 사람들은 흔히," 그녀는 말했다. "노처녀에게는 중매하는 벽癖이 있다고 말하죠. 저는 아직 제가 그런 약점을 가졌다고 느낀 적이 없지만, 마침 아버지와 함께 몹시 불행한 나날을 보내고 있는 아가씨가 있어요, 바로 제 친척인 볼콘스키 공작의 영애지요." 바실리 공작은 대답하지 않았지만 사교계 사람다운 민첩한 이해와 기억력으로 이 정보를 고려해보겠다는 뜻을 고개를 끄덕여 알렸다.

"아니, 당신도 알고 계실지 모르지만, 아나톨 녀석에게는 해마다 4만 루블이나 들어서 말입니다." 그는 슬픈 생각에서 벗어나올 힘이 없는 것처럼 말했다. 그리고 잠시 입을 다물었다.

"만약 이대로 간다면, 오 년 후에는 어떻게 될까요? 아비로서 이득이란 게 고작 이렇습니다. 그래, 그분은 부자입니까? 그 공작영애는?"

"아버지는 굉장한 부자이고, 또 구두쇠예요. 시골에서 사시지요. 당신도 알고 계실걸요, 그 유명한 볼콘스키 공작—이미 선제先帝 때 물러난, '프로이센 왕'이라는 별명으로 불렸던 분 말이에요. 굉장히 현명한 분이지만 괴팍하고 까다로우시죠. 가엾게도 그 처녀는 돌처럼 불행해요. 그녀의 오빠는 얼마 전 리즈 마이넨과 결혼한, 쿠투조프 장군의 부관이에요. 이분도 오늘밤 여기 오실 거예요."

"들어봐요, 친애하는 아네트," 공작은 갑자기 상대방의 손을 잡고 아래로 잡아당기면서 말했다. "이 혼담이 꼭 성사되도록 도와주십시오. 그러면 저는 영원히 당신의 베르니시 라브(충실한 노예)가 되겠습니다(제 소유지 관리인이 보고서를 쓸 때는 언제나 라브가 아니고 라프로 쓰지만요). 그 아가씨라면 가문도 훌륭하고 재산도 많으니까요. 제가 원하는 모든 조건을 갖추었습니다."

그러고는 친근하고 격의 없는 그 특유의 우아한 몸짓으로 여관의 손을 잡아 입을 맞추고, 또 맞추고, 그 손을 흔들면서 안락의자에 몸을 쭉 펴고 앉아 다른 곳을 바라보았다.

"좀 *기다려보세요*" 하고 나서 안나 파블로브나는 궁리를 하더니 덧붙였다. "*제가 오늘밤에라도 당장 리즈*(볼콘스키가 *젊은 마님*)*에게 얘기해보겠어요. 어쩌면 얘기가 잘될지도 몰라요. 당신 집안을 위해 노처녀의 일을 한번 연구해보죠.*"

2

안나 파블로브나의 객실은 차츰 붐비기 시작했다. 나이와 성격은 제각각이지만 모두 같은 사회에 살고 있는 페테르부르크 상류사회 사람들이 마차를 타고 모여들었다. 바실리 공작의 딸 미인 옐렌도 아버지와 영국 공사의 축하연에 같이 가려고 들렀다. 그녀는 시프르*를 단 야회복을 입고 있었다. 페테르부르크에서 가장 매력적인 여성으로 알려진 몸집이 작은 젊은 볼콘스카야 공작부인도 왔는데, 지난겨울에 결혼한 그녀는 지금 임신중이라 대단한 사교 모임에는 나가지 않았으나 어지간한 야회에는 여전히 얼굴을 내밀고 있었다. 바실리 공작의 큰아들 이폴리트 공작이 모르트마르 자작과 같이 와서 사람들에게 그를 소개

---

* 제정러시아 시대 황제나 황후의 성과 이름의 이니셜을 새긴 배지.

했고, 모리오 신부와 그 밖에도 많은 사람이 왔다.

안나 파블로브나는 새로 온 손님들에게 "당신은 아직 만나신 적이 없었던가요?"라거나 "아직 제 백모님을 모르시던가요?" 하고 말하며, 손님들이 도착하기 시작하자 옆방에서 나비 모양 리본을 높이 달고 슬그머니 나타난 몸집이 작은 노부인에게 자못 정색한 표정으로 손님들을 데려갔고, 그들의 이름을 하나하나 말한 뒤 그들에게서 백모님에게로 천천히 시선을 돌리고 자리를 떠났다.

손님들은 누구도 이 늙은 백모를 알지 못하고 또 관심도 없었지만 인사로 예의를 갖췄다. 안나 파블로브나는 슬픔과 엄숙함이 어린 표정으로 말없이 관심을 드러내면서 이 모습을 지켜보았다. 백모님은 그들한 사람 한 사람에게 똑같은 말로 상대방의 건강과 자신의 건강, 또 다행히도 요즘 좋아진 황태후의 건강에 대해 이야기했다. 그녀 옆으로 끌려온 손님들은 예의상 서두르는 기색을 보이지는 않았지만, 괴로운 의무를 이행한 뒤 홀가분한 기분으로 이 노부인의 곁을 떠나 야회가 끝날 때까지 다시는 가까이 가지 않았다.

젊은 볼콘스카야 공작부인은 금수를 놓은 벨벳 손가방에 뜨갯감을 넣어가지고 왔다. 엷은 솜털로 약간 가뭇하게 보이는 귀여운 윗입술은 이가 드러날 만큼 짧았으나 오히려 입술이 빠끔히 벌어져 귀여웠고, 어쩌다 가끔 아랫입술에 닿아 입을 다물면 더 귀엽고 사랑스러워 보였다. 더없이 매력적인 여자에게 흔한 일이지만, 윗입술이 짧고 입이 반쯤 벌어진 그녀의 결점은 오히려 특유의 아름다움으로 여겨졌다. 무거운 몸을 가뿐하게 가누고 있는 건강하고 활기 넘치는 이 아름다운 미래의 어머니를 바라보고 있으면 누구나 즐거웠다. 나이든 사람들과 지루한 듯 표정이 어둡던 젊은이들도 잠시 그녀와 이야기하는 동안 어느새 자기 자신까지 그녀를 닮아가는 듯한 느낌을 받았다. 그녀와 이야기를 주고받고, 그 한마디 한마디에 줄곧 나타나는 그녀의 밝은 미소와 빛나는 하얀 치아를 본 사람들은 그 순간 자신도 유난히 사랑스러운 존재가 된 듯했다. 그들 하나하나가 그렇게 생각했다.

몸집이 작은 공작부인은 일감이 든 손가방을 들고 가볍게 몸을 흔들면서 종종걸음으로 탁자를 한 바퀴 돌아 즐거운 듯 옷 주름을 바로잡으며 은제 사모바르* 옆의 소파에 앉았는데, 마치 자기가 하는 모든 행동이 자기에게는 물론 주위 모든 사람에게도 즐거움이 된다고 여기는 듯했다.

"저는 일감을 가지고 왔어요." 그녀는 손가방을 열면서 그 자리에 있는 모두를 향해 말했다.

"이것 봐요, 아네트, 짓궂은 농담은 하지 말아주세요." 그녀가 이번에는 여주인에게 말을 걸었다. "대단찮은 야회라고 적어 보내셔서, 보세요, 제가 어떻게 입었는지."

그녀는 두 팔을 벌려 가슴 조금 아래를 널따란 리본으로 잡아맨, 온통 레이스로 장식된 우아한 회색 드레스를 보였다.

"걱정하실 것 없어요, 리즈, 당신은 언제나 누구보다 아름다우시니까요." 안나 파블로브나는 대답했다.

"아시겠지만, 제 남편이 절 버리려고 해요." 그녀는 어느 장군에게로 얼굴을 돌리고 같은 어조로 말했다. "죽으러 가려는 거예요. 말씀

---

* 러시아의 가정에서 물을 끓이는 데 쓰는 주전자.

해주세요, 대체 뭐 때문에 그런 끔찍한 전쟁을 해야 하는 건지를."그
녀는 바실리 공작에게 말했으나, 대답도 기다리지 않고 바실리 공작의
딸 미인 엘렌 쪽으로 몸을 돌렸다.

"참 매력적인 분이군요, 저 몸집이 작은 공작부인은!" 바실리 공작
은 낮은 목소리로 안나 파블로브나에게 말했다.

몸집이 작은 공작부인의 뒤를 이어 묵직해 보이는 뚱뚱한 젊은 남
자가 들어왔는데, 그는 머리를 짧게 깎고, 안경을 쓰고, 최근 유행하
는 밝은색 바지에 높은 주름 칼라와 갈색 연미복 차림을 하고 있었다.
이 뚱뚱한 젊은 남자는 예카테리나 여제 시대의 고관이자 지금 모스크
바에서 사경을 헤매고 있는 베주호프 백작의 서자였다. 그는 지금까지
어디서 근무한 적도 없고 줄곧 외국에서 공부하다가 갓 귀국했기 때문
에 사교계에 나온 것은 이번이 처음이었다. 안나 파블로브나는 자신
의 살롱에서 가장 낮은 계급의 사람에게 하는 인사로 그를 맞았다. 이
렇게 자기 나름의 분류에 따라 가장 낮은 인사를 했지만, 들어온 피예
르의 모습을 보자 안나 파블로브나의 얼굴에는 너무 크고 장소에 맞지
않는 무언가를 보았을 때 짓는 불안과 두려움이 뒤섞인 표정이 떠올랐
다. 사실 피예르는 이 객실에 있는 다른 남자들보다 몸집이 큰 편이었
으나, 그녀의 두려움은 객실에 있는 다른 모든 사람과 그를 뚜렷이 구
분짓는, 영리하면서도 겁먹은 것 같고, 관찰하는 듯한 자연스러운 눈
초리 때문인 것 같았다.

"므시외 피에르*, 친절하게도 이 가엾은 병자를 찾아와주었군요."

---

* 피예르를 프랑스어로 부른 것.

안나 파블로브나는 놀란 얼굴을 하고 그를 백모한테 데려가서 그녀와 눈짓을 하면서 말했다. 피예르는 무슨 말인가 웅얼거리고, 무언가를 찾는 듯이 두리번거렸다. 그는 몸집이 작은 공작부인에게 가까운 사이인 양 고개 숙여 인사하면서 기쁜 얼굴로 밝게 미소짓고는 백모에게 다가갔다. 안나 파블로브나의 두려움은 공연한 것이 아니었다. 백모가 황태후의 건강에 대한 이야기를 마치기도 전에 그가 거기서 물러나버렸던 것이다. 안나 파블로브나는 깜짝 놀라 그를 불러세웠다.

"당신은 모리오 신부님을 아시나요? 참 재미있는 분이에요……" 그녀는 말했다.

"네, 저도 그분의 영구평화론에 대해 들은 적이 있습니다.[9] 대단히 재미있긴 하지만 과연 그런 것이 가능할지는……"

"아, 당신은 그렇게 생각하세요?……" 안나 파블로브나는 다시 야회의 주인으로 일을 보러 가기 위해 대충 이렇게 말했지만, 피예르는 아까와는 반대되는 무례를 또 저질렀다. 방금 전에는 상대방의 이야기를 끝까지 듣지도 않고 가버리더니, 이번에는 상대방이 다른 데로 가야 할 때 이야기를 끌며 붙들었던 것이다. 그는 고개를 갸웃하고 큰 두 발을 쩍 벌리면서 자기가 왜 신부의 생각을 망상이라고 생각하는지 설명하기 시작했다.

"그 얘기는 나중에 하지요." 안나 파블로브나는 웃으면서 말했다.

처세의 요령이 없는 젊은이에게서 벗어나자 그녀는 다시 여주인의 일로 돌아가 귀를 기울이고 주위를 둘러보면서 대화가 끊어질 것 같은 곳이 있으면 지원하러 갈 마음의 준비를 했다. 마치 방적 공장의 주인이 직공들을 제자리에 앉히고 공장 안을 돌아다니는 것과 비슷했는데,

기계가 멈추거나 방추가 삐걱거리면서 귀에 선 큰 소리를 내면 얼른 가서 기계를 멈추거나 정상적으로 돌아가게 손을 쓰는 것처럼, 안나도 객실 안을 돌아다니면서 침묵을 지키는 곳이나 지나치게 이야기가 많은 그룹에 다가가 한마디 던진다든가 자리를 바꾸어 앉힌다든가 해서 다시 정상적으로, 예의에 맞도록 대화의 기계를 운전하는 것이었다. 그러나 이처럼 마음을 쓰는 동안에도 그녀의 얼굴에는 피예르에 대한 두려움이 엿보였다. 그녀는 피예르가 모르트마르 자작 주위에서 사람들이 주고받는 이야기를 들으러 다가가기도 하고, 신부가 이야기하고 있는 다른 무리 쪽으로 가기도 하는 모습을 걱정스러운 눈으로 좇고 있었다. 외국에서 교육받은 피예르에게는 안나 파블로브나의 야회가 러시아에서 처음 접하는 야회였다. 이곳에 페테르부르크의 모든 지식계급이 모여 있다는 것을 알았기 때문에 그는 장난감 가게에 온 어린애처럼 두리번거렸다. 그리고 자기가 듣게 될지도 모를 지적인 대화를 놓칠세라 내내 안달하고 있었다. 이곳에 모인 사람들의 자신만만하고 우아한 표정을 바라보면서 그는 특별히 현명한 의견을 기대했던 것이다. 마침내 그는 모리오 신부 옆으로 다가갔다. 신부의 이야기가 흥미로운 듯했기에 그는 거기서 발을 멈추고 젊은 사람들이 흔히 그렇듯 자기 생각을 표명할 기회를 기다렸다.

3

안나 파블로브나의 야회가 시작되었다. 방추는 사방에서 끊임없이 규칙적인 소리를 냈다. 이 빛나는 자리에 어울리지 않는 백모님과 그 옆에 유일하게 앉아 있는, 울어서 부은 것 같고 얼굴이 야윈 중년 부인을 제외하면 사람들은 세 그룹으로 나뉘어 있었다. 비교적 남자가 많은 그룹은 신부가 중심이 되어 있었고, 젊은 사람들 그룹에는 바실리 공작의 딸 미인 엘렌과 귀엽고 혈색 좋고 나이에 비해서는 조금 통통한 젊은 볼콘스카야 공작부인이 있었다. 또 한 그룹에는 모르트마르 자작과 안나 파블로브나가 있었다.

자작은 잘생기고 온화하고 매너 있는 젊은이로, 자신을 명사라고 확신하는 것 같았으나 예의바르고 겸손하게, 자기를 둘러싼 이 사람들에게 이용당해줄 마음이 있는 것 같았다. 안나 파블로브나도 분명 그를 손님들 대접에 이용하려고 생각하는 것 같았다. 솜씨가 뛰어난 조리장이 지저분한 주방에서 보면 먹고 싶은 생각이 들지 않을 쇠고기 한 토막을 초자연적인 진미로 만들어 상에 내놓듯이 안나 파블로브나도 이 야회에서 처음에는 자작을, 그다음에는 신부를 초자연적인 세련된 것으로 만들어 손님들에게 대접했다. 모르트마르 자작의 그룹에서는 앙기앵 공公 살해 사건이 화제에 올랐다. 자작은 앙기앵 공이 의협심 때문에 목숨을 잃은 것이고, 보나파르트의 분노에는 특별한 이유가 있었다고 말했다.

"아, 그래요. 자작, 그 이야기를 들려주세요." 안나 파블로브나는 그의 말이 어딘가 루이 15세 시대를 상기시키는 것 같아서 즐거워하며 말했다. "자작, 그 이야기를 들려주세요."

자작은 승낙의 표시로 고개를 끄덕이고 공손하게 미소지었다. 안나 파블로브나는 자작 주위에 그룹을 만들어 그의 이야기를 들어보라고 모두에게 권했다.

"자작은 앙기앵 공을 개인적으로 아셨거든요." 안나 파블로브나가 한 사람에게 속삭였다. "자작은 이야기 솜씨가 정말 훌륭하세요." 또 한 사람에게 말했다. "어때요, 훌륭한 사회의 일원이라는 것을 알 수 있지 않나요?" 또다른 사람에게 말했다. 이렇게 해서 자작은 뜨거운 접시에 채소를 곁들여 올린 로스트비프처럼 더없이 우아하고 그 자신에게도 유리한 빛에 둘러싸여 손님들에게 제공되었다.

자작은 이미 이야기를 시작하고 싶어하면서 엷은 미소를 지었다.

"이리 오세요, *사랑하는 엘렌**." 조금 떨어진 곳에서 다른 그룹의 중심이 되어 앉아 있던 아름다운 공작영애에게 안나 파블로브나가 말했다.

공작영애 엘렌은 미소짓고 있었다. 그녀는 이 객실에 들어왔을 때와 마찬가지로, 뛰어나게 아름다운 여자 특유의 시종 변하지 않는 미소를 머금고 몸을 일으켰다. 그리고 담쟁이와 이끼 무늬로 꾸며진 하얀 야회복을 사각거리고, 새하얀 어깨와 윤기 있는 머리카락과 다이아몬드들에 이목을 끌면서, 좌우로 길을 비켜주는 남자들 사이를 똑바로 걸으며 딱히 누구를 보지는 않고 모두에게 미소지으면서 자신의 상체, 풍만한 어깨와 최근 유행에 따라 한껏 드러낸 가슴과 등의 아름다움을 즐길 권리를 기꺼이 누구에게나 주려는 듯이, 야회의 광휘를 한몸에 지닌 듯이 그녀는 안나 파블로브나에게 다가갔다. 엘렌은 교태의 흔적이 보이지 않을 뿐만 아니라 더없이 아름다웠지만, 오히려 자신은 의

---

* 엘렌을 프랑스어로 부른 것.

심의 여지가 없는 너무도 강렬하고 압도적인 미모를 부끄러워하는 것 같았다. 마치 자기의 미모를 감추고 싶지만 그렇게 할 수 없는 것처럼 보였다.

"정말 아름다운 여인이군!" 그녀를 보면 누구나 이렇게 말했다. 자작은 그녀가 자기 앞에 자리를 잡고 시종 변하지 않는 그 미소로 그를 바라보자, 무언가 예사롭지 않은 것으로 얻어맞기라도 한 듯 어깨를 움츠리고 눈길을 떨어뜨렸다.

"부인, 저는 이런 청중 앞에서는 제 역량이 걱정됩니다." 그는 미소를 띠고 고개를 갸웃하며 말했다.

공작영애는 맨살이 드러난 통통한 팔 한쪽을 탁자에 얹은 채 이 말에 대답할 필요는 없다고 생각했다. 그녀는 미소지으며 기다렸다. 그리고 자작이 이야기하는 동안 꼿꼿이 앉아 이따금 탁자에 가볍게 얹은 통통하고 아름다운 자기 팔을 바라보기도 하고, 그보다 더 아름다운 가슴을 내려다보며 다이아몬드 목걸이를 매만지기도 하고, 몇 차례 옷주름을 바로잡기도 했다. 그리고 이야기가 좌중에 감명을 주었을 때는 안나 파블로브나를 돌아다보며 이 여관의 얼굴에 떠오른 표정을 똑같이 따라 짓고서야 다시 빛나는 미소 속에서 마음을 가라앉혔다. 옐렌에 뒤이어 몸집이 작은 공작부인도 다탁에서 옮겨왔다.

"잠시만요. 일감을 가져올게요." 그녀는 말했다. "무슨 생각을 그렇게 하세요?" 그녀는 이폴리트 공작에게 말했다. "제 손가방 좀 가져다주시겠어요?"

공작부인은 미소지으며 여러 사람과 이야기를 나누다가 갑자기 자리를 옮겨 앉고, 즐거운 듯이 옷매무새를 고쳤다.

"자, 이제 됐어요." 그녀는 이렇게 말하고, 이야기를 시작해달라고 부탁하면서 일감을 들었다.

이폴리트 공작은 손가방을 가져다주고 그녀에 뒤이어 자리를 바꾸고는 안락의자를 그녀 바로 옆에 끌어붙여 앉았다.

매력적인 이폴리트는 아름다운 누이와 놀랄 만큼 닮았지만, 닮았으면서도 추한 용모로 사람들을 더욱 놀라게 했다. 생김새는 똑같은데 누이의 얼굴이 언제나 명랑하고, 자신감 있고, 젊고, 변함없는 미소와 보기 드문 고전적인 육체의 아름다움으로 빛나는 데 비해 오빠의 얼굴은 우둔의 안개에 덮여 흐리멍덩하고, 언제나 자만과 불만을 드러냈고, 몸도 왜소하고 약했다. 눈, 코, 입은 모두 한곳으로 몰려 둔하고 지루하고 찡그린 듯하고, 손발은 언제나 부자연스러운 위치에 놓여 있었다.

"그건 유령 이야기가 아닙니까?" 이폴리트 공작은 공작부인 옆에 자리를 잡자, 마치 이것이 없으면 이야기를 시작할 수 없다는 듯이 부랴부랴 손잡이가 달린 안경을 눈에 대며 말했다.

"천만에요, 공작." 자작은 깜짝 놀란 듯 어깨를 으쓱하며 말했다.

"전 유령 이야기는 딱 질색입니다." 이폴리트 공작은 말을 하고 나서야 비로소 자기도 그 의미를 이해한 듯한 어조로 말했다.

그의 우쭐대는 듯한 어조 때문에 그가 내뱉은 말이 정말 재치 있는 것이었는지, 아니면 아주 어리석은 것이었는지 아무도 알 수 없었다. 그는 암녹색 연미복을 입고, 그의 말대로 하면 놀란 님프의 허벅지 빛깔 바지에 스타킹, 단화를 신고 있었다.

자작은 당시 세간에 떠돌던 일화를 무척 재미있게 이야기했다. 앙기

앵 공은 *마드무아젤 조르주**를 만나기 위해 몰래 파리에 갔다가 역시
이 유명한 여배우의 사랑을 받고 있던 보나파르트와 마주쳤는데, 마
침 이때 나폴레옹이 지병인 졸도로 쓰러지자 공은 예기치 않게 생살권
生殺權을 쥐게 되었지만 그것을 이용하지 않았다. 그런데도 보나파르트
는 공의 이 관대함에 훗날 죽음으로 응답했다는 것이었다.

무척 매력적이고 흥미진진한 이야기였고, 두 연적이 불시에 서로를
알아보는 대목이 특히 그랬으며, 여자들은 흥분에 사로잡힌 것 같았다.

"*정말 재미있군요.*" 안나 파블로브나는 몸집이 작은 공작부인을 돌
아보며 묻는 듯이 말했다.

"*정말 재미있군요.*" 몸집이 작은 공작부인은 마치 이야기의 흥미진
진함과 재미가 일을 방해하기라도 한 것처럼 뜨갯감에 바늘을 꽂으면
서 중얼거렸다.

자작은 이 무언의 찬사를 느끼고 감사의 미소를 지으면서 말을 이었
다. 그러나 이때, 아까부터 마음에 걸리던 젊은 남자를 줄곧 주시하고
있던 안나 파블로브나는 그와 신부의 대화가 큰 소리로 격렬해지는 것
을 알아채고 위험한 그곳으로 부랴부랴 구원을 나섰다. 아닌 게 아니
라 피예르는 정치적 균형에 대해 신부와 대화를 나누는 데 성공했고,
신부도 이 젊은 남자의 소박한 열정에 분명 흥미를 느낀 듯 자기가 자
신하는 사상을 전개하기 시작했다. 두 사람이 자못 활기차고 자연스럽
게 이야기를 주고받는 것이 안나 파블로브나는 못마땅했다.

"방법은 유럽의 균형과 국제법입니다." 신부는 말했다. "그러므로

---

* M. J. 바이메르(1787~1867). 프랑스 여배우로 1808년 페테르부르크에서 공연해 큰
성공을 거뒀다.

러시아같이 야만으로 이름난 강국이 사욕을 떠나 온 유럽의 균형을 목적으로 하는 동맹의 맹주가 되면, 세계를 구하게 되는 것입니다!"

"그러나 그 균형이라는 것을 어떻게 발견한다는 겁니까?" 피예르는 말을 시작했으나 이때 안나 파블로브나가 다가와 그를 엄중하게 쏘아보고는, 이탈리아 신부에게 어떻게 이곳 기후를 견디느냐고 물었다. 이탈리아 신부의 안색은 갑자기 바뀌어, 아마도 여자와 이야기할 때 나오는 버릇인 듯 무례하면서도 짐짓 달콤한 표정을 지었다.

"저는 다행히도 이렇게 출입하는 행복을 베풀어주신 사교계의, 특히 부인들의 지성과 교양의 매력에 사로잡혀 아직 기후 같은 건 생각해볼 겨를이 없습니다." 그는 말했다.

이제 안나 파블로브나는 피예르도 신부도 놓아주지 않고 관찰의 편의상 둘을 여러 사람이 모인 그룹에 넣어버렸다.

때마침 새로운 인물이 객실에 등장했다. 그는 볼콘스키가의 젊은 공작인 안드레이, 즉 몸집이 작은 공작부인의 남편이었다. 볼콘스키 공작은 키는 별로 크지 않지만 이목구비가 뚜렷하고 단호해 보이는 아주 잘생긴 젊은이였다. 지치고 권태로워 보이는 눈동자에서부터 조용하고 규칙적인 걸음걸이에 이르기까지 그의 풍모 전체는 몸집이 작고 쾌활한 아내와 몹시 대조되었다. 그는 분명 이 객실에 있는 모든 사람을 잘 알 뿐만 아니라 그들을 보는 것도 목소리를 듣는 것도 아주 싫증난 듯했다. 그리고 그 싫증난 얼굴 중에서도 귀여운 아내의 얼굴에 가장 싫증난 것 같았다. 그는 수려한 얼굴을 망가뜨릴 정도로 잔뜩 찌푸리며 아내에게서 눈을 돌려버렸다. 그리고 안나 파블로브나의 손에 입을 맞추고는 실눈을 뜨고 사람들을 둘러보았다.

"공작, 전쟁에 나가신다죠?" 안나 파블로브나가 말했다.

"쿠투조프 장군께서," 볼콘스키는 프랑스인처럼 조프 하고 마지막 음절을 강조했다. "쿠투조프 장군께서 저를 부관으로 원하셔서……"

"그럼 리즈는, 당신의 부인은요?"

"아내는 시골로 갑니다."

"그렇게 매력적인 분을 우리에게서 빼앗는 건 죄 아닌가요?"

"앙드레*," 그의 아내가 다른 사람을 대할 때와 똑같이 교태 어린 어조로 남편에게 말했다. "방금 자작께서 마드무아젤 조르주와 보나파르트에 관한 재미있는 이야기를 들려주셨어요!"

안드레이 공작은 눈살을 찌푸리고 고개를 돌려버렸다. 안드레이 공작이 객실에 들어섰을 때부터 반갑고 정다운 시선을 떼지 않던 피예르는 이때 그에게 다가와 손을 잡았다. 안드레이 공작은 돌아보지도 않고 자기 손을 잡은 사람에 대해 불쾌감을 드러내며 얼굴을 찌푸렸으나, 웃고 있는 피예르의 얼굴을 보자 뜻밖에도 선량하고 반가운 미소를 지었다.

"야, 이거!…… 자네까지 사교계에 등장하다니!" 그는 피예르에게 말했다.

"당신이 오신다는 걸 알고 있었으니까요." 피예르는 대답했다. "저녁에 댁으로 식사하러 들르겠습니다." 아직 이야기하고 있는 자작에게 방해가 되지 않도록 그는 나지막이 덧붙였다. "괜찮겠습니까?"

"아니, 안 되겠는데." 안드레이 공작은 웃으면서 말했지만 피예르의

---

* 안드레이를 프랑스어로 부른 것.

손을 쥐면서 그런 건 물을 필요도 없다는 의중을 알렸다. 그는 또 무슨 말인가 하려 했으나, 이때 바실리 공작이 영애와 함께 일어났으므로 길을 비켜주기 위해 그들도 일어났다.

"친애하는 자작, 용서하십시오." 바실리 공작은 프랑스인에게 말하고, 일어서지 말라는 듯이 그의 소맷자락을 잡고 의자 쪽 아래로 당겼다. "공교롭게도 공사의 축하연이 있어서, 모처럼의 흥을 깨고 이야기를 중단시키고 말았습니다. 이렇게 즐거운 야회를 두고 가야 하다니 참으로 유감입니다." 그는 안나 파블로브나에게 말했다.

그의 딸 공작영애 옐렌은 옷자락을 살포시 잡고 의자들 사이를 걸어갔고, 아름다운 얼굴에 미소가 한층 밝게 빛났다. 피예르는 거의 겁을 먹은 듯한 황홀한 눈빛으로 자기 옆을 지나가는 미인을 바라보았다.

"정말 아름답군." 안드레이 공작이 말했다.

"네, 정말." 피예르도 말했다.

바실리 공작은 옆을 지나가다가 피예르의 손을 잡고 안나 파블로브나에게로 얼굴을 돌렸다.

"이 곰을 좀 가르쳐주십시오." 그는 말했다. "저와 지낸 지가 벌써 한 달이나 됐습니다만, 사교계에서 만나는 건 오늘이 처음입니다. 총명한 숙녀분들의 사교계만큼 젊은 사람에게 필요한 것도 없으니까요."

4

안나 파블로브나는 생긋 웃으며 피예르를 돌봐주겠다고 약속했는데,

그녀는 이 젊은이가 아버지 쪽으로 바실리 공작의 친척이라는 것을 알고 있었다. 백모님과 나란히 앉아 있던 중년 부인은 허둥거리며 일어나 현관방까지 바실리 공작을 쫓아나왔다. 그녀의 얼굴에 아까까지의 억지스러운 홍미의 표정은 사라지고 없었다. 선량하고 울어서 부은 것 같은 얼굴은 불안과 초조를 띨 뿐이었다.

"공작, 우리 보리스 일은 어떻게 될까요?" 그녀는 현관방에서 그에게 따라붙으며 말했다(그녀는 보리스의 보를 특히 강조했다). "저는 이제 더이상 페테르부르크에 머물 수 없어요. 그 불쌍한 아이에게 어떤 소식을 가지고 돌아갈 수 있을까요?"

바실리 공작이 마지못해 거의 무람없는 태도로 중년 부인의 말을 들으면서 싫은 내색을 하는데도 그녀는 상대방을 감동시키려는 듯 정답게 미소지으며 돌아서지 못하도록 그의 손을 잡았다.

"당신이 폐하께 한말씀만 해주시면 됩니다. 그러면 그애는 바로 근위대로 옮겨질 거예요." 그녀는 애원했다.

"믿어주십시오, 공작부인, 할 수 있는 데까지는 하겠습니다." 바실리 공작은 대답했다. "그러나 제가 황제 폐하께 말씀드리기는 곤란하니까 골리친 공작*을 통해 루먄체프**에게 부탁해보시는 게 어떨까요, 차라리 그러는 편이 현명할 듯합니다만."

이 중년 부인은 드루베츠카야 공작부인인데, 러시아 명문가 출신이나 완전히 몰락해 사교계에서 보이지 않은 지 오래됐고, 이전의 연줄도 거의 끊어져버렸다. 그녀는 이번에 자기 외아들을 근위대에 넣기

---

* A. N. 골리친(1773~1844). 정치가, 신비주의자. 1803년부터 종무원장을 지냈다.
** N. P. 루먄체프(1754~1826). 외교관으로 당시 통상대신.

위해 일부러 찾아온 것이었다. 그저 바실리 공작을 만나겠다는 일념으로 초대도 받지 않은 안나 파블로브나의 야회에 와서 자작의 이야기를 듣고 있었던 것이다. 그녀는 바실리 공작의 말에 가슴이 철렁했다. 한때 아름다웠던 그녀의 얼굴은 별안간 노여움의 빛을 띠었으나 그것은 한순간뿐이었다. 그녀는 다시 미소를 짓고 바실리 공작의 손을 더욱 꼭 잡았다.

"들어주세요, 공작," 그녀는 말했다. "저는 지금까지 한 번도 당신께 부탁을 한 적이 없고, 앞으로도 하지 않을 것이며, 게다가 지금까지 한 번도 제 아버지와 당신의 우의니 하는 이야기를 입 밖에 꺼낸 적이 없습니다. 그러나 이번만은 하느님을 두고 부탁드립니다. 제발 제 아들을 위해 부탁을 들어주세요. 그러면 저는 당신을 은인으로 생각하겠습니다." 그녀는 얼른 덧붙였다. "아니, 화내지 마시고 약속해주세요. 저는 골리친 공작에게도 부탁해보았지만, 그분은 거절하셨어요. *제발 지난날처럼 좋은 분이 되어주세요.*" 그녀는 억지로 미소를 지으려고 했지만 눈에 눈물이 글썽이고 있었다.

"아버지, 늦겠어요." 문 앞에서 기다리던 공작영애 엘렌이 고전적인 어깨 위의 아름다운 얼굴을 돌리면서 재촉했다.

사회에서의 영향력이란 일종의 자본으로 잃지 않도록 소중히 지켜야 하는 것이다. 바실리 공작은 이것을 알고 있었고, 만약 간청하는 모든 사람을 위해 일일이 황제에게 탄원하다가는 정작 자신을 위해서는 탄원할 수 없게 된다고 생각하고 나서부터는 거의 영향력을 행사하지 않고 있었다. 그러나 드루베츠카야 공작부인의 일에 대해서는 그녀의 새로운 간청을 받은 뒤로 양심의 가책 같은 것을 느끼게 되었다. 그녀가 그에게 넌지시 상기시킨 말은 거짓이 아니었다. 그가 관직에 발을 들이게 된 것은 그녀의 아버지 덕택이었다. 그뿐만 아니라 그는 그녀의 태도로 미루어 봐서, 그녀가 뭔가 마음먹으면 그것이 이루어질 때까지 매달리고, 만약 일이 여의치 않을 때는 날마다, 아니 매분마다 붙들고 늘어지며 급기야 소동을 일으킬 수도 있는 타입의 여자, 특히 그런 어머니의 한 사람이라는 것을 알아보았던 것이다. 이 마지막 생각이 마침내 그를 움직였다.

"친애하는 안나 미하일로브나*," 그는 언제나처럼 정겹고 권태로운 목소리로 말했다. "당신이 바라시는 건 제게는 거의 불가능한 일입니다. 그러나 제가 당신을 경애하고 또한 선대인의 기억을 소중히 생각한다는 것을 증명하기 위해 이 불가능한 일을 해보겠습니다. 아드님이 근위대로 전보되도록 말입니다. 맹세하겠습니다. 이제 만족하시겠죠?"

"당신은 정말 제 은인입니다! 저는 당신에게서 그 외의 답변은 생각지도 않았습니다. 당신이 친절하시다는 것을 잘 알고 있으니까요."

공작은 가려고 했다.

"잠깐, 하나만 더요. 이번에 근위대로 옮겨지면……" 그녀는 우물쭈물했다. "당신은 미하일 일라리오노비치 쿠투조프와 가까우시니 보리스를 그분의 부관으로 추천해주세요. 그렇게만 되면 저는 안심입니다. 그러면 정말……"

바실리 공작은 빙그레 웃었다.

"그건 약속드리지 못합니다. 당신도 아시는지 모르지만 쿠투조프는

---

* 드루베츠카야 공작부인의 이름과 부칭.

총사령관이 된 이래 그런 부탁 공세를 받고 있습니다.[10] 그가 직접 제게 말했습니다. 모스크바의 귀부인들이 모두 자기 아들을 그의 부관으로 떠맡기려 한다고 말입니다."

"아녜요, 약속해주세요, 전 놓아드리지 않겠어요. 공작, 당신은 제 은인이에요."

"아버지," 옐렌이 또다시 아까와 같은 어조로 재촉했다. "늦는다니까요."

"자, 또 뵙겠습니다. 안녕히 가십시오. 아시겠죠?"

"그럼, 내일 폐하께 상주해주시는 거죠?"

"틀림없습니다만, 쿠투조프 건은 약속드리지 못합니다."

"아녜요, 약속해주세요, 약속해주세요, *바질*." 안나 미하일로브나는 그의 뒤에서 젊은 요부 같은 미소를 지으며 말했는데, 이 미소도 한때는 그녀를 특징짓는 것이었을 테지만 지금의 쇠잔한 얼굴에는 어울리지 않았다.

그녀는 분명 자기의 나이를 잊고 오랜 버릇으로 남은 여자의 무기를 있는 대로 써본 것이었다. 그러나 그가 나가자마자 그녀의 얼굴은 원래대로 냉담한 허위의 표정으로 돌아갔다. 그녀는 자작이 아직 이야기를 계속하고 있는 자리로 돌아왔지만 이제 자기 볼일은 끝났기 때문에 그저 돌아갈 때를 기다리며 듣는 시늉만 했다.

"그런데 최근에 있었던 *밀라노의 대관식***이라는 새로운 희극에 대해

---

* 바실리를 프랑스어로 부른 것.
** 1805년 3월에 나폴레옹은 이탈리아 국왕 취임을 선언하고 5월에 밀라노에서 대관식을 올렸다.

서는 어떻게 생각하세요?" 안나 파블로브나가 말했다. "새로운 희극이란 이런 거예요. 제노바와 루카의 민중이 보나파르트에게 자신들의 희망을 이야기한다, 보나파르트가 옥좌에 앉은 채 그들의 희망을 충족시켜준다! 참으로 근사하죠? 정말이지, 이런 이야기를 들으면 미칠 것만 같아요. 온 세상이 미친 것 같아요."

안드레이 공작은 안나 파블로브나의 얼굴을 똑바로 바라보며 히죽 웃었다.

"'신이 내게 왕관을 주셨도다, 이것에 손대는 자는 화를 입으리라.'" 그는 말했다(보나파르트가 대관식에서 했던 말이다). "이 말을 했을 때 그의 태도가 정말 훌륭했나봅니다." 그는 덧붙이고 이탈리아어로 되풀이했다. "'Dio mi la dona, guai a chi la tocca.'"

"저는 바랍니다." 안나 파블로브나는 말을 이었다. "이것이 컵을 넘치게 하는 마지막 물 한 방울이 되어주기를 말이에요. 각국의 왕들도 모든 것을 위협하는 인간을 더이상 봐줄 수 없게 되었어요."

"각국의 왕들이라고요? 저는 러시아에 대해서 이야기하는 것이 아닙니다." 자작은 정중하면서도 절망적인 어조로 말했다. "부인, 각국의 왕들이라고 하셨나요? 도대체 그들이 루이 16세를 위해, 왕비를 위해, 그리고 엘리자베트 왕녀를 위해 무엇을 했습니까?* 아무것도 하지 않았습니다." 그는 흥분하면서 말을 이었다. "저를 믿으세요, 그들은 지금 부르봉 왕가에 대한 배신으로 벌을 받고 있는 겁니다. 각국의 왕

---

* 프랑스 부르봉 왕가의 왕 루이 16세와 왕비인 마리 앙투아네트(오스트리아 여제의 딸)는 1793년 프랑스혁명 때 국민의회 판결에 따라 단두대에서 처형되었고, 루이 16세의 여동생인 엘리자베트는 1794년에 처형되었다.

들이라고요? 그들은 왕위 찬탈자를 축하하기 위해 사신까지 보내고 있 잖습니까."

그는 경멸 섞인 한숨을 내쉬고 다시 자세를 바꾸었다. 손잡이가 달 린 안경으로 오랫동안 자작을 바라보고 있던 이폴리트 공작은 그 말과 동시에 몸집이 작은 공작부인 쪽으로 몸을 홱 돌리더니, 그녀에게 뜨 개바늘을 빌려 그것으로 탁자 위에 콩데*의 문장紋章을 그려 보였다. 그 는 마치 공작부인에게 부탁이라도 받은 것처럼 자못 정색하며 그 문장 을 설명했다.

"붉은색 비스듬한 막대가 있고, 푸른색으로 가장자리를 장식한, 이 게 콩데의 문장입니다." 그는 말했다.

공작부인은 미소지으며 듣고 있었다.

"만약 앞으로 다시 일 년, 보나파르트가 프랑스의 왕위에 머무른다 면," 자작은 이야기를 계속했고 남의 말은 듣지 않는 것처럼 보였는데, 사실 그는 누구보다 잘 아는 문제에 대해 자기 생각의 흐름만을 따라 가고 있었다. "사태는 이미 수습할 수 없게 될 겁니다. 음모와 폭력과 추방과 사형이 횡행하여 사회는, 물론 프랑스의 상류사회라는 의미입 니다만, 절멸해버릴 겁니다. 그리고 그때는……"

그는 어깨를 움츠리고 양손을 펼쳤다. 피예르는 이 이야기에 흥미를 느끼고 무슨 말인가 하려 했으나, 그를 감시하던 안나 파블로브나가 얼른 가로막았다.

"알렉산드르 폐하께서는," 황족의 이름에 말이 미칠 때마다 나타나

---

* 프랑스 제일의 명문가로 부르봉 왕가와 친척 관계였다.

는 우수 어린 표정으로 그녀는 말했다. "프랑스 국민들에게 자신들의 정체政體를 선택할 권리를 준다고 선언하셨어요. 저는 프랑스의 온 국민은 찬탈자에게서 벗어나기만 하면 의심의 여지도 없이 합법적인 왕의 품안으로 뛰어들어갈 거라고 생각해요." 왕당파의 망명객에게 상냥하게 보이려고 애쓰면서 안나 파블로브나는 말했다.

"그건 의심스럽군요." 안드레이 공작이 말했다. "자작이 아주 정확하게 판단하셨듯이, 사태는 이미 돌이킬 수 없이 진전되어버렸습니다. 이제 옛날로 돌아가기는 어려워 보입니다."

"제가 듣기로는," 피예르가 얼굴을 붉히면서 끼어들었다. "거의 모든 귀족계급이 보나파르트 편에 붙었다고 하던데요."

"그건 보나파르트파가 하는 말입니다." 자작은 피예르를 보지도 않고 말했다. "지금의 프랑스 여론을 알기는 어렵습니다."

"보나파르트는 이렇게 말했죠." 안드레이 공작이 냉소하며 말했다(그는 분명 자작이 마음에 들지 않는 모양이었고, 그래서 자작에게는 눈길도 주지 않고 그와는 반대로 말을 돌리려는 것 같았다).

"'나는 그들에게 영광의 길을 보여주었지만,'" 안드레이 공작은 잠시 침묵한 뒤 또다시 나폴레옹의 말을 되풀이했다. "'그들은 바라지 않았다. 내가 그들에게 나의 현관방 문을 열어주자 그들은 떼를 지어 달려들었다[11]……' 다만 그에게 이 같은 말을 할 권리가 어느 정도나 있었는지는 모르지만요."

"조금도 없었습니다." 자작은 반박했다. "그가 앙기앵 공을 죽인 뒤로는 가장 열렬했던 숭배자들까지도 그를 영웅으로 보지 않게 되었습니다. 설령 그가 약간의 사람들에게 영웅이었다고 할지라도," 자작이 안나 파블로브나에게로 얼굴을 돌리며 말했다. "공의 처형으로 천국에는 수난자 한 명이 늘고, 지상에는 영웅 한 명이 줄어들고 말았습니다."

안나 파블로브나와 그 밖의 사람들이 자작의 말에 미처 경의의 미소를 보이기도 전에 또다시 피예르가 끼어들었는데, 그가 무례한 말을 하지 않을까 가슴 졸이던 안나 파블로브나도 그것을 저지할 길이 없었다.

"앙기앵 공의 처형은," 피예르는 말했다. "국가로서는 어쩔 수 없는 일이었습니다. 저는 나폴레옹이 아무런 의구심도 없이 혼자 그 행위의 책임을 받아들였다는 데서 오히려 위대한 정신을 발견합니다."

"어쩜! 어머나!" 안나 파블로브나는 두려운 듯이 속삭였다.

"뭐라고요, 므시외 피에르? 그럼 당신은 살인 속에서 위대한 정신을 발견하신다는 말씀이군요." 몸집이 작은 공작부인은 일감을 옆으로 끌어당기면서 웃음 띤 얼굴로 말했다.

"어머나! 아니, 정말!" 갖가지 목소리가 교차했다.

"훌륭하군 capital!" 이폴리트 공작은 영어로 말하고 손바닥으로 무릎을 쳤다. 자작은 그저 어깨만 으쓱했다.

피예르는 안경 너머로 사람들을 엄숙하게 바라보았다.

"제가 그렇게 말한 것은," 그는 필사적으로 말을 이었다. "부르봉 왕가 사람들이 국민을 무정부 상태에 방치한 채 혁명으로부터 도피했을 때, 오직 나폴레옹만이 혁명을 이해하고 그것을 정복했기 때문입니다. 그러므로 그는 공공의 행복을 위해 한 사람의 목숨 앞에서 머뭇거리고 있을 수 없었던 것입니다."

"저쪽 탁자로 옮겨가시지 않겠어요?" 안나 파블로브나가 말했다.

그러나 피예르는 대꾸도 하지 않고 말을 이었다.

"그렇습니다." 그는 더욱 흥분하면서 말했다. "나폴레옹이 위대한 것은, 그가 혁명을 초월해서 그 악용을 막고, 시민의 평등이니 언론 및 출판의 자유니 하는 온갖 좋은 것은 보전했기 때문입니다. 오직 그것 때문에 그는 권력을 획득한 것입니다."

"그렇죠, 만약 권력을 획득한 뒤에 그것을 살인에 이용하지 않고 합법적인 왕에게 넘겨주었다면," 자작이 말했다. "그랬다면 저도 그를 위인이라고 했을 겁니다."

"그는 그럴 수 없었던 겁니다. 국민들이 그에게 권력을 준 것은 그를 통해 부르봉왕조에서 벗어나려고 했기 때문이고, 그에게서 진정으로 위대한 인간을 발견했기 때문입니다. 혁명은 위대한 사업이었습니다." 피예르는 계속했다. 그는 이 무모하고 도전적인 전제로 자신의 위대한 청춘과 모든 것을 얼른 속시원히 이야기해버리고 싶다는 욕망을 드러냈다.

"혁명이니 시역弑逆이니 하는 게 위대한 사업이라고요?…… 그건 그렇고…… 당신 저쪽 탁자로 옮겨가시지 않겠어요?" 안나 파블로브나는 다시 말했다.

"사회계약론*이군요." 온화한 미소를 지으며 자작이 말했다.

"저는 지금 시역을 말하는 것이 아닙니다. 사상을 말하려는 것입니다."

"그렇지. 강탈, 살인, 시역의 사상이지." 또 빈정거리는 목소리가 가로막았다.

---

* 사회 구성원들의 합의에 의한 계약에 따라 국가 조직이 성립된다는 루소의 이론.

"물론 그것은 극단적인 경우였지만, 그런 것에 모든 의미가 있는 것이 아니라 진정한 의미는 인간의 권리, 편견으로부터의 해방, 시민의 평등 같은 것에 있습니다. 그리고 나폴레옹은 이 모든 관념을 그것들의 힘 속에서 완전히 보전했습니다."

"자유니 평등이니 하는 건." 마침내 자작은 젊은이에게 그의 변설이 보잘것없다는 것을 증명해주어야겠다고 결심한 양 정색하며 경멸하는 듯한 어조로 말했다. "모두 목소리만 클 뿐 이미 오래전부터 공허한 호언장담에 지나지 않습니다. 도대체 누가 자유니 평등이니 하는 걸 좋아하지 않겠습니까? 우리 구세주*만 하더라도 진작에 자유와 평등을 설파하지 않았습니까? 그러나 혁명 후에 사람들이 전보다 행복해졌습니까? 정반대입니다. 우리는 자유를 원했지만, 보나파르트는 그것을 말살해버렸습니다."

안드레이 공작은 미소를 띠고 때로는 피예르를, 때로는 자작을, 때로는 여주인을 바라보았다. 피예르가 느닷없이 폭언을 토한 첫 순간에는 처세에 익숙한 안나 파블로브나도 가슴이 철렁했다. 그러나 피예르의 모독적인 언사에도 자작이 냉정을 잃지 않는 것을 보고, 또 이미 이러한 이야기를 중단시킬 수 없다는 것을 깨닫자, 그녀는 안간힘을 쓰며 자작 편에 서서 피예르를 공격하려 들었다.

"그러나, 친애하는 므시외 피에르," 안나 파블로브나는 말했다. "대공을, 아니 그저 한 인간이라고 해도 좋아요. 아무튼 죄도 없는 사람을 재판도 하지 않고 처형하는 인간을 어떻게 위대한 영웅이라고 말할 수

---

* 나폴레옹을 비꼰 말.

있는지 설명해주실 수 있겠어요?"

"저도 하나 묻겠습니다." 자작이 말했다. "당신은 브뤼메르 18일*을 어떻게 보십니까?[12] 그것이 협잡이 아닌가요? 그것이야말로 기만입니다. 위인의 행동다운 데라고는 손톱만큼도 없습니다."

"게다가 아프리카에서 그자한테 살해당한 포로들은요?"[13] 몸집이 작은 공작부인이 말했다. "정말 소름끼치는 일이에요!" 그녀는 말하고 어깨를 움츠렸다.

"뭐라고 하든 간에 그자는 건방진 작자에 지나지 않습니다." 이폴리트 공작도 말했다.

므시외 피예르는 누구에게 대답해야 좋을지 몰라 모두를 둘러보며 히죽 웃었다. 그의 미소는 다른 사람들의 미소처럼 웃지 않는 얼굴들에 섞여드는 것이 아니었다. 그 미소가 떠오르자 정색하고 시무룩했던 표정은 순식간에 사라지고 어린애같이 선량하고 어딘지 얼빠져 보이기까지 하는, 그리고 용서를 구하는 듯한 완전히 다른 얼굴이 되었다.

피예르와 처음 만난 자작도 이 자코뱅파가, 그가 주장하는 말처럼 그렇게 무서운 인간은 아니라는 것을 명확하게 알아보았다. 모두는 입을 다물었다.

"여러분은 이 사람에게 당장 그 대답을 듣길 원하십니까?" 안드레이 공작이 말했다. "게다가 국가적인 인물의 행위인 경우, 그것이 개인으로서의 행위인지, 사령관으로서의 행위인지, 혹은 황제로서의 행위인지를 구분할 필요가 있습니다. 저는 그렇게 생각합니다."

---

* 나폴레옹이 쿠데타를 일으킨 1799년 11월 9일로, 브뤼메르는 프랑스 혁명력(공화력)의 둘째 달.

"그렇습니다, 물론 그렇습니다." 지원군이 나타난 것을 기뻐하면서 피예르는 맞장구쳤다.

"이것은 인정하지 않을 수 없습니다." 안드레이 공작은 말을 이었다. "아르콜레* 다리에서의 나폴레옹,14) 야파** 항의 병원에서 흑사병 환자에게 손을 내밀었던 나폴레옹은 인간으로서 위대했습니다.15) 하지만…… 하지만 그 밖에 변호할 수 없는 행위들도 있습니다."

피예르의 서툰 언사를 도와주려던 안드레이 공작은 이윽고 몸을 일으켜 돌아갈 채비를 하면서 아내에게 신호를 보냈다.

별안간 이폴리트 공작이 일어서서 손짓으로 사람들에게 다시 앉아 달라고 청하면서 말을 꺼냈다.

"아아! 제가 오늘 모스크바와 관련된 재미있는 이야기를 들었는데, 이 이야기를 여러분에게 꼭 들려드려야겠습니다. 자작, 용서하십시오, 저는 러시아어로 말하겠습니다. 안 그러면 이 이야기의 참맛을 느낄 수 없으니까요."

이폴리트 공작은 러시아에서 겨우 일 년쯤 산 프랑스인이 쓸 것 같은 러시아어로 말하기 시작했다. 모두 걸음을 멈추었다. 그만큼 이폴리트 공작은 활기차고 끈질기게 자기 이야기에 주의를 기울여달라고 요구했다.

"모스크바에 한 부인, 한 부인 있었습니다. 그리고 이 부인 아주 구두쇠입니다. 이 부인은 마차에 하인이 두 명 필요했습니다. 키가 아주

---

* 이탈리아 북부의 마을.
** 시리아의 도시, 현재는 이스라엘의 텔아비브야파.

큰 사람 필요했습니다. 이건 부인의 취향이었습니다. *하녀를 한 명 데리고 있었고, 이 사람도 키가 아주 컸습니다. 부인이 말했습니다……*"

여기서 이폴리트 공작은 잠시 멈췄는데, 생각해내느라 애쓰는 것 같았다.

"그녀가 말했습니다…… 그렇습니다. 그녀가 말했습니다. '애*(하녀에게 말한 겁니다), 제복을 입어라, 마차 뒤에 나와 같이 타고 가자, 방문하러.*'"

여기서 이폴리트 공작은 듣는 사람들보다 먼저 웃음을 터뜨렸는데, 이것은 말하는 본인에게 좋지 않은 인상을 주었다. 그러나 중년 부인과 안나 파블로브나를 비롯한 많은 사람이 미소를 지었다.

"부인은 나갔습니다. 갑자기 세찬 바람 불었습니다. 하녀의 모자가 날아가자 긴 머리가 풀려버렸습니다……"

여기서 그는 더이상 참지 못하고 간헐적으로 웃으며, 웃음 사이사이로 말했다.

"그래서 온 세상이 알아버렸습니다……"

이것으로 이야기는 끝났다. 그가 어째서 이 이야기를 했는지, 어째서 반드시 러시아어로 이야기해야 했는지는 알 수 없었지만, 어쨌든 안나 파블로브나를 비롯해 그 밖의 사람들은 므시외 피예르의 불쾌하고 무례한 언동을 유쾌하게 끝막음해준 이폴리트 공작의 사교적인 호의를 높이 평가했다. 이후의 좌담은 대수롭지 않고 사소한 잡담, 최근에 있었거나 앞으로 있을 무도회와 연극, 언제 어디서 누가 누구와 만나기로 했다든가 하는 항담으로 흩어졌다.

5

손님들은 안나 파블로브나에게 *매력적인 야회*에 대한 감사를 표하고 흩어지기 시작했다.

피예르는 서툴렀다. 뚱뚱하고 키가 보통 사람보다 크고 어깨가 넓고 큼직하고 붉은 손을 가진 그는 객실에 들어오는 것도 서툴렀지만 나가는 것은 더 서툴렀는데, 말하자면 나갈 때 뭔가 특별히 재치 있는 말을 할 줄 몰랐다. 게다가 그는 정신을 놓고 있었다. 일어설 때도 자기 모자 대신 깃털 장식이 달린 장군의 삼각모를 들고는 장군이 돌려달라고 말할 때까지 깃털 장식을 잡아당기고 있었다. 그러나 정신을 놓고 있던 것도, 객실에서 서툴게 이야기하던 것도 모두 선량하고 소박하고 겸손한 그의 표정이 완전히 메워주고 있었다. 안나 파블로브나는 그에게로 돌아서서 기독교도다운 온후한 표정을 짓고 오늘밤 그의 무례를 용서한다는 듯이 가볍게 머리를 끄덕이면서 말했다.

"또 뵈어요. 하지만 친애하는 므시외 피예르, 그때까지 당신이 의견을 바꾸었으면 해요."

그녀의 말에 그는 아무 대답 없이 그저 가볍게 절하고 또다시 모든 사람에게 특유의 미소를 지어 보였는데, 그 미소는 '의견은 의견일 뿐, 당신도 보고 계시듯 전 이처럼 선량하고 훌륭한 젊은이입니다'라고 말하고 있을 뿐이었다. 안나 파블로브나도 다른 사람들과 마찬가지로 그것을 느끼지 않을 수 없었다.

안드레이 공작은 현관방으로 나가 망토를 입혀주는 하인에게 어깨를 맡긴 채, 역시 현관방으로 나온 이폴리트 공작과 자기 아내의 대화를 무심히 듣고 있었다. 이폴리트 공작은 임신한 아름다운 공작부인 옆에 서서 손잡이가 달린 안경으로 검질기게 그녀를 바라보았다.

"이제 들어가보세요, 아네트, 감기 드시겠어요." 몸집이 작은 공작 부인이 안나 파블로브나와 작별 인사를 나누면서 말했다. "그 일은 결정된 거예요." 하고 그녀는 나지막한 목소리로 덧붙였다.

안나 파블로브나는 아나톨과 몸집이 작은 공작부인의 시누이를 맺어주려는 혼담을 벌써 리자와 상의했던 것이다.

"당신만 믿고 있겠어요, 소중한 친구." 안나 파블로브나도 나지막한 목소리로 말했다. "그럼 시누이에게 편지를 내시고 아버님이 어떻게 생각하시는지 들려주세요, 그럼 또 뵈어요." 그녀는 현관방에서 물러 갔다.

이폴리트 공작은 몸집이 작은 공작부인에게 다가가 얼굴을 가까이 기울이면서 거의 속삭이듯 말하기 시작했다.

두 하인, 공작부인의 하인과 이폴리트의 하인은 숄과 프록코트를 들고 서서 주인들의 이야기가 끝나기를 기다렸는데, 그들은 프랑스어를 알아듣지도 못하면서 자기들도 다 알아듣지만 아는 체하지 않을 뿐이라는 표정을 짓고 있었다. 공작부인은 언제나처럼 미소지으며 이야기하고, 웃으면서 상대방의 이야기를 들었다.

"저는 공사의 축하연에 가지 않은 것을 참 잘했다고 생각하고 있습니다." 이폴리트 공작은 말했다. "싫증이 나서 말입니다…… 정말 훌륭한 야회였습니다. 그렇잖습니까, 훌륭한 야회였죠?"

"들어보니, 대단한 무도회가 있다던데요." 몸집이 작은 공작부인이 엷은 솜털이 있는 윗입술을 치켜올리면서 말했다. "사교계의 아름다운 부인들은 모두 거기 간 모양이에요."

"모두는 아니죠, 당신은 거기 가시지 않았으니까요. 그러니까 모두는 아닙니다." 이폴리트 공작은 즐겁게 웃으면서 말하고는 밀치듯이 하인의 손에서 숄을 잡아채 공작부인에게 걸쳐주려고 했다. 서툴러서 그러는지 아니면 일부러 그러는지(아무도 그것을 분간할 수 없었지만) 숄은 벌써 어깨에 걸쳐졌는데도 그는 오랫동안 손을 떼지 않고 젊은 여자를 끌어안듯이 하고 있었다.

그녀는 우아하게, 그러나 계속 미소를 지으며 몸을 빼고는 남편을 힐끔 돌아다보았다. 안드레이 공작은 두 눈을 감고 있었다. 그는 피곤하고 졸린 듯했다.

"준비됐소?" 이윽고 그는 아내를 훑어보며 물었다.

이폴리트 공작은 뒤꿈치를 덮는 길이의 최신식 프록코트를 다급히 입고 긴 옷자락에 걸려 다리를 휘뚝거리면서, 하인의 부축을 받아 마차에 오르고 있는 공작부인의 뒤를 쫓아 층층대 쪽으로 뛰어갔다.

"공작부인, 또 뵙겠습니다." 그는 다리처럼 혀도 엉켜서 외쳤다.

공작부인은 옷자락을 잡아들고 어두운 마차 안에 앉았다. 남편은 사브르를 매만지고 있었다. 이폴리트 공작은 거든다는 핑계로 여러 사람을 방해했다.

"실례하겠습니다, 공작." 안드레이 공작은 통로를 막고 있는 이폴리트 공작에게 러시아어로 열퉁적고 불쾌한 듯이 말했다.

"그럼 기다리고 있겠네, 피예르." 같은 목소리지만 이번에는 상냥하고 부드럽게 말했다.

마차 기수장*이 박차를 가하자, 바퀴가 삐걱거리기 시작했다. 이폴리트 공작은 입구 층층대에 서서 단속적인 웃음소리를 내며, 집까지 데려다주기로 한 자작을 기다리고 있었다.

"저, 친애하는 공작, 그 몸집이 작은 공작부인은 정말 훌륭하더군요, 훌륭합니다." 자작은 이폴리트와 함께 마차에 타자 말했다. "정말 훌륭합니다." 그는 자기 손가락들 끝에 키스했다. "그리고 꼭 프랑스 부인 같습니다."

이폴리트는 콧방귀를 뀌더니, 웃기 시작했다.

"그건 그렇고, 당신도 그런 순진한 얼굴에 어울리지 않게 무서운 사람이더군요." 자작은 말을 이었다. "저는 그 남편이 불쌍했습니다, 그 잘난 체하는 풋내기 장교 말입니다."

이폴리트는 또 콧방귀를 뀌더니, 웃으면서 말했다.

"그런데 당신은 러시아 부인이 프랑스 부인만 못하다고 말씀하지 않으셨나요? 역시 실제로 부딪쳐보지 않으면 모르는 겁니다."

먼저 도착한 피예르는 이 집안 사람인 것처럼 안드레이 공작의 서재로 가서, 습관대로 바로 소파에 누워 책장에서 잡히는 대로 책을 꺼내 들어(카이사르의 수기였다) 팔꿈치를 괴고 중간쯤부터 읽기 시작했다.

"자네는 마드무아젤 셰레르한테 그게 무슨 짓인가? 그 여자는 지금쯤 병이 났을 거야." 안드레이 공작은 서재에 들어서면서 조그맣고 하얀 손을 비비며 말했다.

피예르는 소파가 삐걱거릴 만큼 온몸을 돌려 공작에게 활기 띤 얼굴

---

* 첫째 열 왼쪽 말에 탄 마부.

을 보이고 미소지으면서 한 손을 흔들었다.

"글쎄요, 그 신부님은 정말 재미있는 분이지만, 사태 파악을 잘 못하고 계시더군요…… 제 생각에도 영원한 평화는 가능하지만, 어떻게 이야기해야 좋을지 모르겠어요…… 그러나 정치적 균형에 의해서만은 아니라고 생각합니다……"

안드레이 공작은 이런 추상적인 이야기에는 흥미를 느끼지 않는 게 분명했다.

"안 되지, 여보게, 그렇게 생각나는 대로 마구 말해선 안 돼. 그런데 어떤가? 드디어 뭔가 해보기로 결정했나? 근위 기병인가? 아니면 외교관?" 잠깐 침묵한 뒤 안드레이 공작은 물었다.

피예르는 소파에서 일어나 발을 도사리고 앉았다.

"실은 아직 아무것도 모르겠습니다. 이것도 저것도 마음에 들지 않으니까요."

"그래도 뭐가 됐든 빨리 결정해야 하지 않겠나? 아버님이 기다리고 계실 텐데."

피예르는 열 살 때 가정교사인 신부와 함께 외국으로 보내져 스무 살 때까지 지냈다. 모스크바에 돌아오자 아버지는 신부를 해고하고 청년에게 말했다. "이번에는 페테르부르크로 가서 네가 스스로 살펴보고 선택해라. 나는 네가 무엇을 하든 찬성할 것이다. 자, 여기 바실리 공작에게 보내는 편지와 돈이다. 모두 써서 보내거라, 무슨 일이든 도와줄 테니." 그래서 피예르는 석 달 동안이나 장래의 직업을 선택하려 했으나 아직 아무것도 정하지 못하고 있었다. 안드레이 공작은 이 선택에 관해 말한 것이었다. 피예르는 이마를 문질렀다.

"그 사람은 프리메이슨*이 틀림없어요." 그는 오늘밤 야회에서 만났던 신부에 대해 말하는 것이었다.

"전부 잠꼬대 같은 소리야." 안드레이 공작은 또다시 그의 말을 가로막았다. "우리 일이나 이야기하세. 자네는 근위 기병대에 가본 적이 있나?"

"아뇨, 없습니다, 실은 방금 이런 생각이 떠올랐는데 당신에게 말하고 싶습니다. 지금 나폴레옹을 상대로 전쟁을 하고 있지 않습니까? 이게 만약 자유를 위한 전쟁이라면 저도 이해하고 솔선해서 군문에 들어갈 겁니다. 하지만 영국과 오스트리아를 도우려고 세계 최고의 위인을 적으로 삼는 건…… 그건 안 됩니다."

안드레이 공작은 피예르의 유치한 발언에 어깨를 으쓱할 뿐이었다. 그는 그런 어리석은 말에는 대답할 필요가 없다는 듯한 표정을 지었는데, 사실 이런 천진한 물음에는 안드레이 공작처럼 응수하는 수밖에 달리 도리가 없을 것이다.

"모두가 자기 신념에 따라서만 전쟁을 하고자 한다면, 전쟁은 없어질 걸세." 그는 말했다.

"그렇게 되면 정말 좋겠죠." 피예르는 말했다.

안드레이 공작은 피식 웃었다.

"정말 좋겠지만, 그런 일은 결코 없거든……"

"그럼, 당신은 뭐 때문에 전쟁에 나가시는 겁니까?" 피예르는 물었다.

---

* 18세기 초 영국에서 시작된 세계시민주의적, 인도주의적 우애를 목적으로 한 비밀결사. '로지(작은 집)'라는 집회 단위로 구성되어 있던 중세의 석공(石工) 길드에서 비롯되어 자유석공조합 혹은 비밀공제조합이라고도 한다. 러시아에는 1730년대에 들어왔다.

"뭐 때문이냐고? 나도 모르겠어. 그래야 하는 거니까. 또한 내가 전쟁에 나가는 것은……" 그는 말을 멈췄다가 이었다. "지금 여기서 보내고 있는 나의 삶이, 내 삶이 마음에 들지 않기 때문이야!"

6

옆방에서 여자의 옷자락 스치는 소리가 났다. 그러자 마치 꿈에서 깨어난 것처럼 안드레이 공작은 몸을 떨었고, 그의 얼굴에는 안나 파블로브나의 객실에서 지었던 표정이 떠올랐다. 피예르는 소파에서 발을 내렸다. 공작부인이 들어왔다. 그녀는 어느새 평상복으로 갈아입었는데, 이 옷차림 역시 우아하고 발랄한 느낌을 주었다. 안드레이 공작은 일어나서 아내에게 정중히 안락의자를 끌어당겨주었다.

"나는 이따금 이렇게 생각해요. 어째서," 안락의자에 서둘러 빠르게 앉으면서 그녀는 언제나처럼 프랑스어로 말하기 시작했다. "어째서 아네트는 결혼하지 않았을까요? 당신네 남자분들은 정말 모두 바보예요. 그분과 결혼하지 않는 것을 보면 말이에요. 이런 말씀을 드려 실례지만, 정말 당신들은 여자를 너무 몰라요. 므시외 피예르, 당신은 대단한 논쟁가시더군요!"

"저는 당신의 남편과 늘 논쟁만 하고 있죠. 이해할 수가 없습니다, 뭐 때문에 전쟁에 나가시려는지 말입니다." 피예르는 공작부인에게 거리낌없이(젊은 남자가 젊은 여자를 대할 때는 으레 어려움이 따르기 마련인데) 말했다.

공작부인은 가슴이 철렁했다. 피예르의 말은 그녀의 급소를 찌른 게 분명했다.

"아, 내 말이 그 말이에요!" 그녀는 말했다. "이해가 안 돼요, 어째서 남자들은 전쟁 없이 살아갈 수 없는 걸까요? 왜 우리 여자들은 아무것도 바라지 않고, 왜 아무것도 필요로 하지 않을까요? 자, 당신이 심판관이 되어주세요. 나는 언제나 바깥주인에게 이렇게 말해요. 여기서 백부님의 부관으로 있는 것은 정말 무엇보다도 훌륭한 지위라고요. 모든 사람이 알아주고 또 존경하니까요. 전에 아프락신 댁에서 어떤 여자분이 '저분이 그 유명한 앙드레 공작이신가요?' 하고 묻는 것을 들었어요. 이건 정말이에요!" 그녀는 웃음을 터뜨렸다. "정말 그는 어디서나 이런 대우를 받아왔어요. 아마 시종무관도 쉽게 될 수 있을 거예요. 아실 테지만 황제께서도 굉장히 친절한 말씀을 건네신 적이 있고요. 아네트와 이야기한 적도 있지만 그런 것쯤은 쉽게 이루어질 거예요. 당신은 어떻게 생각하세요?"

피예르는 안드레이 공작을 바라보았으나 이 이야기가 친구의 마음에 들지 않는다는 것을 알아채고는 아무 대답도 하지 않았다.

"언제 떠나십니까?" 그는 물었다.

"아! 출발에 대해서는 말하지 말아주세요. 그런 이야긴 듣고 싶지도 않아요." 공작부인은 안나 파블로브나의 객실에서 이폴리트에게 이야기했을 때와 마찬가지로 변덕스럽고 들뜬 어조로, 그러나 가족이 모인 이런 자리에는, 피예르도 거의 가족처럼 대접받고 있는 이런 자리에는 전혀 어울리지 않는 어조로 말했다. "오늘도 나는, 이렇게 정다운 관계를 모조리 끊어야만 한다고 생각하니…… 그리고, 알고 있겠죠, 앙드

56

레?" 그녀는 남편에게 의미심장한 눈짓을 했다. "난 무서워요. 무서워요!" 그녀는 등을 떨면서 속삭였다.

그녀의 남편은 이 방안에 자기와 피예르 외에 또 누군가가 있다는 것을 이제야 알아채고 놀란 듯이 아내를 바라보았다. 그는 싸늘하고 정중한 어조로 미심쩍은 듯이 아내에게 말했다.

"뭐가 그렇게 무섭지, 리자? 난 모르겠어." 그는 말했다.

"남자들은 모두 저렇게 이기주의자예요, 모두, 모두가 다 이기주의 자라고요! 자기 마음 내키는 대로, 까닭도 모를 일을 한답시고 날 버리고 날 혼자 시골에 가두려고 하잖아요."

"아버지와 누이가 같이 있잖아, 그걸 잊어선 안 돼." 안드레이 공작은 나지막한 목소리로 말했다.

"어차피 내 친구들이 없으니 혼자나 다름없어요······ 그런데도 무서워하지 말라니요."

그녀의 어조는 어느새 열통적어졌고, 짧은 윗입술이 들리면서 얼굴에는 즐거운 표정이 아닌 동물적인, 다람쥐 같은 표정이 떠올랐다. 그녀는 피예르 앞에서 임신에 대해 이야기하는 것이 점잖지 못한 것 같아서 입을 다물었으나, 이야기의 핵심은 거기에 있었다.

"어쨌든 난 모르겠어. 도대체 뭐가 그렇게 무섭다는 건지." 안드레이 공작은 아내에게서 눈을 떼지 않고 천천히 말했다.

공작부인은 얼굴을 붉히며 절망적으로 두 손을 내저었다.

"아녜요, 앙드레, 내가 얘기하는 건 당신이 너무도, 너무도 변했다는 거예요······"

"의사가 일찍 자라고 하지 않았나." 안드레이 공작은 말했다. "그만

가서 자는 게 좋겠어."

공작부인은 대꾸하지 않았으나 엷은 솜털이 거뭇한 짧은 윗입술이 떨리기 시작했다. 안드레이 공작은 일어서서 어깨를 으쓱하더니 방안을 거닐기 시작했다.

피예르는 공작과 공작부인에게 안경 너머로 놀란 듯한 순진한 눈길을 번갈아가며 보냈고, 자기도 일어서려고 몸을 들썩였으나, 생각을 바꾼 듯했다.

"여기 므시외 피예르가 계시지만 나는 상관없어요." 몸집이 작은 공작부인이 불쑥 말했고, 그녀의 아름다운 얼굴은 금방이라도 울 것처럼 갑자기 일그러졌다. "나는 진작부터 당신에게 말하고 싶었어요. 앙드레, 당신은 어째서 나에 대해 그토록 변해버린 거죠? 대체 내가 당신에게 무슨 잘못을 했단 말인가요. 당신은 군대에 간다고 하면서도 조금도 나를 불쌍하게 생각해주지 않아요. 대체 왜 그런 거예요?"

"리즈!" 안드레이 공작은 이렇게만 말했다. 그러나 이 한마디에는 애원과 위협, 그리고 중요하게는 그녀가 지금 한 말을 반드시 후회하게 될 거라는 확신이 깃들어 있었다. 하지만 그녀는 허둥지둥 말을 이었다.

"당신은 나를 마치 병자나 어린애처럼 대해요. 나는 다 알고 있어요. 당신이 반년 전에도 그랬던가요?"

"리즈, 제발 그만해." 안드레이 공작은 더 의미심장한 어조로 말했다.

이런 대화가 오가는 사이에 점차 불안해진 피예르는 일어나서 공작부인에게 다가갔다. 그녀의 눈물을 보는 것이 괴로워서 그는 자기도 울고 싶어졌다.

"진정하세요, 부인, 그건 그저 당신에게 그렇게 생각되는 것일 뿐입니다. 맹세할 수 있습니다, 저 역시 그런 경험을 한 적이 있기 때문에…… 어째서…… 왜냐하면…… 아니, 실례했습니다, 저는 남일 뿐이니까…… 일단 진정하십시오…… 그만 가보겠습니다……"

안드레이 공작이 그의 손을 잡고 말렸다.

"아니, 잠깐만, 피예르. 아내는 친절한 사람이니까 내게서 자네와 저녁을 함께 보내는 즐거움을 뺏으려고 하진 않을 거야."

"아녜요, 이이는 자기만 생각해요." 분노의 눈물을 참지 않고 공작부인은 말했다.

"리즈." 더는 참을 수 없다는 듯이 언성을 높이며 안드레이 공작은 무뚝뚝하게 말했다.

공작부인의 작고 아름답고, 화가 난, 다람쥐 같은 얼굴의 표정이 돌연 매혹적이면서도 동정을 불러일으키는 듯한 겁먹은 표정으로 변했다. 그녀는 아름다운 눈으로 남편을 힐끔 바라보았고, 그러자 그 얼굴에는 늘어뜨린 꼬리를 재빨리, 그러나 힘없이 살래살래 젓는 개에게서 흔히 볼 수 있는 열없고 순종적인 표정이 떠올랐다.

"어쩌나, 이걸 어쩌나!" 공작부인은 중얼거리고, 한 손으로 옷자락을 추켜잡으며 남편에게 다가가 이마에 키스했다.

"잘 자, 리즈." 안드레이 공작은 일어서더니, 마치 남에게 하듯 정중하게 아내의 손에 키스하고 말했다.

두 친구는 잠자코 있었다. 어느 쪽에서도 먼저 말을 꺼내지 않았다. 피예르는 안드레이 공작을 쳐다보고 있었고, 안드레이 공작은 조그마한 손으로 이마를 문지르고 있었다.

"저녁 들러 가세." 그는 일어나서 문을 향하며 한숨을 쉬고 말했다.

그들은 새로 꾸며진 우아하고 화사한 식당으로 들어갔다. 냅킨에서부터 은그릇, 도자기, 크리스털 식기에 이르기까지 모든 물건에 젊은 부부의 가정에서 흔히 볼 수 있는 특별한 신선함이 깃들어 있었다. 저녁식사 도중 안드레이 공작은 팔꿈치를 세워 턱을 괴더니, 이전부터 가슴에 묻어뒀던 이야기를 돌연 털어버려야겠다고 결심한 사람처럼, 피예르가 이제까지 한 번도 본 적 없는 신경질적이면서도 초조한 표정을 지으며 말하기 시작했다.

"절대, 절대 결혼 같은 건 하지 말게. 여보게, 이게 내가 자네에게 주는 충고야. 자네가 할 수 있는 일을 다 했다고 스스로에게 말할 수 있을 때까지는, 그리고 자네가 선택한 여자에 대한 사랑이 식어서 그 여자의 참모습을 명백하게 볼 수 있게 될 때까지는 절대로 하지 말게. 안 그러면 돌이킬 수 없는 엄청난 과오를 저지르는 꼴이 되고 말 테니까. 결혼은 늙어서, 아무짝에도 쓸모없는 늙은이가 됐을 때 하는 거야…… 안 그러면 자네에게 있는 훌륭하고 숭고한 것들을 망쳐버리게 되고, 모두 보잘것없는 일에 소모되고 말 거야. 그래, 그래, 그래! 그렇게 놀란 얼굴로 볼 것 없네. 자네가 만약 자신의 앞날에 뭔가를 기대하고 있다면, 걸음을 뗄 때마다 느끼게 될 거야. 이제 모든 것이 끝나고, 모든 문이 닫히고, 사교계의 객실, 거기서 궁정의 하인이며 천치 같은 작자들과 똑같은 마룻바닥 위에 서는 일만 남게 될 거라는 걸 말이야…… 정말!……"

그는 세차게 손을 내저었다.

피예르는 안경을 벗었고, 그러자 얼굴의 느낌이 바뀌어 한층 더 선량함이 드러났다. 그는 놀란 눈으로 친구를 바라보았다.

"내 아내는," 안드레이 공작은 말을 이었다. "훌륭한 여자야. 내 명예에 대해서는 안심하고 함께 살 수 있는 흔치 않은 여자 중 하나지. 아아, 하지만 별수없어, 나는 독신으로 돌아갈 수 있다면 어떤 대가라도 치르겠어! 이런 말은 자네에게 처음 하네, 나는 자네를 좋아하니까."

이렇게 말하는 안드레이 공작은 안나 파블로브나의 집에서 안락의자에 팔다리를 쭉 펴고 앉아 실눈을 뜨고 이 사이로 프랑스어를 밀어내던 그 볼콘스키와는 닮은 데가 거의 없었다. 그의 마른 얼굴의 근육이 가닥가닥 신경질적으로 떨리고 있었다. 좀 전까지만 해도 생명의 불이 꺼진 것처럼 보이던 두 눈은 이제 밝게 반짝거리고 있었다. 평소 활기 없어 보였던 만큼 흥분한 그의 모습은 더 정력적으로 보이는 것 같았다.

"자네는 왜 내가 이런 이야기를 하는지 이해 못할 거야." 그는 계속했다. "이건 인생 전체에 대한 이야기야. 자네는 보나파르트와 그의 공적에 대해 이야기하지만," 그는 피예르가 보나파르트에 대해 이야기하고 있지 않았는데도 이렇게 말했다. "자네는 보나파르트 이야기를 하지만, 보나파르트도 일을 하고 한 걸음씩 자기 목적을 향해 나아갈 때는 자유로웠어, 목적 외에는 아무것도 없었거든. 그리고 그는 그 목적을 달성했어. 그런데 여자와 관계를 맺게 되면 마치 차꼬를 찬 죄수처럼 모든 자유를 잃어버리게 되지. 그러면 자기 내부에 있던 희망이자 힘이었던 모든 것이 그저 무거운 짐처럼 느껴지고, 후회 때문에 자책하게 되는 거야. 객실, 가십, 무도회, 허영, 보잘것없는 일─이런 것들이 바로 내가 빠져나올 수 없는 마의 굴레야. 나는 지금 전쟁에 나가려고 해, 미증유의 대전쟁에. 그러나 나는 아무것도 모르고, 아무런 도움도 안 돼. 나는 *매우 애교가 있고, 매우 신랄하니까.*" 안드레이 공작은 말을 이었다. "그러니까 안나 파블로브나의 집에서는 모두가 내 말에 귀를 기울이는 거야. 바보 같은 사회지만, 내 아내나 그 여자들은 그것 없이는 살아갈 수가 없단 말이야…… 도대체 그 모든 고상한 부인들, 그리고 일반적으로 여자라는 것이 어떤지 자네는 몰라! 내 아버지 말씀이 옳아. 이기심, 허영, 우둔, 매사 무능. 그게 바로 정체를 드러낼 때의 여자라는 거야. 사교계에서 보면 그녀들에게 뭔가 있어 보이지만 실은 아무것도, 아무것도, 아무것도 없어! 그러니까 결혼 같은 건 하지 말게, 여보게, 결혼은 안 돼" 하고 안드레이 공작은 말을 맺었다.

"우스꽝스럽군요." 피예르는 말했다. "당신이 스스로를 무능하다고 여기고, 자기 인생을 망쳤다고 생각하다니요. 당신의 앞날에는 모든 것, 모든 것이 있어요. 그리고 당신은……"

그는 당신이 무엇인가는 말하지 않았으나 그 어조는 이미 그가 얼마나 친구를 존경하고, 얼마나 많은 것을 그의 미래에 기대하고 있는가를 증명하고 있었다.

'어떻게 공작은 이런 말을 할 수 있을까!' 피예르는 생각했다. 피예르는 안드레이 공작을 모든 자질을 갖춘 모범이라고 생각하고 있었는데, 그것은 안드레이 공작이 피예르에게는 없는 자질들, 말하자면 의지의 힘이라고 할 수 있는 자질들을 가장 완전하게 갖추고 있기 때문이었다. 어떤 계급의 사람에게도 유연하게 응대할 수 있는 능력, 비범한 기억력, 박학(그는 모든 것을 읽고, 모든 것을 알고, 모든 것에 식견을 가지고 있었다), 그리고 무엇보다도 그 일과 학업에 피예르는 경탄하고 있었다. 안드레이 공작에게 공상적 사색(피예르는 특히 이런 경향이 있었다) 능력이 결여되어 있다는 점은 피예르를 놀라게 했지만 그는 그것 역시 결점이라기보다 강점이라고 느꼈다.

아무리 훌륭하고 친하고 흉허물 없는 관계라 해도 아첨과 찬사라는 것은 바퀴를 움직이는 데 필요한 기름처럼 없어서는 안 될 요소다.

"나는 *끝난 인간이야*." 안드레이 공작은 말했다. "그러니 내 이야기를 해서 뭘 하겠나. 그보다 자네 얘기나 하세." 그는 잠시 말없이 있다가 스스로를 달래는 듯이 미소지으며 말했다. 이 미소는 곧 피예르의 얼굴에도 반영되었다.

"그럼 저는 무슨 이야기를 할까요?" 피예르는 태평하면서도 명랑한 미소를 입가에 머금고 말했다. "저는 도대체 무엇입니까? *전 한낱 사생아에 지나지 않습니다!*" 그는 말하고 갑자기 얼굴을 붉혔다. 이 말을 하기까지 엄청난 노력을 했다는 것이 눈에 보였다. "이름도 없고 재산도 없고…… 별수없습니다, 정말……" 그러나 그는 무엇이 정말인가는 말하지 않았다. "저는 아직도 자유로운 몸이고, 그래서 좋습니다. 다만 무엇을 시작해야 할지 도무지 모르겠습니다. 그래서 당신과 진지하게 상의하고 싶었어요."

안드레이 공작은 선량한 눈길로 그를 바라보았다. 그러나 우애에 가득찬 그 부드러운 눈길 속에는 여전히 우월감이 담겨 있었다.

"자네는 내게 소중한 사람이야, 지금 이 사회에서 오직 자네만이 살아 있는 사람이기 때문이지. 자네는 행복해. 자네가 원하는 길을 선택하게. 어떤 길이든 상관없어. 자네는 어디에 있든 행복할 테니까. 다만

한 가지, 쿠라긴네에 드나들면서 그런 생활을 하는 건 그만두라고 하고 싶네. 자네에게 어울리지 않아. 그런 떠들썩한 술판도 경기병들이 하는 놀이도……"

"그럼 어떡하란 말입니까, 나의 친구여?" 피예르는 어깨를 으쓱하며 말했다. "여자 말입니다. 친구여, 글쎄, 여자 말이에요!"

"난 모르겠군." 안드레이는 대답했다. "정숙한 여자라면 그건 다른 문제지만, 쿠라긴의 여자들, 여자와 술, 이건 정말 이해할 수 없어!"

피예르는 바실리 쿠라긴 공작 집에 기우寄寓하고 있었기 때문에 곧잘 그의 아들인 아나톨의 방탕한 생활에 끼어들었는데, 아나톨은 바실리 공작이 몸가짐을 고친다며 안드레이 공작의 여동생과 결혼시키려 하고 있는 바로 그 아들이었다.

"그렇습니다!" 뜻밖의 행복한 생각이라도 떠오른 듯이 피예르는 말했다. "저는 진지하게, 오래전부터 그렇게 생각하고 있었습니다. 그런 생활을 계속하다가는 생각할 수도 결정할 수도 없게 될 거라고요. 골치는 아프고, 돈은 없으니까요. 저는 오늘밤도 초대를 받았지만 거기 가지 않겠습니다."

"그럼 앞으로 절대 드나들지 않겠다고 맹세하겠나?"

"맹세하겠습니다!"

피예르가 친구의 집을 나왔을 때는 벌써 밤 한시가 지나 있었다. 6월의 페테르부르크에 흔한 백야였다. 피예르는 집으로 돌아가려고 삯마차에 올랐다. 그러나 집이 가까워질수록 저녁이나 아침과도 흡사한 이런 밤에는 좀처럼 편히 잠들 수 없을 것 같은 기분이 들었다. 텅 빈 한 길은 멀리까지 내다보였다. 피예르는 오늘밤도 아나톨 쿠라긴의 집에서는 모여서 카드놀이를 할 것이고, 그것이 끝나면 으레 하는 술판이 시작될 것이고, 그런 뒤에 그가 좋아하는 여흥으로 끝날 거라고 생각했다.

'쿠라긴네에 가면 좋을 텐데.' 그는 생각했다. 그러나 앞으로 절대 쿠라긴네에 드나들지 않겠다고 안드레이 공작에게 한 맹세를 이내 상기했다.

그러나 의지가 약하다는 말을 듣는 사람들이 흔히 그렇듯 그는 이미 맛들인 방탕한 생활을 다시 한번 맛보고 싶다는 갈망이 일어 마침내 가기로 결심했다. 그러자 곧 그의 머릿속에 안드레이 공작에게 맹세한 것보다 아나톨 공작에게 오늘밤에 가겠다고 약속한 것이 먼저니까 안드레이 공작에게 한 맹세는 아무 의미도 없는 것이라는 생각이 떠올랐다. 그리고 결국 이렇게 생각했다. 만약 자기가 내일이라도 죽거나, 결백한지 그렇지 않은지 가려낼 여유도 없을 만큼 비상한 사건이 일어난다면 그 같은 맹세는 모두, 어떠한 명백한 의미도 없는 것이 되어버린다. 이런 식의 추론은 종종 피예르의 머릿속에서 움터 모처럼의 결심과 예상을 뒤엎어버리곤 하는 것이었다. 그는 쿠라긴의 집으로 향했다.

아나톨이 살고 있는, 근위 기병 병영에 가까운 커다란 집 현관 앞에 마차가 도착하자, 그는 불이 켜진 층층대를 올라 열려 있는 문으로 들어갔다. 현관방에는 아무도 없었다. 빈병과 망토와 덧신 들이 흩어져 있고, 술냄새가 풍기고, 멀리서 이야기 소리와 외침 소리가 들려왔다.

카드놀이도 야식도 끝났으나 손님들은 아직 돌아가지 않고 있었다. 피예르가 망토를 벗어던지고 첫번째 방으로 들어가 보니, 먹다 남은 음식이 놓여 있고 한 하인이 아무에게도 들키지 않을 거라 생각하고 남은 술을 몰래 들이켜고 있었다. 세번째 방에서 소란 피우는 소리, 왁자한 웃음소리, 귀에 익은 외치는 목소리, 곰이 으르렁거리는 소리가 들려왔다. 여덟 명가량의 젊은이가 열려 있는 창가에 걱정스러운 얼굴로 모여 있었다. 세 사람은 어린 곰을 상대로 법석을 떨고, 한 사람은 곰의 쇠사슬을 잡아당기며 다른 한 사람을 으르대고 있었다.

"나는 스티븐스에게 100루블 걸겠어!" 한 사람이 외쳤다.

"잡고 있으면 안 돼!" 다른 한 사람이 외쳤다.

"나는 돌로호프에게 걸겠어!" 또 한 사람이 소리쳤다. "쿠라긴, 심판해."

"자, 미시카*는 놔줘, 이제부터 내기를 하겠네."

"단숨에 마셔, 안 그러면 지는 거야." 또 하나가 외쳤다.

"야코프! 한 병 가져와, 야코프!" 주인이 외쳤고, 키가 큰 이 미남은 가슴팍을 열어젖힌 얇은 셔츠 차림으로 무리 속에 서 있었다. "잠깐만 여러분. 이 사람은 내 친구 페트루샤**야." 그는 피예르 쪽을 향해 말했다.

키가 그리 크지 않고 밝은 파란색 눈의 다른 사내가 취한 사람들 목소리 속에서 유독 또렷한 어조로 창가에서 외쳤다.

"이리 와서 내기 심판을 해줘!" 세묘놉스키 연대의 장교[16]로, 아나톨의 집에 기우하는 악명 높은 노름꾼이자 폭한인 돌로호프가 외친 것

---

* 곰을 일컫는 이름.

** 피예르의 애칭. 러시아의 인명은 이름, 부칭, 성으로 구성되며, 공적인 자리에서는 이름과 부칭을 붙여 사용하고 사적인 자리에서는 이름 또는 다양한 애칭을 사용한다.

이었다. 피예르는 즐거운 얼굴을 하고 주위를 둘러보며 웃고 있었다.

"뭐가 뭔지 모르겠군. 대체 무슨 일이야?" 그는 물었다.

"잠깐, 이 친구는 아직 취하지 않았어. 병을 이리 줘." 아나톨은 말하면서 탁자에서 잔을 들어 피예르에게 다가갔다.

"우선 한잔해."

피예르는 한 잔 한 잔 비워가며 창가에 모인 취한 무리를 다시 둘러보고 그들이 하는 이야기에 귀를 기울였다. 아나톨은 술을 따라주면서 돌로호프가 영국인 수병水兵 스티븐스와 내기를 하게 된 경위를 이야기했는데, 돌로호프가 삼층 창턱에서 다리를 바깥쪽으로 내려뜨리고 앉아 럼주를 병째 전부 들이켠다는 것이었다.

"자, 쭉 비워!" 아나톨은 마지막 한 잔을 권하면서 피예르에게 말했다. "안 그러면 놔주지 않을 테니까!"

"아냐, 이제 그만." 피예르는 아나톨을 밀어내며 말하고 창가로 다가갔다.

돌로호프는 영국인의 한 손을 잡고, 특히 아나톨과 피예르에게 들리도록 또박또박 명확하게 내기의 조건을 설명했다.

돌로호프는 중키에 고수머리, 밝은 파란색 눈을 가진 젊은이였다. 나이는 스물다섯이었다. 보병 장교가 다 그렇듯 그도 콧수염을 기르지 않아 그의 얼굴에서 가장 인상적인 입이 완전히 드러나 있었다. 그의 입술 선은 아주 섬세한 곡선을 그리고 있었다. 윗입술은 중앙에서 단단한 아랫입술로 정력적으로 날카로운 쐐기꼴을 이루며 내려와 있고, 입가 양쪽에는 언제나 미소 같은 것이 떠올라 있었다. 이 모든 것이 합쳐져서, 당당하고 오만하고 총명한 눈동자와 어우러져 이 얼굴에 주목

하지 않을 수 없는 특별한 인상을 만들었다. 돌로호프는 연줄도 없고 부유하지도 않았다. 그러나 한 해에 수만 루블을 쓰는 아나톨과 동거하면서, 아나톨과 그들을 아는 모든 사람이 아나톨보다 그를 더 존경하도록 만들어놓았다. 돌로호프는 노름이란 노름에는 다 끼어들어 거의 언제나 이겼다. 그리고 아무리 마셔도 명석함을 잃지 않았다. 쿠라긴도 돌로호프도 당시 페테르부르크의 난봉꾼과 방탕아 세계에서는 이른바 명물들이었다.

럼주 병을 가져왔다. 창 바깥쪽 사면에 앉는 데 걸리적거리는 창틀을 두 하인이 빼내려 했는데, 주위에서 참견하고 고함치는 통에 그들은 주눅이 들어 허둥거렸다.

아나톨은 예의 그 우쭐거리는 듯한 얼굴로 창가로 다가갔다. 그는 뭔가 두드려 부수고 싶어졌다. 그래서 두 하인을 밀치고 창틀을 잡아당겼으나 뜻대로 되지 않았다. 그는 유리를 깨부쉈다.

"힘센 자네가 한번 해보겠나?" 그는 피예르에게 말했다.

피예르가 인방을 잡아당기자, 떡갈나무 창틀이 어떤 곳은 쪼개지고, 어떤 곳은 뽑혔다.

"모두 떼어버려. 그러잖으면 다들 내가 그걸 붙잡고 있다고 생각할 테니까." 돌로호프가 말했다.

"영국인이 큰소리치고 있어…… 어떤가? 괜찮겠나?……" 아나톨이 말했다.

"괜찮아." 피예르는 럼주 병을 들고 창가로 다가가는 돌로호프를 쳐다보면서 말했고, 창 너머로 먼동이 터오는 하늘과 아침빛과 저녁놀이 한데 녹아든 빛이 보였다.

돌로호프는 럼주 병을 들고 창문으로 뛰어올랐다.

"잘들 들어!" 그는 창턱에 서서 방 쪽을 돌아보며 외쳤다. 모두 침묵했다.

"나는 내기를 할 거야(그는 영국인이 알아듣도록 프랑스어로 말했지만 그다지 잘하지는 못했다). 50임페리알* 내기. 원한다면 100으로 할까?" 그는 영국인에게 덧붙였다.

"아니, 50으로." 영국인이 대꾸했다.

"좋아, 50임페리알로 하지. 지금부터 나는 입을 떼지 않고 럼주 한 병을 들이켤 건데, 창문 바깥쪽 바로 여기, 이 자리에 앉아서(그는 몸을 구부리고 창문 바깥쪽 경사진 벽을 가리켰다) 아무것도 붙잡지 않고 마실 거야…… 그럼 되지?……"

"아주 좋아." 영국인은 말했다.

아나톨은 영국인 쪽으로 돌아와 그의 연미복 단추를 잡고 위에서 내려다보면서(영국인은 키가 작았다) 영어로 내기의 조건을 되풀이하기 시작했다.

"잠깐만" 하고 돌로호프는 자기 쪽으로 주의를 모으고 병으로 창문을 치면서 외쳤다. "잠깐만, 쿠라긴, 들어보게. 만약 나와 똑같이 하는 사람이 있으면 난 100임페리알 걸겠네. 알겠나?"

영국인은 고개를 끄덕였으나, 이 새로운 내기에 응한다는 것인지 응하지 않는다는 것인지 전혀 알 수 없었다. 아나톨은 영국인을 놓아주지 않고 상대방이 고개를 끄떡이면서 확실히 납득했다고 하는데도 끈

_____

* 1755년 주조된 러시아의 금화로 은화 10루블에 상당함.

질기게 돌로호프의 말을 영어로 옮기고 있었다. 이날 밤 카드놀이에서 진 비쩍 마른 근위 경기병 장교가 창문으로 기어올라서 몸을 내밀고 아래를 굽어보았다.

"우우……!" 그는 창문 너머 보도의 돌바닥을 내려다보며 말했다.

"조용!" 돌로호프가 이렇게 외치고 그 장교를 창문에서 끌어내리자, 장교는 박차들이 얽히면서 흉한 꼴로 방으로 뛰어내렸다.

잡기 편하도록 병을 창턱 위에 놓고 돌로호프는 조심스럽게 천천히 창문으로 기어올라갔다. 그는 발을 내려뜨리고 양팔을 뻗어 창문의 가장자리를 잡고 위치를 정한 다음, 손을 놓고 좌우로 가볍게 몸을 움직여보고 나서 병을 잡았다. 주위는 이미 환했지만 아나톨은 초 두 자루를 가져와서 창턱에 세웠다. 하얀 루바시카*를 입은 돌로호프의 등과 고수머리에 양쪽에서 불빛이 비쳤다. 모두 창가로 모여들었다. 영국인이 맨 앞에 서 있었다. 피예르는 싱글벙글할 뿐 입을 다물고 있었다. 그들 중에서 가장 연장자인 남자가 놀라고 화난 얼굴로 불쑥 나서더니 돌로호프의 셔츠를 붙잡으려고 했다.

"여보게들, 이건 진짜 어리석은 짓이야. 떨어져 죽는다고." 비교적 분별 있어 보이는 이 남자가 말했다.

아나톨은 그를 말렸다.

"손대지 말게, 그러다 오히려 놀라게 해서 죽일 수도 있어, 안 그런가?…… 그러면 어떡할 건가?…… 응?……"

돌로호프는 다시 두 손을 펼치고 앉은 자세를 바로잡으면서 돌아보

---

* 블라우스 비슷한 러시아 남성용 상의.

았다.

"누구라도 또 참견하는 자가 있으면," 그는 꾹 다문 얇은 입술 사이로 띄엄띄엄 내뱉듯이 말했다. "당장 여기서 밀어 떨어뜨려버리겠어. 자!……"

"자!" 하고 그는 다시 몸을 돌려 두 손을 놓고 병을 들어 입으로 가져갔고, 고개를 젖히고 중심을 잡기 위해 빈손을 위로 쳐들었다. 유릿조각을 주워 모으려던 하인은 허리를 구부린 채 발을 멈추고 창문과 돌로호프의 등에서 눈을 떼지 않았다. 아나톨은 눈을 동그랗게 뜨고 똑바로 서 있었다. 영국인은 입술을 삐죽 내밀고 옆에서 바라보고 있었다. 내기를 말리려던 남자는 방 한구석으로 달려가 소파에 드러눕더니 얼굴을 벽 쪽으로 돌려버렸다. 피예르는 아직 미소가 희미하게 남아 있던 얼굴을 두 손으로 가렸지만 이제 그의 얼굴은 공포와 두려움을 띠었다. 모두는 숨을 죽이고 있었다. 피예르는 눈에서 손을 뗐다. 돌로호프는 아까와 똑같은 자세로 고개만 뒤로 젖혔는데 목덜미께의 고수머리가 루바시카 깃에 살짝 닿았고, 병을 든 손은 달달 떨리면서 애써 점점 더 높이 올라가고 있었다. 병이 점점 비워지는 듯했고, 고개가 더 젖혀지면서 병바닥 쪽이 위로 올라갔다. '왜 이렇게 오래 걸리지?' 피예르는 생각했다. 마치 삼십 분 이상 지난 것 같았다. 갑자기 돌로호프는 멈칫하더니 등을 뒤로 뺐고, 그의 손은 신경질적으로 떨리기 시작했다. 그 미동만으로도 경사면에 앉아 있는 온몸이 흔들리기에 충분했다. 그의 몸이 미끄러져 내려가고 손과 머리는 균형을 잡으려고 최대한 버티면서 더욱 심하게 떨렸다. 한쪽 손이 창턱을 붙잡으려는 듯 쳐들렸다가 이내 내려졌다. 피예르는 다시 눈을 감고, 이제 절대로 눈을 뜨지 않겠다고 다짐했다. 그는 별안간 주위가 술렁이기 시작한 것을 느꼈다. 그는 바라보았다. 돌로호프는 창턱에 서 있었고, 얼굴은 창백했지만 즐거워 보였다.

"비었다!"

그는 영국인에게 병을 던졌고, 상대방은 솜씨 좋게 받았다. 돌로호프는 창문에서 뛰어내렸다. 그의 입에서 강한 럼주 냄새가 풍겼다.

"훌륭하다! 잘했어! 이런 게 내기지! 제기랄!" 사방에서 외쳤다.

영국인은 지갑을 꺼내 돈을 셌다. 돌로호프는 얼굴을 찌푸리고 잠자코 있었다. 피예르가 창가로 뛰어들었다.

"여러분! 누구 나와 내기할 사람 없나? 나도 똑같이 해보겠어." 그는 느닷없이 외쳤다. "아냐, 내기는 됐어, 그렇지, 한 병 가져오라고 해줘. 나도 할 거야…… 가져오라고 해."

"시켜봐, 시켜봐!" 돌로호프는 미소지으며 말했다.

"무슨 소리야? 미쳤나? 자네한테 그걸 시킬 것 같나? 계단 위에서도 현기증을 일으키는 주제에." 사방에서 떠들었다.

"나도 마실 수 있어, 럼주 한 병 가져와!" 피예르는 술 취한 사람 같은 완강한 몸짓으로 탁자를 치며 소리치고 창문으로 기어올라갔다.

누군가 그의 손을 붙잡았지만, 힘이 장사인 그는 옆으로 온 사람을 멀리까지 떠밀어버렸다.

"안 돼, 그래서는 절대로 저 녀석을 꺾을 수 없어." 아나톨이 말했다. "가만있어봐, 내가 속여볼 테니까. 어이, 내가 내기 상대가 돼줄게. 단, 그건 내일이야. 지금은 모두 같이 ×××로 가자."

"가자." 피예르는 외쳤다. "가자!…… 미시카도 데리고 가자……"

그리고 그는 곰을 붙잡아 끌어안고 들어올리더니 방안을 빙빙 돌기
시작했다.

7

바실리 공작은 안나 파블로브나의 야회에서 외아들 보리스의 일을
부탁한 드루베츠카야 공작부인과 한 약속을 지켰다. 청원은 황제에게
상주되어 보리스는 통례를 깨고 세묘놉스키 연대 소속 소위보로 근위
사단에 전보되었다. 그러나 안나 미하일로브나가 온갖 수고를 하고 갖
은 방법을 동원했는데도 쿠투조프의 부관이나 속관屬官이 되는 것은 끝
내 이루어지지 못했다. 안나 파블로브나의 야회가 있고 얼마 후 안나 미
하일로브나는 모스크바에 사는 부유한 친척인 로스토프가로 돌아왔는
데, 모스크바에서 그녀는 이 집에 신세를 지고 있었고, 육군 사관에 임
관하자마자 바로 근위 소위보로 전임하게 된 그녀의 사랑하는 외아들
보렌카*도 어릴 적 여기서 몇 년이나 살았었다. 근위 사단은 이미 8월
10일에 페테르부르크에서 출발했기 때문에 제복 준비를 위해 모스크
바에 남아 있던 보리스는 라드지빌로프로 가는 도중에 부대를 뒤따라
잡아야 했다.

로스토프가에서는 두 나탈리야―어머니와 막내딸―의 본명 축일**
을 맞았다. 포바르스카야 가街에 있는, 온 모스크바에서도 유명한 로스

---

* 보리스의 애칭.
** 그리스정교나 가톨릭에서는 자기와 동명인 성자의 축일을 생일처럼 지낸다.

토바 백작부인의 광대한 저택으로 축하객을 실은 마차의 행렬이 아침부터 끊임없이 이어지고 있었다. 백작부인과 아름다운 맏딸은 끊임없이 밀려드는 손님들과 함께 객실에 앉아 있었다.

마흔다섯 살의 백작부인은 동양형의 갸름한 얼굴에, 아이를 열둘이나 낳은 탓에 눈에 띄게 잔약해 보였다. 그러나 그 잔약함에서 비롯되는 완만한 동작과 말투가 오히려 그녀에게 장중한 무게감을 주고 존경심을 불러일으켰다. 안나 미하일로브나 드루베츠카야 공작부인은 집안 식구나 다름없이 그 자리에 끼여 손님 접대와 말상대하는 일을 도와주고 있었다. 젊은 패는 손님 접대를 도울 필요가 없었으므로 안쪽 방에 있었다. 백작은 손님을 마중하기도 하고 배웅하기도 하면서 모두를 만찬에 초대했다.

"나 자신에게도, 또 축하를 받는 본인들에게도 참으로, 참으로 감사한 일입니다. 마 셰르, 몽 셰르*(그는 자기보다 신분이 높은 사람에게나 낮은 사람에게나 똑같이 조금의 차별도 두지 않고, 예외 없이 마 셰르, 몽 셰르를 연발했다). 아시겠죠? 꼭 만찬에 와주셔야 합니다. 안 오시면 저를 모욕하는 것이나 마찬가지입니다, 몽 셰르. 가족 전체를 대신해 진심으로 부탁드립니다, 마 셰르." 그는 깨끗하게 면도한 복성스럽고 유쾌한 얼굴에 한결같은 표정을 지으며 한결같이 악수를 굳게 하고, 몇 번이고 되풀이해온 가벼운 인사와 함께 이 말을 조금도 생략하거나 바꾸지 않고 모든 사람에게 늘어놓았다. 한 손님을 배웅하고 백작은 아직 객실에 있는 손님들 쪽으로 되돌아가서 안락의자를 끌어당

---

* '친애하는 당신'이라는 뜻의 프랑스어. 몽 셰르는 남성에게, 마 셰르는 여성에게 쓴다.

겨 앉더니, 생활력 있고 또 생활을 사랑하는 사람다운 표정을 지으며 젊은 사람처럼 다리를 벌리고 무릎에 양손을 올려놓고 힘차게 다리를 흔들면서 때로는 러시아어로, 때로는 아주 서툴지만 자신만만한 프랑스어로 날씨를 예상하기도 하고, 건강을 묻기도 하고, 또 아무리 지쳐도 맡은 임무를 수행하는 데 소홀함이 없는 사람다운 표정을 지으며 대머리에 성긴 희끗희끗한 머리털을 쓰다듬으면서 또다시 손님을 배웅하러 나가고, 또 만찬에 초대하는 것이었다. 때로는 현관방에서 돌아오는 길에 꽃이 있는 방과 하인 방을 거쳐 80인분의 식탁이 차려진 대리석조의 큰 홀에 들러 급사들이 은그릇이며 도자기를 나르고, 식탁을 차리고, 무늬 있는 명주 탁자보를 펼치는 모습을 바라보면서 집안일을 맡아보고 있는 귀족 출신의 드미트리 바실리예비치를 불러 말했다.

"이봐, 미텐카*, 만사에 실수 없도록 주의하게. 그렇지, 그렇지." 그는 확장형 식탁이 널따랗게 펼쳐진 모습을 만족한 듯이 보면서 말했다. "무엇보다도 중요한 것은 식탁 차림새니까. 그래, 그래……" 그러고는 만족의 한숨을 쉬고, 다시 객실로 돌아갔다.

"마리야 리보브나 카라기나 부인과 영애가 오셨습니다!" 백작부인의 외출 시중을 드는 몸집 큰 하인이 객실에 들어와 낮은 목소리로 전했다. 백작부인은 잠시 생각하다가, 남편 초상이 붙어 있는 금제 코담뱃갑을 들어 냄새를 맡았다.

"이렇게 손님이 많아서야 견딜 수가 없군." 그녀는 말했다. "그럼 이제 그분 한 분으로 끝내지. 무척 잘난 척하는 사람이란 말이야. 들어오

---

* 드미트리의 애칭.

시게 해요."그녀는 '자, 정말 끝이야!' 하고 말하는 것 같은 어두운 목소리로 하인에게 말했다.

키가 크고 뚱뚱하고 오만한 얼굴의 부인이 둥근 얼굴에 가득 미소짓는 딸과 함께 옷자락 스치는 소리를 내며 객실에 들어왔다.

"친애하는 백작부인, 정말 오랜만입니다…… 그분은 가엾게도 병이 나셨어요…… 라주몹스키 댁 무도회에서…… 아프락신 백작부인도…… 저는 정말 기뻤어요……"활발한 여자의 목소리가 서로의 말에 끼어들면서 옷자락 스치는 소리와 의자 움직이는 소리에 뒤섞여 들렸다. 그리고 최초의 침묵을 기회로 일어나 옷자락 스치는 소리를 내면서 "정말 즐거웠어요…… 어머니의 건강은…… 또 아프락신 백작부인이……"하고 다시 옷자락을 스치면서 현관방으로 가서 슈바*나 망토를 걸치고 돌아가는 그저 이런 정도를 위한 대화가 시작되었다. 화제는 당시 장안의 주요 뉴스였던, 이름난 부호이자 예카테리나 여제 시대의 미남 베주호프 노백작의 병과 안나 파블로브나 셰레르의 야회에서 무례를 범한 그의 서자 피예르의 일로 옮아갔다.

"저는 그 가엾은 백작을 진심으로 동정해요."손님인 카라기나 부인이 말했다. "몸도 편치 않은데 이번에는 아들의 일로 상심하시고 말았어요. 그러니 오래 사시겠어요?"

"무슨 말씀이죠?"백작부인은 손님이 무슨 말을 하는지 모른다는 듯 물었지만, 그녀는 베주호프 백작이 상심한 이유에 대해 벌써 열댓 번쯤 들어 알고 있었다.

---

* 모피 외투.

76

"그것이 요즘의 교육이라는 겁니다! 더군다나 유학까지 다녀왔으면서." 여자 손님은 말했다. "그 아드님을 하고 싶은 대로 하도록 내버려두신 것 같은데 말이죠, 이번에 페테르부르크에서 엄청난 일을 저질러서 경찰의 감시를 받으며 쫓겨났다는군요."

"그렇군요!" 백작부인은 말했다.

"그 사람은 친구 선택이 좋지 않았어요." 안나 미하일로브나 공작부인이 말참견했다. "바실리 공작의 아드님과 그 사람, 그리고 돌로호프라는 사람이 정말 엄청난 짓을 저질렀나봐요. 그 때문에 두 사람이 따끔하게 혼이 났다고 해요. 돌로호프는 병사로 강등되고, 베주호프 백작의 아드님은 모스크바로 쫓겨나고 말이에요. 아나톨 쿠라긴은 아버지가 그럭저럭 무마하긴 했지만, 그래도 역시 페테르부르크에서는 쫓겨났답니다."

"대체 그 사람들이 무슨 짓을 저질렀길래요?" 백작부인은 물었다.

"그 사람들은 진짜 폭한이에요, 특히 돌로호프라는 사람이." 여자 손님은 말했다. "그 사람도 마리야 이바노브나 돌로호바라는 훌륭한 부인의 아드님입니다만, 정말 어쩜 그런 짓을, 정말 상상도 못하실 거예요. 그들 셋이 어디서 났는지 모를 곰을 마차에 태워 여배우들한테로 데려갔다지 뭐예요. 경찰이 말리러 뛰어가니까 모두 달려들어 서장을 붙들고는 곰과 등을 맞대 꽁꽁 묶어서 모이카 수로水路에 집어넣었던 모양이에요. 곰은 헤엄치고 서장은 그 위에서."

"그 서장 꼴이 정말 볼만했겠군요, *마 셰르*." 백작은 이렇게 외치고, 배를 잡고 웃었다.

"아, 무서운 일이에요! 웃을 일이 아니에요, 백작!"

그러나 그렇게 말하는 부인들도 자기도 모르게 웃음을 터뜨렸다.

"그래도 호된 꼴을 당했던 서장은 간신히 구조되었다지만," 여자 손님이 말을 이었다. "하여튼 키릴 블라디미로비치 베주호프 백작의 아드님이 그런 맹랑한 장난을 치고 있다는 거예요!" 그녀는 덧붙였다. "듣자니 학식 있고 머리도 좋은 분이라던데 말이에요. 유학의 소득이라는 것이 기껏 이런 게 아닌가 싶어요. 정말 여기서는 재산 같은 건 안중에 두지 말고 그 사람을 상대해주지 않으면 좋겠어요. 제게도 그 사람을 소개하겠다는 분이 계셨습니다. 하지만 저희 집에는 딸들도 있고 해서 단호히 거절했지요."

"당신은 왜 그 젊은이가 마치 부자인 것처럼 말씀하시죠?" 듣지 않는 척하는 딸들에게서 몸을 돌리며 백작부인은 물었다. "게다가 그분의 아드님들은 모두 사생아잖아요…… 피예르도 사생아고요."

여자 손님은 손을 내저었다.

"그분에게는 서자가 스무 명쯤 있을 거예요."

안나 미하일로브나 공작부인은 사교계에서의 자신의 연줄과 지식을 과시하고 싶은 듯 또다시 이야기에 끼어들었다.

"문제는 이거예요." 그녀는 의미심장하고 속삭이는 듯한 나지막한 목소리로 말했다. "키릴 블라디미로비치 백작의 평판은 너무도 유명해요…… 그분은 자기 아이들이 몇 명인지도 모르실 테지만, 피예르는 무척 귀여워하신다는 거죠."

"그 노인분이 얼마나 잘생기셨었는지." 백작부인은 말했다. "작년까지만 해도 말이에요! 그토록 잘생긴 남자분을 나는 본 적이 없어요."

"그렇던 분이 지금은 많이 변하셨죠." 안나 미하일로브나는 말했다.

"그런데 제가 이야기하고 싶었던 건 다름이 아니라," 그녀는 말을 이었다. "부인 쪽으로 따지면 전 재산의 직계 상속자는 바실리 공작이지만, 백작이 아버지로서 피예르를 많이 아끼고 교육에도 신경을 쓰고 폐하께 상주문까지 올릴 정도니까…… 만약 그분이 돌아가시기라도 하면(지금 몹시 위중하셔서 모두가 각오하고 있죠. 로랭 의사 선생도 페테르부르크에서 와 있고요) 그때는 그 막대한 재산이 누구에게 돌아갈지 아무도 몰라요. 피예르에게 돌아갈지 바실리 공작에게 돌아갈지. 어쨌든 4만 명이나 되는 농노와 몇백만의 재산이 걸려 있으니까요. 제가 이토록 잘 아는 것은, 바실리 공작이 친히 제게 이런 이야기를 들려주셨기 때문이에요. 게다가 키릴 블라디미로비치도 제게는 어머니 쪽으로 칠촌 백부가 되십니다. 보랴* 세례 때 그분이 대부가 되어주셨어요." 그녀는 마치 이런 사실에 아무런 의미도 두지 않는다는 듯이 덧붙였다.

"바실리 공작은 어제 모스크바에 오셨어요. 감사監査를 하러 오셨다죠." 여자 손님이 말했다.

"그래요, 하지만 우리끼리니까 하는 얘기입니다만," 공작부인은 말했다. "그건 구실이고, 키릴 블라디미로비치 백작의 병환이 몹시 위중하다는 이야기를 듣고 어떤가 보러 오신 거예요."

"그건 그렇고, 마 셰르, 그것참 굉장한 장난이네요" 하고 백작은 말했으나 중년의 여자 손님이 듣고 있지 않은 것을 알아채자 이번에는 아가씨들을 향해 말했다. "서장의 꼴이 정말 가관이었겠습니다."

---

* 보리스의 애칭.

그는 서장이 했다는 것처럼 두 팔을 내젓는 시늉을 하고 뚱뚱한 몸을 흔들며 잘 울리는 굵직한 목소리로 다시 웃어젖혔는데, 그것은 항상 잘 먹고 잘 마시는 사람에게서 들을 수 있는 웃음소리였다. "그럼, 꼭 만찬에 와주십시오" 하고 그는 말했다.

8

침묵이 밀려왔다. 백작부인은 상냥하게 미소지으며 여자 손님을 바라보았는데, 만약 여자 손님이 일어나서 가겠다고 하더라도 이제는 조금도 섭섭하게 여기지 않겠다는 기색을 감추지도 않았다. 여자 손님의 딸은 묻는 듯이 어머니를 바라보면서 옷매무새를 바로잡기 시작했는데, 그때 별안간 옆방에서 문 쪽으로 뛰어오는 몇몇 남녀의 발소리와 의자 넘어지는 소리가 들리더니, 열세 살쯤 되어 보이는 소녀가 짧은 모슬린 스커트에 뭔가를 싸들고 뛰어들어와 방 한가운데서 멈춰 섰다. 정신없이 뛰다가 자기도 모르게 여기까지 와버린 듯했다. 그와 동시에 새빨간 깃이 달린 제복을 입은 대학생, 근위 장교, 열다섯 살쯤 된 소녀, 어린이용 재킷을 입은 볼이 붉고 통통한 소년이 나타났다.

백작은 일어서서 두 팔을 벌리고 몸을 흔들더니, 뛰어들어온 소녀를 끌어안았다.

"아, 이 아이입니다!" 그는 웃으면서 외쳤다. "본명 축일을 맞은 주인공! 마 셰르, 본명 축일의 주인공입니다!"

"얘야, 모든 일에는 때가 있는 법이다." 백작부인은 일부러 엄한 표정을 지으며 말했다. "당신이 늘 오냐오냐하니까 그래요, *엘리**" 하고 그녀는 남편에게 덧붙였다.

"*안녕하세요, 아가씨? 축하해요.*" 여자 손님이 말했다. "*정말 귀여운 아이예요!*" 하고 그녀는 어머니를 돌아보며 덧붙였다.

눈이 까맣고, 입이 크고, 예쁘지는 않지만 발랄한 소녀는 너무 빨리 뛰어오는 바람에 어린애 같은 어깨가 옷 밖으로 드러나 있었고, 뒤로 흐트러진 칠흑 같은 곱슬머리와 드러난 가는 두 팔, 레이스 속바지에 발등이 드러난 단화를 신은 조그마한 발을 보면 그녀가 지금 어린애는 아니지만 아직 처녀도 아닌 사랑스러운 나이에 이르렀다는 것을 알 수 있었다. 그녀는 아버지의 팔에서 빠져나와 어머니에게 뛰어가더니, 어머니의 엄한 타이름에도 아랑곳없이 홍당무처럼 빨개진 얼굴을 어머니의 레이스 스카프에 파묻고 웃어댔다. 그리고 스커트 춤에서 꺼낸 인형에 대해 띄엄띄엄 설명하면서 웃어댔다.

"이것 좀 보세요…… 인형이…… 미미가…… 이걸 보세요."

나타샤는 더이상 말을 이을 수 없었다(그녀에게는 모든 것이 우스꽝스러웠던 것이다). 그녀는 어머니 무릎에 쓰러져 카랑카랑 잘 울리는 목소리로 크게 웃어댔고, 거기 있던 사람들도 모두, 심지어 잘난 척하던 여자 손님까지도 자기도 모르게 소리 높여 웃었다.

"자, 가거라, 그 망가진 걸 가지고 가라니까!" 어머니는 일부러 화난 얼굴을 하고 딸을 밀면서 말했다. "우리 막내딸이랍니다." 그리고 여자 손님에게 덧붙였다.

---

* 일리야를 프랑스어로 부른 것.

나타샤는 어머니의 레이스 스카프에서 살짝 얼굴을 떼고 웃다가 눈물까지 글썽이는 눈으로 어머니의 얼굴을 올려다보다가 다시 얼굴을 파묻었다.

이 가정적인 광경을 보지 않을 수 없었던 여자 손님은 자기도 그 속에 끼어들어야 한다고 생각했다.

"자, 귀여운 아가씨, 말해주세요." 그녀는 나타샤에게 말했다. "이 미미는 아가씨에게 뭐예요? 딸이죠, 그렇죠?"

나타샤는 아이에게 말을 높이는 이 손님의 말투가 마음에 들지 않았다. 그녀는 아무 대답도 하지 않고 여자 손님을 정색한 표정으로 노려보았다.

그사이 젊은 사람들—안나 미하일로브나 공작부인의 아들인 장교 보리스, 백작의 맏아들인 대학생 니콜라이, 백작의 조카딸인 열다섯 살의 소냐, 막내아들인 어린 페트루샤—이 모두 객실에 자리를 잡았다. 그들은 각자의 용모 속에 여전히 약동하는 흥분과 즐거움을 예절이라는 틀 속에 억눌러놓으려고 애쓰는 것 같았다. 그들이 이리로 곧장 뛰어오기 전에 안쪽 방에서 주고받았던 이야기는 틀림없이 이 객실에서 했던 시중의 유언비어며 날씨며 아프락신 백작부인에 대한 이야기보다 훨씬 유쾌한 것이었을 것이다. 이따금 그들은 서로 바라보고 간신히 웃음을 참았다.

두 젊은이, 즉 대학생과 장교는 어렸을 때부터 동갑내기 친구로 둘 다 미남이지만 서로 닮은 데는 하나도 없었다. 보리스는 키가 훤칠하고 금발에 이목구비가 반듯하면서도 화사한, 차분하고 잘생긴 젊은이였다. 니콜라이는 키가 그리 크지 않고 곱슬머리에 시원시원해 보이는 젊은이였다. 입술 위에 벌써 거뭇거뭇한 수염이 보이는 그의 얼굴에는 쉽게 흥분하는 성급한 성격이 드러나 있었다. 니콜라이는 객실에 들어오자마자 얼굴을 붉혔다. 무슨 말을 할지 생각했지만 적당한 말을 찾지 못한 모양이었다. 반면에 보리스는 곧바로 침착하면서도 장난스럽게, 자기는 이 인형 미미를 코흘리개 어린 시절부터 알았는데 자기가 기억하는 오 년 사이에 완전히 할멈이 되어서 골통에 온통 금이 가버렸다고 이기죽댔다. 이렇게 말하고 보리스는 나타샤를 힐끔 보았다. 나타샤는 그를 외면하고 남동생을 보았지만 동생이 실눈을 뜨고 소리 죽인 채 온몸을 들먹이며 웃자 더이상 참지 못하고 벌떡 일어나 날렵한 다리로 밖으로 뛰어나가버렸다. 보리스는 웃음을 멈추었다.

"어머니도 나가실 거죠? 마차가 있어야겠죠?" 그는 어머니에게로 얼굴을 돌리고 미소지으며 말했다.

"그래, 얼른 가서 채비하라고 일러다오." 그녀도 미소지으며 말했다.

보리스는 조용히 문을 나와 나타샤를 쫓아갔고, 통통한 소년은 자기가 하던 일을 방해받기라도 한 듯 못마땅하고 부루퉁한 얼굴로 그들을 뒤쫓아 달려갔다.

9

백작부인의 맏딸(그녀는 여동생보다 네 살 위인데 벌써 어른 행세를 하고 있었다)과 여자 손님의 영애를 빼면 젊은이들 중 객실에 남은 사람은 니콜라이와 조카딸인 소냐뿐이었다. 소냐는 날씬하고 몸집이 작

은 검은 머리의 처녀로, 부드러운 눈동자에는 긴 속눈썹 그늘이 드리워
져 있고, 짙은 검은 머리는 두 가닥으로 땋아 감아올려져 있으며, 얼굴
과 특히 여위긴 했지만 우아하고 힘줄이 드러난 팔과 목의 살결은 누
르스름한 빛을 띠었다. 경쾌한 몸놀림, 조그마한 손발의 유연함과 부
드러움, 살짝 교활한 듯하면서도 겸손한 몸가짐은 아직 충분히 크지는
않았지만 장차 훌륭하게 자랄 것 같은 사랑스러운 새끼고양이를 연상
케 했다. 그녀는 모든 사람의 이야기에 미소로써 관심을 표시하는 것
을 예의라고 여기는 것 같았다. 그러나 길고 짙은 속눈썹 아래 눈은 머
지않아 군대에 가버릴 *사촌오빠*를 처녀다운 열정과 동경을 담고 바라
보고 있었기 때문에 그녀의 미소는 한순간도 다른 사람을 속일 수 없
었고, 새끼고양이가 여기 앉아 있는 것은 보리스와 나타샤처럼 얼른
이 객실을 빠져나가 *사촌오빠*와 전보다 더 신나게 뛰어놀기 위해서일
뿐이었다.

"실은 말입니다, *마 셰르*." 노백작은 여자 손님에게로 몸을 돌리고
니콜라이를 가리키며 말했다. "이애 친구인 보리스가 장교로 임관이
됐습니다만, 이애는 우정을 위해서라도 친구에게 뒤지고 싶지 않다면
서 대학도, 늙은 나도 내버리고 군대에 들어가려 하고 있답니다, *마 셰*
르. 벌써 문서국에 임지까지 정해놓았었는데 말입니다. 이런 게 우정
이라는 걸까요?" 백작은 의문스럽다는 듯이 말했다.

"그러고 보니, 벌써 선전포고가 되었다잖아요.*" 여자 손님은 대답

---

* 공식적인 선전포고는 없었고, 개전과 징병에 대한 알렉산드르 1세의 조칙은 1805년 9월
1일에야 공포되었다. 그러나 러시아군은 이미 8월에 쿠투조프의 지휘 아래 오스트리아로
향했다.

했다.

"그런 이야기는 오래전부터 있었습니다." 백작은 말했다. "앞으로도 그런 이야기가 있을 테지만 그저 소문으로 그칠 겁니다. *마 세르*, 이런 게 우정인가봅니다!" 그는 되풀이했다. "이애는 경기병이 된다고 합니다."

여자 손님은 뭐라 대답해야 할지 몰라 그저 고개만 저었다.

"우정 때문이 아니에요." 니콜라이는 얼굴을 붉히며 마치 수치스러운 비방을 당한 사람처럼 해명하듯 말했다. "절대 우정 때문이 아니에요, 군무에 대한 사명을 느꼈기 때문입니다."

그는 사촌누이와 여자 손님의 영애를 힐끔 돌아보았다. 그들은 동의하는 듯한 미소를 띠고 그를 바라보고 있었다.

"오늘 파블로그라드스키 경기병 연대의 슈베르트 대령이 우리 만찬에 오십니다. 휴가차 이곳에 와 계시는데 이애를 데려가주시겠다고 합니다. 어떡해야 할까요?" 백작은 어깨를 으쓱하면서, 분명 많은 슬픔을 치렀을 이 문제를 농담조로 말했다.

"그래서 전에도 말씀드렸잖아요, 아버지." 아들은 말했다. "만약 아버지가 아무래도 저를 놓아줄 수 없다고 하시면 전 남겠다고요. 하지만 전 저를 잘 알아요, 저는 군대가 아닌 다른 곳에는 맞지 않는 사람이죠. 외교관도 관리도 맞지 않아요, 감정을 숨기질 못해요." 그는 아름다운 청춘의 교태를 담아 줄곧 소냐와 여자 손님의 딸을 바라보며 말했다.

새끼고양이는 그의 얼굴에 눈을 못박고 있었는데 당장이라도 고양이의 본성을 드러내 장난치려고 덤벼들 것 같았다.

"그래, 그래, 좋다!" 노백작은 말했다. "정말 갈수록 태산이구나. 그 보나파르트란 작자가 모두의 머리를 이상하게 만들어놨어. 모두 그자가 일개 중위에서 황제가 됐다는 것만 생각하니까 말이야. 그래, 할 수 없지." 그는 여자 손님의 비웃는 듯한 미소를 알아채지 못하고 덧붙였다.

어른들은 보나파르트에 관해 이야기하기 시작했다. 카라기나 부인의 딸인 쥴리는 젊은 로스토프에게로 얼굴을 돌렸다.

"지난 목요일에 아르하로프 댁에 오시지 않아서 정말 서운했어요. 당신이 안 계셔서 나는 얼마나 지루했는지 몰라요." 그녀는 달콤한 미소를 보내면서 말했다.

알랑거리는 말에 기분이 좋아진 청년은 청춘의 교태가 어린 미소를 지으며 그녀 옆으로 자리를 옮겨 줄곧 미소짓는 쥴리와 둘이서만 이야기하기 시작했지만 자기도 모르게 지은 이 미소가 질투의 칼날이 되어, 얼굴을 붉히고 억지 미소를 짓고 있는 소냐의 가슴을 찌른 것을 전혀 깨닫지 못했다. 이야기 도중 그는 소냐 쪽을 돌아보았다. 소냐는 노여움에 불타는 눈으로 그를 힐끔 보고는 차오르는 눈물을 가까스로 참고 억지로 미소를 지으며 일어서서 방을 나가버렸다. 니콜라이의 생기 있던 표정은 홀연 사라져버렸다. 그는 이야기가 중단되는 틈을 기다렸다가 착잡한 얼굴로 소냐를 찾으러 방을 나갔다.

"젊은 사람의 비밀이란 흰 실로 꿰매놓은 것처럼 눈에 잘 드러나는 법이죠!" 안나 미하일로브나는 나가는 니콜라이를 가리키면서 말했다. "*사촌간은 위험한 이웃이에요*" 하고 그녀는 덧붙였다.

"그래요." 이 젊은이들과 같이 객실로 스며들었던 햇살이 사라진 뒤에 백작부인은, 아무도 그녀에게 묻지 않았지만 늘 그녀의 마음에 걸려 있던 문제에 대답하는 듯한 어조로 말했다. "지금 저애들을 보며 느끼는 기쁨을 위해 얼마나 많은 고생과 걱정을 해왔는지 몰라요! 그런데 지금도 기쁨보다는 걱정이 앞선답니다. 줄곧 걱정만, 걱정만 하고 있어요! 여자아이에게도, 남자아이에게도 지금이 가장 위험한 나이니까요."

"모든 것이 교육에 달렸어요." 여자 손님은 말했다.

"네, 맞는 말씀이에요." 백작부인은 말을 이었다. "지금까지 저는 고맙게도 아이들의 친구로 지내왔고, 충분한 신뢰를 받고 있어요." 자기 아이만은 자신들에게 비밀이 없다고 생각하는 많은 부모의 미망을 되풀이하면서 백작부인은 말했다. "저는 언제든지 제 딸들의 첫째가는 *비밀 친구*가 되어줄 수 있다고 생각합니다. 니콜렌카*는 욱하는 성질이 있어서 짓궂은 짓은 좀 합니다만(남자아이에게는 이런 면이 있기 마련이에요), 아까 그 페테르부르크의 사람들 같은 일은 하지 않을 거예요."

"그렇지, 훌륭해, 훌륭한 아이들이야." 언제나 이 훌륭하다는 말로 복잡한 모든 문제를 해결해온 백작이 맞장구쳤다. "이번만 하더라도 봐! 경기병을 지원했잖아! 그 이상 뭘 더 바라겠어! 그렇잖습니까, 마 셰르?"

"작은따님은 어쩌면 그렇게도 귀여울까요!" 여자 손님이 말했다. "영락없는 화약이에요!"

"맞습니다, 화약 같죠." 백작은 말했다. "저를 닮았어요! 게다가 목소리도 훌륭하죠. 제 딸이지만 솔직히 그애는 성악가가 될 수 있을 겁

---

* 니콜라이의 애칭.

니다, 제2의 살로모니*가요. 집에 이탈리아인을 들여서 가르치고 있습니다."

"아직 이르지 않나요? 그 나이에 배우면 목소리에 좋지 않다고 하던데."

"천만에요, 이르다니요!" 백작은 말했다. "우리네 어머니들은 열두서너 살에 결혼도 하지 않았습니까?"

"벌써 그애는 보리스를 사랑하고 있어요! 무슨 애가 그럴까요?" 백작부인은 보리스의 어머니를 쳐다보고 조용히 웃으며 말한 뒤, 분명 자신의 마음을 차지하고 있는 상념에 대답하듯이 말을 이었다. "만약 제가 그애를 엄하게 단속해서 뭔가를 하면 안 된다고 말한다면……둘이 몰래 무슨 짓을 저지를지 몰라요(백작부인은 키스 정도는 할지도 모른다고 말한 것이었다), 하지만 지금은 그애가 무슨 일을 하는지 다 알죠. 밤만 되면 쪼르르 와서 다 얘기하니까요. 어쩌면 제가 그애를 너무 버릇없이 만들고 있는지도 모르지만, 저는 정말 그러는 게 더 좋다고 생각해요. 큰애는 엄하게 길렀습니다만."

"맞아요. 저는 전혀 다르게 기르셨어요." 아름다운 맏딸인 백작영애 베라가 웃으면서 말했다.

그러나 그 미소는 평소와 같이 베라의 얼굴에 매력을 더해주지는 못했다. 매력은커녕 표정이 부자연스러워져서 오히려 불쾌하게 느껴졌다. 맏딸 베라는 미인인데다 머리가 좋고 공부를 잘했으며 교양 있고 목소리도 곱고, 지금 그녀가 한 말도 맞는 말이고 그 자리에도 어울리

---

* 러시아 오페라 가수. 바이올린과 클라비코드 연주, 무용에 능했다.

는 말이었다. 그러나 이상하게도 여자 손님도 백작부인도 왜 그녀가 그런 말을 했을까 하고 의아한 듯이 그녀를 돌아보고 거북스러움을 느꼈던 것이다.

"맏이에게는 누구나 머리를 썩이기 마련이에요. 특출나게 키워보려는 욕심 때문이죠." 여자 손님은 말했다.

"아니 정말 숨길 것도 없으니까 드리는 말씀이지만, *마 셰르!* 우리 마누라는 베라에게 무던히도 머리를 썩였습니다." 백작은 말했다. "그런들 어떻습니까! 역시 이렇게 훌륭한 딸이 되지 않았습니까." 그는 베라를 향해 인정한다는 듯이 윙크하며 덧붙였다.

여자 손님들은 자리에서 일어나 만찬에 오겠다는 약속을 하고 돌아갔다.

"대단한 예의로군! 무던히도 주저앉아 있단 말이지!" 백작부인은 여자 손님을 배웅하고서 말했다.

10

나타샤는 객실에서 뛰어나왔지만 꽃이 있는 방까지만 갔다. 그녀는 이 방에서 발을 멈추고 객실의 이야기 소리에 귀를 기울이면서 보리스가 나오기를 기다렸다. 보리스가 곧바로 나와주지 않아 이미 안달이 나고 발을 구르며 당장에라도 울 것같이 되었을 때, 느리지도 빠르지도 않은, 청년의 절도 있는 발소리가 들려왔다. 나타샤는 얼른 꽃을 심어놓은 나무통들 사이로 몸을 숨겼다.

보리스는 방 한가운데서 걸음을 멈추고 주위를 둘러보다가 군복 소매의 먼지를 털고 거울로 다가가 자기의 아름다운 얼굴을 들여다보았다. 나타샤는 그가 이번에는 무얼 할까 하는 기대에 숨죽인 채 훔쳐보고 있었다. 그는 잠시 거울 앞에 서 있다가 빙긋이 웃음짓고 문 쪽으로 걸어갔다. 나타샤는 불러세울까 하다가 이내 생각을 바꿨다.

'좀더 찾게 내버려둬야지.' 그녀는 속으로 중얼거렸다. 보리스가 나가자마자 또다른 문에서 소냐가 새빨개진 얼굴로 눈물을 글썽이며 원망하듯 중얼거리면서 들어왔다. 나타샤는 그녀에게 뛰어가고 싶은 처음의 충동을 누르고 마치 사람들 눈에는 보이지 않는 모자를 쓰고 세상일을 엿보는 사람처럼 계속 숨어 있었다. 그녀는 특별하고 새로운 즐거움을 경험하고 있었다. 소냐는 중얼거리면서 자꾸 객실 문 쪽을 돌아보았다. 문에서 니콜라이가 나왔다.

"소냐! 왜 그래? 뭐가 문제야?" 니콜라이가 그녀 옆으로 달려와서 물었다.

"아무것도 아네요, 아무것도 아네요. 내버려둬요!" 소냐는 울기 시작했다.

"아니, 난 왜 그러는지 알고 있어."

"그래요, 알면 됐어요. 그 여자한테 가봐요."

"소냐, 한마디만 들어줘! 그런 쓸데없는 상상으로 나나 자신을 괴롭힐 필요는 없잖아?" 니콜라이는 소냐의 손을 잡으면서 말했다.

소냐는 니콜라이의 손을 뿌리치지 않고 울음을 그쳤다.

나타샤는 꼼짝하지 않고 숨을 죽인 채 눈을 반짝이며 훔쳐보고 있었다. '이제 어떤 일이 일어날까?' 그녀는 생각했다.

"소냐! 이 세상을 다 준대도 나는 필요 없어! 네가 내 전부니까." 니콜라이는 말했다. "난 그것을 증명해 보이겠어."

"난 그렇게 말하는 거 싫어요."

"그래, 그럼 안 할게, 용서해줘, 소냐!" 그는 그녀를 끌어당겨 입을 맞췄다.

'아아, 멋지다!' 나타샤는 이렇게 생각하고, 소냐와 니콜라이가 방을 나가자 뒤따라가서 보리스를 불러왔다.

"보리스, 이리 오세요." 그녀는 의미심장하고 교활한 표정을 지으며 말했다. "당신에게 꼭 하나 할 이야기가 있어요. 이쪽, 이쪽으로 오세요." 그녀는 말하고, 보리스를 꽃방의 나무통들 사이, 아까 자기가 숨었던 곳으로 데려갔다. 보리스는 웃으면서 따라왔다.

"그 꼭 하나라는 게 뭔데요?" 그는 물었다.

나타샤는 어쩔 줄 모르고 주위를 둘러보다가, 나무통 위에 던져놓았던 인형이 눈에 들어오자 손에 들었다.

"이 인형에 키스해줘요." 그녀는 말했다.

보리스는 주의깊고 부드러운 눈으로 그녀의 상기된 얼굴을 바라보았지만 아무 말도 하지 않았다.

"싫으세요? 그럼 이쪽으로 오세요" 하고 나타샤는 꽃들 속으로 더 들어가서 인형을 내던졌다. "더 가까이, 더 가까이!" 하고 그녀는 속삭였다. 젊은 장교의 옷소매를 두 손으로 붙잡은 그녀의 상기된 얼굴에는 엄숙함과 두려움이 감돌고 있었다.

"그럼 내게 키스하고 싶어요?" 그를 올려보며 미소짓고 있지만 흥분한 나머지 거의 울음을 터뜨릴 것 같은 모습으로 그녀는 간신히 들리는 목소리로 속삭였다.

보리스는 얼굴을 붉혔다.

"정말 당신은 재미있는 사람이군요!" 그는 말하고 그녀 쪽으로 몸을 숙이며 더욱 얼굴을 붉혔으나, 자기가 어쩌지는 않고 기다렸다.

나무통 위로 불쑥 뛰어올라 보리스보다 키가 커진 그녀는 그를 끌어안고 가는 맨팔로 그의 목 위를 휘감더니, 머리칼을 뒤로 넘기고 그의 입술 바로 위에 자기 입술을 포갰다.

그녀는 화분들 사이를 빠져서 반대쪽으로 가더니 고개를 숙이고 발을 멈췄다.

"나타샤," 그가 말했다. "물론 알고 있겠지만, 난 당신을 사랑합니다. 하지만……"

"나를 사랑한다고요?" 나타샤가 가로막았다.

"네, 사랑해요. 하지만 지금 같은 행동은 하지 않았으면 합니다…… 앞으로 사 년…… 그때 당신에게 청혼할 테니까요."

나타샤는 생각했다.

"열셋, 열넷, 열다섯, 열여섯……" 그녀는 가느다란 손가락을 꼽으면서 말했다. "좋아요! 그 말 틀림없죠?"

기쁨과 안도의 미소가 생기발랄한 얼굴에 번졌다.

"틀림없습니다!" 보리스가 말했다.

"영원히?" 소녀는 말했다. "죽을 때까지?"

그녀는 그의 팔을 잡고 행복한 얼굴로 그와 함께 조용히 소파가 있는 방으로 갔다.

11

백작부인은 손님 때문에 몹시 지쳐서 이제는 아무도 만나지 않겠다고 이르고, 문지기에게 이제부터 찾아오는 축하객들을 모두 빠짐없이 만찬에 초대하라고 분부했다. 백작부인은 소꿉동무인 안나 미하일로브나 공작부인과 단둘이서만 이야기하고 싶었다. 그녀는 안나 미하일로브나가 페테르부르크에서 돌아온 이래 아직 조용한 만남을 갖지 못했던 것이다. 안나 미하일로브나는 그 울어서 부은 것 같으면서도 유쾌해 보이는 얼굴로 백작부인의 안락의자 옆으로 다가앉았다.

"당신에게는 모든 걸 솔직하게 말할 수 있어요." 안나 미하일로브나는 말했다. "이제 우리의 옛친구들도 얼마 남지 않았어요! 그래서 우리의 우정이 더욱 소중하게 느껴져요."

안나 미하일로브나는 베라의 얼굴을 보고 말을 멈췄다. 백작부인은 친구의 손을 잡았다.

"베라." 귀여워하지 않는 것이 분명한 맏딸에게로 얼굴을 돌리며 백작부인은 말했다. "너는 왜 그렇게 매사에 눈치가 없니? 네가 여기 있으면 방해가 된다는 걸 모르겠어? 동생들한테 가보든가, 아니면⋯⋯"

아름다운 베라는 전혀 기분 나쁜 기색은 없이 무시하는 듯한 미소를 지었다.

"진작 말씀하셨으면 곧바로 나갔을 거예요, 어머니." 그녀는 말하고 자기 방으로 갔다. 소파가 있는 방 앞을 지나던 베라는 방안의 두 창가에 두 쌍의 젊은 남녀가 대칭을 이루듯 앉아 있는 것을 보았다. 그녀는 걸음을 멈추고 경멸하는 듯한 미소를 지었다. 소냐는 니콜라이 옆에 다가앉아 있었는데, 니콜라이는 자기가 처음으로 썼던 시를 그녀에게 옮겨 적어주고 있었다. 보리스와 나타샤는 다른 창가에 앉아 있었는데, 베라가 들어가자 말소리가 뚝 끊어졌다. 소냐와 나타샤는 겸연쩍지만 행복한 얼굴을 하고 베라를 바라보았다.

사랑에 빠진 소녀들을 보면 즐거운 감동을 느끼기 마련이지만 그들의 모습은 베라에게 그다지 좋은 감정을 불러일으키지 못하는 게 분명했다.

"내가 여러 번 얘기했잖아." 그녀는 말했다. "내 물건에 손대지 말라고. 모두 자기 방이 있잖아." 그녀는 말하고 니콜라이에게서 잉크병을 빼앗았다.

"다 됐어, 다 됐어." 그는 펜에 잉크를 찍으면서 말했다.

"정말 엉뚱한 짓만 골라 한다니까." 베라는 말했다. "객실로 우르르 뛰어들어오며 수선을 피우니까 모두 거북스러워하셨잖아."

그녀의 말은 어디까지나 맞는 말이지만, 아니 맞는 말이기 때문에 네 사람은 아무런 대꾸를 하지 않고 그저 서로 바라보기만 했다. 그녀는 잉크병을 든 채 계속 방안에 서 있었다.

"그리고 도대체 그 나이에, 나타샤와 보리스 사이에 무슨 비밀이랄 게 있겠어. 모두 어리석은 짓이야."

"그게 언니하고 무슨 상관이야?" 나타샤는 앙증맞은 목소리로 변호하듯이 말했다.

이날 나타샤는 모두에게 분명 다른 날보다 더 친절하고 더 부드러운 것 같았다.

"정말 어리석어." 베라는 말했다. "너희 때문에 내 얼굴이 화끈거릴 정도였어. 도대체 무슨 비밀이 있지?……"

"비밀은 누구에게나 있는 거야. 우리도 언니와 베르그 씨 일은 참견하지 않잖아." 나타샤는 흥분하며 말했다.

"그야 너희가 참견하지 않는 건," 베라는 말했다. "내 행동에는 조금도 부끄러운 데가 없기 때문이지. 난 네가 보리스와 어떤 교제를 하는지 어머니께 말씀드릴 거야."

"나탈리야 일리니시나*와 나는 정말 훌륭한 교제를 하고 있어요." 보리스는 말했다. "그러니까 나는 불평 같은 건 조금도 없습니다."

"그만둬요, 보리스, 당신은 정말 외교가로군요(외교가라는 말은 당시 아이들 사이에서 특별한 의미가 부여되어 유행하고 있었다). 싫증날 지경이에요." 나타샤는 모욕을 느낀 것처럼 떨리는 목소리로 말했다. "언니는 나한테 왜 그렇게 짓궂게 굴어?"

"언니는 이런 걸 절대 이해 못 할 거야." 그녀는 베라에게 말했다. "언니는 누구를 사랑한 일이 한 번도 없으니까. 언니는 정이 없어. 언니는 *마담 장리스***야(이것은 니콜라이가 베라에게 붙인 별명으로 아주 모욕적인 것이었다). 언니한테는 남을 불쾌하게 만드는 게 가장 큰 즐거움이지? 언니는 베르그 씨에게나 맘껏 아양 떨라고." 그녀는 재빨리 말했다.

"하지만 난 손님들 앞에서 젊은 남자 꽁무니나 쫓아다니는 짓은 하지 않아……"

---

* 나타샤의 이름과 부칭.

** S. F. 장리스(1746~1830). 프랑스 여성 작가로 귀족 가정에서 큰 성공을 거둔 교훈소설의 저자.

"아, 원하는 대로 됐군." 니콜라이가 참견했다. "모두에게 싫은 소리를 해서 기분을 망쳐놓았으니 말이야. 자, 우리는 아이방으로나 가자."

네 사람은 쫓기는 새떼처럼 일제히 몸을 일으켜 방에서 나갔다.

"싫은 소리를 들은 건 나야. 난 누구에게도 아무 말 하지 않았어." 베라는 말했다.

"*마담 장리스! 마담 장리스!*" 시시덕거리는 소리가 문밖에서 들렸다.

모든 사람을 자극하고 불쾌하게 했으면서도 아름다운 베라는 생긋 웃었고, 방금 자기에게 퍼부어진 말에도 별반 마음 상한 기색 없이 거울로 다가가서 스카프와 머리를 매만졌다. 자기의 아름다운 얼굴을 바라보는 동안 그녀는 더욱 냉정해지고 침착해진 것 같았다.

객실에서는 대화가 이어졌다.

"*아! 사랑하는 벗이여,*" 백작부인은 말했다. "*내 인생도 온통 장밋빛은 아니에요. 나는 잘 알고 있어요. 지금 같은 생활을 계속하다가는 정말 우리 살림도 오래가지 못할 거라는 것을요. 이건 모두 클럽과 사람 좋은 남편 때문이에요. 시골에 들어가 산다고 하루라도 편한 날이 있는 줄 알아요? 툭하면 극장, 툭하면 사냥 하는 통에 정말 한도 끝도 없어요. 하지만 내 얘길 해서 뭐하겠어요! 도대체 당신은 어떻게 그렇게 잘해나가고 있죠? 나는 곧잘 당신에게 감탄하곤 해요. 아네트, 당신은 어떻게 그 나이에 혼자서 오늘은 모스크바, 내일은 페테르부르크로 마차를 몰고 다니면서 모든 대신과 고관들을 찾아다니고, 어떻게 그 많은 사람을 상대할 수 있는 건가요? 정말 놀라워요! 대체 어떻게 그렇*

게 할 수 있죠? 나는 도저히 그럴 수 없어요."

"아, 사랑하는 벗이여!" 안나 미하일로브나 공작부인은 대꾸했다. "정말 당신에게 그런 걸 알려주고 싶지는 않아요. 한없이 사랑하는 아들만을 데리고 어디 의지할 데 하나 없는 과부로 살아가는 건 너무나 힘들고, 그러자니까 무슨 일이든 배우게 됐던 거예요." 그녀는 약간 뽐내듯이 말을 이었다. "소송이 가르쳐주었지요. 만약 이른바 거물이라는 누군가를 만날 필요가 생기면 나는 '모 공작부인이 모씨를 만나뵙고자 합니다'라고 편지를 보내고 가요. 삯마차를 불러 타고 두 번이고 세 번이고 네 번이고 목적을 달성할 때까지, 누가 나를 어떻게 생각하든 전혀 상관하지 않고 가죠."

"그러면 당신은 누구한테 보렌카의 일을 부탁했나요?" 부인은 물었다. "당신의 아드님은 벌써 근위 장교인데 우리 니콜루시카*는 견습사관으로 출정하잖아요. 누구 하나 힘써주는 사람이 없으니 말이에요. 당신은 누구한테 부탁했나요?"

"바실리 공작한테지요. 그분이 굉장히 친절하게 해주셨어요. 두말없이 응낙하고 황제께 상주해주셨죠." 안나 미하일로브나 공작부인은 목적을 달성하기 위해 참고 견뎌야 했던 모욕은 깡그리 잊고 기쁜 듯이 말했다.

"어때요, 바실리 공작은? 늙으셨죠?" 백작부인은 물었다. "나는 루만체프** 댁에서의 연극*** 이래 그분을 뵙지 못했어요. 그러니까 아마 나

---

* 니콜라이의 애칭.
** P. A. 루만체프 자두나이스키(1725~1796). 러시아 사령관이자 정치가.
*** 백작부인의 젊은 시절에는 귀족 가정에서 연극을 상연하는 것이 크게 유행했다.

같은 사람은 잊어버렸을 거예요. 그분은 한때 나를 쫓아다닌 적이 있었답니다." 백작부인은 옛날을 회상하며 미소지었다.

"지금도 여전하세요." 안나 미하일로브나는 대답했다. "친절하고, 애교가 있으시죠. 높은 지위도 그분을 변하게 하지는 않았어요. '친애하는 공작부인, 제가 당신에게 별 도움이 되어드리지 못하는 것이 유감입니다만, 그러나 뭐든 말씀해주십시오'라고 내게 말씀하셨답니다. 정말이지, 참으로 훌륭하고 가족같이 좋은 분이에요. 그런데 *나탈리**, 내가 보리스를 얼마나 사랑하는지 당신도 잘 알 거예요. 그애의 행복을 위해서라면 뭐든 해주고 싶어요. 하지만 내 사정이 워낙 말이 아니어서." 안나 미하일로브나는 비탄에 젖어 목소리를 낮추면서 말을 이었다. "정말 최악의 상황이라서, 사실 지금 어느 때보다 형편이 좋지 않아요. 소송에 져서 그나마 가지고 있던 것마저 다 뺏기고 이제는 꼼짝도 못할 지경이 되었죠. 글쎄, 좀 생각해보세요. 수중에는 문자 그대로 10코페이카 은화 한 닢도 없는 형편이니까요. 보리스의 제복을 어떻게 마련해야 할지 모르겠어요." 그녀는 손수건을 꺼내 훌쩍거리기 시작했다. "500루블은 있어야 하는데 25루블 지폐 한 장밖에 없어요. 이런 형편이랍니다…… 지금 내 유일한 희망은 키릴 블라디미로비치 베주호프 백작이에요. 만약 그분이 자기의 대자를 도우실 생각으로—바로 그분이 보라의 대부시잖아요—얼마라도 남겨주시지 않는다면 내 고생은 모두 허사가 되어버리고, 아이에게 제복조차 마련해줄 수 없게 되는 거랍니다."

---

* 나탈리야를 프랑스어로 부른 것.

백작부인은 눈물을 흘리며 말없이 뭔가를 궁리했다.

"나는 이따금 이렇게 생각해요. 이런 생각을 하는 것이 죄스러운 일인지도 모르지만," 공작부인은 말했다. "이따금 이렇게 생각해요. 그 키릴 블라디미로비치 베주호프 백작은 혼자 사시는데…… 그런 막대한 재산을 가지고…… 대체 무엇을 위해 살고 계실까? 그분에게 산다는 것은 고통일 뿐이지만, 보랴는 이제 인생을 시작하려는 참이라고요."

"그분은 틀림없이 보리스에게 얼마간 남겨주실 거예요." 백작부인은 말했다.

"아무도 모르는 일이지요. 대체로 부자니 고관대작이니 하는 사람들은 모두 지독한 이기주의자들이니까요. 하지만 나는 이제 보리스를 데리고 그분에게 가서 솔직하게 사정을 말할 거예요. 이제 누가 나를 어떻게 생각하든 상관없어요, 아이의 운명이 달려 있으니까요." 공작부인은 일어섰다. "지금 두시군요. 네시에 만찬이니 그때까지는 돌아올 수 있어요."

시간을 이용할 줄 아는 페테르부르크의 능숙한 부인 같은 태도로 안나 미하일로브나는 그녀의 아들을 불러오게 하여 함께 현관방으로 나갔다.

"그럼 다녀올게요." 그녀는 문까지 배웅 나온 백작부인에게 말했다. "성공을 빌어줘요." 그리고 아들에게 들리지 않도록 낮은 목소리로 덧붙였다.

"키릴 블라디미로비치 백작에게 가십니까, *마 셰르*?" 백작도 현관방으로 걸어나오며 식당에서 말을 던졌다. "백작의 병세가 괜찮거든 피예르에게 만찬에 와달라고 전해주십시오. 전에는 자주 놀러와서 아이들하고 춤도 추곤 했습니다. 꼭 전해주십시오, *마 셰르.* 어디 한번 보시죠, 오늘밤 타라스가 얼마나 훌륭한 요리 솜씨를 선보일지. 그의 말로는, 오를로프 백작 댁에서도 오늘밤 우리집 만찬 같은 것은 없었다고 하는군요."

12

"얘, 보리스." 두 사람을 태운 로스토바 백작부인의 사륜마차가 수레바퀴 소음을 막기 위해 온통 짚을 깔아놓은 한길*을 달려 키릴 블라디미로비치 베주호프 백작 집의 널따란 안마당으로 들어섰을 때, 안나 미하일로브나 공작부인이 아들에게 말했다. "얘, 보리스" 하고 어머니는 낡은 카론** 밑에서 한 손을 꺼내 겸연쩍어하면서도 부드럽게 아들의 손에 포개며 말했다. "상냥하고, 주의깊게 행동해야 한다. 어쨌든 키릴 블라디미로비치 백작은 네 대부시고, 네 미래의 운명이 그분에게 달려 있다는 걸 잊지 말아야 해, 얘야. 될 수 있는 대로 사랑스럽게……"

"제가 그걸 안다고 해도, 굴욕 외에는 아무것도 얻을 수 없을 것 같은데요……" 아들은 싸늘한 어조로 대답했다. "하지만 약속했으니까, 어머니를 위해 그렇게 하겠습니다."

누군가의 사륜마차가 현관 앞에 멈췄는데도 문지기는 모자를 보고

---

* 과거 러시아에는 환자나 임종을 앞둔 사람의 집 앞 도로에 수레나 마차 등의 소음을 막기 위해 짚을 까는 관습이 있었다.

** 여성용 케이프의 일종.

(두 사람은 방문을 알려달라고 청하지도 않고, 양쪽 벽의 우묵하게 들어간 곳에 늘어선 조각상들 사이를 지나 곧장 유리로 된 현관으로 들어갔던 것이다), 낡은 카론을 의미심장하게 바라본 뒤에야 누구와 만나려 하는지, 공작영애들인지 백작인지 물었고, 백작이라고 하자 각하는 오늘 병세가 더 나빠지셔서 아무도 만나지 않는다고 말했다.

"그럼 돌아가면 되겠네요." 아들은 프랑스어로 말했다.

"*애야!*" 어머니는 다시 아들의 손을 어루만지면서, 마치 이런 접촉이 그를 달래기도 하고 격려하기도 한다는 듯이, 애원하는 어조로 말했다.

보리스는 입을 다물었다. 그리고 외투도 벗지 않고 의아하다는 듯이 어머니를 바라보았다.

"이보게." 안나 미하일로브나는 문지기에게로 돌아서서 상냥한 목소리로 말했다. "키릴 블라디미로비치 백작께서 많이 편찮으시다는 건 알고 있네…… 그래서 온 것이니까…… 나는 친척 되는 사람이야…… 귀찮게 하진 않겠네, 이보게…… 나는 다만 바실리 세르게예비치 공작을 만나뵈어야 할 일이 있네. 그분이 여기에 머물고 계시잖나. 제발 좀 전해주게."

문지기는 이층으로 통하는 줄을 마지못해 잡아당기고 휙 돌아섰다.

"드루베츠카야 공작부인이 바실리 세르게예비치 공작께 면회" 하고 그는 이층에서 뛰어내려와 층층대 돌출부에서 얼굴을 내민, 스타킹에 단화를 신은 연미복 차림의 하인에게 소리쳤다.

어머니는 염색을 다시 한 비단옷의 주름을 매만지고, 벽에 박힌, 통유리로 된 베네치아식 거울을 들여다본 뒤, 뒤축이 닳아빠진 구두로 층층대의 융단을 밟으면서 이층으로 올라갔다.

"얘, 너는 나와 약속했다." 그녀는 또다시 아들을 향해 돌아서서 그의 손을 어루만지며 말했다.

아들은 눈길을 떨구고 조용히 어머니를 뒤따랐다.

두 사람은 바실리 공작이 쓰는 방으로 이어지는 문이 있는 홀로 들어갔다.

모자가 홀 한가운데로 가서 마침 그들을 보고 뛰어나온 늙은 하인에게 위치를 물으려고 했을 때, 한 문의 청동 손잡이가 한 바퀴 돌더니 벨벳 외투에 별을 하나 단 평상복 차림의 바실리 공작이 검은 머리의 미남을 배웅하러 나왔다. 이 남자는 페테르부르크에서 유명한 의사 로랭이었다.

"그럼 그건 확실하겠죠?" 공작이 물었다.

"공작, '실수는 누구나 하는 것*'입니다, 그러나……" 그는 라틴어의 'r'음을 프랑스어식으로 목젖을 울려 발음하며 대답했다.

"좋습니다, 좋아요……"

안나 미하일로브나와 그 아들을 보자 바실리 공작은 의사와 인사하고 헤어진 뒤 말없이, 그러나 의아한 듯이 두 사람에게 다가왔다. 아들은 어머니의 눈에 갑자기 깊은 슬픔이 어리는 것을 알아채고 살짝 미소를 지었다.

"아니, 너무나 안타까운 상황에서 만나뵙게 되었습니다, 공작……저, 우리의 소중한 병자는 좀 어떠신가요?" 그녀는 자기에게 쏠린 공

---

* errare humanum est. 라틴어 경구.

작의 싸늘하고 모멸적인 눈길을 의식하지 않는 듯이 말했다.

바실리 공작은 의아하고 이해되지 않는다는 눈빛으로 그녀를 바라보고서 보리스에게로 시선을 돌렸다. 보리스는 공손하게 절했다. 바실리 공작은 이에 답하지 않고 안나 미하일로브나에게로 다시 얼굴을 돌리고, 그녀의 물음에 대해서 고개와 입술의 움직임으로 병자가 거의 희망이 없는 상태임을 알렸다.

"정말인가요?" 안나 미하일로브나는 외쳤다. "아아, 정말 무서운 일이군요! 생각만 해도 두려워요…… 이애는 제 아들입니다." 그녀는 보리스를 가리키면서 덧붙였다. "당신을 뵙고 감사드리고 싶다고 합니다."

보리스는 다시 한번 공손하게 절했다.

"믿어주세요, 공작, 당신이 우리에게 해주신 일은 어머니로서 결코 잊지 않겠습니다."

"당신을 기쁘게 해드릴 수 있어서 저도 정말 기쁘게 생각하고 있습니다, 친애하는 안나 미하일로브나." 바실리 공작은 가슴 장식을 만지면서 말했는데, 페테르부르크의 아네트 셰레르의 야회 때보다 지금 이곳 모스크바에서 자기의 도움을 받고 있는 안나 미하일로브나를 상대하는 그의 몸짓과 목소리에 훨씬 더 거만한 느낌이 묻어났다.

"부디 근무에 충실해서 유능한 인재가 되게." 그는 엄격한 얼굴로 보리스를 돌아보며 덧붙였다. "나도 기쁘네…… 지금 휴가차 여기 와 있나?" 그는 무심한 어조로 물었다.

"새 임지로 출발하기 위해 명령을 기다리고 있습니다, 각하." 보리스가 공작의 날카로운 어조에 대한 유감도, 또 굳이 공작과 이야기를 나누었으면 하는 희망도 보이지 않고 다만 침착하고 공손한 태도로 대답하자, 공작은 그를 골똘히 바라보았다.

"자네는 어머님과 같이 살고 있나?"

"저는 로스토프 백작 댁에서 지내고 있습니다." 보리스는 대답하고 다시 "각하" 하고 덧붙였다.

"나탈리 신시나와 결혼한 일리야 로스토프 말이에요." 안나 미하일 로브나는 말했다.

"압니다, 압니다." 바실리 공작은 그 특유의 단조로운 목소리로 말했다. "저는 도무지 이해가 가지 않습니다, 나탈리가 왜 그런 지저분한 곰 같은 남자에게 시집갔는지가 말입니다! 정말 얼빠지고 우스꽝스러운 남자예요. 게다가 노름꾼이라더군요."

"하지만 선량한 분이에요, 공작." 안나 미하일로브나는 서글픈 미소를 띠며 말했는데, 마치 로스토프 백작이 그런 비난을 받을 만한 인간이라는 것은 자기도 잘 알지만 불쌍한 노인이니 연민을 가져달라고 부탁이라도 하는 것 같았다.

"그런데 의사들은 뭐라고 말하나요?" 공작부인은 잠시 입을 다물었다가 또다시 그 울어서 부은 것 같은 얼굴에 깊은 슬픔을 띠며 물었다.

"희망이 거의 없습니다." 공작은 말했다.

"저는 다시 한번 백부님께 감사하다는 말씀을 드리고 싶어요. 저도 보리스도 여러 가지로 그분의 은혜를 입었으니까요. 이애는 그분의 대자입니다." 그녀는 마치 이 사실이 바실리 공작을 굉장히 기쁘게 하리라고 믿는 듯한 어조로 덧붙였다.

바실리 공작은 생각에 잠기더니 얼굴을 찌푸렸다. 안나 미하일로브나는 그가 자기를 베주호프 백작의 유언에 관계된 경쟁자로 경계하고 있다는 것을 깨달았다. 그녀는 얼른 그를 안심시키려 들었다.

"제가 만약 백부님을 사랑하고 진정으로 존경하고 있지 않다면," 그녀는 이 백부님이라는 말을 유다른 자신을 가지고 자연스럽게 입에 올렸다. "저는 그분의 고귀하고 곧은 성품을 잘 알고 있습니다만, 지금 그분 곁에는 공작영애들밖에 없습니다…… 그나마 모두가 젊은 분이라서……" 그녀는 고개를 갸웃하고 속삭이듯이 덧붙였다. "그런데 공작, 백부께서는 그 마지막 의무를 하셨나요? 마지막 몇 분이라는 것은 참으로, 참으로 중요합니다! 만일 그토록 병세가 나쁘다면, 그보다 더 나쁜 일도 없겠지만, 그래도 만일을 위한 준비는 반드시 하셔야 합니다. 우리 여자들은 말이에요, 공작," 그녀는 다정하게 미소를 머금었다. "그런 일들을 어떻게 해야 하는지 언제나 잘 알고 있습니다. 저는 백부님을 꼭 뵈어야겠어요. 제게 무척 괴로운 일이지만, 저는 괴로움에 익숙해져 있으니까요."

공작은 아네트 셰레르의 야회에서처럼 여기서도 안나 미하일로브나에게서 벗어나기는 어렵다는 것을 깨닫고 또 깨달았다.

"친애하는 안나 미하일로브나, 지금 만나시는 건 백작을 괴롭히는 일이 되지 않겠습니까?" 그는 말했다. "저녁때까지 기다립시다. 의사들도 그때가 고비라고 예상하니까요."

"그렇지만 이런 순간에 기다리고만 있을 수는 없습니다. 공작, 좀 생각해보세요, 지금 백부님의 영혼이 구원되느냐 그렇지 못하느냐 하는 때입니다…… 아아! 두려워요, 이건 기독교도의 의무입니다……"

안방에서 문이 열리고 백작의 조카딸인 공작영애들 중 하나가 우울하고 냉랭한 얼굴로 나왔는데, 그녀는 다리에 비해 허리가 지나치게 길었다.

바실리 공작은 그녀 쪽으로 몸을 돌렸다.

"백작께서는 좀 어떠신가?"

"여전하세요. 그건 그렇고, 두 분은 대체 왜 그러시죠? 이렇게 소란스럽게……" 공작영애는 안나 미하일로브나를 모르는 사람인 양 흘깃거리면서 말했다.

"아, 아가씨, 알아뵙지 못했습니다." 안나 미하일로브나는 행복한 미소를 지으며 백작의 조카딸 쪽으로 빠르게 다가가면서 말했다. "전 백부님의 병구완을 거들어드리려고 왔어요. 얼마나 고생하셨겠어요" 하고 그녀는 동정 어린 눈망울을 굴리면서 덧붙였다.

공작영애는 대답을 하지도, 미소를 짓지도 않고 이내 방에서 나가버렸다. 안나 미하일로브나는 장갑을 벗고, 어렵게 얻은 자리인 안락의자에 앉아 바실리 공작에게도 자기 옆에 앉으라고 권했다.

"보리스!" 그녀는 아들을 부르며 미소지었다. "나는 우리 백부이신 백작을 뵙고 올 테니까, 얘야, 너는 그동안 피예르한테 가보고, 로스토프 댁에서 초대하더라는 말도 잊지 말고 전하거라. 로스토프 댁에서 그분을 만찬에 초대했습니다. 아마 가시지 않겠죠?" 그녀는 공작에게로 얼굴을 돌리고 물었다.

"가긴 어딜 가겠습니까." 공작은 분명히 기분이 좋지 않은 듯 말했다. "당신이 저를 그 젊은이로부터 벗어나게 해주신다면 그보다 기쁜 일이 없겠습니다…… 저쪽에 있습니다. 백작은 한 번도 그에 관해 묻지 않으셨습니다."

그는 어깨를 으쓱했다. 하인은 아래층으로 보리스를 안내하더니, 다시 다른 층층대를 올라가 표트르 키릴로비치*의 방으로 데려갔다.

13

　피예르는 페테르부르크에서 출셋길을 개척할 사이도 없이 실제로
폭행에 가담한 탓에 모스크바로 추방된 것이었다. 로스토프 백작의 집
에서 나왔던 이야기는 거짓이 아니었다. 피예르는 서장을 곰의 등에
붙잡아맨 사건에 연루되어 있었다. 그는 며칠 전에 도착해 여느 때와
같이 아버지의 집에서 머물고 있었다. 이 이야기가 이미 모스크바 전
체에 퍼진 것도, 평소 그에게 호의를 보이지 않는 부인들이 이 기회를
이용해 아버지의 마음을 들쑤시리라는 것도 예상하고 있었지만, 어쨌
든 그는 도착한 날 아버지를 찾아갔다. 그는 언제나 사촌인 공작영애
들이 점령하고 있는 객실에 들어가 그녀들에게 인사했다. 두 사람은
수틀 앞에 앉아 있었고, 한 사람은 앉아서 소리내어 책을 읽고 있었다.
공작영애는 모두 셋이었다. 손위의 큰언니는 단정하고 허리가 길고 성
미가 까다로워 보이는, 안나 미하일로브나 앞에 나왔던 그 처녀인데,
책을 낭독하고 있었다. 수를 놓고 있던 손아래의 둘은 모두 혈색이 좋
고 아름다운데, 그중 한 사람의 입술 위에 아름다움을 한결 더해주는
점이 없다면 둘을 분간하기 힘들 정도였다. 피예르는 마치 송장이나
페스트 환자처럼 맞아들여졌다. 가장 손위인 공작영애는 낭독을 뚝 그

---

* 피예르의 이름과 부칭.

치고 깜짝 놀란 눈으로 말없이 그를 쳐다보았다. 점이 없는 손아래 공작영애도 언니와 똑같은 표정을 지었다. 점이 있고 쾌활하고 잘 웃는 막내 공작영애는 앞으로 재미있는 광경이 벌어질 거라 예상하고 웃음을 감추기 위해 수틀 위로 몸을 구부렸다. 그녀는 털실을 아래쪽으로 잡아당겨 문양을 살펴보는 척하면서 몸을 구부린 채 웃음을 간신히 참고 있었다.

"안녕하세요, 누이들?" 피예르가 말했다. "나를 몰라보시겠어요?"

"잘 알다마다요, 너무너무 잘 알죠."

"백작께서는 좀 어떠십니까? 만나뵐 수 있을까요?" 피예르는 여느 때처럼 어색하기는 하나 당황하지 않고 물었다.

"백작께서는 육체적으로도 정신적으로도 무척 힘들어하시는데, 당신은 백작의 정신적인 고통을 더하려고 마음을 쓰신 모양이더군요."

"만나뵐 수 있을까요?" 피예르는 되풀이했다.

"음…… 만약 백작을 죽일 생각이시라면, 완전히 죽일 생각이시라면 만나셔도 좋겠지요. 올가, 백부께 드릴 수프가 다 됐는지 가봐, 시간이 다 돼가니까" 하고 그녀는 덧붙였다. 그는 그저 아버지 속을 썩이는 일에만 전념하고 있지만 자기들은 백부를 위해 이처럼 정신없이 허둥거리고 있다는 것을 보여주려는 것 같았다.

올가가 나갔다. 피예르는 자매의 얼굴을 바라보며 잠시 서 있다가 인사하고 말했다.

"그럼 난 내 방으로 가겠습니다. 뵐 수 있게 되거든 알려주십시오."

그가 밖으로 나오자 점이 있는 동생의 카랑카랑하게 울리는, 그러나 그다지 높지 않은 웃음소리가 뒤에서 들렸다.

이튿날 바실리 공작이 들이닥쳐 백작의 집에 몸을 붙였다. 그는 피예르를 불러 말했다.

"여보게, 자네가 만약 여기서도 페테르부르크에서 하던 대로 한다면 자네 신세는 끝장이 나고 말 걸세. 자네에게 하고 싶은 말은 이것뿐이야. 백작은 상당히, 상당히 위중하시네. 자네는 절대로 만나서는 안 돼."

그후로 피예르를 방해하는 사람은 없었다. 그는 온종일 혼자 위층에 있는 자기 방에서 시간을 보냈다.

보리스가 들어갔을 때 피예르는 방안을 거닐고 있었는데, 그는 이따금 방 한구석에 멈춰 서서 마치 눈에 보이지 않는 적을 칼로 찌르듯 벽을 향해 위협하는 자세를 취하기도 하고, 안경 너머로 날카롭게 쏘아보기도 했고, 그러고는 무슨 말인가를 지껄이고, 어깨를 으쓱하고 두 팔을 벌리면서 다시 거닐기 시작했다.

"영국은 끝났어." 그는 눈살을 찌푸리고 뭔가를 손가락으로 가리키면서 말했다. "피트*에게는 국민과 민권에 대한 배반자로서 다음과 같은 선고를 내린다……" 자신을 위협한 칼레해협 도항에 성공해 런던을 점령한 나폴레옹이라고 상상하면서 막 피트에 대한 선고문을 읽으려던 찰나, 수려하고 훤칠한 젊은 장교가 방으로 들어서는 모습이 눈에 들어왔다. 피예르는 발을 멈췄다. 피예르는 보리스가 열네 살 때 모스크바를 떠났으므로 그를 전혀 기억하지 못했다. 그럼에도 남달리 재빠르고 친숙한 태도로 보리스의 손을 잡으며 정답게 미소지었다.

* W. 피트(1759~1806). 영국 정치가. 나폴레옹의 통치를 강하게 반대했고, 1804~1806년 영국 수상을 지냈다.

"나를 기억하십니까?" 보리스는 유쾌한 미소를 지으며 조용히 말했다. "나는 어머니와 함께 백작을 뵈러 왔습니다만, 백작께서는 건강이 몹시 좋지 않으신 것 같더군요."

"그렇습니다, 건강이 나쁘신 것 같습니다. 계속해서 안정을 얻지 못하고 계십니다." 청년이 누군지 기억해내려고 애쓰면서 피예르는 대답했다.

보리스는 피예르가 자기를 알아보지 못한다는 걸 느꼈으나 일부러 이름을 댈 것까지는 없다고 생각하고, 조금도 당황하는 기색 없이 그의 눈을 똑바로 바라보았다.

"로스토프 백작께서 만찬에 초대하신다는 말씀을 전해달라고 하셨습니다." 피예르에게는 다소 어색한 긴 침묵이 흐른 뒤 보리스는 말했다.

"아아! 로스토프 백작!" 피예르는 반가운 듯이 입을 열었다. "그럼 당신은 그분의 아드님인 일리야인가요? 아니 이런, 당신을 몰라보았습니다. 혹시 기억하고 있습니까? 왜, 우리는 곧잘 *마담 자코*와 함께 참새언덕*으로 놀러가곤 했잖습니까…… 오래전 얘기입니다만."

"당신은 잘못 알고 있습니다." 대담하고 약간은 비웃는 듯한 미소를 머금고 보리스는 천천히 말했다. "나는 안나 미하일로브나 드루베츠카야 공작부인의 아들인 보리스입니다. 일리야는 로스토프 백작의 이름이고, 그 아드님은 니콜라이입니다. 그리고 난 *마담 자코*를 모릅니다."

피예르는 모기나 벌이 달려들기라도 한 것처럼 두 손과 고개를 저어

---

* 보로비예비 고리. 모스크바를 한눈에 내려다볼 수 있는 언덕.

댔다.

"아, 이럴 수가! 모든 것을 혼동해버렸군요. 모스크바에는 친인척들이 너무 많이 계셔서 말입니다! 당신은 보리스군요…… 이제야 알겠습니다. 그런데 당신은 불로뉴 원정에 대해 어떻게 생각하나요? 만약 나폴레옹이 해협을 건너기만 한다면 영국은 혼쭐이 나지 않겠습니까? 나는 이 원정이 충분히 가능하다고 봅니다. 빌뇌브가 실수만 하지 않는다면![17]"

보리스는 불로뉴 원정에 대해 전혀 아는 것이 없었는데, 그는 신문을 읽지 않았고, 빌뇌브라는 이름도 지금 처음 들었다.

"여기 모스크바 사람들은 정치보다 만찬과 소문 이야기에 여념이 없죠." 보리스는 타고난 침착하고 냉소적인 어조로 말했다. "나는 그런건 전혀 모르고 또 생각한 적도 없습니다. 모스크바는 무엇보다도 남의 소문을 이야기하느라 바쁜 곳입니다." 그는 말을 이었다. "지금은 당신과 백작 이야기에 열을 올리고 있죠."

피예르는 그가 나중에 스스로 후회하게 될지도 모를 말을 행여 입에 올릴까 염려하는 눈빛으로 그 선량한 미소를 지었다. 그러나 보리스는 시원시원하고 명쾌하게, 그러나 냉정하게 피예르의 눈을 똑바로 바라보면서 말했다.

"모스크바 사람들은 남의 소문 이야기나 하는 것 말고는 할 일이 없습니다." 그는 말을 이었다. "백작께서 누구에게 재산을 물려줄 것인가에만 모두 정신이 팔려 있지만, 어쩌면 내가 진심으로 바라고 있는 대로, 백작께서 우리 누구보다 오래 사실지도 모릅니다……"

"그래요, 그것은 정말 불쾌한 이야기입니다." 피예르는 재빨리 말을 받았다. "정말 불쾌한 이야기예요." 피예르는 이 젊은 장교가 자기 자신에게 좋지 않을 말을 행여라도 꺼낼까봐 줄곧 신경쓰였다.

"당신은 틀림없이 이렇게 생각하실 겁니다." 보리스는 살짝 얼굴을 붉혔지만, 목소리도 자세도 바꾸지 않고 말했다. "틀림없이 이 사람 저 사람 할 것 없이 부자에게서 뭐라도 좀 얻어보려는 일에만 정신이 팔려 있다고 말입니다."

'바로 그대로야' 하고 피예르는 생각했다.

"오해를 피하기 위해 이 말만은 해두고 싶습니다. 만약 당신이 나나 내 어머니를 그런 인간들과 똑같이 생각하신다면, 아주 잘못 생각하시는 거라고요. 우리는 아주 가난하지만 적어도 나 자신을 위해 이렇게 말해두겠습니다. 나는 당신 아버님이 부자이기 때문에 나를 백작의 친척이라 생각하고 싶지도 않고, 나나 내 어머니는 백작에게 뭔가를 바라지도 않으며, 또 설사 주신다고 해도 받지 않을 것입니다."

피예르는 한참 동안 그 말을 이해하지 못하다가, 마침내 이해하자 소파에서 벌떡 일어나 그 특유의 재빠르고 엉성한 몸짓으로 보리스의 손을 움켜잡고, 보리스보다 더 얼굴을 붉히며 부끄러움과 분한 마음이 섞인 감정으로 입을 열었다.

"참으로 이상하군요! 설마 내가…… 누가 대체 그런 생각을 하겠습니까…… 나는 잘 알고 있습니다……"

그러나 보리스는 또다시 그의 말을 가로막았다.

"모두 다 말해버리니까 정말 후련합니다. 어쩌면 당신은 불쾌하셨는지도 모르겠습니다만, 용서해주십시오." 그는 자기가 위로를 받는 것이 아니라 오히려 상대방을 위로하며 말했다. "당신을 모욕하려던 것은 아닙니다. 나는 매사에 솔직하게 말한다는 원칙이 있어서요……
그런데 대답은 어떻게 전할까요? 로스토프 댁 만찬에 오실 겁니까?"

보리스는 괴로운 의무와 불편한 입장에서 빠져나와 반대로 상대를
그런 입장에 몰아넣은 것에 분명 안도하는 것 같았고, 또다시 아주 상
냥한 젊은이로 돌아왔다.

"아니, 좀 들어보십시오." 피예르는 마음을 가라앉히며 말했다. "당
신은 놀라운 사람입니다. 방금 했던 이야기는 정말 훌륭합니다, 정말
훌륭합니다. 물론 당신은 나라는 인간을 모르겠죠. 우리는 꽤 오랫동
안 만나지 않았으니까요…… 어릴 때 보았으니 나를 그런 인간이라
고 상상하고…… 나는 당신의 기분을 잘 알겠습니다, 충분히 이해했
습니다. 나라면 당신처럼 할 수 없을 겁니다, 그럴 만한 기백이 없으니
까요. 아무튼 훌륭합니다. 당신을 만나서 무척 기쁩니다. 그러나 이상
한데요," 그는 잠시 입을 다물었다가 미소를 띠면서 덧붙였다. "당신
이 나를 그런 인간이라고 상상하시다니!" 그는 웃기 시작했다. "아니,
상관없습니다. 앞으로 잘 사귀어봅시다." 그는 보리스의 손을 잡았다.
"당신이 아실지 모르겠지만, 나는 돌아와서 아직 한 번도 백작을 뵙지
못했습니다. 나를 부르지 않으시니까요…… 나는 아버님을 인간적으
로 가엾다고 생각하지만…… 그러나 어쩔 도리가 없습니다."

"그런데 당신은 나폴레옹의 군대가 무사히 해협을 건널 수 있다고
생각하십니까?" 보리스는 엷은 웃음을 띠면서 물었다.

피예르는 보리스가 화제를 바꾸고 싶어하는 것을 눈치채고 그것에
동의하듯 불로뉴해협 도항 계획의 득실에 대해 설명하기 시작했다.

하인이 보리스에게 와서 공작부인이 부른다고 알렸다. 공작부인은

돌아갈 채비를 하고 있었다. 피예르는 보리스와 더 친해지기 위해 만찬에 가겠다고 약속했고, 안경 너머로 그의 눈을 부드럽게 바라보면서 그 손을 굳게 잡았다…… 그가 나간 뒤 피예르는 다시 오랫동안 방안을 거닐었으나, 이제 보이지 않는 적을 칼로 찌르는 짓은 그만두고 그 사랑스럽고 영리하고 건실한 청년을 생각하며 미소짓고 있었다.

청년 시절 초기에는, 특히 고독한 처지의 사람에게는 흔히 있는 일이지만, 그는 이 청년에 대해 까닭 모를 친밀감을 느끼고 그와 꼭 친해져야겠다고 다짐했다.

바실리 공작은 공작부인을 배웅했다. 공작부인은 눈에 손수건을 대고 있었고, 얼굴은 눈물에 젖어 있었다.

"아아, 무서운 일이에요, 정말 무서워요!" 그녀는 말했다. "하지만 저는 어떠한 희생을 치르더라도 제 의무를 다할 생각입니다. 오늘밤 밤샘하러 오겠어요. 저 어른을 이대로 놔둘 수는 없습니다. 일분일초가 소중하니까요. 어째서 아가씨들이 우물쭈물하고 계시는지 저는 영문을 모르겠어요. 어쩌면 저 어른께 마음의 준비를 시켜드릴 방법을 하느님이 가르쳐주실지도 모릅니다…… 안녕히 계세요, 공작, 하느님이 당신을 도우시길……"

"안녕히 가십시오, 친애하는 공작부인." 바실리 공작은 그녀에게서 등을 돌리면서 대답했다.

"아, 그 어른은 정말 무서운 상태에 계시더구나." 다시 마차에 오르자 공작부인이 아들에게 말했다. "이제 거의 아무도 알아보지 못하신단다."

"저는 모르겠어요, 어머니, 백작과 피예르는 어떤 관계입니까?" 아들이 물었다.

"모든 건 유언장이 말해줄 거다, 얘야. 우리 운명도 그것에 달려 있고……"

"그런데 어머니는 어째서 백작께서 우리에게 뭔가 남겨주실 거라고 생각하시는 거죠?"

"아니, 얘야! 그 어른은 그렇게 부자이고, 우리는 이렇게 가난하잖니!"

"하지만 그것만으로는 이유가 충분하지 않습니다, 어머니."

"아아, 큰일이다! 큰일이야! 그 어른의 병세가 그리 위중하니 말이야!" 어머니는 외쳤다.

14

안나 미하일로브나가 아들과 함께 키릴 블라디미로비치 베주호프 백작에게 간 뒤 로스토바 백작부인은 한참이나 손수건을 눈에 댄 채 혼자 앉아 있었다. 이윽고 그녀는 벨을 울렸다.

"이봐요, 어떻게 된 일이죠?" 그녀는 몇 분이나 자기를 기다리게 한 하녀에게 화를 내며 말했다. "당신, 일하고 싶은 생각이 없어요? 그렇다면 다른 일자리를 찾아주죠."

백작부인은 친구의 슬픔과 굴욕적인 가난에 심란해져서 기분이 몹시 나빴고, 그것은 언제나 그렇듯 하녀들을 '이봐요'나 '당신'이라고 부르는 것으로 알 수 있었다.

"잘못했습니다, 마님." 하녀는 말했다.

"백작께 내가 좀 오시란다고 여쭈게."

백작은 몸을 흔들면서, 언제나처럼 다소 미안한 듯한 얼굴로 아내에게 왔다.

"아, 마누라! 멧도요 마데이라 와인 소테*가 정말 잘됐어, 마 셰르! 나도 조금 맛을 보았는데, 타라스에게 주는 연봉 천 루블이 헛되지 않은 것 같아. 그만한 값어치가 있어!"

그는 아내 옆에 앉아서 젊은 사람처럼 양 팔꿈치를 무릎 위에 짚고 희끗희끗한 머리칼을 손가락으로 흐트러뜨렸다.

"무슨 일이오, 마누라?"

"실은 말이에요, 여보, 아니, 여긴 왜 더러워졌어요?" 그녀는 남편의 조끼를 가리키면서 말했다. "이건 소테 국물이군요." 그녀는 미소지으며 덧붙였다. "실은 말이에요, 백작, 나 돈이 좀 필요해요."

그녀의 얼굴은 슬픈 빛을 띠었다.

"아, 부인!……" 백작은 당황하면서 지갑을 꺼냈다.

"많이 필요해요. 백작, 500루블이 필요해요." 그녀는 삼베 손수건을 꺼내 남편의 조끼를 닦아주었다.

"당장 주지. 여봐, 거기 누구 없나?" 그는 자기가 부르면 누구든 쏜살같이 뛰어오리라고 굳게 믿는 사람만이 내는 큰 목소리로 외쳤다. "미텐카를 불러주게!"

귀족의 아들로 태어나 백작의 집에서 자라고 지금은 이 집안의 살림을 도맡아 하는 미텐카가 조용한 걸음걸이로 방에 들어왔다.

---

* 고기에 버터를 발라 살짝 튀긴 요리.

"여보게, 실은 말이야," 공손하게 들어오는 젊은이를 보고 백작은 말했다. "돈을 좀 가져오게……" 그는 생각에 잠겼다. "그래, 700루 블쯤, 그래, 그런데 요전처럼 찢어진 것이나 더러운 것이 섞이지 않게, 백작부인께 드릴 것이니 깨끗한 걸로만 가져오게."

"그래요, 미텐카, 깨끗한 걸로 부탁해요." 서글프게 한숨을 내쉬면서 백작부인은 말했다.

"각하, 언제까지 가져다드리면 될까요?" 미텐카가 말했다. "아시다시피 그…… 아니, 걱정하실 것 없습니다." 미텐카는 백작이 숨을 거칠게 헐떡이기 시작한 것을 알아채고, 그가 화를 낼 때의 조짐이 언제나 그랬으므로 얼른 덧붙였다. "제가 깜빡 잊을 뻔했습니다…… 지금 바로 가져올까요?"

"그래, 그래, 얼른 가져와서 백작부인께 바로 건네드리게."

"미텐카는 정말 우리집의 보배야." 젊은이가 나가자 백작은 미소지으며 덧붙였다. "무슨 일이든 안 된다고 말하는 법이 없어. 나는 안 된다고 하는 건 딱 질색이거든, 무엇이든 되지 않으면 안 돼."

"아아, 돈 말이에요, 백작, 그 돈 때문에 세상에 슬픈 일이 얼마나 많이 일어나는지 모르겠어요!" 백작부인은 말했다. "그러나 그 돈이 내게는 꼭 필요해요."

"당신은 유명한 낭비가니까." 백작은 말하고 아내의 손에 입을 맞추고는 서재로 돌아갔다.

안나 미하일로브나가 베주호프 백작 집에서 돌아왔을 때, 백작부인의 집에는 이미 돈이 새 지폐로 손수건에 덮여 탁자 위에 준비되어 있었고, 안나 미하일로브나는 백작부인이 안절부절못하고 있는 것을 알아챘다.

"그래, 어떠시던가요?" 백작부인이 물었다.

"아, 그분은 몹시 안 좋으세요! 숫제 알아볼 수 없을 정도로요. 너무나 나빠요, 너무나 나빠요. 나는 잠깐 있었을 뿐, 한마디도 못했어요……"

"아네트, 제발 거절하지 말아줘요." 백작부인은 젊지 않고 마른 엄숙한 얼굴에 어울리지 않게 이상하리만큼 갑자기 얼굴을 붉히면서 말하고는 손수건 밑에서 돈을 꺼냈다.

안나 미하일로브나는 무슨 일인지 즉시 알아챘고, 적당한 순간에 재치 있게 백작부인을 끌어안으려고 몸을 구부렸다.

"이것은 내가 보리스의 제복을 마련하라고……"

안나 미하일로브나는 벌써 그녀를 끌어안고 울고 있었다. 백작부인도 울었다. 두 사람은 자기들이 친구라는 것을, 서로 정답다는 것을, 또한 청춘 시절의 친구인 자기들이 천한 돈 때문에 괴로워하고 있다는 것을, 자신들의 청춘이 이미 지나가버렸다는 것을 생각하며 울었다…… 그러나 두 사람의 눈물은 기쁨의 눈물이었다.

15

로스토바 백작부인은 딸들과 함께 벌써 많은 손님이 모인 객실에 앉아 있었다. 백작은 남자 손님들을 서재로 안내해 평소 힘들게 수집한 터키 파이프 컬렉션을 보여주었다. 이따금 그는 객실에 나와 "아직 오시지 않았느냐?" 하고 묻기도 했다. 그는 사교계에서 무서운 용이라는 별명으로 불리는 마리야 드미트리예브나 아흐로시모바[18]를 기다리고 있었는데, 그녀는 재산이나 지위뿐만 아니라 꿋꿋한 기상과 솔직하고 소박한 언행으로도 유명했다. 마리야 드미트리예브나의 이름은 황족 사이에도, 모스크바와 페테르부르크에도 잘 알려져 있었고, 두 도시에서는 그녀의 언행에 놀라고, 무례하다고 비웃고, 그녀에 대해 입방아를 찧었지만, 모두 예외 없이 그녀를 존경하고 두려워했다.

담배연기가 자욱한 서재에서는 격문으로 포고된 전쟁과 징병 이야기가 한창이었다. 격문을 읽은 사람은 아직 아무도 없었지만 포고된 것은 모두 알고 있었다. 백작은 담배를 피우면서 이야기하는 두 손님 사이에 끼여 오토만에 앉아 있었다. 백작 자신은 담배를 피우지도 않고 이야기를 하지도 않았지만 고개를 좌우로 기울이며 자못 만족스러운 듯이, 담배를 피우는 손님들을 바라보기도 하고 자기가 부추겨 시작하게 된 두 손님의 대화를 듣기도 했다.

이야기를 주고받는 손님들 중 한 사람은 문관으로, 주름투성이의 칙칙하고 수척한 얼굴은 깔끔하게 면도질이 되어 있고, 옷차림은 유행을 좇는 젊은이 같지만 실은 벌써 노경에 가까운 인물이었다. 그는 이 집에 사는 사람인 것처럼 두 발을 오토만에 올린 채 호박 파이프를 입 한끝에 깊게 물고 거칠게 빨아들이더니 실눈을 떴다. 백작부인의 사촌오빠이자 모스크바 사교계에서는 독설가로 평판이 자자한 늙은 홀아비 신신이었다. 그는 지금 마주앉은 남자와 이야기하고 있는 것을 자신의 겸양이라고 여기는 것 같았다. 또 한 사람은 명랑하고 혈색이 좋은 근위 장교로, 얼굴이 말끔하고, 빗질이 단정하고, 단추를 잘 채우고 있었고, 호박 파이프를 입 한가운데에 물고 가볍게 빨아들여 멋진 장밋빛

입술로 고리 모양 연기를 뿜어내고 있었다. 그는 세묘놉스키 연대의 베르그 중위로, 보리스와 함께 연대로 가기로 한 사람이자 나타샤가 언니 베라의 약혼자라고 놀려대던 바로 그 남자였다. 백작은 이 두 사람 사이에 앉아 유심히 귀를 기울이고 있었다. 무척이나 즐기는 보스턴*을 빼면 백작에게 무엇보다도 유쾌한 일은 남의 이야기를 듣는 입장이 되는 것이었고, 특히 입담 좋은 한 쌍을 붙들어 이야기하게 만드는 데 성공했을 때 더욱 그랬다.

"그래, 어떻습니까? 존경해 마지않는 알폰스 카를리치**?" 신신은 살짝 웃음을 띠고 가장 소박한 러시아식 표현과 세련된 프랑스어 어구를 섞어가며(이것이 그의 말투의 특징이었다) 말했다. "당신은 정부로부터 연금을 받을 작정입니까? 아니면 중대로부터 수입을 얻을 작정입니까?"

"아닙니다, 표트르 니콜라이치***, 저는 다만 기병은 보병에 비해 훨씬 수입이 적다는 것을 이야기하고 싶었을 뿐입니다. 제 경우를 생각해보십시오, 표트르 니콜라이치."

베르그는 언제나 아주 정확하고, 차분하고, 공손하게 이야기했다. 그리고 그의 화제는 언제나 자기 일에만 한정되어 있었다. 자기와 직접적인 관계가 없는 화제일 때는 언제나 조용히 침묵을 지켰다. 그는 조금도 어색해하지 않고 또 남에게 그런 느낌을 주지도 않으면서 몇 시

---

* 카드놀이의 일종. 미국 독립전쟁 때 보스턴에 있던 프랑스 장교들이 하던 놀이에서 이름이 유래했다.
** 베르그의 이름과 부칭.
*** 신신의 이름과 부칭.

간이고 침묵을 지키고 있을 수 있었다. 그러나 화제가 자기에 대한 것으로 옮아가면 그는 곧 만족의 빛을 띠고 장황하게 말문을 열었다.

"제 경우를 한번 생각해보십시오, 표트르 니콜라이치. 제가 만약 기병대에 있다면 중위로 승진한다 해도 사 개월에 200루블밖에 받지 못합니다. 그러나 저는 지금 230루블을 받고 있습니다." 그는 신신과 백작을 보면서 흐뭇하고 유쾌한 미소를 지으며 말했는데, 마치 자신의 성공은 언제나 다른 모든 사람에게 선망의 표적이 되고 있다고 확신하는 듯했다.

"그뿐만 아니라 표트르 니콜라이치, 저는 근위대로 전보된 뒤 다소 남의 눈에 띄게 되었습니다." 베르그는 말을 이었다. "그리고 결원도 근위 보병 쪽이 훨씬 많습니다. 그리고 생각해보십시오, 제가 230루블로 어떻게 해나갈 수 있나를 말입니다. 저는 약간을 저축하고, 아버지에게도 보내드리고 있습니다." 그는 고리 모양 연기를 뿜으면서 말했다.

"*균형이 잘 잡혀 있군요······ 속담에 있듯이, 독일인은 도끼 등으로도 탈곡을 한다잖습니까**." 신신은 입 한쪽 끝에서 다른 쪽 끝으로 호박 파이프를 옮겨 물면서 말하고는 백작에게 윙크했다.

백작은 큰 소리로 웃었다. 다른 손님들도 신신이 이야기하는 것을 보고 듣기 위해 옆으로 다가왔다. 베르그는 상대방의 조소나 냉담한 어조에도 아랑곳없이 자기가 근위대로 전보된 덕택에 귀족 견습사관 학교 동기들보다 한 계급 앞서게 되었다는 등, 전시에 중대장이 죽으면 자기가 중대 고참 장교로서 손쉽게 중대장이 될 거라는 등, 연대의

---

* 절약한다는 의미.

모든 사람이 자기를 좋아한다는 둥, 아버지가 자신을 자랑스러워한다는 둥 끊임없이 지껄였다. 베르그는 이러한 이야기를 쏟아내면서 만족스러운 기분에 젖어 있었는데, 다른 사람들에게도 모두 저마다의 관심사가 있다는 것은 생각조차 못하는 것 같았다. 하지만 그의 말은 애교가 있고, 솔직하고, 어린아이 같은 이기적인 천진함이 너무나 뚜렷해서 듣는 사람들을 무장해제시켰다.

"그래, 이봐요, 당신 같으면 기병이건 보병이건 분명 어디서든 환대받을 거요. 그건 내가 장담합니다." 신신은 상대방의 어깨를 가볍게 두드리고 오토만에 올렸던 발을 내리며 말했다.

베르그는 기쁜 듯이 미소지었다. 백작을 뒤따라 손님들도 객실로 나갔다.

모인 손님들이 자쿠스카*를 은근히 기대하면서, 긴 이야기를 시작하지도 않지만 그렇다고 식탁으로 가려고 서두르는 모습도 보이지 않으려고 하면서 짐짓 서성이거나 뭔가 이야기를 해야 한다고 여기는, 만찬 전의 흔한 한때였다. 주인 내외는 문 쪽을 바라보며 이따금 서로 눈짓을 주고받는다. 손님들은 이 모습을 보며 주인 내외가 누구를 기다리는지, 또는 무엇을 기다리는지, 약속된 시간에 늦는 중요한 친척인지, 혹은 준비가 끝나지 않은 요리인지 알아내려고 한다.

식사 직전에 도착한 피예르는 객실 한가운데서 처음 눈에 띈 안락의자에 어색하게 앉아 사람들의 통행을 방해했다. 백작부인은 그에게 말

---

* 식전에 술과 함께 먹는 간단한 요리.

을 붙여보려 했는데, 그는 누군가를 찾는 듯 순진한 얼굴을 하고 안경 너머로 주위를 두리번거리면서 백작부인의 물음에 간단하게만 대답했다. 그는 거북한 존재였으나 그 자신은 이를 알아채지 못하고 있었다. 그 곰 사건을 아는 대부분의 손님들은 몸집이 크고 뚱뚱하고 온순해 보이는 남자를 호기심 가득한 눈으로 바라보면서, 이토록 굼뜨고 얌전한 사람이 어떻게 서장에게 그런 장난을 칠 수 있었을까 하고 의아해했다.

"당신은 최근에 돌아오셨다죠?" 백작부인이 그에게 물었다.

"그렇습니다, 부인." 그는 대답하고는 주위를 둘러보았다.

"우리 바깥주인은 만나셨어요?"

"아닙니다, 부인." 그는 때에 걸맞지 않은 미소를 지었다.

"최근까지 파리에 계셨다던데, 그곳은 무척 재미있겠지요?"

"참 재미있습니다."

백작부인은 안나 미하일로브나에게 눈짓했다. 안나 미하일로브나는 이 젊은이의 말동무가 되어달라는 부탁임을 알아채고 그에게 다가앉으면서 그의 아버지에 대해 이야기하기 시작했다. 그러나 그는 백작부인에게 그랬듯 그녀에게도 아주 간단하게만 대답했다. 손님들은 모두 상대와 이야기하느라 바빴다.

"라주몹스키네 분들은…… 참 훌륭했어요…… 아, 당신은 정말 친절하시군요…… 아프락신 백작부인은……" 여기저기서 목소리들이 들렸다. 백작부인은 일어서서 홀로 갔다.

"마리야 드미트리예브나이신가요?" 홀에서 그녀의 목소리가 들렸다.

"그래요." 대답하는 여자의 거친 목소리가 들리고, 뒤이어 마리야 드미트리예브나가 객실에 들어왔다.

아가씨들은 물론이고 부인들도, 아주 나이가 많은 사람을 빼놓고는 모두 자리에서 일어섰다. 마리야 드미트리예브나는 문가에서 발을 멈추고 반백의 곱슬곱슬한 머리에, 자신의 살찐 몸에서 쉰 살쯤 되어 보이는 얼굴을 높이 들어 손님들을 둘러보고, 걷어올리듯이 통이 넓은 옷소매를 매만졌다. 마리야 드미트리예브나는 언제나 러시아어로 말했다.

"소중한 부인과 따님의 본명 축일을 축하합니다." 그녀는 다른 모든 소리를 압도하는 크고 굵은 목소리로 말했다. "어떤가요, 죄 많은 영감," 그녀는 자기 손에 키스하는 백작에게로 얼굴을 돌렸다. "모스크바는 지루하겠죠? 개를 몰 데가 없으니까. 그래도 할 수 없죠. 우리 영감, 당신은 정말 어쩔 작정인가요, 저렇게 아이들이 커가고 있는데……" 그녀는 처녀들을 가리켰다. "좋으나 싫으나 신랑감을 찾아봐야 하지 않겠어요?"

"아니, 어쩐 일인가요, 우리 카자크(마리야 드미트리예브나는 나타샤를 이렇게 불렀다)?" 그녀는 거리낌없이 쾌활한 얼굴로 다가와서 자기 손에 키스하는 나타샤를 쓰다듬으며 말했다. "말괄량이라는 건 알지만, 그래도 나는 이애가 좋아요."

그녀는 큼직한 손가방에서 배 모양의 루비 귀걸이를 꺼내 본명 축일의 기쁨에 빛나는, 장밋빛 얼굴의 나타샤에게 건네고는 몸을 돌려 피예르에게 말을 걸었다.

"오! 이봐! 이리 좀 와봐." 그녀는 일부러 나직하고 날카로운 목소리로 말했다. "좀 와보라니까, 응? 이봐……"

그녀는 위압하듯이 옷소매를 더욱 높이 걷어올렸다.

피예르는 안경 너머로 그녀의 얼굴을 순진하게 바라보며 다가갔다.

"좀더 가까이, 좀더, 이봐! 나 한 사람만은 네 아버님의 세도가 한창이었을 때도 언제나 올바른 말씀을 드리곤 했고, 네게도 그럴 거야, 이건 하느님의 분부다."

그녀는 잠시 입을 다물었다. 사람들은 이것이 서두에 지나지 않는다고 느끼고 있었으므로 이제부터 무슨 말이 나올까 기다리며 잠자코 있었다.

"훌륭해, 나무랄 데가 없어! 훌륭한 아이야!…… 아버님은 죽느냐 사느냐 하는 판에 곰의 등에 서장을 잡아매는 장난이나 치다니. 부끄러운 일이야. 이봐, 부끄러운 일이라고! 차라리 전쟁터에 나가는 게 훨씬 낫지."

그녀는 다시금 몸을 돌리고 간신히 웃음을 참고 있는 백작에게 손을 내밀었다.

"자, 이제 식탁으로 갈 시간이 되지 않았나요?" 마리야 드미트리예브나는 말했다.

백작과 마리야 드미트리예브나가 앞장서서 걸어갔다. 다음에는 니콜라이를 연대로 데리고 가기로 한 꼭 필요한 인물인 경기병 대령의 에스코트를 받으며 백작부인이 갔다. 안나 미하일로브나는 신신과 함께 갔다. 베르그는 베라에게 손을 내밀었다. 줄곧 미소짓던 쥴리 카라기나는 니콜라이와 함께 식탁으로 갔다. 그리고 몇 쌍의 남녀가 홀에 길게 줄을 지으며 뒤따랐고, 끝으로 아이들과 남녀 가정교사들이 한 사람씩 따로따로 들어갔다. 급사들이 움직이기 시작하고, 의자 소리가 나고, 악대석에서 연주가 시작되고, 손님들은 저마다 자리에 앉았다. 이윽고 가정 악대의 연주는 포크와 나이프 소리, 손님들의 이야기 소리, 급사들의 조용한 발소리에 묻혔다. 식탁 한끝 상석에 백작부인이 자리잡았다. 그 오른쪽에 마리야 드미트리예브나, 왼쪽에 안나 미하일로브나와 그 밖의 여자 손님들이 앉았다. 또다른 한끝에는 백작, 그 왼쪽에 경기병 대령, 오른쪽에 신신과 그 밖의 남자 손님들이 앉았다. 그리고 긴 식탁 한쪽에 조금 나이가 있는 젊은 사람들—베라와 베르그, 피예르와 보리스—이 나란히 앉았다. 그 맞은편에는 아이들과 가정교사들이 앉았다. 백작은 크리스털 식기와 술병과 과일이 담긴 항아리 사이로 아내의 얼굴과 엷은 남색 리본이 달린 그녀의 높은 실내모를 바라보기도 하고, 옆자리 손님들에게 부지런히 술을 따라주기도 하고, 자기 술잔을 채우는 것도 잊지 않았다. 백작부인 역시 여주인으로서의 의무를 잊지 않고 파인애플 뒤에서 남편에게 의미 있는 시선을 던졌는데, 그녀에게는 남편의 대머리와 얼굴이 흰머리와 대조되어 한층 더 눈에 띄게 붉어 보였다. 여자 손님들 쪽에서는 한결같은 어조로 대화가 이어졌으나 남자 손님들 쪽에서는 이야기 소리가 차츰 높아졌고, 특히 경기병 대령은 너무 많이 먹고 마셔서 얼굴이 점점 더 빨개졌는데, 백작이 그를 치켜세우며 손님들에게 그를 본받아달라고 할 정도였다. 베르그는 부드러운 미소를 띠며 베라에게 사랑은 지상의 것이 아니라 천상의 것이라는 이야기를 하고 있었다. 보리스는 새 친구인 피예르에게 식탁 앞에 앉아 있는 손님들의 이름을 알려주며 맞은편에 앉은 나타샤와 이따금 눈을 마주쳤다. 피예르는 처음 보는 얼굴들을 둘러보면서 적게 말하고 많이 먹었다. 처음 두 가지 수프가 나왔을 때 *자라* 수프를 고르고, 고기만두에서 멧도요 요리에 이르기까지 그는 한 접시의 요리도, 집사가 옆 손님의 어깨 너머에서 냅킨에 싼 술병을 비밀스럽게 들이밀며 '드라이 마데이라'라느니 '헝가리산'이라느니 '라인 와인'이라느니 하며 일일이 이름을 말하는 술도 하나도 놓치지 않았다. 그는 각자의 식기 앞에 놓여 있는, 백작의 이니셜이 새겨진 네 개의 크리스털 잔 중에서 가까이 있는 것을 되는대로 골라잡아 술을 받으며 차츰 즐거운 얼굴로 손님들을 둘러보면서 만족스러운 듯이 들이켰다. 나타샤는 그의 맞은편에 앉아 열세 살쯤 된 소녀가 이제 막 처음으로 키스를 나눈 사랑하는 소년을 바라보는 듯한 눈길로 보리스를 바라보았다. 어쩌다 그 눈길이 그대로 피예르 쪽으로 돌려지기라도 하면 피예르는 이 장난기 많고 발랄한 소녀의 눈동자를 보면서 왠지 자기도 웃고 싶어졌다.

소냐와 멀리 떨어져 쥘리 카라기나 옆에 앉은 니콜라이는 또다시 자기도 모르게 미소를 지으며 그녀와 이야기를 나누었다. 소냐는 화사하게 웃고 있었지만 내심 질투에 가슴을 태웠다. 그녀는 붉으락푸르락하면서 니콜라이와 쥘리 사이에 오가는 이야기에 온 신경을 곤두세우고 있었다. 여자 가정교사는 만약 누가 아이들에게 모욕적인 말이라도 하면 당장 항의하려고 벼르는 것처럼 걱정스러운 눈으로 주위를 둘러보고 있었다. 독일인 가정교사는 나중에 고국의 가족에게 보내는 편지에 소상하게 써 보내기 위해 요리며 디저트며 술의 종류를 빠짐없이 기억하려고 애썼는데, 그래서 집사가 냅킨에 싼 술병을 들고 이따금 그를 빼놓고 지나가기라도 하면 머리끝까지 화를 냈다. 이 독일인은 눈살을 찌푸리고 그런 술 따윈 결코 바라지도 않는다는 듯이 보이려고 노력했

고, 자기에게 술이 필요한 것은 목이 마르기 때문도 아니고, 식탐 때문
도 아니며, 그저 진지한 호기심 때문이라는 것을 아무도 알아주지 않
는 것이 분했다.

16

   남자들이 자리잡은 식탁 한끝에서는 차츰 이야기가 활기를 띠었다.
대령은 벌써 선전의 조칙이 페테르부르크에서 발표되었고, 한 부가 오
늘 급사急使에 의해 총사령관에게 전달되었고, 자기도 그 사본을 보았
다고 말했다.
   "그런데 어째서 우리는 보나파르트와 싸우지 않으면 안 되는 겁니
까?" 신신이 말했다. "그는 이미 오스트리아를 찍소리도 못하게 만들
었습니다.[19] 이번에는 우리 차례가 아닐까 걱정입니다."
   대령은 건장하고 키가 큰 다혈질의 독일인인데, 오랫동안 군대 밥을
먹어온 애국자라는 것이 뚜렷이 드러났다. 그는 신신의 말에 발끈했다.
   "왜냐믄 그것은 말이죠," 그는 모음 '예'를 '애'로, 연음을 경음으로
발음하며 말했다. "그것은 자비로우신 황제께서 알고 계십니다. 조칙
에도 있듯, 폐하께서는 러시아를 위협하고 있는 위기를 방관할 수가
없으셔서 제국의 안전과 존엄, 연합군의 신성……" 그는 어째선지 '연
합군'을 특히 힘주어, 마치 이것에 사건의 요점이 있기라도 한 듯이 말
했다.
   그리고 그는 특유의 정확한, 관료다운 기억력으로 조칙의 서두 몇

구절을 되풀이했다. "그리하여 공고한 기반 위에서 유럽의 평화를 수립하려는 짐의 희망, 즉 유일 절대의 목적은 짐으로 하여금 군의 일부를 국외로 이동시키고, 이 의도를 달성하기 위한 새로운 노력을 다할 결의를 내리게 하였도다."

"바로 이것이 그 까닭입니다, 자비로우신 황제께서 말씀하신." 그는 설교하듯이 결론을 내리고, 잔에 든 와인을 들이켠 뒤 동의를 구하는 눈으로 백작 쪽을 돌아보았다.

"이런 속담을 알고 계십니까? 예레마, 예레마, 넌 집에서 방추나 갈고 있어라." 신신은 미간을 찌푸린 채 웃음지으며 말했다. "이것이 지금 우리에게 꼭 들어맞는 말이 아니냔 말입니다. 이런 때 수보로프*라도 있으면 좋겠다지만, 그마저도 엉망진창으로 얻어맞았잖습니까.[20] 하지만 지금 러시아에 수보로프만한 인물이나 있습니까? 한번 물어보고 싶군요." 줄곧 러시아어와 프랑스어를 번갈아 쓰며 그는 말했다.

"우리는 마지막 피 한 방울까지 흘릴 각오로 싸워야 합니다." 대령이 식탁을 치면서 외쳤다. "황제 폐하를 위해서 죽는다, 그것만으로 더할 나위 없이 좋은 겁니다. 의논 같은 것은 될 수 있는 대로(그는 '될 수 있는 대로'라는 말을 길게 끌었다), 될 수 있는 대로 줄여야 합니다" 하고 그는 또다시 백작 쪽을 돌아보면서 말을 맺었다. "말하자면 우리 늙은 경기병들은 이렇게 생각하고 있다는 겁니다. 그런데 여러분, 젊은 분과 젊은 경기병은 어떻게 생각하고 있습니까?" 그는 니콜라이를 향해 덧붙였는데, 니콜라이는 전쟁 이야기가 시작된 것을 알아채자 상

---

* A. V. 수보로프(1729~1800). 러시아 병학 창시자의 한 사람. 7년전쟁에 종군한 뒤 전략과 전술 개발에 몰두했다.

대하고 있던 여자를 내버려둔 채 눈을 둥그렇게 뜨고 대령을 바라보며 온 귀를 기울여서 그의 말을 듣고 있었다.

"전적으로 동감합니다." 니콜라이는 일시에 온 얼굴을 붉히고, 마치 이 순간 신변에 무서운 위기가 닥치기라도 한 듯 필사적이고 결연한 태도로 접시를 돌리기도 하고 컵의 위치를 바꾸기도 하면서 말했다. "저는 러시아인이라면 죽든가 승리하든가 어느 하나여야 한다고 굳게 믿고 있습니다." 그는 말을 하고 나서야 사람들이 흔히 그렇듯이, 이 말이 이 상황에는 너무 거창하고 과장된 걸 깨닫고 쑥스러움을 느꼈다.

"지금 당신이 하신 말은 정말 훌륭했어요." 그의 옆에 앉아 있던 쥘리가 말했다. 소냐는 니콜라이가 이야기하는 동안 온몸을 떨면서 귓불까지, 귀 뒤에서 목덜미와 어깨까지 새빨개졌다. 피예르는 대령의 이야기에 귀를 기울이고 찬성하듯 고개를 끄덕였다.

"참으로 훌륭하군." 그는 말했다.

"진정한 경기병이야, 젊은이." 대령은 또 식탁을 치면서 외쳤다.

"당신은 거기서 뭘 그렇게 떠들고 있습니까?" 별안간 마리야 드미트리예브나의 베이스 같은 목소리가 식탁 너머에서 들려왔다. "식탁을 왜 치는 건가요?" 그녀는 경기병에게 말했다. "누구한테 그렇게 열을 올리는 거죠? 눈앞에 프랑스인이라도 있는 것 같은가요?"

"저는 진실을 말하고 있습니다." 경기병이 웃는 얼굴로 말했다.

"그저 전쟁 이야기뿐이군." 백작도 식탁 너머에서 외쳤다. "제 아들도 나갑니다. 마리야 드미트리예브나, 아들이 출정합니다."

"내 아들도 넷이나 군대에 가 있지만, 나는 우는소리는 하지 않습니다. 모든 것은 하느님의 뜻이니까요. 난로 위에 누워 지내도* 인간은 어차피 죽는 법입니다. 전쟁에 나가 죽으면 하느님이 자비를 베풀어주시겠죠." 마리야 드미트리예브나의 굵은 목소리는 식탁 이쪽 끝에서 저쪽 끝까지 수월하게 닿았다.

"그건 그렇습니다."

이야기는 또다시 여자들은 식탁 한쪽 끝, 남자들은 다른 쪽 끝에서 따로따로 이어졌다.

"거봐, 묻지도 못하면서." 남동생이 나타샤에게 말했다. "거봐, 못 물어보잖아!"

"물어볼 수 있어." 나타샤가 대꾸했다.

그녀의 얼굴은 갑자기 필사적이고 쾌활한 결의를 드러내며 달아올랐다. 그녀는 맞은편에 앉은 피예르에게 잘 들어달라고 눈짓하고 일어서서 어머니에게로 몸을 돌렸다.

"엄마!" 가슴에서 나오는 듯한 앳된 목소리가 식탁 전체에 울려퍼졌다.

"왜 그러니?" 백작부인은 깜짝 놀라서 물었으나 딸의 표정을 보고 장난인 것을 알자, 나무라는 듯이 위협적으로 고개를 저으며 엄하게 손사래를 쳤다.

좌중의 말소리가 뚝 그쳤다.

"엄마! 디저트는 뭐예요?" 더 대담하고 망설임 없는 목소리가 울렸다.

---

* 러시아의 난로(페치카) 위에는 사람이 누울 수 있는 침대 같은 공간이 있다.

백작부인은 눈살을 찌푸리려고 했으나 그럴 수 없었다. 마리야 드미
트리예브나가 통통한 손가락을 흔들었다.

"카자크!" 그녀는 위협하듯이 말했다.

대부분의 손님들은 이 느닷없는 말을 어떻게 받아들여야 할지 몰라
연장자들 쪽을 보았다.

"그만두지 못해!" 백작부인은 말했다.

"엄마! 디저트는 뭐예요?" 이제 자기의 장난을 좋게 받아들여줄 거
라 지레 확신하고 대담해진 나타샤는 변덕스러우리만큼 유쾌한 어조
로 외쳤다.

소냐와 통통한 페탸는 몸을 감추고 킥킥거렸다.

"자, 물어봤지?" 나타샤는 남동생과 피예르에게 속삭이고 피예르를
다시 한번 힐끔 보았다.

"아이스크림, 하지만 너는 안 줄 거야." 마리야 드미트리예브나가
말했다.

나타샤는 두려울 것이 없다고 생각했으므로, 마리야 드리트리예브
나도 두렵지 않았다.

"마리야 드미트리예브나! 어떤 아이스크림이요? 전 살구는 싫어요."

"당근이다."

"싫어요, 어떤 건데요? 마리야 드미트리예브나, 어떤 거예요?" 나타
샤는 외치듯이 말했다. "전 알고 싶어요!"

마리야 드미트리예브나와 백작부인은 웃음을 터뜨렸다. 손님들도
모두 따라 웃었다. 그들이 모두 웃은 것은 마리야 드미트리예브나의
대답이 우스웠기 때문이 아니라 그녀에게 이렇게 대담하게 구는 소녀

의 맹랑한 용기와 재간이 재미있었기 때문이다.

나타샤는 파인애플 아이스크림이라는 말을 들을 때까지 물러서지 않았다. 아이스크림 전에 샴페인이 나왔다. 악대의 연주가 다시 시작되고, 백작 부부는 입을 맞추고, 손님들은 일어나서 백작부인에게 축하의 말을 건네고, 식탁 너머로 백작과 그 아이들과 축배를 나누고, 서로서로 건배했다. 급사들이 다시 분주하게 돌아다니기 시작하고, 의자가 덜그럭거리고, 손님들은 전과 같은 순서로, 그러나 훨씬 붉어진 얼굴로 객실과 백작의 서재로 돌아갔다.

17

이윽고 보스턴용 탁자가 준비되고 편이 나뉘자, 손님들은 소파가 있는 방과 서재, 두 군데에 각각 자리를 잡았다.

백작은 카드를 부채꼴로 펼쳐 쥔 채 언제나 식후에 버릇처럼 엄습하는 졸음을 가까스로 참으면서 매사에 웃음을 지었다. 젊은 사람들은 백작부인의 권유로 클라비코드*와 하프 주위에 모였다. 먼저 쥴리가 사람들의 요청에 하프로 소곡과 그 변주곡을 연주했고, 그것이 끝나자 그녀는 다른 아가씨들과 함께 음악적 재능이 뛰어나다고 알려진 나타샤와 니콜라이에게 가서 노래를 해달라고 청했다. 나타샤는 어른처럼 대접받자 무척 우쭐했으나 동시에 겁도 났다.

---

* 피아노의 전신.

"무슨 노래를 부를까요?" 그녀는 물었다.

"〈샘〉." 니콜라이는 대답했다.

"좋아요, 그럼 빨리 해요. 보리스, 이리 와요." 나타샤가 말했다. "그런데 소냐는 어디 있지?"

나타샤는 주위를 둘러보고 자기 벗이 방에 없다는 것을 알아채고는 찾으러 뛰어나갔다.

소냐의 방으로 뛰어갔으나 그녀의 모습이 보이지 않자 나타샤는 아이방으로 갔다. 거기에도 소냐는 없었다. 나타샤는 문득 소냐가 복도의 궤짝 위에 앉아 있을지 모른다는 생각이 들었다. 복도에 있는 궤짝은 로스토프가의 젊은 처녀들이 하소연하는 장소였다. 아니나 다를까 소냐는 분홍색 얇은 옷이 구겨지는 것도 아랑곳하지 않고 궤짝 위에 깔린 유모의 지저분한 줄무늬 깃털 이불에 엎드려 손으로 얼굴을 감싼 채 드러난 어깨를 들먹이며 흐느끼고 있었다. 온종일 본명 축일 파티 기분에 들떠 생기를 띠었던 나타샤의 얼굴은 갑자기 변했다. 두 눈은 고정된 채 탐스러운 목덜미가 떨리고, 입매는 일그러졌다.

"소냐! 왜 그래?…… 무슨 일이야, 무슨 일이야? 으흐흑!……"

나타샤는 큰 입을 벌리고 얼굴을 완전히 일그러뜨린 채, 그저 소냐가 운다는 이유만으로 아기처럼 울음을 터뜨렸다. 소냐는 고개를 들고 대답하려 했으나 그러지 못하고 더 깊숙이 얼굴을 묻어버렸다. 나타샤는 파란색 깃털 이불에 앉아 소냐를 끌어안고 울었다. 소냐는 겨우 힘을 내 일어나 앉더니 눈물을 닦고 이야기하기 시작했다.

"니콜렌카는 이제 일주일 후에 출정한대, ……그의…… 영장이…… 나왔어…… 그가 직접 내게 말해줬어…… 절대 울지 않으려고 했는데

(그녀는 손에 쥐고 있던 종이쪽지를 보여줬다. 니콜라이가 적어준 시였다)…… 나는 절대 울지 않으려고 했는데, 너는 몰라…… 아무도 모를 거야…… 그가 어떤 마음을 가졌는지."

그리고 그녀는 그가 아주 훌륭한 마음을 가졌다면서 다시 울기 시작했다.

"너는 행복해…… 하지만 나는 부러워하지 않아…… 나는 너를 좋아해, 그리고 보리스도." 그녀는 다소 기운을 내어 말했다. "보리스는 친절한 사람이고…… 너희에게는 방해될 게 없어. 하지만 니콜라이는 내 *사촌오빠잖아*…… 그러니까 대주교님 허가가 없으면…… 그게 없으면 절대 안 돼. 게다가 만약 어머니가(소냐는 백작부인을 어머니처럼 생각했고, 또 실제로 어머니라고 부르고 있었다)…… 내가 니콜라이의 앞길을 방해한다, 인정이 없다, 은혜도 모른다고 말씀하신다면, 하지만 정말…… 나는 하느님을 두고 맹세하지만(소냐는 성호를 그었다)…… 어머니와 너희 모두를 사랑해, 하지만 베라만은…… 정말 왜 그럴까? 내가 베라한테 무슨 짓을 했다는 거지? 나는 너희를 고맙게 생각하고 무엇이든 희생하고 싶지만, 내게는 아무것도 없어……"

소냐는 말을 잇지 못하고 또다시 얼굴을 두 손과 깃털 이불 속에 감춰버렸다. 나타샤는 안정되기 시작했는데, 그 얼굴에는 벗이 느끼는 슬픔의 심각함을 모두 이해하고 있다는 것이 뚜렷이 드러났다.

"소냐!" 그녀는 사촌언니가 슬픈 진짜 이유를 깨달은 듯 갑자기 말했다. "베라가 만찬 뒤에 뭔가 이상한 말을 한 거야, 그렇지?"

"맞아, 이 시는 니콜라이가 손수 써준 건데, 나는 이걸 따로 한 장 베껴뒀어. 베라가 내 탁자에 놓인 이것을 보고 어머니에게 보이겠다고 하잖아. 그리고 이런 말도 했어. 은혜도 모른다, 어머니는 절대로 니콜라이와 너의 결혼을 허락하시지 않을 것이다. 니콜라이는 쥴리와 결혼할 거라고. 너도 봤겠지만 니콜라이는 온종일 쥴리하고…… 나타샤! 왜 그럴까?……"

그녀는 아까보다 더 슬프게 울었다. 나타샤는 그녀를 일으켜서 껴안고, 눈물을 머금은 미소를 지으면서 위로하기 시작했다.

"소냐, 내 사랑, 그런 얘기는 믿지 마, 응? 믿지 마. 소냐, 기억해? 언젠가 소파가 있는 방에서 니콜렌카와 우리 셋이서 얘기한 일, 왜 언젠가 저녁식사 뒤에 말이야. 앞으로 모든 걸 어떻게 할지 정했잖아. 그때 어떻게 정했었는지는 기억나지 않지만, 아무튼 모든 것이 다 좋고, 모든 것이 다 생각대로 됐던 것만은 기억해. 게다가 신신 아저씨의 형제분도 사촌누이하고 결혼하셨는걸, 그런데 우리는 육촌간이잖아. 그리고 보리스도 그런 건 다 괜찮다고 말했어. 있지, 소냐, 나는 그 사람에게 전부 다 얘기했어. 정말 똑똑하고, 아주 좋은 사람이야." 나타샤는 말했다…… "소냐, 이제 그만 울어, 소중한 내 친구, 내 사랑, 소냐." 그녀는 웃으면서 소냐에게 키스했다. "베라는 정말 심술쟁이야, 그러라고 내버려둬! 틀림없이 다 잘될 거야, 베라도 어머니에게 일러바치지는 않을 거야. 그리고 니콜렌카는 쥴리에 대해서 생각해본 적도 없다고 말할 거야."

나타샤는 소냐의 머리에 키스했다. 소냐는 일어섰다. 이 새끼고양이는 다시 힘을 냈고, 눈을 반짝이면서 금방이라도 꼬리를 쳐들고 부드러운 발바닥으로 뛰어올라 새끼고양이답게 실뭉치를 가지고 놀 것 같았다.

"그렇게 생각해? 정말? 맹세할 수 있어?" 그녀는 재빨리 옷과 머리를 매만지면서 말했다.

"정말! 맹세할 수 있어!" 소냐의 땋은 머리 밑으로 삐져나온 뻣센 머리털을 매만져주면서 나타샤는 대답했다.

그리고 두 사람은 함께 웃었다.

"자, 〈샘〉을 부르러 가자."

"가자."

"그런데 내 맞은편에 앉았던 피예르라는 그 뚱뚱한 사람, 정말 우습지!" 나타샤는 별안간 발을 멈추고 말했다. "정말 재미있어!"

그리고 그녀는 복도를 뛰어갔다.

소냐는 깃털을 털어낸 후 시가 적힌 종이쪽지를 쇄골이 튀어나온 목덜미에 가까운 가슴에 숨기고, 얼굴이 빨개진 채 가뿐하고 경쾌한 발걸음으로 소파가 있는 방을 향해 나타샤를 따라 복도를 뛰어갔다. 손님들의 청으로 젊은이들은 사중창으로 〈샘〉을 불러 모두를 기쁘게 했다. 이어 니콜라이가 새로 배운 노래를 불렀다.

달 밝은 즐거운 밤에
행복하게 가슴에 그려보네
이 세상에 누군가
그대를 그리워하는 사람이 있노라고!
그 임은 고운 손으로
황금빛 하프를 타며
애절한 가락으로

그대를 부르고 또 부르노라고!

하루가 가고 이틀이 가면 천국이 찾아오는 것을……

그러나 아아! 그대의 벗은 살아 있지 않으리라!

그가 마지막 몇 소절을 다 부르기도 전에 홀에서는 젊은 사람들이 춤출 준비를 하고, 악대석에서는 발소리가 엇갈리고, 악사들의 기침 소리가 들리기 시작했다.

피예르는 객실에 앉아 있었는데, 신신은 외국에서 온 사람에게 곧잘 하듯이 피예르에게 지루한 정치 이야기를 하기 시작했고, 그러자 다른 사람들도 끼어들었다. 악대가 연주를 시작했을 때 나타샤는 객실에 들어와 곧바로 피예르에게 다가가더니 얼굴을 붉히고 눈으로 웃으면서 말했다.

"엄마가 당신에게 춤을 같이 춰달라고 부탁하라고 하셨어요."

"나는 스텝이 틀릴까봐 걱정인데요." 피예르가 말했다. "하지만 당신이 내 선생이 되어준다면……"

그는 두툼한 손을 낮게 내리면서 가녀린 몸매의 소녀에게 내밀었다.

사람들이 짝을 지어 자리잡고 악사들이 음정을 맞추는 동안 피예르는 자신의 작은 파트너와 나란히 앉아 있었다. 나타샤는 무척 행복해 보였는데, 그것은 외국에서 온 어른과 함께 춤을 춘다는 사실 때문이었다. 그녀는 사람들의 눈에 띄는 곳에 피예르와 나란히 앉아 마치 어른처럼 이야기를 나누었다. 그녀의 손에는 어느 아가씨에게서 빌린 부채가 들려 있었다. 그녀는 사교에 아주 능숙한 사람 같은 자세로(그런 걸 언제 어디서 익혔는지는 알 수 없지만) 부채를 부치고, 그 부채 사이로 미소를 흩날리면서 자신의 파트너와 이야기하고 있었다.

"어머나? 어머나? 저기 좀 보세요, 저기 좀 보세요." 나이든 백작부인이 홀을 지나칠 때 나타샤를 가리키며 말했다.

나타샤는 얼굴을 붉히고 웃었다.

"왜 그러세요, 엄마? 또 무슨 말을 하시려고요? 뭐가 그렇게 놀라워요?"

세번째 에코세즈*가 한창일 때, 백작과 마리야 드미트리예브나가 저명하고 나이든 대부분의 손님들과 게임을 하던 객실에서 의자가 덜그럭거리기 시작하더니, 오래 앉아 있던 사람들이 기지개를 켜기도 하고, 지갑이며 잔돈 주머니를 챙기기도 하면서 홀의 문가로 나왔다. 마리야 드미트리예브나와 백작이 유쾌한 얼굴로 가장 먼저 나왔다. 백작은 발레 동작처럼 우스꽝스럽지만 정중하게 팔을 둥글게 돌리고 한 손을 마리야 드미트리예브나에게 내밀었다. 몸을 펴자 그 얼굴은 젊은 사람 같은 특유의 장난스러운 미소로 빛났고, 에코세즈의 마지막 선회가 끝나자 그는 악사들에게 박수를 보내며 제1바이올린 주자를 향해 외쳤다.

"세묜! 다닐로 쿠포르** 아나?"

그것은 백작이 젊었을 때 즐겨 추던 춤이었다(다닐로 쿠포르란 바로

---

* 여럿이 짝을 이뤄 추는 스코틀랜드 무도 또는 무도곡.

** 프랑스의 콩트르당스(사교춤)와 유사한. 쌍쌍이 마주보며 추는 춤. 창시자인 영국인 대니얼 쿠퍼의 이름을 따서 불렀다.

앙글레즈*였다).

"아버지 좀 보세요." 나타샤는 (어른과 춤추고 있다는 것도 잊어버리고) 곱슬곱슬한 작은 머리를 무릎에 닿을 정도로 숙이면서 타고난 명랑한 웃음소리가 홀의 구석구석까지 울려퍼지도록 외쳤다.

사실 홀 안에 있던 모두가 기쁨 어린 미소를 머금고 기분좋은 이 노인을 바라보고 있었는데, 그는 자기보다 키가 크고 풍채도 좋은 귀부인 마리야 드미트리예브나와 나란히 서서, 두 손을 둥글게 구부려 박자에 맞춰 흔들기도 하고, 어깨를 쭉 펴기도 하고, 가볍게 발을 차고 두 발을 비틀기도 하면서 그 둥근 얼굴에 차차 번져가는 미소로 구경꾼들에게 이제부터 일어날 일에 대한 마음의 준비를 시키고 있었다. 흥겨운 트레파크**와 흡사한 다닐로 쿠포르의 명랑하고 도발적인 음악이 울리자 홀의 문 양쪽은 한껏 흥에 겨운 주인을 구경하려고 나온, 한쪽은 남자 하인들의, 또 한쪽은 여자 하인들의 싱글벙글한 얼굴들로 금세 가득찼다.

"우리 나리! 독수리 같으셔!" 한쪽 문에서 유모가 큰 소리로 말했다.

백작은 훌륭하게 추었고 자기도 그것을 알았지만, 상대인 귀부인은 잘 추지도 못할뿐더러 잘 추려고 하지도 않는 듯했다. 그녀는 튼튼한 팔을 축 늘어뜨린 채 육중한 몸을 꼿꼿이 세우고 있을 뿐이었다(손가방은 백작부인에게 맡겨두었다). 그러나 엄격하지만 아름다운 얼굴만은 춤을 추고 있었다. 백작이 둥근 몸 전체로 표현하는 것을 마리야 드미트리예브나는 얼굴에 차차 퍼져가는 미소와 벌름거리는 코만으로

---

* 영국의 무도.
** 2박자의 빠른 박자와 격렬한 동작이 특징인 러시아 고유의 농민 무도 또는 무도곡.

표현했다. 또한 백작이 점점 열을 올려 두 다리를 교묘하게 엇갈리고 경쾌하게 뛰기도 하면서 구경꾼들을 사로잡는 데 비해, 마리야 드미트리예브나는 어깨를 살짝 움직인다든가 돌면서 두 팔을 돌린다든가 발 장단을 맞춘다든가 하는 극히 작은 몸짓으로 백작 못지않은 호응을 얻었다. 그녀의 살찐 몸과 평소의 거친 태도를 감안하고 모두가 이것을 값지게 평가해주었던 것이다. 춤은 갈수록 활기를 띠었다. 다른 비자비*들은 잠시도 구경꾼들의 주의를 끌지 못했고 심지어 그러려고 하지도 않았다. 모두 백작과 마리야 드미트리예브나에게 완전히 마음을 빼앗기고 말았다. 나타샤는 그러잖아도 춤을 추는 이 한 쌍에게서 눈을 떼지 못하는 주위 사람들의 옷이며 소매를 잡아당기면서 아버지를 보라고 말했다. 백작은 동작 사이에 가쁜 숨을 몰아쉬고, 손을 흔들고 소리치며 더 빠르게 연주하라고 악사들을 재우쳤다. 점점 빨리, 빨리, 빨리, 점점 활기차게, 활기차게, 활기차게 백작은 발끝 혹은 발뒤꿈치로 마리야 드미트리예브나의 주위를 돌더니, 마침내 상대를 제자리로 돌려놓고, 유연한 한 발을 뒤로 쳐들고, 미소짓는 얼굴과 땀에 젖은 머리를 숙였고, 모두의 박수와 탄성 속에서, 특히 나타샤의 요란한 탄성 속에서 오른손을 둥글게 돌린 다음 마지막 스텝을 밟았다. 두 춤꾼은 가쁜 숨을 몰아쉬면서 삼베 손수건으로 땀을 닦았다.

"바로 이런 것이었죠, *마 셰르*, 우리가 젊었을 때 췄던 춤은." 백작은 말했다.

"아, 그래요, 다닐로 쿠포르는!" 깊은 숨을 길게 내쉬고 소매를 걷어

---

* 마주서서 춤추는 한 쌍.

올리면서 마리야 드미트리예브나는 말했다.

18

　로스토프가의 홀에서 지쳐서 음조가 고르지 못한 악사들의 연주에 맞춰 여섯번째 앙글레즈를 추고, 녹초가 된 급사와 요리사가 저녁식사 준비를 시작했을 때, 베주호프 백작에게 여섯번째 발작이 일어났다. 의사들은 회복할 가망이 없다고 선언했다. 병자에게는 무언의 고해와 성체성사가 행해졌다. 사람들은 병자의 도유식* 준비에 쫓기고, 집안은 이런 경우 흔히 있는 혼잡과 기다림의 불안으로 가득찼다. 집밖에는 백작의 호사스러운 장례식 주문을 기다리는 장의사 패들이 계속 모여 드는 마차로부터 몸을 숨기며 문 뒤에 모여 있었다. 백작의 병세를 알기 위해 줄곧 부관들을 보내던 모스크바 총독도 예카테리나 여제 시대의 유명한 고관 베주호프 백작과 고별하기 위해 이날 밤 친히 찾아왔다.
　호화로운 응접실은 사람들로 가득찼다. 총독이 병자와 단둘이 삼십분쯤 있다가 방에서 나오자 모두 공손히 자리에서 일어났고, 총독은 사람들의 인사에 가볍게 답례하면서 자기에게 쏠리는 의사들, 사제들, 친척들의 시선에서 빨리 벗어나려고 애썼다. 며칠 사이 마르고 안색이 나빠진 바실리 공작은 총독을 배웅하며 낮은 목소리로 몇 마디 건넸다.
　총독을 배웅한 바실리 공작은 홀의 의자에 앉아 다리를 높이 포개고

---

* 塗油式. 종부성사 때 죽음을 앞둔 사람의 몸에 기름을 바르는 의식.

무릎에 팔꿈치를 괸 채 한 손으로 눈을 감쌌다. 그는 그렇게 잠시 앉아 있다가 벌떡 일어나서 평소답지 않게 서두르며 두려운 눈빛으로 주위를 둘러보고, 긴 복도를 지나 맨 손위의 공작영애가 있는 안채 쪽으로 갔다.

어둠침침한 등불 아래서 사람들은 높낮이가 제각각인 목소리로 수군대고 있었고, 죽음을 앞둔 병자의 방으로 통하는 문이 열리고 희미한 소리를 내며 누가 그곳에 드나들 때마다 한결같이 입을 다물고 의문과 기대에 찬 눈으로 그쪽을 돌아보았다.

"인간에게는 한계라는 것이 있어서 말입니다." 몸집이 작은 노사제가 옆에 앉아 순진하게 듣고 있는 부인에게 말했다. "한계가 있는 이상, 그걸 넘어설 수는 없습니다."

"도유식도 이미 늦은 게 아닐까요?" 부인은 성직자의 칭호를 붙이면서 마치 이 일에 관해 아무런 의견도 갖고 있지 않은 것처럼 물었다.

"성례란 엄숙한 것입니다, 부인." 몇 가닥의 흰 머리칼이 깔끔하게 빗질된 대머리를 손으로 쓸어내리면서 사제는 대답했다.

"저분은 누구죠? 총독이신가요?" 방 한구석에서 묻는 소리가 들렸다. "참 젊어 보이는군요!⋯⋯"

"벌써 예순이 넘으셨어요! 그런데 백작은 이미 사람을 알아보지 못하신다죠? 도유식을 하기로 했다고요?"

"나는 일곱 번이나 도유식을 받은 사람을 알고 있습니다."

둘째 공작영애는 눈물이 그렁한 눈으로 병실에서 나와, 예카테리나 여제의 초상 아래 있는 탁자 위에 턱을 괴고 우아한 자세로 앉아 있던 의사 로랭 옆으로 가서 앉았다.

"정말 좋습니다." 날씨에 대한 물음에 의사가 대답했다. "정말 좋습니다, 아가씨. 그런데 모스크바는 정말 시골 같군요."

"그런가요?" 공작영애는 한숨을 내쉬며 말했다. "백부님에게 마실 것을 드려도 괜찮을까요?"

로랭은 잠시 생각했다.

"약은 드셨습니까?"

"네."

로랭은 브레게*를 보았다.

"뜨거운 물 한 컵에 약간의(그는 가느다란 손가락으로 약간을 나타내 보였다) 주석영**을 넣어 드리도록 하십시오."

"세 번이나 발작을 일으키고도 목숨을 부지하는 경우는 없습니다." 독일인 의사가 서툰 러시아어로 부관에게 말했다.

"참으로 기력이 좋은 분이셨는데 말입니다!" 부관이 말했다. "그런데 그 재산은 누구에게 넘어가게 될까요?" 그는 낮은 목소리로 덧붙였다.

"희망자가 곧 나서겠죠." 독일인은 웃으면서 대답했다.

모두 또다시 문 쪽을 돌아보았다. 삐걱 소리를 내며 문이 열리고 둘째 공작영애가 로랭이 말한 대로 마실 것을 준비해 병자에게 가져갔다. 독일인 의사는 로랭 옆으로 다가갔다.

"어쩌면 내일 아침까지는 견디지 않을까요?" 그는 서툰 프랑스어로 물었다.

로랭은 입술을 깨물고 단호하게 부정하는 표시로 자기 코앞에서 손

---

* 스위스 태생의 브레게가 1775년에 만든 시계 브랜드. 나폴레옹도 그의 주요 고객이었다.
** 포도즙을 발효시켜 추출한 주석산의 하나.

을 내저었다.

"오늘밤입니다. 더 늦지는 않을 겁니다." 그는 자기가 병세를 정확하게 진단하고, 명확하게 언명할 수 있다는 사실에 자족의 미소를 띠면서 나지막이 말하고 자리를 떠났다.

그사이 바실리 공작은 공작영애의 방 문을 열었다.

방안은 어둠침침했는데, 두 개의 램프가 성상들 앞에서 타고 있을 뿐이었고, 향냄새와 꽃향기가 풍겼다. 화장대와 옷장, 탁자 등의 작은 가구가 방안 가득 놓여 있었다. 칸막이 뒤에 푹신하고 높은 침대의 하얀 커버가 보였다. 개가 짖기 시작했다.

"아, 당신이었군요, *사촌*."

그녀는 일어나서 머리를 매만졌는데, 그 머리칼은 언제나, 지금 같은 때에도 이상하리만큼 윤기가 감돌아 마치 머리와 한데 옻칠이라도 해놓은 것 같았다.

"왜요, 무슨 일이라도 생겼어요?" 그녀는 물었다. "전 너무 두려워요."

"아니, 전혀, 아무 일도. 다만 네게 할 이야기가 있어서 왔다, 카티슈*." 공작은 말하고 피로한 듯 그녀가 방금 일어난 안락의자에 앉았다. "방이 굉장히 덥구나." 그는 말을 이었다. "자, 이리 앉아봐라, *얘기 좀 하자*."

"전 또 무슨 일이 생겼나 했어요." 공작영애는 이렇게 말하고, 아무 변화 없는 돌처럼 굳은 표정으로 이야기를 듣기 위해 그의 맞은편에

_____
* 카테리나의 애칭.

앉았다.

"한숨 자려고 해도 그렇게 안 돼요, *사촌.*"

"그래, 어떠냐, 너는?" 바실리 공작은 공작영애의 손을 잡고 그의 버
릇대로 아래로 잡아당기며 말했다.

'그래, 어떠냐'라는 말은, 굳이 말하지 않아도 그들은 이미 알고 있
는 많은 의미를 지닌 어떤 일에 관련된 것 같았다.

다리에 비해 이상하리만큼 길고 곧고 메마른 허리를 가진 공작영애
는 조금 튀어나온 회색 눈으로 무심하게 공작을 바라보고 있었다. 그
녀는 고개를 젓고 무거운 한숨을 내뱉고는 성상으로 눈길을 돌렸다.
그 몸짓은 비애와 헌신의 표현 같기도 하고, 이제 곧 푹 쉴 수 있을 거
라는 희망과 피로의 표현 같기도 했다. 바실리 공작은 그 몸짓을 피로
의 표현이라고 해석했다.

"그럼 나는 어떻겠니?" 하고 그는 말했다. "편하다고 생각하는 거니?
나도 역마처럼 *기진맥진*했어. 하지만 너하고 꼭 상의해야 할 일이 있
다, 카티슈, 아주 중요한 일이야."

바실리 공작은 입을 다물었다. 그의 두 뺨은 신경질적으로 실룩거
리기 시작했고, 그것은 사교계 객실 같은 데서는 결코 볼 수 없었던 불
쾌한 표정을 만들었다. 눈빛도 평소와는 달리 오만하고 장난기가 있는
듯했고, 불안한 듯 주위를 두리번거렸다.

공작영애는 까칠하고 야윈 손으로 개를 무릎 위로 안아올리면서 주
의깊게 바실리 공작의 눈을 바라보았다. 그러나 설령 아침까지 말을
하지 않는 한이 있더라도 그녀 편에서 먼저 질문을 꺼내 침묵을 깨뜨
릴 기색은 보이지 않았다.

"그런데, 나의 소중한 공작영애 카테리나 세묘노브나," 바실리 공작은 분명 내면의 갈등이 없지는 않은 듯한 목소리로 서두르며 말을 이었다. "지금 같은 막바지에는 모든 것에 대해 생각해야만 해, 장래의 일, 너희의 일을 생각해야 한단 말이다…… 나는 너희 모두를 내 자식처럼 사랑한다, 그건 너도 알고 있을 거야……"

공작영애는 여전히 무심한 눈빛으로 그를 바라보고만 있었다.

"그리고 끝으로 나는 내 가족에 대해서도 생각해야 하거든." 바실리 공작은 화가 난 듯이 탁자를 옆으로 밀치더니 상대방을 보지도 않고 계속했다. "카티슈, 너도 알다시피 너희 마몬토프가의 세 자매와 내 아내, 우리 모두가 백작의 직계 상속인이다. 안다, 알아, 이런 것을 이야기하고 생각한다는 것이 네게 얼마나 고통스러운 일인지 잘 알아. 이러는 나도 쉽지 않아. 그러나 말이다, 나는 벌써 예순이고, 무슨 일에 대해서든 준비할 필요가 있어. 너도 알고 있는지 모르지만, 나는 피예르를 데려오라고 사람을 보냈다. 백작이 피예르의 초상화를 가리키면서 꼭 불러달라고 해서서 말이야."

바실리 공작은 묻는 듯이 공작영애를 바라보았으나, 그녀가 그의 이야기를 생각하는 것인지, 그저 그의 얼굴을 바라보고만 있는 것인지 도무지 짐작이 가지 않았다……

"저는 하느님께 오직 한 가지만을 줄곧 기도드리고 있어요, *사촌*." 그녀는 대답했다. "백부님을 가엾게 여기셔서 그의 아름다운 영혼이 이승과 편히 작별할 수 있도록 해달라고요……"

"그래, 그건 그렇지만," 바실리 공작은 대머리를 문지르면서 짜증스럽게 밀쳤던 탁자를 다시 끌어당기고 초조한 듯이 말을 이었다. "하지만 결국…… 결국은 이런 거야. 너도 잘 알 테지만 지난겨울 백작은 유언장을 쓰셨고, 그것에 의하면 백작의 전 재산은 직계 상속인인 우리를 제쳐놓고 피예르에게 넘어가게 되어 있다는 거야."

"백부님은 얼마든지 유언장을 쓰실 수 있는 거잖아요." 공작영애는 태연하게 말했다. "하지만 피예르가 물려받을 수는 없어요! 피예르는 사생아잖아요."

"얘야," 바실리 공작은 탁자를 바싹 끌어당기더니 갑자기 활기를 띠고 빠르게 말하기 시작했다. "그러나 만약 백작이 황제께 상소해서 피예르를 적자로 올리고 싶다고 청원했다면 어떡하지? 잘 알고 있을 테지만, 백작만한 공훈이 있으면 그 청원을 들어주시게 될 거야……"

공작영애는 사람들이 자기가 이야기하고 있는 상대방보다 사정을 더 잘 알고 있다고 생각할 때 짓는 미소를 지었다.

"그럼 더 자세히 얘기해주지." 바실리 공작은 그녀의 손을 잡고 말을 이었다. "상소는 아직 올리지 않았지만 이미 다 작성되었어. 그리고 황제께서도 그걸 알고 계신단 말이지. 문제는 바로 그 상소가 파기되었느냐 안 되었느냐에 달려 있을 뿐이야. 만일 파기되지 않았다면 끝난 거란 말이다." 끝났다는 말에 어떤 의미가 있는지 알려줄 양으로 바실리 공작은 긴 한숨을 내쉬었다. "백작의 사후에 서류가 발견되어 유언장과 상소가 황제의 손에 들어가게 되면 백작의 청원은 틀림없이 존중될 거야. 그렇게 되면 피예르가 적자로서 모든 것을 물려받게 된다."

"그럼 우리 몫은요?" 마치 그런 일은 결코 일어날 수 없다는 듯이 비웃으며 공작영애는 반문했다.

"그러나 나의 가엾은 카티슈, 이건 불을 보듯 뻔한 일이야. 그렇게 되면 그가 혼자 법적 상속인이 되고 너희는 아무것도 받지 못하게 되는 거야. 그러니까 너도 알고 있어야 한단 말이다. 유언장과 상소문이 쓰였는지 파기되었는지, 만약 어쩌다가 그 서류들이 방치되어 있다면 너는 그것이 어디에 있는지 알아내고 찾아내야만 해. 왜냐하면……"

"어머나, 아주 굉장한 말씀만 하시는군요!" 공작영애는 차가운 미소를 띠면서 눈빛도 바꾸지 않고 그의 말을 가로막았다. "전 여자예요. 당신에게는 우리가 모두 바보로 보이겠죠. 하지만 저도 사생아가 상속인이 될 수 없다는 것쯤은 알아요…… *사생아니까요.*" 그녀는 프랑스어로 다시 말함으로써 공작의 생각이 명확한 근거가 없는 것임을 철저히 명시하려고 했다.

"왜 그걸 이해 못하니, 카티슈! 너처럼 영리한 사람이 왜 이해를 못해…… 만약 백작이 황제께 상소해서 피예르를 적자로 인정해달라고 청원한다면, 피예르는 그냥 피예르가 아니고 베주호프 백작이 되는 거야. 그러면 그가 유언장에 따라 모든 것을 물려받게 되는 것이고. 만일 유언장과 상소문이 파기되지 않는다면, 넌 그저 덕이 있는 아가씨라는 평판과 *거기서 나오는 것들* 외에는 아무것도 얻을 수 없어. 그건 분명한 사실이야."

"저는 유언장이 쓰였다는 것을 알지만, 그것이 효력이 없다는 것도 알고 있어요. 어쨌든 당신은 저를 어쩔 수 없는 바보쯤으로 생각하시는 것 같군요, *사촌.*" 공작영애는 여자들이 으레 상대에게 재치 있는 말로 모욕을 주었다고 생각할 때 짓는 표정으로 말했다.

"내 소중한 공작영애, 카테리나 세묘노브나!" 바실리 공작은 못 참겠다는 듯이 말했다. "난 너와 입씨름하러 온 게 아니야. 같은 핏줄인

선하고 진정한 친척이라고 생각해서 네 이익을 위해 일부러 상의하러 온 거야. 내가 입에서 신물이 날 만큼 말하지만, 피예르에게 유리한 유언장과 상소문이 백작의 서류 속에 섞여 있는 한, 너도 네 동생들도 상속인이 될 수 없어. 내 말을 못 믿겠다면 전문가의 말이라도 믿으란 말이다. 나는 방금 드미트리 오누프리치(백작 집안의 변호사)와도 상의해보았지만, 그도 같은 말을 하고 있어."

분명 공작영애의 생각에 변화가 생긴 것 같았다. 엷은 입술에는 핏기가 사라지고(눈은 그대로였으나) 입을 열자 목소리는 그녀 자신도 예상치 못한 듯 떨리며 나왔다.

"어떻게 되든 상관없어요," 그녀는 말했다. "저는 처음부터 아무것도 바라지 않았고, 지금도 바라지 않으니까요."

그녀는 무릎에서 개를 밀쳐버리고 옷 주름을 바로잡았다.

"그게 그 어른을 위해 모든 것을 희생한 사람들에게 주어지는 보답이란 거군요, 감사라는 거요." 그녀는 말했다. "훌륭해요! 참으로 훌륭하군요! 저는 아무것도 필요 없어요, 공작."

"그렇겠지. 하지만 너 한 사람만의 문제가 아니야, 네겐 동생들이 있잖니." 바실리 공작은 말했다.

그러나 공작영애는 그의 말을 들으려고 하지 않았다.

"그래요, 난 진작부터 알고 있었지만, 이 집에는 비열과 기만과 질투와 간계가 있을 뿐, 배은망덕, 뻔뻔스러운 배은망덕 외에는 아무것도 기대할 수 없다는 것을 알았으면서도 잊고 있었던 거예요……"

"대체 너는 그 유언장이 어디에 있는지 아는 거니, 모르는 거니?" 아까보다 더 격렬하게 뺨을 실룩거리며 바실리 공작은 물었다.

"그래요, 저는 바보였어요. 그런데도 인간이라는 것을 믿고 사랑하고 나 자신을 희생했으니까요. 그런데 세상에서 성공하는 건 비열하고 추악한 인간들뿐이에요. 이것이 누구의 간계인지 저는 알아요."

공작은 일어서려는 공작영애의 손을 잡았다. 공작영애는 별안간 인류 전체에 실망한 사람 같은 얼굴을 하고 증오에 찬 눈으로 상대방을 바라보았다.

"아직 시간은 있어. 기억해라, 내 소중한 카티슈, 이건 모두 병고에 시달려 홧김에 결정한 뒤로 잊어버려서 그런 거야. 그러니 우리의 의무는 친애하는 그 어른의 과실을 바로잡고 마지막 순간을 편안하게 해드리는 거야, 그 어른이 이런 부당한 일을 저지르지 않도록 보살펴드리고, 누구누구를 불행하게 했다는 생각을 품은 채 돌아가시지 않도록."

"그 사람들은 그분을 위해 모든 것을 희생했어요." 공작영애는 공작의 말을 가로채고 또다시 일어나려고 했으나, 공작은 그녀를 놓아주지 않았다. "하지만 그 어른은 그걸 단 한 번도 고맙게 생각하시지 않았어요. 그래요, *사촌*," 그녀는 한숨과 함께 덧붙였다. "저는 이 세상에서 보상은 기대할 수 없다는 것을 잘 기억해두겠어요. 세상에는 신의도 정의도 없다는 것을 말이에요. 이런 세상에서는 교활하고 사악한 인간이 되지 않으면 안 돼요."

"자, 자, 마음을 가라앉혀라! 나는 네 아름다운 마음을 알고 있어."

"아뇨, 제 마음은 사악해요."

"네 마음을 알고 있어." 공작은 되풀이했다. "난 너와의 우애를 소중하게 생각하고, 너 역시 나에 대해 같은 마음이면 좋겠구나. 마음을 가라앉히고 *조리 있게 얘기해보자,* 시간이 있을 때 말이야. 그 시간은 하루 밤낮이 될 수도 있고 한 시간이 될 수도 있어. 정말 유언장에 대해서 네가 알고 있는 것을 모두 들려주지 않겠니? 물론 무엇보다 중요한 건 그것이 어디 있느냐는 거야. 넌 틀림없이 알고 있을 거다. 우리는 그걸 찾아내서 백작에게 보여드려야 해. 틀림없이 그 일을 완전히 잊고 계실 테고, 아마 찢어버리려 하실 거야. 그러나 내가 바라는 것은 오직 하나, 그 어른이 바라는 대로 훌륭하게 수행되게 해드리는 것뿐이야. 너도 알겠지만, 내가 여기에 온 것도 그것 때문이다. 내가 지금 여기 있는 것은 다만 저 어른과 너희에게 힘이 되어주기 위해서야."

"이제 모든 것을 알았어요. 이것이 누구의 간계인지 알았다고요. 저는 알아요." 공작영애는 말했다.

"중요한 건 그게 아니야, 얘야."

"이건 당신이 돌봐주고 있는 *사람*, 당신의 그 사랑스러운, 저 같으면 하녀로도 삼기 싫은 비열하고 역겨운 안나 미하일로브나예요."

"*시간 낭비는 하지 말자.*"

"아뇨, 그만 말씀하세요! 그 여자가 지난겨울에 기어들어와서 우리에 대해, 특히 소피에 대해 입에도 담지 못할 욕을 백부님 귀에 들어가게 했기 때문에─전 지금도 그것을 입에 담을 수조차 없어요─백부님은 병이 났고, 이 주일이나 우리를 만나려고도 하시지 않았어요. 백부님은 그때 그 더럽고 구역질나는 유언장을 쓰시게 된 거예요. 하지만 저는 그런 서류는 아무 의미도 없는 거라고 생각했어요."

"*바로 그게 문제야. 왜 너는 지금까지 나한테 그런 이야기를 하지 않았니?*"

"백부님의 베개 밑에 있는 모자이크 무늬 서류가방에 있어요. 저는 이제야 알았어요." 공작영애는 물음에 대답하지 않고 말했다. "그래요, 만약 제게 죄가 있다면, 큰 죄가 있다면, 그건 그 비열한 여자를 증오한다는 거예요." 공작영애는 완전히 얼굴빛을 바꾸고 외치듯이 말했다. "그 여자는 왜 또 여기에 기어들어오고 있는 거죠? 저는 그 여자에게 무슨 말이든 퍼부을 거예요. 그럴 날이 틀림없이 올 거예요!"

19

응접실과 공작영애의 방에서 이런 이야기가 오갈 때, 피예르(심부름꾼이 데리러 갔다)와 안나 미하일로브나(그녀는 피예르와 꼭 함께 가야 한다고 생각했다)를 태운 사륜마차가 베주호프 백작의 저택 안으로 들어섰다. 마차 바퀴가 창 아래에 깔린 짚 위에서 부드럽게 삐걱거리기 시작했을 때, 안나 미하일로브나는 자신의 동행자를 돌아보고 위로의 말을 건네려 그가 마차 한구석에서 잠들어 있는 것을 보고는 흔들어 깨웠다. 피예르는 잠에서 깨어 안나 미하일로브나를 따라 사륜마차에서 내린 다음에야 비로소 죽어가는 아버지와의 대면이 자기를 기다리고 있다는 것을 생각해냈다. 그는 자신들이 타고 온 마차가 정면 현관이 아니라 뒤쪽 현관 앞에 멈춘 것을 알았다. 그가 마차에서 내렸을 때, 서민의 옷차림을 한 두 사내가 마차 대는 곳에서 담장 그늘로 뛰어갔다. 피예르가 발을 멈추고 보자, 집의 양쪽 그늘진 곳에도 그런 사람이 몇몇 있었다. 그러나 안나 미하일로브나도 하인도 마부도, 그들을 분명 보았을 테지만 조금도 신경쓰지 않았다. 그래서 피예르도

그냥 당연한 일인가보다 하고 혼자 단정하고는 안나 미하일로브나의
뒤를 따랐다. 안나 미하일로브나는 침침한 불빛이 비치는 좁다란 돌층
층대를 총총걸음으로 올라가다가 뒤따라오는 피예르를 불렀다. 피예
르는 백작에게 왜 가야 하는지 모르고, 어째서 뒤쪽 층층대로 올라가
야 하는지는 더더욱 이해할 수 없었지만, 안나 미하일로브나의 자신
있는 태도와 서두르는 모습으로 보아 이렇게 해야 하는가보다 하고 혼
자 단정해버렸다. 층층대 중간쯤에서 양동이를 든 사람들이 절걱절걱
장화 소리를 내며 뛰어내려와 하마터면 두 사람을 넘어뜨릴 뻔했다.
그들은 벽에 바짝 붙어 피예르와 안나 미하일로브나를 지나가게 했는
데 두 사람을 보고도 전혀 놀라는 기색이 없었다.

"이쪽이 공작영애들 방으로 가는 길인가?" 안나 미하일로브나가 그
중 한 사람에게 물었다.

"네, 그렇습니다." 하인은 이제 뭘 해도 괜찮다는 듯이 큰 소리로 대
담하게 대답했다. "왼쪽 문입니다, 마님."

"어쩌면 백작은 저를 부르지 않으셨을지도 모릅니다." 층계참에 왔
을 때 피예르가 말했다. "전 제 방에 가 있는 게 좋을 것 같은데요."

안나 미하일로브나는 그와 나란히 서기 위해 발을 멈췄다.

"*아아, 이봐요!*" 그녀는 오늘 아침 아들에게 했던 것과 똑같이 피예
르의 손을 가볍게 잡으면서 말했다. "*믿어주세요, 나도 당신 못지않게
괴로워요. 제발 남자답게 행동해주세요.*"

"정말 저도 가는 겁니까?" 안경 너머로 안나 미하일로브나를 부드
럽게 바라보면서 피예르는 물었다.

"*아아, 이봐요, 사람들이 당신에게 했던 잘못은 잊어버리고, 그분이*

154

당신 아버지라는 것을 생각하세요…… 아마 그분은 죽음의 고통에 시달리고 계실 거예요." 그녀는 한숨을 내쉬었다. "나는 벌써 당신이 내 아들처럼 좋아졌어요. 나를 믿어주세요, 피에르. 나는 당신의 이익을 잊지 않을 테니까요."

피예르는 뭐가 뭔지 전혀 알 수 없었으나, 모두 이렇게 되는 것이 당연하다는 느낌이 더한층 강해졌고, 벌써 문을 열고 있는 안나 미하일로브나를 순순히 따라갔다.

문은 뒤쪽 통로의 곁방으로 통하고 있었다. 공작영애들의 시중을 드는 늙은 하인이 한쪽 구석에 앉아 양말을 뜨고 있었다. 피예르는 이쪽에는 한 번도 와본 적이 없었고, 이런 방들이 있는 것도 몰랐다. 안나 미하일로브나는 물병을 얹은 쟁반을 들고 그들을 앞질러 가는 하녀를 붙들고(친절한 이여, 사랑스러운 이여 해가며) 공작영애들의 안부를 물은 뒤 다시 피예르를 데리고 석조 복도를 걸어갔다. 복도 왼쪽 첫 번째 문은 영애들이 쓰는 방들로 통했다. 물병을 든 하녀가 서두르느라(이때 이 집에서는 모든 일이 급하게 이루어지고 있었다) 문을 닫지 않아 피예르와 안나 미하일로브나는 무심코 그 안을 들여다보게 되었는데, 맨 손위의 공작영애와 바실리 공작이 가까이 앉아 한창 이야기하고 있었다. 지나가는 그들을 보자 바실리 공작은 초조한 듯이 움직이며 몸을 뒤로 젖혔다. 공작영애는 급히 일어서서 절망적인 몸짓으로 온 힘을 다해 문을 쾅 닫았다.

그 동작은 언제나 차분하던 공작영애와 어울리지 않았고, 또 바실리 공작의 얼굴에 떠오른 두려움도 장중한 평소 태도와는 판이했으므로 피예르는 발을 멈추고 안경 너머로 자신의 지도자를 의아하다는 듯이 바라보았다. 안나 미하일로브나는 놀라는 기색도 없이, 마치 이런 일을 예상하고 있었다는 듯 가볍게 미소짓고 한숨을 내쉬었다.

"이봐요, 남자답게 굴어요, 내가 당신의 이익을 지켜드릴 테니." 피예르의 눈빛에 이렇게 답하고 그녀는 더욱 빨리 복도를 걸어갔다.

피예르는 뭐가 뭔지 알 수 없었고, 이익을 지켜준다는 말은 더더욱 이해할 수 없었지만, 그저 이렇게 되는 것이 모두 당연한 것이거니 하고만 생각했다. 복도를 지나 두 사람은 백작의 응접실 옆에 있는, 등불이 희미한 홀로 나왔다. 이곳은 피예르가 언제나 정면 현관으로만 출입하던, 썰렁하지만 호화롭게 꾸며진 방이었다. 이 방 한가운데에는 빈 욕조가 놓여 있고, 융단에는 물이 넘친 자국이 있었다. 하인과 향로를 든 부제가 발뒤꿈치를 들고 그들 쪽으로 걸어왔지만 그들에게는 눈길도 주지 않았다. 두 사람은 피예르에게는 낯익은, 이탈리아풍 창문 두 개와 겨울 정원으로 나갈 수 있는 문이 있고, 커다란 흉상과 예카테리나 여제를 그린 등신대의 초상화로 꾸며진 응접실로 들어갔다. 아까와 같은 사람들이 거의 같은 위치에 앉아 속삭이고 있었다. 그들은 새로 들어온 안나 미하일로브나의 울어서 부은 것 같은 창백한 얼굴과 고개를 숙이고 얌전하게 따라들어오는 몸집이 크고 뚱뚱한 피예르를 보고는 이야기를 멈추었다.

안나 미하일로브나의 얼굴에는 결정적인 순간이 다가왔다는 자각의 빛이 떠올랐다. 그녀는 피예르를 옆에서 놓지 않고 페테르부르크의 능숙한 부인다운 태도로 오늘 아침보다 더 대담하게 방안으로 들어갔다. 그녀는 임종을 앞둔 병자가 만나고 싶어하는 사람을 데리고 왔으니 자기의 행동은 누구에게도 떳떳하다고 생각했다. 그리고 방에 있는 사람들을 재빨리 둘러보고, 백작의 고해신부가 눈에 띄자 허리를 구부리는 정도는 아니나 아무튼 몸을 낮추면서 빠른 걸음으로 그쪽으로 다가가서 먼저 한 사제의 축복을 받고 이어 또 한 사제의 축복을 공손하게 받았다.

"정말 다행이에요, 늦지 않아서." 그녀는 사제에게 말했다. "우리 친척들은 모두 걱정하고 있었답니다. 이 젊은 분은 백작의 아드님입니다." 그녀는 낮은 목소리로 덧붙였다. "정말 무서운 순간이 왔군요!"

그러고서 그녀는 의사에게 다가갔다.

"친애하는 의사 선생님," 그녀는 의사에게 말했다. "이 젊은 분은 백작의 아드님입니다…… 아직 희망이 있을까요?"

의사는 잠자코 재빨리 눈과 어깨를 치켜올렸다. 안나 미하일로브나도 그와 똑같이 눈과 어깨를 치켜올렸으나, 눈을 거의 감고 무거운 한숨을 내쉬더니 피예르 쪽으로 돌아갔다. 그녀는 더욱 정중하고 부드럽고 슬프게 피예르를 돌아보았다.

"신의 자비에 맡깁시다!" 그녀는 이렇게 말하고, 피예르에게 앉아서 자기를 기다려달라는 듯이 소파를 가리키고는 사람들의 시선이 모인 문으로 소리 죽여 걸어갔다. 그리고 들릴락 말락 한 문소리를 남긴 채 그 안으로 사라졌다.

피예르는 어떤 일이든 이 지도자가 시키는 대로 해야겠다고 생각하고, 그녀가 가리킨 소파 쪽으로 걸어갔다. 그는 안나 미하일로브나의 모습이 사라지자 방안에 있던 모두의 시선이 동정과 호기심 이상의 무언가를 띠고 자기에게 쏠리는 것을 느꼈다. 모두가 그를 눈으로 가리키며 두려움 같기도 하고 굴종 같기도 한 표정으로 수군거렸다. 그들은 이제까지 전혀 보이지 않았던 경의를 그에게 보이고 있었다. 사제들과 이야기하던, 그가 처음 보는 부인은 자리에서 일어나 그에게 앉으라고 권했고, 부관은 피예르가 떨어뜨린 장갑을 주워주었다. 의사들은 그가 옆을 지날 때마다 공손한 태도로 입을 다물고 길을 비켜주기 위해 한옆으로 섰다. 처음에 피예르는 그 부인에게 폐를 끼치지 않고 다른 자리에 앉을 작정이었고, 장갑도 자기가 줍고, 또 그가 지나는 길에 서 있지도 않았던 의사들 옆을 피해 지나갈 생각이었다. 그러나 문득 그렇게 하는 것이 오히려 잘못인 것 같은 생각이 들었다. 오늘밤 자기는 모든 사람이 기다리고 있는 어떤 무서운 의식을 수행할 인물이고, 그렇기 때문에 모든 사람의 친절을 받아들이는 것이 당연하다고 느꼈던 것이다. 그는 말없이 부관에게서 장갑을 받아들었고, 부인이 권한 자리에 앉아 이집트 조각상 같은 순박한 자세로 가지런히 모은 두 무릎에 큼직한 손을 얹었다. 그리고 모두 이렇게 되는 것이 당연하고, 오늘밤 당황해서 어리석은 짓을 하지 않기 위해서라도 자기 생각대로 행동하지 말고 자기를 지도해주는 사람들의 의지에 맡겨야겠다고 마음먹었다.

그로부터 이 분도 채 지나지 않아 바실리 공작이 별을 세 개나 단 카프탄*을 입고 고개를 높이 들고 위풍당당하게 방으로 들어왔다. 그는 오늘 아침보다 한층 수척해 보였다. 그는 방안을 둘러보고 피예르를 발견하자 여느 때보다 눈이 커졌다. 그는 피예르에게 다가가 손을 잡고(전에는 한 번도 이런 적이 없었다) 마치 손이 튼튼하게 달려 있나

---

* 앞이 트이고 옷자락이 긴 남성용 겉옷.

알아보려는 듯이 아래로 잡아당겼다.

"용기를 내게, 용기를, 여보게. 백작께서 자네를 만나보고 싶어하시네, 좋은 일이야……" 그는 그대로 가려고 했다.

그러나 피예르는 무엇인가 물어볼 필요가 있다고 생각했다.

"좀 어떠십니까, 그……" 그는 죽어가는 병자를 백작이라고 불러도 좋은지 알 수 없었기 때문에 말끝을 흐렸다. 아버지라고 부르기도 쑥스러웠다.

"삼십 분 전쯤 또 한번의 발작이 있었네. 발작이 또 있었어. 용기를 내게, 여보게……"

피예르는 사고력이 흐려져 있었기 때문에 '발작'이라는 말에 뭔가 육체적 타격* 같은 것을 상상했다. 그는 납득하지 못한 채 바실리 공작을 바라보다가, 그것이 병을 말하는 것임을 겨우 깨달았다. 바실리 공작은 지나가며 로랭에게 두어 마디 건네고 발뒤꿈치를 들고 문 쪽으로 걸어갔다. 사실 그는 발뒤꿈치를 들고는 잘 걸을 수 없기 때문에 몸 전체를 부자연스럽게 뒤뚱거리며 걸었다. 뒤이어 맨 손위의 공작영애가, 그리고 사제들과 부제들이 뒤따랐고, '사람들(하인들)'도 같은 문으로 들어갔다. 문 안쪽에서 뭔가를 옮기는 듯한 소리가 들렸고, 이윽고 안나 미하일로브나가 여전히 창백하지만 의무를 다하려는 결의에 찬 얼굴로 뛰어나와 피예르의 손을 잡고 말했다.

"하느님의 자비는 무한합니다. 이제부터 도유식이 시작될 거예요. 자, 갑시다."

---

* 러시아어 удар는 타격, 습격, 뇌졸중 등을 뜻한다.

피예르는 부드러운 융단을 밟으면서 방안으로 들어갔고, 부관도, 낯선 부인도, 더구나 하인들도 모두 이제 이 방에 들어가는 데 허락을 받을 필요 없다는 듯이 그를 따라 들어온 것을 알아챘다.

20

둥근 기둥과 아치로 구분되어 있고 온통 페르시아 융단이 깔린 이 커다란 방을 피예르도 잘 알고 있었다. 한쪽에 명주 커튼이 드리워진 높은 마호가니 침대가 있고, 큼직한 성상들의 감실龕室이 있는 둥근 기둥 뒤의 한 부분은 저녁기도를 올리고 있는 교회처럼 밝게 빛나고 있었다. 불빛에 비치는 성상감실의 성의 밑에는 볼테르식 긴 안락의자가 놓여 있었다. 이제 방금 갈아놓은 듯 눈처럼 희고 구김 하나 없는 쿠션을 위쪽에 댄 그 안락의자에는 낯익은 아버지 베주호프 백작이 밝은 녹색 모포를 덮고 장중한 모습으로 누워 있었다. 널찍한 이마에는 여느 때와 같이 사자를 연상시키는 반백의 갈기 같은 머리칼이 엉켜 있었고, 붉은 기가 감도는 누렇고 아름다운 얼굴에 고아한 특유의 굵은 주름이 새겨져 있는 것도 여느 때와 같았다. 그는 성상 바로 아래 누워 있었다. 크고 두툼한 두 손은 모포 위에 얹혀 있었다. 바닥을 아래로 향한 오른손 엄지와 검지 사이에는 초가 끼워져 있었는데, 늙은 하인이 안락의자 뒤에서 몸을 구부려 그 손을 붙잡고 있는 것이었다. 안락의자 위에서 사제들이 장중하고 화려한 제의 위로 긴 머리를 늘어뜨리고 촛불을 켜든 채 천천히 엄숙하게 성사를 올리고 있었다. 그 조금 뒤에는 손아래의 두 공작영애가 손수건을 손에 들거나 눈에 대고 서 있었고, 그 앞에는 언니인 카티슈가 독기를 품은 결연한 얼굴로, 한시도 성상에서 눈을 떼지 않고 서 있었는데, 마치 돌아보는 순간 나는 내가 무슨 짓을 저지를지 책임질 수 없다고 모두에게 선언하는 듯했다. 안나 미하일로브나는 부드러운 슬픔을 띠고 모든 것을 용서하는 듯한 표정으로 낯선 부인과 나란히 문 옆에 서 있었다. 바실리 공작은 안락의자 가까이 문 다른 쪽에 서 있었는데, 벨벳을 씌운 조각된 의자를 가져와 의자 등을 자기 쪽으로 돌리고 초를 든 왼손을 그 위에 짚은 채 손가락을 이마에 댈 때마다 눈을 치뜨면서 오른손으로 성호를 그었다. 그의 얼굴은 신의 의지에 대한 고요한 신심과 복종을 나타내고 있었다. 그리고 '만일 이 심정을 이해하지 못한다면, 당신들은 구원받지 못할 것이다'라고 말하는 것 같았다.

그의 뒤에는 부관과 의사들과 남자 하인들이 서 있었는데, 교회에서처럼 남녀가 따로 서 있었다. 사람들은 그저 묵묵히 성호를 그었고, 들리는 소리라고는 기도문 외는 소리와 절제된 묵직하고 낮은 노랫소리, 노래가 끊어지는 사이사이에 발 바꿔 딛는 소리와 한숨 소리뿐이었다. 안나 미하일로브나는 자기 할 일을 잘 안다는 표정으로 방을 가로질러 피예르에게 다가가더니 그의 손에 초를 들려주었다. 그는 초에 불을 붙였으나, 주위 사람들을 살펴보며 한눈을 팔다가 초를 든 손으로 성호를 그을 뻔했다.

혈색 좋고, 잘 웃고, 점이 있는 막내 공작영애 소피는 그를 바라보았다. 그녀는 배시시 웃더니, 손수건으로 얼굴을 가리고 한동안 가만히 있다가 다시 피예르를 보고 웃기 시작했다. 그녀는 피예르를 볼 때마다 웃음이 나지만 보지 않고는 배길 수 없는 모양이었다. 결국 그녀는 이 유혹에서 벗어나려고 둥근 기둥 뒤로 슬그머니 자리를 옮겼다. 성사 도중 갑자기 사제들의 목소리가 그치더니, 그들끼리 속삭이기 시작했다. 백작의 손을 붙잡고 있던 늙은 하인은 일어서서 부인들 쪽을 돌아보았다. 안나 미하일로브나는 병자 쪽으로 허리를 구부렸다가 등뒤로 손짓해 로랭을 불렀다. 프랑스인 의사는 초를 들지 않고 둥근 기둥에 기댄 채, 신앙의 차이는 있지만 지금 행해지는 의식의 중요성을 잘알고 인정하기까지 한다는 듯이, 외국인으로서 공손한 자세로 서 있었는데 한창나이인 사람 같지 않게 발소리를 죽여 병자한테 다가가서 희고 가는 손가락으로 병자의 빈손을 녹색 모포에서 들고, 얼굴을 돌린채 맥을 짚으면서 곰곰이 생각하기 시작했다. 병자에게 무언가 마실것이 주어지자 그 주위에서 서성이던 사람들은 모두 각자의 자리로 돌아갔고, 성사는 계속됐다. 그사이에 피예르는 바실리 공작이 의자 뒤에서 나와, 자기는 자신이 무엇을 하고 있는지 잘 알고 있고, 만일 그것을 이해하지 못하는 사람은 결코 구원받지 못할 거라고 말하는 듯한 태도로 병자한테 가지 않고 그 옆을 지나쳐 맨 손위의 공작영애와 함께 침실 안쪽에 있는, 명주 커튼을 드리운 높은 침대 쪽으로 가는 것을 보았다. 이윽고 공작과 공작영애는 침대에서 떨어져 뒷문으로 모습을 감췄다가, 기도가 끝나기 전 한 사람씩 자기 자리로 돌아왔다. 피예르는 다른 모든 일에 대해서와 마찬가지로 이것에도 특별한 주의를 기울이지 않았는데, 설령 오늘밤에 무슨 일이 일어난다 해도 그것은 모두 그렇게 되는 것이 당연하다고 혼자서 아예 단정해버렸기 때문이다.

성가 소리가 그치고 성사를 받는 병자를 정중하게 축복하는 사제의 목소리가 들렸다. 병자는 여전히 생명이 없는 존재처럼 꼼짝도 않고 누워 있었다. 이내 병자의 주위에서 모든 것이 움직이기 시작하고, 발소리와 속삭이는 소리가 들리고, 그중에서도 안나 미하일로브나의 목소리가 가장 날카롭게 울렸다.

피예르는 그녀가 하는 말을 들었다.

"침대로 옮겨야 합니다, 여기서는 어떻게 할 수가……"

의사들과 공작영애들과 하인들이 병자를 완전히 둘러싸고 있었으므로 그 반백의 갈기 같은 머리칼이 엉켜 있는 붉은 기가 도는 누런 얼굴이, 다른 사람들의 얼굴을 보고 있으면서도 의식이 진행되는 동안 한순간도 피예르의 마음속을 떠나지 않았던 그 얼굴이 이제는 보이지 않았다. 피예르는 안락의자를 둘러싼 사람들의 조심스러운 움직임을 보고 병자를 일으켜 다른 곳으로 옮기려 한다는 것을 알았다.

"내 손을 잡아. 그러다가 떨어뜨리겠어." 하인이 놀라 속삭이는 소리가 들렸다. "밑에서…… 또 한 사람" 하는 소리도 들렸다. 가쁜 숨소리와 발을 옮겨 딛는 소리가 차츰 빨라졌다. 그들이 옮기려고 하는 것이 그들의 힘에 부칠 만큼 무겁기라도 한 것 같았다.

안나 미하일로브나까지 합세한 그들이 젊은이 옆까지 왔을 때, 겨드랑이 밑을 받쳐 쳐들린 병자의 육중한 어깨와 드러난 높고 두툼한 가슴, 반백의 곱슬곱슬한 사자 같은 머리가 한순간 사람들의 등과 뒤통수 사이로 피예르의 눈에 들어왔다. 유달리 넓은 이마와 광대뼈, 아름답고 육감적인 입, 위엄 있고 싸늘한 눈빛의 그 얼굴은 죽음을 앞두고도 아직 일그러져 있지 않았다. 석 달 전 피예르를 페테르부르크로 보낼 때 그가 보았던 그대로였다. 하지만 병자의 머리는 옮기는 사람들의 고르지 않은 보조에 힘없이 흔들렸고, 싸늘하고 무감각한 시선은 멈출 곳을 찾지 못하고 있었다.

몇 분 동안 병자를 옮긴 사람들은 높은 침대 옆에서 어수선하게 웅성거리다가 이내 흩어졌다. 안나 미하일로브나는 피예르의 손을 가볍게 끌어당기며 "갑시다" 하고 말했다. 피예르는 그녀와 함께 침대 옆으로 갔다. 침대에는 방금 끝난 성례와 관계가 있는 듯 편안한 자세로 병자가 누워 있었다. 높은 베개에 머리를 괴고 두 손은 바닥을 아래로 해서 벌린 채 녹색 모포 위에 나란히 놓여 있었다. 피예르가 가까이 가자 백작은 그의 얼굴을 똑바로 바라보았는데, 그 눈빛의 의미를 도저히 이해할 수 없었다. 그저 눈이 있으니 어딘가를 보아야 한다는 사실 외에는 아무것도 말하지 않는지도 모르고, 혹은 너무 많은 것을 이야기하고 있는지도 몰랐다. 피예르는 어쩔 줄 모르고 묻는 듯이 지도자인 안나 미하일로브나를 돌아보았다. 안나 미하일로브나는 서두르는 듯한 눈짓으로 병자의 손을 가리키며 키스하는 시늉을 해 보였다. 피예르는 모포에 걸리지 않도록 조심스레 목을 내밀어 그녀가 하라는 대로 뼈마디가 굵직한 두툼한 손에 키스했다. 백작은 손은커녕 얼굴의 힘줄 한 가닥도 움직이지 않았다. 피예르는 이제 또 무엇을 해야 하느냐고 묻는 듯이 또다시 안나 미하일로브나를 바라보았다. 안나 미하일로브나는 침대 옆에 있는 안락의자를 눈으로 가리켰다. 피예르는 순순히 안락의자에 앉으면서도 자기가 제대로 하고 있는지 계속 눈으로 물었다. 안나 미하일로브나는 됐다는 듯이 고개를 끄덕였다. 피예르는 자기의 둔중한 큰 몸이 너무 많은 공간을 차지하는 것이 미안한 듯 최대한 작게 보이려 애쓰는 것 같았고, 또다시 균형잡힌 이집트 조각상 같은 순박한 자세를 취했다. 그는 백작을 바라보았다. 백작은 피예르가 서 있었을 때 얼굴이 있었던 곳을 보고 있었다. 안나 미하일로브나의 표정에는 아버지와 아들이 대면하는 이 감동적인 마지막 순간의 중요성을 자각하고 있다는 것이 드러나 있었다. 이러한 순간이 이 분가량 계속되었으나 피예르에게는 한 시간 이상 지난 것 같았다. 별안간 백작의 얼굴에 있는 굵은 힘줄과 주름살에 경련이 일어났다. 경련은 차츰 격렬해지고, 아름다운 입도 일그러졌다(이때 비로소 피예르는 아버지가 얼마나 죽음에 근접했는지 깨달았다). 그리고 그 일그러진 입에서 또렷하지 않은 목쉰 소리가 흘러나왔다. 안나 미하일로브나는 병자의 눈을 주의깊게 바라보며 그가 원하는 것이 무엇인지 알아내려 피예르나 마실 것을 가리켜 보이기도 하고, 바실리 공작을 찾는 것이냐고 귓가에 대고 물어보기도 하고, 모포를 가리켜 보이기도 했다. 그러나 병자의 눈과 얼굴은 초조한 빛만 더해갈 뿐이었다. 그는 침대 머리맡을 내내 지키고 있는 하인 쪽으로 눈길을 돌리려고 몹시 애썼다.

"돌아눕고 싶어하십니다." 하인은 속삭이고 얼른 일어나서 백작의 무거운 몸을 벽 쪽으로 돌려 눕혔다.

피예르도 하인을 거들려고 일어섰다.

병자를 돌려 눕히려고 할 때, 백작의 한 손이 힘없이 뒤로 처졌고, 백작은 그것을 원래대로 옮기려는 헛된 노력을 했다. 이 생기 없는 손을 본 피예르의 얼굴에 나타난 공포를 읽은 것인지, 아니면 빈사의 머릿속에 순간 다른 생각이 번뜩인 것인지, 아무튼 백작은 말을 듣지 않는 자기 손을 바라보고 피예르의 얼굴에 떠오른 공포를 일별했다가 또다시 자기 손을 바라보았다. 그러자 그의 얼굴에는 그 윤곽에 어울리지 않는 지극히 가냘프고도 자기의 무력함을 비웃는 듯한 고통스러운 미소가 떠올랐다. 이 미소를 보자 피예르는 갑자기 가슴이 떨리고 코 끝이 찡했다. 눈물이 눈앞을 흐렸다. 병자는 벽 쪽으로 돌려 눕혀졌다. 그는 한숨을 내쉬었다.

"잠드셨습니다." 안나 미하일로브나는 교대하러 온 공작영애에게 말했다. "갑시다."

피예르는 방을 나왔다.

21

응접실에는 예카테리나 여제의 초상 아래 앉아 한창 이야기하는 바실리 공작과 맨 손위의 공작영애 외에는 아무도 없었다. 두 사람은 피예르와 그 지도자의 모습을 보자 입을 다물어버렸다. 피예르는 공작영애가 무엇인가를 감추는 것 같다고 느꼈는데, 그녀가 속삭이듯이 말했다.

"저는 저 여자가 꼴도 보기 싫어요."

"카티슈가 작은 객실에서 차를 대접하라고 일러뒀다니까." 바실리 공작이 안나 미하일로브나에게 말했다. "그리 가셔서 기운을 회복하시는 게 어떻겠습니까, 나의 가엾은 안나 미하일로브나, 안 그러면 몸이 버티지 못할 겁니다."

그는 피예르에게는 아무 말도 하지 않고 감정이 어린 얼굴로 어깨 아래쪽을 꼭 쥐기만 했다. 피예르는 안나 미하일로브나와 함께 작은 객실로 갔다.

"밤샘 뒤에 이렇게 훌륭한 러시아 차를 마시는 것처럼 기운을 회복시켜주는 것도 없습니다." 작은 원형의 객실에서 의사 로랭이 차도구와 식은 밤참이 놓여 있는 탁자 옆에 서서 손잡이가 없는 얄찍한 중국식 찻종으로 차를 홀짝거리면서 활기를 억누르는 듯한 표정으로 말했다. 탁자 주위에는 이날 밤 베주호프 백작 집에 와 있던 모든 사람이 요기를 하고 기운을 차릴 생각으로 모여 있었다. 피예르는 거울들과 작은 탁자들이 있는 이 작은 원형의 객실을 잘 알고 있었다. 백작의 집에서 무도회가 열릴 때면 춤을 줄 모르는 피예르는 이 작은 객실에 앉아서, 무도회에 걸맞은 치장을 하고 어깨를 드러낸 드레스에 다이아몬드며 진주를 장식한 부인들이 이 방의 휘황하게 빛나는 거울에 자기 모습을 몇 번씩 비춰보고 가는 것을 가만히 관찰하기를 좋아했다. 그러나 같은 방을 겨우 촛불 두 자루가 밝히고 있는 오늘은, 이 한밤중에 작은 탁자에 차도구와 접시들이 아무렇게나 놓여 있고, 그 주변에는 어두운 표정의 사람들이 지금 침실에서 일어나고 있고 아직 끝나지 않은 일에 대해 누구도 잊지 않고 있다는 것을 움직임 하나하나, 말 한마디 한마디에 드러내면서 속삭이듯 이야기하며 앉아 있었다. 피예르는 배가 몹시 고팠지만 음식에 손을 대지는 않았다. 그는 묻는 듯이 자기의 지도자 쪽을 돌아보았는데, 그녀가 또다시 바실리 공작과 맨 손위의 공작영애가 있는 응접실 쪽으로 발뒤꿈치를 들고 가는 것이 보였다. 피예르는 이것 또한 그러는 것이 당연하려니 생각하고 잠시 망설이다가 그녀 뒤를 따라갔다. 안나 미하일로브나는 공작영애 옆에 서 있었다. 두 사람 다 흥분한 목소리로 속삭이듯 이야기하고 있었다.

"알려주세요, 공작부인, 무엇이 필요하고 무엇이 불필요한지 저도 알게 해달라고요." 공작영애는 아까 자기 방 문을 거칠게 닫았을 때와 마찬가지로 흥분한 상태인 것 같았다.

"그렇지만, 사랑스러운 공작영애," 침실로 통하는 길을 가로막아 공작영애를 못 가게 하면서 안나 미하일로브나는 부드럽고 타이르는 듯한 어조로 말했다. "가엾은 백부님은 지금 안정을 취하셔야 하는데 그런 걸 여쭈면 너무 괴로우시지 않을까요? 영혼은 이미 준비가 되었는데 이런 때에 그런 세속적인 이야기를……"

바실리 공작은 다리를 높이 포갠 익숙한 자세로 안락의자에 앉아 있었다. 심하게 실룩거리는 그의 두 뺨은 축 처져서 아래쪽이 더 두꺼운 것처럼 보였다. 그는 두 여자의 이야기에는 그다지 흥미가 없는 듯한 태도를 보였다.

"이봐요, 친애하는 안나 미하일로브나, 카티슈가 하고 싶은 대로 하게 내버려두세요. 아시다시피 백작께서는 그녀를 사랑하시니까요."

"나는 이 서류에 무엇이 적혀 있는지 알지도 못합니다." 공작영애는 두 손으로 들고 있던 모자이크 무늬 서류가방을 가리키면서 바실리 공작을 향해 말했다. "다만 정식 유언장은 백부님 책상 속에 있고, 이건 그저 대수롭지 않은 서류라는 것만 알고 있어요……"

그녀는 안나 미하일로브나를 돌아서 가려고 했으나, 안나 미하일로브나는 훌쩍 뛰어가서 다시 길을 가로막았다.

"저도 알아요, 사랑스럽고 인자한 공작영애," 안나 미하일로브나는 이제 쉽사리 놓지 않을 것처럼 서류가방을 움켜잡고 말했다. "하지만 사랑스러운 공작영애, 제발 부탁할게요. 백부님에 대해 조금이라도 측은한 마음을 가져보세요. 부디……"

공작영애는 입을 다물어버렸다. 그리고 서류가방을 뺏으려고 서로 다투는 소리만 들렸다. 만약 공작영애가 입을 열었다면 분명 안나 미하일로브나에게 유쾌하지 않은 말을 퍼부어댔을 것이다. 안나 미하일로브나도 서류가방을 힘껏 붙들고 있었으나, 그녀의 목소리는 여느 때처럼 감미롭고 잡아끄는 듯이 부드럽게 울렸다.

"피예르, 나의 친구, 이리로 오세요. 저는 이분이 친족 회의에 필요 없는 분은 아니라고 생각합니다. 그렇잖아요, 공작?"

"당신은 왜 잠자코 계시죠, *사촌*?" 공작영애는 객실에 있는 사람들이 깜짝 놀랄 만큼 갑자기 큰 소리로 외쳤다. "누군지 정체도 모르는 여자가 끼어들어 죽어가는 분 옆에서 소란을 일으키는데 당신은 왜 잠자코 있느냐고요. 뻔뻔한 여자!" 그녀는 증오에 차서 낮은 목소리로 말하고 온 힘을 다해 서류가방을 잡아챘다. 그러나 안나 미하일로브나는 서류가방을 빼앗기지 않으려고 몇 걸음 앞으로 나아가면서 손을 바꿔 잡았다.

"오오!" 바실리 공작은 깜짝 놀라 나무라는 듯이 말했다. 그는 일어섰다. "우습잖습니까, 자, 놓으세요. 내가 말하잖습니까."

공작영애는 손을 놓았다.

"당신도!"

안나 미하일로브나는 그의 말을 듣지 않았다.

"놓으라고 말씀드리지 않습니까, 내가 전부 책임지겠습니다. 내가 가서 백작께 여쭈어보겠습니다. 내가…… 그러니까 당신도 이런 짓은 그만두십시오."

"하지만 공작," 안나 미하일로브나는 말했다. "그런 성례가 끝난 뒤니 잠시 안정을 취하게 해드려야 해요. 그렇잖아요, 피예르, 당신 의견을 말해봐요." 그녀가 젊은이를 향해 말하자, 피예르는 그들 곁으로 다가와 증오에 불타서 예의고 뭐고 다 잊어버린 공작영애의 얼굴과 바실리 공작의 실룩거리는 볼을 놀란 눈으로 바라보았다.

"당신이 모든 결과에 대해 책임져야 한다는 것을 알고 계셔야 할 겁니다." 바실리 공작은 엄중하게 말했다. "당신은 자신이 무슨 일을 하고 있는지 모르고 있습니다."

"뻔뻔한 여자!" 하고 소리치고 공작영애는 순식간에 안나 미하일로브나에게 달려들어 서류가방을 잡아챘다.

그러자 바실리 공작은 고개를 떨구고 양손을 벌렸다.

그 순간, 피예르가 오랫동안 바라보고 있었고 언제나 조용히 여닫히던 그 무서운 문이 별안간 벽에 쾅 하고 부딪히며 거세게 열리더니 둘째 공작영애가 뛰어나와 손바닥을 마주 쳤다.

"모두 뭐하시는 거예요!" 그녀는 절망적인 어조로 말했다. "백부님이 운명하시려는 판에 나만 혼자 남겨두고."

맨 손위의 공작영애는 서류가방을 떨어뜨리고 말았다. 그러자 안나 미하일로브나는 재빨리 허리를 굽혀 문제의 물건을 주워들고 침실로 뛰어들어갔다. 맨 손위의 공작영애와 바실리 공작은 퍼뜩 정신을 차리고 그녀를 뒤따랐다. 몇 분 뒤, 맨 손위의 공작영애가 창백하고 메마른 얼굴로 아랫입술을 꾹 깨문 채 가장 먼저 그 문에서 나왔다. 피예르를 보자 그녀의 얼굴은 억누를 수 없는 분노로 타올랐다.

"자, 이제 기뻐하시죠." 그녀는 말했다. "당신은 이걸 기다렸으니까요."

그리고 왈칵 울음을 터뜨리더니 손수건으로 얼굴을 감싸며 방에서 뛰어나갔다.

공작영애에 뒤이어 바실리 공작이 나왔다. 그는 비틀거리면서 피예르가 앉아 있던 소파까지 다가가 한 손으로 눈을 가리고 소파에 쓰러졌다. 피예르는 그의 얼굴이 창백하고 아래턱은 열병 걸린 사람처럼 덜덜 떨리는 것을 보았다.

"아아, 여보게!" 그는 피예르의 팔꿈치를 붙잡고 말했다. 그 목소리에는 피예르가 지금까지 한 번도 들어보지 못했던 진실함과 가냘픔이 서려 있었다. "우리는 서로를 속이며 많은 죄를 거듭하고 있는데, 도대체 무엇을 위해서 그럴까? 나는 벌써 예순이야, 여보게…… 참으로, 나는…… 모든 것은 죽음으로써 끝나지, 모든 것은. 죽음은 무서운 거야." 그는 울기 시작했다.

마지막에 나온 사람은 안나 미하일로브나였다. 그녀는 조용하고 느린 걸음으로 피예르에게 다가갔다.

"피예르!……" 그녀는 말했다.

피예르는 묻는 듯이 그녀를 쳐다보았다. 그녀는 젊은이의 이마에 키스했고, 눈물이 그 이마를 적셨다. 그녀는 잠시 말이 없었다.

"그분은 이제 이 세상 분이 아니십니다……"

피예르는 안경 너머로 그녀의 얼굴을 보았다.

"갑시다, 내가 데려다줄게요. 맘껏 울어요, 눈물만큼 마음을 가볍게 해주는 것도 없으니까."

그녀는 피예르를 어두운 객실로 데려갔고, 아무도 보는 사람이 없다는 것이 피예르는 기뻤다. 안나 미하일로브나는 이내 물러갔는데, 돌아와서 보니 그는 팔베개를 하고 깊은 잠에 빠져 있었다.

이튿날 아침, 안나 미하일로브나는 피예르에게 말했다.

"그래요, 나의 친구, 이번 일은 당신은 말할 것도 없고 우리 모두에게 참으로 큰 상실입니다. 하지만 당신은 젊고, 하느님께서 힘이 되어주실 것이며, 나는 당신이 엄청난 행운을 거머쥐기를 바라고 있습니다. 아직 유언장이 개봉되지는 않았어요. 나는 당신이 이번 일로 당황하지 않을 거라는 것을 충분히 잘 알고 있습니다만, 자연히 당신에게도 책임이 주어질 테니 남자답게 행동하셔야 합니다."

피예르는 잠자코 있었다.

"나중에 또 이야기하겠습니다만, 만약 내가 그 자리에 없었다면 무슨 일이 일어났을지 모르겠어요. 잘 아실 테지만, 백부님께서는 그저께 우리 보리스에 대해서도 잊지 않겠다고 내게 약속해주셨었지요. 그러나 그 약속을 지키실 겨를이 없었습니다. 나는 나의 친구인 당신이 아버님의 유지를 수행해주시리라 믿겠습니다."

피예르는 영문도 모르고 수줍은 듯 얼굴을 붉히면서 말없이 안나 미하일로브나 공작부인을 바라볼 뿐이었다. 피예르와 이야기하고 나서 안나 미하일로브나는 로스토프가로 돌아와 잠자리에 들었다. 이튿날 아침에 눈을 뜬 그녀는 로스토프가 사람들과 그 밖의 지인들에게 베주호프 백작의 임종에 대해 소상히 이야기해주었다. 그녀는 백작의 최후는 훌륭했으며, 자신도 그런 죽음을 맞았으면 하는 생각이 들 정도로 감동적이고 교훈적이었다고 말했다. 또한 부자의 마지막 대면은 눈물 없이 떠올릴 수 없을 만큼 감격적이었는데, 그 무서운 순간에 누가 더 훌륭하게 행동했는지는, 즉 최후의 순간까지 모든 것과 모든 사람을 기억하고 감동적인 말을 아들의 귀에 속삭였던 아버지 쪽이 훌륭했는지, 아니면 보기에도 애처로울 정도로 흡사 죽은 사람 같은 얼굴빛을 하고 그래도 죽어가는 아버지를 슬프게 하지 않으려고 애써 슬픔을 감추던 아들 쪽이 더 훌륭했는지는 단언할 수 없다고 말했다. "무척 힘겨운 일이었지만, 느끼는 바가 많았습니다. 노백작이나 그 훌륭한 아드님 같은 분을 보고 있으면 영혼이 숭고해지지요." 안나 미하일로브나는 말했다. 그녀는 공작영애와 바실리 공작의 행동에 관해서도 이야기했지만, 비난조로 마치 큰 비밀이라도 되는 듯이 속삭거렸다.

22

니콜라이 안드레예비치 볼콘스키 공작의 영지인 리시예 고리에서는 젊은 공작 안드레이 부부의 도착을 매일같이 기다리고 있었다. 그러나 이 기다림도 노공작의 정연한 생활의 질서를 어지럽히지는 못했다. 사교계에서 프로이센 왕이라는 별명으로 알려져 있던 육군 대장 니콜라이 안드레예비치 공작은 파벨 1세 치세 때 시골로 추방된 이래 리시예 고리에서 한 발짝도 나가지 않고 딸인 공작영애 마리야와 그녀의 말벗인 부리엔 양과 살고 있었다. 치세가 바뀌고* 두 수도**로 출입하는 것이 허용되었지만, 그는 누구라도 자기에게 볼일이 있는 사람은 모스크

---

* 예카테리나 여제의 아들인 파벨 1세가 1801년 궁정 혁명으로 살해되고 알렉산드르 1세가 즉위했다.
** 모스크바와 페테르부르크.

바에서 리시예 고리까지 150베르스타*의 길을 달려오게 했고, 자기는 누구도 또 아무것도 필요 없다고 큰소리치면서 여전히 이 시골에서 한 발짝도 나가지 않는 생활을 계속하고 있었다. 그는 인간의 악덕에는 나태와 미신이라는 두 가지 근원이 있으며, 또한 미덕에도 활동과 지성이라는 두 가지가 있다고 말했다. 그는 몸소 딸을 교육했는데, 두 가지 주요한 미덕을 길러주기 위해 대수와 기하를 가르치고 그녀의 생활 전체를 끊임없이 공부에 바치도록 했다. 또한 그 자신도 끊임없이 무슨 일인가를 했다. 때로는 자신의 비망록을 쓰고, 때로는 고등수학 문제를 풀고, 때로는 선반기 위에서 담뱃갑을 깎고, 때로는 정원을 손질하고, 또 때로는 그의 영지에서 끊임없이 행해지는 건축 공사를 감독했다. 활동의 첫째 조건은 질서였고, 그의 생활에서 질서는 극도로 정확하게 지켜지고 있었다. 그는 언제나 변하지 않는 일정한 조건 아래서, 식당에 나가는 시간도 시는 물론 분까지 지켰다. 그리고 딸에서부터 하인에 이르기까지 주위의 모든 사람에게 칼 같았고 언제나 요구가 많았다. 그 결과 그는 가혹하게 굴지 않고도, 아주 잔인한 인간도 쉽사리 획득할 수 없을 것 같은 두려움과 존경심을 사람들에게 불러일으키는 힘을 지니게 되었다. 그는 지금 관직을 내려놓은 몸이라 국사에 관해서는 아무런 권위도 없었지만, 공작의 영지가 있는 도道의 지사는 건축기사나 정원사나 공작영애 마리야가 천장이 높은 하인 방에서 정한 시각에 공작이 나오기를 기다리는 것처럼 그를 문안하는 것을 당연한 의무로 여겼다. 서재의 크고 높은 문이 열리고, 이따금 얼굴을 찌푸릴

---

* 러시아의 길이 단위로, 1베르스타는 약 1.067킬로미터.

때마다 총명하고 젊고 빛나는 눈의 광채를 감추는 듯한 튀어나온 회색 눈썹, 작고 까칠한 손, 머리분을 바른 가발을 쓴 그다지 키가 크지 않은 노인이 모습을 나타내면, 하인 방에서 기다리던 사람들은 누구나 존경심과 함께 심지어 공포심까지 느끼는 것이었다.

젊은 부부가 도착한 날 아침, 공작영애 마리야는 늘 하던 대로 정해진 시간에 아침 인사를 하기 위해 하인 방으로 가서 머뭇거리며 성호를 긋고 마음속으로 기도를 드렸다. 그녀는 매일 이 방에 들어왔고 매일 그날그날의 대면이 무사히 끝나기를 빌었다.

하인 방에 앉아 있던 머리분을 바른 늙은 하인이 조용히 일어서서 속삭이듯 말했다. "들어가십시오."

문 안쪽에서 규칙적으로 돌아가는 선반기 소리가 들렸다. 공작영애는 미끄러지듯이 쉽게 열리는 문에 머뭇거리며 손을 대고 입구에서 발을 멈췄다. 선반기 앞에서 뭔가를 하던 공작은 힐끗 돌아보았다가 하던 일을 계속했다.

거대한 큰 서재는 평소 사용되고 있는 게 분명한 것들로 가득차 있었다. 서적이며 설계도가 놓인 큰 탁자, 문에 자물쇠가 달린 높은 유리 책장, 노트가 펼쳐져 있는 서서 사용할 수 있는 높은 탁자, 선반기와 그것에 딸린 도구들, 주위에 흩어져 있는 대팻밥, 이 모든 것이 질서정연한 갖가지 일이 쉴새없이 행해지고 있다고 말해주고 있었다. 은실로 수놓인 타타르풍 구두를 신은 조그마한 발과 힘줄이 불거진 까칠한 손의 뚜렷한 움직임에서, 많은 것을 견뎌낼 수 있는 집요한 초로의 힘이 공작의 몸에 아직도 남아 있다는 것이 엿보였다. 바퀴를 네댓 번 돌린 뒤 그는 선반기 페달에서 발을 떼고 끌을 닦아 이 기계 옆에 달아놓은 가죽 주머니 속에 넣고는 탁자로 다가가면서 딸을 가까이로 불렀다. 그는 아직 한 번도 자기 아이들을 축복해준 적이 없었는데, 오늘도 그는 아직 면도를 하지 않아 뻣뻣한 털이 검실검실한 뺨을 내밀면서 엄격하지만 주의깊고 부드러운 눈으로 딸을 위아래로 훑어보고는 그저 이렇게만 말했다.

"몸은 어떠니?…… 그래, 자, 앉아라!"

그는 직접 쓴 기하 노트를 집어 들고 한 발로 안락의자를 끌어당겼다.

"내일 배울 부분이다!" 그는 재빨리 필요한 페이지를 찾아 단단한 손톱으로 절에서 절까지 표시하면서 말했다.

공작영애는 노트가 놓인 탁자 쪽으로 몸을 구부렸다.

"잠깐만, 네게 편지가 왔다." 노인은 갑자기 말하더니, 탁자 위에 만들어 붙인 편지꽂이에서 여자 필적으로 쓰인 편지 한 통을 꺼내 탁자에 던졌다.

이 편지를 보자 공작영애의 얼굴은 홍조로 뒤덮였다. 그녀는 얼른 그것을 집고 그 위로 몸을 구부렸다.

"엘로이즈*한테서 온 거냐?" 쌀쌀한 미소를 띠며 공작은 아직 튼튼하고 노르께한 이를 드러내고 물었다.

"네, 쥴리에게서 왔어요." 공작영애는 겁먹은 눈으로 아버지의 안색을 살피고, 역시 겁먹은 듯 미소지으며 대답했다.

"두 통까지는 봐주지만, 세 통째는 읽어보겠다." 공작은 엄중하게 말했다. "보나마나 쓸데없는 소리만 쓰여 있겠지. 걱정이다. 세 통째는

---

* 장자크 루소의 감상적인 연애소설 『신 엘로이즈』(1761)의 여주인공 쥴리 데탕주를 뜻하는 이름으로 쥴리 카라기나를 비꼬아 부른 것.

반드시 읽어보겠어."

"이것도 괜찮으니까 읽어보세요, *아버지*." 공작영애는 한층 더 얼굴을 붉히고 편지를 내밀면서 대답했다.

"세 통째라고, 세 통째라고 말하지 않았니." 공작은 불쑥 고함치고 편지를 밀어냈다. 그리고 탁자에 팔꿈치를 짚고 기하학적 도형들이 그려져 있는 노트를 끌어당겼다.

"자, 아가씨," 노인은 딸에게 가까이 다가앉아 노트 위로 몸을 구부리며 공작영애의 안락의자 등받이에 한 손을 얹고 설명하기 시작했다. 공작영애는 오래전부터 익숙한 아버지의 코를 찌르는 노인 냄새와 담배 냄새로 사방이 둘러싸이는 느낌이 들었다. "자, 아가씨, 이 삼각형들은 서로 닮은꼴이다, 자, 잘 봐라, 각 abc는……"

공작영애는 바로 옆에서 반짝이는 아버지의 눈을 두려운 듯이 쳐다보았다. 그녀의 얼굴은 또다시 홍조로 뒤덮였다. 그녀는 아무것도 이해하지 못하는 게 분명했는데, 아버지가 아무리 명료하게 설명해도 겁부터 먹게 되어 이해를 방해하는 것 같았다. 가르치는 사람 잘못인지, 배우는 사람 잘못인지 아무튼 날마다 똑같은 일이 반복되었다. 공작영애는 눈앞이 흐려지면서 아무것도 보이지도 들리지도 않게 되었으나 바로 옆에 있는 엄격한 아버지의 메마른 얼굴, 그 숨결, 그 냄새만은 느낄 수 있었고, 한시바삐 이 서재에서 빠져나가 자기 방에서 문제를 이해할 수는 없을까만 생각했다. 노인은 곧잘 화를 냈다. 그는 자기가 앉은 안락의자를 소리내 앞으로 당기기도 하고 뒤로 밀기도 하면서 화통이 터지는 것을 참아보려 하지만, 거의 번번이 열을 올려 꾸짖고 때로는 노트를 내던지기까지 했다.

공작영애가 틀린 대답을 했다.

"허, 그러니까 바보라고 하는 거야!" 공작은 소리치며 노트를 밀어 냈으나, 바로 일어나 조금 거닌 후 두 손으로 공작영애의 머리를 쓰다 듬고는 다시 자리에 앉았다.

그는 의자를 끌어당기고 설명을 계속했다.

"안 돼, 공작영애, 안 돼." 공작영애가 과제가 적힌 노트를 덮으면서 물러갈 채비를 하자 그는 말했다. "수학은 위대한 거야, 우리 아가씨 야. 난 네가 세상에 흔해빠진 어리석은 부인들을 닮기를 바라지 않는 다. 참고 하다보면 재미를 느끼게 될 거야." 그는 한 손으로 그녀의 볼 을 가볍게 두드렸다. "그러면 미련한 생각도 머리에서 빠져나가겠지."

그녀가 나가려고 하자 그는 몸짓으로 그녀를 멈춰 세우고, 높은 탁 자에서 아직 책장도 베지 않은 새책을 꺼냈다.

"자, 네 엘로이즈가 『신비의 열쇠』*라는 책을 보내왔다. 종교 서적이 야. 나는 남의 종교에 대해서는 결코 간섭하지 않는다…… 잠깐 훑어 보기는 했지만. 자, 가져가라. 그만 가도 좋다, 가도 좋아!"

그는 딸의 어깨를 가볍게 두드리고, 그녀가 나가자 직접 문을 닫았다.

공작영애 마리야는 침울하고 겁먹은 표정으로 자기 방으로 돌아왔 는데, 그녀의 얼굴에서 거의 언제나 사라지지 않는 이 표정은 볼품없 고 병자 같아 보이는 얼굴을 더욱 추해 보이게 했다. 그녀는 작은 초상 화들이 있고 노트와 책이 잔뜩 쌓인 책상 앞에 앉았다. 공작이 꼼꼼한 데 비해 공작영애는 야무지지 못했다. 그녀는 기하 노트를 내려놓기가

---

* 독일 신비사상가 K. 에카르츠하우젠(1752~1803)이 쓴 책. 1800년대 초 러시아어로 번역돼 프리메이슨들에게 인기를 끌었다.

무섭게 편지를 뜯었다. 공작영애와 가장 친한 어릴 적 친구, 로스토프가 본명 축일 만찬에 왔던 쥘리 카라기나에게서 온 것이었다.

쥘리는 썼다.

　사랑스럽고 소중한 벗이여, 이별이란 어쩌면 이렇게도 무섭고 잔인할까요! 내 존재와 행복의 절반은 당신에게 있으며, 아무리 거리가 우리 사이를 갈라놓는다고 해도 우리의 마음은 끊을 수 없는 정으로 이어져 있다고 거듭 생각하지만, 내 마음은 이 운명에 반항하고 있습니다. 온갖 기쁨과 위안에 둘러싸여 있지만, 당신과 헤어진 이후로 느끼는 마음 깊은 곳에 숨겨진 슬픔은 억누를 수가 없군요. 왜 우리는 지난해 여름처럼 당신의 커다란 서재에 있는 파란색 소파에, 그 '고백의 소파'에 함께 앉을 수 없는 걸까요? 왜 나는 석 달 전처럼 당신의 그토록 온화하고, 그토록 차분하고, 그토록 통찰력 있는 눈 속에서 새로운 정신적 힘을 끌어낼 수 없는 걸까요? 지금 이렇게 편지를 쓰고 있는 순간에도 내가 그토록 좋아하는 당신의 눈이 눈앞에서 아른거리는 것 같습니다.

여기까지 읽고 공작영애 마리야는 한숨을 푹 내쉬고 오른쪽에 있는 전신거울을 들여다보았다. 거울은 볼품없이 가냘픈 몸과 야윈 얼굴을 비추고 있었다. 언제나 침울한 눈이 지금 유난히 절망적으로 거울 속 제 얼굴을 지켜보고 있었다. '내게 아첨을 하고 있어' 하고 생각하고 공작영애는 얼굴을 돌려 계속 편지를 읽었다. 그러나 쥘리는 친구에게 아첨하는 것이 아니었다. 사실 크고, 깊고, 반짝이는 공작영애의 눈은

(따뜻한 빛이 다발을 지어 퍼지는 것처럼) 참으로 아름답고, 얼굴은 아름답지 않지만 눈만은 아름다움 이상으로 매력적이었다. 하지만 그것은 자기 자신을 의식하지 않을 때 나타나는 것이었으므로 공작영애는 아직 한 번도 자기 눈에 스민 아름다운 표정을 본 적이 없었다. 누구나 그렇듯 그녀도 거울을 들여다볼 때는 부자연스럽고 흉한 표정을 지었다. 그녀는 계속해서 읽었다.

모스크바는 요즘 온통 전쟁 이야기뿐입니다. 나의 두 오빠 중 한 사람은 이미 외국에 가 있고, 한 사람은 곧 국경으로 가는 근위 사단에 배속되었습니다. 우리의 경애하는 황제께서도 페테르부르크를 뒤로하고 몸소 전장에 귀하신 몸을 내던지려 하신다고 알고 있습니다. 바라건대, 자비롭고 전지전능하신 하느님께서 우리의 지배자로 정하신 천사의 손을 빌려 유럽의 평화를 교란하는 코르시카의 괴물을 추방하게 해주시기를! 두 오빠에 대해서는 말할 것도 없습니다만, 이번 전쟁은 내 마음의 가장 가까운 벗 한 사람을 빼앗아 갔습니다. 그는 니콜라* 로스토프라는 젊은 분인데, 타고난 강한 격정 때문에 무위한 생활을 견디지 못하고 군대에 가기 위해 대학을 중퇴하고 말았습니다. 사랑하는 마리**, 아직 너무도 젊은 이분의 출발이 내게는 참으로 큰 슬픔이었음을 고백합니다. 지난여름 당신에게도 이야기했었던 이분은 우리 시대 스무 살짜리 애늙은이들 사이에서는 좀처럼 보기 힘든 참다운 젊음과 기품을 지니고 있습니다! 너무

* 니콜라이를 프랑스어로 부른 것.
** 마리야를 프랑스어로 부른 것.

180

도 솔직하고, 다정한 분입니다. 또한 너무도 순수하고 시정이 풍부하기 때문에 극히 짧았던 이분과의 교제는 이제까지 많은 고통을 경험해온 나의 가엾은 가슴에 가장 감미로운 기쁨이었습니다. 우리가 헤어질 때의 일이며 그때 주고받았던 이야기를 언젠가는 모두 들려드리겠습니다. 그것들은 여전히 너무도 생생합니다. 아! 사랑하는 벗이여, 당신은 행복합니다. 이처럼 애타는 기쁨과 이처럼 애타는 슬픔을 모르시니까요. 당신은 행복합니다. 슬픔은 기쁨보다 강한 것이니까요. 니콜라 백작은 너무 젊은 분이라 내게는 친구 이상의 무언가가 될 수 없다는 것을 나도 잘 알고 있습니다. 그렇지만 이 달콤한 우정, 이렇게도 시적이고 순수한 교제는 내 마음이 줄곧 바라왔던 것이었습니다. 그러나 이 이야기는 이 정도로 해두겠습니다. 지금 모스크바에서 관심을 끌고 있는 큰 뉴스는 베주호프 백작의 죽음과 그 유산 상속 문제입니다. 그런데 생각해보세요. 세 공작영애는 그래도 명목상 조금씩 상속을 받았지만, 바질 공작에게는 아무것도 없고, 피에르가 나머지 유산 전부를 상속받았을 뿐만 아니라 백작의 적자로서 인정까지 받게 되어 이제 그는 베주호프 백작으로서 러시아에서도 가장 큰 재산의 소유자가 되었습니다. 소문에 의하면 바질 공작은 이번 일에서 아주 비열한 역할을 해서 망신만 톡톡히 당하고 페테르부르크로 돌아갔다고 합니다.

사실 나는 그 유언에 관계된 일에 대해 잘 알지 못합니다. 다만 한 가지 아는 것은 지금까지 우리가 피에르라고만 부르던 젊은이가 별안간 베주호프 백작이 되었고, 러시아에서도 손꼽히는 재산가가 되었다는 것입니다. 그래서 혼기가 찬 딸을 둔 어머니들과 그 아가씨들이 그분에 대한 태도를 바꾸는 것을 관찰하면서 나는 재미있어하고 있습니다. 내게는 언제나 그분이(이건 우리끼리 얘기입니다만) 참으로 시시한 인간으로만 보였거든요. 그런데 말이죠, 지난 이 년 동안 여러 사람이 대부분 내가 알지도 못하는 젊은이들을 내 신랑감이라 말하면서 즐거워했습니다만, 이번에도 모스크바의 결혼 소식통은 나를 베주호프 백작부인으로 만들려 하고 있어요. 그러나 당신은 알아주시겠지만, 나는 그런 건 조금도 바라지 않아요. 결혼 이야기가 나온 김에 한 가지 더 알려드리겠습니다. 당신도 아실지 모르지만, 그 사교계 전체의 아주머니로 통하는 안나 미하일로브나가 요즘 당신을 결혼시키려는 비밀스러운 계획에 대해 내게 이야기해주었습니다. 상대는 바로 바질 공작의 아드님, 아나톨이에요. 그분을 부유하고 지체 높은 양가의 규수와 결혼시켜서 몸가짐을 바르게 고쳐놓는다는 양친의 희망이 있어서 당신을 후보로 선택했다는 거예요. 당신이 어떻게 생각할지 모르겠지만, 어쨌든 미리 알려드리는 것이 내 의무라고 생각했습니다. 아나톨이라는 분은 대단한 미남이자, 대단한 난봉꾼이라고 합니다. 내가 그분에 관해 아는 건 이게 전부예요.

잡담은 이제 그만하겠습니다. 벌써 두 장도 거의 다 찼네요. 어머니께서 아프락신 댁의 만찬에 가기 위해 나를 부르러 오셨습니다. 내가 보내는 신비주의 책을 읽어주세요. 여기서 무척 호평을 받는 책입니다. 인간의 부족한 지혜로는 이해하기 어려운 부분도 있지만, 아무튼 훌륭한 책입니다. 그 책을 읽으면 영혼이 안정되고 고양된답니다. 그럼 안녕히. 아버님과 마드무아젤 부리엔에게도 안부 전해주세요. 당신에게 진심 어린 포옹을 보냅니다.

쥘리

추신. 당신의 오빠와 아름다운 올케 소식도 알려주세요.

공작영애는 잠시 생각하고, 또 미소를 지으며 생각에 잠겼다가(이때 그녀의 얼굴은 그 빛나는 눈으로 인해 완전히 변해 있었다) 갑자기 몸을 일으키더니 무거운 걸음으로 탁자로 갔다. 그녀는 종이를 꺼내 그 위에서 빠르게 손을 움직이기 시작했다. 그녀는 답장을 썼다.

사랑스럽고 소중한 벗이여, 13일자 편지는 내게 큰 기쁨을 주었습니다. 당신은 언제나 변함없이 나를 사랑해주시는군요, 나의 시적인 쥘리. 당신이 비관적으로 쓰셨던 가족의 이별이라는 것도 당신에게는 그저 평범한 영향도 미치지 않은 것 같군요. 당신까지 이별의 괴로움을 탄식하신다면, 감히 말씀드리자면, 나처럼 소중한 사람을 모조리 빼앗겨버린 사람은 무슨 말을 해야 할까요? 아, 만약 종교의 위안이 없었다면 인생은 참으로 비참했을 것입니다. 그런데 당신은 그 젊은 분에 대한 사모의 정을 이야기할 때, 왜 내가 엄격한 견해를 가졌다고 생각하신 건가요? 그런 일에 대해서 나는 나 자신에게만 엄격할 뿐입니다. 나는 다른 사람들의 그런 감정을 이해합니다. 또한 나는 그런 경험을 한 적이 없기 때문에, 그것을 찬미하지도 않지만 결코 비난하지도 않습니다. 다만 내게는 젊은 남자의 아름다운 눈이 당신처럼 시적이고 사랑스러운 젊은 아가씨의 가슴에 불러일으키는 감정보다는 이웃에 대한 사랑, 원수에 대한 사랑이라는 기독교적인 사랑이 훨씬 가치 있고, 위안이 되며 좋은 것으로 생각될 뿐입니다.

베주호프 백작의 부고는 당신의 편지보다 먼저 우리에게 닿았습니다. 아버지는 그 소식을 듣고 몹시 충격을 받으셨습니다. 백작은 위대한 세기의 마지막에서 두번째로 대표적인 인물이었고, 이번에는 당신 차례이나 그 차례를 최대한 늦추기 위해 모든 수단을 강구하겠다고 말씀하셨습니다. 주여, 제발 이 불행을 피하게 해주시옵기를! 나는 내가 어릴 적부터 알고 있던 피에르에 대한 당신의 의견에는 공감할 수 없습니다. 내가 느끼기에 그는 언제나 아름다운 마음을 지닌 분이었고, 나는 인간이 지닌 것 중에서 이 자질을 가장 소중하게 생각합니다. 그리고 그분이 받은 상속과 그와 관련해 바질 공작이 한 역할에 대해서는, 그저 두 분 모두에게 불행한 일이었다고 말씀드릴 수밖에 없습니다. 아아, 사랑하는 벗이여, 부자가 천국에 들어가기보다 낙타가 바늘구멍을 빠져나가는 것이 더 쉽다고 하신 구세주의 말씀은 무서운 진실입니다. 나는 바질 공작을 측은하게 생각하지만 그보다는 피에르가 너무나 가엾습니다. 그처럼 젊은 분이, 그처럼 큰 재산이라는 무거운 짐을 떠안게 되었으니 앞으로 얼마나 많은 유혹을 뚫고 나가야 할까요! 만일 누군가 내게 세상에서 가장 원하는 것이 무엇이냐고 묻는다면, 나는 가장 가난한 거지보다 더 가난해지는 것이라고 대답할 것입니다. 사랑하는 벗이여, 그곳에서 그처럼 호평을 받는 책을 보내주셔서 깊이 감사드립니다. 그런데 이 책 속에 훌륭한 글들이 있지만 인간의 부족한 지혜로는 이해할 수 없는 부분도 있다고 하셨는데, 그렇다면 그런 어려운 책을 읽는 것은 공연한 일이 아닐까요. 이해할 수 없다는 것만으로도 이 책은 이미 아무런 이익도 가져올 수 없다는 것이 뻔하기 때문이죠. 세상에는 흔히 사람의 마음에 의혹만 심어놓는 신비주의 서적을 탐독해서 자기의 사상을 어지럽히고 상상력을 자극하여 기독교의 소박함과는 정반대의 과대망상을 길러가는 사람들이 있습니다만, 나는 그러한 사람들의 열정을 도무지 이해할 수 없습니다. 사도행전이나 복음서를 읽읍시다. 그리고 설령 이런 것을 읽는다 하더라도 그 안의 신비적인 면에는 너무 깊이 파고들지 않도록 합시다. 왜냐하면 인간과 영원한 것 사이에 꿰뚫을 수 없는 장막을 드리우고 있는 육체라는 옷을 몸에 걸치고 있는 이상, 우리 같은 불쌍한 죄인들이 어떻게 하느님의 두렵고도 신성한 비밀을 헤아릴 수 있겠습니까? 구세주가 이 지상에 우리의 길잡이로서 남겨주신 위대한 계율을 공부하는 것이 한결 낫습니다. 그것을 지키고 실천하도록 노력해봅시다. 우리가 우리의 부족한 마음에 방종을 허용하지 않을수록, 자신에게서 나오지 않은 모든 지식을 거부하시는 신의 뜻에 미치는 결과가 된다는 것, 그리고 신이 우리에게 감추는 편이 좋다고 여기시는 것에 깊이 파고들지 않을수록, 도리어 신은 그 거룩한 예지로 우리에게 그것을 보여주신다는 것을 믿도록 합시다.

아버지는 결혼에 대해서는 아무 말씀도 하시지 않지만, 바질 공작의 편지를 받았고 그의 방문을 기다리고 있다는 말씀은 하셨습니다. 사랑스럽고 소중한 벗이여, 나의 결혼 계획에 대해서는 이렇게 말씀드리겠습니다. 결혼이란 우리가 따르지 않으면 안 될 신의 법도라고요. 아무리 괴롭더라도, 만약 신의 뜻이 내게 아내로서 또 어머니로서의 의무를 지게 하는 것이라면, 나는 신이 남편으로 정하신 사람에 대한 나의 감정 같은 것은 깊이 생각하지 않고 될 수 있는 대로 성실하게 그 의무를 이행하도록 노력할 것입니다.

나는 오빠에게 편지를 받았습니다. 그러나 이 기쁨은 오래가지 않을 것입니다. 왜냐하면 오빠는 모두가 이유도 목적도 모르는 채 말려들고 있는 전쟁에 참가하기 위해 우리를 버리고 간다고 하니까요. 사건과 사교의 중심인 그곳뿐만 아니라 흔히 도시인들이 전원의 노동과 자연의 고요가 있는 곳이라고 상상하는 이곳에서도 전쟁의 반향이 울리고 있고, 우리는 그것을 무거운 마음으로 느끼고 있습니다. 아버지는 행군이니 진격이니 하시면서 나로서는 하나도 알아들을 수 없는 말씀만 하고 계십니다. 그제는 평소처럼 마을의 거리를 거닐고 있었는데, 갑자기 가슴이 찢어지는 것 같은 광경이 눈에 들어왔습니다…… 이곳에서 소집되어 군대에 보내지는 신병들이었습니다…… 나는 출발하는 사람들의 어머니, 아내, 아이들이 비탄에 잠긴 모습을 보았고, 떠나는 사람과 보내는 사람이 오열하는 소리를 들어야만 했습니다! 인류는 우리에게 사랑과 모욕에 대한 용서를 가르쳐주신 구세주의 율법을 잊고 서로를 죽이는 기술 속에 자기들의 주요한 가치가 있다고 생각하는 것은 아닐까 하는 생각이 들었습니다.

사랑스럽고 선량한 벗이여, 그럼 안녕히. 당신에게 우리 고귀하신 구세주와 성모마리아의 거룩하고 강력한 가호가 있기를.

마리

"아아, 아가씨도 편지를 쓰셨군요. 전 벌써 부쳤어요. 내 가엾은 어머니*ma pauvre mère*에게 썼어요." 부리엔 양은 r 발음을 불분명하게 하면서 기분좋고 들뜬 듯한 목소리로 웃으며 재빨리 말했다. 그녀가 들어오자 공작영애 마리야의 생각에 잠긴 듯한 침울한 분위기와는 판이한 경쾌하고 자기만족으로 가득찬 분위기가 방안을 채웠다.

"아가씨, 미리 알려드려야겠어요." 그녀는 목소리를 낮추면서 덧붙였다. "공작께서 언쟁을 하셨어요, 언쟁을." 그녀는 r 발음을 유달리 꾸며서 하고는 만족스러운 듯이 그 소리에 귀를 기울이며 말했다. "미셸 이바노프*하고 언쟁하셨어요. 몹시 화가 나셨는지 굉장히 무서운 얼굴을 하고 계세요. 그래서 미리 알려드리는 거예요, 아시겠죠……"

"아아! 사랑하는 벗이여," 공작영애 마리야는 말했다. "아버지의 기분이 어떤지 나한테 절대 이야기하지 말아달라고 전부터 부탁하지 않았나요? 나는 아버지에 대해서 이러쿵저러쿵 말하고 싶지 않고, 다른 사람이 그러는 것도 바라지 않아요."

공작영애는 시계를 보고 클라비코드 연습 시간을 벌써 오 분쯤 넘겨버린 것을 깨닫고, 깜짝 놀라 소파가 있는 방으로 갔다. 일과표에 의하면 열두시에서 두시 사이에 공작은 휴식을 취하고, 공작영애는 클라비코드를 치게 되어 있었다.

---

* 미하일 이바니치를 프랑스어로 부른 것.

23

백발이 성성한 하인은 큰 서재에서 울리는 공작의 코 고는 소리를 들으며 앉아서 졸고 있었다. 멀리 떨어진 방에서는 겹겹이 닫힌 문틈으로 두세크* 소나타의 어려운 소절이 벌써 스무 번이나 되풀이되어 들려왔다.

이때 현관 층층대 앞에 카레타**와 브리치카***가 다가와 멈췄다. 그리고 카레타 안에서 안드레이 공작이 나와 몸집이 작은 아내가 내리는 것을 도와주고 자기보다 앞서가게 했다. 백발이 성성한 티혼은 하인 방 문틈으로 가발 쓴 얼굴을 내밀고, 공작이 낮잠을 자고 있다고 나지막한 음성으로 전하고는 서둘러 문을 닫았다. 아들이 돌아오든 어떤 비상사태가 일어나든 공작의 생활 질서를 어지럽혀서는 안 된다는 것을 티혼은 잘 알고 있었다. 안드레이 공작도 티혼과 마찬가지로 그것을 잘 알고 있었다. 그는 잠시 떠나 있는 동안 아버지의 습관이 변하지 않았는지 살피려는 듯 시계를 들여다보았지만, 조금도 변화가 없다는 것을 확인하자 아내에게로 몸을 돌렸다.

"아버지는 이십 분 후에 일어나실 테니 우선 공작영애 마리야한테 가보지" 하고 그는 말했다.

몸집이 작은 공작부인은 최근 살이 올랐지만, 입을 열자 여전히 솜털이 송송 돋은 짧은 윗입술이 미소를 띠며 여느 때와 같이 즐거운 듯

* J. L. 두세크(1761~1812). 체코 피아니스트이자 작곡가.
** 네 필의 말이 끄는 사륜유개마차.
*** 사륜포장마차.

188

귀엽게 치켜올라갔다.

"여긴 정말 궁전 같군요." 그녀는 주위를 둘러보며 무도회에 초대
받은 손님이 주인에게 찬사를 보내는 듯한 표정으로 남편에게 말했다.
"가요, 어서, 어서!……" 그녀는 주위를 둘러보면서 티혼에게도 남편
에게도, 그리고 그들과 함께 온 하인에게도 미소를 보냈다.

"저건 마리가 연습하고 있는 거겠죠? 슬그머니 가서 놀래줘요."

안드레이 공작은 진지하고 침울한 표정으로 아내 뒤를 따랐다.

"자네도 꽤 늙었군, 티혼." 그는 걸어가면서 자기 손에 키스하는 늙
은 하인에게 말했다.

클라비코드 소리가 나는 방 앞에 서자 옆쪽 문에서 아름다운 금발의
프랑스 처녀가 뛰어나왔다. 부리엔 양은 너무 기뻐서 정신이 나간 사
람처럼 보였다.

"아아, 아가씨가 얼마나 기뻐하실까요" 하고 그녀는 말문을 열었다.
"드디어 오시다니! 아가씨에게 알려드려야겠어요."

"아니, 아니, 그냥 두세요…… 당신이 마드무아젤 부리엔이군요. 나
는 당신에 대해 이미 잘 알고 있어요. 우리 시누이가 당신과 친하게 지
내시니까." 공작부인은 그녀에게 키스하면서 말했다. "아가씨는 우리
가 온 걸 모르겠죠!"

그들은 소파가 있는 방으로 다가갔다. 안에서는 소나타의 한 소절이
반복되고 있었다. 안드레이 공작은 불쾌한 뭔가를 기다리는 사람처럼
발을 멈추고 얼굴을 찌푸렸다.

공작부인은 들어갔다. 소나타가 끊기고 이내 환성과 공작영애 마리
야의 무거운 발소리와 함께 키스 소리가 들렸다. 안드레이 공작이 들

어갔을 때는 단 한 번, 그것도 공작의 결혼식 때 잠깐 만났을 뿐인 공작영애와 공작부인이 부둥켜안고 처음 입술이 닿았던 곳에 입술을 꼭 누르고 있었다. 부리엔 양은 두 사람 옆에 서서 가슴에 두 손을 대고 경건한 미소를 짓고 있었다. 당장 웃음을 터뜨릴 것 같기도 하고 울음을 터뜨릴 것 같기도 했다. 안드레이 공작은 마치 음악 애호가가 맞지 않는 음정을 들었을 때처럼 찌푸린 얼굴을 하고 어깨를 움츠렸다. 두 여자는 서로 손을 놓았다가 이윽고 늦을세라 다시 손을 맞잡고 키스하고, 또다시 손을 놓았다가 서로의 얼굴에 키스를 퍼부었다. 그리고 안드레이 공작에게는 정말 뜻밖에도, 함께 울음을 터뜨리면서 또다시 키스를 퍼부었다. 부리엔 양도 울음을 터뜨렸다. 안드레이 공작은 자못 어색했으나, 두 여자는 자기들이 우는 것이 자연스러웠고, 이 재회를 이렇게밖에는 상상하고 있지 않았다.

"아! 언니!…… 아! 마리!……" 순간 두 여자는 동시에 말하고 함께 웃음을 터뜨렸다. "나는 간밤에 꿈을 꾸었어요……" "그럼, 우리가 온 게 전혀 뜻밖이었겠군요?…… 아, 마리, 아주 야위었어요……" "언니는 살이 올랐는걸요……"

"저는 한눈에 공작부인이시라는 걸 알아봤어요." 부리엔 양이 옆에서 끼어들었다.

"난 또 설마 했어요!……" 공작영애 마리야가 소리쳤다. "아! 앙드레, 오빠를 미처 보지 못했어요."

안드레이 공작은 누이동생과 서로의 손에 키스한 뒤, 여전히 울보구나 하고 놀렸다. 공작영애 마리야는 오빠 쪽을 돌아보았다. 그 순간 그녀의 아름답고 크고 빛나는 두 눈은, 따뜻하고 사랑에 찬 부드러운 그 눈은, 눈물이 고인 채 안드레이 공작의 얼굴에서 멈췄다.

공작부인은 끊임없이 말했다. 솜털이 송송 돋은 짧은 윗입술은 필요에 따라 이따금 아래로 처져 붉은 아랫입술에 닿았고, 이와 눈을 빛나게 하는 미소를 담으면서 또다시 열렸다. 공작부인은 임신한 자기에게는 위험했던 스파스카야 산에서의 일을 이야기했고, 뒤이어 페테르부르크에 옷을 죄다 두고 와서 여기서 뭘 입어야 할지 모르겠다느니, 안드레이가 아주 변해버렸다느니, 키티 오딘초바가 늙은이한테 시집을 갔다느니, 이번에 공작영애 마리야에게 진짜 신랑 후보가 나타났는데 그 이야기는 나중에 하자느니 하며 계속 이야기했다. 공작영애 마리야는 그동안 말없이 오빠를 지켜보고 있었는데, 아름다운 눈에는 사랑과 슬픔의 빛이 떠올라 있었다. 마음속으로 올케의 이야기와는 상관없는 자신만의 생각을 이어가고 있는 것이 분명했다. 공작부인이 최근 페테르부르크에서 맞은 축일에 대해 한창 이야기할 때 마리야는 오빠 쪽으로 얼굴을 돌렸다.

"그런데 앙드레, 오빠는 꼭 전쟁에 나가야 하나요?" 그녀는 묻고 한숨을 쉬었다.

리즈도 한숨을 쉬었다.

"응, 내일이라도." 오빠가 대답했다.

"이 사람은 날 여기다 버리고 가려 해요. 가만히 있어도 승진할 수 있을 텐데, 정말 뭐 때문에……"

공작영애 마리야는 올케의 말을 끝까지 듣지 않고, 다시 생각의 실마리를 더듬으며 올케 쪽으로 얼굴을 돌려 부드러운 눈짓으로 그녀의 배를 가리켰다.

"확실한가요?" 그녀는 물었다.

공작부인의 얼굴빛이 변했다. 그녀는 한숨을 쉬었다.

"네, 확실해요." 그녀는 말했다. "아아! 정말 무서워요……"

리자의 입술이 처졌다. 그녀는 시누이의 얼굴에 자기 얼굴을 가까이 대고 다시 갑자기 울기 시작했다.

"이 사람은 좀 쉬어야 해." 안드레이 공작은 얼굴을 찌푸리며 말했다. "그렇지, 리자? 마리야, 이 사람을 네 방으로 데리고 가줄래? 나는 아버지를 뵙고 올 테니까. 어때, 아버지는 여전하시니?"

"여전하시죠, 정말 여전하세요, 오빠 눈에는 어떻게 보일지 모르지만." 공작영애는 기쁜 듯이 대답했다.

"여전히 시간을 지키시고, 가로숫길을 산책하시니? 선반기를 돌리시고?" 안드레이 공작은 아버지를 사랑하고 존경할 뿐만 아니라 그의 결점까지도 이해한다고 말하는 것 같은 보일 듯 말 듯한 미소를 지으며 물었다.

"네, 여전히 시간을 지키시고, 선반기를 돌리시고, 수학 문제를 푸시고, 내게 기하를 가르쳐주기도 하세요." 마치 기하를 배우는 것이 그녀의 삶에서 가장 즐거운 일 중 하나이기라도 한 듯이 공작영애 마리야는 기쁜 어조로 대답했다.

노공작이 일어나기까지 남은 이십 분이 지났을 때, 티혼이 젊은 공작에게 와서 아버지가 부른다고 알렸다. 노인은 아들의 도착을 축하하기 위해 자기의 생활 규칙에 하나의 예외를 만들었다. 즉 점심 전 옷 갈아입는 시간에 아들을 자기 방으로 부른 것이다. 공작은 카프탄을 입고 머리분을 바르는 등 옛날 식으로 하고 다녔다. 안드레이 공작이

(사교계 객실에서와 같은 무뚝뚝한 표정과 행동이 아니라, 피예르와 이야기할 때처럼 쾌활한 얼굴로) 아버지의 방에 들어섰을 때, 노인은 의상실에서 파우더 망토를 걸치고 모로코가죽을 댄 넓은 안락의자에 앉아 티혼의 손에 머리를 맡기고 있었다.

"오! 용사여! 보나파르트를 정복하려는 건가?" 노인은 말하고 티혼이 땋고 있는 머리 타래가 허용하는 범위에서 분을 바른 머리를 크게 흔들었다. "너라도 실컷 그 녀석을 잡도리해주면 좋겠구나. 이대로 가다가는 오래지 않아 그 녀석이 우리까지도 자기 신하로 만들어버릴 테니까 말이다. 아, 정말 잘 왔다!" 그러고는 뺨을 내밀었다.

식사 전 낮잠을 잔 뒤에 노인은 언제나 기분이 좋았다. (그는 식후의 수면은 은이고, 식전의 수면은 금이라고 말하곤 했다.) 그는 처진 짙은 눈썹 밑으로 즐거운 듯 아들의 얼굴을 곁눈질했다. 안드레이 공작은 다가가서 아버지가 가리킨 곳에 키스했다. 그는 아버지가 좋아하는 화제인 요즘의 군인들에 대한 조롱, 특히 보나파르트에 대해서는 아무 말도 하지 않았다.

"네, 아버지를 뵈러 왔습니다. 임신한 안사람을 데리고요." 안드레이 공작은 활기차고 존경 어린 눈으로 아버지의 표정을 하나도 놓치지 않고 주시하며 말했다. "건강은 어떠십니까?"

"형제여, 건강하지 않은 건 바보나 난봉꾼뿐이다. 너는 나를 잘 알겠지만, 나는 아침부터 저녁까지 바쁘고, 절제를 하고 있으니까 당연히 건강해."

"하느님께 영광을." 아들은 미소지으며 말했다.

"하느님과는 아무 관계도 없다. 그건 그렇고, 어디 이야기 좀 해보렴." 그는 자기가 좋아하는 화제로 돌아가면서 말을 이었다. "어때, 보나파르트와의 전쟁에서 독일인들은 용병학用兵學인가 하는 새로운 학문을 응용한다던데, 독일인들은 그것을 어떻게 가르쳐주더냐?"

안드레이 공작은 미소지었다.

"아버지, 먼저 한숨 돌리게 해주십시오." 그는 아버지의 어떤 결점도 자기가 아버지를 존경하는 데 방해가 되지 않는다는 것을 나타내는 미소를 지으며 말했다. "아직 방에 짐도 들여놓지 않았습니다."

"거짓말 마라, 거짓말." 노인은 머리가 단단하게 땋였는지 확인하기 위해 머리를 흔들어보면서 아들의 손을 붙잡고 큰 소리로 말했다. "네 아내가 기거할 방은 별채에 준비해두었다. 공작영애 마리야가 데려가서 보여줄 테고, 입이 닳도록 수다를 떨어대겠지. 그것이 여자들의 일이니까. 나는 그애가 와주어서 기쁘다. 앉아서 이야기나 좀 해보렴. 나는 미헬손의 군대도 잘 알고, 톨스토이의 군대도 알고 있다…… 동시 상륙이란 말이지…… 남군은 무엇을 하게 될까? 프로이센은 중립…… 이건 나도 알고 있다. 오스트리아는 어떨 것 같니?" 노인은 안락의자에서 일어나 방안을 거닐며 말했다. 티혼은 뒤를 쫓아다니면서 옷을 하나씩 내주었다. "스웨덴은 어떻게 하지? 포메라니아를 어떻게 넘어갈까?"21)

안드레이 공작은 아버지의 집요한 요구를 이기지 못하고 예상되는 회전會戰에 대한 작전 계획을 말하기 시작했고, 처음에는 내키지 않아했으나 차츰 활기를 띠며 자기도 모르게 습관대로 러시아어에서 프랑스어로 말을 바꾸었다. 그는 프로이센을 중립에서 끌어내 참전시키기 위해 9만의 군대가 반드시 프로이센을 위협해야 한다는 것, 또 이 군대의 일부가 스웨덴군과 합류하기 위해 슈트랄준트[*]로 가려 한다는 것, 22만의 오스트리아군과 10만의 러시아군이 연합하여 이탈리아와 라인 지방에서 행동하려 한다는 것, 5만의 러시아군과 5만의 영국군은 나폴리에 상륙하려 한다는 것, 그렇게 약 50만의 군대가 사방에서 프랑스군을 공격하려 한다는 것 등의 이야기를 늘어놓았다. 노공작은 듣고 있지 않은 것처럼 아들의 이야기에는 조금도 흥미를 보이지 않고 여전히 방안을 걸어다니면서 옷을 입고, 세 차례나 아들의 말을 가로막았다. 한번은 아들의 말을 막고 큰 소리로 외쳤다.

"흰 것! 흰 것!"

티혼이 노공작이 생각하던 것과 다른 조끼를 건넸기 때문이었다. 두번째는 발을 멈추고 물었다.

"저애는 곧 몸을 풀게 되니?" 그리고 나무라는 듯이 고개를 젓더니 "좋지 않아! 자, 계속해라, 계속해"라고 말했다.

세번째는 안드레이 공작이 거의 설명을 끝냈을 때였는데, 그는 가락이 맞지 않는 노인다운 목소리로 느닷없이 노래를 부르기 시작했다. "말버러는 싸움터로 나가시고, 언제 돌아오시려나 아는 이 없네.[**]"

아들은 그저 웃기만 했다.

"이것이 제 뜻에 맞는 계획이라고 말씀드린 건 아닙니다." 아들은 말했다. "사실 그대로를 말씀드렸을 뿐입니다. 나폴레옹도 이미 이것

---

[*] 포메라니아 주 연안의 소도시.

[**] J. C. 말버러(1650~1722)는 영국 사령관이자 정치가로. 스페인 상속 전쟁 때 영국군을 지휘했다. "말버러는 싸움터로 나가시고"란 보통 실패로 끝난 일에 매달리는 사람을 가리키는 표현이다.

에 못지않은 작전을 세우고 있을 겁니다."

"뭐, 새로운 이야기는 하나도 없구나." 노인은 생각에 잠긴 채 빠르게 혼잣말처럼 중얼거렸다. "'언제 돌아오시려나 아는 이 없네.' 식당으로 가거라."

24

정해진 시각에 노공작은 머리분을 바르고 면도한 후 식당으로 갔고, 식당에는 며느리 리자와 공작영애 마리야, 부리엔 양, 그리고 공작의 기묘한 변덕으로 같은 식탁에 앉는 것이 허용된 공작의 건축기사가 기다리고 있었다. 건축기사는 신분상 보잘것없는 사람이었으므로 이것은 그에게 참으로 뜻밖의 영광이었다. 일상생활에서 계급적 차별을 엄수하고, 심지어 도청의 고관들마저 좀처럼 식당에 들이지 않는 공작이, 한구석에 앉아 격자무늬 손수건으로 코를 푸는 건축기사 미하일 이바노비치를 들여 돌연 만인은 평등하다는 것을 증명하고, 딸에게 미하일 이바노비치는 결코 나나 너보다 못한 존재가 아니라고 타일렀던 것이다. 식사중에도 공작은 이 말수 적은 미하일 이바노비치에게 어느 누구에게보다 자주 말을 걸었다.

이 저택의 모든 방과 마찬가지로 지나칠 만큼 크고 천장이 높은 식당에서는 집안사람들과 하인들이 의자 뒤에 서서 공작을 기다리고 있었다. 팔에 냅킨을 걸친 집사는 식탁을 둘러보면서 급사들에게 눈짓을 하기도 하고, 괘종시계가 걸린 벽에서부터 공작이 들어올 문까지 불안한 눈으로 계속해서 번갈아 보기도 했다. 안드레이 공작은 그에게는 새로운, 볼콘스키 공작 가문의 가계수家系樹를 그려넣은 금테의 커다란 액자를 바라보고 있었다.[22] 맞은편에는 그것과 똑같은 크기의 액자에 농노 화가가 그린 것이 분명한, 관을 쓴 영주인 대공의 몹시 조잡한 초상이 있었다. 이 대공은 류리크*의 후예이자 볼콘스키 공작 가문의 첫 조상인 게 분명했다. 안드레이 공작은 이 계보를 바라보더니 고개를 흔들면서 우스꽝스러울 정도로 똑 닮은 초상화를 바라볼 때 그러듯이 싱긋 웃었다.

"이건 딱 아버지인데!" 그는 자기 옆으로 다가온 공작영애 마리야에게 말했다.

공작영애 마리야는 놀라 오빠를 바라보았다. 그녀는 오빠가 왜 웃는지 이해되지 않았다. 아버지가 하는 일은 무엇이든 그녀에게는 경외감을 불러일으키고 의문의 여지가 없었기 때문이다.

"누구나 저마다의 아킬레스건이 있는 법이야." 안드레이 공작은 말을 이었다. "그처럼 뛰어난 지성을 가지신 분이 이런 우스꽝스러운 일에 몰두하시니 말이야."

공작영애 마리야는 오빠가 대담하게도 아버지에 대해 비판하는 것이 이해되지 않아 이의를 제기하려고 했으나, 그때 마침 기다리고 있던 발소리가 서재에서부터 들려왔다. 공작은 여느 때처럼 빠른 걸음으로 유쾌하게 들어왔다. 마치 그 동작을 이 집안의 엄격한 질서와 대조시켜 보여주려는 것 같았다. 이 순간 커다란 괘종시계가 두시를 치고,

---

* 러시아 최초의 황제.

객실에 있는 다른 시계도 작은 소리를 냈다. 공작은 걸음을 멈췄다. 처진 짙은 눈썹 밑에서 생기 있게 번뜩이는 매서운 눈은 모두를 둘러보다가 젊은 공작부인에게서 멎었다. 젊은 공작부인은 황제가 나올 때 조신들이 느끼는 듯한 감정을 느꼈는데, 그것은 이 노인이 가까이에 있는 모든 이에게 불러일으키는 두려움과 존경심이었다. 그는 공작부인의 머리를 쓰다듬고 어색한 손짓으로 그녀의 목덜미를 가볍게 두드렸다.

"잘 왔다! 잘 왔어!" 그는 말하고 다시 한번 찬찬히 그녀의 눈을 바라보고 얼른 물러서서 자리에 앉았다. "자, 모두 앉아라, 앉아! 미하일 이바노비치, 앉으시게!"

그는 며느리에게 자기 옆자리를 가리켰다. 급사가 그녀를 위해 의자를 빼주었다.

"허, 허!" 며느리의 둥글게 부푼 배를 바라보며 노인은 말했다. "좀 서둘렀군, 좋지 않아!"

그는 여느 때처럼 눈은 움직이지 않고 입으로만 무뚝뚝하고 쌀쌀하고 불쾌한 미소를 지었다.

"걸어야 해, 걷거라. 될 수 있는 대로 많이, 될 수 있는 대로 많이." 그는 말했다.

몸집이 작은 공작부인은 그의 말이 들리지 않았다. 어쩌면 듣고 싶지 않았는지도 모른다. 그녀는 말이 없었고, 당황한 것 같았다. 공작이 친정아버지에 대해 물었을 때에야 비로소 공작부인은 말을 하고 미소를 지었다. 그가 서로 잘 알고 있는 친지들의 소식을 묻자, 공작부인은 한층 더 쾌활해져서 공작에게 몇몇 사람의 안부를 전하기도 하고, 장안의 소문을 이야기하기도 했다.

"아프락신 백작부인은 가엾게도 남편을 잃고 눈물의 나날을 보내고 계세요." 그녀는 차츰 활기를 띠면서 말했다.

그녀가 활기를 띨수록 노공작은 더욱 엄격한 얼굴이 되면서 그녀의 얼굴을 바라보더니, 마치 며느리를 충분히 연구하여 명료한 인식이라도 얻은 듯 갑자기 얼굴을 돌리고 미하일 이바노비치를 보았다.

"여보게, 미하일 이바노비치, 우리의 보나파르트도 꽤 형세가 나빠지고 있는 모양이야. 안드레이 공작의 이야기를 들어보니(그는 언제나 아들을 삼인칭으로 불렀다) 그 녀석과 싸우기 위해 대군이 집결하고 있다는군! 나와 자네는 언제나 그 녀석을 보잘것없는 놈이라고 여기고 있었지."

미하일 이바노비치는 '나와 자네'가 보나파르트에 대해 언제 그런 이야기를 했는지 전혀 알 수 없었지만 공작이 좋아하는 화제로 들어가기 위해서는 반드시 자기가 필요하다는 것을 깨닫고, 이 이야기가 어떻게 될지 몰라 놀란 눈으로 젊은 공작의 얼굴을 바라보았다.

"이 사람은 우리 집안의 훌륭한 전술가야!" 공작은 건축기사를 가리키면서 아들에게 말했다.

그리고 또다시 전쟁, 보나파르트, 요즘의 장군들이며 정치가들에 대한 이야기로 옮아갔다. 노공작은 요즘의 정치가들은 모두 풋내기라 군사와 국사의 기초도 모른다고 확신하고 있었다. 또 보나파르트는 보잘것없는 프랑스인에 지나지 않지만 요행히도 그에게 대항할 포툠킨*이

---

* G. A. 포툠킨 타브리체스키(1739~1791). 러시아 군인이자 정치가. 흑해 함대를 창설했고, 러시아-터키 전쟁의 총사령관이었다.

나 수보로프 같은 인물이 없었기 때문에 성공한 데 불과하며, 또한 유럽에는 정치적인 난제나 전쟁 같은 것은 없고 꼭두각시 희극 같은 것이 있을 뿐인데, 요즘 사람들이 마치 큰일이라도 하는 척 연기하고 있다고 말했다. 안드레이 공작은 새로운 인물에 대한 아버지의 조소를 기꺼이 들으면서, 아버지를 계속 이야기하게 만들고 즐거운 듯 귀기울였다.

"지난 일은 모두 좋았던 것처럼 여겨지는 법이지만," 안드레이 공작은 말했다. "그러나 그 수보로프 장군 역시 모로가 던진 올가미에 걸려 벗어나지 못하지 않았습니까?*"

"누가 그런 말을 하더냐? 누가 그래?" 노공작은 외쳤다. "수보로프가!" 하고 그는 느닷없이 접시를 내던졌는데 티혼이 재빨리 받았다. "수보로프가!…… 이봐, 안드레이 공작, 잘 생각해봐. 쓸 만한 인물은 이 두 사람뿐이야, 프리드리히**와 수보로프…… 모로! 만약 수보로프의 손이 자유로웠다면 모로 따위는 당장 포로가 됐을 거다. 그러나 공교롭게도 수보로프의 어깨에는 호프스-크리크스-부르스트-시납스-라트*** 같은 것이 걸려 있었거든. 그 사람도 운이 나빴지. 너희도 가보면 호프스-크리크스-부르스트-라트라는 것이 어떤 건지 알게 될 거다! 수보로프 같은 사람도 손을 대지 못했는데 하물며 미하일 쿠투조프 따위가 당해낼 성싶으냐? 이봐 친구, 어림도 없다." 그는 말을 이었다.

---

* J. V. 모로(1763~1813). 프랑스 사령관. 후에 나폴레옹에게 추방당해 미국으로 망명했다. 1799년, 수보로프는 스위스 원정 때 모로에게 패했다.
** 올덴부르크 공작인 P. F. 루트비히를 말하는 듯함.
*** 오스트리아 최고군사위원회인 Hofkriegsrat를 부르스트(소시지)와 시납스(보드카)로 비꼰 것.

"너희가 그런 장군들을 앞세워 맞붙어봤댔자 보나파르트는 눈 하나 깜짝하지 않는다. 그러니까 한 편끼리 어울려서 서로 때려잡도록 프랑스 녀석들을 끌어들이지 않으면 안 돼. 독일인 팔렌*을 미국 뉴욕까지 보내 일개 프랑스인 모로를 불러들이다니.²³⁾" 그는 그해 러시아 군대에서 모로를 초빙한 것을 넌지시 비꼬면서 말했다. "희한한 일이야! 그래, 과연 포툠킨이나 수보로프, 오를로프 같은 사람들이 독일인이었더냐? 형제여, 천만에. 그러니까 너희가 모두 정신 나간 놈들이지. 그렇지 않으면 내가 노망했거나. 아무튼 너희는 너희 좋을 대로 해, 우리는 옆에서 구경이나 할 테니까. 그놈들 사이에서 보나파르트가 위대한 지휘관이 되어버렸다니! 흥……"

"저는 그의 전술이 모두 훌륭하다고 말씀드리는 것이 아닙니다." 안드레이 공작은 말했다. "그러나 아버지가 왜 그렇게 보나파르트를 비판하시는지 저는 이해할 수가 없습니다. 마음대로 조소하십시오, 하지만 보나파르트는 역시 위대한 장군입니다!"

"미하일 이바노비치!" 자기 존재에 대해 다들 이미 잊었기를 바라며 구운 고기를 열심히 먹고 있던 건축기사를 향해 노공작이 소리쳤다. "내가 자네에게 보나파르트는 위대한 전술가라고 이야기한 적이 있지? 그런데 이 사람도 그렇게 얘기하고 있군."

"그렇고말고요, 각하." 건축기사가 대답했다.

공작은 또다시 쌀쌀한 미소를 지었다.

"보나파르트는 행운을 타고났어. 아무튼 부하 병사들이 훌륭하니까

---

* F. P. 팔렌(1780~1863). 독일 귀족 출신 러시아 장군.

말이야. 게다가 그 녀석은 독일을 가장 먼저 쳤어. 독일을 치지 않은 건 게으름뱅이들뿐이거든. 이 세상이 시작된 이래 오늘날까지 독일은 모두에게 얻어맞았지만, 자기들이 누굴 친 적은 없어. 그저 자기들끼리 싸울 뿐이었지. 보나파르트는 그런 그들을 쳐서 영광을 차지한 거야."

이렇게 말하고 노공작은 보나파르트가 전쟁뿐만 아니라 정치에서도 과오를 저질렀다고 생각되는 일을 하나하나 지적하기 시작했다. 아들은 반박하지 않았으나, 설령 어떤 논증을 한다 해도 노공작과 마찬가지로 자기 의견을 바꿀 생각은 전혀 없어 보였다. 안드레이 공작은 반박하고 싶은 마음을 참으며 듣고 있었지만, 벌써 오랜 세월 시골에 틀어박혀 두문불출했던 늙은 아버지가 어떻게 최근 유럽의 군사적, 정치적 사정을 이렇게도 소상히 알고 또 비판할 수 있는지 놀라지 않을 수 없었다.

"너는 나 같은 늙은이는 문제의 진상을 알 턱이 없다고 생각하겠지?" 그는 이렇게 말을 맺었다. "하지만 난 훤히 알고 있다! 나는 밤에도 그저 잠만 자지는 않으니까. 자, 얘기해봐라, 대체 네가 말하는 그런 위대한 장군이 어디서, 어디서 그런 수완을 발휘했단 말이냐?"

"그걸 이야기하자면 길어집니다." 아들은 대답했다.

"그래, 너의 보나파르트에게 가거라. *마드무아젤 부리엔, 여기 또 한 사람 당신네 비열한 황제의 숭배자가 있습니다!*" 그는 유창한 프랑스어로 소리쳤다.

"*제가 보나파르트파가 아니란 걸 아시잖아요, 공작.*"

"'*언제 돌아오시려나 아는 이 없네……*'" 공작은 가락이 맞지 않는 노래를 부르고, 그보다 더욱 가락이 맞지 않는 웃음소리를 내면서 식탁에서 물러났다.

몸집이 작은 공작부인은 논쟁을 하는 중에도, 그뒤 식사를 하는 중에도 계속 입을 다물고 때로는 공작영애 마리야를, 때로는 시아버지를 두려운 듯이 힐끔거렸다. 그리고 모두가 식탁에서 물러나자 시누이의 손을 잡고 다른 방으로 이끌었다.

"아버님은 어쩌면 그렇게도 총명하실까요." 그녀는 말했다. "아마도 그래서 나는 저 어른이 무서운 것 같아요."

"아녜요, 아버지는 정말 좋은 분이에요!" 공작영애는 말했다.

25

안드레이 공작은 이튿날 저녁에 출발할 예정이었다. 노공작은 이번에도 자기의 생활 규칙을 깨뜨리지 않고 점심을 마치자 자기 방으로 가버렸다. 몸집이 작은 공작부인은 시누이의 방에 있었다. 안드레이 공작은 견장이 달리지 않은 여행용 프록코트로 갈아입고, 자기에게 주어진 방에서 시종과 함께 짐을 꾸렸다. 그는 트렁크며 포장마차 등을 두루 살피고는 마차에 짐을 실으라고 일렀다. 방에는 안드레이 공작이 언제나 지니고 다니는 물건—손궤, 큼직한 은제 식기 가방, 터키제 권총 두 자루, 그리고 아버지가 오차코프*에서 가지고 와서 선물한 칼 한 자루—만 남아 있었다. 안드레이 공작은 이것들을 아주 가지런히 정

---

* 1787~1791년 러시아-터키 전쟁 때 수보로프의 공격으로 점령당했던 흑해 연안의 도시.

돈해두었다. 모두 새것처럼 깨끗했고, 두꺼운 모직 부대에 넣어 끈으로 잘 묶어두었다.

출발을 앞두고 생활에 변화가 일어날 때 자기 몸가짐을 신중하게 고려할 수 있는 사람은 흔히 진지한 사색에 젖어드는 법이다. 이런 때는 대체로 과거를 돌아보고 미래의 계획을 세운다. 안드레이 공작의 얼굴은 깊은 생각에 빠진 듯했으나 부드러웠다. 그는 뒷짐을 지고 앞을 바라보면서 방안을 구석구석 빠르게 거닐고, 머리를 끄덕거렸다. 전쟁에 나가는 것이 두려운 것인지, 아내를 두고 가는 것이 슬픈 것인지, 아마 둘 다이겠지만 지금의 이런 상황을 바라지 않는 것은 분명했다. 복도에서 발소리가 울리자 그는 급하게 손을 풀고 탁자 옆에 멈춰 서서 손궤의 덮개를 덮는 척하며 여느 때처럼 침착하고 헤아리기 어려운 표정을 지었다. 무거운 발소리는 공작영애 마리야의 것이었다.

"오빠가 짐을 실으라고 일렀다는 것을 듣고," 그녀는 숨을 헐떡거리면서 말했다(달려온 것 같았다). "난 오빠와 단둘이 이야기하고 싶었어요. 앞으로 또 얼마나 헤어져 있어야 할지 모르잖아요. 내가 와서 싫은 건 아니죠? 오빠는 많이 변했어요, 안드류샤*" 하고 그녀는 자기 물음에 대한 변명처럼 덧붙였다.

그녀는 '안드류샤'라는 말을 하며 미소를 지었다. 이 근엄한 미남이 마르고 장난꾸러기였던 어린 시절의 친구 안드류샤라고 생각하니 이상한 기분이 들었던 것이다.

"리즈는 어디 있니?" 그는 누이동생의 물음에 그저 미소로 대답하

---

* 안드레이의 애칭.

면서 물었다.

"언니는 완전히 지쳐서 내 방 소파에서 잠이 들었어요. 아아, 앙드레! 오빠는 정말 보물 같은 아내를 두었어요." 그녀는 그의 맞은편에 있는 소파에 앉으면서 말했다. "언니는 완전히 어린애예요, 정말 귀엽고 쾌활한 어린애요, 난 정말 언니가 좋아졌어요."

안드레이 공작은 대답하지 않았다. 그러나 공작영애는 오빠의 얼굴에 나타난 비웃고 멸시하는 듯한 표정을 읽었다.

"사소한 결점은 너그럽게 봐주어야 해요. 결점이 없는 사람은 없잖아요, 앙드레! 언니가 상류사회에서 자라고 길들었다는 걸 잊으면 안 돼요. 지금 언니의 상황은 결코 장밋빛이 아니에요. 어떤 경우든 그 사람의 입장에서 생각해줘야 하는 거예요. *모든 것을 이해하는 사람은 모든 것을 용서하는 법이니까요.* 오빠, 생각해봐요, 지금까지 길들었던 생활을 버리고, 남편과 헤어지고, 저런 몸으로 홀로 시골에 남는 언니 마음이 어떻겠어요? 너무나 괴로울 거예요."

안드레이 공작은 누이동생을 바라보며, 뱃속까지 다 들여다보이는 사람의 말을 들을 때 자기도 모르게 짓게 되는 미소를 짓고 있었다.

"너도 시골에서 살고 있지만 이 생활을 견딜 수 없다고 생각하지는 않잖니." 그는 말했다.

"나는 별문제예요. 나에 관해서는 얘기할 것도 없어요! 나는 다른 생활은 바라지도 않고 또 바랄 수도 없어요. 나는 다른 생활은 전혀 모르니까요. 하지만 앙드레, 생각해봐요, 상류사회에서 자란 젊은 여자가 꽃다운 나이에 시골에 혼자 떨어져서 산다는 것이 어떤 것일지, 더군다나 아버지는 언제나 일을 하시고, 또 나는…… 오빠도 알겠지만…… 나는 상류사회에 익숙한 여자에게는 참으로 *재미없는*, 보잘것없는 인간이어서 말이에요. 물론 *마드무아젤 부리엔은*……"

"그 여자는 딱 질색이다, 너의 그 *마드무아젤 부리엔은*." 안드레이 공작은 말했다.

"어머나, 그렇지 않아요! 그녀는 정말 사랑스럽고 친절하고, 그리고 무엇보다도 불쌍한 아가씨예요. 그녀에게는 아무도, 정말 피붙이 하나 없어요. 사실 내게 그녀는 필요 없을 뿐만 아니라 도리어 귀찮을 정도죠. 오빠도 알다시피 난 언제나 사람을 좋아하지 않았지만, 지금은 더욱 그래요. 난 혼자 있는 것이 좋아요…… 아버지는 그녀를 정말 귀여워하세요. 그녀와 미하일 이바니치, 이 두 사람한테는 늘 친절하고 부드럽게 대해주세요. 그건 그들이 아버지의 은혜를 입고 있기 때문이죠. 스턴*이 말했던 것처럼 '우리는 남에게 받은 선행이 아니라 남에게 베푼 선행 때문에 남을 사랑하는' 것이니까요. 아버지는 고아가 된 그녀를 길에서 데려오셨고, 그녀는 정말 마음이 고운 아가씨예요. 아버지는 그녀의 낭독을 좋아하세요. 그래서 매일 저녁 그녀에게 책을 읽어달라고 하시죠. 정말 잘 읽거든요."

"글쎄, 하지만 *마리*, 솔직히 말해서 너도 아버지의 그런 성격 때문에 이따금 괴로울 때가 있지?" 안드레이 공작이 별안간 물었다.

공작영애 마리야는 이 물음에 처음에는 얼떨떨했으나, 나중에는 깜짝 놀랐다.

"내가요?…… 내가요?! 내가 괴로울 때가 있다고요?" 그녀는 되물

---

* 로런스 스턴(1713~1768). 영국 작가. 톨스토이가 번역하기도 한 『센티멘털 저니』 등을 썼고, 톨스토이의 초기 문학적 경험, 특히 「유년 시절」 집필에 영향을 주었다.

었다.

"아버지는 언제나 완고하셨지만 요즘은 더 그러신 것 같아서 말이야." 안드레이 공작은 일부러 이처럼 가볍게 아버지를 비평함으로써 누이동생을 얼떨떨하게 하거나 시험하려는 것 같았다.

"앙드레, 오빠는 누구에게나 좋은 사람이에요. 하지만 생각에 오만한 데가 있어요." 공작영애는 대화의 진행보다 자기 생각의 흐름을 더 듣는 것처럼 말했다. "그건 크나큰 부덕이에요. 그렇게 아버지를 비평할 수 있는 일일까요? 아니, 설사 할 수 있다고 하더라도 우리 아버지 같은 사람은 존경 이외의 다른 감정은 불러일으킬 수 없는 분이라고 생각해요. 나는 아버지와 함께 사는 것이 행복하고 만족스러워요! 나는 당신들도 모두 나와 마찬가지로 행복하기를 바랄 뿐이에요."

오빠는 믿을 수 없다는 듯이 고개를 저었다.

"오직 한 가지 내게 괴로운 것은, 사실대로 말하면 앙드레, 종교에 관한 아버지의 사고방식이에요. 그처럼 대단한 지성을 가지신 분이 어째서 대낮처럼 분명한 것을 보지 못하고 사로邪路에서 헤매시는지 도무지 이해되지가 않아요. 군이 불행이라면 오직 이것 하나예요. 하지만 그것도 요즘은 차차 좋아지고 있는 것 같아요. 요즘에는 아버지의 조소도 그다지 지독하지 않고, 자주 만나서 오랫동안 이야기를 나누시는 수도사도 한 분 계실 정도니까요."

"그러나 누이야, 내가 걱정하는 건 너나 그 수도사가 괜한 일에 쓸데없이 힘을 소모하고 있지 않나 하는 거야." 안드레이 공작은 빈정거리는 듯하면서도 부드럽게 말했다.

"아, 오빠. 나는 다만 하느님께 기도하고, 언젠가는 내 목소리가 하느님의 귀에 닿길 기쁜 마음으로 기대할 뿐이에요, 앙드레." 잠시 침묵하다가 그녀는 수줍은 듯이 말을 이었다. "오빠에게 큰 부탁이 있어요."

"뭔데, 누이야?"

"아녜요, 그 전에 먼저 거절하지 않겠다고 약속해줘요. 이건 오빠에게 조금도 힘든 일이 아니고, 또 오빠 인격에 관계되는 일도 아니니까요. 그저 나를 위로한다고 생각하면 되는 일이에요. 약속해줘요, 안드류샤." 그녀는 손가방 속에 손을 넣고 뭔가를 잡았으나 꺼내지는 않고 말했다. 그녀가 쥐고 있는 것이 그 부탁의 대상물이고, 부탁을 들어준다는 약속을 받기 전에는 그 뭔가를 절대로 꺼내지 않으려는 듯했다.

그녀는 머뭇거리며 애원하는 듯한 눈빛으로 오빠를 바라보았다.

"그것이 몹시 힘든 일이라면 곤란하겠지만……" 그것이 무엇인지 대충 알아차린 것처럼 안드레이 공작은 대답했다.

"마음대로 생각해도 좋아요! 나는 오빠가 *아버지*와 똑같다는 걸 알고 있거든요. 그러니까 어떻게 생각해도 상관없지만, 나를 위해서 이것만은 해줘요. 제발, 해줘요! 이것은 아버지의 아버지, 그러니까 할아버지가 어느 전쟁에나 지니고 나가셨던 거예요……" 그녀는 이렇게 말하면서도 아직도 손가방 속에서 쥐고 있는 것을 꺼내지 않았다. "그럼 오빠는 약속해주는 거죠?"

"물론이지, 도대체 뭔데?"

"앙드레, 나는 이 성상으로 오빠를 축복해주고 싶어요. 절대로 이것을 몸에서 떼어버리지 않겠다고 약속해줘요…… 약속해줄 거죠?"

"그것이 2푸드*나 돼서 목이 빠질 것 같지만 않다면…… 너를 만족시키기 위해서……" 하고 말했으나 그 순간 이 농담에 누이동생의 얼굴에 갑자기 슬픈 표정이 나타나는 것을 알아채고 그는 후회했다. "정말 기쁘다. 진심이야, 정말 기뻐, 누이야" 하고 그는 덧붙였다.

"오빠가 원하지 않더라도 하느님이 오빠를 구해주시고, 자비를 베푸셔서 오빠의 영혼을 하느님에게로 이끌어주실 거예요. 오직 하느님 안에서만 진리와 평안이 있으니까요." 흥분한 나머지 떨리는 목소리로 말하고 그녀는 타원형의 낡은 구세주 성상을 정중하게 두 손에 받들어 오빠에게 내밀었다. 거무스름해진 얼굴의 구세주는 은실로 짠 성의를 입고 있고, 섬세하게 세공한 은사슬에 매달려 있었다.[24]

그녀는 성호를 긋고 성상에 입을 맞춘 뒤 안드레이에게 건넸다.

"제발, 앙드레, 나를 위해서……"

그녀의 큰 눈에 선하고 수줍은 빛이 반짝였다. 이 눈은 그녀의 병자 같고 야윈 얼굴을 밝고 아름다워 보이게 했다. 오빠가 성상을 잡으려고 하자, 누이동생은 그것을 제지했다. 안드레이 공작은 그 의미를 알아채고는 성호를 긋고 성상에 입을 맞추었다. 그의 얼굴은 부드럽기도 하고(감동했던 것이다), 비웃는 것 같기도 했다.

"고마워요, 오빠."

그녀는 오빠의 이마에 키스하고 다시 소파에 앉았다. 그들은 잠시 말이 없었다.

"아까도 이야기했지만 앙드레, 제발 전처럼 친절하고 너그러운 마음을 가져줘요. 리즈에게 너무 심하게 대하지 마요." 그녀는 말을 꺼냈다. "언니는 정말 착하고 친절한 사람이에요. 게다가 지금 몹시 괴로운

* 러시아의 옛 무게 단위로, 1푸드는 16.38킬로그램.

상황이니까요."

"마샤*, 나는 지금까지 네게 내 아내를 비난하거나 아내에 대한 불만을 얘기한 적이 없었는데, 왜 그런 말을 하지?"

공작영애 마리야는 얼룩덜룩하게 얼굴을 붉히더니 자기의 잘못을 느낀 것처럼 입을 다물었다.

"나는 네게 아무것도 얘기하지 않았어. 그런데 벌써 네게 얘기한 사람이 있나보구나. 나는 그것이 서글프다."

붉은 얼룩이 공작영애 마리야의 이마와 목과 볼에 한층 심하게 번졌다. 그녀는 무슨 말인가 하고 싶었지만 말이 나오지 않았다. 오빠는 이렇게 짐작했다. 몸집이 작은 공작부인은 식사가 끝난 뒤 자기의 해산이 불행할 것 같아 무섭다고 마리야에게 이야기했을 것이고, 자신의 운명에 대해, 시아버지와 남편에 대해 울면서 하소연했을 것이다. 그러고는 잠이 들었을 것이다. 안드레이 공작은 누이동생에게 미안한 마음이 들었다.

"마샤, 이것만은 말해두고 싶어. 나는 무슨 일이 있어도 내 아내를 비난할 수 없고, 비난한 적도 없으며, 앞으로도 절대 비난하지 않을 거야. 그리고 아내와 관련된 어떤 점에서도, 내가 나 자신을 비난할 수도 없어. 그건 내가 어떠한 경우에 놓이더라도 언제나 마찬가지일 거야. 그러나 만약 네가 진실을 알고 싶다면…… 말하자면 내가 행복한지 어떤지 알고 싶다면, 나는 아니야. 그럼 아내는 행복할까? 역시 아니야. 무엇 때문일까? 그건 나도 모르지만……"

---

* 마리야의 애칭.

그는 말하고 일어나서 누이동생에게 다가가 몸을 구부리고 이마에 키스했다. 그의 아름다운 두 눈은 한층 더 총명하고 부드럽게 빛났지만, 그가 바라본 것은 누이동생이 아니라 그 머리 너머 열린 문 밖의 어둠이었다.

"그녀한테 가자, 작별 인사를 해야지. 아니, 네가 먼저 가서 좀 깨워주지 않겠니, 곧 뒤따라갈게. 페트루시카!" 그는 시종을 불렀다. "이리 와서 정리해주게. 이건 좌석 쪽으로, 이건 오른쪽으로."

공작영애 마리야는 일어나서 문으로 향하다가 발을 멈췄다.

"앙드레, 만약 오빠에게 신앙이 있었다면, 오빠는 틀림없이 신께 사랑을 베풀어주십시오, 제가 느끼지 못하는 사랑을 베풀어주십시오 하고 기도드렸을 거예요. 그리고 그 기도의 응답을 받았을 거고요."

"하지만 어떻게 그런 일을!" 안드레이 공작은 말했다. "먼저 가라, 마샤, 나도 곧 갈 테니까."

누이동생의 방으로 가는 도중 두 채를 잇는 복도에서 안드레이 공작은 귀여운 미소를 짓고 있는 *부리엔* 양과 딱 마주쳤다. 그녀는 오늘 이것으로 벌써 세 차례나 아무도 없는 복도에서 그와 마주쳤는데, 그때마다 기쁨에 찬 천진한 미소를 지었다.

"*어머나! 저는 방에 계신 줄 알았어요.*" 왜 그런지 얼굴을 붉히고 눈을 내리뜨면서 그녀는 말했다.

안드레이 공작은 그녀를 엄하게 쏘아보았다. 안드레이 공작의 얼굴에는 불현듯 분노가 어렸다. 그가 아무 말도 하지 않고 그녀의 눈이 아니라 이마와 머리를 자못 멸시하는 듯이 바라보았기 때문에 프랑스 처녀는 얼굴을 붉히고 말없이 지나쳐야 했다. 그가 누이동생의 방으로 갔을 때 공작부인은 이미 잠에서 깨어 있었고, 서둘러서 계속 이어 말하는 그녀의 명랑한 목소리가 열린 문 안에서 들려왔다. 오랫동안 참고 있다가 잃어버린 시간을 한꺼번에 되찾으려는 듯 그녀는 끊임없이 종알댔다.

"아녜요, 글쎄 생각 좀 해보세요. 그 주보프 노백작부인은 마치 자기 나이를 스스로 비웃기라도 하는 것처럼 곱슬머리 가발에 의치까지 하고…… 호호호, 마리."

그 노백작부인에 대한 같은 말, 같은 웃음을 안드레이 공작은 벌써 네댓 번이나 다른 사람이 있는 자리에서 아내의 입을 통해 들었었다. 그는 조용히 방으로 들어갔다. 통통하고 혈색 좋은 공작부인은 뜨갯감을 들고 안락의자에 앉아 페테르부르크의 추억이며, 부질없는 남의 말까지 끄집어내면서 쉴새없이 말하고 있었다. 안드레이 공작은 그녀에게 다가가 머리를 쓰다듬으면서 여독은 좀 풀렸느냐고 물었다. 그녀는 대답하더니, 하던 이야기를 계속했다.

여섯 필의 말이 끄는 사륜포장마차가 현관 앞 마차 대는 곳에 서 있었다. 바깥은 어두운 가을밤이었다. 마부에게는 마차의 끌채도 보이지 않았다. 입구 층층대에는 각등을 든 사람들이 서성거리고 있었다. 커다란 창문에서 새어나오는 빛이 거대한 저택을 환히 밝히고 있었다. 현관방은 젊은 공작에게 작별 인사를 하려는 하인들로 붐볐고, 홀에는 미하일 이바노비치, 부리엔 양, 공작영애 마리야, 공작부인 등 식솔이 모두 모여 있었다. 안드레이 공작은 둘이서만 작별 인사를 하겠다는 아버지의 부름을 받고 서재로 갔다. 모두 두 사람이 나오기를 기다렸다.

안드레이 공작이 서재에 들어갔을 때 노공작은 돋보기안경을 쓰고,

아들 이외에 다른 사람 앞에서는 절대 입지 않는 흰 잠옷 차림으로 책상 앞에 앉아 뭔가를 쓰고 있었다. 그가 돌아보았다.

"이제 가니?" 하고 그는 또다시 쓰기 시작했다.

"작별 인사를 드리러 왔습니다."

"여기에 키스해라." 그는 한쪽 볼을 가리켰다. "고맙다, 고마워!"

"왜 제게 고맙다고 말씀하시는 겁니까?"

"네가 출발을 늦추지 않고, 여자 치맛자락에 싸여 있지 않기 때문이다. 무엇보다 근무가 우선이지. 고맙다, 고마워!" 그러고는 긁는 소리를 내며 펜촉에서 잉크 방울이 튈 정도의 기세로 계속해서 썼다. "필요한 게 있으면 말해라. 나는 두 가지 일을 동시에 할 수 있으니까" 하고 그는 덧붙였다.

"아내 말입니다만…… 아내를 아버지에게 맡기고 가는 것이 죄송해서……"

"쓸데없는 소리! 필요한 말만 해라."

"아내가 해산할 때가 되면 모스크바로 사람을 보내 산부인과 의사를 불러주십시오…… 그가 여기에 있을 수 있도록."

노공작은 손을 멈추고, 이해되지 않는다는 듯이 엄한 눈으로 아들을 쳐다보았다.

"자연이 도와주지 않는다면 누구도 도울 수 없다는 것을 저도 알고 있습니다." 안드레이 공작은 눈에 띄게 당황하며 말했다. "잘못되는 경우는 백만 명에 한 명꼴이라는 것도 알고 있지만, 저도 아내도 일종의 망상에 사로잡혀 있습니다. 게다가 아내는 다른 사람들에게서 이런저런 이야기를 듣고, 꿈까지 꾸었기 때문에 몹시 두려워하고 있습니다."

"음…… 음……" 노공작은 끝까지 쓰면서 중얼거리듯이 말했다. "그렇게 하마."

그는 서명을 하고 나서 갑자기 아들 쪽으로 몸을 돌리고 웃기 시작했다.

"잘 안되지, 응?"

"무엇이 말씀입니까, 아버지?"

"아내 말이다!" 노공작은 짧지만 의미심장하게 말했다.

"모르겠습니다." 안드레이 공작은 말했다.

"뭐 어쩔 수 없지," 노공작은 말했다. "여자란 다 그런 거야, 이제 와서 이혼을 할 수도 없지. 두려워할 것 없어, 나는 아무에게도 얘기하지 않겠다. 너 자신이 알겠지."

그는 작고 앙상한 손으로 아들의 팔을 잡아 흔들고는 꿰뚫어보는 듯한 눈으로 아들의 얼굴을 똑바로 들여다보고 또다시 그 쌀쌀한 미소를 지었다.

아들은 한숨을 내쉬고, 이 한숨으로 아버지가 생각한 그대로라는 것을 나타냈다. 노인은 편지를 접어 봉하면서 여느 때처럼 재빠른 손놀림으로 봉랍이며 봉인이며 종이를 집기도 하고 내던지기도 했다.

"어쩔 수 없지? 어쨌거나 그런 미인이라면! 내가 할 수 있는 건 다해줄 테니까, 안심해라." 그는 편지를 봉하면서 띄엄띄엄 말했다.

안드레이는 잠자코 있었다. 그는 아버지가 자기 마음을 알아준 것이 유쾌하기도 하고 불쾌하기도 했다. 노인은 일어서서 아들에게 편지를 건넸다.

"듣거라," 그는 말했다. "아내에 대해서는 걱정할 것 없다. 할 수 있는 건 다 해줄 테니까. 자, 이제 잘 듣거라. 이 편지는 미하일 일라리오 노비치에게 전해. 너를 부관으로 오래 붙들어두지 말고 좋은 자리로 보내달라고 썼다. 사실 좋은 자리는 아니지! 그 사람에게 이렇게 얘기해, 나는 지금도 그를 기억하고 좋아하고 있다고. 그가 너를 어떻게 대하는지 편지로 알려다오. 만약 좋으면 계속 근무해. 니콜라이 안드레예비치 볼콘스키의 아들은 누구 밑에서건 남의 동정으로 근무하는 일이 있어서는 안 된다. 자, 이제 이리 오렴."

그는 언제나처럼 말을 절반만 발음하면서 재빠르게 말했지만, 아들은 익숙했으므로 잘 알아들었다. 그는 아들을 사무용 큰 책상으로 데리고 가서 뚜껑을 열고 서랍을 잡아당겨 크고 길고 눌러 쓴 그의 필적이 있는 노트를 꺼냈다.

"틀림없이 나는 너보다 먼저 죽을 것이다. 이건 내 비망록인데, 내가 죽으면 명심해서 폐하께 올리도록 해라. 그리고 이건 증권과 편지인데, 수보로프 전사戰史를 쓴 사람에게 줄 상금이니까 아카데미에 보내면 된다. 이건 내 잡문을 모아놓은 것이다. 내가 죽으면 너 혼자 읽어보아라. 도움이 될 거야."

안드레이는 아버지에게 분명 오래 사실 거라고 말하지 않았다. 그런 말은 할 필요가 없다고 깨달았기 때문이다.

"모두 그대로 하겠습니다, 아버지." 그는 이렇게만 말했다.

"자, 그럼, 작별이구나!" 그는 아들에게 자기 손에 입을 맞추게 하고는 껴안았다. "안드레이 공작, 그런데 한 가지 기억해둘 게 있다. 네가 만약 전사한다면, 늘그막의 나는 몹시 가슴 아플 것이다……" 그는 갑자기 입을 다물었다가 돌연 고함치듯 말을 이었다. "그러나 네가 만약 니콜라이 볼콘스키의 아들답지 않은 행동을 했다는 것을 알게 된다면 나는…… 수치스러울 것이다!" 그는 날카로운 목소리로 외쳤다.

"그런 말씀은 하실 필요도 없습니다, 아버지." 아들은 미소지으며 말했다.

노인은 입을 다물었다.

"또 한 가지 부탁드릴 것이 있습니다." 안드레이 공작은 말을 이었다. "만약 제가 전사하고, 사내아이가 태어난다면, 어제 말씀드렸던 것처럼 아버지 곁에서 떼어놓지 마시고, 아버지 밑에서 자라게 해주십시오…… 부탁드립니다."

"아내에게 맡기지 말란 말이냐?" 노인은 말하고 껄껄댔다.

두 사람은 말없이 마주보고 서 있었다. 노인의 민첩한 시선이 아들의 눈을 똑바로 바라보았다. 노공작의 하관이 떨렸다.

"작별은 끝났다…… 가거라!" 그는 느닷없이 말했다. "가!" 그는 서재의 문을 열면서 화가 난 듯 크게 외쳤다.

"왜 그러세요, 무슨 일이에요?" 흰 잠옷에 돋보기안경을 쓰고 가발도 쓰지 않은 노인이 화가 난 듯 소리치면서 문 뒤에서 조그마한 몸을 내밀자, 공작부인과 공작영애가 안드레이 공작과 노공작의 얼굴을 번갈아 보며 물었다.

안드레이 공작은 한숨을 내쉴 뿐 아무 대꾸도 하지 않았다.

"자," 이윽고 그는 아내를 돌아보고 말했다. 이 '자'는 마치 '자, 이제는 너희가 익살을 부릴 차례다' 하고 말하는 듯이 냉랭한 조소를 담고 있었다.

"앙드레, 벌써요?" 창백하고 두려움에 찬 얼굴로 남편을 올려다보면서 몸집이 작은 공작부인은 말했다.

그는 아내를 껴안았다. 그녀는 외마디소리를 지르더니 정신을 잃고 남편의 어깨에 쓰러졌다.

그는 아내가 기댄 어깨를 가만히 빼고 그녀의 얼굴을 들여다보고는, 조심스럽게 안락의자에 눕혔다.

"잘 있어라, 마리." 그는 나직한 목소리로 누이동생에게 말하고, 서로의 손에 입을 맞춘 뒤 서둘러 방에서 나갔다.

공작부인은 안락의자에 누워 있고, 부리엔 양이 그녀의 관자놀이를 문질러주고 있었다. 공작영애 마리야는 올케를 부둥켜안은 채 눈물 젖은 아름다운 눈으로 안드레이 공작이 나간 문을 마냥 바라보면서 그를 위해 성호를 그었다. 화가 난 듯한 노인의 코 푸는 소리가 마치 총소리처럼 들리나 싶더니, 안드레이 공작이 나가자마자 서재 문이 벌컥 열리고 흰 잠옷 차림의 노인이 근엄한 모습을 드러냈다.

"떠났나? 그럼, 됐다!" 그는 정신을 잃은 몸집이 작은 공작부인을 화가 난 듯 힐끗 바라보며 말하고는, 나무라는 듯이 고개를 내젓고 문을 쾅 닫았다.

제2부

1

1805년 10월, 러시아 군대는 오스트리아 대공국의 도시와 마을을 점령하고, 또 러시아에서 새로운 부대가 도착해 주민들에게 부담을 주면서 브라우나우 요새 부근에 숙영하고 있었다. 브라우나우에는 총사령관 쿠투조프의 총사령부가 있었다.

1805년 10월 11일, 브라우나우에 막 도착한 보병 연대는 도시에서 반 마일 떨어진 지점에 머무르며 총사령관의 사열을 기다리고 있었다. 과수원, 돌담, 기와지붕, 멀리 보이는 산들의 지형과 모습이 러시아와 다르고 또 러시아 사람이 아닌 주민들이 신기한 듯이 바라보는데도 불구하고, 이 연대는 마치 러시아 한가운데 어딘가에서 사열 준비를 하는 여느 러시아 군대와 똑같은 모습이었다.

지난밤 행군의 마지막 행정行程을 하고 있을 때, 총사령관이 행군중인 연대를 사열한다는 명령이 하달되었다. 이 명령의 문구가 연대장에게는 분명치 않은 것 같아서 어떻게 해석해야 할지, 즉 행군 상태 그대로여도 괜찮은지 어떤지 하는 의문이 들었으나 인사는 모자라게 하느니 넘치게 하는 편이 낫다는 말을 좇아 역시 예장하고 사열을 받기로 대대장 회의에서 결정했다. 그래서 병사들은 30베르스타를 행군한 뒤에 밤새 뜬눈으로 닦고 수리하고, 부관들과 중대장들은 인원을 점검하고 정리했다. 그리하여 동틀 무렵 연대는 전날 밤 행군 때처럼 축 늘어진 무질서한 무리가 아니라 각자 위치와 임무를 알고, 군복 단추에서 벨트에 이르기까지 모든 것 하나하나가 전부 제자리에 있는, 청결하게 빛나는 2천 명의 질서정연한 대군을 이루고 있었다. 외관만 정돈한 것이 아니라 혹시 총사령관이 군복 밑을 들춰본다 하더라도 누구에게서나 한결같이 깨끗한 셔츠가 발견되도록 해놓았고, 모든 병사의 배낭에서 이른바 '바느질 도구와 세탁 도구'가 규정된 수량만큼 발견될 수 있도록 해놓았다. 다만 한 가지 누구도 안심할 수 없는 것이 있었다. 그것은 구두였다. 병사의 반수 이상이 닳아빠진 구두를 신고 있었다. 그러나 이것은 연대장의 과실이 아니라, 수차례 요청을 했는데도 오스트리아의 관할 당국이 교부해주지 않은데다가 연대가 이미 천 베르스타 이상을 행군했기 때문이었다.

연대장은 눈썹과 구레나룻이 희끗희끗하고 나이가 지긋한 다혈질의 건장한 장군으로, 어깨 너비보다 가슴과 등 사이가 더 넓을 정도였다. 그는 단정하게 주름이 잡힌 새 군복을 입고 두꺼운 금 견장을 달고 있었는데, 견장은 그의 살찐 어깨를 아래로 누르기보다 위로 치켜올리는 것처럼 보였다. 연대장은 자기 생애에서 가장 엄숙한 과업 중 하나를 행복한 기분으로 수행하는 것 같은 표정을 짓고 있었다. 그는 등을 약간 구부리고 대열 앞을 걸어다니면서, 한 발짝 뗄 때마다 몸을 흔들었다. 분명 그는 자기 연대에 경탄하고, 행복을 느끼며, 온 정신을 연대에만 쏟는 듯했지만, 몸을 흔드는 걸음걸이는 군대 외에 세속적인 흥미와 여자에 대한 관심도 적잖이 그의 마음을 차지하고 있다고 말해주는 것 같았다.

"자, 여보게, 미하일로 미트리치," 그는 한 대대장에게 말했다(대대장은 미소지으며 앞으로 나왔고, 분명 두 사람 다 기분이 좋은 것 같았다). "어젯밤에는 아주 혼이 났어. 하지만 우리 연대도 나쁜 편은 아닌 것 같은데…… 그렇지?"

대대장은 유쾌한 아이러니를 이해하고 웃음을 터뜨렸다.

"이만하면 차리친 루크*에 가더라도 쫓겨나지 않을 겁니다."

"뭐라고?" 연대장이 말했다.

이때 신호병이 배치되어 있는 도시로 통하는 도로에 말을 탄 두 사람이 나타났다. 부관과 그 뒤를 따르는 카자크 기병이었다.

부관은 어제의 명령 가운데 문구가 모호했던 부분을 연대장에게 확인해주기 위해 총사령부에서 파견되었는데, 총사령관이 바라는 것은 연대가 행군해온 그대로의 상태, 즉 외투를 입고 무기에 차폐물을 씌운 채 어떤 준비도 하지 않은 상태를 보는 것이라고 했다.

그것은 전날 밤 빈에서 군사위원회 의원이 쿠투조프 총사령관을 찾아와서 될 수 있는 대로 빨리 페르디난트 대공**과 마크 장군***의 군대

---

* 페테르부르크 도심에 있는 열병식 등이 행해지는 광장. 지금의 마르스 광장.
** 카를 요제프 페르디난트(1782~1850). 1805년 울름 근교의 오스트리아 총사령관.

와 합류할 것을 제의하고 요구했기 때문인데, 쿠투조프는 이 연합을 유리하다고 보지 않았으므로 자기 의견을 관철시키는 데 필요한 증거의 하나로서, 러시아에서 온 군대가 얼마나 비참한 상태인지 오스트리아 장군들에게 보이려고 했던 것이다. 이러한 목적으로 연대를 맞으러 가려고 했기 때문에 총사령관에게는 연대의 상태가 나쁠수록 좋은 셈이었다. 부관은 이런 자세한 사정까지는 몰랐지만 어쨌든 병사들에게는 반드시 외투를 입히고 무기에는 차폐물을 씌우라는 총사령관의 요구를 연대장에게 전하고, 그대로 실행하지 않는다면 총사령관이 불만스러워할 거라고 덧붙였다.

이 말을 듣자 연대장은 고개를 떨어뜨리고 말없이 어깨를 들먹이더니 두 팔을 신경질적으로 벌렸다.

"엉뚱한 짓을 해버렸군!" 그는 말했다. "미하일로 미트리치, 그러니까 내가 말하지 않았나, 행군중이니까 외투를 입은 채라고." 그는 비난하듯이 대대장을 돌아보았다. "아아, 야단났군!" 하고 덧붙이고 그는 단호한 태도로 앞으로 나섰다. "중대장 집합!" 그는 호령에 익숙한 목소리로 외쳤다. "상사들을 집합시켜!…… 금방 오실까요?" 그는 자못 공손한 표정을 지으며 부관에게로 얼굴을 돌렸는데, 이 표정은 분명 방금 그가 입에 올렸던 사람에 대한 것이었다.

"한 시간 뒤일 것 같습니다."

"옷을 갈아입을 틈이 있겠습니까?"

"모르겠습니다, 장군……"

*** K. M. 라이베리히(1752~1828). 오스트리아 장군.

연대장은 몸소 대열로 다가가서 다시 외투로 갈아입으라고 명령했다. 중대장들이 각자의 중대를 향해 뛰어가고, 상사들이 바삐 움직이기 시작하자(외투는 전혀 손질하지 않았으므로), 그때까지 질서정연하고 고요하던 네모꼴의 대열이 갑자기 흩어지고 길게 늘어지더니 떠들썩한 소리가 일었다. 사방팔방에서 병사들이 뛰어 오가고, 등에 멘 배낭에서 어깨를 빼 머리 위로 넘겨 외투를 꺼내고 두 팔을 높이 쳐들어 소매에 끼워넣었다.

삼십 분 뒤 모든 것은 다시 이전의 질서를 회복했지만, 검었던 네모꼴이 회색으로 바뀌었을 뿐이었다. 연대장은 다시 그 몸을 흔드는 걸음걸이로 대열 앞으로 나아가 먼발치에서 둘러보았다.

"저건 뭔가? 저건 또 뭐야?" 그는 갑자기 발을 멈추고 외쳤다. "제3중대장을 불러……"

"제3중대장님, 장군께서 부르십니다! 중대장님, 장군께서 부르십니다. 제3중대는 중대장께로……" 하는 소리가 대열 사이에서 들리고, 부관도 이 꾸물거리는 장교를 찾으러 달려갔다.

있는 힘을 다해 부르는 소리가 나중에는 "장군을 제3중대로"라고 잘못 전해지면서 겨우 본인의 귀에 이르고, 부름을 받은 장교가 중대 뒤에서 나타났다. 꽤 나이가 든데다가 뛰는 것에 익숙하지 않은 사내가 어색하게 다리를 휘청거리면서 장군 앞으로 달려왔다. 이 대위의 얼굴에는 배우지 않은 문제를 질문받은 학생 같은 불안한 표정이 떠올라 있었다. 빨간 코(무절제한 생활 때문인 게 분명한)의 얼굴은 얼룩얼룩해지고, 입은 가만있질 못했다. 대위가 숨을 헐떡이고 보폭을 줄이면서 가까이 달려오자 연대장은 그를 머리끝부터 발끝까지 훑어보았다.

"자네는 이제 병사들에게 사라판*이라도 입힐 작정인가! 저건 뭔가?"
제3중대의 다른 병사들과 다른, 공장제 나사羅紗 외투**를 입은 한 병사를 턱으로 가리키면서 연대장은 소리쳤다. "자네는 대체 어디 있었나? 총사령관을 기다리고 있는 마당에 자기 부서를 이탈했나? 엉?…… 사열 때 병사들에게 카자크 외투 같은 걸 입히는 게 어떤 것인지 내가 가르쳐줄까!…… 엉?!"

중대장은 연대장에게서 눈을 떼지 않은 채, 오직 이것에 구원의 길이 있다는 듯 두 손가락을 모자의 차양에 더 꾹 댔다.

"이봐, 왜 대답이 없나? 도대체 자네 중대에서 헝가리인처럼 입고 있는 녀석은 누군가?" 연대장은 엄한 어조로 빈정거렸다.

"각하……"

"뭐가 '각하'야? 각하! 각하! 도대체 각하가 뭘 어쨌다는 건지 모르겠군."

"각하, 저자는 강등된 돌로호프입니다……" 대위는 조용히 말했다.

"그래, 강등돼서 원수라도 됐나? 아니면 졸병이 됐나? 졸병이 됐다면 다른 사람과 같은 군복을 입고 있어야 할 게 아닌가."

"각하, 각하께서 행군중에 허가하신 일입니다."

"허가? 허가했다고? 자네들 젊은 녀석들은 언제나 그렇지." 다소 냉정을 찾으면서 연대장은 말했다. "허가했다고? 무슨 말만 하면 자네들은……" 연대장은 잠시 입을 다물었다. "무슨 말만 하면 자네들은…… 어쨌단 말인가?" 또다시 화를 내면서 그는 계속했다. "규정된

---

* 긴 점퍼스커트 형태의 러시아 여성용 전통 의상.
** 병사는 회색, 장교는 푸른색 외투를 입었다.

복장을 갖추게 하게……"

연대장은 이렇게 말하고 부관 쪽을 돌아보면서 몸을 흔드는 걸음걸이로 연대 쪽으로 걸어갔다. 그는 자기가 화낸 사실이 만족스러운 듯 연대를 돌아다니며 더 화낼 구실을 찾으려는 것 같았다. 그는 한 장교에게는 기장을 닦지 않았다고 나무라고, 또다른 장교에게는 대열이 반듯하지 않다고 나무란 뒤 제3중대로 다가갔다.

"서, 서 있는 꼴이 왜 이런가? 발을 어디다 두고 있어? 발을 어디다!" 푸르스름한 외투를 입은 돌로호프까지 아직 다섯 명을 남겨놓고 연대장은 목소리에 괴로운 심사를 담아 외쳤다.

돌로호프는 굽혔던 다리를 천천히 펴고, 맑고 오만한 눈으로 장군의 얼굴을 똑바로 바라보았다.

"어째서 푸른 외투를 입고 있나? 벗어라!…… 상사! 외투를 갈아입혀…… 쓰레기 같은 놈……" 그는 말을 끝맺지 못했다.

"각하, 저는 명령을 실행할 의무는 있지만, 참을 의무는 없습니다……" 돌로호프는 재빨리 말했다.

"대열 속에서는 말하는 게 아니다!…… 말하는 게 아니야, 말하는 게 아니라니까!……"

"모욕을 참을 의무는 없습니다." 크게 울리는 목소리로 돌로호프는 말을 맺었다.

순간 장군과 병사의 눈이 마주쳤다. 장군은 입을 다물고, 단단히 매어진 견장을 화가 난 듯이 밑으로 잡아당겼다.

"외투를 갈아입게, 부탁이네." 그 자리를 떠나면서 그는 말했다.

2

"오십니다!" 이때 신호병이 소리쳤다.

연대장은 얼굴을 붉히며 말 옆으로 달려가 떨리는 두 손으로 등자를 붙잡고 몸을 던지듯 말에 올라타 자세를 바로잡고, 칼을 빼들며 행복하고 단호한 표정으로 입을 옆으로 일그러뜨리며 호령할 준비를 했다. 연대는 날개를 파닥여 몸을 안정시키려는 새들처럼 술렁거렸으나 곧 가라앉았다.

"차려어엇!" 연대장은 혼을 뒤흔드는 것 같은, 자기에게는 즐겁고, 연대에게는 엄격하고, 마차를 타고 다가오는 상관에게는 환영의 뜻을 나타내는 목소리로 호령했다.

포장되지 않은 넓은 가로숫길 저편에서 두 줄의 말이 끄는 하늘색 높다란 빈Wien식 사륜포장마차가 가볍게 스프링 소리를 내며 빠르게 달려왔다. 마차 뒤에서는 수행원들과 크로아트인* 기병 호위대가 말을 달리고 있었다. 쿠투조프 옆에는 오스트리아 장군이 앉아 있었는데, 그의 하얀 군복이 러시아 병사들의 검은 옷과 묘한 대조를 이루었다. 마차는 연대 앞에서 멈췄다. 쿠투조프와 오스트리아 장군은 나직한 목소리로 이야기를 나누고 있었다. 쿠투조프는 마차 발판에 육중하게 발을 내디디며 가볍게 미소지었다. 숨을 죽이고 그와 연대장을 응시하는 2천 명의 병사는 안중에도 없는 듯했다.

호령 소리가 울려퍼지자 다시금 연대는 잘가닥잘가닥 소리를 내고

---

* 오스트리아의 크로아티아인을 뜻하는 독일어.

진동하면서 받들어총을 했다. 죽음과도 같은 정적 속에서 총사령관의 희미한 목소리가 들렸다. 연대는 "각하의 건강을 빕니다!" 하고 외친 뒤 다시금 완전히 조용해졌다. 연대가 동요하는 동안 쿠투조프는 한자리에 서 있었으나, 이윽고 수행원들을 거느리고 하얀 군복의 장군과 함께 대열 사이를 걸어가기 시작했다.

연대장은 총사령관의 얼굴에 두 눈을 못박은 채 허리를 반듯이 펴고 조심스럽게 다가가 경례를 하는 태도나, 몸을 앞으로 구부리고 그 몸을 흔드는 걸음걸이를 간신히 억누르면서 장군들 뒤에서 대열 사이를 돌아다니는 모습이나, 총사령관의 말 한마디 동작 하나에 굽실거리며 뛰어가는 품으로 보아 분명 상관으로서보다는 부하로서의 의무를 수행하는 데 더 큰 기쁨을 느끼는 듯했다. 연대장의 엄격함과 노력 덕택에 연대는 브라우나우 쪽에 같이 도착한 다른 연대에 비해 상태가 훨씬 양호했다. 낙오병과 부상병은 217명에 불과했다. 그리고 구두를 빼놓고는 모든 것이 정비되어 있었다.

쿠투조프는 대열 사이를 다니면서 이따금 발을 멈추고 터키 전쟁 때 얼굴을 익힌 장교나 때로는 병사에게까지 몇 마디 부드럽게 말을 건넸다. 그는 병사들의 구두를 바라보고 몇 번인가 침울한 표정으로 고개를 저었으나 딱히 누구를 나무라지는 않고, 이 비참한 상태가 눈에 걸린다는 표정으로 오스트리아 장군에게 구두를 가리켜 보였다. 연대장은 그럴 때마다 총사령관이 자기 연대에 관해 하는 말을 한마디라도 놓칠세라 앞으로 뛰어갔다. 쿠투조프의 뒤에는 그가 아무리 작게 말하더라도 알아들을 수 있을 정도의 거리를 두고 스무 명가량의 수행원이 따르고 있었다. 수행원들은 서로 이야기를 주고받고 때로는 웃기도 했다. 총사령관 가장 가까이에는 잘생긴 부관이 따르고 있었다. 그는 볼콘스키 공작이었다. 그와 나란히 가는 사람은 동료인 네스비츠키로, 아주 뚱뚱하고, 키가 훤칠한데다 호인답게 늘 웃는 잘생긴 얼굴에 촉촉한 눈을 가진 영관(領官)이었다. 네스비츠키는 자기 옆에 있는 가무잡잡한 경기병 장교가 유발하는 웃음을 간신히 참고 있었다. 경기병 장교가 연대장의 등에 눈을 고정한 채 웃지도 표정을 바꾸지도 않고 정색한 얼굴로 그의 몸짓을 일일이 흉내내고 있었던 것이다. 연대장이 몸을 흔들고 앞으로 구부릴 때마다 그도 똑같이 몸을 흔들고 앞으로 구부렸다. 네스비츠키는 킥킥거리면서 이 익살맞은 인간을 보라는 듯이 다른 사람을 쿡쿡 찔렀다.

쿠투조프는 눈알이 튀어나올 정도로 상관을 지켜보는 수천 개의 눈앞을 느릿느릿 활기 없이 걸어갔다. 제3중대 앞까지 오자 그는 문득 걸음을 멈췄다. 이 정지를 예상하지 못했던 수행원들은 총사령관에게 부딪힐 뻔했다.

"오, 티모힌!" 푸르스름한 외투 때문에 야단을 맞았던 코가 빨간 대위를 알아보고 쿠투조프가 말했다.

조금 전 연대장이 주의를 주었을 때, 티모힌은 그 이상 꼿꼿할 수 없을 만큼 몸을 세우고 있었다. 그런데 총사령관이 그에게 말을 걸자, 만약 총사령관이 조금 더 바라보았다면 도저히 견디지 못했을 만큼 그는 몸을 곧추세웠다. 쿠투조프는 그의 입장을 이해하고 이 대위를 편하게 해주려는 듯 얼른 얼굴을 돌렸고, 부은데다가 부상 때문에 흉한 쿠투조프의 얼굴에는 보일락 말락 미소가 스쳤다.

"이즈마일* 공격 때 전우야." 쿠투조프는 말했다. "용감한 장교지!

자네도 저 사람에게 만족하고 있나?" 쿠투조프는 연대장에게 물었다.

연대장은 경기병 장교가 마치 거울에 비치듯이 자기 동작을 그대로 흉내내고 있는지도 모르고 몸을 흔들면서 앞으로 나아가 대답했다.

"아주 만족하고 있습니다, 각하."

"결점 없는 사람은 없지만," 쿠투조프는 미소 띤 얼굴로 자리를 떠나면서 말했다. "저 사람은 바쿠스**에 대한 충성이 지나치지."

연대장은 그것도 자기 책임인가 하고 움찔하고 아무 대답도 하지 않았다. 이때 경기병 장교가 코가 빨갛고 배가 홀쭉한 대위를 보고 그의 표정과 자세를 흉내내자, 네스비츠키는 참지 못하고 웃음을 터뜨리고 말았다. 쿠투조프가 뒤를 돌아보았다. 이 장교는 자기 얼굴을 자유자재로 다룰 수 있는 듯, 쿠투조프가 돌아본 순간 어느 틈에 잔뜩 찌푸린 얼굴에 더없이 진지하고 공손하고 순진한 표정을 지었다.

제3중대가 마지막이었고, 쿠투조프는 분명히 뭔가를 상기하려는 듯이 생각에 잠겼다. 안드레이 공작이 수행원들 속에서 나와 프랑스어로 나직이 말했다.

"각하께서 이 연대에 있는 강등된 돌로호프에 대해 잊지 말고 말해달라고 명하셨습니다."

"돌로호프는 어디에 있나?" 쿠투조프는 물었다.

벌써 병사의 회색 외투로 갈아입은 돌로호프는 호출될 때까지 기다리지 않았다. 금발에 밝은 파란색 눈을 가진 균형잡힌 체격의 병사가 대열에서 나왔다. 그는 총사령관 앞으로 다가가 받들어총을 했다.

---

* 러시아-터키 전쟁 당시 터키의 요새가 있던 도시.
** 로마신화에 나오는 술의 신.

"무슨 청원이라도 있나?" 살짝 얼굴을 찡그리고 쿠투조프는 물었다.

"이 사람이 돌로호프입니다." 안드레이 공작이 말했다.

"아!" 쿠투조프는 말했다. "이번 일의 교훈이 자네를 바로잡아줄 거라 기대하네. 충실히 근무하도록. 황제 폐하는 자비로우신 분이다. 자네가 공적을 세운다면 나도 결코 자네를 잊지 않겠네."

밝은 파란색 눈은 연대장을 바라보았을 때와 마찬가지로 대담하게 총사령관의 얼굴을 바라보았고, 마치 그 표정으로 병사인 자신과 총사령관을 멀리 떼어놓고 있는 계급의 장벽을 무너뜨리려는 것 같았다.

"한 가지 청이 있습니다, 각하." 그는 잘 울리는 목소리로 단호하고 침착하게 말했다. "제 과오를 씻고, 황제 폐하와 러시아에 대한 충성을 증명할 기회를 베풀어주십시오."

쿠투조프는 얼굴을 돌렸다. 아까 티모힌 대위에게서 얼굴을 돌렸을 때와 똑같은 미소가 그의 눈에 스쳤다. 그는 얼굴을 돌리고 미간을 찌푸렸는데, 지금 돌로호프가 자기에게 한 말도, 또 자기가 돌로호프에게 할 수 있는 말도 모두 오래전부터 알고 있는 것이며, 이제 그런 것에는 넌더리가 나고 또 전혀 자기가 필요로 하는 것도 아니라는 것을 그 표정으로 나타내려는 것 같았다. 그는 몸을 돌려 포장마차 쪽으로 걸어갔다.

연대는 중대별로 나뉘어 브라우나우에서 그리 멀지 않은, 할당된 숙사로 향했다. 연대의 병사들은 숙사에 가면 구두며 옷을 갈아입고, 힘들었던 행군의 피로도 풀 수 있을 거라고 기대하고 있었다.

"나를 원망하고 있지는 않겠지, 프로호르 이그나티치!" 연대장은 목적지를 향해 가는 제3중대를 우회하면서, 그 선두에서 가고 있는 티모힌 대위 쪽으로 말을 가까이 몰고 가서 말했다. 연대장의 얼굴에는 열병이 무사히 끝난 데 대한 억누를 수 없는 기쁨이 떠올라 있었다. "이건 황제 폐하를 위한 복무니까…… 어쩔 수 없었어…… 대열 앞에서는 날카로워지기도 하니까…… 그러나 아무튼 내가 먼저 사과하지. 자네는 나를 잘 알지 않나…… 각하도 대단히 치하하셨어!" 하고 그는 중대장에게 손을 내밀었다.

"별말씀을 다 하십니다, 장군! 제가 어떻게 감히!" 대위는 대답하고 코를 붉히면서 미소지었는데, 그러자 이즈마일 전투에서 개머리판에 맞아 부러진 앞니 두 개의 빈자리가 드러났다.

"그리고 돌로호프에게도 전해주게, 나는 결코 그를 잊지 않을 테니 안심하라고. 그리고 또 한 가지 전부터 물어보려고 했는데, 그는 그후로 좀 어떤가? 태도나 다른 모든 것이……"

"근무 면에서는 굉장히 성실합니다, 각하…… 그러나 성질이 좀……" 티모힌이 말했다.

"뭐? 성질이 어떻다는 건가?" 연대장이 물었다.

"하루하루 변화무쌍합니다, 각하." 대위는 대답했다. "영리하고 교양 있고 친절합니다만, 때로는 꼭 짐승 같습니다. 폴란드에서는 하마터면 유대인 한 명을 죽일 뻔했습니다. 잘 아실 테지만……"

"음, 그렇지, 그래." 연대장은 말했다. "아무튼 불행한 청년이니까 가엾이 여겨주게. 대단한 연줄이 있고 말이야…… 그러니까 자네도……"

"알겠습니다, 각하." 상관이 희망하는 바를 잘 알고 있다는 것을 미소로 알리며 티모힌은 말했다.

"그래, 좋아, 좋아."

연대장은 대열에서 돌로호프를 찾아내자 말을 세웠다.

"첫 전투 때까지 참아라, 견장도." 그는 돌로호프에게 말했다.

돌로호프는 돌아보았으나 아무 말도 하지 않았고, 비웃는 듯한 엷은 미소를 띤 입가의 표정도 바꾸지 않았다.

"자, 이제 됐네." 연대장은 말을 이었다. "병사들에게 내 이름으로 보드카 한 잔씩 돌리게." 그는 병사들에게 들리도록 덧붙였다. "모두 수고했다! 무사히 끝나서 다행이야!" 그리고 그는 제3중대를 앞질러 다른 중대 쪽으로 갔다.

"그래, 우리 연대장은 정말 좋은 분이야. 저분하고라면 같이 복무할 수 있어." 티모힌은 자기 옆에서 걷던 하급 장교에게 말했다.

"한마디로 하트 카드입니다!……"(연대장은 하트 킹이라는 별명으로 불리고 있었다) 하급 장교는 웃으면서 말했다.

열병이 끝난 뒤 상관들의 한시름 놓은 기분은 병사들에게도 옮아갔다. 중대는 즐겁게 행군했다. 사방에서 말을 주고받는 병사들의 목소리가 들렸다.

"어째서 모두들 쿠투조프가 애꾸눈이니, 외눈박이니 하고 말했을까?"

"그건 그렇지 않나? 정말 애꾸눈이잖아!"*

"아냐…… 형제, 자네보다 정확해…… 구두에서 각반까지 죄다 보고 가셨단 말이야……"

"글쎄, 형제, 각하가 내 발을 힐끔 보시는데…… 아! 나는 정말……"

"게다가 그 오스트리아인, 각하와 함께 왔던 그 사람은 마치 분필을

---

* 쿠투조프는 애꾸눈이었다.

234

칠해놓은 것 같지 않던가? 밀가루처럼 하얀 것이. 무기 닦듯이 남을 시켜 몸을 닦아대나봐!"

"이봐 페데쇼우…… 각하가 언제 전투가 시작된다고 하시던가? 너는 바로 옆에 서 있었잖아. 브루노보에 부나파르트*가 있다고들 하지 않았느냔 말이야."

"부나파르트가 있다고? 허튼소리 하지 마, 바보야! 아무것도 모르면서! 프로이센 사람들이 반란을 일으켰기 때문에 오스트리아 사람들이 그걸 진압하려고 가 있는 거야. 그게 끝나면 부나파르트와의 전쟁도 시작되는 거라고. 그런데 브루노보에 부나파르트가 있다는 말을 하다니! 그러니까 바보라는 거지. 이봐, 좀더 똑똑히 듣고 와."

"빌어먹을 숙영계 녀석들! 저것 봐, 제5중대는 벌써 마을 쪽으로 돌고 있잖아. 이러다간 저 녀석들이 죽을 다 쒔을 때 우린 숙사에도 도착 못하겠어."

"건빵 내놔, 이 자식아."

"참, 어제 담배를 줬지? 알았다, 형제, 이젠 모른다."

"휴식이라도 좀 시켜주면 좋겠다, 먹지도 못하고 아직 5베르스타나 더 걸어야 하다니."[25]

"독일놈들이 포장마차를 보내주면 좋겠다. 그럼 이렇게 으스대며 타고 갈 텐데!"

"그건 그렇고, 형제, 이곳 녀석들은 모두 형편없어. 저쪽은 모두 폴란드인이고 전부 러시아 속령이었는데, 형제, 여기는 독일놈 천지잖아."

---

* 이 병사들은 보나파르트를 '부나파르트'라고 부르고 있다.

"합창대원, 앞으로!" 대위가 외치는 소리가 들렸다.

여기저기 대열에서 스무 명가량의 병사가 나와 중대 앞으로 뛰어갔다. 선창자인 고수鼓手가 합창대원들 쪽으로 얼굴을 돌리고 한 손을 획 젓자 "동이 트고, 해는 타오른다……"로 시작되어 "아아, 형제여, 아버지 카멘스키*와 우리에게 영광 있으라……"로 끝나는 느린 박자의 노래를 부르기 시작했다. 터키에서 만들어진 노래인데, 지금은 '아버지 카멘스키'를 '아버지 쿠투조프'로만 바꿔 이곳 오스트리아에서 한창 불리고 있었다.

마흔 살쯤 되어 보이는 마르고 잘생긴 고수는 이 마지막 소절을 군대식으로 잡아 찢는 듯이 내뱉고는 뭔가를 땅에 팽개치듯 두 손을 획 저었고, 엄격한 표정으로 합창대원들 쪽을 바라보며 실눈을 떴다. 그리고 모두의 시선이 자기에게 집중된 것을 확인하자, 눈에 보이지 않는 어떤 소중한 물건을 두 손으로 머리 위까지 조심스럽게 들어올려 이삼 초쯤 그대로 있다가 갑자기 그것을 필사적으로 내던지는 몸짓을 했다.

아, 그대는 나의 현관, 현관!

"나의 새 현관이여……" 스무 명의 목소리가 이어받았고, 로제치니크**들은 장비의 무게에도 아랑곳없이 민첩하게 앞으로 뛰어나와 중대

---

* M. F. 카멘스키(1738~1809). 7년전쟁과 러시아-터키 전쟁(1768~1774)에서 명성을 떨친 원수.
** 캐스터네츠와 유사하고 숟가락처럼 생긴 러시아 민속 악기인 로시카의 연주자.

의 선두에서 뒷걸음치며 어깨를 들먹들먹하기도 하고, 로시카로 누군가를 위협하는 시늉을 하기도 했다. 병사들은 군가의 박자에 맞춰 두 팔을 흔들고 저절로 발장단을 맞추면서 자유롭게 걸어갔다. 중대 뒤에서는 수레바퀴 소리, 스프링의 삐걱대는 소리, 말굽 소리가 들려왔다. 쿠투조프와 그의 수행원들이 마을로 돌아가는 참이었다. 총사령관은 병사들을 향해 계속 자유롭게 걸어가도 좋다는 신호를 보냈고, 군가 소리를 듣고 춤추는 병사나 즐거운 듯이 활기차게 행군하는 중대의 다른 병사들을 보자, 그의 얼굴에도 수행원들의 얼굴에도 만족스러운 표정이 떠올랐다. 포장마차가 추월해 가는 중대의 오른쪽 둘째 열에 있는 파란 눈의 병사 돌로호프가 무심코 눈에 들어왔다. 그는 군가의 박자에 맞춰 유독 활발하고 품위 있게 행진하면서 마차를 타고 지나가는 사람들을, 마치 이런 때 중대와 함께 걸어갈 수 없는 것이 가엾다는 듯한 표정으로 바라보았다. 쿠투조프의 수행원 중에서 연대장을 흉내냈던 경기병 소위보가 포장마차에서 떨어져 돌로호프에게 다가갔다.

경기병 소위보인 제르코프는 한때 페테르부르크에서 돌로호프를 우두머리로 하는 난폭자 패와 어울렸었다. 그는 외국에 온 뒤 일개 병사로 강등된 돌로호프를 본 적이 있었으나 굳이 알은체할 필요는 없다고 생각했다. 그러나 지금은 쿠투조프가 강등된 그와 말을 나눈 뒤였으므로 그도 옛 벗으로서 기쁜 듯이 말을 걸었다.

"여보게, 어떤가?" 군가 소리가 울려퍼지는 가운데 자기 말의 걸음을 중대의 보조에 맞추면서 그는 물었다.

"내가 어떠냐고?" 돌로호프는 냉담하게 대답했다. "보는 대로지."

우렁찬 군가는 제르코프의 친근하고 쾌활한 어조와 돌로호프의 짐짓 냉담한 대구에 특별한 의미를 부여했다.

"그래, 상관과는 사이가 어때?" 제르코프는 물었다.

"아무 문제 없어, 좋은 사람들이야. 그런데 자네는 어떻게 참모부로 가게 됐나?"

"파견된 거야, 당직을 하고 있네."

그들은 입을 다물었다.

"매를 날려보낸 오른쪽 소매에서." 어느덧 군가 소리는 활기차고 즐거운 감정을 불러일으키고 있었다. 이런 군가 소리 속에서 이야기하지 않았다면 그들의 대화는 아마 달라졌을 것이다.

"그런데 정말인가, 오스트리아군이 당했다는 것이?" 돌로호프는 물었다.

"알 게 뭐야. 그렇다는 소문이야."

"통쾌하군." 돌로호프는 군가가 요구하듯이 짧고 명료하게 대답했다.

"어떤가, 언제 밤에 한번 오지 않겠나? 파라온*이라도 하자고." 제르코프는 말했다.

"돈깨나 모았나?"

"오게."

"안 돼. 맹세했거든. 복관될 때까지는 술도 노름도 않겠다고."

"그럼 할 수 없군, 첫 공을 세울 때까지는……"

"뭐 이제 알게 되겠지."

다시 침묵이 흘렀다.

---

* 카드놀이의 일종.

"필요한 게 있으면 들르게, 참모부에서는 무엇이든 도와줄 수 있으니까……" 제르코프는 말했다.

돌로호프는 히죽 웃었다.

"공연한 걱정 말게. 필요한 게 있으면 남한테 부탁하지 않고 직접 얻겠네."

"아니, 뭐, 나는 그저……"

"그래, 나도 그저."

"그럼, 잘 가게."

"몸조심하게……"

    ……높고 멀리,
    내 고향을 향해……

제르코프는 말에 박차를 가했다. 말은 흥분해서 어느 발부터 내디뎌야 할지 모르는 듯 서너 번 발을 구르다가 몸을 가누고 군가의 박자에 맞춰 중대를 앞질러 마차를 뒤쫓으며 내달렸다.

3

사열을 마치고 돌아온 쿠투조프는 오스트리아 장군과 함께 자기 집 무실로 가서 부관을 부르더니, 속속 도착하고 있는 러시아군의 상황에 관한 몇 가지 서류와 전위대를 지휘하는 페르디난트 대공의 편지를 가져오라고 명령했다. 안드레이 볼콘스키 공작은 지시받은 서류들을 가지고 총사령관의 집무실로 들어갔다. 지도가 펼쳐진 탁자 앞에 쿠투조프와 오스트리아 군사위원회 의원이 앉아 있었다.

"아아……" 쿠투조프는 볼콘스키를 힐끗 보며 기다리라는 뜻을 전하고, 하던 이야기를 프랑스어로 이었다.

"내가 하고 싶은 말은 하나입니다, 장군." 쿠투조프는 한마디 한마디를 경청하게 만드는, 기분좋고 우아한 표현과 억양으로 천천히 말했다. 그 자신도 분명 만족스러운 기분으로 자기 말에 귀를 기울이고 있는 것 같았다. "내가 하고 싶은 말은 하나입니다, 장군. 만약 나 한 사람의 의사로 사태를 좌우할 수 있었다면 프란츠 황제 폐하*의 뜻은 벌써 오래전에 실행되었으리라는 겁니다. 즉 나는 이미 오래전에 대공에게 합류했을 겁니다. 내 명예를 믿어주십시오. 나보다 식견과 수완이 뛰어난 장군에게, 오스트리아에는 그런 분이 많이 계십니다만, 최고 지휘권을 넘겨주고 이 무거운 책임에서 벗어나는 것은 나 개인으로서도 기쁜 일입니다. 그러나 상황이 우리보다 더 강한 법이거든요, 장군."

그리고 쿠투조프는 '당신은 내 말을 믿지 않아도 될 권리가 있고, 나도 당신이 믿든 안 믿든 상관없습니다. 그러나 당신이 내게 내 말을 믿지 않는다고 말할 근거는 없습니다. 바로 그게 요점입니다'라고 말하는 듯한 표정으로 미소지었다.

오스트리아 장군은 불만스러운 듯이 듣고 있었으나, 이제까지와 같은 어조로 대답하지 않을 수 없었다.

---

* 오스트리아 황제 프란츠 1세.

"천만의 말씀입니다." 아부하는 듯한 말의 의미와는 달리 그의 어조에는 불만과 노기가 서려 있었다. "천만의 말씀입니다. 각하가 공동 작전에 참가해주시는 것을 우리 폐하께서도 높이 평가하고 계십니다. 그러나 현재와 같이 시간을 지체한다면, 명예로운 러시아 군대와 그 지휘관들이 전투에서 획득해온 월계관들을 잃게 될 뿐이라고 생각합니다" 하고 그는 분명 준비해온 듯한 문구로 말을 맺었다.

쿠투조프는 웃는 표정을 바꾸지 않고 머리를 숙였다.

"이것은 내 확신이기도 하고, 최근 페르디난트 대공 전하에게서 받은 편지로 봐도, 마크 장군 같은 노련한 참모가 지휘하고 있는 오스트리아군이 이번에 결정적인 승리를 거두리라는 것은 믿어 의심치 않기 때문에 더이상 우리의 원조는 필요하지 않다고 생각합니다." 쿠투조프는 말했다.

장군은 눈살을 찌푸렸다. 오스트리아군이 패했다는 확정적인 소식은 없었으나, 전체적으로 불리하다는 풍문을 밑받침할 사정은 너무 많았다. 따라서 오스트리아군이 승리하리라는 쿠투조프의 추측은 오히려 조롱처럼 들렸던 것이다. 그러나 쿠투조프는 여전히, 나는 이렇게 추측할 권리가 있다는 듯 부드럽게 미소지었다. 사실 그가 얼마 전 마크 장군에게서 받은 편지는 승전 소식과 함께 전술상 가장 유리한 진지를 차지했음을 알리고 있었다.

"그 편지를 이리 가져오게." 쿠투조프는 안드레이 공작에게 말했다. "이걸 좀 보십시오." 그는 입가에 냉소를 띠면서 페르디난트 대공에게 받은 독일어 편지 가운데 다음 구절을 오스트리아 장군에게 읽어주었다. "우리는 완전히 집결한 약 7만의 병력이 있으므로 만약 적군이 레히 강을 건너려고 한다면 아군은 이를 공격, 격파할 수 있습니다. 또한 이미 울름을 확보했으므로 도나우 강 양안을 제압하는 이점이 있고, 따라서 적군이 레히 강을 건너지 않더라도 아군은 언제든지 도나우 강을 건너가 그 통신선을 습격하고 하류에서 다시 도나우 강을 넘어올 수도 있으며, 만약 적군이 전력을 우리의 충실한 연합군에게 집중하려고 기도하더라도 아군은 그런 의도의 실행을 곧바로 막을 수 있습니다. 이와 같이 우리는 우방인 러시아제국의 대군이 완전히 준비를 마칠 때까지 기다렸다가, 그들과 힘을 합쳐 적군을 당연한 운명의 구렁텅이로 손쉽게 몰아넣을 수 있을 것입니다."

쿠투조프는 이 구절을 읽고 무거운 한숨을 내쉬더니 주의깊고 부드러운 눈길로 군사위원회 의원을 지그시 바라보았다.

"그러나 아시다시피 각하, 언제나 최악의 경우를 예상하라는 현명한 원칙이 있지 않습니까." 농담은 이쯤 해두고 본론으로 들어가자는 듯이 오스트리아 장군은 말했다.

그는 언짢은 듯이 부관을 돌아보았다.

"잠깐 실례하겠습니다, 장군." 쿠투조프는 그의 말을 가로막고 또다시 안드레이 공작 쪽으로 얼굴을 돌렸다. "여보게, 코즐롭스키에게 가서 우리 척후병의 보고를 전부 가지고 오게. 이 편지 두 통은 노스티츠 백작*에게서, 이것은 페르디난트 대공 전하에게서, 그리고 이것은," 그는 몇 가지 서류를 안드레이 공작에게 건네면서 말했다. "이것을 다 가지고 가서 깨끗하게, 오스트리아군의 행동에 관해 우리가 얻은 모든

---

* J. N. 노스티츠(1768~1840). 오스트리아 장군. 1805년 뒤렌슈타인 전투, 쇤그라벤 전투, 아우스터리츠 전투에 참가했고, 1807년 러시아군에 근무했다.

정보를 한눈에 알 수 있도록 프랑스어로 *비망록*을 만들어주게. 그리고 다 되면 각하께 보여드리도록."

안드레이 공작은 처음의 두세 마디로, 쿠투조프가 이야기한 것뿐만 아니라 자신에게 이야기하고 싶은 것까지도 이해했다는 듯이 머리를 숙였다. 그리고 두 사람에게 공통으로 한 번 절하고 서류를 모아 들고 조용히 융단 위를 걸어 응접실로 나갔다.

안드레이 공작은 러시아를 떠난 지 오래되지는 않았으나, 그동안 많이 변했다. 표정이나 동작, 걸음걸이에서 예전과 같은 가장한 구석이나 피로, 나태 같은 것은 거의 보이지 않았다. 자기가 남들에게 어떤 인상을 주는지 따위를 생각할 겨를조차 없이 즐겁고 재미있는 일에 몰두하는 사람의 분위기를 띠고 있었다. 얼굴에는 자기 자신과 주변 사람들에 대한 만족감이 보였다. 그리고 미소와 눈빛은 전보다 밝고 매력적이었다.

그는 쿠투조프를 폴란드에서 뒤따라잡았는데, 총사령관은 그를 아주 호의적으로 맞고 다른 부관들과는 다르게 대해주었으며, 그를 잊지 않겠다고 약속하고, 빈에도 데려가서 누구보다 중요한 임무를 맡겼다. 쿠투조프는 빈에서 자신의 오랜 동료인 안드레이 공작의 아버지에게 편지를 보냈다.

"귀하의 영식은," 그는 썼다. "근무 성적으로 보나 확고부동한 정신력으로 보나 또 임무 수행 능력으로 보나 누구보다 뛰어난 장교가 될 가능성이 있습니다. 저는 이와 같은 유능한 부관을 곁에 둘 수 있게 된 것을 기쁘게 생각하고 있습니다."

쿠투조프의 참모부 동료들 사이에서나 군 전체에서나 안드레이 공작은 페테르부르크 사교계에서와 마찬가지로 완전히 상반된 두 가지 평판을 듣고 있었다. 소수의 사람들은 안드레이 공작을 자기를 비롯한 모든 사람과 다른 특별한 존재로 생각하고, 그가 앞으로 크게 출세할 거라 기대하며 그의 말을 따르고, 그에게 감탄하고, 그를 따라했다. 이 사람들에게 안드레이 공작은 담백하고 유쾌한 태도를 취했다. 그러나 다른 대부분의 사람들은 안드레이 공작을 좋아하지 않았고, 거만하고 냉담하고 불쾌한 사람이라 여겼다. 하지만 이 사람들에게도 안드레이 공작은 자신에 대한 존경심과 심지어 두려움까지 품도록 처신할 수 있었다.

쿠투조프의 집무실에서 서류를 들고 응접실로 나온 안드레이 공작은 책을 들고 창가에 앉아 있는 당직 부관인 동료 코즐롭스키에게 갔다.

"아, 뭔가, 공작?" 코즐롭스키가 물었다.

"아군이 왜 전진하지 않고 있는지 비망록을 작성하라는 명령을 받았어."

"그건 왜지?"

안드레이 공작은 어깨를 으쓱했다.

"마크 장군한테서 온 보고는 없나?" 코즐롭스키는 물었다.

"없어."

"마크 장군이 격파된 게 사실이라면 보고가 있을 법한데."

"그러게 말이야" 하고 대답하고 안드레이 공작은 문 쪽으로 향했다. 이때 그와 마주치듯이, 분명 새로 온 사람인 듯한, 키가 크고 검은 천으로 머리를 싸매고 어깨에 마리아 테레지아 훈장을 단 프록코트를 입은 오스트리아 장군이 문을 쾅 닫고 재빨리 응접실로 들어왔다. 안드레이 공작은 발을 멈췄다.

"쿠투조프 총사령관은?" 새로 온 오스트리아 장군은 좌우를 둘러보고 집무실 문 쪽으로 계속 걸어가면서 강한 독일식 발음으로 재빨리 말했다.

"각하는 지금 바쁘십니다." 처음 보는 장군 옆으로 재빨리 다가가 문으로 가는 길을 가로막으면서 코즐롭스키는 말했다. "뭐라고 전해드릴까요?"

낯선 장군은 자기를 몰라보는 것에 놀란 듯 키가 작은 코즐롭스키를 경멸하는 눈으로 내려다보았다.

"각하는 지금 바쁘십니다." 코즐롭스키는 침착하게 되풀이했다.

장군은 눈살을 찌푸리고 입술을 씰룩거리더니 떨기 시작했다. 그는 재빨리 수첩을 꺼내 연필로 적고 종이를 찢어 건네더니, 창가로 빠르게 걸어가 의자에 몸을 던지고 왜 자신을 쳐다보고 있느냐는 듯이 방 안에 있는 사람들을 둘러보았다. 이윽고 장군은 고개를 쳐들고 무슨 말을 하려는 듯 목을 뺐으나 이내 콧노래 같은 야릇한 소리만 흘러나왔고 그마저도 곧 끊어지고 말았다. 집무실 문이 열리고 쿠투조프가 문가에 모습을 드러냈기 때문이다. 머리를 싸맨 장군은 마치 위기에서 달아나듯이 몸을 구부리고 가는 두 다리를 재빨리 옮겨 디디면서 쿠투조프에게 다가갔다.

"불행한 마크가 당신의 눈앞에 있습니다." 그는 갈라진 목소리로 말했다.

집무실 문가에 서 있던 쿠투조프의 얼굴은 순간 미동도 없었다. 이윽고 주름 한 가닥이 물결치듯 그의 얼굴을 스치더니 이맛살이 펴졌다. 그는 정중하게 머리를 숙이고 지그시 눈을 감았다가 잠자코 마크를 맞아들이고 등뒤로 몸소 문을 닫았다.

오스트리아군의 패배와 울름에서 전군이 항복했다는 소문은 벌써부터 떠돌고 있었으나 비로소 그것이 사실로 드러난 것이었다.[26) 삼십분쯤 뒤에는 부관들이 여기저기로 명령을 가지고 뛰어갔다. 그것은 지금까지 하는 일 없이 지내온 러시아군도 곧 적을 맞아야 한다는 것을 증명하는 것이었다.

참모부에는 전반적인 전국戰局에 큰 관심을 기울이는 장교가 드물었는데, 안드레이 공작은 드문 그들 중 한 사람이었다. 마크를 보고 또 그 패배에 대한 상세한 이야기를 듣자, 그는 이 회전會戰이 이미 절반은 패배로 끝났다는 것과 러시아군이 처한 곤경을 이해할 수 있었고, 우군을 기다리는 운명과 그 속에서 자기가 해야 할 역할까지도 생생하게 그려볼 수 있었다. 자만했던 오스트리아의 굴욕과, 일주일 뒤에는 수보로프 장군 이래 처음 있을 프랑스와 러시아의 충돌을 직접 목격하고 또 참가하게 되리라는 것을 생각하자, 그는 자기도 모르게 물결치는 환희의 감정을 느꼈다. 그는 러시아군 전체의 용기보다 더 강할지도 모르는 보나파르트 그 한 사람의 천재성이 두려웠지만, 그렇다고 이 영웅 때문에 굴욕을 참을 수는 없었다.

이러한 생각에 흥분하기도 하고 안달하기도 하면서 안드레이 공작은 일과가 되어버린, 아버지에게 보낼 편지를 쓰기 위해 자기 방으로 갔다. 그는 복도에서 자기와 같은 방을 쓰는 네스비츠키와 익살꾼 제르코프를 만났다. 둘은 여느 때처럼 무엇인가로 웃고 있었다.

"왜 그렇게 표정이 어둡나?" 창백한 얼굴에 눈을 번뜩이고 있는 안드레이 공작의 표정을 보고 네스비츠키는 물었다.

"흥이 날 게 없잖아." 볼콘스키는 대답했다.

안드레이 공작이 네스비츠키와 제르코프를 만난 바로 그때, 복도 다른 편에서 러시아군의 식량 상황을 시찰하기 위해 쿠투조프의 참모부로 편입되었던 오스트리아 장군 슈트라우흐와 전날 도착한 군사위원회 의원이 그들 쪽으로 걸어왔다. 넓은 복도는 두 장군이 세 장교 옆을 지나갈 만큼 공간이 충분했지만, 제르코프는 한 손으로 네스비츠키를 밀면서 숨찬 목소리로 말했다.

"오신다!⋯⋯ 오신다!⋯⋯ 길을 비켜주시오, 길을! 자, 길을!"

장군들은 귀찮은 경례 교환을 피하고 싶은 표정으로 그대로 지나가려고 했다. 익살꾼 제르코프의 얼굴에 갑자기 억누를 수 없는 듯한 바보스러운 기쁨의 미소가 떠올랐다.

"각하," 그는 앞으로 나아가 오스트리아 장군에게 독일어로 말했다. "삼가 축하드립니다."

그는 고개를 숙이고 춤을 배우기 시작한 어린아이처럼 어색하게 한 발 한 발 뒤로 미끄러뜨리며 비벼댔다.

군사위원회 의원인 장군은 엄한 표정으로 그를 돌아보았는데, 그 바보스러운 미소에 담긴 진지함을 알아채자 잠시 주의를 기울이지 않을 수 없었다. 그는 듣고 있다는 표시로 실눈을 떴다.

"삼가 축하드립니다. 마크 장군도 무사히 도착하셨습니다. 다만 여길 좀 다치셨을 뿐" 하고 그는 만면에 웃음을 띠고 자기 이마를 가리켰다.

장군은 눈살을 찌푸리고 얼굴을 돌리더니 그대로 걸어가기 시작했다.

"정말 유치한 놈이로군!" 몇 걸음 떨어지자 그는 화가 난 듯이 말했다.

네스비츠키는 껄껄대며 안드레이 공작을 껴안았으나, 볼콘스키는 한층 더 창백해지고 증오의 표정을 띠며 그를 밀어젖히고 제르코프 쪽으로 몸을 돌렸다. 마크의 모습, 패배 소식, 러시아군을 기다리는 운명에 대한 생각 등이 불러일으킨 신경질적인 초조함이 때와 장소를 분간 못하는 제르코프의 익살에 대한 분개 속에서 배출구를 찾아낸 것이었다.

"이봐, 친절한 나리," 아래턱을 가볍게 떨면서 날카로운 목소리로 안드레이 공작은 말하기 시작했다. "만약 당신이 광대가 되고 싶다면, 난 방해할 생각 없어. 하지만 분명히 말해두지만, 만약 당신이 다음에도 감히 내 앞에서 그따위 광대 짓을 한다면, 나는 당신에게 행동거지라는 걸 가르쳐주겠네."

네스비츠키와 제르코프는 이 말에 어리둥절해서 눈을 휘둥그레 뜨고 말없이 볼콘스키를 바라보았다.

"뭐, 난 그저 축하의 말을 건넸을 뿐인데." 제르코프는 말했다.

"난 당신하고 농담하는 게 아니야, 입 다물어주시게." 볼콘스키는 이렇게 소리친 후 네스비츠키의 손을 끌고, 말문이 막혀 멍하니 서 있는 제르코프의 옆을 떠났다.

"이봐 형제, 대체 왜 이러나?" 네스비츠키는 달래듯이 말했다.

"왜 이러느냐고?" 안드레이 공작은 흥분해서 발을 멈추고 말했다. "생각해보게, 우리는 황제와 국가에 봉사하고 우군 전체의 성공에 기뻐하고 실패에 슬퍼하는 장교들인가, 아니면 주인의 일에는 아무런 상관 없는 단순한 하인들인가? 4만의 우군이 죽고 우리 연합군이 섬멸됐다는데 자네들은 어떻게 그걸 가지고 농담을 할 수 있단 말인가." 그는 말하고 이 프랑스어로 의견을 뒷받침하려는 듯이 말했다. "자네 친구라는 저런 보잘것없는 풋내기라면 참아줄 수도 있지만, 자네는 그러면 안 돼, 자네는. 저런 풋내기라면 그런 농담을 할 수도 있지만." 안드레이 공작은 러시아어로 덧붙였지만, 제르코프에게 들릴지도 모른다고 생각하고는 이 말에 프랑스식 악센트를 붙였다.

안드레이 공작은 이 기병대 기수가 뭐라 대답할지 기다렸다. 하지만 기수는 몸을 돌려 복도에서 떠나버렸다.

4

파블로그라드스키 경기병 연대는 브라우나우에서 2마일 떨어진 지점에 주둔하고 있었다. 견습사관 니콜라이 로스토프가 근무하는 기병 중대는 잘체네크라는 독일 마을에 배치되어 있었다. 기병 사단 전체에 바시카* 데니소프[27]라는 이름으로 알려진 중대장 데니소프 대위에게는 마을에서도 가장 좋은 숙사가 할당되었다. 견습사관 로스토프는 폴란드에서 이 연대를 뒤따라온 이래 이 중대장과 동숙하고 있었다.

10월 8일, 즉 마크 장군의 패배 소식에 참모부 안이 발칵 뒤집히는 사달이 일어난 날이었지만, 기병 중대 본부에서는 전과 다름없는 평온한 행군 생활이 계속되고 있었다. 밤새도록 카드놀이에서 지기만 한 데니소프는 로스토프가 아침 일찍 말먹이 징발을 끝내고 말을 타고 귀대했을 때도 아직 숙사로 돌아와 있지 않았다. 견습사관 제복을 입은

---

* 바실리의 애칭.

로스토프는 현관 층층대에 다다르자 젊은이다운 날쌘 동작으로 말을 밀듯이 하며 한 발을 빼고 말과 헤어지기 아쉬운 듯 등자에 서 있었으나, 이윽고 훌쩍 뛰어내려 전령을 불렀다.

"어이, 본다렌코, 친구!" 그는 자기 말 쪽으로 돌진해 오는 경기병에게 외쳤다. "좀 끌고 다녀주게, 친구." 그는 선량한 젊은이가 행복한 기분일 때 누구에게나 그렇듯 형제같이 쾌활하고 친절하게 말했다.

"알겠습니다, 나리." 소러시아* 태생의 병사는 유쾌하게 고개를 흔들며 대답했다.

"조심해서 끌고 다니게!"

또다른 경기병이 역시 그의 말 쪽으로 달려왔으나 벌써 본다렌코가 재갈의 고삐를 말의 목덜미에 걸친 뒤였다. 이 견습사관은 술값을 톡톡히 주기 때문에 이 사람에게 봉사하면 득을 보는 것 같았다. 로스토프는 목덜미에서 궁둥이까지 말을 쓰다듬어주고는 현관 층층대 위에서 발을 멈췄다.

'아주 좋아! 정말 훌륭한 말이 되겠어!' 그는 이렇게 생각하며 미소짓고는 사브르를 쥐고 박차 소리를 내며 층층대를 뛰어올라갔다. 이때 누비 재킷을 입고 콜파크**를 쓴 독일인 집주인이 외양간에서 쇠스랑을 들고 거름을 쳐내다가 얼굴을 내밀었다. 로스토프를 보자 그의 얼굴이 갑자기 환해졌다. 그는 미소짓고 즐거운 듯이 윙크했다. "아이고, 안녕하십니까! 안녕하십니까!" 그는 이 젊은이와 인사하는 것이 반가운 듯이 되풀이했다.

---

* 우크라이나의 전 이름.
** 이슬람교도나 유대인들이 보통 실내에서 쓰는 원뿔형 또는 타원형 모자.

250

"벌써 일을 시작하셨군요!" 생기 있는 얼굴에서 잠시도 사라지지 않는 즐겁고 형제 같은 미소를 보이며 로스토프는 말했다. "오스트리아인 만세! 러시아인 만세! 알렉산드르 황제 폐하 만세!" 그는 이 독일인이 자주 입에 올리는 말을 독일어로 되풀이했다.

독일인은 웃으면서 외양간에서 나오더니 콜파크를 벗어 머리 위에서 흔들며 소리쳤다. "그리고 전 세계 만세!"

로스토프도 독일인과 마찬가지로 군모를 머리 위에서 흔들고 웃으며 "그리고 전 세계 만세!" 하고 외쳤다. 외양간을 치우던 독일인이나 소대를 끌고 말먹이 징발을 갔던 로스토프나 특별한 이유는 없었지만 행복한 희열에 젖어 친밀하고 애정 어린 눈으로 서로를 바라보고, 서로 좋아한다는 표시로 고개를 끄덕이고는 웃으면서 헤어졌다. 독일인은 외양간으로, 로스토프는 데니소프와 함께 쓰고 있는 농가로 갔다.

"자네 주인은 어떻게 되셨나?" 로스토프는 데니소프의 종졸이자 온 연대에서 유명한 사기꾼으로 통하는 라브루시카에게 물었다.

"어젯밤에 돌아오시지 않았습니다. 아마 잃으신 모양입니다." 라브루시카는 대답했다. "제가 잘 압니다. 따면 일찍 돌아와서 자랑을 하시거든요. 그런데 아침이 되어도 돌아오시지 않는 걸 보면 탈탈 털렸다는 증거입니다. 이제 화를 내며 돌아오실 겁니다. 커피라도 드릴까요?"

"응, 줘, 줘."

십 분쯤 지나 라브루시카가 커피를 가지고 왔다.

"돌아오셨습니다!" 그가 말했다. "이제 야단나겠군."

로스토프가 창밖을 내다보니 숙사로 돌아오는 데니소프가 보였다. 데니소프는 붉은 얼굴에 번뜩이는 까만 눈, 헝클어진 머리털에 콧수염이 까만 키가 작은 사내였다. 그는 단추를 채우지 않은 경기병 외투에 구겨지고 늘어진 넓은 바지를 입고 우그러진 경기병 모자를 비스듬히 쓰고 있었다. 그는 고개를 떨어뜨리고 침울한 얼굴로 현관 층층대로 다가왔다.

"라브구시카*" 하고 그는 큰 소리로 화가 난 듯이 외쳤다. "어이, 벗기지 못해, 바보 같으니!"

"이렇게 벗기고 있잖습니까." 라브루시카가 말했다.

"아! 자네 벌써 일어났군." 방으로 들어오면서 데니소프가 말했다.

"오래됐어." 로스토프는 대답했다. "벌써 건초를 가지러 갔다가 마틸다** 양도 보고 왔는데."

"음, 그래! 난 어젯밤에 몽땅 잃었어. 코가 납작해지도록 당했지!" 데니소프는 p음을 애매하게 발음하면서 외쳤다. "정말 재수가 없었어! 운이 나빴어!…… 자네가 가고 나서 그렇게 돼버렸어. 이봐, 차!"

데니소프는 미소짓듯이 짧고 튼튼한 이를 드러내며 얼굴을 찌푸리고, 손가락이 짧은 두 손으로 수풀처럼 헝클어진 검은 머리털을 흩뜨리기 시작했다.

"제기랄, 어쩌다 나는 그런 생쥐(어느 장교의 별명)한테 갔을까." 그는 두 손으로 이마와 얼굴을 문지르며 말했다. "글쎄, 좀 생각해봐, 한 장도, 단 한 장도 내주질 않았단 말이야."

---

* Лавгушка. 라브루시카(Лаврушка)의 'p'음을 'г'음으로 명료하지 않게 발음한 것. 데니소프의 이 발음 습관은 작품 전반에 걸쳐 계속된다. 외국어나 독특한 발음 습관 등으로 등장인물의 개성을 표현하는 것은 톨스토이의 문학적 기법 중 하나다.
** 암소를 일컫는 이름.

데니소프는 불을 붙여 건넨 파이프를 받아 주먹으로 꽉 쥐더니 불똥을 튀기고 그 파이프로 마루를 치며 계속 외쳐댔다.

"보통 판은 져주고, 갑절 판은 자기가 이겨버리거든. 보통 판은 져주고, 갑절 판은 이겨버린단 말이야."

그는 사방에 불똥을 튀기다가 파이프를 부수더니 내던져버렸다. 그리고 잠시 잠자코 있다가 갑자기 까만 눈으로 즐거운 듯이 로스토프를 바라보았다.

"여자라도 있으면 좋을 텐데. 거기서는 마시는 것 말고는 아무것도 할 일이 없으니. 전쟁이라도 빨리 시작되면 좋겠어……"

"어이, 거기 누구야?" 무거운 구두 소리와 박차 소리가 문밖에서 멈추고 공손한 기침 소리가 들리자, 그는 문에 대고 소리를 질렀다.

"기병 상사입니다!" 라브루시카가 말했다.

데니소프는 더한층 얼굴을 찌푸렸다.

"제기랄" 하고 그는 금화가 얼마 들어 있는 지갑을 내던졌다. "로스토프, 친구, 얼마 남았는지 세어보고, 베개 밑에 넣어주게." 그는 말하고 상사를 만나러 나갔다.

로스토프는 금화를 꺼내 기계적으로 헌것과 새것으로 나누고는 계산하기 시작했다.

"아! 텔랴닌! 어서 오게! 난 어제 홀랑 털렸어." 옆방에서 데니소프의 목소리가 들렸다.

"누구한테요? 비코프의 그 생쥐한테 말입니까?…… 저도 알고 있었습니다." 다른 사람의 가느다란 목소리가 들리고, 이윽고 텔랴닌 중위가 방안으로 들어왔다. 그 역시 같은 경기병 중대의 몸집이 작은 장교였다.

　로스토프는 베개 밑에 지갑을 쑤셔넣고, 자기에게 내밀어진 작고 축축한 손을 쥐었다. 텔랴닌은 출정 전에 무슨 이유인가로 근위대에서 이곳으로 전속된 사내였다. 연대에서의 품행은 무척 단정하지만 사람들은 그를 좋아하지 않았고, 그중에서도 특히 로스토프는 이 장교에 대한 까닭 없는 혐오를 억누를 수도 감출 수도 없었다.

　"오, 젊은 기병, 어떻습니까? 내 그라치크가 잘 섬기고 있습니까?" 그는 물었다. (그라치크는 텔랴닌이 로스토프에게 판, 갓 조련된 말이었다.)

　중위는 언제나 대화하는 상대방의 눈을 보지 않았다. 그의 눈은 줄곧 사물에서 사물로 옮겨다녔다.

　"오늘 당신이 타고 가는 것을 봤습니다……"

　"뭐, 좋은 말이죠." 로스토프는 대답했으나 700루블을 주고 산 말은 그 절반의 값어치도 하지 못했다. "왼쪽 앞다리를 절기 시작했지만……" 그는 덧붙였다.

　"말굽이 갈라져서 그런 겁니다! 별것 아니에요. 어떤 징을 박아야 하는지 가르쳐드리죠."

　"네, 꼭 좀 가르쳐주십시오." 로스토프는 말했다.

　"가르쳐드리죠, 가르쳐드리고말고요, 비밀도 아닌데요. 그 말에 대해서 당신은 내게 감사하게 될 겁니다."

　"그럼 말을 끌고 오라고 이르겠습니다." 로스토프는 텔랴닌 옆을 피하고 싶은 마음에서 이렇게 말하고 말을 끌고 오라고 이르기 위해 나갔다.

현관에서는 데니소프가 파이프를 물고 문가에 쭈그려앉아 상사의 보고를 듣고 있었다. 데니소프는 로스토프를 보자 미간을 찌푸리고, 텔랴닌이 있는 방 쪽을 어깨 너머로 엄지손가락으로 가리키면서 못마땅한 듯이 얼굴을 구기고 몸서리쳤다.

"아, 저 젊은 친구는 마음에 안 들어." 그는 상사가 앞에 있는데도 아랑곳하지 않고 말했다.

로스토프는 '나도 마찬가지지만 어쩔 수 없지 않나!'라고 말하는 듯 어깨를 움츠리고, 지시를 내린 뒤 텔랴닌에게 돌아갔다.

텔랴닌은 로스토프가 나갔을 때와 똑같이 늘쩍지근한 자세로 작고 하얀 손을 비비며 앉아 있었다.

'정말 욕지기가 치미는 얼굴이군.' 그는 방으로 들어서면서 생각했다.

"그래, 말을 끌고 오라고 일렀습니까?" 텔랴닌은 일어서서 괜스레 주위를 둘러보면서 말했다.

"일렀습니다."

"우리가 직접 가보죠. 난 다만 어제 명령에 대해 데니소프에게 물어보려고 들렀을 뿐이니까요. 데니소프, 명령을 받았습니까?"

"아니, 아직입니다. 그런데 당신은 어딜 가는 겁니까?"

"이 젊은 분에게 편자 박는 법을 가르쳐주려고요." 텔랴닌은 말했다.

둘은 현관 층층대로 나와 마구간으로 갔다. 중위는 편자 박는 법을 가르쳐주고 자기 숙사로 돌아갔다.

로스토프가 돌아와 보니 탁자 위에 보드카 병과 소시지가 놓여 있었다. 데니소프는 탁자 앞에 앉아 펜 소리를 내면서 종이에 뭔가 쓰고 있었다. 그는 침울한 얼굴로 로스토프의 얼굴을 바라보았다.

"그녀에게 쓰고 있어." 그는 말했다.

그는 펜을 든 손을 탁자 위에 괴고, 자기가 쓰려는 것을 전부 말해버릴 기회가 온 것을 분명 기뻐하는 듯이 편지 내용을 지껄이기 시작했다.

"어이, 자네 아나?" 그는 말했다. "사랑을 하지 않는 동안은 자고 있는 거나 다름없어. 우리는 먼지의 자식이야…… 그러나 사랑을 하면 하느님이 되지. 창조의 첫날처럼 깨끗해져…… 그런데 대체 또 누구야? 제기랄, 돌려보내. 시간 없어!" 조금도 망설이는 기색 없이 다가온 라브루시카를 향해 그는 소리쳤다.

"누가 왔겠습니까? 당신이 오라고 하셨잖습니까. 상사가 돈을 받으러 왔습니다."

데니소프는 이마를 찌푸리고 소리치려다가 입을 다물었다.

"넌더리가 나는군." 그는 혼잣말을 중얼거렸다. "지갑에 돈이 얼마나 남았지?" 그는 로스토프에게 물었다.

"새것이 일곱 닢에 헌것이 세 닢이야."

"아아, 야단났군! 이봐, 뭘 멍청히 서 있나, 허수아비 같은 놈! 상사를 들여보내!" 데니소프가 라브루시카에게 외쳤다.

"제발 데니소프, 내 돈을 써. 나한테 돈이 있으니까." 로스토프는 얼굴을 붉히면서 말했다.

"친구한테 빌리는 건 싫다, 싫어." 데니소프는 투덜거렸다.

"만약 친구로서 내 돈을 쓰는 것이 싫다고 한다면, 그건 나를 모욕하는 것이나 마찬가지야. 정말 나한테 어느 정도 있다니까." 로스토프가 되풀이했다.

"싫다잖나."

데니소프는 베개 밑에 있는 지갑을 꺼내려고 침대로 다가갔다.

"어디다 뒀나, 로스토프?"

"아래쪽 베개 밑에."

"없는데."

데니소프는 베개 두 개를 바닥에 내동댕이쳤다. 지갑은 없었다.

"이상하군!"

"잠깐 기다려봐. 혹시 떨어뜨린 거 아냐?" 로스토프는 베개를 하나
씩 들어 털면서 말했다.

그는 이불까지 들어 탈탈 털어보았다. 지갑은 없었다.

"그럼 내가 잊어버렸나? 아냐, 나는 자네가 늘 보물이나 되는 것처
럼 베개 밑에 넣어두는 걸 생각하고," 로스토프는 말했다. "그래서 거
기 넣어두었는데, 대체 어디로 갔지?" 그는 라브루시카를 향해 말했다.

"전 방에 들어오지 않았으니까 당신이 두신 데 있을 겁니다."

"그런데 없어."

"당신은 늘 아무데나 내버려두고는 잊어버리시지 않습니까. 호주머
니 속을 보십시오."

"아냐, 내가 금화란 걸 몰랐다면 또 모르지만." 로스토프는 말했다.
"난 어디 뒀는지 기억하고 있어."

라브루시카는 침대를 다 뒤집어보고, 침대와 탁자 밑을 들여다보고,
온 방안을 뒤져본 뒤 방 한가운데에 우뚝 섰다. 데니소프는 말없이 라브
루시카의 행동을 지켜보고 있었으나, 이윽고 라브루시카가 아무데도
없다면서 놀란 듯이 두 손을 펼치자, 로스토프를 돌아보았다.

"로스토프, 이런 유치한 짓은 이제……"

로스토프는 데니소프의 시선을 느끼고 눈을 들었다가 이내 떨어뜨렸다. 지금까지 목구멍 아래 막혀 있던 피가 한꺼번에 얼굴과 눈으로 솟구쳤다. 그는 숨을 쉴 수가 없었다.

"이 방안에는 중위님과 당신밖에 없었습니다. 그러니 여기 어딘가에 있겠죠." 라브루시카가 말했다.

"야, 이 자식아, 어서 그 근방을 뒤져봐." 데니소프는 얼굴을 붉히고 종졸한테 달려들듯 위협하는 몸짓을 하며 별안간 외쳤다. "지갑을 내놔, 안 그러면 때려죽일 테다! 이놈이고 저놈이고 다 때려죽일 테다!"

로스토프는 데니소프의 눈길을 피하며 상의 단추를 채우기 시작했고, 사브르를 찬 뒤 모자를 썼다.

"지갑을 찾아내란 말이다." 데니소프는 종졸의 어깨를 잡고 흔들고 벽에 밀어붙이며 소리쳤다.

"데니소프, 그를 놔줘. 난 누가 가져갔는지 알고 있어." 로스토프는 문으로 다가가면서 내리뜬 눈을 들지 않고 말했다.

데니소프는 잠깐 멈추고 생각했으나, 로스토프의 암시를 이해한 듯 그의 팔을 잡았다.

"바보 같은 소리!" 그는 목덜미와 이마에 새끼줄 같은 혈관이 불거지도록 소리쳤다. "이봐, 자네 정신 나갔나? 나는 용납 못해. 지갑은 여기 있어! 이 악당의 낯가죽을 벗겨놓을 거야. 여기 있다니까!"

"난 누가 가져갔는지 알고 있어." 로스토프는 떨리는 목소리로 되풀이하고 문 쪽으로 걸어갔다.

"쓸데없는 짓은 하지 말란 말이야!" 데니소프는 젊은 견습사관을 말리려고 덤벼들면서 소리쳤다.

로스토프는 그의 손을 뿌리치고 마치 데니소프가 불구대천의 원수라도 되는 듯이 증오로 불타면서 그의 눈을 똑바로 쏘아보았다.

"지금 자네가 무슨 말을 하고 있는지 알고 있나?" 그는 떨리는 목소리로 말했다. "이 방에는 나 말고는 아무도 없었어. 그러니까 만약 그렇지 않다면, 그건……"

그는 말을 끝마치지 못하고 방에서 뛰쳐나갔다.

"제기랄! 다들 마음대로 하라고 해." 이것이 로스토프가 들은 마지막 말이었다.

로스토프는 텔랴닌의 숙사로 찾아갔다.

"나리는 안 계십니다. 사령부에 가셨습니다." 텔랴닌의 종졸이 말했다. "혹시 무슨 일이라도 생겼습니까?" 견습사관의 심상치 않은 얼굴빛에 놀란 종졸이 물었다.

"아니, 아무것도 아니야."

"방금 나가셨습니다." 종졸은 말했다.

사령부는 잘체네크에서 약 3베르스타 떨어진 지점에 있었다. 로스토프는 자기 숙사로 가지 않고 말을 빌려 사령부로 달렸다. 사령부가 자리잡은 마을에 장교들이 자주 드나드는 술집이 있었다. 로스토프는 그 술집으로 가보았다. 입구 층층대 옆에 텔랴닌의 말이 보였다.

중위는 술집의 두번째 방에 소시지 접시와 와인 병을 앞에 놓고 앉아 있었다.

"아, 당신도 왔군요, 젊은 친구." 눈썹을 치켜세우고 웃으며 텔랴닌이 말했다.

"네." 로스토프는 대답했으나 이 한마디를 무척 어려운 듯이 꺼내고, 옆의 탁자 앞에 앉았다.

두 사람은 말이 없었다. 방안에는 독일인 두 명과 러시아 장교 한 명이 있었다. 모두 말이 없었기 때문에 나이프가 접시에 부딪히는 소리와 중위가 음식을 씹는 소리만 들릴 뿐이었다. 텔랴닌은 아침식사를 끝내자 호주머니에서 이중 지갑을 꺼내, 작고 하얀 손가락을 세워 고리를 열고 금화를 한 닢 꺼내더니 눈썹을 치켜세우며 급사에게 건넸다.

"이봐, 빨리 해주게." 그는 말했다.

금화는 새것이었다. 로스토프는 일어서서 텔랴닌에게 다가갔다.

"그 지갑 좀 보여주시겠습니까." 그는 들릴락 말락 한 목소리로 말했다.

텔랴닌은 눈알을 굴리면서 여전히 눈썹을 치켜세운 채 지갑을 건넸다.

"네, 좋은 지갑이죠…… 그래…… 그래요……" 그는 말하더니 갑자기 창백해졌다. "자, 보십시오." 그는 덧붙였다.

로스토프는 지갑을 들고 지갑과 그 안에 든 돈과 텔랴닌을 번갈아 보았다. 중위는 언제나 하던 버릇대로 사방을 둘러보다가 갑자기 아주 명랑해졌다.

"빈에 가면 죄다 써버리겠지만 이런 보잘것없는 도시에서는 쓸 데가 있어야 말이죠." 그는 말했다. "자, 돌려주십시오, 나는 이제 가야겠습니다."

로스토프는 잠자코 있었다.

"왜 그러는 겁니까? 당신도 아침식사를 할 건가요? 음식이 꽤 괜찮습니다." 텔랴닌은 말을 이었다. "그만 돌려달라니까요."

그는 손을 뻗어 지갑을 잡았다. 로스토프는 그것을 놓았다. 텔랴닌은 지갑을 승마바지 호주머니에 집어넣으면서 눈썹을 치켜세우고 '그렇지, 그렇지, 나는 내 지갑을 내 호주머니에 넣고 있는 거야. 아주 단순한 일이고 남이 상관할 바도 아니지'라고 말하는 듯이 입을 살짝 벌렸다.

"아니, 왜요, 젊은 친구?" 그는 한숨을 내쉬고, 치켜세운 눈썹 밑으로 로스토프의 눈을 보면서 말했다. 어떤 눈빛이 전기불꽃처럼 빠르게 텔랴닌의 눈에서 로스토프의 눈으로, 그 반대로, 또 그 반대로 옮겨졌다. 눈 깜짝할 사이의 일이었다.

"이리 오시죠." 로스토프는 텔랴닌의 손을 잡고 말했다. 그는 상대방을 끌다시피 창가로 데려갔다. "이건 데니소프 대위의 돈이고, 당신은 이걸 훔쳤습니다……" 그는 상대방의 귀에 대고 속삭이듯이 말했다.

"뭐요?…… 뭐요?…… 감히 그런 말을! 뭐라고?……" 텔랴닌은 말했다.

그러나 그의 말은 용서를 비는 필사적인 외침과 호소처럼 애처롭게 울렸다. 이 울림을 듣자 로스토프의 마음에서 커다란 의혹의 돌이 굴러떨어졌다. 그는 기쁨을 느끼는 동시에 자기 앞에 서 있는 불행한 사내에게 연민을 느꼈다. 그러나 시작한 일은 끝을 내야 했다.

"여기서는 사람들이 어떻게 생각할지 모릅니다." 텔랴닌은 군모를 들고 아무도 없는 작은 방으로 발을 옮기면서 중얼거렸다. "얘기해볼 필요는 있으니까……"

"난 알고 있습니다. 그것을 증명해 보이죠." 로스토프가 말했다.

"나는……"

겁에 질린 텔랴닌의 창백한 얼굴의 근육이 온통 떨리기 시작했다.

그는 아까처럼 눈알을 굴렸지만 아래쪽을 배회할 뿐 로스토프의 얼굴까지 올라오지 못했고, 그러다 흐느끼는 소리가 들렸다.

"백작!…… 젊은 사내의 인생을…… 파멸시키지 마시오…… 여기 그 저주스러운…… 돈이 있습니다. 자, 받으시오……" 그는 탁자 위에 돈을 내던졌다. "내겐 늙은 아버지와 어머니가 계십니다!……"

로스토프는 텔랴닌의 눈길을 피해 돈을 줍고 한마디도 하지 않고 방을 나가려다 문가에서 발을 멈추고 되돌아왔다.

"아아, 정말이지," 그는 눈물을 글썽이며 말했다. "당신은 어쩌다가 그런 짓을 할 생각을 했습니까?"

"백작." 텔랴닌이 견습사관에게 다가가며 말했다.

"내게 손대지 마십시오." 로스토프는 뒤로 물러서며 말했다. "만약 돈이 필요하거든 이것을 받아두세요." 그는 지갑을 텔랴닌에게 던지고 술집에서 뛰어나갔다.

5

그날 밤 데니소프의 숙사에서는 기병 중대 장교들의 활발한 논쟁이 벌어지고 있었다.

"로스토프, 난 당신이 연대장에게 사과해야 한다고 말하고 있는 거요." 흥분해서 얼굴이 새빨개진 로스토프에게 머리가 희끗희끗하고 윗수염이 무성한, 이목구비가 뚜렷하고 얼굴의 주름살이 눈에 띄는 키큰 이등대위가 말했다.

이등대위 키르스텐은 결투 때문에 두 번이나 사병으로 강등됐다가 두 번 복관한 사람이었다.

"전 상대가 누구건 제가 거짓말쟁이라는 말을 듣고 가만히 있을 수는 없습니다!" 로스토프는 외쳤다. "연대장이 제게 거짓말한다고 하니까 저도 연대장에게 거짓말한다고 한 것입니다. 이 사실은 절대 변함없습니다. 당직 근무를 매일처럼 하명해도, 영창에 넣어도 상관없지만 누가 뭐라건 사과는 하지 않겠습니다. 연대장이라고 해서 저를 만족시킬 필요가 없다고 생각한다면 그건……"

"이봐요, 잠깐 들어보십시오." 이등대위는 긴 윗수염을 차분하게 쓰다듬으면서 낮은 목소리로 말을 가로막았다. "당신은 다른 장교들이 있는 앞에서 어떤 장교가 도둑질을 했다느니 하고 연대장에게 말하지 않았습니까……"

"다른 장교들이 있는 데서 이야기가 그 문제로 옮아간 것은 제 탓이 아닙니다. 그런 자리에서 이야기해서는 안 되는 일인지 모르지만, 저는 외교관이 아닙니다. 여기라면 그런 자잘한 것들이 필요하지 않을 거라 생각했으니까 경기병이 된 겁니다. 그런데 연대장은 제가 거짓말을 하고 있다고 말했습니다…… 저는 연대장이 저를 만족시킬 때까지……"

"그래, 그건 그것대로 다 좋습니다. 아무도 당신을 비겁하다고 생각하지는 않지만 문제는 그런 게 아닙니다. 하지만 데니소프 대위에게 한번 물어보시오, 감히 견습사관이 연대장에게 만족 운운하는 것이 말이나 되는 소리인가를."

데니소프는 이야기에 끼어들고 싶지 않은 듯 침울한 얼굴로 콧수염을 쓰다듬으며 그저 듣고 있었다. 이등대위의 물음에 대해서는 부정하듯 고개를 저었다.

"당신이 다른 장교들 있는 데서 그런 추문을 연대장에게 이야기하니까" 하고 이등대위는 계속했다. "보그다니치(모두들 연대장을 이렇게 부르고 있었다)가 당신을 야단친 겁니다."

"야단친 게 아니라 제가 거짓말하고 있다고 했단 말입니다."

"아무튼 당신도 연대장에게 어리석은 말을 했으니까 사과할 필요가 있습니다."

"죽어도 싫습니다!" 로스토프는 외쳤다.

"난 당신이 이렇게 나오리라고는 생각지도 못했습니다." 이등대위는 진지하고 엄격한 어조로 말했다. "당신은 사과하지 않겠다고 하지만, 이봐요, 당신은 연대장뿐만 아니라 연대 전체, 우리 모두에 대해 책임이 있습니다. 왜냐하면, 당신이 이러한 경우 어떻게 해야 할지 여러 사람에게 의논했더라면 별문제가 없었을 텐데 느닷없이, 더군다나 장교들 앞에서 불쑥 폭로해버렸기 때문입니다. 그런 경우 연대장은 어떻게 해야 좋죠? 그 장교를 군법회의에 넘겨서 연대 전체의 얼굴에 먹칠을 해야겠습니까? 불한당 하나 때문에 연대 전체를 치욕으로 내몰아야겠습니까? 그래야 한다는 겁니까? 그러나 우리 생각은 다릅니다. 보그다니치는 훌륭한 사람입니다. 그는 당신에게 거짓말을 한다고 말했습니다. 그런 말을 들으면 물론 불쾌하겠지만 어쩌겠습니까, 당신이 먼저 덤벼든 일인데. 그래서 지금 모두가 이 사건을 쉬쉬하려는 참인데, 당신이 쓸데없이 자존심을 내세우며 사과를 거부하고 모두 다 떠벌리려 한단 말입니다. 그야 당직 명령을 받은 것이 화가 나겠지만, 나이 먹은 성실한 장교에게 사과하는 것쯤은 힘든 일도 아니잖습니까! 뭐니뭐니 해도 보그다니치는 연장자로서 정말 성실하고 용감한 연대장입니다. 그래도 그렇게 분한가요? 연대의 얼굴에 먹칠하는 건 아무것도 아니라는 건가요?" 이등대위의 목소리는 떨리기 시작했다. "그렇겠군요, 하기야 당신은 이 연대에서 오늘만 내일만 하는 사람이니까. 오늘은 여기 있지만 내일은 어디론가 부관으로 전보되어 갈 사람이니까. 그러니 '파블로그라드스키 연대 장교 중에 도둑놈이 있다'는 말을 듣더라도 아무 상관 없을 테죠. 그러나 우리로서는 그냥 넘겨버릴 수 없는 일입니다. 어이, 그렇지 않은가, 데니소프? 그냥 넘겨버릴 수 없지 않나?"

데니소프는 까만 눈을 반짝이며 로스토프를 흘끔거릴 뿐 계속 말없이 꼼짝 않고 있었다.

"당신은 당신 자존심이 중요하니까 사과하고 싶지 않겠지만," 이등대위는 이야기를 계속했다. "우리 나이든 사람들은 이 연대에서 나이를 먹고 어쩌면 이 연대에서 죽을지도 모르는 신세니까 연대의 명예가 정말 중요하고, 보그다니치도 이걸 잘 알고 있을 겁니다. 그래요, 이봐요, 정말 중요한 일이죠, 그러니까 당신 생각은 좋지 않아요, 정말 좋지 않아요! 당신이 화를 내건 말건 난 언제나 솔직하게 말하겠소. 정말 좋지 않아요!"

이등대위는 자리에서 일어나 로스토프에게서 등을 돌렸다.

"정말 그래, 제기랄!" 데니소프는 벌떡 일어나면서 외쳤다. "그래, 로스토프, 그렇다고!"

로스토프는 붉으락푸르락하면서 장교들의 얼굴을 번갈아 바라보았다.

"아닙니다, 여러분, 그렇지 않습니다…… 그렇게 생각하지 마십시오…… 저는 잘 알고 있습니다. 저를 그렇게 생각하시면 곤란합니다…… 저는…… 제게는…… 연대의 명예를 위해서라면…… 무엇인들 못하겠습니까? 이것을 사실로 증명해 보이겠습니다. 제게도 군기軍旗의 명예가…… 아니, 아무튼 제가 나빴습니다……" 그의 두 눈에 눈물이 고였다. "제가 나빴습니다, 전적으로 제가 나빴습니다!……자, 이제 더 뭘 어떡해야 합니까?"

"아니, 이제 됐소, 백작." 이등대위는 몸을 돌려 커다란 손으로 그의 어깨를 토닥이며 말했다.

"그래서 내가 말했잖아." 데니소프는 소리쳤다. "이 친구는 훌륭한 사내라고."

"그러는 편이 훨씬 낫습니다, 백작." 로스토프가 잘못을 인정했기 때문에 작위를 붙여 부른다는 듯이 이등대위는 되풀이했다. "그럼, 가서 사과하고 오십시오, 백작."

"여러분, 저는 무슨 일이든 하겠습니다. 누구에게도 불평하지 않겠습니다." 로스토프는 애원하는 목소리로 말했다. "그러나 사과만은 할 수 없습니다. 절대로 할 수 없습니다. 어떻게 생각하시건 어쩔 수 없습니다! 제가 어떻게 사과한단 말입니까, 어린애처럼 용서를 빌란 말입니까?"

데니소프는 웃기 시작했다.

"그럴수록 당신만 곤란해집니다. 보그다니치는 앙심을 품으면 잊지 않는 사람이니까, 그렇게 고집을 부리다가는 봉변을 당할 거요." 키르스텐이 말했다.

"이건 절대 고집이 아닙니다! 제 감정을 설명할 수가, 말로 표현할 수가 없습니다……"

"그럼, 마음대로 하시오." 이등대위는 말했다. "그런데 그 불한당은 어디로 사라졌나?" 그는 데니소프에게 물었다.

"병이 들었다고 말하나보던데. 내일 제명 처분 명령이 내릴 걸세." 데니소프가 대답했다.

"그건 병이야. 달리 설명할 수가 없어." 이등대위가 말했다.

"병이건 아니건 앞으로 내 눈에 띄기만 해봐, 때려죽여버릴 테다!" 데니소프는 살기등등한 목소리로 외쳤다.

제르코프가 방안으로 들어왔다.

"자네가 웬일인가?" 장교들은 들어온 사람에게 일제히 얼굴을 돌리고 물었다.

"진군이다. 여러분. 마크가 전군을 이끌고 완전히 항복해버렸어."

"거짓말!"

"내 눈으로 확인했어."

"뭐? 살아 있는 마크를 봤단 말이야? 손발이 붙어 있는?"

"진군이다! 진군! 이런 소식을 가지고 왔으니 술 한 병 대접하지 않을 수 없군. 그런데 자넨 어떻게 여기에 있나?"

"실은 그 망할 마크 때문에 연대로 다시 쫓겨났네. 오스트리아 장군이 불평을 해서 말이지. 난 마크의 도착을 축하했을 뿐인데…… 로스토프, 자네는 왜 그러나? 마치 목욕탕에서 나온 사람 같은 얼굴을 하고?"

"어이, 형제, 여긴 어제부터 난리야."

연대 부관이 들어와서 제르코프가 가지고 온 소식을 뒷받침했다. 내일 진군하라는 명령이 떨어진 것이다.

"진군이다, 여러분!"

"그래, 감사할 일이야, 여기서 너무 오래 죽치고 있었어."

6

쿠투조프는 인 강(브라우나우 시를 흐르는)과 트라운 강(린츠 시를 흐르는)의 다리를 건널 때마다 파괴하면서 빈으로 퇴각했다. 10월 23일, 러시아군은 엔스 강을 건너고 있었다. 러시아군의 수송, 포병, 보병 종대가 그날 정오 무렵에는 엔스 시를 지나 다리 이쪽저쪽으로 꼬리를 물고 이어졌다.

비가 내리는 따뜻한 가을날이었다. 교량 엄호를 위해 러시아 포병 중대를 배치한 고지에서 보이는 한없이 펼쳐진 광활한 전망은 비스듬히 퍼붓는 비로 모슬린 커튼을 드리운 것 같았다가 또 갑자기 활짝 개었고, 만물은 햇빛을 받아 옻칠이라도 한 것처럼 먼 곳까지 선명하게 눈에 들어왔다. 발아래로 하얀 집, 빨간 지붕, 대성당, 다리 등이 있는 작은 도시가 보이고 다리 양쪽으로 러시아 대군이 움직이고 있었다. 도나우 강이 굽이지는 곳에는 배와 섬이 보이고, 정원을 갖춘 성은 엔스 강과 도나우 강이 합류하는 물줄기에 둘러싸여 있었으며, 바위를 깎아지른 듯하고 소나무 숲에 뒤덮인 도나우 강 왼쪽 기슭에는 신비로운 녹색의 산정과 푸르스름한 협곡이 함께 보였다. 사람의 발그림자도 닿지 않은 듯한 소나무 원시림 저쪽에는 수녀원의 탑이 보이고, 엔스 강 맞은편 더 먼 산 위에는 적의 척후병의 모습도 보였다.

고지에 설치된 대포들 사이에서 후위 지휘를 맡은 장군이 막료 장교를 데리고 망원경으로 지형을 살피고 있었다. 그 조금 뒤쪽에는 총사령관이 후위 부대로 파견한 네스비츠키가 포신에 걸터앉아 있었다. 네스비츠키를 따라온 카자크가 배낭과 물통을 건네주자, 네스비츠키는 장교들에게 피로조크*와 진짜 도펠 큠멜**을 대접했다. 장교들은 즐거운 듯이 그를 둘러싸고, 축축한 풀밭에 무릎을 꿇거나 터키식으로 다리를 포개고 앉았다.

"저기에 성을 세운 오스트리아 공후도 바보는 아니었나보군. 아주 좋은 곳이야. 왜 모두들 먹지 않습니까?" 네스비츠키는 말했다.

"참으로 감사합니다, 공작." 이런 훌륭한 사령부 근무자와 이야기를 주고받는 것이 더없이 기쁜 듯 한 장교가 대답했다. "정말 훌륭한 곳입니다. 우리는 저 정원 옆을 지나면서 수사슴을 두 마리 보았고, 정말 훌륭한 저택도 봤습니다!"

"보십시오, 공작." 피로조크를 한 개 더 집어먹고 싶으나 민망해서 지형을 살피는 시늉을 하던 또다른 장교가 말했다. "보십시오, 벌써 저기 우리 보병들이 들어오고 있습니다. 바로 저기, 마을 저쪽 초원에서 세 사람이 뭔가를 잡아당기고 있지 않습니까. 저들이 성도 망쳐버릴 겁니다." 그는 확신하듯 말했다.

"정말 그렇겠군요." 네스비츠키는 말했다. "아니, 하지만 내가 원하는 것은 말입니다." 잘생기고 촉촉한 입으로 피로조크를 우걱우걱 씹

---

* 기름에 튀긴 만두와 비슷한 러시아 요리.
** 캐러웨이 등을 넣은 달고 강한 술.

으면서 그는 덧붙였다. "바로 저기에 슬그머니 들어가는 겁니다."

그는 산 위에 보이는, 탑이 있는 수녀원을 가리켰다. 미소짓는 그의 눈이 가늘어지며 빛났다.

"정말 좋지 않습니까, 여러분!"

장교들은 웃어댔다.

"저기 수녀들을 한번 놀래주기라도 하면 좋겠습니다. 젊은 이탈리아 여자들도 있다던데. 정말 오 년쯤 인생을 내맡길 수도 있을 텐데!"

"수녀들도 분명 지루할 테니까 말이죠." 조금 대담한 장교가 웃으면서 말했다.

한편 앞에 서 있던 막료 장교는 장군에게 뭔가를 가리켜 보이고 있었다. 장군은 망원경을 들여다보았다.

"음, 역시 그렇군, 역시 그래." 망원경을 눈에서 떼고 어깨를 움츠리면서 장군은 화난 듯이 말했다. "역시 그래, 강을 건널 때 치려는 거로군. 저기서는 왜 또 저렇게 꾸물거리고 있을까?"

맞은편 강변에는 적군과 그 포병대가 육안으로 보이고 우윳빛 연기가 피어오르고 있었다. 연기에 이어 멀리서 포성이 울려퍼졌고, 아군이 도강을 서두르는 모습도 눈에 들어왔다.

네스비츠키는 크게 한숨을 쉬고 일어서서 미소지으며 장군에게 다가갔다.

"각하, 조금 드시지 않겠습니까?" 그는 말했다.

"아무래도 좋지 않아." 장군은 그의 말에는 대답하지 않고 말했다. "아군이 꾸물거리고 있어."

"내려가서 보고 오는 게 낫지 않을까요, 각하?" 네스비츠키는 말했다.

"응, 다녀와주면 고맙겠네." 이미 자세히 명령했던 것을 되풀이하면서 장군은 말했다. "명령한 대로 경기병대가 마지막으로 건너고 다리를 불지르라고, 그리고 다리 위에 있는 연소물을 다시 한번 잘 살피라고 하게."

"잘 알겠습니다." 네스비츠키는 대답했다.

그는 말을 지키고 있는 카자크를 큰 소리로 불러 배낭과 물통을 챙기라고 명령한 뒤, 육중한 몸을 안장 위에 가볍게 올렸다.

"이제 정말 수녀들에게 가보게 됐군." 그는 자기를 쳐다보는 장교들에게 웃으면서 말하고, 꾸불꾸불한 산길을 내려가기 시작했다.

"어떤가, 대위, 어디까지 날아가는지 해보지 않겠나!" 장군이 포병 장교에게 말했다. "심심풀이도 되고 말이야."

"포수는 포로 집합!" 장교가 명령하자 눈 깜짝할 사이에 포수들은 모닥불 가에서 즐거운 듯이 뛰어나와 장탄하기 시작했다.

"제1포 발사!" 호령이 들렸다.

그러자 제1포가 힘찬 반동으로 뒤로 밀렸다. 귀청을 때리는 금속성이 울리고, 유탄榴彈은 산 아래 아군의 머리 위를 날아갔으나 멀리 적진까지는 이르지 못하고 연기로 떨어진 지점을 덮으며 폭발했다.

이 소리에 병사들과 장교들의 얼굴은 활기를 띠었다. 모두가 일어나서 손에 잡힐 듯이 내려다보이는 산 아래 아군의 움직임과, 전방에서 접근하고 있는 적군의 움직임을 관찰하기 시작했다. 그 순간 태양은 구름 사이에서 완전히 모습을 드러냈고, 한 발의 아름다운 포성과 눈부신 태양의 반짝임이 하나로 녹아들어 쾌활하고 즐거운 감흥을 자아냈다.

7

적의 포탄이 벌써 두 발이나 다리 위를 날아가자 다리 위에서는 밀고 밀리는 혼란이 일어났다. 네스비츠키 공작은 다리 중간에서 말에서 내려 육중한 몸을 난간에 꼭 붙인 채 서 있었다. 그리고 말 두 필의 고삐를 잡고 몇 걸음 뒤에 서 있는 카자크를 뒤돌아보며 웃었다. 네스비츠키 공작이 앞으로 움직이려고 하면 뒤미처 또 병사들과 수송차들이 밀려들어 그를 난간에 다시 밀어붙였기 때문에, 그는 쓴웃음을 지을 수밖에 없었다.

"이봐, 어쩌자는 거야!" 카자크는 마차 바퀴와 말 바로 옆에서 밀치락달치락하고 있는 보병들에게 밀어닥친 수송차를 끄는 수송병들에게 소리쳤다. "어이, 어쩌자는 거야! 안 돼, 좀 기다려, 장군님이 지나가신다."

그러나 수송병은 장군이라는 말에도 아랑곳없이 자기 길을 막고 있는 병사들에게 소리쳤다.

"어이! 동포들! 왼쪽으로 비켜, 잠깐만!"

그러나 동포들은 서로 어깨를 밀치고 총검을 계속 엇갈리면서 한덩어리로 뭉쳐 다리 위를 나아갔다. 네스비츠키 공작은 난간 너머로, 그리 높이 일지는 않지만 빠르고 요란스럽게 흐르는 엔스 강의 물결이 하나로 합쳐지기도 하고 잔물결을 일으키기도 하고 교각 근처에서 소용돌이치기도 하는 모습을 내려다보았다. 다리 위로 눈을 돌리자 여기서도 모두 똑같은 모습을 한 병사들의 살아 있는 물결이 일고 있었다. 군모의 술, 차양이 달린 키베르*, 배낭, 총검, 장총, 키베르 아래 넓적

한 광대뼈가 불거지고 볼살이 쭉 빠진 극도로 지쳐서 방심한 얼굴들, 다리의 판자에까지 범람한 질척한 진흙을 밟으며 움직이는 발들. 때로는 모두 똑같은 모습의 병사들의 물결 속을 엔스 강물 위에 인 하얀 거품처럼 병사들과는 다른 용모의 망토 입은 장교가 비집고 지나가기도 하고, 때로는 소용돌이치는 물결에 떠가는 나뭇조각처럼 경기병과 종졸과 도시 주민 들이 보병의 물결에 휩쓸려 다리 위를 떠가기도 하고, 또 때로는 물위를 떠가는 통나무처럼 짐을 가득 싣고 가죽 덮개를 씌운 중대의 짐이며 장교의 수송차가 사방의 인파에 둘러싸여 떠다니기도 했다.

"마치 둑이라도 터진 것 같군." 카자크는 절망한 듯이 발을 멈추고 말했다. "저쪽에도 아직 많이 있나?"

"백만에서 하나 모자랄 정도일걸!" 때마침 옆을 지나가던 낡아빠진 외투를 입은 익살스러운 병사가 윙크하며 말하고는 모습을 감췄다. 그 뒤로 나이든 병사가 지나가고 있었다.

"이제 저 녀석(저 녀석이란 적을 말하는 것이다)이 이 다리에 불벼락을 퍼붓는다면," 나이든 병사가 동료에게 침울한 어조로 말했다. "몸이 가려운 것도 다 잊어버리게 될 거야."

이 병사도 지나가버렸다. 잇달아 또 한 병사가 수송차를 타고 지나갔다.

"빌어먹을, 각반을 어디다 처박아둔 거야?" 한 병사가 맨발로 수송차 뒤를 따라 뛰면서 짐 속을 뒤적이며 말했다.

---

* 차양이 있고 술 장식이 달린 원통형 또는 원뿔형의 높은 군모. 헝가리 후사르 기병대의 샤코(shako)에서 유래했다.

이 사내도 수송차와 함께 지나가버렸다.

뒤이어 한잔한 듯한 쾌활한 병사들이 걸어왔다.

"글쎄, 형제, 그 녀석을 개머리판으로 냅다 한 대 후려갈긴 게 이빨을 정통으로 쳤거든……" 외투 자락을 높이 걷어올린 병사가 손을 크게 내저으며 즐거운 듯이 말했다.

"그래, 그거, 정말 맛있는 햄이었어." 다른 하나가 큰 소리로 웃으면서 대답했다.

이들도 지나가버렸으므로, 네스비츠키는 누가 이빨을 얻어맞았는지, 햄이 뭐에 관계된 이야기인지 알 수 없었다.

"왜들 이렇게 서두르지? 저 녀석에게 등골 오싹한 걸 선물받고 몰사라도 당할 줄 아나보지." 한 부사관이 노기등등해서 꾸짖는 투로 말했다.

"이 아저씨야, 그 포탄이 내 옆을 스쳐날아갔을 때 어땠는 줄 아나? 그 포탄이 말이야." 입이 큰 젊은 병사가 겨우 웃음을 참으면서 말했다. "난 완전히 멍해졌어. 정말 얼마나 놀랐는지, 아아, 하느님, 끔찍해!" 병사는 자기가 놀란 것을 자랑이라도 하는 듯이 말했다.

이들 또한 지나가버렸다. 그리고 지금까지 본 것과는 전혀 다른 짐마차 한 대가 뒤이어 왔다. 집을 한 채 실은 것 같은 독일식 포르슈판*이 두 필의 말에 끌려오고 있었다. 독일인이 끌고 있는 포르슈판 뒤에는 큼직한 젖통을 가진 아름다운 얼룩무늬 암소가 매여 있었다. 깃털이불 위에 젖먹이를 안은 여자와 노파, 볼이 새빨간 건강해 보이는 젊은 독일인 여자가 앉아 있었다. 퇴거하는 주민들인데 특별히 통행 허

---

* 대형 짐마차.

가를 받은 것 같았다. 병사들의 눈은 모두 여자들에게 쏠렸고, 마차가 조금씩 움직여 지나가는 동안 병사들이 주고받은 이야기는 모두 두 여자에 관한 것이었다. 여자에 관한 음탕한 상상을 하는 병사들의 얼굴에는 거의 똑같은 미소가 감돌고 있었다.

"저것 봐, 소시지*도 떠나고 있어!"

"마누라를 팔지 않겠나." 한 병사가 마지막 음절을 강조하면서 독일인을 향해 말했고, 독일인은 눈을 내리뜨고 화가 난 듯이, 그러나 겁에 질린 듯이 성큼성큼 걸어갔다.

"아, 곱게도 치장했구나! 에이, 빌어먹을!"

"이봐, 페도토프, 저것들이랑 같이 살고 싶지?"

"별꼴 다 보겠네, 형제!"

"어디로 가는 건가?" 사과를 먹던 보병 장교도 살짝 웃음을 머금고 아름다운 아가씨를 바라보며 물었다.

독일인 남자는 눈을 감으며 알아듣지 못한다는 뜻을 나타냈다.

"먹고 싶으면 받아." 아가씨에게 사과를 내밀면서 장교가 말했다.

아가씨는 웃으며 받았다. 네스비츠키도 여자들이 다 지나갈 때까지 다리 위에 있는 사람들과 마찬가지로 눈을 떼지 않았다. 그들이 지나가자, 또다시 똑같은 병사들이 똑같은 이야기를 하면서 걸어갔지만, 마침내 모두 걸음을 멈췄다. 흔히 있는 일이지만, 다리 출구에서 중대 수송차에 단 말들이 멈칫거렸기 때문에 모두 기다려야 했다.

"어째서 다들 서 있지? 군규고 뭐고 있으나마나군!" 병사들은 말했

---

* 독일인을 비하한 말.

다. "어디까지 밀어대는 거야? 망할 자식! 기다릴 수 없나? 저 녀석들이 다리를 태우기라도 하면 꼴좋겠군. 아니, 장교님을 밀어대고 있잖아." 걸음을 멈춘 무리는 서로를 바라보며 사방에서 떠들어댔고, 모두 다리 끝을 향해 밀며 나아갔다.

다리 밑을 흐르는 엔스 강물을 내려다보던 네스비츠키는 갑자기 이제까지 들어본 적 없는 새로운 소리를 포착했다. 뭔가가 급격하게 가까워오고…… 커다란 것이…… 물속으로 텀벙 떨어지는 소리였다.

"저 녀석 봐라, 엉뚱한 곳에 날리는군!" 바로 옆에 서 있던 병사가 소리가 난 쪽을 돌아보며 단호하게 말했다.

"빨리 지나가라고 기운을 돋워주는 거야." 다른 병사가 불안한 듯이 말했다. 군중은 다시 움직이기 시작했다. 네스비츠키는 그것이 포탄이었음을 깨달았다.

"어이, 카자크, 말을 이리 줘!" 그는 말했다. "이봐! 비켜줘! 좀 비키게! 비키라니까!"

그는 간신히 말 옆으로 다가갔다. 그리고 줄곧 소리를 지르면서 전진하기 시작했다. 병사들은 그에게 길을 내주기 위해 한쪽으로 붙었다가 또다시 밀려들어와 그의 발을 밟았다. 하지만 그것은 가까이 있는 자들의 잘못이 아니라, 그들 또한 심하게 떠밀리고 있기 때문이었다.

"네스비츠키! 네스비츠키! 어이, 이 자식이!" 이때 뒤쪽에서 목쉰 소리가 들렸다.

네스비츠키가 돌아보자 움직이고 있는 보병 무리로부터 열다섯 걸음쯤 떨어진 곳에, 검은 머리털이 헝클어지고 군모를 비스듬히 쓴 채 경기병 상의를 기세 좋게 어깨에 걸친 바시카 데니소프의 붉은 얼굴이 보였다.

"이봐, 이 망할 녀석들에게 길을 비키라고 명령하란 말이야." 데니소프는 울화통이 치민 듯 핏발이 선 숯처럼 까만 눈동자를 번뜩이며 사방을 두리번거리고, 얼굴처럼 빨간 작은 맨손으로 사브르를 칼집째 휘두르며 외쳤다.

"오오! 바샤*!" 네스비츠키는 기쁜 듯이 대답했다. "무슨 일인가?"

"중대가 지나가질 못하고 있어." 바시카 데니소프는 하얀 이를 심술 궂게 드러내고 검은 털의 아름다운 애마 베두인에게 박차를 가하면서 외쳤고, 베두인은 총검이 부딪칠 때마다 귀를 쫑긋거리고 콧바람을 뿜고 재갈에서 침을 사방으로 튀기며 다리에 깔린 판자를 발굽으로 달각달각 찼는데, 자기 등에 탄 사람이 허락만 한다면 당장 다리 난간을 뛰어넘을 기세였다.

"이건 뭐지? 꼭 양떼 같군! 영락없는 양떼야! 비켜…… 길을 비키라고!…… 거기 서라! 이 자식, 거기 수송차, 빌어먹을! 베어버릴 테다!" 그는 정말 사브르를 빼들고 휘두르면서 소리쳤다.

병사들이 겁에 질린 얼굴로 한덩어리로 달라붙자, 데니소프는 네스비츠키와 함께 가게 되었다.

"자네 왜 오늘은 한잔하지 않았나?" 데니소프가 다가오자 네스비츠키는 물었다.

"한잔할 틈이 나야 말이지!" 바시카 데니소프는 대답했다. "진종일 연대를 여기저기로 끌고 다닐 뿐이야. 싸우려면 제대로 싸워야지. 대

---

* 바시카의 원래 이름인 바실리의 애칭.

체 이게 뭔가, 제기랄!"

"자네 오늘 굉장히 멋을 부렸군!" 그의 새 경기병 상의와 안장 방석을 훑어보면서 네스비츠키는 말했다.

데니소프는 히죽 웃으며 주머니에서 향수 냄새가 진동하는 손수건을 꺼내 네스비츠키의 코밑에 디밀었다.

"그거야 이제부터 싸움터로 나가지 않겠나! 그러니까 면도도 하고 이도 닦고 향수도 뿌렸지."

카자크를 거느린 네스비츠키의 위엄 있는 모습과 사브르를 휘두르며 미친듯이 소리치는 데니소프의 기세 덕분에 그들은 가까스로 다리 저쪽으로 빠져나가 보병들을 멈추게 할 수 있었다. 네스비츠키는 명령을 전해야 할 연대장을 다리 끝에서 발견했고, 임무를 마치자 다시 뒤로 돌아갔다.

길이 열리자 데니소프는 다리 어귀에서 멈췄다. 자기 친구들 쪽으로 가고 싶어서 한 발로 땅을 차대는 말을 되는대로 붙잡으면서 그는 자기 쪽으로 다가오는 경기병 중대를 바라보았다. 서너 필의 말이 내달려오는 것 같은 선명한 말굽 소리가 다리 판자 위로 울리더니, 장교를 선두로 한 줄에 네 명씩 늘어선 중대가 다리 위에서 길게 이어지며 반대편 강변으로 건너가기 시작했다.

정지당한 보병들은 다리 옆의 짓밟힌 진흙 위에 모여 서서, 병과가 다른 군대와 섞이게 되었을 때 흔히 느끼기 마련인 독특한 반감과 소외감, 냉소를 품고 정연하게 자기들을 지나쳐 가는 산뜻하고 말끔한 경기병들을 바라보고 있었다.

"야아, 멋쟁이 친구들! 포드노빈스코예*에 가면 딱 좋겠다!"

"저따위가 다 무슨 소용이야! 그저 상판 보여주러 끌려다니는 게 고작이지!" 다른 한 사람이 말했다.

"보병, 먼지 난다!" 말이 껑충 뛰어오르는 바람에 보병들에게 진흙을 튀긴 경기병이 농담을 던졌다.

"네놈 따위는 배낭 메고 이틀만 행군하면 그 장식 끈 같은 건 한 오라기도 안 남을 거다." 얼굴에 묻은 진흙을 소매로 닦으며 보병이 대꾸했다. "그 꼴이 뭐냐, 사람이 아니라 꼭 새가 앉아 있는 것 같다!"

"그래, 그래, 지킨, 널 말에 태우면 좋겠다. 꽤 볼만하겠어." 한 상등병이 배낭 무게 때문에 등이 굽은 바싹 마른 병사를 놀려댔다.

"사타구니에 작대기를 끼워봐. 그게 네놈 말이 될 거다." 경기병이 대꾸했다.

8

이윽고 나머지 보병대도 어귀에서 깔때기꼴로 죄어들면서 서둘러 다리를 지나갔다. 마침내 수송차도 모두 건너가고, 혼잡도 줄어들고, 마지막 대대가 다리에 들어섰다. 오직 데니소프의 경기병 중대만 적과 대치하며 다리 저쪽에 남아 있었다. 멀리 맞은편 강변의 산 위에 있는 적도 다리에서는 아직 보이지 않았는데, 그것은 강이 흐르는 저지에서 보면 지평선은 반 베르스타도 되지 않는 앞쪽 고지에서 끝나기 때문이

---

* 명절날 들놀이 등이 행해졌던 모스크바의 공원. 나중에 노빈스키 가로숫길이 생겼다.

었다. 앞에는 황야가 있고, 그 이쪽저쪽에서 아군의 카자크 척후대의 작은 무리가 움직이고 있었다. 갑자기 앞쪽 측면의 고지에 푸른 카포트*를 입은 군대와 대포가 나타났다. 프랑스군이었다. 카자크 척후대는 구보驅步로 산기슭으로 물러났다. 데니소프 중대의 장교들과 병사들은 모두 다른 이야기를 하고 다른 곳을 보려고 애썼지만, 역시 그 고지에 나타난 것에 대해 줄곧 생각하고, 지평선에 나타난 얼룩점을 끊임없이 지켜보면서 그것이 적군임을 깨닫고 있었다. 오후로 접어들면서 날은 다시 활짝 갰고, 태양은 도나우 강과 그 주변의 어두운 산 위로 눈부시게 지고 있었다. 그 산 위에서 가끔 나팔 소리와 적의 외침 소리가 날아들 뿐 사위는 고요했다. 중대와 적군 사이에는 얼마 되지 않는 척후대 외에 이제 아무도 없었다. 300사젠**가량의 텅 빈 공간이 둘을 갈라놓고 있을 뿐이었다. 적군은 사격을 멈췄으나, 그것 때문에 양군을 갈라놓은 엄숙하고 무서운, 접근할 수도 붙잡을 수도 없는 선이 더욱 뚜렷하게 느껴졌다.

'산 자와 죽은 자를 갈라놓은 것 같은 이 선을 한 발짝 넘어서면 미지와 고통과 죽음이 기다리고 있다. 거기에는 무엇이 있을까? 누가 있을까? 이 들과 나무와 태양에 빛나는 지붕 저쪽에는? 아무도 모른다. 그러나 알고 싶다. 이 선을 넘는 것은 두렵다. 그러나 넘어보고 싶다. 그리고 머지않아 이 선을 넘어 거기에, 이 선 저쪽에 무엇이 있는지 알지 않으면 안 된다는 것을 알고 있고, 그것은 죽음 저쪽에 무엇이 있는지 결국 알게 되는 것과 마찬가지다. 나는 지금 힘이 넘치고 건강하고

---

* 후드가 달린 긴 외투.
** 러시아의 거리 단위로, 1사젠은 약 2.13미터.

쾌활하고 흥분해 있고, 나와 똑같이 건강하고 활기차고 흥분한 사람들에게 둘러싸여 있다.' 적과 마주보고 있는 사람들은 똑같지는 않아도 다들 이렇게 느끼고 있었고, 이 느낌은 이 순간에 일어나고 있는 모든 일에 특별한 광채와 즐겁고 날카로운 인상을 주고 있었다.

고지에 있는 적군 쪽에서 발사 연기가 피어오르고 휭 하는 소리와 함께 포탄이 경기병 중대의 머리 위를 날아갔다. 모여 서 있던 장교들은 자기 위치로 흩어졌다. 경기병들도 부지런히 말을 정렬시키기 시작했다. 중대는 일시에 조용해졌다. 모두 전방의 적을 바라보고 명령을 기다리면서 중대장을 돌아보았다. 잇달아 두번째, 세번째 포탄이 날아왔다. 적이 경기병대를 목표로 사격하는 것이 분명했고, 포탄은 소리를 내면서 일정한 속도로 빠르게 경기병대의 머리 위를 날아가 뒤쪽 어딘가에 떨어졌다. 경기병들은 돌아보지 않았지만 포탄이 날아가는 소리가 들릴 때마다, 모두 명령이라도 받은 것처럼 단조롭지만 복잡한 얼굴로 포탄이 날아가는 동안 숨을 죽이고 등자를 밟고 일어섰다가 다시 주저앉았다. 호기심에 들뜬 병사들은 고개를 돌리지 않고 곁눈질로 동료의 반응을 살폈다. 데니소프를 비롯하여 나팔수에 이르기까지 모두의 입술과 턱 언저리에는 초조와 흥분이 싸우고 있는 듯한 공통된 표정이 떠올랐다. 기병 상사는 마치 처벌하겠다고 위협하는 듯이 이맛살을 찌푸리면서 병사들을 둘러보았다. 견습사관 미로노프는 포탄이 날아올 때마다 몸을 움츠렸다. 로스토프는 다리를 절기는 하지만 훌륭한 그라치크에 올라타 좌익에 서서, 여러 사람 앞으로 자신 있는 시험에 불려나간 학생처럼 행복한 표정을 짓고 있었다. 그는 탄환 아래서도 태연하게 서 있는 자기를 보라는 듯이 밝고 씩씩한 얼굴로 주위를 둘러보았다. 그러나 그 의지와는 반대로 그의 얼굴에도 무엇인가 새롭고 엄격한 표정이 입가에 떠올랐다.

"저기 고개 숙인 자는 누구냐? 견습사관 미로노프인가? 좋지 않아, 나를 봐!" 데니소프는 외쳤지만 그 역시 한군데 가만있지 못하고 말을 탄 채 중대 앞을 왔다갔다했다.

들창코에 검은 머리의 바시카 데니소프는 얼굴도, 작지만 딱 벌어진 몸집도, 칼집에서 뺀 사브르의 자루를 쥔 힘줄투성이 손목(털이 촘촘히 덮인 짧은 손가락의)도 여느 때와 똑같고, 특히 저녁에 술을 두어 병 마셨을 때와 똑같았다. 다만 얼굴이 평소보다 더 붉었는데, 그는 새가 물을 마실 때처럼 텁수룩한 머리를 쳐들고 작은 발로 애마 베두인의 옆구리에 사정없이 박차를 가하고, 뒤로 넘어갈 것처럼 몸을 젖히면서 중대의 반대쪽 측면으로 달려가서 권총을 점검하라고 목쉰 소리로 외쳤다. 이윽고 그는 키르스텐에게 다가갔다. 등이 넓은 육중한 암말에 올라탄 이등대위도 평보로 데니소프에게 다가갔다. 윗수염을 길게 기른 이등대위는 여느 때처럼 정색한 얼굴을 하고 있었으나 눈만은 평소보다 빛났다.

"어떤가?" 그는 데니소프에게 말했다. "이래서는 전투까지 갈 수 없을 거야. 두고봐, 퇴각하게 될 테니까."

"우라질 녀석들, 도대체 뭘 하고 있는 거야!" 데니소프는 불퉁거렸다. "이봐, 로스토프!" 견습사관의 쾌활한 얼굴을 보자 그는 소리쳤다. "어때, 고대하던 것이 왔군."

그는 이 견습사관을 만난 것이 기쁜 듯 만족스러운 미소를 지었다. 로스토프는 자신이 완벽하게 행복하다고 느꼈다. 이때 다리 위에 연대장이 나타났다. 데니소프는 그쪽으로 말을 몰았다.

"각하! 공격을 허락해주십시오! 제가 놈들을 박살내버리겠습니다."

"공격은 무슨 공격인가." 상관은 귀찮은 파리라도 피하는 것처럼 얼굴을 찌푸리고 따분한 목소리로 말했다. "그리고 자네들은 왜 이런 데서 어물거리고 서 있지? 봐라, 양익의 부대가 퇴각하고 있다. 중대를 후퇴시켜."

중대는 한 명의 병사도 잃지 않고 다리를 건너 포탄의 사정권 밖으로 나왔다. 그들 뒤를 떠나 산병선散兵線에 있던 제2중대도 건넜고, 마지막으로 카자크 부대도 건너편 기슭에서 철수했다.

파블로그라드스키 연대의 2개 중대는 다리를 건너 속속 산 쪽으로 퇴각했다. 연대장 카를 보그다노비치 슈베르트는 데니소프의 중대로 말을 타고 다가와서 로스토프 옆에서 평보로 전진했는데, 텔랴닌 사건 이래 처음 마주쳤는데도 그는 로스토프에게 전혀 주의를 돌리지 않았다. 싸움터에서 보니 로스토프는 자기의 생살권이 이전부터 자기가 죄스럽게 느끼고 있던 이 사람에게 있는 듯해 연대장의 장사 같은 등이며 연한 금발의 뒤통수며 붉은 목덜미에서 눈을 떼지 못했다. 처음에 로스토프는 보그다니치가 그저 무관심을 가장하고 있을 뿐이며, 지금 그가 온 목적은 견습사관의 용기를 시험하려는 것이라는 생각이 들어서 몸을 곧게 펴고, 유쾌한 듯이 주위를 둘러보았다. 그러자 이번에는 보그다니치가 자신의 용기를 과시하려고 일부러 옆에서 말을 타고 가는 것이라는 생각이 들었다. 또 자기에게는 적인 이 사내가 자기, 즉 로스토프를 처벌하기 위해 중대 전체를 지금 일부러 무모한 공격으로 내몰려 한다는 생각도 들었다. 그리고 그 공격 뒤에 그가 부상을 입은 자기에게 다가와 관대하게 화해의 손을 내미는 모습도 그려보았다.

파블로그라드스키 연대 사람들에게 낯익은, 어깨를 한껏 추켜올린 제르코프가(그는 최근에 연대를 떠났었다) 연대장 쪽으로 다가왔다. 제르코프는 참모본부에서 쫓겨난 뒤, 참모부에 있으면 아무것도 하지 않아도 포상을 더 받을 수 있는데 전선에서 허드렛일을 할 만큼 자기는 바보가 아니라고 지껄이면서 연대에는 붙어 있지 않다가 교묘히 바그라티온 공작*의 전령이 되었다. 그는 후위 부대 지휘관의 명령을 가지고 이전의 대장한테 온 것이었다.

"연대장님," 그는 이전의 동료들을 둘러보면서 로스토프의 적을 향해 침울하고 진지한 특유의 어투로 말했다. "정지해서 다리를 소각하라는 명령입니다."

"누구의 명령인가?" 연대장은 침울하게 물었다.

"누구의 명령인지는 모르겠습니다, 연대장님." 경기병 소위보는 정색하며 대답했다. "다만 공작이 제게 '연대장에게 가서, 경기병들은 속히 돌아가 다리를 소각하라고 전하라'고 명령하셨습니다."

제르코프에 이어 막료 장교도 같은 명령을 가지고 기병대 연대장에게 왔다. 막료 장교에 이어 뚱뚱한 네스비츠키가 간신히 그를 태우고 구보로 온 듯한 카자크의 말을 타고 다가왔다.

"왜 그러십니까, 연대장." 그는 말이 멈추기도 전에 외쳤다. "나는 다리를 소각하라고 말씀드렸는데 누군가 잘못 전했나보군요. 그쪽은 모두 정신이 나가서 아무것도 분간하지 못하고 있단 말입니다."

---

* P. I. 바그라티온(1765~1812). 러시아 사령관.

연대장은 서두르지 않고 연대를 멈춰 세운 다음 네스비츠키에게로 얼굴을 돌렸다.

"당신은 내게 연소물에 대해 말씀하셨지만," 그는 말했다. "다리를 소각하는 것에 대해서는 아무 말씀도 하지 않았습니다."

"아니, 이 양반이," 네스비츠키는 말을 멈추더니 모자를 벗고 땀에 젖은 머리카락을 통통한 손으로 매만지며 말했다. "연소물을 놓으라고 하면서 다리를 소각하라는 말을 안 했다는 것이 말이 됩니까?"

"영관님, 나는 당신에게 '이 양반이'라고 불릴 이유가 없고, 당신은 다리를 소각하라고 말하지 않았습니다! 나는 내 직무를 알고 있고, 명령을 엄중하게 이행하는 사람입니다. 당신은 다리를 소각한다고 하는데, 누가 소각하는 것인지, 나는 도대체 모르겠습니다……"

"흥, 언제나 이 모양이야." 네스비츠키는 손을 내저으며 말했다. "자넨 어째서 여기에 있나?" 그는 제르코프에게로 얼굴을 돌렸다.

"같은 용건이지. 그건 그렇고, 자네는 흠뻑 젖었군. 내가 좀 짜줄까."

"당신이 말한 것은 말입니다, 영관님……" 연대장은 화가 난 어조로 계속했다.

"연대장님," 막료 장교가 가로막았다. "서둘러야 합니다. 안 그러면 적군이 산탄 사정권으로 포를 움직일 겁니다."

연대장은 잠자코 막료 장교에게서 뚱뚱한 영관에게로, 이어서 제르코프에게로 눈길을 옮겼다가 얼굴을 찌푸렸다.

"다리를 소각하겠소." 그는 엄숙한 어조로 마치 아무리 불쾌한 일을 당했더라도 할 일은 하겠다는 듯이 말했다.

연대장은 모든 것이 말 탓이라는 듯이 근육질의 긴 다리로 말을 차면서 앞으로 나아가, 로스토프가 데니소프의 지휘하에 근무하고 있는 제2 기병 중대에게 다리로 되돌아가라고 명령했다.

'아아, 역시 그렇다.' 로스토프는 생각했다. '그는 나를 시험하려는 것이다!' 그의 심장은 죄어들고 순식간에 피가 얼굴로 솟구쳤다. '두고 봐라, 내가 겁쟁이인가 아닌가.' 그는 생각했다.

또다시 중대 전원의 쾌활한 얼굴에 아까 포화 아래 있었을 때와 똑같은 심각한 표정이 떠올랐다. 로스토프는 자기의 적인 연대장의 얼굴에서 눈을 떼지 않은 채 자신의 추측을 뒷받침할 만한 것을 발견하려고 애썼다. 그러나 연대장은 로스토프에게는 눈길도 주지 않은 채 대열 앞에 서면 언제나 그랬듯이 엄격하고 장중한 얼굴을 하고 있었다. 호령이 들렸다.

"서둘러! 서둘러!" 그의 주변에서 몇 사람의 목소리가 들렸다.

경기병들은 사브르를 고삐에 걸고 박차를 가하며 서두르면서, 이제부터 자기들이 뭘 해야 하는지도 모르는 채 말에서 내렸다. 그들은 성호를 그었다. 로스토프는 이제 연대장을 보지 않았다. 그럴 겨를이 없었다. 그는 다른 경기병들에게 뒤처질까봐 불안해 심장이 얼어붙는 것 같았다. 말구종에게 말을 건넬 때도 그의 손은 떨리고 있었고, 피가 뛰면서 심장으로 흘러드는 것을 느꼈다. 데니소프는 몸을 뒤로 젖히고 뭐라고 외치며 말을 몰아 그를 지나쳐 갔다. 로스토프에게는 서로 박차가 얽히고 사브르를 짤그락거리면서 주위를 달려가는 경기병들 외에는 아무것도 눈에 들어오지 않았다.

"들것!" 누군가가 뒤에서 외쳤다.

로스토프는 들것을 찾는 것이 무슨 의미인지도 생각하지 않았다. 그저 누구보다 앞서야겠다고만 생각하고 달렸다. 그러나 다리 바로 옆에서, 발밑을 보지 않는 바람에 짓밟혀 질척거리는 진흙에 빠져 비틀거리다가 두 손을 짚으며 쓰러지고 말았다. 다른 사람들은 그를 피해서 달려갔다.

"대위, 양 측면으로" 하는 연대장의 목소리가 들렸고, 그는 말을 타고 앞으로 달려가더니 득의에 찬 유쾌한 얼굴로 다리 근처에 멈춰 섰다.

로스토프는 더러워진 손을 승마바지에 닦으면서 자기의 적을 돌아보고는, 조금이라도 더 전진할수록 좋다고 생각하고 앞으로 달려갔다. 보그다니치는 로스토프를 보고 있지도, 알아보지도 못했지만 그를 향해 소리쳤다.

"누가 다리 한가운데로 뛰어가는 건가? 오른쪽으로 붙어! 견습사관, 어이, 되돌아와!" 그는 화난 듯이 외쳤고, 대담함을 과시하려는 듯이 다리 판자 위로 말을 몰고 들어선 데니소프 쪽으로 몸을 돌렸다.

"왜 그런 모험을 하는 건가, 대위! 말에서 내려." 연대장은 말했다.

"뭘요! 죄 있는 놈이나 당하는 겁니다." 바시카 데니소프는 안장 위에서 뒤돌아보며 대답했다.

한편 사정거리에서 벗어난 네스비츠키와 제르코프와 막료 장교는, 노란 키베르를 쓰고 장식 끈이 달린 암녹색 상의에 푸른 승마바지 차림으로 다리 언저리에서 꿈틀거리고 있는 작은 무리와, 건너편 저멀리서 다가오고 있는 푸른 외투와 말에 탄 무리와 육안으로 확연히 보이는 대포를 바라보고 서 있었다.

'다리를 소각할 수 있을까, 없을까? 어느 쪽이 먼저일까? 아군이 먼저 달려가서 다리를 소각할 것인가, 프랑스군이 산탄 사정거리까지 다가와 경기병들을 처부숴버릴 것인가?' 고지에 서서 대다수 부대원들이 저마다 심장이 얼어붙는 듯한 기분으로 자기도 모르게 이 의문을 가슴 속에서 되풀이했고, 밝은 석양 속에서 다리와 경기병을, 그리고 건너편에서 총검과 대포를 반짝이며 차츰 가까이 몰려드는 푸른 외투를 바라보고 있었다.

"오! 경기병들이 당하겠어!" 네스비츠키는 말했다. "이젠 산탄 사정거리 안이야."

"저렇게 많이 데리고 가봤자 소용없어." 막료 장교는 말했다.

"정말 그래!" 네스비츠키가 받았다. "원기 왕성한 병사 두어 명만 보내면 됐을 텐데."

"아아, 공작." 제르코프는 경기병에게서 눈을 떼지 않은 채 진심인지 아닌지 알 수 없을 만큼 천연스러운 태도로 말참견했다. "아아, 공작! 그게 무슨 말씀입니까! 병사 두어 명이라니요, 그래가지고서야 리본 달린 블라디미르 훈장을 타겠습니까? 이렇게 된 바에는 설령 전멸을 당한다 해도 괜찮습니다. 중대는 표창되고, 자기도 훈장을 받게 되니까요. 우리의 보그다니치는 이러한 것을 잘 알고 있습니다."

"아아," 막료 장교는 말했다. "산탄이야!"

그는 앞차를 떼어 허둥지둥 뒤로 물러간 프랑스군의 대포를 가리켰다.

대포를 갖춘 프랑스군 집단 속에서 연기가 피어오르더니 거의 동시에 또 하나, 다시 또 하나, 그리고 첫번째 포성이 이쪽에 이른 순간 다시 네번째 연기가 피어올랐다. 포성이 연달아 두 번 들리고 곧바로 다음 포성이 들렸다.

"오, 오오!" 막료 장교의 팔을 잡으면서, 마치 타는 듯한 아픔을 느끼는 듯 네스비츠키는 외쳤다. "저것 봐, 한 사람 쓰러졌다, 쓰러졌다, 쓰러졌어!"

"두 사람 아냐?"

"내가 황제라면 절대로 전쟁 같은 건 하지 않을 거야." 네스비츠키는 얼굴을 돌리면서 말했다.

프랑스군 포병대는 또다시 서둘러 장탄했다. 푸른 외투를 입은 보병들은 재빨리 다리 쪽으로 달려갔다. 또다시, 그러나 고르지 않은 간격으로 연기가 일고, 산탄이 다리 위에서 작렬하기 시작했다. 이번에는 다리 위에서 무슨 일이 벌어지고 있는지 네스비츠키도 분간할 수가 없었다. 다리에서 검은 연기가 피어올랐기 때문이다. 경기병들이 다리를 소각한 것이었다. 프랑스군 포병대는 이제 그것을 방해하기 위해서가 아니라, 다만 포를 조준했고 목표물이 있기 때문에 포격을 계속하는 것이었다.

프랑스군은 경기병들이 말구종 옆으로 돌아오는 동안 세 차례에 걸쳐 산탄을 발사했다. 처음 두 차례의 일제사격은 모두 위로 빗나가버렸으나, 세번째 사격은 경기병 무리 한가운데 떨어져 세 명을 쓰러뜨렸다.

자기와 보그다니치의 관계에만 정신이 팔렸던 로스토프는 무엇을 해야 할지 모르는 채 다리 위에서 걸음을 멈췄다. 베어 죽이려고 해도(그는 전투라는 것을 언제나 그렇게 상상하고 있었다) 상대가 없었고, 다리 소각을 도우려고 해도 다른 병사들처럼 짚 꼬은 것을 가져오지 않았기 때문에 할 수 없었다. 그가 멈춰 서서 주위를 둘러보는 순간, 갑자기 다리 위에서 호두를 흩뿌리는 듯한 소리가 들리더니 가장 가까이에 있던 경기병이 신음하며 난간에 쓰러졌다. 로스토프는 다른 사람들과 함께 그에게 달려갔다. 누군가가 또 "들것!" 하고 외쳤다. 네 사람이 그 경기병을 안아 올렸다.

"으으으!…… 내버려둬, 제발" 하고 부상자가 외쳤으나, 그들은 일단 그를 들것에 실었다.

니콜라이 로스토프는 고개를 돌려 뭔가를 찾는 것처럼 먼 경치며 도나우 강물이며 하늘이며 태양을 바라보았다. 하늘은 얼마나 아름다운가, 얼마나 푸르고 고요하고 깊은가! 저물어가는 태양은 얼마나 밝고 장엄한가! 저멀리 도나우 강물은 얼마나 부드럽고 반짝이며 빛나는가! 멀리 도나우 강 뒤쪽에 푸르게 보이는 산들, 수녀원, 신비로운 골짜기, 우듬지까지 안개가 낀 소나무 숲은 더한층 훌륭했다…… 저곳은 고요하고 행복에 가득차 있다…… '내가 저기에 있을 수만 있다면 아무것도, 아무것도 바라지 않을 것이다. 정말 아무것도 바라지 않을 것이다.' 로스토프는 생각했다. '나 한 사람과 저 태양 속에는 그지없는 행복이 있다. 그런데 여기에는…… 신음과 고통과 공포, 그리고 이 모호함, 분주함…… 저기, 또 뭐라고 소리치고, 모두 또다시 뒤쪽 어딘가로 달려간다. 나도 그들과 함께 달려간다. 아아, 바로 저것이, 저것이, 지금 내 머리 위와 내 주위에 있는 저것이, 그렇다, 죽음이다…… 눈깜짝하는 순간에 나는 저 태양도, 저 강물도, 저 골짜기도 볼 수 없게 될 것이다……'

때마침 태양은 구름 뒤로 숨었고, 로스토프 앞쪽에 또다른 들것이 나타났다. 그러자 죽음과 들것에 대한 두려움도, 태양과 생명에 대한 사랑도, 모든 것이 하나의 병적인 불안한 인상으로 녹아들었다.

'하느님! 하늘에 계시는 아버지시여! 저를 구하고 용서하고 지켜주소서!' 로스토프는 속으로 중얼거렸다.

경기병들은 말구종에게 뛰어갔고, 목소리들은 높아졌다가 가라앉았고, 들것은 눈앞에서 사라졌다.

"이봐 형제, 화약 냄새를 맡았나?⋯⋯" 귓전에서 바시카 데니소프가 외치는 소리가 들렸다.

'모든 것은 끝났다. 그러나 나는 겁쟁이다. 그렇다, 나는 겁쟁이다.' 로스토프는 이렇게 생각하고 무거운 한숨을 쉬면서, 한쪽 다리를 굽히고 있는 그라치크를 말구종에게서 넘겨받아 올라타려고 했다.

"그게 뭐였지? 산탄인가?" 그는 데니소프에게 물었다.

"응, 지독한 놈이었지!" 데니소프는 외쳤다. "모두들 잘해줬어! 그러나 내키지 않는 일이지, 공격이란 것은! 적들을 개새끼처럼 베어 죽이는 것은 유쾌하지만 지금 것은 어이가 없어. 사람을 과녁처럼 쏘아대니 말이야."

이렇게 말하고 데니소프는 로스토프 옆에서 멀지 않은 곳에 서 있는 연대장, 네스비츠키, 제르코프, 막료 장교 무리 쪽으로 말을 몰았다.

'그러나 아무도 알아채지 못한 것 같다' 하고 로스토프는 생각했다. 사실 그 누구도 아무것도 알아채지 못했다. 한 번도 포화의 세례를 받아본 적 없는 견습사관이 처음으로 경험하는 감정은 누구나 익히 알고 있었기 때문이다.

"곧 전투 보고가 상신될 겁니다." 제르코프가 말했다. "두고보십시오, 나도 이제 소위로 임관될 테니."

"내가 다리를 소각했다고 공작에게 보고해주시오." 연대장은 의기양양하고 유쾌하게 말했다.

"만약 손실에 관한 질문을 하시면요?"

"경미합니다!" 연대장은 굵은 목소리로 대답했다. "경기병 두 명이 부상하고, 한 명은 낙명했습니다." 낙명했다는 아름다운 말을 큰 소리로 또렷하게 발음하면서 그는 행복한 미소를 억누르지 못하고 기쁜 듯이 말했다.

9

보나파르트가 지휘하는 10만 프랑스군의 추격을 받고, 가는 곳마다 주민들에게 반감을 사고, 이제 더는 연합군도 믿을 수 없고, 식량이 떨어지고, 전쟁의 예기치 않은 조건 아래서 행동할 것을 강요당하던 3만 5천의 러시아군은 쿠투조프의 지휘 아래 도나우 강 하류 쪽으로 서둘러 퇴각했고, 적군에게 추격을 당하면 멈춰서 중포中砲 따위를 잃지 않고 후퇴할 수 있을 만큼만 후위전으로 응전하면서 나아갔다. 람바흐, 암슈테텐, 멜크 부근에서도 전투가 있었다.[28] 적군도 인정할 만큼 러시아군은 용감하고 완강히 싸웠지만 이러한 전투는 결국 후퇴만 더 재촉할 뿐이었다. 울름 전투에서 포로가 될 뻔했던 오스트리아군은 한때 브라우나우에서 쿠투조프군에 합류했으나 지금은 분리되었기 때문에, 쿠투조프는 지칠 대로 지친 미약한 자기 병력 외에는 의지할 데가 없었다. 빈을 수호한다는 것은 이제 생각할 수조차 없었다. 쿠투조프가 빈에 있을 때 오스트리아 군사위원회에서 전수한 새로운 학문, 즉 전술학의 법칙에 입각해서 깊이 검토된 공격전은 고사하고, 그저 울름에서 마크가 했던 것처럼 군대를 파멸시키지 않고 러시아에서 진군중인 원군과 합류하는 것만이 그의 유일한 목적이었지만, 그것도 거의 가망이 없어 보였다.

10월 28일, 쿠투조프는 군대를 거느리고 도나우 강 좌안으로 건너가 프랑스군 주력과 아군 사이에 도나우 강을 끼고 비로소 멈췄다. 30일에는 도나우 강 좌안에 진을 치고 있던 모르티에* 사단을 공격해 격파했다.[29] 이 전투에서 처음으로 전리품을 노획했다. 군기軍旗, 대포 수문, 적군의 장군 두 명이었다. 이 주 동안 퇴각하던 러시아군이 처음으로 멈춘 이곳에서 전투 뒤에 싸움터를 확보했을 뿐만 아니라 프랑스군을 모조리 격퇴했던 것이다. 부대는 피복도 부족하고 지칠 대로 지쳐 삼분의 일의 병력을 낙오로, 부상으로, 전사로, 질병으로 잃었고, 도나우 강 맞은편 강변에는 부상병들이 적의 박애심에 호소하는 쿠투조프의 편지를 지닌 채 유기되어 있었으며, 크렘스의 큰 병원과 민가가 죄다 야전병원으로 바뀌었는데도 부상자를 전부 수용할 수 없는 상태였지만, 이러한 모든 사정에도 불구하고 크렘스에서 퇴각을 멈추고 모르티에 사단에게 거둔 승리는 전군의 사기를 크게 고무했다. 전투 부대는 물론 사령부에도 러시아에서 지원군이 오고 있다느니, 오스트리아군이 어디서 승리를 거두었다느니, 보나파르트가 혼비백산하여 퇴각했다느니 하는 확실치는 않다 해도 통쾌한 소문이 파다하게 퍼졌다.

안드레이 공작은 전투가 벌어지는 동안 줄곧, 이번 전투에서 전사한

---

* E. A. 모르티에(1768~1835). 프랑스 원수. 1834~1835년 프랑스 수상을 지냈다.

오스트리아의 슈미트 장군을 따라다녔다. 그의 말이 다치고 그도 손에 총알이 스쳐 찰과상을 입었다. 그는 총사령관의 각별한 배려로 이 승전보를 가지고, 프랑스군의 위협 아래 있던 빈에서 브륀*으로 옮긴 오스트리아의 궁정으로 파견되었다. 전투가 있던 밤 안드레이 공작은 흥분했지만 피로를 느끼지는 않았고(겉으로 보기에 그리 건장한 체격은 아니지만 그는 건장한 사람보다 육체적 피로를 훨씬 더 잘 견뎌냈다), 그래서 도흐투로프** 장군의 보고를 가지고 크렘스에 있는 쿠투조프에게 말을 달렸는데, 바로 그날 밤 브륀에 급사로 파견된 것이다. 급사로 간다는 것은 포상 외에 승진을 향한 중대한 한 걸음을 뜻했다.

별이 총총한 어두운 밤이었다. 전투가 있었던 전날 내린 하얀 눈 속에 도로만 검게 보였다. 지난 전투의 인상을 돌이켜보기도 하고, 자신이 가져갈 승전보가 줄 인상을 즐겁게 상상하기도 하고, 총사령관과 동료들의 배웅을 떠올리기도 하면서 안드레이 공작은 역마차를 타고 질풍처럼 내달렸고, 오랜 기다림 끝에 마침내 행복의 실마리를 붙잡은 듯한 기분을 맛보았다. 눈을 감자 귓전에서 소총과 대포의 사격 소리가 울렸고, 그것은 수레바퀴의 삐거덕거리는 소리와 승리의 감명과 하나로 합쳐졌다. 러시아군이 패주하고, 자신은 전사한 듯한 기분이 들기도 했다. 그러나 그 순간 번쩍 눈을 뜨고는 그런 일은 결코 없으며, 패주한 것은 프랑스군이라는 사실을 행복하게 확인했다. 그는 다시 한번 승리의 세부 내용과 전투중의 자신의 용감함을 떠올리고 나서야 안심하고 졸기 시작했다…… 별이 빛나는 어두운 밤이 지나고 즐겁고

---

* 현재 체코의 브루노.
** D. S. 도흐투로프(1756~1816). 러시아 장군.

눈부신 아침이 왔다. 눈이 햇볕에 녹고, 말은 빠르게 달리고, 오른쪽에
도 왼쪽에도 새롭고 다양한 모습의 숲이며 들이며 마을이 스쳐갔다.

그는 어느 역참에서 러시아 부상병을 태운 짐마차를 앞질렀다. 수송
대를 지휘하는 러시아 장교는 선두의 마차에 비스듬히 누운 채 언성을
높여 거친 말로 한 병사를 꾸짖고 있었다. 기다란 독일식 포르슈판에
는 대여섯 명씩, 혹은 그보다 많은 흙투성이 부상병들이 붕대를 감고
핏기 없는 얼굴로 돌이 많은 길을 흔들리며 가고 있었다. 어떤 자는 이
야기를 하고(러시아어로 말하는 소리가 들렸다), 어떤 자는 빵을 먹고,
또 그중 가장 심한 부상자는 얌전하고 병약한 어린애같이 호기심 어린
눈으로 자기들 옆을 달려가는 급사를 바라보고 있었다.

안드레이 공작은 마차를 멈추게 하고 한 병사에게 어느 전투에서 부
상당했느냐고 물었다.

"그저께 도나우 강에서입니다." 병사는 대답했다. 안드레이 공작은
지갑에서 금화 세 닢을 꺼내 병사에게 주었다.

"사람들에게 나눠주시오." 그는 다가오는 장교를 향해 덧붙였다.
"모두 하루속히 회복되길 바라네" 하고 그는 병사들에게 말했다. "아
직 할 일이 많으니까."

"저, 부관님, 어떤 소식입니까?" 장교가 이야기를 하고 싶은 듯 물
었다.

"좋은 소식입니다! 자, 가자!" 그는 마부에게 소리치고 길을 재촉
했다.

안드레이 공작이 브륀에 닿았을 때는 이미 상당히 어두워져 있었고,
그는 높은 집들, 상점들과 집집의 창문, 가로등 불빛, 덜컹거리며 포석

깐 길을 달리는 아름다운 마차와 진중에 있던 군인에게는 언제나 매력
적인 활기찬 대도시의 분위기에 둘러싸인 자신을 발견했다. 그는 급한
마차 여행으로 밤새 잠을 제대로 자지 못했지만 궁정에 가까워질수록
간밤보다 더욱 힘이 솟는 것 같았다. 눈은 열병에라도 걸린 듯 번뜩였
고, 머릿속에서는 갖가지 생각이 이상하리만큼 신속하고 명료하게 전
환되었다. 또다시 전투의 이모저모가 생생하게 떠올랐으나, 막연한 것
이 아니라 프란츠 황제에게 상주하기 위한, 명확하고 압축된 것으로
바뀌어 있었다. 그리고 우연히 나올지도 모르는 질문과 그것에 대한
답변까지도 생생히 떠올랐다. 그는 곧바로 황제를 만나게 될 거라 생
각했다. 그러나 궁정의 커다란 현관 앞 마차 대는 곳에 닿았을 때, 한
관리가 뛰어나와 그가 급사임을 확인하더니 다른 현관으로 안내했다.

"복도에서 오른쪽으로 가십시오, 각하, 거기 당직 시종무관이 있습니
다" 하고 관리는 말했다. "그 사람이 육군대신께 안내해드릴 겁니다."

안드레이 공작을 맞은 당직 시종무관은 잠깐 기다리라고 말하고는
육군대신에게 갔다. 오 분쯤 지나자 시종무관이 돌아오더니 더욱 정중
하게 절을 하고, 안드레이 공작을 앞장세워 복도를 걷게 하면서 육군
대신의 집무실로 안내했다. 시종무관은 정중하고 세련된 태도를 취함
으로써 러시아 부관이 친근하게 들러붙는 것을 막으려는 것 같았다.
안드레이 공작의 즐거웠던 기분은 육군대신의 집무실로 가는 동안 거
의 사라지고 말았다. 그는 모욕을 느꼈고, 이 모욕감은 자기도 모르는
사이에 까닭 없는 경멸감으로 바뀌었다. 그의 명석한 두뇌는 이 순간
그에게 시종무관이니 육군대신이니 하는 자들을 경멸할 권리가 있다
고 알려주었다. '이자들은 화약 냄새를 맡아본 적도 없을 테니 필시 승

리를 누워서 떡 먹기 같은 일이라고 생각할 것이다!' 그는 생각했다. 그의 눈은 경멸하듯이 가늘어졌다. 그는 유달리 천천히 육군대신의 집 무실로 들어갔다. 커다란 탁자 앞에 앉아 처음 일이 분 동안은 그에게 눈길조차 주지 않는 육군대신을 보았을 때 그 감정은 더 강해졌다. 육 군대신은 양쪽 살쩍이 희끗희끗한 대머리를 두 자루의 촛불 사이에 숙 이고 연필로 표시해가며 서류를 읽고 있었다. 문이 열리고 발소리가 들렸을 때도 그는 고개를 들지 않고 계속 읽었다.

"이걸 가져가서 건네주게." 육군대신은 시종무관에게 서류를 주면 서 역시 급사에게는 눈을 돌리지 않고 말했다.

안드레이 공작은 지금 육군대신의 머리를 차지한 모든 일 가운데서 쿠투조프군의 동정은 가장 흥미가 떨어지는 것이며, 그가 이것을 러시 아 급사에게 느끼게 하려는 것인지도 모른다고 생각했다. '그러나 그 런 것은 내게는 아무래도 좋다' 하고 안드레이 공작은 생각했다. 육군 대신은 나머지 서류를 끌어당겨 가장자리들을 맞춘 뒤에야 비로소 고 개를 들었다. 그는 총명해 보이고, 머리 모양이 독특했다. 그러나 안드 레이 공작 쪽으로 눈을 돌린 순간, 총명하고 단호해 보이는 그의 표정 은 분명 습관인 듯 의식적으로 변했다. 잇달아 찾아드는 많은 청원자 를 만나는 사람에게 흔히 있는 멍하고 위선적인, 그러면서도 그 위선 을 숨기려 하지 않는 미소가 그 얼굴에 떠올랐다.

"쿠투조프 원수에게서 왔습니까?" 그는 물었다. "분명히 좋은 소식 이겠죠? 모르티에군과 충돌이 있었다고요? 이겼습니까? 이제 이길 때 도 됐죠!"

그는 자기 앞으로 온 급보를 침울한 얼굴로 읽기 시작했다.

"아아, 큰일났군! 큰일났어! 슈미트가!" 그는 독일어로 말했다. "이 무슨 재앙인가, 이 무슨 재앙인가!"

그는 급보를 대강 훑어내리자 탁자 위에 내려놓고는 생각에 잠긴 눈으로 안드레이 공작을 바라보았다.

"아아, 이 무슨 재앙입니까! 당신은 이 전투가 결정적인 것이라고 말하려는 겁니까? 모르티에를 사로잡지는 못했군요. (그는 잠시 생각했다.) 그러나 좋은 소식을 가져다주어서 대단히 기쁩니다. 비록 슈미트의 죽음이 이 승리의 비싼 대가이긴 하지만, 폐하께서는 분명 당신을 인견하고 싶어하실 것입니다. 다만, 오늘밤은 아닙니다. 감사합니다, 그럼 편히 쉬십시오. 내일 열병 후에 있을 접견식에 나와주십시오. 따로 통지는 하겠습니다만."

이야기하는 동안 사라졌던 그 멍한 미소가 또다시 육군대신의 얼굴에 나타났다.

"그럼 안녕히 가십시오, 대단히 감사합니다. 황제께서는 분명 당신을 인견하고 싶어하실 것입니다." 그는 거듭 말하고 머리를 숙였다.

궁정을 나온 안드레이 공작은 승리가 가져다준 모든 흥미와 행복감이 이제 그를 떠나 육군대신과 정중한 시종무관의 무관심한 손에 넘어가버린 기분이 들었다. 그의 생각도 한순간에 모두 변해버리고, 그 전투는 까마득히 오래된 기억처럼 느껴졌다.

10

안드레이 공작은 지인인 브륀 주재 러시아 외교관 빌리빈의 집에 묵기로 했다.

"아아, 친애하는 공작, 누구보다 반가운 손님이 와주셨군요." 빌리빈이 안드레이 공작을 맞으면서 말했다. "프란츠, 공작의 짐을 내 침실에 가져다놓게!" 그는 안드레이 공작을 안내한 하인에게 일렀다. "아, 전승을 알리는 급사라고요? 근사하군요. 보시다시피 난 병 때문에 들어박혀 있습니다."

안드레이 공작은 세수를 하고 옷을 갈아입은 뒤에 외교관의 호사한 서재로 가 식사가 준비된 탁자 앞에 앉았다. 빌리빈은 조용히 벽난로 앞에 앉았다.

안드레이 공작은 여행 직후이기 때문만이 아니라, 생활의 편의와 청결과 품위를 송두리째 빼앗는 오랜 행군 뒤이기 때문에 어렸을 때부터 익숙한 호사한 생활환경에 둘러싸이자 아늑한 휴식의 기분을 맛보았다. 게다가 오스트리아 궁정에서 그런 대접을 받은 뒤였으므로 비록 러시아어를 쓰지는 않았지만(둘은 프랑스어로 이야기했다) 러시아인에게 공통된 반오스트리아 감정을(지금 유달리 생생하게 느껴지는) 나눌 수 있을 것 같은 러시아인과의 담소가 유쾌하게 느껴졌다.

빌리빈은 안드레이 공작과 같은 사회에 속하는 서른다섯 살의 독신자였다. 그들은 페테르부르크에 있을 때부터 알고 지냈으나, 근간에 안드레이 공작이 쿠투조프를 따라 빈에 온 뒤로 더욱 가까워졌다. 안드레이 공작이 군부에서 전도유망한 젊은이라고 한다면, 그와 마찬가지로 아니 그 이상으로 빌리빈은 외교계에서 촉망받고 있었다. 아직 젊지만 더이상 풋내기 외교관이 아닌, 열여섯 살 때부터 근무를 시작해 파리와 코펜하겐을 거쳐 지금은 빈에서 상당한 요직을 차지하고 있었기 때문이다. 오스트리아 수상과 빈 주재 러시아 공사*도 그를 알고, 높이 평가했다. 일류 외교관이 되기 위해 어떤 행위를 하지 않거나 프랑스어로 회화를 하는 정도의 소극적인 자격만을 갖추려 하는 대부분의 외교관과는 달리, 그는 일을 좋아하고 또 일하는 방법을 아는 유능한 외교관 중 하나였다. 그래서 원래는 게으른데도 이따금 책상머리에서 밤을 지새우는 일도 있었다. 그는 어떤 내용의 일이건 한결같이 잘해냈다. 그의 흥미를 끄는 것은 '왜?'가 아니라 '어떻게?'였다. 그는 외교상의 문제가 무엇인가에는 관심을 두지 않았다. 요령 있고 정확하게, 세련된 문장으로 회람장과 각서와 보고서를 작성하는 일에서 그는 큰 만족을 찾고 있었다. 이런 문서 작성 업무 외에도 상류사회 사람들과 교제하고 재치 있게 담화하는 솜씨로도 인정받고 있었다.

빌리빈은 일을 사랑하듯 담화도 좋아했는데, 그것은 담화가 품위 있고 기지가 넘칠 때에 한했다. 사교계에서도 그는 언제나 훌륭한 말을 할 기회를 노리지만, 조건이 갖춰지지 않으면 대화에 끼지 않았다. 빌리빈의 담화는 언제나 기발하고 기지가 넘치고, 보편적인 흥미를 끄는 완성된 명구로 가득했다. 그런 명구들은 보잘것없는 사교계 인사들도 쉽게 외워서 객실에서 객실로 옮기고 다니기에 안성맞춤이었고, 그것은 빌리빈의 머릿속 연구소에서 만들어지는 것이었다. 그리고 실제로

---

* A. K. 라주몹스키(1752~1836). 1792~1799, 1801~1809년 빈 주재 러시아 공사.

빌리빈의 명구는 빈의 살롱에서 살롱으로 퍼져, 이른바 중대한 사건에 영향을 미치는 일도 자주 있었다.

그의 수척하고 지친 누런 얼굴에는 굵은 주름이 가득했지만, 이 주름은 목욕한 뒤의 손가락처럼 공들여 깨끗하게 씻은 것 같았다. 그리고 이 주름의 움직임이 그의 용모에 중요한 역할을 했다. 때로는 이마에 긴 주름이 잡히며 눈썹이 치켜올라가고, 때로는 그 눈썹이 처져서 볼 언저리에 큰 주름을 만들었다. 움푹 들어간 작은 눈은 언제나 즐거운 듯 정면을 바라보고 있었다.

"자, 그럼, 당신의 그 무용담을 들려주십시오." 그는 말했다.

볼콘스키는 자기에 대해서는 아무 말도 하지 않고, 아주 겸손한 어조로 어제의 전투와 육군대신과의 면담에 대해 이야기했다.

"그들은 마치 *구주희**를 *방해하는 개를 대하듯 내 보고를 받더군요.*" 그는 말을 맺었다.

빌리빈은 쓴웃음을 지으면서 얼굴의 주름을 폈다.

"그런데, 친애하는 공작," 그는 자기 손톱을 멀찍이 바라보면서 왼쪽 눈 위에 주름을 잡고 말했다. "나는 '*정교회의 러시아 군대*'를 대단히 존경하지만, *당신들의 승리는 그리 빛나는 것은 아닌 것 같은데요.*"

그는 경멸하거나 강조하고 싶은 말만 러시아어로 하면서 시종 프랑스어로 말했다.

"그렇지 않습니까? *당신들은 일개 사단밖에 거느리지 않은 불행한 모르티에게 전군을 이끌고 달려들었다죠?* 게다가 *그 모르티에도 당*

---

* 九柱戲. 나인핀스. 볼링과 비슷한 놀이.

신들의 손아귀에서 빠져나가지 않았습니까? 대체 뭐가 승리입니까?"

"그러나 진정으로 말하지만," 안드레이 공작은 대답했다. "어쨌든 울름 전투보다는 조금 낫다고 말할 수 있습니다, 자랑하는 것이 아니라……"

"왜 당신들은 단 한 사람도, 원수 한 사람도 포로로 잡지 못한 겁니까?"

"그거야 모든 일이 예상대로 되지 않으니까, 열병식처럼 정확하게 되지 않으니까요. 방금도 말했듯이, 우리는 오전 일곱시까지는 적의 배후로 돌아갈 계획이었지만 실제로는 오후 다섯시에도 그러질 못했거든요."

"왜 오전 일곱시까지 도착하지 못했죠? 오전 일곱시까지 가야만 했다면," 빌리빈은 웃으면서 말했다. "오전 일곱시까지 가야만 했다면 말입니다."

"그럼 당신들은 왜 보나파르트에게 제노바를 내버려두는 게 낫다고 외교적인 방법으로 설득하지 못한 겁니까?" 안드레이 공작은 상대방과 똑같은 어조로 말했다.

"나도 알고 있습니다." 빌리빈은 가로막았다. "이렇게 벽난로 앞 소파에 앉아 원수를 포로로 붙잡는다 말하는 건 쉽다고 당신은 생각하고 있겠죠. 그래요, 맞아요. 하지만 그렇다 하더라도 왜 그 원수를 붙잡지 못했느냔 말입니다. 육군대신뿐만 아니라 오스트리아 황제인 프란츠 왕께서 이 승리를 대견하게 여기지 않는다고 해도 놀랄 게 없습니다. 러시아 공사관의 일개 서기관일 뿐인 나 역시도 별로 특별한 기쁨은 느끼지 못하니까요……"

그는 안드레이 공작을 똑바로 바라보다가 갑자기 이맛살을 폈다.

"이번에는 내가 당신에게 '왜'라고 물어볼 차례인가요, 빌리빈?" 볼콘스키는 말했다. "솔직히 나는 도무지 이해가 되질 않습니다. 어쩌면 거기에는 나의 빈약한 지혜를 초월한 외교상의 미묘한 문제가 있는지도 모르지만, 어쨌든 나는 이해가 되질 않습니다. 마크는 전군을 잃었고, 페르디난트 대공도 카를 대공*도 맥없이 실패만 거듭하고 있는 상황에 마침내 쿠투조프만이 승리를 거두고 프랑스군의 마력을 격파했는데 육군대신은 그 상세한 내용에 대해 관심조차 보이질 않는단 말입니다!"

"그거야 그렇잖습니까, 친구여, 잘 생각해봐요, 친애하는 공작. 만세! 황제를 위해, 러시아를 위해, 신앙을 위해! 다 훌륭한 일입니다. 그러나 우리에게, 나는 오스트리아 왕실 입장에서 말하는 것이지만, 당신들의 승리가 어쨌다는 거죠? 만약 당신이 카를 대공이나 페르디난트 대공의 군대가―알다시피 이 두 사람은 서로 비길 만하죠―보나파르트의 소방 중대라도 해치웠다는 소식을 가져왔다면 이야기는 달랐겠죠. 그랬다면 축포라도 쏘았을 겁니다. 그런데 이번 일은 마치 일부러 그러는 것처럼 오스트리아를 조롱할 뿐이 아닌가요. 카를 대공은 아무것도 하지 않고 있고, 페르디난트 대공은 수치심에 사로잡혀 있어요. 그런데다가 당신들은 빈을 포기하고 더이상 방어하려 하지 않았습니다. 마치 당신들은 이렇게 얘기하고 있는 것 같아요, 우리에게는 우리의 하느님이 계신다, 당신들에게도, 당신들의 수도에도 당신들의 하느님이 계실 거라고 말입니다. 게다가 우리 모두가 사랑했던 슈미트

---

* E. 카를(1771∼1847). 오스트리아 장군.

장군을, 당신들은 그를 포탄 밑에 몰아넣고서 우리에게 전승의 축사를 늘어놓고 있단 말입니다!…… 그렇지 않나요? 당신이 가져온 소식보다 더 사람을 조롱하는 것은 생각해낼 수도 없을 정도입니다. 이건 마치 고의로 한 것 같아요, 고의로 한 것 같다고요. 설사 당신들이, 아니 카를 대공이라도 마찬가지지만, 확실하게 혁혁한 승리를 거두었다고 해도, 그것이 도대체 대국에 무슨 변화를 가져올 수 있습니까? 빈이 프랑스군에 점령된 지금은 이미 늦었습니다."

"점령됐다니요? 빈이 점령됐다는 겁니까?"

"점령됐을 뿐만 아니라 보나파르트는 벌써 쇤브룬*에 있고 백작이, 우리의 경애하는 브르브나 백작**이 그의 분부를 받들기 위해 떠났습니다."

볼콘스키는 여독과 여행의 인상, 육군대신과의 만남, 더욱이 식사한 뒤였기 때문에 자기가 들은 말의 의미를 충분히 이해하지 못하고 있다고 느꼈다.

"오늘 아침 리히텐펠스 백작이 여기 오셔서," 빌리빈은 말을 이었다. "빈에서 있었던 프랑스군의 열병식에 대해 자세히 쓴 편지를 내게 보여주셨습니다. 뮈라 공***이며 그 밖의 갖가지 일이 쓰여 있었어요…… 이젠 알았겠죠, 당신들의 승리가 그렇게 반가운 것도 아니고, 당신이 구세주처럼 맞아들여질 수도 없었다는 것을……"

"사실 난 그런 건 상관없습니다, 전혀 상관없습니다!" 크렘스 전투에 관한 자신의 보고가 오스트리아의 수도 점령이라는 사건에 비하면

---

* 오스트리아 황제의 여름 궁이 있는 빈 교외의 궁성.
** R. 브르브나(1761~1823). 오스트리아 정치가.
*** J. 뮈라(1767~1815). 프랑스 원수.

그리 중대하지 않다고 깨닫기 시작하면서 안드레이 공작은 말했다. "그런데 빈은 어떻게 점령된 거죠? 그 다리와 그 유명한 교두보는, 아우어슈페르크 공작*은요? 아우어슈페르크 공작이 빈을 방어하고 있다는 소문이 돌고 있었는데 말입니다." 그는 말했다.

"아우어슈페르크 공작은 이쪽, 즉 우리 쪽에서 우리를 방어하고 있습니다. 아마 지극히 졸렬한 방어일 것 같지만, 아무튼 방어하고는 있습니다. 그런데 빈은 강의 저쪽에 있죠. 아니, 다리는 아직 점령되지 않았고 점령될 염려도 없다고 생각합니다. 다리에 폭약을 설치해놓았고, 명령이 떨어지는 대로 폭파하게 되어 있으니까요. 그렇지 않았다면 우리는 진작 보헤미아의 산속으로 도망쳤을 것이고, 당신들의 군대도 양군의 포격 사이에 끼여 잠시나마 혼쭐이 났을 겁니다."

"그러나 그렇다고 해서 전쟁이 끝났다는 이야기는 아니잖습니까?" 안드레이 공작이 말했다.

"아니, 난 끝났다고 생각하는데요. 여기 있는 얼빠진 작자들도 대부분 그렇게 생각하지만 그걸 입 밖에 낼 용기가 없을 뿐입니다. 내가 개전 초기에 말했던 대로 되는 셈이죠. 말하자면 사태를 결정짓는 건 당신들이 뒤렌슈타인**에서 하는 소규모 전투나 화약의 힘이 아니라, 그것을 발명한 인간이란 말입니다." 이맛살을 펴고 잠시 말을 끊으면서 빌리빈은 자기의 명구 하나를 되풀이했다. "다만 알렉산드르 황제와 프로이센 왕의 베를린 회견[30]이 어떻게 되느냐가 관건입니다. 만약 프로이센이 동맹에 참가해서 억지로 오스트리아를 끌어들이면, 또 전쟁입

---

* A. F. 아우어슈페르크(1740~1822). 오스트리아 원수.
** 크렘스 부근의 산.

니다. 하지만 그렇지 않으면 제2의 캄포 포르미오*의 첫 조항을 어디서 작성하느냐만 남는 셈이죠!"

"정말 비범한 천재입니다!" 조그마한 주먹으로 탁자를 치면서 안드레이 공작은 갑자기 외쳤다. "굉장한 행운이고요!"

"부오나파르테** 말입니까?" 지금 곧 명구가 나간다고 느끼게 하려는 듯 빌리빈은 이맛살을 찌푸리며 묻는 어조로 말했다. "부오나파르테 말입니까?" 그는 특히 u자에 힘을 주며 말했다. "그러나 내 생각에, 그가 쉰브룬에서 오스트리아를 위한 법률을 제정하고 있는 지금으로서는, 이 u자에서 그를 해방시켜줘야 합니다. 그러니 나도 단호하게 개혁을 단행해 그를 그냥 보나파르트라고 부를 겁니다."

"아니, 농담은 그만두십시오," 안드레이 공작은 말했다. "당신은 정말 전쟁이 끝났다고 생각하십니까?"

"내가 생각하는 건 이래요. 바보가 된 건 오스트리아입니다. 이 나라는 그런 일에 익숙지 않으니까요. 그러니 이제 보복을 할 겁니다. 바보가 됐다는 것은 우선, 지방이 황폐해지고(정교회의 군대가 잔인하게 약탈한다는 소문이 있습니다), 군대가 격파되고, 수도가 점령되었기 때문이고, 그것은 모두 사르데냐의 황제에게는 무상無償이었어요***. 우리끼리 이야기지만, 나는 육감으로 알 수 있습니다. 오스트리아는 우

---

* 1797년 10월 17일 이탈리아의 캄포 포르미오에서 오스트리아는 나폴레옹의 프랑스와 굴욕적인 강화조약을 체결했다.
** 러시아 상류사회에서는 나폴레옹이 코르시카 출신임을 경멸하듯 이탈리아식으로 부오나파르테라 불렀다.
*** 1797년의 강화로 사르데냐 왕은 나폴레옹에게 많은 영토를 넘기고 그를 왕으로 추대했지만, 나폴레옹은 아무런 보상도 하지 않았다.

306

리를 속이려 하고 있고, 프랑스와 단독으로 접촉해서 강화 계획, 비밀 강화 초안을 만들고 있어요*."

"설마 그럴 리가!" 안드레이 공작은 말했다. "그건 너무 추악합니다."

"*때가 되면 알게 되겠죠***." 이야기는 이것으로 끝났다는 듯이 빌리빈은 다시 이맛살을 펴면서 말했다.

마련된 방으로 들어가 깨끗한 속옷을 입고, 따뜻하게 덥힌 향기 좋은 베개와 깃털 이불에 몸을 누이자, 안드레이 공작은 이번에 자기가 승전보를 가지고 온 전투 같은 것은 까마득히 먼 일같이 생각되었다. 프로이센의 동맹, 오스트리아의 배반, 보나파르트의 새로운 승리, 그리고 접견식, 열병, 프란츠 황제의 인견 같은 것이 그의 머릿속을 채웠다.

눈을 감자 귓전에 포성과 총성, 포차 바퀴가 삐거덕거리는 소리가 울리고, 또다시 산 위에서 실처럼 열을 지은 소총수들이 내려오고, 프랑스군이 사격을 하고, 그는 심장이 뛰는 것을 느끼고, 슈미트와 나란히 말을 달리고, 탄환이 주위에서 즐거운 듯이 소리를 내고, 그는 어릴 때부터 한 번도 경험해본 적 없는, 크나큰 삶의 희열을 느꼈다.

그는 눈을 떴다……

'그렇다, 이건 모두 있었던 일이다!……' 그는 행복하게, 아이처럼 자신에게 미소지으며 중얼거리고는 젊고 깊은 잠에 빠져들었다.

---

* 전쟁이 시작되자 오스트리아는 곧 약속을 저버리고 나폴레옹과 단독으로 강화 체결을 위한 비밀 협상을 시작했다.

** Qui vivra verra. '사노라면 보게 된다'는 뜻의 프랑스 속담.

11

이튿날 그는 늦게야 눈을 떴다. 그는 과거의 인상을 새삼 되새기면서, 우선 프란츠 황제를 알현해야 한다고 생각했고, 육군대신, 오스트리아의 정중한 시종무관, 빌리빈, 그리고 어제저녁의 이야기를 상기했다. 궁정에 가기 위해 오랫동안 입지 않았던 정복을 입고, 기운을 회복해서 활기차고 말끔해진 얼굴로 그는 한 손에 붕대를 감은 채 빌리빈의 서재로 갔다. 서재에는 외교관이 네 명 있었다. 공사관 소속 서기관이 된 이폴리트 쿠라긴 공작과는 전부터 아는 사이였고, 나머지 사람들은 빌리빈이 소개해주었다.

빌리빈을 찾아온 상류사회 출신의 유복하고 명랑한 젊은이들은 빈에서나 여기서나 별개의 서클을 만들고 있었다. 그 우두머리 격인 빌리빈은 이 집단을 우리 사람들, 우리 사람들이라고 부르고 있었다. 거의 외교관으로만 구성된 이 집단은 전쟁과 정치와는 아무런 관련도 없는 상류사회의 일이라든지 여자관계라든지 업무상의 공적 관계 등에 그들 나름의 관심을 보였다. 그들은 안드레이 공작을 기꺼이 우리 사람으로(그런 대우는 극소수에게만 했다) 받아들인 모양이었다. 예의상, 그리고 이야기를 시작하기 위한 화제로서 그들은 안드레이 공작에게 군대와 전투에 관해 몇 가지 질문을 했고, 또다시 대화는 두서없는 유쾌한 농담과 험담으로 흘러갔다.

"그러나 특히 좋았던 것은," 동료 외교관의 실패담을 이야기하면서 한 사람이 말했다. "특히 좋았던 것은, 수상이 직접 그에게 런던으로 전임하는 것은 도리어 영전이니까 그도 그렇게 생각해야 한다고 말했다는 거야. 그때 그가 어떤 표정을 지었을지 눈에 선하지 않나?……"

"그런데 여러분, 정말 나빴던 것은, 이건 쿠라긴의 비밀을 폭로하는 일이긴 한데, 이 사람은 지금 불행한 처지에 빠졌고, 그걸 또 이 돈 후안은 이용하고 있단 거야, 정말 무서운 사람이지!"

이폴리트 공작은 볼테르식 안락의자에 누워 팔걸이 위에 두 발을 올리고 있었다. 그는 웃음을 터뜨렸다.

"이야기 좀 해보게." 그가 말했다.

"오, 돈 후안! 오, 뱀!" 하는 소리가 들렸다.

"당신은 잘 모를 테지만, 볼콘스키," 빌리빈은 안드레이 공작에게 말했다. "프랑스군(하마터면 러시아군이라고 말할 뻔했군)의 모든 포악질도 이 남자가 여자들 사이에서 저지른 죄에 비하면 아무것도 아닐 정도입니다."

"여자는 남자의 동반자지" 하고 말하고 이폴리트 공작은 팔걸이에 올린 자기 두 발을 손잡이가 달린 안경으로 바라보기 시작했다.

빌리빈도, 우리 사람들도 이폴리트의 눈을 바라보며 크게 웃었다. 안드레이 공작은 언젠가 아내 때문에 그를 질투할 뻔한 적이 있었는데(인정할 수밖에 없는 일이다), 이 남자도 이 사회에서는 한낱 광대에 불과하다는 것을 알았다.

"아니, 나는 당신에게 이 쿠라긴을 대접해야겠습니다." 빌리빈은 낮은 목소리로 볼콘스키에게 말했다. "정치를 논할 때 이 사람은 아주 귀엽기 짝이 없어요. 그 젠체하는 꼴이 볼만하거든요."

그는 이폴리트 옆에 앉아 이마에 주름을 잡으면서 정치 이야기를 시작했다. 안드레이 공작과 다른 사람들은 이 두 사람을 둘러쌌다.

"베를린 내각은 동맹에 대해 의견을 표명할 수가 없어." 이폴리트는 의미심장하게 모두를 둘러보면서 말문을 열었다. "표명하지는 않고…… 마지막 각서에 있는 것처럼…… 알겠습니까…… 알겠습니까…… 그렇지만 만약 황제 폐하가 우리 동맹의 본질을 저버리지 않는다면……"

"기다리십시오, 아직 내 이야기 안 끝났습니다……" 그는 안드레이 공작의 팔을 잡고 말했다. "내 생각에, 간섭은 불간섭보다 훨씬 확실한 것입니다. 그리고……" 그는 잠깐 말을 끊었다. "11월 28일자 우리 급보[31]가 받아들여지지 않았다고 해서 다 끝났다고 생각할 수는 없습니다. 물론 이렇게 해서 만사가 끝장나는 것이겠지만 말입니다."

그는 볼콘스키의 팔을 놓으며 이야기가 끝났다는 것을 알렸다.

"데모스테네스여, 그대의 황금 입에 숨겨진 돌로 나는 그대를 알 수 있노라!*" 빌리빈이 모자처럼 덮인 머리털을 만족스러운 듯이 머리 위에서 움직이며 말했다.

모두 웃음을 터뜨렸다. 이폴리트는 누구보다 큰 소리로 웃었다. 그는 분명 괴로워하며 숨을 헐떡이는 것 같았지만, 늘 무표정한 그의 얼굴을 펴주는 것 같은 그 거친 웃음을 멈출 수 없었다.

"그런데 여러분," 빌리빈은 말했다. "볼콘스키는 이 집에서뿐만 아니라 이곳 브륀에서도 귀한 손님이니까 나는 될 수 있는 한 이곳 생활의 온갖 향락으로 나의 친구를 환대하려고 하네. 우리가 만약 빈에 있다면 이런 건 아무것도 아닌 일이지만 여기, 이 살풍경한 모라비아**의 동굴에서는 적잖이 곤란한 일이지. 그래서 나는 여러분에게 도움을 청

* 고대 그리스의 연설가 데모스테네스는 젊은 시절 발음 훈련을 위해 돌을 물고 말했다.
** 오스트리아의 지방. 현재는 체코의 모라바.

310

하네. 나의 친구에게 브륀의 경의를 꼭 보여줘야만 하니까. 자네들은 연극을 맡아줘. 나는 사교계, 이폴리트 자네는 물론 여자야."

"볼콘스키에게 아멜리를 꼭 보여줘야겠군. 정말 미인이거든!" 우리 사람들의 한 사람이 손가락 끝에 키스하면서 말했다.

"아무튼 이 피에 굶주린 병정을," 빌리빈은 말했다. "좀더 인간미 있는 견지로 이끌 필요가 있거든."

"그런데 내가 여러분의 대접을 받을 수 있을지 모르겠군요. 떠나야 할 시간이어서 말입니다." 안드레이 공작은 시계를 보며 말했다.

"어디로 말입니까?"

"황제께요."

"오, 오! 오!"

"그럼 안녕히 가십시오, 볼콘스키! 잘 다녀오시오, 공작! 되도록 빨리, 식사 전까지는 돌아오십시오" 하는 목소리들이 들렸다. "우리가 당신을 책임질 테니까요."

"황제와 이야기할 때는 식량 수송이라든가 도로 정비 상태 같은 것을 되도록 상찬해드리십시오." 볼콘스키를 현관까지 배웅하면서 빌리빈은 말했다.

"상찬하고 싶은 마음은 태산 같지만, 내가 아는 한으로는 그럴 수가 없을 것 같은데요." 미소지으면서 볼콘스키는 대답했다.

"그럼 되도록 이야기를 많이 하십시오. 알현을 받는 것은 황제의 큰 기쁨이지만, 그 자신이 이야기하는 건 좋아하지도 잘하지도 못한다는 걸 곧 알게 될 겁니다."

12

접견식 때 프란츠 황제는 오스트리아 장교들 사이의 지정된 자리에 서 있는 안드레이 공작의 얼굴을 골똘히 바라보며 긴 얼굴을 끄덕일 뿐이었다. 그러나 접견식이 끝난 뒤 어제의 시종무관이 와서 볼콘스키를 인견하겠다는 황제의 희망을 정중하게 전했다. 프란츠 황제는 방 한가운데에 서서 그를 맞았다. 이야기를 시작하기 전, 황제가 무슨 말부터 해야 할지 몰라 당황한 것처럼 얼굴을 붉히자 안드레이 공작은 놀랐다.

"전투는 언제 시작되었소?" 그는 서둘러 물었다.

안드레이 공작은 대답했다. 뒤이어 '쿠투조프는 건강한가? 쿠투조프가 크렘스를 떠난 지는 얼마나 되었는가?'와 같은 간단한 질문이 이어졌다. 황제는 마치 자기의 목적은 일정량의 질문을 하는 것뿐이라는 듯한 표정으로 말했다. 이런 질문에 대한 대답이 그의 흥미를 끌 수 없다는 것은 너무나도 명백했다.

"전투는 몇시에 시작되었소?" 황제는 물었다.

"전선에서 몇시에 시작되었는지는 아뢸 수 없습니다만, 제가 있었던 뒤렌슈타인에서는 저녁 여섯시에 부대가 공격을 개시했습니다." 볼콘스키는 이제 자기가 견문한 모든 것을, 지금까지 머릿속에서 준비한 대로 자세히 묘사할 수 있겠다고 생각하고 활기를 띠면서 대답했다.

그러나 황제는 웃으며 그를 가로막았다.

"몇 마일이나 되오?"

"어디에서 어디까지 말씀입니까, 폐하?"

"뒤렌슈타인에서 크렘스까지."

"3마일 반입니다, 폐하."

"프랑스군은 좌안에서 퇴각한 것이오?"

"척후병의 보고에 의하면 마지막 부대가 밤중에 뗏목으로 도강했다고 합니다."

"크렘스에 말먹이는 충분하오?"

"말먹이는 요청한 만큼은 아직……"

황제는 그의 말을 가로막았다.

"슈미트 장군은 몇시에 전사했소?"

"일곱시였다고 생각됩니다."

"일곱시? 참으로 애통하오! 참으로 애통하오!"

황제는 고맙다고 말하고 머리를 끄덕했다. 안드레이 공작이 물러나자 곧 조신들이 사방에서 그를 둘러쌌다. 여기저기서 상냥한 눈길을 보내고, 상냥한 말이 그의 귀에 들려왔다. 어제의 그 시종무관은 왜 궁정에서 묵지 않았느냐고 나무라더니 자기 집에 묵으라고 제안했다. 육군대신이 다가와서 황제가 그에게 공3급 마리아 테레지아 훈장을 하사한 것을 알리고 축하했다. 황후의 시종이 와서 황후가 그를 초대한다고 알렸다. 대공비도 그를 만나기를 원했다. 그는 누구에게 대답해야 좋을지 몰라 몇 초 동안 생각을 가다듬고 있었다. 러시아 공사는 그의 어깨를 잡고 창가로 데리고 가서 이야기를 나누었다.

빌리빈의 말과 달리 그가 가져온 보고는 기쁘게 받아들여졌다. 감사 기도식도 올리게 되었다. 쿠투조프에게는 대십자大十字 마리아 테레지아 훈장이 하사되고 전군에도 포상이 내렸다. 볼콘스키는 여러 곳에서 초대를 받고, 오전 내내 오스트리아의 중요 고관들을 역방歷訪해야 했다. 오후 네시가 넘어서야 방문을 마친 안드레이 공작은 아버지에게 보낼 편지에 이번 전투와 브륀 여행에 대해 뭐라고 쓸지 궁리하면서 빌리빈의 집으로 돌아왔다. 집으로 돌아오기 전 안드레이 공작은 행군 중에 읽을 책을 사기 위해 책방에 들러 꽤 오래 머물렀다. 빌리빈이 세 들어 사는 집의 현관 앞 마차 대는 곳에 반쯤 짐이 실린 경사륜마차가 서 있고, 빌리빈의 하인인 프란츠가 트렁크를 힘들게 끌면서 문에서 나왔다.

"무슨 일인가?" 볼콘스키는 물었다.

"아, 각하!" 트렁크를 간신히 마차에 실으면서 프란츠는 대답했다. "좀더 멀리 갈 겁니다. 악당들이 또 우리 등뒤까지 쫓아왔답니다!"

"뭐? 뭐라고?" 안드레이 공작은 물었다.

빌리빈이 볼콘스키를 맞으러 나왔다. 언제나 침착한 빌리빈의 얼굴에 동요의 빛이 감돌고 있었다.

"아니 아니, 당신도 이 멋진 일을 인정하십시오." 그는 말했다. "그 타보르 다리(빈에 있는 다리) 이야기 말입니다. 적은 아무런 저항도 받지 않고 다리를 통과해버렸습니다."

안드레이 공작은 도저히 이해가 되지 않았다.

"대체 당신은 어디에 있었습니까? 시중의 마부들도 다 알고 있는 것을 모르고 있다니요."

"난 대공비를 뵙고 오는 길입니다. 거기서는 아무런 이야기도 듣지 못했는데요."

"모두들 짐을 꾸리고 있는 것을 보지 못했습니까?"

"못 봤습니다…… 대체 어떻게 된 일인데요?" 안드레이 공작은 초조해져서 물었다.

"어떻게 된 일이냐고요? 아우어슈페르크가 방어하고 있던 다리를 프랑스군이 건넜고, 다리는 폭파되지 않았고, 뮈라는 브륀으로 오는 가도를 질주중이니 오늘내일 중에 여기 닿을 겁니다.[32]"

"여기에요? 폭약을 설치해놓고 왜 다리를 폭파하지 않았죠?"

"그건 내가 묻고 싶은 말입니다. 그건 아무도, 보나파르트도 모를 겁니다."

볼콘스키는 어깨를 움츠렸다.

"적군이 다리를 건너버렸다면, 아군은 전멸이겠죠. 아군은 차단된 거니까요." 그는 말했다.

"그래요, 바로 그겁니다." 빌리빈은 대답했다. "들어보십시오. 내가 말했듯이, 프랑스군은 빈에 들어왔습니다. 만사가 아주 순조로웠어요. 이튿날, 즉 어제 뮈라, 란, 벨리아르, 세 원수가 말을 타고 다리로 향했습니다. (이 세 사람이 모두 가스코뉴 사람*이라는 점에 유의하십시오.) '여러분' 하고 그중 한 사람이 말했습니다. '아시다시피 타보르 다리에는 폭약과 대항 장치가 설치되어 있고, 그 앞에는 강력한 교두보와, 다리를 폭파해 우리를 막으라는 명령을 받은 1만 5천 명의 군대가 있습니다. 그런데 우리가 이 다리를 점령한다면, 나폴레옹 황제 폐하께서 얼마나 기뻐하시겠습니까. 우리 세 사람이 가서 이 다리를 점령합시다.' '좋습니다, 갑시다.' 다른 두 사람도 응했습니다. 이렇게 해서

---

* 프랑스 가스코뉴 사람들은 허풍쟁이라는 평판이 있었다.

그들은 다리를 점령하고 건너서 지금 전군을 거느리고 도나우 강 이쪽, 우리와 당신들의 연락 지점으로 전진중이라는 거죠."

"농담은 그만두십시오." 안드레이 공작은 침울한 어조로 진지하게 말했다.

안드레이 공작에게 이 소식은 비통한 동시에 기쁜 것이었다. 러시아군이 그런 절망적인 상태에 빠졌다는 것을 알자마자 그의 머리에는 이런 상념이 떠올랐다. 러시아군을 그런 상태에서 구출하는 것이 바로 나의 사명이 아닐까? 이번 사건이야말로 내가 무명의 장교들 가운데서 발탁되어 영광에 이르게 되는 최초의 길을 열어주는 툴롱*이 아닐까? 빌리빈의 말에 귀를 기울이면서 그는 자기가 귀대하여 군사회의에서 전군을 구할 유일한 의견을 제출하고, 그 계획의 실행이 자기 한 사람에게 위임되는 광경을 상상하고 있었다.

"농담은 그만두십시오." 안드레이 공작은 말했다.

"농담이 아닙니다." 빌리빈은 말을 이었다. "이보다 더 정확하고 비통한 이야기가 없어요. 이 원수들은 단독으로 다리에 와서 흰 손수건을 들었습니다. 그리고 이제 휴전이고, 자신들은 아우어슈페르크 공작과 협상하기 위해 왔다고 말했어요. 당직 장교는 그들을 교두보로 들여보냈습니다. 그들은 이 장교에게 전쟁은 끝났다, 프란츠 황제는 보나파르트와 회견하기로 했다, 아우어슈페르크 공작을 만나고 싶다 하면서 온갖 가스코뉴식 허풍을 늘어놓았죠. 그래서 장교는 아우어슈페르크를 부르러 사람을 보냈습니다. 원수들은 장교들을 얼싸안고, 농담

---

* 무명이었던 나폴레옹이 처음으로 수훈을 세우며 주목받은 프랑스의 항구도시.

을 지껄이고, 대포 위에 올라타고, 그러는 동안 프랑스군 대대가 어느 새 다리로 들어와서 연소물이 들어 있는 자루를 물속에 내던지고 교두보로 다가갔단 말입니다. 그리고 마침내 우리의 친애하는 공작 아우어슈페르크 폰 마우테른 중장이 나타난 겁니다. '친애하는 적이여! 오스트리아군의 꽃, 터키 전쟁의 영웅이여! 적대 관계는 끝났고, 우리는 이제 손을 잡을 수 있게 됐습니다…… 나폴레옹 황제는 아우어슈페르크 공작을 친히 알고 싶다는 희망에 불타고 계십니다.' 한마디로, 가스코뉴 사람이라는 이름에 부끄럽지 않게 이 원수들이 듣기 좋은 말들을 쏟아내자 아우어슈페르크는 프랑스의 원수들에게 금세 친밀감을 느끼고 그들이 치켜세워주는 것에 우쭐해졌단 말입니다. 그리고 뮈라의 망토와 타조 깃털에 눈이 멀어서는, 그들의 불에 정신이 팔려 적에게 불을 쏘아야 한다는 걸 잊어버린 겁니다. (열변을 토하면서도 빌리빈은 이 명구를 말한 뒤 그것을 감상할 여유를 주기 위해 잠시 말을 쉬는 것을 잊지 않았다.) 프랑스군 대대는 교두보로 뛰어들어가서 대포의 화문을 막아버리고 다리를 점령해버렸습니다. 그러나 무엇보다 재미있는 것은," 자기 이야기의 매력에 흥분한 그는 스스로를 진정시키면서 말을 이었다. "폭약에 불을 붙이고 다리를 폭파하라는 신호를 주기로 한 상사가 대포 옆에 있었다는 겁니다. 다리로 뛰어들어오는 프랑스군을 보고 그가 발포하려던 순간 란이 그의 손을 제지했습니다. 장군보다 분명히 더 영리했던 이 상사는 아우어슈페르크에게 다가가서 말했습니다. '당신은 속고 계십니다, 공작. 저기에 프랑스군이 있습니다!' 뮈라는 이 상사를 그냥 두었다가는 일을 망쳐버릴 거라고 생각했죠. 그래서 깜짝 놀라는 척하며(정말 가스코뉴 사람답습니다) 아우어슈페르크에게, '온 세계가 칭찬하는 오스트리아의 군규는 어디에 있습니까? 하급자인 병사가 저렇게 입을 놀리도록 놔두시다니요!' 하고 말했습니다. 정말 천재적입니다. 모욕을 느낀 아우어슈페르크 공작은 상사를 체포하라고 명했습니다. 어때요, 인정하지 않을 수 없겠죠? 타보르 다리의 전말이 이렇게 멋지다는 걸 말입니다! 이건 바보짓도 아니고 비열한 행위도 아닙니다……"

"어쩌면 그건 배반일지도 모르죠." 안드레이 공작은 회색 외투, 부상, 화약 연기, 사격 소리, 그리고 자기를 기다리고 있는 명예를 생생하게 그리면서 말했다.

"그것도 아니에요. 이것은 궁정을 더욱 곤경에 빠뜨려버렸단 말입니다." 빌리빈은 계속했다. "이건 배반도 아니고 비열한 행위도 아니고 또 바보짓도 아닙니다. 이건 울름 때와 똑같습니다." 그는 표현할 말을 찾으려는 듯 잠깐 생각에 잠겼다. "이것은…… 이건 마크식이라고 하는 거예요. 말하자면 우리는 완전히 마크화化되어버린 셈입니다." 그는 명구, 참신한 명구, 앞으로 되풀이되어 말해질 것 같은 명구를 말했다고 생각하면서 말을 맺었다.

그때까지 이마에 잡혀 있던 주름은 만족의 표시로 활짝 펴졌고, 그는 가볍게 미소지으며 자기 손톱을 바라보기 시작했다.

"어디로 가십니까?" 그는 일어서서 자기 방으로 돌아가려는 안드레이 공작에게 불쑥 말했다.

"가겠습니다."

"어디로요?"

"부대로요."

"하지만 당신은 이틀 더 머무른다고 하지 않았나요?"

"아닙니다, 지금 바로 떠나야겠습니다."

안드레이 공작은 출발 지시를 해두고 자기 방으로 갔다.

"여봐요, 친애하는 공작," 그의 방으로 들어오면서 빌리빈은 말했다. "나는 당신에 대해 생각해봤습니다. 당신은 왜 돌아가려는 겁니까?"

이 논법에는 반박할 여지가 없다는 듯 그의 얼굴 주름이 모두 사라졌다.

안드레이 공작은 미심쩍은 듯이 상대방을 바라보았으나 아무 대답도 하지 않았다.

"당신은 왜 돌아가려는 겁니까? 아니, 당신이 어떻게 생각하는지 나는 압니다. 지금 군대가 위험한 상태니까 빨리 부대로 돌아가는 것이 당신의 의무라고 생각한 거겠죠? 이해합니다. 하지만 공작, 그건 영웅주의일 뿐입니다."

"천만에요." 안드레이 공작은 말했다.

"그러나 당신은 철학자니까, 어디까지나 철학자답게 하십시오. 다른 측면에서 관찰한다면, 오히려 자신을 지키는 것이 당신의 의무라는 걸 곧 깨닫게 될 겁니다. 그런 건 그런 재간밖에 없는 사람들에게나 맡겨두십시오…… 당신은 귀대 명령을 받은 것도 아니고 여기서 당신을 보내려는 것도 아니니 우리와 함께 남아서 불행한 운명이 이끄는 대로 가면 되지 않겠습니까. 뭐, 듣자 하니 올뮈츠로 가고들 있나봅니다. 올뮈츠는 굉장히 정이 가는 도시예요. 나와 함께 마차를 타고 편히 가지 않겠습니까?"

"농담은 그만하십시오, 빌리빈." 볼콘스키는 말했다.

"나는 당신의 친구로서 진심으로 말하는 겁니다. 냉정하게 판단해요. 당신은 지금 여기에 남아 있어도 되는데 대체 어디로, 왜 가려는 거죠? 지금 당신을 기다리고 있는 것은 둘 중 하나입니다(그는 왼쪽 관자놀이 위에 주름을 잡았다). 당신이 부대에 닿기도 전에 강화가 체결되거나, 쿠투조프 전군의 패배와 오욕."

빌리빈은 상대방의 딜레마가 이미 다툴 여지 없는 것임을 느끼고 주름을 폈다.

"나는 그런 걸 판단하고 있을 수 없습니다." 안드레이 공작은 냉정하게 말하고, 속으로는 '나는 아군을 구출하기 위해 간다'고 생각했다.

"친구여, 당신은 영웅입니다." 빌리빈은 말했다.

13

그날 밤, 육군대신과 작별한 볼콘스키는 아군을 향해 출발했지만 아군이 어디에 있는지도 알지 못했고, 크렘스로 가는 도중 프랑스군에게 붙잡힐까봐 두렵기도 했다.

브륀의 궁정 관계자들은 모두 짐을 꾸렸고, 무거운 짐들은 벌써 올뮈츠로 보내졌다. 안드레이 공작은 에첼스도르프 부근 어느 가도로 들어섰는데, 러시아군이 극도의 혼란 속에 허둥거리며 움직여 가고 있었다. 가도는 수송차로 꽉 차서 마차가 지나갈 수 없었다. 그래서 안드레이 공작은 카자크 대장에게 말과 카자크 병사를 빌려 허기와 피로에 시달리면서, 수송차 행렬을 앞질러 총사령관과 자기의 짐마차를 찾으며 말을 몰았다. 도중에 아군의 상황에 관한 지극히 불길한 풍문이 그의 귀에 들어왔고, 무질서하게 퇴각하는 군대의 모습은 그 풍문을 뒷받침하고 있었다.

"영국의 부를 세계의 끝에서 운반해온 러시아군에게 똑같은(울름에서 오스트리아군이 처했던) 운명을 맛보게 해줄 것이다." 그는 지금 전쟁 개시에 앞서 보나파르트가 휘하의 군대에게 보낸 훈시의 한 구절을 생각해냈고, 이 말은 그의 마음에 천재적인 영웅에 대한 경이, 긍지를 손상당한 기분, 영광에 대한 기대를 불러일으켰다. '그러나 만약 죽음밖에 다른 길이 없다면?' 그는 생각했다. '글쎄, 필요하다면! 다른 사람들에게 뒤처지지 않는 죽음을 맞으리라.'

무질서하게 섞여 끝없이 줄을 지은 부대, 수송차, 병기와 대포, 또다시 수송차, 서로 앞지르려다가 세 줄 네 줄로 진흙길을 가득 메운 갖가지 수송차를 안드레이 공작은 경멸하듯 바라보았다. 앞뒤 할 것 없이 소리가 들리는 사방팔방에서 바퀴 소리, 마차와 포차와 차체가 덜거덕거리는 소리, 말발굽 소리, 채찍 소리, 말을 몰아대는 외침, 병사들과 종졸들과 장교들이 욕하는 소리가 들려왔다. 길가에는 가죽이 벗겨진 말의 사체, 가죽이 벗겨지지 않은 말의 사체, 부서진 수송차들과 그 곁에 무엇을 기다리는지 외롭게 앉아 있는 병사들, 부대에서 떨어져 무리지어 가까운 마을로 가거나 마을에서 닭이며 양이며 건초, 또 무언가를 잔뜩 채운 자루를 메고 돌아오기도 하는 병사들이 보였다. 내리막이나 오르막에 이르면 병사 무리는 더욱 빽빽하게 들어찼고, 사람들의 외침이 끊임없이 들렸다. 병사들은 무릎까지 진흙 속에 빠져가면서 대포와 수송차를 두 손으로 받치며 가고 있었다. 채찍 소리가 울리고,

말발굽이 미끄러지고, 고삐가 끊어지고, 소리를 지르느라 가슴은 터지는 것 같았다. 지휘하는 장교들은 수송차 사이를 누비며 앞뒤로 말을 몰았다. 그들의 목소리는 주변의 소음에 묻혀 희미하게 들렸고, 그들의 얼굴에는 이 혼란을 도저히 멈출 수 없다는 절망이 보였다.

'이것이 우리의 친애하는 정교회의 군대란 말인가.' 문득 빌리빈의 말을 상기하면서 볼콘스키는 생각했다.

그는 다른 사람에게 총사령관의 소재를 물어보기 위해 짐마차 행렬 쪽으로 다가갔다. 그의 눈앞에는 병사들이 갖고 있는 것들로 만든 게 분명해 보이는, 짐마차와 말 한 필이 끄는 이륜유개마차와 말 두 필이 끄는 사륜포장마차의 중간 형태 같은, 말 한 필이 끄는 기묘한 마차가 나아가고 있었다. 마차 안에는 마부 역할을 하는 병사가 있고, 숄 몇 장을 묶어 몸을 감싼 여자가 가죽 차양 아래 안쪽에 타고 있었다. 안드레이 공작이 다가가서 병사에게 말을 붙이려는 순간, 뒤에 타고 있던 여자의 필사적인 외침이 그의 주의를 끌었다. 수송대를 지휘하는 한 장교가 다른 마차를 앞지르려 한다는 이유로 이 마차의 마부 역할을 하는 병사를 때리고 채찍으로 차양을 쳤던 것이다. 여자는 귀청이 떨어져라 비명을 질렀다. 안드레이 공작을 보자 그녀는 차양 밖으로 몸을 내밀고, 모직 숄 밑으로 야윈 두 팔을 흔들면서 외쳤다.

"부관님! 부관님!…… 제발 도와주세요…… 보호해주세요…… 우리는 어떻게 되는 건가요? 저는 제7추격대 소속 군의관의 아내입니다…… 통과시켜주실 수 없나요…… 저희는 뒤처져서 일행을 잃어버렸어요……"

"묵사발을 만들어놓을 테다, 돌아가!" 잔뜩 화가 난 장교가 병사에게 소리쳤다. "그년을 데리고 돌아가란 말이야!"

"부관님, 보호해주세요. 대체 어떻게 되는 건가요?" 군의관의 아내가 외쳤다.

"이 마차를 통과시켜주시오. 부인이 타고 있는 게 보이지 않습니까?" 안드레이 공작은 장교 쪽으로 말을 몰고 가면서 말했다.

장교는 그를 힐끔 쳐다보았으나 대답은 하지 않고 또다시 병사 쪽으로 돌아섰다.

"이놈이, 혼이 나야 알겠나…… 돌아가!"

"통과시켜주라고 말했잖소." 안드레이 공작은 입술을 깨물면서 되풀이했다.

"대체 뭐하는 놈이야!" 장교는 갑자기 취한처럼 광분하며 그에게로 얼굴을 돌렸다. "대체 뭐하는 놈이야? 네가(그는 네라는 말에 특히 힘을 주었다) 지휘관이라도 된다는 거야, 응? 여기 지휘관은 네가 아니라 나야. 넌 돌아가." 그는 다시 말했다. "묵사발을 만들어놓을 테다."

장교는 이 표현이 마음에 드는 게 분명했다.

"부관 녀석에게 시원하게 한 방 먹였군" 하는 목소리가 뒤에서 들렸다.

안드레이 공작은 이 장교가 자신이 무슨 말을 하는지도 모를 만큼 주정뱅이 특유의 까닭 모를 광분 상태에 있다는 것을 알아챘다. 그는 마차에 탄 군의관의 아내를 보호하려는 태도에는 자기가 무엇보다도 두려워하는 웃음거리가 될 소지가 있다는 것을 알고 있었으나, 본능은 그에게 다른 말을 속삭였다. 장교가 말을 다 끝내기도 전에 안드레이 공작은 분노로 얼굴을 일그러뜨리며 그에게 말을 몰고 가서 채찍을 치켜들었다.

"통과-시키-시오!"

장교는 한 손을 내젓고 황급히 옆으로 물러섰다.

"언제나 이런 참모부 녀석들 때문에 모든 일이 엉망진창이 된단 말이야." 그는 투덜거렸다. "마음대로 하시던지."

안드레이 공작은 눈을 들지도 않고 그를 구세주라고 부르는 군의관의 아내 곁을 황망히 떠났고, 이 모욕적인 장면을 세세한 부분까지 혐오에 찬 마음으로 돌이켜보면서 총사령관이 있다는 마을 쪽으로 말을 달렸다.

마을에 들어서자 그는 말에서 내려, 잠시나마 휴식을 취하고 요기를 하여 자신의 마음을 괴롭히는 모욕적인 상념을 깨끗이 털어버릴 요량으로 첫번째 집으로 갔다. '저건 무뢰한의 집단이지 군대가 아니야.' 그가 첫번째 집의 창문으로 다가가면서 이런 생각을 하고 있을 때, 귀에 익은 목소리가 그의 이름을 불렀다.

그는 주위를 둘러보았다. 작은 창문에서 네스비츠키가 잘생긴 얼굴을 내밀고 있었다. 네스비츠키는 젖은 입으로 뭔가를 씹으며 그에게 손짓했다.

"볼콘스키, 볼콘스키! 안 들리나, 응? 빨리 오게" 하고 그는 외쳤다.

집안으로 들어서자 네스비츠키 외에 또 한 부관이 뭔가를 먹고 있는 모습이 눈에 들어왔다. 그들은 볼콘스키에게 새로운 소식이 있느냐고 급히 물었다. 낯익은 얼굴들에서 안드레이 공작은 공포와 불안을 읽었다. 언제나 웃는 네스비츠키의 얼굴에 이 표정이 특히 뚜렷했다.

"총사령관은 어디에 계신가?" 볼콘스키는 물었다.

"여기 계시네, 저 집에." 부관이 대답했다.

"그런데 강화니 항복이니 하는 게 정말인가?" 네스비츠키는 물었다.

"그건 내가 묻고 싶네. 나는 간신히 여기에 왔을 뿐, 아무것도 몰라."

"아니, 형제, 이게 웬일인가! 끔찍해! 우리는 그때 마크를 비웃었지만, 이제는 우리가 그보다 더한 추태를 드러내게 됐으니 말이야." 네스비츠키는 말했다. "자, 앉아서 뭐라도 들게."

"지금은 짐마차고 뭐고 찾아낼 길이 없네, 공작. 당신의 표트르도 어디에 있는지 도무지 모르겠고." 부관이 말했다.

"도대체 총사령부는 어디에 있지?"

"츠나임에 숙영하고 있네."

"나는 필요한 물건을 말 두 필에 전부 실어버렸어." 네스비츠키가 말했다. "짐을 훌륭하게 꾸려주어서 말이지. 보헤미아 산 너머로 도망쳐도 끄떡없을 정도야. 이봐 형제, 큰일났네. 그런데 왜 그러나? 몸을 떠는 걸 보니 분명 어디가 아픈 것 같은데?" 안드레이 공작이 마치 축전지라도 만진 것처럼 떠는 것을 보고 네스비츠키가 물었다.

"아무것도 아니야." 안드레이 공작은 대답했다.

그는 이 순간, 조금 전 군의관의 아내와 수송대 장교의 충돌을 상기했던 것이다.

"총사령관은 여기서 무엇을 하고 계신가?" 그는 물었다.

"아무것도 모르겠어." 네스비츠키는 말했다.

"내가 아는 건 다만, 모든 것이 구역질나고, 구역질나고 또 구역질난다는 것뿐이야." 안드레이 공작은 이렇게 말하고, 총사령관이 머물고 있다는 집으로 갔다.

쿠투조프의 마차, 막료들의 지쳐빠진 말들, 큰 소리로 대화하는 카자크들 옆을 지나 안드레이 공작은 현관으로 들어갔다. 안드레이 공작이 들었던 대로 쿠투조프는 바그라티온 공작과 바이로터*와 함께 농가에 있었다. 바이로터는 전사한 슈미트의 후임인 오스트리아 장군이었다. 현관에는 몸집이 작은 코즐롭스키가 서기 앞에 웅크리고 앉아 있었다. 서기는 군복 소매를 걷어올린 채 엎어놓은 통 위에서 바쁘게 뭔가 쓰고 있었다. 코즐롭스키는 뜬눈으로 밤을 지새운 듯 지친 얼굴을 하고 있었다. 그는 안드레이 공작을 힐끗 바라보았으나 머리조차 꾸벅하지 않았다.

"제2선…… 썼나?" 그는 서기에게 불러주면서 계속 받아쓰게 했다. "키옙스키 척탄대, 포돌스키……"

"빨라서 쓸 수가 없습니다, 각하." 서기는 코즐롭스키를 돌아보면서 짜증이 난 듯 불손하게 말했다.

이때 문 안쪽에서 쿠투조프의 열띠고 못마땅한 듯한 목소리가 귀에 선 누군가의 목소리에 가로막히면서 들려왔다. 안드레이 공작은 이 목소리며, 코즐롭스키가 자기를 보았을 때 지은 냉랭한 표정이며, 지친 서기의 불손한 언동이며, 코즐롭스키와 서기가 총사령관 가까이에, 엎어놓은 통 옆 마룻바닥에 웅크리고 앉아 있는 것이며, 말고삐를 잡고 있는 카자크들이 창문 옆에서 큰 소리로 웃어대는 것으로 미루어보아 무언가 심상치 않은 불행한 일이 일어난 것 같은 생각이 들었다.

안드레이 공작은 코즐롭스키에게 집요하게 질문을 퍼부었다.

---

* F. 바이로터(1754~1807). 오스트리아 장군.

"조금만 기다려주게, 공작." 코즐롭스키는 말했다. "바그라티온 장군에게 보낼 작전명령일세."

"항복인가?"

"그런 일은 절대로 없어. 전투 준비가 끝났네."

안드레이 공작은 목소리가 들리는 문 쪽으로 갔다. 그러나 그가 문을 열려는 순간 방안의 목소리가 뚝 그치더니 문이 열렸고, 매부리코에 얼굴이 부은 쿠투조프가 문가에 모습을 드러냈다. 안드레이 공작은 쿠투조프 바로 앞에 섰다. 총사령관의 하나뿐인 눈동자를 보니, 갖가지 상념과 번민이 그의 마음을 가득 채우고 있고, 그것이 그의 시력마저 흐리고 있는 것이 분명해 보였다. 그는 자기 부관의 얼굴을 똑바로 바라보고도 알아보지 못했던 것이다.

"그래, 그건 끝났나?" 그는 코즐롭스키에게 물었다.

"다 되어갑니다, 각하."

작은 키에 동양적인 생김새, 빈틈없고 움직임이 별로 없는 얼굴, 마르고 그다지 나이들어 보이지 않는 바그라티온 장군이 총사령관의 뒤를 따라나왔다.

"귀환을 보고드립니다." 안드레이 공작은 봉서를 내밀면서 꽤 큰 목소리로 말했다.

"아, 빈에서? 좋아. 나중에, 나중에!"

쿠투조프는 바그라티온과 현관 쪽으로 나갔다.

"그럼, 공작, 잘 가게." 그는 바그라티온에게 말했다. "자네에게 신의 가호가 있기를 빌겠네. 큰 공을 세우길 기원하겠네."

쿠투조프의 얼굴은 뜻밖에도 부드러워지고 눈에는 눈물이 맺혔다.

그는 왼손을 뻗어 바그라티온을 끌어당기더니 반지를 낀 오른손을 들어 자못 익숙한 손짓으로 그에게 성호를 긋고 부은 한쪽 뺨을 내밀었지만, 바그라티온은 뺨이 아닌 목덜미에 키스했다.

"자네에게 신의 가호가 있기를!" 쿠투조프는 되풀이하고 포장마차 쪽으로 다가갔다. "나와 같이 타세." 그는 볼콘스키에게 말했다.

"각하, 저는 여기서 도움이 되고 싶습니다. 저를 부디 바그라티온 공작 부대에 남아 있게 해주십시오."

"타라니까." 쿠투조프는 말하더니, 볼콘스키가 주저하는 것을 보고 덧붙였다. "내게도 훌륭한 장교가 필요해, 내게도 필요하네."

둘은 마차를 타고 몇 분 동안 말없이 달렸다.

"앞으로도 많은 일이 남아 있어." 볼콘스키의 마음을 다 헤아린 듯이 그는 노인다운 통찰력 있는 표정을 띠면서 말했다. "만약 내일 저부대에서 십분의 일이라도 귀환한다면, 나는 하느님께 감사드리겠네." 쿠투조프는 혼잣말처럼 덧붙였다.

안드레이 공작은 쿠투조프를 바라보았다. 그러자 반 아르신* 남짓 떨어진 곳에서 그의 눈에 띈 것은, 이즈마일 전투에서 총알이 머리를 관통했을 때 입은 상처가 깨끗이 닦인 관자놀이의 주름과 텅 빈 한쪽 눈이었다. '그렇다, 그러면 사람들의 죽음에 이토록 침착하게 말할 권리가 있다!' 볼콘스키는 생각했다.

"그러니까 저를 그 부대로 보내달라고 부탁드리는 것입니다." 그는 말했다.

---

* 러시아의 옛 길이 단위로, 1아르신은 71.12센티미터.

쿠투조프는 대답하지 않았다. 그는 벌써 자기가 무슨 말을 했는지 잊어버린 듯 생각에 잠겨 앉아 있었다. 오 분쯤 지나 마차의 부드러운 반동에 경쾌하게 흔들리면서 쿠투조프는 안드레이 공작에게로 얼굴을 돌렸다. 얼굴에는 흥분의 흔적조차 남아 있지 않았다. 그는 미묘한 냉소를 띠면서, 프란츠 황제를 알현한 소상한 이야기며 크렘스 전투에 대한 궁정의 반향이며 두 사람이 다 알고 있는 부인들에 관한 소식을 안드레이 공작에게 물었다.

<h2 style="text-align:center">14</h2>

11월 1일, 쿠투조프는 아군의 척후를 통해 그의 휘하 부대가 거의 빠져나갈 구멍이 없는 상태에 봉착해 있다는 보고를 받았다. 척후는 우세한 프랑스군이 빈의 다리를 건너, 지금 러시아에서 오고 있는 원군과 쿠투조프군의 연락 지점을 향해 진격하고 있다고 보고했다. 만약 쿠투조프가 크렘스에 남기로 결정한다면 15만의 나폴레옹군은 그를 모든 연락에서 차단하여 지쳐버린 4만의 군세를 포위하고, 울름에서의 마크와 같은 상태에 빠뜨릴 것이 분명했다. 만약 쿠투조프가 러시아 원군과의 연락 도로를 포기하기로 결정한다면, 그는 우세한 적의 군세를 막으면서 길도 없고 생소한 보헤미아의 산속으로 들어가 북스게브 덴*과의 연락에 대한 모든 희망을 접어야 했다. 또한 만약 쿠투조프가

---

* F. F. 북스게브덴(1750~1811). 당시 러시아 원군 지휘관.

러시아에서 오는 원군과 합류하기 위해 크렘스에서 올뮈츠로 퇴각하
기로 결정한다면 빈의 다리를 건넌 프랑스군에게 도중에 추월당할 위
험이 있고, 그렇게 되면 세 배의 병력을 가진 우세한 적군에게 양쪽으
로 포위되어 중포류와 군수품을 끌고 다니며 부득이 행군중에 전투를
하게 될 것이었다.

쿠투조프는 이 마지막 방법을 선택했다.

척후의 보고에 의하면, 프랑스군은 빈의 다리를 건너 강행군으로 츠
나임을 향하고 있는데, 츠나임은 쿠투조프가 퇴각하는 길목에 있는 도
시로 100베르스타 이상 전방에 있었다. 프랑스군보다 먼저 츠나임에
도착한다는 것은 말하자면 우군의 구조에 큰 희망을 걸 수 있다는 뜻
이었다. 그러나 프랑스군이 먼저 츠나임에 도착한다면, 울름 전투 때
처럼 전군이 치욕을 당하거나 전멸당한다는 뜻이었다. 그러나 러시아
군이 전군을 이끌고 프랑스군보다 먼저 도착한다는 것은 불가능했다.
빈에서 츠나임에 이르는 프랑스군의 도로가 크렘스에서 츠나임에 이
르는 러시아군의 도로보다 거리도 짧고 길도 좋기 때문이었다.

보고를 받은 날 밤에 쿠투조프는 4천 명인 바그라티온의 전위대를
오른쪽 산 너머, 크렘스-츠나임 가도에서 빈-츠나임 가도를 향해 출
발시켰다. 바그라티온은 쉬지도 않고 행군을 강행하여 빈을 정면에,
츠나임을 뒤에 두고 군대를 멈춰 만약 프랑스군을 앞서는 데 성공한다
면 할 수 있는 데까지 적을 저지해야 했다. 쿠투조프도 모든 중포류를
끌고 츠나임을 향해 출발했다.

맨발이나 다름없는 굶주린 병사들을 이끌고 폭풍이 휘몰아치는 밤
에 길도 없는 산을 45베르스타나 걸으며 병력의 삼분의 일을 낙오로

잃으면서도, 바그라티온은 빈에서 홀라브룬으로 진군중인 프랑스군보다 몇 시간 앞서 홀라브룬에서 빈-츠나임 가도로 나왔다. 쿠투조프가 중포류를 끌고 츠나임에 도착하려면 아직도 꼬박 하루 밤낮을 행진해야 할 것이기에 바그라티온은 굶주리고 지친 4천 명의 병사를 이끌고 홀라브룬에서 마주친 적군을 그 하루 동안 막아내야 했지만, 이는 분명 불가능한 일이었다. 그러나 불가사의한 운명은 이 불가능을 가능으로 만들었다. 싸우지 않고 빈의 다리를 수중에 넣은 프랑스군의 기만적인 성공은 이번에도 뮈라로 하여금 쿠투조프도 속여봐야겠다는 생각을 하게 만들었다. 츠나임 가도에서 바그라티온의 약소 부대와 마주친 뮈라는 이 부대를 쿠투조프의 전군이라고 생각했다. 그는 이 군세를 확실히 궤멸하기 위해 빈을 출발한 본대를 기다리기로 하고, 이러한 목적으로 양국의 군대가 위치를 바꾸지 않고 그 자리에 있는다는 조건으로 사흘 동안의 휴전을 제의했다. 뮈라는 강화 교섭이 진행되고 있으므로 무익한 유혈을 피하기 위해 휴전을 제의한다고 설득했다. 전초를 맡고 있던 오스트리아 장군 노스티츠 백작은 뮈라의 군사(軍使)가 전한 말을 믿고 바그라티온의 부대를 노출시킨 채 퇴각하고 말았다. 또다른 군사가 러시아군 산병선 안으로 들어와 역시 강화 교섭이 진행되고 있다고 알리고 사흘 동안의 휴전을 제의했다. 바그라티온은 단독으로는 휴전에 동의할 수도 거절할 수도 없다고 대답하고, 쿠투조프에게 부관을 파견했다.

휴전은 쿠투조프에게는 시간을 벌어주면서, 지친 바그라티온의 부대를 쉬게 하고, 수송차와 중포류를 츠나임까지 한 행정이라도 더 전진시킬 수 있는 유일한 수단이었다(이들의 이동은 프랑스군 몰래 이루어졌던 것이다). 이 휴전 제의는 우군을 구할 수 있는 유일한, 그리고 뜻하지 않았던 가능성을 열어주었다. 보고를 받자 쿠투조프는 그의 부하인 시종무관장 빈첸게로데 장군을 곧바로 적진으로 보냈다. 빈첸게로데는 휴전을 수락했을 뿐만 아니라 항복의 조건까지 제안했고, 그사이 쿠투조프는 부관들을 후방으로 파견하여 크렘스-츠나임 가도로 전군의 수송을 서두르도록 명령했다. 피로와 굶주림으로 기진한 바그라티온의 부대는 홀로 본군과 수송대의 이동을 엄호하면서 여덟 배나 우세한 적군과 단독으로 대치하고 있어야 했다.

아무런 의무도 지지 않는 항복의 제안이 수송차 일부를 통과시킬 시간을 줄 거라는 것, 또 뮈라의 과실이 곧 밝혀질 것이라는 쿠투조프의 예상은 모두 적중했다. 홀라브룬에서 25베르스타 떨어진 쇤브룬에 있던 보나파르트는 뮈라의 보고와 휴전 및 항복에 관한 보고를 받자마자 적의 속임수를 간파하고 뮈라에게 다음과 같은 편지를 썼다.

뮈라 공에게. 1805년 브뤼메르 25일 오전 여덟시, 쇤브룬

나는 귀하에 대한 불만을 어떠한 말로도 표현할 수 없다. 귀하는 나의 전위부대를 지휘할 뿐이며, 나의 명령 없이 휴전할 권한을 갖고 있지 않다. 귀하는 나의 전과戰果를 상실시켰다. 즉각 휴전을 파기하고 적을 향해 진격하라. 항복에 서명한 장군은 그것을 행할 권한을 갖고 있지 않으며, 그러한 권한을 가진 자는 러시아 황제 한 사람뿐이라고 선언하라.

만약 러시아 황제가 기재된 조건에 동의한다면, 나도 동의할 것이

나, 이것은 속임수에 불과하다. 진격하여 러시아군을 섬멸하라……
귀하는 러시아군의 수송차와 대포를 노획할 수 있을 것이다.

러시아 황제의 부관은 사기한에 지나지 않는다…… 전권을 갖지
않은 장교는 아무 의미도 없다. 그 역시 그것을 갖지 않은 자다……
오스트리아군은 빈의 다리에서 귀하에게 기만당했지만, 지금은 귀
하가 황제의 부관에게 기만당하고 있다.

나폴레옹

보나파르트의 부관은 뮈라에게 보내는 이 위협적인 편지를 들고 전
속력으로 말을 몰았다. 보나파르트는 이제 휘하 장군들을 신뢰할 수
없었으므로 도마 위에 오른 것이나 마찬가지인 고기를 놓칠세라 전군
을 거느리고 전장으로 향했지만, 바그라티온 부대의 4천 명은 즐겁게
모닥불에 둘러앉아 젖은 것을 말리기도 하고, 불을 쬐기도 하고, 사흘
만에 비로소 죽을 쑤기도 했다. 이 부대의 어느 누구도 눈앞에 닥쳐오
는 것을 알지 못했고, 생각하지도 않았다.

15

오후 네시가 다 되어서야 안드레이 공작은 쿠투조프에게 간청하여,
그룬트에 도착하자 곧 바그라티온에게 갔다. 보나파르트의 부관은 아
직 뮈라의 부대에 도착하지 않았으므로 전투는 시작되지 않았다. 바그
라티온의 부대에서는 전황의 진전을 전혀 몰랐고, 강화에 관해 공론을

하고는 있었지만 그 실현 가능성을 믿지는 않았다. 또 전투에 관한 이야기도 있었지만, 역시 조만간 전투가 있을 거라 믿지는 않았다.

바그라티온은 볼콘스키가 쿠투조프의 총애와 신임을 받는 부관임을 잘 알고 있었으므로 상관으로서의 각별한 대우와 관대함으로 그를 맞으며 아마 오늘내일 중에 전투가 있으리라고 언명한 뒤, 전투중에 자기 옆에 있든 '역시 중요한 일인' 후위에서 퇴각의 질서를 감독하든 볼콘스키의 자유에 맡기겠다고 말했다.

"하지만 오늘은 아마 전투가 없을 걸세." 안드레이 공작을 안심시키기라도 하듯 바그라티온은 말했다.

'만약 이자가 그저 십자훈장 따위나 탈 욕심으로 온, 평범하고 멋만 부릴 줄 아는 참모의 한 사람이라면 후위에 있어도 상은 받게 될 것이지만, 만약 나와 함께 있기를 바라는 것이라면, 그것도 괜찮다…… 용기 있는 장교라면 뭔가 도움이 될 테니까' 하고 바그라티온은 생각했다. 안드레이 공작은 아무 대답도 하지 않았고, 그저 어떤 명령이 내릴 경우 자기가 어디로 가야 하는지 알아두기 위해 진지를 돌면서 부대 배치를 파악해도 되는지 허락을 청했다. 옷을 멋지게 차려입고 집게손가락에 다이아몬드 반지를 낀, 서툰 주제에 프랑스어로 지껄이길 좋아하는 잘생긴 당직 장교가 안드레이 공작의 안내를 자청했다.

가는 곳마다 흠뻑 젖은 채 침울한 얼굴로 무언가를 찾고 있는 듯한 장교들, 마을에서 문이며 벤치며 울타리를 끌고 오는 병사들의 모습이 눈에 띄었다.

"공작, 이 패들한테는 정말 당할 수가 없습니다." 참모장교가 그들을 가리키면서 말했다. "지휘관들이 돌아다니게 놔두니까, 저기 보십시오." 그는 영내 매점의 천막을 가리키며 말했다. "모두 모여앉아 있군요. 오늘 아침에 전부 내쫓았는데, 보십시오, 또 가득 들어차 있습니다. 공작, 저기 들러서 혼을 좀 내줘야겠습니다. 잠깐이면 됩니다."

"들렀다 갑시다. 나도 치즈와 빵을 살 테니까." 지금까지 식사할 틈이 없었던 안드레이 공작은 말했다.

"왜 진작 말씀하시지 않았습니까, 공작? 제가 뭐라도 좀 드렸을 텐데."

그들은 말에서 내려 영내 매점 천막으로 들어갔다. 곤핍한 붉은 얼굴빛의 장교 몇이 탁자 앞에 앉아 먹고 마시고 있었다.

"아니, 이게 뭡니까, 여러분!" 벌써 몇 번이나 똑같은 말을 되풀이해온 듯한 말투로 참모장교는 꾸짖듯이 말했다. "자리를 뜨면 되겠습니까! 공작은 누구도 여기 있지 말라고 명령했습니다. 아, 당신이로군, 이등대위." 그는 키가 작고 지저분하고 비쩍 마른 포병 장교 쪽으로 얼굴을 돌렸는데, 구두도 없이(그는 구두를 매점 상인에게 내주어 말리는 중이었다) 양말만 신고 매우 부자연스러운 미소를 짓는 이등대위가 들어온 두 사람 앞에 우뚝 서 있었다.

"이봐요, 투신 대위, 당신은 부끄럽지도 않습니까?" 참모장교는 계속했다. "포병 장교로서 군의 모범이 되어야 할 사람이 구두도 안 신고 말입니다. 경보라도 울리면 구두도 없이 볼만하겠군요. (참모장교는 말하며 쓴웃음을 지었다.) 여러분, 부탁이니 자기 위치로 돌아가시오, 모두, 모두." 그는 상관다운 어조로 덧붙였다.

안드레이 공작은 이등대위 투신을 바라보며 자기도 모르게 피식 웃었다. 투신은 잠자코 미소를 머금은 채 맨발을 바꿔 디디면서 크고 영리하고 선량해 보이는 눈으로 의문스럽다는 듯이 안드레이 공작과 참모장교를 번갈아 보았다.

"병사들이 말하잖습니까, 맨발이 더 빠르다고요." 투신은 분명 어색한 상황을 농담 섞인 투로 얼버무리려는 것처럼 미소를 짓고 머뭇거리며 말했다.

그러나 말을 끝내기도 전에 그는 자기의 농담이 상대에게 받아들여지지 않았다는 것을 깨달았다. 그는 당황했다.

"돌아가시오." 위엄을 갖추려고 애쓰면서 참모장교는 말했다.

안드레이 공작은 왜소한 포병 장교를 다시 보았다. 그에게는 다소 우스꽝스럽지만 상당히 매력적인, 전혀 군인답지 않은 어떤 특별함이 있었다.

참모장교와 안드레이 공작은 말에 올라 앞으로 나아갔다.

도중에 다른 부대의 병사들과 장교들을 앞지르기도 하고 마주치기도 하면서 마을을 벗어나자, 지금 막 파헤쳐서 진흙이 붉게 드러난 공사중인 보루가 왼쪽에 보였다. 몇 개 대대의 병사들이 찬바람 속에서 셔츠 바람으로 그 위를 흰개미처럼 움직이고 있었다. 보루 뒤에서는 누가 일하고 있는지 쉴새없이 붉은 진흙이 삽으로 던져올려지고 있었다. 두 사람은 보루로 다가가 잠시 바라본 뒤 다시 앞쪽으로 갔다. 보루 뒤에서는 수십 명의 병사들이 계속해서 번갈아가며 달려나갔다. 두 사람은 악취에서 벗어나기 위해 코를 틀어막고 구보로 말을 몰 수밖에 없었다.

"이게 바로 진중의 즐거움입니다, 공작." 참모장교는 말했다.

두 사람은 반대쪽 산으로 올라갔다. 산에서는 벌써 프랑스군이 보였다. 안드레이 공작은 말을 멈추고 관찰하기 시작했다.

"바로 저기에 우리 포병 중대가 서 있죠." 가장 높은 지점을 가리키면서 참모장교는 말했다. "아까 구두도 신지 않고 있던 그 기인의 중대입니다. 저기서라면 전부 내려다보입니다. 가실까요, 공작?"

"정말 고맙습니다. 이제 나 혼자서 가겠습니다." 참모장교에게서 벗어나길 바라면서 안드레이 공작은 말했다. "염려 마십시오. 자, 그럼."

참모장교는 뒤에 남고, 공작은 혼자 말을 몰았다.

적과 근접해 있을수록 우군은 더욱더 질서정연하고 즐거워 보였다. 가장 무질서하고 의기소침해 보였던 부대는 오늘 아침 안드레이 공작이 앞질러 왔던, 프랑스군으로부터 10베르스타 떨어진 곳에 있는 츠나임 전면에 있던 수송대였다. 그룬트에서도 역시 약간의 불안과 뭔가에 대한 공포가 느껴졌었다. 그러나 프랑스의 산병선에 가까이 다가갈수록 우군의 모습은 더욱더 자신에 차 있는 것처럼 보였다. 외투 차림의 병사들이 정렬해 있었고, 상사와 중대장이 인원 점호를 하면서 소대 맨 끝에 있는 병사의 가슴을 손가락으로 찌르며 손을 들라고 명령하고 있었다. 그 일대에 분산된 병사들이 장작과 삭정이를 나르고 즐겁게 웃으며 바라크를 짓고 있었다. 모닥불 옆에는 옷을 입거나 벗은 병사들이 셔츠나 각반을 말리거나 구두와 외투를 수선하면서 불을 쬐고 있었고, 취사병과 솥 주위에도 모여 있었다. 어떤 중대에서는 식사 준비가 다 되어 병사들이 게걸스러운 얼굴로 김이 오르는 솥을 바라보며 시식이 끝나기를 기다리고 있었는데, 보급계 선임 하사가 나무그릇에 죽을 담아 바라크 앞의 통나무에 앉아 있는 장교에게 가져갔다.

모든 중대에 보드카가 있었던 것은 아니지만 운이 좋은 어느 중대에서는, 얽은 얼굴에 어깨가 딱 바라진 상사가 병사들에게 둘러싸여 통을 기울이고 차례로 내미는 물병 뚜껑에 술을 따라주고 있었다. 병사들은 경건한 표정으로 물병 뚜껑을 입으로 가져가서 단숨에 들이켜고는 입을 헹구고 외투 소매로 닦으면서 즐거운 듯이 상사의 옆을 떠났다. 모두의 얼굴은 평온했는데, 적어도 부대의 반수는 여기 남겨질 것이 분명한 중대한 일을 앞두고 적 앞에 있는 것이 아니라, 마치 고국의 어느 지방에서 평온한 숙영을 기다리고 있는 듯했다. 안드레이 공작은 추격병 연대를 지나 원기 왕성한 젊은이들이 마찬가지로 평화로운 작업을 하고 있는 키옙스키 척탄병 대열로 갔고, 다른 바라크와 구분되는 연대장의 높은 바라크와 가까운 척탄병 소대 앞에서, 한 사내가 발가벗겨진 채 쓰러져 있는 것을 보았다. 두 병사가 그 사내를 붙들고, 다른 두 병사가 낭창낭창한 회초리를 박자를 맞추듯이 휘두르면서 사내의 드러난 등을 때리고 있었다. 처벌을 받는 사내는 부자연스러운 소리를 질렀다. 통통한 소령은 앞에서 왔다갔다하면서 그 소리에도 아랑곳없이 계속해서 말했다.

"군인이 남의 물건을 훔치는 건 수치스러운 일이다. 군인은 정직하고 결백하고 용감해야 하는 법이야. 만약 동료의 물건을 훔치는 놈이라면, 부끄러움도 모르는 비열한 놈이다. 더, 더!"

낭창낭창한 회초리 소리와 절망적이지만 꾸민 듯한 비명이 계속해서 들려왔다.

"더, 더." 소령은 소리쳤다.

한 젊은 장교는 혼란스럽고 고통스러운 표정으로 지나가는 부관을 의문스러운 듯이 돌아보면서, 처벌받고 있는 병사 곁을 떠났다.

안드레이 공작은 제일선으로 나가 대열을 따라 전진했다. 적군과 아군의 산병선은 좌익도 우익도 멀리 떨어져 있었으나, 오늘 아침 군사가 오간 중앙 부대는 서로 얼굴을 볼 수 있고 말도 주고받을 수 있을 정도로 매우 가까웠다. 적군이나 아군이나 여기서 산병선을 펴고 있는 병사들 외에도 호기심에 찬 병사들이 떼지어 몰려와 기이하고 낯선 서로를 조소하며 바라보고 있었다.

산병선에 다가가지 말라는 금지령에도 불구하고 이른 아침부터 떼지어 모여든 호기심에 찬 자들을 상관들도 쫓아버릴 수 없었다. 산병선에 있던 병사들은 마치 진기한 무언가를 보여주는 사람들처럼, 이제 프랑스군 쪽은 보지도 않고 모여드는 사람들을 관찰하고 있었고, 지루해하면서 교대를 기다렸다. 안드레이 공작은 프랑스 병사들을 보기 위해 말을 멈춰 세웠다.

"어이, 저기 좀 봐." 한 병사가 동료에게 러시아 소총수를 가리키면서 말했다. 이 소총수는 한 장교와 함께 산병선에 다가가서 프랑스의 척탄병과 열띤 어조로 이야기하고 있었다. "어때, 제법 잘 지껄이지 않나! 흐랑스인*도 못 쫓아가겠는걸. 자네도 해봐, 시도로프······"

"가만있어봐, 들어보게. 이야, 정말 잘하는데!" 프랑스어를 잘하기로 유명한 시도로프가 대답했다.

병사들이 웃으면서 가리키고 있는 자는 돌로호프였다. 안드레이 공작은 그를 알아보았고, 그의 이야기에 귀를 기울였다. 돌로호프는 중대장과 함께 자기의 연대가 있던 좌익 쪽에서 이 산병선으로 온 것이

---

* ф[f]를 일부러 x[kh]로 발음하고 있다.

었다.

"자, 더, 더!" 중대장은 앞으로 몸을 구부리고 자기는 알아듣지도 못하는 말을 한마디도 놓치지 않으려고 애쓰면서 그를 부추겼다. "더 해봐, 더. 저 녀석이 뭐라고 하나?"

돌로호프는 중대장의 말에 대답하지 않았다. 그는 프랑스 척탄병과 열띤 논쟁을 벌이고 있었다. 그들은 당연하게도 전쟁 이야기를 하고 있었다. 프랑스인이 러시아와 오스트리아를 혼동하여 러시아군이 바로 그 울름에서 항복하고 패주하지 않았느냐고 말하자, 돌로호프는 러시아는 항복한 적이 없으며 오히려 프랑스군을 격파했다고 대꾸했다.

"여기서도 너희를 쫓아버리라는 명령이 내렸으니까, 쫓아내주지." 돌로호프가 말했다.

"너희 카자크들과 같이 포로나 되지 않게 조심해." 프랑스 척탄병이 대답했다.

프랑스병 쪽의 구경꾼들과 청중이 웃음을 터뜨렸다.

"수보로프 장군 때처럼 이번에도 너희를 춤추게 해주겠다(*너희를 춤추게 해주겠다*)." 돌로호프는 말했다.

"저 녀석이 뭐라고 노래부르는 거야?" 한 프랑스병이 말했다.

"옛날 이야기지." 옛 전쟁에 대한 이야기가 오간다는 것을 알아채고 다른 프랑스병이 말했다. "황제 폐하께서는 너희의 *수바라**도 다른 녀석들과 똑같이 따끔하게 혼내주실 거다……"

"보나파르트가……" 돌로호프가 말하려 하자 프랑스병이 가로막

---

* 수보로프를 가리킨다.

왔다.

"보나파르트가 아냐, 황제 폐하야! 이 빌어먹을 자식아……" 그는 화를 내며 소리쳤다.

"제기랄, 너희 황제 폐하 같은 게 다 뭔데!"

돌로호프는 러시아어로 거칠게 군인들이 쓰는 욕을 퍼붓고는 총을 메고 떠나버렸다.

"갑시다, 이반 루키치." 그는 중대장에게 말했다.

"저게 바로 흐랑스어라는 거로군." 산병선의 병사들이 지껄여댔다. "자, 이번에는 네 차례야, 시도로프!"

시도로프는 윙크를 하더니 프랑스 병사 쪽을 향해 무슨 말인지 알 수 없는 말을 속사포처럼 떠들어대기 시작했다.

"카리, 말라, 타파, 사피, 무테르, 카스카." 그는 자기 목소리에 억양을 붙이려고 애쓰면서 지껄였다.

"호, 호, 호! 하, 하, 하, 하! 우흐! 우흐!" 자못 건강하고 명랑한 웃음소리가 병사들 사이에서 일어나더니 산병선을 넘어 프랑스병들에게로 옮아갔는데, 이 소리를 듣고 있으면 당장에라도 총에 장전되어 있는 탄환을 빼내 폭발시켜버리고 그길로 하루빨리 각자의 집으로 돌아가야만 할 것 같은 기분이 들었다.

그러나 총은 여전히 장전되어 있었고, 집들과 보루에 설치된 총안은 여전히 전방을 노리고 있었으며, 앞차에서 떼어낸 대포는 서로를 향한 채 대치하고 있었다.

16

우익에서 좌익까지 군의 전선全線을 돌아본 안드레이 공작은 참모장교가 싸움터가 한눈에 내려다보인다고 했던 포병 중대를 향해 올라갔다. 그리고 말에서 내려, 앞차에서 떼어낸 네 문의 대포 중 맨 끝의 대포 옆으로 가서 멈췄다. 대포 앞에는 보초인 포병이 거닐고 있었다. 그는 장교가 다가오자 부동자세를 취하려다가 안드레이 공작이 신호를 보내자 다시 규칙적이고 지루한 걸음을 옮기기 시작했다. 대포 뒤에는 앞차가 놓여 있고, 그 뒤에는 말을 매는 말뚝과 포병들의 모닥불이 있었다. 왼편에는 맨 끝의 대포 가까이에 나뭇가지로 새로 엮은 움막이 있고, 그 안에서 장교들의 활발한 이야기 소리가 들려왔다.

실제로 이 포병 중대에서는 러시아군 거의 전부와 적군의 배치가 대부분 내려다보였다. 포병 중대의 정면 언덕 지평선에 쇤그라벤 마을이 보이고, 그 오른쪽과 왼쪽의 세 곳에서 모닥불 연기 사이로 프랑스군의 집단을 분간할 수 있었는데, 대부분은 마을과 산 뒤에 있는 것 같았다. 마을 왼쪽의 연기 속으로 보이는 것은 포병대 같았지만, 육안으로는 잘 분간할 수 없었다. 아군의 우익은 프랑스군 진지 위에 솟은 상당히 가파른 고지에 위치해 있었다. 이 고지에 보병대가 포진하고, 그 끝에 용기병龍騎兵도 보였다. 지금 안드레이 공작이 서서 진형을 관찰하고 있는 투신의 포병 중대가 있는 중앙부에는, 가장 경사지고 곧은 내리막길과 오르막길이, 아군과 쇤그라벤 마을을 가르는 개울을 향해 나 있었다. 왼쪽에 포진하고 있는 아군은 숲에 접해 있었는데, 거기서는 장작을 마련하던 보병들이 피운 모닥불 연기가 피어오르고 있었다. 프랑스군의 산병선은 아군의 것보다 넓었으므로 적이 손쉽게 아군의 양익을 우회해 공격할 수 있으리라는 것은 명백했다. 또한 아군의 진지 뒤에는 깊고 험한 골짜기가 있어서 포병과 기병이 그곳으로 퇴각하기는 어려워 보였다. 안드레이 공작은 포신에 팔꿈치를 짚고 수첩을 꺼내 자기가 생각하는 군의 포진도를 그려보기 시작했다. 그는 바그라티온에게 보고할 작정으로 두 군데에 연필로 표시해두었다. 그는 첫째로 포병대 전체를 중앙에 집중시키고, 둘째로 기병들을 후방, 즉 골짜기 저쪽으로 이동시켜야겠다고 생각했다. 안드레이 공작은 언제나 총사령관 옆에 있으면서 대집단의 움직임과 부대 전체에 내려지는 일반 명령에 주목하고, 늘 전투의 역사적 기술記述을 연구해왔기 때문에, 지금과 같은 경우에도 자기도 모르게 대체적인 점만 가지고 앞으로의 전투 상황을 숙고하고 있었다. 그의 머리에 떠오른 것은 다음과 같이 대략적인 것뿐이었다. '만약 적이 우익을 공격하면,' 그는 혼잣말로 중얼거렸다. '키옙스키 척탄대와 포돌스키 추격대는 중앙의 예비군이 그들에게 도착할 때까지 진지를 지켜야 한다. 그러면 용기병이 적의 측면을 쳐서 적을 궤주시킬 수 있다. 만약 중앙이 공격을 받을 경우에는 이 고지의 중앙에 포병대를 배치하고 그 엄호 아래 좌익을 끌어내어 사다리꼴 진형으로 골짜기까지 후퇴한다.' 그는 혼자서 이렇게 판단하고 있었다.

흔히 있는 일이지만, 그가 이 중대에서 포신 옆에 서 있는 동안 움막 안에서 장교들이 하는 이야기 소리가 그치지 않고 들렸으나, 그는 그들이 무슨 이야기를 하고 있는지 한마디도 알아듣지 못했다. 그러다 갑자기 움막에서 새어나오는 목소리 중에 누군가의 진지한 어조가 그의 고막을 울렸고, 그는 자기도 모르게 귀를 기울였다.

"그렇지 않네, 친구." 안드레이 공작의 귀에 익은 듯한 유쾌한 목소리가 말했다. "나는 죽어서 어떻게 된다는 것을 알 수만 있다면 우리 중 그 누구도 죽음을 두려워하지 않을 거라고 말하는 거야. 그렇지 않나, 친구!"

더 젊은 목소리가 그의 말을 가로막았다.

"두려워하건 두려워하지 않건 마찬가지야, 어차피 피하지 못할 바에는."

"그래도 늘 두려워하고 있잖나! 자네들 같은 학자님들도" 하고 사내다운 세번째 목소리가 두 사람의 말을 가로막았다. "그래, 정말 자네들 포병은 지나친 학자님인데, 그건 보드카와 자쿠스카를 늘 가지고 다닐 수 있기 때문이야."

분명 보병 장교인 듯한 이 사내다운 목소리의 주인은 웃기 시작했다.

"늘 두려워하는 것은," 첫번째 귀에 익은 듯한 목소리가 말을 이었다. "모르니까 두려워하는 거야, 바로 그거라고. 영혼은 천국으로 올라간다고 하지만…… 천국 같은 건 없고, 그저 대기가 있을 뿐이라는 것을 우리는 알고 있거든."

또다시 사내다운 목소리가 포병의 말을 가로막았다.

"자, 그 약술이라도 좀 대접해봐, 투신." 그가 말했다.

'아, 저건 구두를 신지 않고 영내 매점에 있었던 대위다.' 안드레이 공작은 철학을 늘어놓는 듣기 좋은 목소리의 주인이 누구인지 알아채고 흐뭇한 마음으로 생각했다.

"약술도 좋지만," 투신은 말했다. "어쨌든 내세를 이해한다는 것은……" 그는 말을 끝맺지 못했다.

이때 공중에서 윙 하는 소리가 들렸던 것이다. 더 가까이, 더 가까이, 더 빠르게, 더 높이 소리를 울리며, 더 높이 소리를 울리며 더 빠르게 포탄은 마치 해야 할 말을 미처 끝맺지 못한 것처럼 초인적인 힘으로 흙 연기를 올리면서 움막에서 멀지 않은 곳에 쿵 하고 떨어졌다. 대지는 이 무서운 타격에 외마디소리를 지르는 것 같았다.

순간 움막 안에서 몸집이 작은 투신이 이 사이에 파이프를 비스듬히 문 채 맨 먼저 뛰어나왔고, 선량하고 영리해 보이는 그의 얼굴은 조금 창백했다. 이어 사내다운 목소리의 늠름한 보병 장교가 뛰어나와 옷의 단추를 채우면서 자기 중대로 달려갔다.

17

안드레이 공작은 포탄을 쏜 대포에서 나오는 연기를 바라보면서 말을 탄 채 포병대에 머물러 있었다. 그의 눈은 넓은 공간을 재빨리 훑어보았다. 그러나 방금까지 꼼짝도 하지 않고 있던 프랑스군 집단이 움직이기 시작한 것과 왼쪽에 보이던 것이 역시 포병대였다는 것 외에는 아무것도 알 수 없었다. 포병대 위의 연기는 아직도 흩어지지 않고 있었다. 부관인 듯한 두 프랑스 기병이 말을 타고 산으로 달려갔다. 아마 산병선의 보강을 위한 듯한, 분명 그렇게 보이는 그다지 많지 않은 적의 종대가 산 아래로 이동하는 것이 보였다. 첫 발의 연기가 사라지기도 전에 두번째 연기가 일고 이어서 포성이 들렸다. 전투가 시작된 것이다. 안드레이 공작은 말 머리를 돌려 바그라티온 공작을 찾으러 그룬 트로 달렸다. 뒤에서 들리는 포격 소리는 더 커지고 빈번해졌다. 아군 도 응전을 시작한 것 같았다. 아래쪽, 오늘 아침 군사가 오갔던 곳에 서는 소총 사격 소리가 들리기 시작했다.

르마루아는 보나파르트의 위협적인 편지를 들고 방금 뮈라가 있는 곳에 도착했고, 창피를 당한 뮈라는 자기 실수를 보상할 생각으로 당장 휘하의 군대를 중앙부와 양익의 우회 공격에 내보내 저녁에 황제가 도착하기 전까지 자기 눈앞에 버티고 있는 빈약한 지대支隊를 쳐부수겠다고 마음먹었다.

'시작됐다! 드디어 왔다!' 피가 더욱 세차게 심장으로 몰려드는 것을 느끼면서 안드레이 공작은 생각했다. '그런데 대체 어디 있는 걸까? 대체 나의 툴롱은 어떻게 나타날까?' 그는 생각했다.

십오 분 전만 해도 죽을 먹거나 보드카를 마시던 중대 사이를 말을 타고 지나가면서 그는 정렬하기도 하고 걸어총을 풀고 있는 병사들의 한결같이 서두르는 모습을 보고, 그가 느끼고 있는 것과 똑같은 활기찬 감정을 모두의 얼굴에서 느꼈다. '시작됐다! 드디어 왔다! 두렵고, 즐겁다!' 병사나 장교나 모두의 얼굴이 이렇게 말하고 있었다.

여전히 공사중인 보루에 닿기도 전에 그는 흐린 가을날 저녁 햇살 속에서 자기 쪽으로 다가오는 기병대를 발견했다. 선두에서 달리고 있는 사람은 소매 없는 펠트 외투에 차양 없는 양가죽 모자를 쓰고 흰말을 타고 있었다. 바그라티온 공작이었다. 안드레이 공작은 멈춰서 그를 기다렸다. 바그라티온 공작도 말을 멈추고, 안드레이 공작을 알아보자 고개를 끄덕였다. 안드레이 공작이 보고 온 것을 이야기하는 동안 그는 앞을 바라보고 있었다.

'시작됐다! 드디어 왔다' 하는 표정은 반쯤 감긴 흐리고 졸린 듯한 그의 눈과 굳은 갈색 얼굴에서도 읽을 수 있었다. 안드레이 공작은 불안한 호기심을 품고 이 미동도 없는 얼굴을 들여다보면서, 과연 이 사람은 이 순간에도 생각을 하고 느끼는 것인지, 만약 그렇다면 무엇을 생각하고 느끼는지 알고 싶었다. '도대체 이 미동도 없는 얼굴 뒤에 무엇이 있단 말인가?' 안드레이 공작은 그를 바라보면서 자문해보았다. 바그라티온 공작은 안드레이 공작의 말에 동의하는 표시로 고개를 끄덕이고 "좋아"라고 말했으나 지금 일어난 일과 안드레이 공작이 보고한 것은 자신이 이미 모두 정확하게 예상했었다는 표정을 짓고 있었다. 안드레이 공작은 급히 말을 몰고 왔기 때문에 숨을 헐떡이면서 재빨리 말했다. 바그라티온 공작은 서두를 것 없다고 타이르는 것처럼 동방식 악센트를 주어 유독 천천히 말했다. 그러면서도 그는 투신의 중대를 향해 구보로 말을 몰았다. 안드레이 공작도 막료들과 뒤따랐다. 바그라티온 공작을 뒤따르는 사람들은 막료 장교, 공작의 개인 부관, 제르코프, 전령, 꼬리를 짧게 자른 아름다운 말을 탄 당직 참모장교, 그리고 호기심에서 전장에 가기를 지원한 문관 법무관 등이었다. 법무관은 얼굴이 둥글고 뚱뚱한 남자로, 순진한 만족의 미소를 띠고 말 위에서 흔들리며 주위를 둘러보고 있었다. 거친 모직 외투를 입고 짐 싣는 말의 안장에 올라앉은 그의 모습은 경기병들과 카자크들과 부관들 사이에서 기묘한 대조를 이루었다.

"이 사람은 전투를 보고 싶어하거든." 제르코프는 볼콘스키에게 법무관을 가리키면서 말했다. "벌써 명치끝이 아프다는군."

"아, 이제 그만하십시오." 법무관은 환하고 순진하면서도 교활한 미소를 지으며 말했는데, 마치 제르코프의 놀림감이 된 것이 좋아서 실제보다 더 어리석게 보이려고 애쓰는 것 같았다.

"정말 재밌습니다, 공작." 당직 참모장교는 말했다. (그는 프랑스어로 공작을 칭하는 뭔가 특별한 표현이 있다는 것을 알고 있었으나 아무리 해도 그 말이 선뜻 생각나지 않았다.)

이때 일행은 투신의 중대에 근접했고, 그들 앞쪽에 포탄이 떨어졌다.

"지금 뭐가 떨어진 겁니까?' 순진하게 미소지으며 법무관은 물었다.

"프랑스제 과자죠." 제르코프는 대답했다.

"그러니까 저걸로 죽이는 거군요?" 법무관이 말했다. "정말 무섭습니다!"

그는 만족한 나머지 가슴이 벅찬 듯 덧붙였다. 그가 말을 끝내기가 무섭게 또다시 예기치 않은 맹렬한 소리가 울리고, 뭔가 물컹한 것에 부딪히는 것 같더니 그쳤다. 쉬이이이잇 쾅. 법무관 조금 오른쪽 뒤에서 오던 카자크가 말과 함께 땅으로 고꾸라졌다. 제르코프와 참모장교는 안장 위에서 몸을 숙이고 말을 옆으로 돌렸다. 법무관은 카자크 바로 앞에 멈추어 호기심 어린 눈으로 유심히 지켜보았다. 카자크는 죽었지만 말은 아직 꿈틀거리고 있었다.

바그라티온 공작은 실눈을 뜨고 돌아보았고, 이 혼란의 원인을 알아채자 '그런 부질없는 일에 붙들려 있을 틈이 어디 있나!' 하는 것처럼 태연하게 외면했다. 그는 말을 세우고 숙련된 기수처럼 살짝 상반신을 구부리면서 펠트 외투에 엇걸린 군도를 바로잡았다. 요즘 쓰는 것과는 다른 구식의 군도였다. 안드레이 공작은 수보로프가 이탈리아에서 바그라티온에게 자신의 칼을 선물했다는 이야기를 떠올렸고, 이 순간 그 회상이 유난히 기분좋게 느껴졌다. 모두는 볼콘스키가 서서 전장을 살펴보았던 포병 중대로 다가갔다.

"누구의 중대인가?" 바그라티온 공작은 탄약 상자들 옆에 서 있는 포병 하사에게 물었다.

그는 '누구의 중대냐?'고 물었지만 실은 '너희는 겁을 먹은 것이냐?'고 물은 것이었고, 하사도 그것을 알아챘다.

"투신 대위의 중대입니다, 각하." 주근깨투성이 얼굴에 빨간 머리의 하사는 부동자세를 하고 명랑한 목소리로 외쳤다.

"알았네, 알았어." 바그라티온은 뭔가 생각하면서 말했고, 맨 끝에 있는 대포를 향해 앞차들 옆을 지나갔다.

그가 다가가자 이 대포에서 그와 막료들의 귀를 멀게 할 것만 같은 굉연한 발사 소리가 울리더니, 갑자기 대포를 휩싼 연기 속에서 포신을 붙잡고 온 힘을 다해 본래 위치로 돌려놓으려고 서두르는 포병들의 모습이 보였다. 어깨가 넓고 몸집이 큰 제1포수가 세간洗杆을 잡고 두 다리를 넓게 내디디며 바퀴 쪽으로 뛰어서 물러섰다. 제2포수는 떨리는 손으로 탄약을 포구에 집어넣었다. 몸집이 작고 등이 구부정한 투신 장교는 포신의 후미에 발이 걸리면서 앞으로 뛰어나가 장군이 거기 있는 줄도 모르고 작은 손을 이마에 대고 사방을 둘러보았다.

"2도 더 돌려, 그럼 맞을 거야." 그는 가느다란 목소리에 늠름함을 실어보려고 애쓰며 소리쳤지만 그의 체구에는 어울리지 않았다. "제2포!" 그는 빽빽 소리질렀다. "때려 부숴라, 메드베데프!"

바그라티온이 이 장교를 부르자, 투신은 보통 군인이 경례하는 것과는 전혀 다르게, 마치 사제가 축복이라도 하듯이 머뭇거리며 어설프게 세 손가락을 군모 차양에 댄 채 장군에게 다가왔다. 투신은 포로 저지대를 포격하라는 지시를 받았으나, 그는 앞쪽에 보이는 쇤그라벤 마을을 소이탄으로 포격하고 있었다. 마을 전면에 프랑스 대군이 진격해 오고 있었던 것이다.

누구도 투신에게 어느 방면을 무엇으로 포격하라고 명령하지 않았기 때문에 그는 평소 자기가 몹시 존경하는 자하르첸코 상사와 의논하여 마을을 불태우는 게 좋겠다고 결정했던 것이다. "좋아!" 하고 바그라티온은 포병 장교의 보고에 대답하고, 뭔가 생각하는 듯이 눈앞에 펼쳐진 전장을 죽 둘러보았다. 오른쪽 진영에서는 어느 쪽보다도 가까이 프랑스군이 접근해 오고 있었다. 키옙스키 연대가 위치한 고지보다 좀 낮은, 개울에 가까운 저지대에서는 가슴을 쥐어뜯는 것 같은 볶아대는 소총 소리가 들리고, 그보다 훨씬 오른쪽의 용기병대 뒤쪽에서는 아군의 측면을 우회하려는 프랑스 종대를 막료 장교가 공작에게 손가락으로 가리켜 보이고 있었다. 왼쪽은 가까운 숲 때문에 시야가 막혀 있었다. 바그라티온 공작은 중앙의 2개 대대를 우익으로 옮겨 지원하라고 명령했다. 막료 장교는 이 2개 대대를 옮겨버리면 포의 엄호대가 없어지는 거라고 서슴지 않고 진언했다. 바그라티온 공작은 흐린 눈으로 잠자코 막료 장교를 바라보았다. 안드레이 공작도 막료 장교의 진언은 지당하고, 따져볼 여지도 없는 것이라고 생각했다. 하지만 이때 저지대에 포진해 있던 연대장이 보낸 부관이 달려와, 프랑스 대군이 저지대를 따라 내습해 연대가 뿔뿔이 흩어진 채 키옙스키 척탄대 쪽으로 퇴각하고 있다고 보고했다. 바그라티온 공작은 동의와 승인의 표시로 고개를 끄덕였다. 그는 평보로 말을 오른쪽으로 몰아, 프랑스군을 공격하라는 명령을 전하라고 부관을 용기병대로 보냈다. 그러나 그 부관은 삼십 분 뒤에 돌아와서 용기병 연대장이 이미 골짜기 저쪽으로 퇴각했다고 알렸다. 이 연대가 맹렬한 포화로 헛되게 병력을 잃자 연대장이 저격병을 말에서 내리게 하여 서둘러 숲속으로 이동시킨 것이었다.

"좋아!" 바그라티온은 말했다.

그가 포병 중대를 떠나려고 했을 때 왼쪽 숲에서도 포격 소리가 들렸으나, 적시에 달려가기에는 너무 멀었으므로 바그라티온 공작은 제르코프를 보냈다. 전에 브라우나우에서 쿠투조프의 사열을 받았던 고참 장군에게, 우익은 오래 버틸 힘이 없으니 좌익의 부대도 될 수 있는 대로 서둘러 골짜기 저쪽으로 퇴각하라고 전하기 위해서였다. 투신의 중대와 그 엄호대는 완전히 잊히고 말았다. 안드레이 공작은 바그라티온 공작과 지휘관들의 이야기와 그가 어떤 명령을 내릴지 주의깊게 귀를 기울이고 있었지만 놀랍게도 명령은 전혀 없었고, 바그라티온 공작은 그저 필연과 우연과 개개 지휘관의 의지로 행해진 모든 것이 자기 명령에 의한 것은 아닐지라도 전부 자기가 의도했던 것처럼 보이려고 애쓰고 있는 데 지나지 않는다는 것을 이내 알아차렸다. 또한 그는 일어나는 일들이 모두 우발적이고, 지휘관의 의사와 무관한 것이었음에도 바그라티온 공작이 보여준 모습 덕분에 그의 존재가 사뭇 큰 역할을 한다는 것을 알게 되었다. 바그라티온 공작에게 당황한 얼굴로 다가왔던 지휘관들은 이내 침착해지고, 병사들과 장교들은 기꺼이 그를 맞아 그 앞에서는 훨씬 활기를 띠게 되었을 뿐만 아니라 분명 그에게 자기의 용감함을 과시하려 했다.

18

바그라티온 공작은 아군 우익의 가장 높은 지점으로 나와 아래쪽으로 내려가기 시작했다. 거기서는 단속적인 총성이 들리고 초연硝煙 때문에 아무것도 보이지 않았다. 저지대로 내려갈수록 앞은 점점 더 보이지 않았으나 실제 싸움터에 접근하고 있다는 것은 더 뚜렷하게 느낄 수 있었다. 이따금 부상병들과 마주쳤다. 군모도 없이 머리가 피투성이가 된 병사를 두 병사가 부축하고 있었다. 부상병은 숨을 씨근거리면서 연신 침을 뱉어내고 있었다. 입이나 목에 총알을 맞은 것 같았다. 이어 그들이 만난 병사는 홀로 총도 없이 큰 소리로 신음하고 고통에 겨워 손을 휘저으면서도 힘을 내어 걷고 있었다. 손에서는 병에서 쏟아지는 것처럼 피가 흘러 외투를 적시고 있었다. 그의 표정은 괴롭다기보다 놀란 듯했다. 그는 방금 부상당한 것이었다. 일행은 길을 건너 가파른 비탈을 내려가기 시작했고, 그곳에서도 몇몇 쓰러진 사람들이 눈에 들어왔다. 부상당하지 않은 자들이 섞인 병사 무리도 만났다. 병사들은 가쁘게 숨을 몰아쉬며 산을 올랐고, 장군이 보이는데도 큰 소리로 이야기하며 손을 내저었다. 전방의 연기 속에서 회색 외투를 입은 행렬이 보였고, 한 장교가 바그라티온을 발견하자 떼를 지어 가는 병사들에게 외치며 달려가서 되돌아오라고 명령했다. 바그라티온은 대열로 다가갔다. 대열 속에서는 이야기 소리와 호령의 외침을 덮듯 여기저기서 사격 소리가 재빨리 울려퍼졌다. 공기에는 온통 초연이 배어들어 있었다. 병사들의 얼굴은 모두 화약에 그을렸지만 활기를 띠고 있었다. 어떤 자는 꽂을대를 쑤시고, 어떤 자는 배낭에서 탄약을 꺼내 약지藥池에 재고, 또 어떤 자는 발사를 했다. 그러나 그들이 누구에게 사격하고 있는지는 바람에도 흩어지지 않는 초연 때문에 전혀 보이지 않았다. 슛슛 하는 소리와 쿵쿵 하는 유쾌한 울림이 꽤 빈번히 들렸다. '도대체 이건 무엇일까?' 이 병사들 무리로 다가가면서 안드레이 공작은 생각했다. '이렇게 무리지어 있는 걸 보면 산병선일 리 없다. 움직이지 않는 걸 보면 공격일 리도 없고, 정렬해 있지 않으니 방진方陣일 리도 없다.'

연대장은 야위고 허약해 보이는 노인으로, 기분좋은 미소를 띠고 있었고 눈꺼풀이 눈을 반쯤 덮은 모습이 온화한 인상을 주었다. 그는 바그라티온 공작에게 다가가 주인이 귀빈을 대하듯이 그를 맞았다. 그는 바그라티온 공작에게 프랑스 기병대가 자기 연대를 습격했고, 습격은 격퇴되었으나 연대의 반수 이상을 잃었다고 보고했다. 연대장은 자기 연대에서 일어난 일에 대해 군사 용어를 사용하여 습격은 격퇴되었다고 말했으나, 사실 그는 자기 연대에서 그 삼십 분 동안 무슨 일이 일어났는지 모르고 있었다. 과연 습격이 격퇴되었는지, 아니면 습격 때문에 자기 부대가 궤멸됐는지 그는 정확히 말할 수가 없었다. 그저 전투가 시작된 무렵 연대에 포탄과 유탄이 날아들어 병사가 죽기 시작하고, 이윽고 누군가가 "기병이다!"라고 외치자 아군이 사격을 개시했다는 것만 알고 있었다. 그래서 지금까지 사격을 계속하고 있으나, 그 목표는 이미 자취를 감춰버린 기병이 아니라 저지대에 나타나서 아군을 사격하고 있는 프랑스군 보병이었다. 바그라티온 공작은 이 모든 것이 자기가 바라고 예상하던 대로라는 듯이 고개를 끄덕였다. 그리고 부관에게로 얼굴을 돌리고는 방금 그 옆을 지나왔던 제6 추격 연대의 2개 대대를 산에서 이쪽으로 이동시키라고 명령했다. 이 순간 바그라티온 공작의 얼굴에 나타난 변화에 안드레이 공작은 놀랐다. 그의 얼굴은 무더운 날 물에 뛰어들려고 마지막 힘을 다해 뛰어가는 사람에게서 볼 수 있는 집중력과 행복한 결의를 담고 있었다. 졸린 듯하고 흐리멍덩했던 눈동자, 짐짓 깊은 생각에 잠긴 척하던 얼굴이 달라지고, 동작에는 이전의 완만함과 절도가 여전히 남아 있었지만 둥글고 야무진, 매의 눈 같은 두 눈은 딱히 어디에 시선이 멈추지는 않고 열정과 약간의 경멸을 띠고 전방을 향해 있었다.

연대장은 바그라티온 공작에게 여기는 너무 위험하니 후진으로 물러나달라고 간청했다. "각하, 제발 부탁드립니다!" 연대장은 동의해주길 바라는 듯이 말하면서 막료 장교를 힐끗거렸으나 그는 그때마다 눈길을 돌렸다. "저, 저것 보십시오!" 연대장은 근처에서 끊임없이 울리는 노랫소리 같기도 하고 휘파람 소리 같기도 한 탄환 소리에 상관의 주의를 돌리려 했다. 그는 마치 목수가 도끼에 손을 대는 주인에게 '우리에게는 익숙한 일이지만 나리는 손에 물집이 잡힐 겁니다'라고 말하는 것처럼 애원과 비난의 어조로 말했다. 그는 이 탄환이 자기를 죽이는 일은 절대로 없을 거라는 듯이 이야기했는데, 반쯤 감긴 눈이 그 말을 더욱 설득력 있게 해주었다. 참모장교도 연대장 편에 섰다. 그러나 바그라티온 공작은 그들에게는 대답하지 않고, 사격을 중지하고 지금 지원하기 위해 이쪽으로 오고 있는 2개 대대에게 장소를 내주도록 정렬하라고 명령할 뿐이었다. 그가 말하는 동안 마치 눈에 보이지 않는 손이 지나간 듯, 저지대를 뒤덮고 있던 연막이 때마침 일어난 바람에 오른쪽에서 왼쪽으로 흐르고, 정면의 산과 그 위에서 움직이고 있는 프랑스군이 눈앞에 나타났다. 모두의 눈은 자기도 모르게 이쪽을 향해 움직이는, 지형의 요철에 따라 길고 구불구불하게 이어진 프랑스군 종대에 쏠렸다. 더부룩한 털모자도 보이고 병사와 장교를 구별할 수 있었으며, 군기가 깃대에 부딪히며 펄럭이는 것까지 보였다.

"정말 훌륭한 행진이군." 바그라티온의 막료 누군가가 말했다.

종대의 선두는 이미 저지대에 내려섰다. 충돌은 비탈 이쪽에서 일어날 것이 틀림없었다……

전투중이던 아군 연대의 나머지 부대는 부랴부랴 대열을 가다듬고 오른쪽으로 철수했다. 그 뒤에서 제6 추격 연대의 2개 대대가 뒤떨어진 자들을 몰아내며 대오정연하게 다가왔다. 바그라티온의 옆까지 아직 오기도 전에 벌써 대집단의 보조를 맞춘 육중한 발소리가 들렸다. 좌익 쪽 바그라티온과 가장 가까운 곳에 멍하고 행복한 듯한 표정을 한 둥근 얼굴의 몸맵시가 있는 중대장이 걷고 있었는데, 그는 그 움막에서 뛰어나왔던 장교였다. 그는 이 순간 늠름하게 상관 옆을 지나가야 한다는 것 외에는 아무것도 생각하지 않는 것 같았다.

그는 조금도 힘들지 않은 듯이 상체를 쭉 펴고, 자기의 보조에 따르는 병사들의 무거운 발걸음과는 전혀 다른 가벼운 걸음걸이로 최전선에 있다는 것이 대단히 만족스러운 듯 근육질의 다리를 옮겨 딛고 있었다. 그는 가늘고 좁다란 칼(전혀 무기 같지 않은 작고 휜 칼)을 다리께에서 빼들고 상관과 뒤쪽을 번갈아 돌아보며 보조를 흐트리지 않고 튼튼한 몸을 유연하게 움직이고 있었다. 그의 온 정신은 상관 옆을 가장 멋지게 지나가는 것에만 쏠려 있는 것 같았고, 그것을 잘 실행하고 있다고 느끼는 듯 몹시 행복해 보였다. '왼발…… 왼발…… 왼발……' 하고 걸음마다 속으로 되풀이하는 것 같았다. 배낭과 총의 무게에 짓눌린 제각각 엄중한 얼굴을 한 병사들의 벽이 잇달아 이 박자에 맞춰 움직여 갔다. 이 수백 명의 병사도 각기 마음속으로 한 걸음마다 '왼발…… 왼발…… 왼발……' 하고 복창하고 있는 것 같았다. 뚱뚱한 소령은 숨을 할딱거리면서 길가의 관목을 돌아갔다. 낙오한 병사는 숨을 몰아쉬며 자기의 태만에 놀란 얼굴로 중대에 따라붙으려고 걸음을 재촉했다. 포탄이 공기를 가르면서 바그라티온 공작과 막료의 머리 위를 스쳐 '왼발―왼발!' 하는 발장단에 맞추듯 이 대열에 떨어졌다. "밀집 대형으로!" 하고 외치는 중대장의 의기양양한 목소리가 울렸다. 병사들은 포탄이 떨어진 곳에서 활처럼 구부러지며 무언가를 우회해서 지나가고, 측면을 맡은 나이든 기병 하사는 잠시 전사자 옆에 남아 있었으나, 이윽고 자기 중대에 따라붙어 뛰듯이 발을 바꾸어 보조를 맞추면서 화가 난 듯 주위를 둘러보았다. 불길한 침묵과 일제히 땅을 밟는 단조로운 발소리 속에서 '왼발…… 왼발…… 왼발……' 하는 소리가 들리는 것 같았다.

"제군들, 잘해주게!" 바그라티온 공작은 말했다.

"폐하를…… 위하여!……" 하는 외침이 행렬 사이에서 일어났다. 왼쪽에서 행진하던 침울한 얼굴의 병사는 외치면서 마치 '알고 있습니다'라고 대답하는 것처럼 바그라티온 쪽을 바라보았고, 또다른 병사는 정신이 산만해질까 두려운 듯이 돌아보지 않고 입을 크게 벌리고 외치면서 지나갔다.

이윽고 멈춰서 배낭을 내리라는 명령이 떨어졌다.

자기 옆을 지나간 열을 순시하고 바그라티온은 말에서 내렸다. 그는 카자크에게 고삐를 건네고 소매 없는 외투도 벗어 건넨 뒤 두 다리를 쭉 펴고 머리에 쓴 차양 없는 모자를 매만졌다. 프랑스군 종대의 선두가 몇 명의 장교를 앞세우고 산 밑에서 나타났다.

"신의 가호가 있기를!" 바그라티온은 단호하고 또렷한 목소리로 말하고는, 선두 부대 쪽을 잠시 돌아보고 가볍게 양팔을 흔들면서 기병 특유의 어색한 걸음걸이로 마치 큰 힘을 들이는 것처럼 울퉁불퉁한 들의 앞쪽으로 나아갔다. 안드레이 공작은 저항할 수 없는 어떤 힘에 의해 앞으로 끌려가는 것을 느끼고 커다란 행복을 느꼈다.†

이미 프랑스군은 가까이 다가와 있었다. 바그라티온 공작과 나란히 가던 안드레이 공작은 이제 프랑스군의 검대劍帶와 붉은색 견장과 얼굴까지도 분명하게 식별할 수 있었다. (그는 각반을 찬 다리를 꼬며 관목을 붙잡으면서 간신히 산을 올라오고 있던 늙은 프랑스 장교를 똑똑히 보았다.) 바그라티온 공작은 새로 명령을 내리지 않고 여전히 입을 다문 채 대열 앞에서 걷고 있었다. 갑자기 프랑스군 사이에서 한 발의 총

---

† 여기서 벌어진 공격에 대해 티에르*는 다음과 같이 썼다. "러시아군은 용감하게 행동했다. 그리고 전쟁에서는 드문 일이지만, 두 보병 집단은 대치한 채 결연히 진군했고 충돌에 이르기까지 양군의 어느 쪽도 물러서지 않았다." 또한 나폴레옹은 세인트헬레나 섬**에서 이렇게 말했다. "러시아군 몇 개 대대는 대담무쌍함을 보여주었다." (원주)

* A. 티에르(1797~1877). 프랑스 역사가이자 정치가. 프랑스혁명에 대해 자유주의적 입장에서 쓴 『프랑스혁명사』를 집필하여 명성을 얻었다. 제3공화정 초대 대통령.

** 나폴레옹의 유배지.

성이 울리더니 이어 두 발, 세 발…… 이윽고 뒤엉킨 적의 대열 전체
에 연기가 퍼지고 총성이 요란해지기 시작했다. 아군 병사 몇 명이 쓰
러졌는데, 그중에는 유쾌한 듯이 보조를 열심히 맞추던 둥근 얼굴의
장교도 있었다. 그러나 최초의 한 발이 울린 순간, 바그라티온은 뒤를
돌아보고 외쳤다. "우라*!"

"우라아아!" 길게 끄는 외침이 아군의 전선에 울려퍼졌다. 그러자
바그라티온 공작과 앞서거니 뒤서거니 하면서 무질서하게, 그러나 즐
거운 듯 활기찬 무리를 이루면서 아군은 뒤범벅된 프랑스군의 뒤를 쫓
아 산을 뛰어내려갔다.

19

제6 추격 연대의 공격은 우익의 퇴각을 용이하게 했다. 중앙에서는
잊혔던 투신의 중대가 그동안 쇤그라벤 마을을 불태움으로써 프랑스
군의 움직임을 저지했다. 프랑스군은 바람에 번지는 불을 끄느라 아군
에게 퇴각의 여유를 주었다. 골짜기를 넘어가는 중앙 부대의 퇴각은
급히 수선스럽게 행해졌으나, 각 부대는 퇴각하면서도 지휘를 잘못해
혼란에 빠지는 일은 없었다. 그러나 아줍스키, 포돌스키 두 보병 연대
와 파블로그라드스키 경기병 연대로 이루어진 좌익은 란 휘하의 우세
한 프랑스군에게 일시에 공격을 받고 우회를 당해 완전히 혼란에 빠졌

---

* '만세'를 뜻하는 러시아어.

다. 바그라티온은 제르코프를 좌익의 장군에게 파견하여 즉시 퇴각을 명령했다.

제르코프는 모자에서 손을 떼지 않고 힘차게 말을 내달렸다. 그러나 바그라티온의 옆에서 떨어지기가 무섭게 곧 기력이 다해버렸다. 그는 극복하기 어려운 공포에 사로잡혀 위험한 곳으로 나아갈 수 없었다.

좌익의 부대로 갔을 때도 그는 사격이 한창인 앞쪽으로는 나아가지 못하고, 있을 리가 없는 곳에서 장군과 지휘관을 찾았으므로 결국 명령을 전달할 수 없었다.

좌익의 지휘권은 고참순에 따라 전에 브라우나우에서 쿠투조프의 사열을 받았던 연대, 돌로호프가 일개 병사로 근무하고 있는 연대의 대장에게 있었다. 그런데 제일 좌측의 지휘권은 로스토프가 근무하고 있는 파블로그라드스키 연대의 대장에게 이미 주어져 있었기 때문에 분란이 생기고 말았다. 두 연대장은 서로에게 몹시 분개하고, 우익에서는 벌써 전투가 시작되고 프랑스군이 공격을 개시했는데도 서로를 모욕하는 데 목적을 둔 교섭에만 열중했다. 기병 연대도 보병 연대도 눈앞에 닥친 전투에 대해서는 거의 준비하고 있지 않았다. 장군에서 일개 병사에 이르기까지 연대의 누구도 전투를 예기하지 못해 기병대에서는 말에게 먹이를 주고 보병대에서는 장작을 모으는 한가로운 일을 하고 있었다.

"하지만 그 사람은 나보다 계급이 높으니까." 경기병 연대장인 독일인은 그에게 온 부관에게 얼굴을 붉히면서 말했다. "그 사람이 하고 싶은 대로 하게 내버려두게. 하지만 난 내 부하들을 희생시킬 수 없어. 나팔수! 퇴각 나팔을 불어!"

그러나 사태는 긴박해졌다. 포성과 총성이 우익과 중앙에서 동시에 울리기 시작하고, 란 휘하의 카포트를 입은 프랑스 저격병들이 벌써 물방앗간의 둑을 통과해 두 줄로 사격 대형을 만들었다. 보병 연대장은 몸을 흔드는 걸음걸이로 말에게 다가가 올라타더니 몸을 곧추세우고는 파블로그라드스키 연대장에게 달려갔다. 두 연대장은 서로 적의를 숨긴 채 공손한 인사로 맞이했다.

"또 같은 말이지만, 대령." 장군은 말했다. "나로서는 병력의 반수를 숲속에 남겨둘 수 없소. 그래서 당신에게 부탁합니다, 부탁하는 겁니다"라고 그는 거듭 말했다. "진지를 치고 공격 준비를 해주십시오."

"나도 당신에게 부탁합니다만, 남의 일에 간섭하지 말아주십시오." 대령은 발끈하며 대답했다. "만약 당신이 기병이라면⋯⋯"

"나는 기병이 아닙니다, 대령. 나는 러시아의 장군입니다. 당신이 그것을 모른다면⋯⋯"

"잘 알고 있습니다, 각하." 대령은 말을 몰면서 얼굴을 붉히고 갑자기 소리쳤다. "산병선에 나가서 우리 위치를 보시면, 이 진지가 아무런 도움도 되지 않는다는 걸 알게 되실 겁니다. 당신을 만족시키기 위해 내 연대를 모두 죽이고 싶지는 않습니다."

"제정신이 아니군요, 대령. 나는 내가 만족하자고 이러는 게 아닙니다. 그런 말은 용서할 수 없소."

장군은 대령이 걸어온 담력 시험을 받아들이고, 가슴을 펴고 눈살을 찌푸리면서 산병선을 향해 대령과 함께 말을 몰았다. 마치 자기들의 불화는 거기 산병선에서, 즉 탄환 아래에서 해결되어야 한다고 믿는 것 같았다. 그들이 산병선에 막 도착했을 때, 몇 발의 탄환이 그들의 머리 위를 날아갔고, 그들은 말없이 멈췄다. 산병선에서 볼 것은 아무것도 없었다. 그들이 아까 서 있던 지점에서도 이런 덤불이나 골짜기 안에서는 기병의 활동이 불가능하다는 것과, 프랑스군이 좌익을 우회하고 있는 것이 또렷이 보였기 때문이다. 장군과 대령은 당장이라도 싸우려고 잔뜩 벼르는 수탉 두 마리처럼 상대방에게서 겁먹은 조짐을 찾으려고 헛되이 기다리면서 매섭고 의미심장하게 서로를 노려보았다. 둘 다 시험에 합격했다. 말할 것도 없이 어느 쪽도 자기가 먼저 탄환 밑에서 도망쳤다는 말을 듣고 싶지 않았으므로, 그들 바로 뒤 숲속에서 콩 볶는 것 같은 소총 소리와 귀가 멀 것 같은 수많은 외침 소리가 들리지 않았다면 그들은 언제까지고 담력을 겨루면서 거기에 있었을 것이다. 프랑스군이 장작을 구하러 숲속으로 들어갔던 병사들을 공격한 것이었다. 경기병대는 이제 보병과 함께 퇴각할 수 없게 되었다. 왼쪽에서 프랑스군에 의해 퇴각로를 차단당해버렸기 때문이다. 이제 지형이 아무리 불리하더라도 스스로 혈로를 뚫기 위해 부득이 공격하지 않을 수 없었다.

로스토프의 기병 중대는 겨우 말에 올라탔는데, 어느 틈에 적과 직면해 저지당해버렸다. 엔스 강 다리 위에서처럼 또다시 기병 중대와 적 사이에는 아무도 없게 되었고, 양자 사이에는 산 자와 죽은 자를 가르는 선처럼 미지와 공포의 선이 가로놓여 있을 뿐이었다. 모두가 이 선을 감지했고, 과연 이 선을 넘을 것인가 넘지 않을 것인가, 넘게 된다면 어떻게 넘을 것인가 하는 의문이 그들을 불안하게 했다.

연대장이 중대의 전면으로 말을 몰고 와 장교들의 질문에 노여운 듯이 대꾸하고 필사적으로 자기 의견만 고집하는 사람 같은 어조로 명령을 내렸다. 확실한 것을 말하는 사람은 아무도 없었으나, 공격에 대한 이야기가 온 중대 안으로 퍼져나갔다. 정렬의 호령이 울려퍼지고, 이윽고 칼집에서 사브르를 빼는 소리가 날카롭게 울렸다. 그러나 여전히 한 사람도 움직이지 않았다. 좌익의 각 부대는 보병도, 경기병도, 상관도 자신들이 어찌해야 좋을지 모르고 있다는 것을 깨달았고, 상관의 망설임이 각 부대에도 퍼졌던 것이다.

'빨리, 빨리 해줘.' 동료 기병들에게 자주 들어왔던 공격의 쾌감을 맛볼 시기가 마침내 닥쳤다는 것을 느끼면서 로스토프는 생각했다.

"제군들, 신의 가호가 있기를." 데니소프의 목소리가 울렸다. "구보, 앞으로."

선두 열에서 말들의 궁둥이가 흔들리기 시작했다. 그라치크는 고삐를 당기고 스스로 움직이기 시작했다.

로스토프는 오른쪽으로 경기병의 선두 열을 보았고, 그 훨씬 앞쪽으로는 뚜렷이 식별할 수 없었으나 아마 적군인 것 같은 어두운 줄무늬의 띠가 보였다. 총성이 들리고 있었으나 먼 곳에서였다.

"속도를 올려!" 하는 호령이 들렸고, 로스토프는 그라치크가 속보에서 구보로 바꾸면서 궁둥이를 쳐드는 것을 느꼈다.

그는 말의 움직임을 예상할 수 있게 되자 차츰 즐거워졌다. 앞쪽에 나무 한 그루가 눈에 띄었다. 처음에 이 나무는 앞쪽, 그토록 무섭게 느껴지던 선의 한가운데에 있었지만, 이제 그 선을 넘어버렸으니 무서울 것은 아무것도 없을 뿐만 아니라 기분이 좋아지고 용기가 났다. '그래, 녀석들을 단칼에 베어 죽이리라.' 로스토프는 사브르의 자루를 힘주어 잡으면서 생각했다.

"우라아아!" 목소리가 일제히 진동했다.

'자, 아무 놈이나 덤벼라.' 로스토프는 그라치크에게 박차를 가하면서 사람들을 앞질러 전속력으로 달렸다. 앞쪽에 벌써 적이 보였다. 커다란 빗자루를 휘두른 것처럼 무언가가 기병 중대 전체를 후려갈겼다. 로스토프는 베어버릴 작정으로 사브르를 치켜들었으나 앞에서 달리던 병사 니키텐코가 갑자기 그에게서 떨어져나갔고, 로스토프는 마치 꿈을 꾸는 것처럼 이상할 정도의 빠른 속도로 돌진하면서도 계속 그 자리에 서 있는 느낌이 들었다. 뒤에서 낯익은 경기병인 반다르추크가 달려와 화가 난 듯이 쏘아보았다. 반다르추크의 말은 방향을 틀어 그를 지나쳐 달려갔다.

'도대체 어떻게 된 일일까? 나는 왜 움직이지 않고 있는 걸까? 나는 말에서 떨어졌다, 나는 죽은 것이다……' 순간 그렇게 자문자답했다. 그는 들판 가운데 혼자 남아 있었다. 질주하는 말들과 경기병들의 뒷모습 대신 주위에 꿈쩍도 하지 않는 땅과 그루터기만 보일 뿐이었다. 따뜻한 피가 그의 몸 밑에 고였다. '아니다, 나는 부상당하고 말이 죽은 것이다.' 그라치크는 앞다리를 짚고 몸을 일으키려 했으나 기수의 한쪽 다리를 깔고 쓰러졌다. 말의 머리에서 피가 흐르고 있었다. 말은 허우적거렸으나 일어서지 못했다. 로스토프도 몸을 일으켜보려 했으나 마찬가지로 쓰러져버렸다. 가죽 주머니가 안장에 걸렸던 것이다. 아군이 어디에 있는지 프랑스군이 어디에 있는지 그는 알지 못했다. 주위에는 아무도 없었다.

다리를 빼고 그는 일어섰다. '두 군대를 그렇게도 선명하게 갈라놓았던 선은 지금 어디에, 어느 방향에 있는 것일까?' 그는 자신에게 물었으나 대답할 수 없었다. '내게 뭔가 나쁜 일이 일어난 게 아닐까? 이런 일이 흔히 있는 걸까? 그리고 이럴 때 나는 어떻게 해야 할까?' 그는 일어서면서 자신에게 물었다. 이때 감각이 사라진 듯한 왼쪽 팔에 뭔가 쓸데없는 것이 매달려 있는 느낌이 들었다. 그의 손은 마치 남의 손 같았다. 그는 피가 묻었는지 찾으려고 손을 살펴보았지만 헛수고였다. '아, 저기 사람이 온다.' 자기 쪽으로 뛰어오는 몇 사람을 발견하고 그는 기쁘게 생각했다. '저들이 나를 도와줄 것이다!' 이상하게 생긴 키베르를 쓰고 푸른 외투를 입은, 검고, 얼굴이 햇볕에 그을린 매부리코의 사내가 무리의 선두에서 달려오고, 두 사람, 아니 더 많은 사람이 그 뒤에서 달려오고 있었다. 그중 한 사람이 러시아어가 아닌 묘한 말로 빠르게 지껄였다. 뒤에서 오는 똑같은 키베르를 쓴 사람들 사이에 러시아 경기병이 있었는데, 그는 손이 묶여 있고 그의 뒤에는 그가 타던 말도 잡혀 있었다.

'틀림없이, 아군 포로다…… 그렇다. 정말 나도 붙잡히는 걸까? 저 녀석들은 대체 누구일까?' 자기 눈을 믿지 못하고 로스토프는 계속 생각했다. '정말 프랑스병들일까?' 그는 다가오고 있는 프랑스병들을 바라보고 있었다. 조금 전까지만 해도 이 프랑스병들 사이로 뛰어들어 베어 죽이리라는 일념으로 달렸는데, 지금은 적이 이처럼 가까이에 있다는 사실이 눈으로 보면서도 믿어지지 않을 만큼 두려웠다. '저 녀석들은 누구일까? 뭐 때문에 달려오는 걸까? 정말 내게 오는 걸까? 나한테 오는 걸까? 대체 뭐 때문에? 나를 죽이러? 그토록 모두에게서 사랑받고 있는 나를?' 문득 어머니와 가족과 친구들의 사랑이 떠올랐다. 그러자 적이 자기를 죽이려고 하는 것은 있을 수 없는 일처럼 느껴졌다.

'정말로 죽이려는 것인지도 모른다!' 그는 십 초 이상이나 그 자리에서 움직이지 않고 자기가 어떤 상황에 처했는지 깨닫지 못한 채 우두커니 서 있었다. 선두에 섰던 매부리코의 프랑스병은 금세 표정을 알아볼 수 있을 만큼 가까워졌다. 총검을 겨누고 숨을 죽이면서 가뿐하게 다가오는 상기되고 낯선 그 얼굴이 로스토프를 소스라치게 했다. 그는 권총을 쥐었으나 그것을 쏘는 대신 프랑스병을 향해 내던지고는 있는 힘을 다해 덤불 쪽으로 뛰었다. 이미 엔스 강의 다리에서와 같은 의혹과 투쟁의 감정은 사라지고, 오직 개를 피해 도망치는 토끼가 된 기분이었다. 젊고 행복한 자신의 인생을 잃을지도 모른다는 하나의 뚜렷한 공포감이 온 존재를 사로잡았던 것이다. 술래잡기를 할 때처럼 그는 맹렬한 기세로 고랑을 뛰어넘고 들판을 가로질러 날듯이 달렸다. 그리고 이따금 파랗게 질린 젊고 선량한 얼굴로 뒤를 돌아보았다. 돌아볼 때마다 공포의 오한이 등골을 스쳤다. '아니, 차라리 보지 않는 게 낫다!' 하고 그는 생각했으나 덤불에 다가갔을 때 다시 한번 뒤를 돌아보았다. 프랑스병은 꽤 뒤처져 있었다. 그가 돌아본 순간 선두의 병사는 달리다가 보통 걸음으로 바꾸고 돌아서서, 뒤에서 오는 동료에게 뭐라고 소리쳤다. 로스토프는 발을 멈췄다. '뭔가 잘못된 것이 분명하다.' 그는 생각했다. '저들이 나를 죽이려고 하다니, 있을 수 없는 일이다.' 그러는 동안에도 그의 왼손은 2푸드쯤 되는 추를 매단 것처럼 무거웠다. 그는 이제 더이상 달릴 수 없었다. 프랑스병도 발을 멈추고 그를 겨누고 있었다. 로스토프는 눈을 감고 몸을 숙였다. 한 발, 두 발, 탄환이 윙윙거리며 옆을 스쳐갔다. 그는 마지막 힘을 다해 오른손으로 왼손을 잡고 덤불까지 뛰었다. 덤불 속에는 러시아 저격병들이 있었다.

20

숲속에서 기습을 당한 보병 연대들과 서로 뒤섞인 중대들은 무질서 한 떼를 지으며 숲 밖으로 도망쳤다. 한 병사가 무서운 나머지 전장에서 공포스럽고 의미도 없는 말 "차단됐다!"를 외쳤다. 이 말은 전장에 엄청난 공포감을 몰고 와 전군에 전파되었다.

"우회당했다! 차단됐다! 이제 틀렸어!" 달아나는 사람마다 외쳤다.

뒤쪽에서 사격 소리와 외침 소리가 들려온 순간, 연대장은 자기 연대에 뭔가 무서운 일이 일어났음을 알았고, 자기처럼 오랫동안 근무하면서 실책 한 번 저지른 적 없는 모범적인 장교가 부주의 혹은 통솔력 부족 같은 사유로 사령부로부터 견책을 받을 수도 있다는 생각이 너무 충격적이었으므로, 그는 그 오만한 기병 대령도, 장군으로서의 자신의 위엄도, 그리고 무엇보다 위험과 자기 보호의 감정도 완전히 잊어버리고, 안장을 붙잡고 말에 박차를 가하면서 우박처럼 쏟아지는, 그러나 다행히도 그를 빗나가는 탄환 속을 뚫고 연대 쪽으로 질주했다. 그가 바라는 것은 오직 하나뿐이었다. 우선 사태의 진상을 알아본 뒤 도움을 주고, 자신에게 과실이 있다면 반드시 그것을 시정해서, 이십이 년이나 근무하면서 한 번도 견책을 받은 적이 없는 모범 장교인 자기가 견책되는 일은 없도록 해야 한다는 것이었다.

다행히 프랑스군 사이를 빠져나와 그는 아군이 패주하던 숲 뒤쪽의 들로 달려갔다. 병사들은 호령 같은 것은 아랑곳하지 않고 산을 내려가고 있었다. 드디어 전투의 운명을 결정하는 정신적 동요의 순간이 닥치고 만 것이었다. 무질서한 병사 무리가 지휘관의 호령을 듣든가, 아니면 힐끗힐끗 돌아보면서 계속 도망치든가 둘 중 하나였다. 전에는 병사들이 그처럼 무서워하던 연대장이 필사적으로 외치는데도, 평소와 달리 분노가 북받쳐 얼굴이 새빨개지고 군도를 휘두르는데도 병사들은 여전히 시끄럽게 떠들고 공중에다 총을 쏘아대며 도망칠 뿐 호령에 귀기울이지 않았다. 전투의 운명을 결정하는 정신적 동요는 분명 공포의 승리로 기울어진 것 같았다.

장군은 절규와 초연 때문에 기침하다가, 절망하여 멈췄다. 모든 것을 잃어버린 듯했지만, 이때까지 아군을 추격하던 프랑스병이 이렇다 할 이유도 없이 갑자기 우회하더니 숲 언저리로 모습을 감춰버렸고, 숲속에서 러시아 저격병이 나타났다. 티모힌의 중대였다. 이 중대만은 숲속에서 질서를 유지하며 옆의 도랑에 숨어 있다가 돌연 프랑스군을 습격하기 시작했던 것이다. 티모힌이 군도 하나만 들고 발악하듯 외치며 프랑스군에게 뛰어들어, 미친듯이 날뛰고 취한 것처럼 공격하자 프랑스군은 정신을 차릴 겨를도 없이 무기를 버리고 도망쳤다. 티모힌과 나란히 뛰어가던 돌로호프는 한 프랑스병을 바로 앞에서 베어 죽이고, 가장 먼저 항복한 장교의 멱살을 불끈 움켜잡았다. 도망치던 병사들은 되돌아오고 대대는 집결했고, 이리하여 아군의 좌익을 두 동강 내려 했던 프랑스군은 순식간에 격퇴되었다. 예비대가 본대에 합류하고, 도망병들도 잔류했다. 연대장은 예코노모프 소령과 함께 다리 옆에 서서 퇴각하는 중대를 지나가게 하고 있었는데, 한 병사가 그에게 다가오더니 등자를 잡고 거의 말에 기대다시피 했다. 그는 푸르스름한 나사 외투를 입고 있었고, 배낭도 키베르도 없이 머리에는 붕대를 감고 어깨에는 프랑스병의 탄약 주머니를 걸치고 손에는 장교용 군도를 쥐고 있었다. 병사의 얼굴은 창백했으나 파란 눈은 대담하게 연대장의 얼굴을 노려보고 입은 미소를 띠고 있었다. 연대장은 예코노모프 소령에게 명령을 내리느라 바빴으나, 이 병사에게도 주의를 돌리지 않을 수 없었다.

"각하, 여기 전리품이 두 개 있습니다." 프랑스병의 군도와 탄약 주머니를 가리키면서 돌로호프는 말했다. "저는 장교 한 명을 포로로 붙잡았습니다. 그리고 중대를 멈추게 한 것도 저입니다." 돌로호프는 피로 때문에 무겁게 숨을 몰아쉬며 한마디 한마디 끊으면서 말했다. "중대 전원이 증인입니다. 기억해주십시오, 각하!"

"좋아, 좋아" 하고 연대장은 예코노모프 소령에게로 얼굴을 돌렸다.

그러나 돌로호프는 물러가지 않았다. 그는 붕대를 풀어 머리에 엉겨붙은 피를 보였다.

"총검에 입은 상처입니다, 저는 정면에 있었습니다. 기억해주십시오, 각하!"

투신의 포병 중대는 완전히 잊혔으나, 전투가 끝날 무렵에도 여전히 중앙에서 포성이 들리자 바그라티온 공작은 처음에는 당직 참모장교를, 조금 지나서는 안드레이 공작을 그곳으로 보내 되도록 신속하게 퇴각하라고 명령했다. 투신의 대포들 옆에 배치되었던 엄호대는 도중에 누군가의 명령으로 철수했다. 그러나 중대가 포격을 계속하면서도 프랑스군에게 잡히지 않았던 것은 설마 네 문의 포가 아무 엄호도 없이 그렇게까지 대담하게 포격하리라고는 적도 전혀 상상하지 못했기 때문이다. 그뿐만 아니라 적은 이 포병대가 맹렬하게 움직이자 중앙에 러시아군의 주력이 집중돼 있다고 생각하고 두 번이나 이 지점에 공격을 시도했으나, 두 번 다 이 고지에 고립되어 있는 네 문의 포가 쏘아대는 산탄에 격퇴되었다.

바그라티온 공작이 떠난 뒤, 이내 투신은 쇤그라벤 마을을 태워버리는 데 성공했다.

"저 봐, 당황하기 시작했다! 탄다! 어때, 저 연기! 잘한다! 대단하잖아! 저 연기 좀 봐, 저 연기!" 포수들은 활기를 띠고 외쳐댔다.

명령도 없는데 모든 포문은 불타는 곳으로 돌려졌다. 발포할 때마다 병사들은 뒤따르듯 "잘한다! 그렇지! 저것 좀 봐라, 넌…… 대단하다!" 하고 외쳤다. 불은 바람에 순식간에 번졌다. 마을 밖까지 진출한 프랑스 종대는 도로 물러갔지만 이 실패에 보복이라도 하듯 마을 오른쪽으로 열 문의 포를 끌어내 투신의 중대를 목표로 포격을 개시했다.

불이 불러일으킨 어린애 같은 환희와 프랑스군에 대한 포격의 성공이 가져온 흥분 때문에 포수들은 적의 포병대를 전혀 알아채지 못했다. 두 개의 포탄에 이어 네 개의 포탄이 대포 사이에 떨어져, 한 발이 말 두 필을 쓰러뜨리고, 다른 한 발이 포차장砲車長의 한쪽 다리를 절단했을 때에야 비로소 모두는 상황을 알아챘다. 그러나 한번 불붙은 사기는 쉽게 꺼지지 않았고 단지 분위기만 바뀌었다. 예비 포차에서 새 말을 끌고 와 바꿔 채우고 부상자는 옮겨졌다. 그리고 네 문의 대포는 열 문의 대포를 가진 적의 포병대로 돌려졌다. 투신의 동료 장교는 전투 초반에 전사하고, 한 시간 동안 마흔 명의 포수 가운데 열일곱 명을 잃었지만, 병사들은 여전히 유쾌하고 사기왕성했다. 두 번이나 그들은 멀지 않은 아래쪽에 프랑스병이 나타난 것을 보고 그때마다 산탄을 퍼부었다.

몸집이 작은 투신은 빈약하고 어설픈 동작으로 줄곧 종졸에게 "지금 것에 대한 포상으로 한 대 더" 하고 명령해 담배를 재게 했다. 그러고는 파이프에서 불꽃을 흩뿌리면서 뛰어나가 작은 손을 이마에 대고 프랑스군을 바라보았다.

"제군들, 때려 부숴라!" 그는 외치고, 스스로 대포의 바퀴를 붙잡고 나선을 돌리기도 했다.

연기 속에서 귀를 먹먹하게 하고 몸을 뒤흔드는 끊임없는 포성이 울릴 때마다, 투신은 줄곧 파이프를 문 채 대포들 사이를 뛰어다니며 때로는 조준을 하고, 때로는 탄약을 세고, 때로는 쓰러지거나 다친 말들을 갈아 채우라고 명령하며 타고난 가늘고 높고 더듬거리는 목소리로 계속 외쳤다. 그의 얼굴은 점점 더 활기를 띠었다. 다만 병사가 죽거나 다칠 때는 눈살을 찌푸리거나 얼굴을 돌렸고, 부상자나 전사자를 끌어안아 일으키는 것을 주저하는 병사가 보이면 노엽게 고함쳤다. 대부분 훌륭한 젊은이들인 투신의 병사들은(포병 중대의 병사들은 자기 지휘관보다 으레 키는 머리통 둘만큼 더 크고 어깨도 두 배쯤 넓었다) 모두 곤경에 빠진 어린애처럼 지휘관의 얼굴만 바라보았다. 그리고 투신의 얼굴에 나타나는 표정은 반드시 그들의 얼굴에도 반영되었다.

무서운 굉음과 소음이 울리고, 또한 대단한 주의와 활동이 요구되는 상황이었기 때문에 투신은 불쾌한 공포감 같은 것은 조금도 느끼지 않았다. 자기가 전사하거나 중상을 입을지 모른다는 생각도 하지 못했다. 도리어 그는 차츰 유쾌해졌다. 처음으로 적을 보고 최초의 발사를 했던 것이 이미 아주 오래전, 심지어 어제 일인 것 같았고, 지금 자기가 서 있는 대지의 일부는 예전부터 친숙한 고향의 땅 같은 느낌이 들었다. 그는 모든 것을 기억하고, 모든 것을 고려하고, 그 같은 상황에서 가장 우수한 장교가 할 수 있는 모든 일을 하고 있었지만, 열에 뜨거나 술에 취한 사람 같은 상태에 있었다.

사방에서 일어나는 귀청을 찢을 듯한 아군의 포성, 적탄의 바람을 가르는 소리와 낙하 소리, 대포 옆에서 허둥거리며 뛰어다니는 땀에 흠뻑 젖은 포수의 상기된 모습, 피투성이가 된 병사들과 말들, 저쪽에 보이는 적의 포연(이 연기가 보인 뒤에는 반드시 포탄이 날아와서 지면이나 사람이나 대포나 말에 떨어졌다), 이 모든 것 때문에 머릿속에는 그만의 환상적인 세계가 만들어지고, 그것이 이 순간 그의 만족을 이끌고 있었다. 그의 공상 속에서 적의 대포들은 대포가 아니라 눈에 보이지 않는 흡연가가 이따금 고리 같은 연기를 내뿜는 파이프였다.

"저 봐, 또 내뿜었군." 산비탈에서 연기구름이 흘러나와 바람을 타고 띠처럼 왼쪽으로 흘러간 순간, 투신은 나지막이 혼잣말을 했다. "이번에 공이 오면, 도로 던져주지."

"뭐라고 말씀하셨습니까, 대위님?" 가까이 서 있던 포병 하사가 그가 중얼거리는 소리를 듣고 물었다.

"아무것도 아냐, 유탄 말이야……" 그는 대답했다.

'부탁해, 우리 마트베브나.' 그는 속으로 중얼거렸다. 마트베브나란 그의 공상 속에서는 맨 끝에 있는 구식의 커다란 대포였다. 그는 멀리 보이는 적의 포문 옆에 서 있는 프랑스병을 개미라고 생각하고 있었다. 제2포에 배치된 미남이자 술꾼인 제1포수는 그의 세계에서는 아저씨로 통했다. 투신은 누구보다도 자주 이 사내에게로 눈을 돌리고 그의 일거일동을 흐뭇하게 바라보았다. 때로는 약하고 때로는 강한 산기슭의 총소리는 마치 누군가의 숨소리 같았다. 그는 이 소리들이 잦아들거나 격렬해지는 것에 귀기울였다.

'자, 또 숨을 쉬었다, 또 숨을 쉬었어.' 그는 속으로 중얼거렸다.

그는 자신을 두 손으로 포탄을 움켜잡고 프랑스군에게 던지는 엄청나게 몸집이 큰 장사라고 생각했다.

"자, 마트베브나, 아주머니, 날 실망시키지 말아줘!" 포 옆에서 떨어지면서 그가 말했을 때, 갑자기 귀에 익지 않은 목소리가 머리 위에서 울렸다.

"투신 대위! 대위!"

투신은 깜짝 놀라 돌아보았다. 그룬트에서 자기를 내쫓았던 참모장교였다. 그가 헐떡이는 목소리로 외쳤다.

"어떻게 된 겁니까, 정신 나갔습니까? 벌써 두 번이나 퇴각 명령이 내렸는데, 당신은……"

'아니, 이자들은 어째서 나를……' 두려움을 느끼며 상관을 쳐다보던 투신은 생각했다.

"저는…… 아무것도……" 두 손가락을 모자의 차양에 대면서 그는 말했다. "저는……"

그러나 영관은 하려던 이야기를 마치지 못했다. 포탄이 파고드는 것처럼 가까이 날아와 그를 말 위에 엎드리게 했던 것이다. 그는 잠시 입을 다물었으나, 다시 말하려고 하는 찰나 또다시 포탄이 그의 말을 막았다. 그는 말 머리를 돌리고 달려갔다.

"퇴각! 전원 퇴각!" 그는 멀리서 외쳤다.

병사들은 웃어댔다. 일 분 뒤에는 부관이 같은 명령을 가지고 왔다.

그는 안드레이 공작이었다. 그가 말을 몰고 투신의 대포들이 포진한 곳으로 들어서서 가장 먼저 본 것은 포차에 매달린 다른 말들 옆에서 신음하고 있는, 발이 부러지고 마구가 풀린 말이었다. 이 말의 다리에서는 피가 샘물처럼 흘러나오고 있었다. 포차의 앞차들 사이에는 전사자 몇이 쓰러져 있었다. 그가 말을 몰고 다가가자 포탄이 꼬리를 물고 머리 위를 스쳐갔고, 그는 신경질적인 경련이 등골을 내달리는 것을 느꼈다. 그러나 자기가 두려워하고 있다고 생각하는 것만으로 다시 용기가 솟았다. '나는 두려워할 수 없다.' 그는 이렇게 생각하고 천천히 대포 사이에서 말을 내렸다. 그는 명령을 전한 뒤에도 포병대를 떠나지 않았다. 그리고 자기 눈앞에서 대포를 진지에서 떼어 이동시켜야겠다고 결심했다. 투신과 함께 시체를 넘고 프랑스군의 무서운 포화 속을 걸어다니면서 그는 대포 철거에 골몰했다.

"방금 전 상관이 오셨다가 부리나케 사라지셨습니다." 포병 하사가 안드레이 공작에게 말했다. "부관님 같지 않았습니다."

안드레이 공작은 투신과 아무 말도 하지 않았다. 두 사람 다 너무 바빴기 때문에 서로 얼굴도 보지 못할 정도였다. 그들이 네 문 중에 온전한 대포 두 문을 앞차에 연결하고 산기슭을 향해 움직였을 때(파손된 한 문의 대포와 곡사포는 버렸다), 안드레이 공작은 비로소 투신에게 말을 몰고 다가갔다.

"그럼 잘 가시오." 안드레이 공작은 투신에게 손을 내밀며 말했다.

"안녕히 가십시오, 소중한 친구여." 투신이 말했다. "당신은 좋은 분입니다! 안녕히 가십시오, 소중한 친구여." 투신은 갑자기 왜 눈가에 맺혔는지 모를 눈물을 보이며 말했다.

21

바람은 잠잠해지고 먹구름은 지평선에서 화약 연기와 합쳐지며 전장 위에 나지막이 걸려 있었다. 날이 어두워지면서 두 군데에서 타고 있는 붉은 불꽃은 한층 뚜렷이 보였다. 포격은 약해졌지만 소총 소리는 뒤쪽과 오른쪽에서 더욱 빈번해지고 가까워졌다. 투신이 대포를 끌고 부상자들을 비켜 가기도 하고 넘어가기도 하면서 포화 속에서 나와 골짜기로 내려가자 곧 상관들과 부관들이 그를 맞았다. 그 가운데에는 참모장교와, 두 차례나 투신의 중대로 파견되었지만 한 번도 도착할 수 없었던 제르코프도 있었다. 그들은 모두 서로의 말을 가로막아가면서 어디로 어떻게 가라는 명령을 내리기도 하고, 전하기도 하고, 투신을 나무라고 주의를 주기도 했다. 투신은 입을 열 때마다 어째선지 울음이 터질 것 같았기 때문에 아무런 조치도 하지 않고 잠자코, 입을 열기를 두려워하면서 포차를 끄는 말을 타고 뒤따랐다. 부상자는 두고 간다는 명령이 있었으나 그들 대부분이 간신히 부대를 따라와서 포차에 태워달라고 애원했다. 전투가 시작되기 전에 투신의 움막에서 뛰어나왔던 늠름한 보병 장교는 복부에 탄환을 맞고 포차 마트베브나에 실려 있었다. 산기슭에서 창백한 얼굴을 한 경기병 견습사관이 한 손으로 다른 한 손을 잡고는 투신에게 다가와 태워달라고 사정했다.

"대위님, 부탁합니다. 저는 팔에 타박상을 입었습니다." 그는 두려운 듯이 말했다. "제발 부탁합니다. 걸을 수가 없습니다. 부탁합니다!"

분명 이 견습사관은 이미 여러 차례 여기저기서 태워달라고 사정했다가 번번이 거절당한 것 같았다. 그는 머뭇거리며 애처로운 목소리로

374

애원했다.

"태우라고 명령해주십시오, 부탁합니다."

"태워줘라, 태워줘." 투신이 말했다. "어이, 아저씨, 외투라도 깔아
주게." 그는 자기가 좋아하는 병사에게 말했다. "그런데 부상당한 장
교는 어디에 있나?"

"내려놨습니다, 숨이 끊어져서." 누군가가 대답했다.

"태워줘. 타시오, 자, 타시오. 안토노프, 외투를 깔아줘."

이 견습사관은 로스토프였다. 그는 한 손으로 다른 한 손을 받치고
있었고, 창백해진 채 열병에 걸린 사람처럼 오한으로 아래턱을 떨고
있었다. 그는 마트베브나에, 죽은 장교를 막 내려놓은 그 포차에 실렸
다. 밑에 깔린 외투에 묻어 있던 피가 로스토프의 승마바지와 손을 더
럽혔다.

"왜 그런 겁니까, 부상당했습니까?" 로스토프가 타고 있는 포차로
다가가면서 투신은 말했다.

"아닙니다, 타박상입니다."

"왜 포가砲架에 피가 묻어 있지?" 투신이 물었다.

"대위님, 이건 그 장교가 묻힌 것입니다." 포수가 포가가 더러워진
것을 사죄라도 하는 듯이 외투 소매로 피를 닦으면서 대답했다.

보병의 도움으로 간신히 대포를 언덕 위로 끌어올리고 귄테르스도
르프 마을에 도착하자 부대는 멈췄다. 열 걸음 떨어지면 병사의 군복
마저 식별할 수 없을 만큼 날은 어두워졌고, 서로 쏘아대는 소리도 잠
잠해졌다. 그런데 갑자기 오른쪽 가까이에서 또다시 함성과 총성이 들
렸다. 발사하는 불빛이 어둠 속에서 번쩍였다. 프랑스군의 마지막 공

격이었다. 마을 민가로 피해 있던 병사들은 응전했다. 또다시 모두가 마을에서 뛰어나왔지만 투신의 대포는 움직일 수가 없었으므로 포병도 투신도 견습사관도 자신의 운명을 기다리면서 말없이 서로 얼굴만 쳐다보고 있었다. 총성이 차츰 가라앉기 시작했다. 그리고 옆쪽의 한 길에서 병사들이 왁자하게 지껄이며 일제히 쏟아져나왔다.

"다치지 않았나, 페트로프?" 한 사람이 물었다.

"따끔하게 혼내줬어, 형제. 이제 섣불리 나서진 않을 거야." 다른 한 사람이 말했다.

"아무것도 안 보이는데. 그놈들이 자기들끼리 쏘아대는 꼴이라니! 아무것도 안 보여, 형제, 정말 캄캄하군. 어이, 뭐 마실 것 없나?"

프랑스군은 마침내 격퇴되었다. 그리고 또다시 완전한 어둠 속에서, 왁자한 보병대에게 틀처럼 둘러싸인 채 투신의 포차는 어딘가 앞쪽으로 움직이기 시작했다.

어둠 속에서, 마치 눈에 보이지 않는 침울한 강이 속삭임과 이야기 소리와 말굽 소리와 수레바퀴 소리를 울리면서 줄곧 한 방향으로 흐르고 있는 것 같았다. 그 전체의 웅성거림 속에서 다른 어떤 울림보다 또렷했던 것은 밤의 어둠 속으로 들리는 부상자들의 신음 소리와 목소리였다. 그들의 신음 소리가 군대를 둘러싸고 있는 이 밤의 어둠을 가득 채우고 있는 것 같았다. 그들의 신음 소리와 이 밤의 어둠은 같은 것이었다. 잠시 후, 움직여 가던 대군집 속에서 동요가 일었다. 막료를 거느린 누군가가 흰말을 타고 지나가며 무슨 말인가 했던 것이다.

"뭐라고 말했어? 지금 어디로 가고 있는 거지? 숙영이라도 하려나? 고맙다고 말한 건가, 응?" 여기저기서 열심히 묻는 소리가 들렸고, 움직이던 군집은 서로 떼밀리기 시작했다(선두가 걸음을 멈춘 게 분명했다). 정지 명령이 내렸다는 소리가 어디에서인지 퍼졌다. 모두들 걷고 있던 진창길 한가운데서 멈췄다.

불이 켜지자, 이야기 소리가 더 높아졌다. 투신 대위는 중대에 지시를 내리고, 견습사관을 위해 붕대소*나 군의를 찾으라고 병사를 보낸 뒤, 병사들이 길가에 피운 모닥불 옆에 앉았다. 로스토프도 불 옆으로 겨우 기어들었다. 통증과 추위와 습기 때문에 일어난 오한으로 그는 온몸을 떨고 있었다. 견딜 수 없을 만큼 졸음이 엄습했으나 쑤시고 어떻게 손쓸 수도 없는 손의 극심한 통증 때문에 잠들 수도 없었다. 그는 눈을 감기도 하고 새빨갛게 타오르는 불을 바라보기도 하고, 때로는 자기 옆에 터키식으로 다리를 포개고 앉아 있는 등이 구부정한 투신의 빈약한 모습을 바라보기도 했다. 선량하고 영리해 보이는 투신의 큰 눈은 동정과 연민을 띠고 그를 보고 있었다. 투신이 진심으로 자기를 도와주고 싶어하지만 어떻게도 할 수 없다는 것을 그는 잘 알고 있었다.

지나가던 사람들, 말을 타고 가던 사람들, 주변에 자리를 잡고 있는 보병대의 걷는 소리와 말하는 소리가 여기저기서 들렸다. 말소리, 발소리, 진창 속을 전진하는 말굽 소리, 멀리서 또는 가까이서 장작이 타는 소리가 합쳐져서 물결치는 듯한 웅성거림을 만들고 있었다.

이제는 전처럼 눈에 보이지 않는 강이 어둠 속을 흐르고 있는 것이 아니라, 폭풍이 지나간 뒤에 침울한 바다가 진정되면서 떨고 있는 것

---

* 간단한 의료 설비를 갖추고 부상자를 치료하는 곳.

같았다. 로스토프는 눈앞과 주위에서 일어나고 있는 일을 아무 생각 없이 보고 듣고 있었다. 한 보병이 모닥불 옆으로 다가와서 웅크리고 앉아 손을 쬐면서 얼굴을 돌렸다.

"괜찮겠죠, 대위님?" 그는 묻는 듯이 투신을 향해 말했다. "우리 중대에서 떨어져버려서 제가 지금 어디 있는지 모르겠습니다. 야단났습니다!"

볼에 붕대를 감은 보병 장교가 병사를 데리고 모닥불로 다가와서 투신에게 수송차가 지나가야 하니 포를 조금 옆으로 옮기게 해달라고 부탁했다. 이 중대장 뒤에서 병사 둘이 모닥불을 향해 달려왔다. 그들은 장화를 서로 잡아당기면서 지독하게 욕을 하며 다투고 있었다.

"뭐, 네가 주웠다고! 흥, 무슨 소릴 하는 거야!" 한 사람이 목쉰 소리로 외쳤다.

그 뒤에서 피투성이 각반으로 목을 잡아맨 여위고 창백한 병사가 다가와서 화난 목소리로 포병들에게 물을 청했다.

"뭐야, 개처럼 죽으라는 건가, 응?" 그는 말했다.

투신은 그에게 물을 주라고 일렀다. 다음에는 쾌활해 보이는 병사가 뛰어와서 보병 부대에 불씨를 나누어달라고 청했다.

"보병에게 새빨간 불씨 좀 나눠주십시오! 자, 그럼 쉬십시오, 동포들. 불씨를 주셔서 고맙습니다. 나중에 이자 붙여 갚겠습니다." 그는 빨갛게 타고 있는 장작개비를 들고 어둠 속으로 사라졌다.

이 병사에 뒤이어 네 명의 병사가 무거워 보이는 뭔가를 외투에 받쳐 나르면서 모닥불 옆을 지나갔다. 그중 한 사람이 뭔가에 걸려 비틀거렸다.

"에잇, 제기랄, 길에다 장작을 놔두다니." 그는 투덜거렸다.

"죽어버린 자를 왜 운반하라는 거야?" 다른 한 사람이 말했다.

"아니, 네놈들은!"

그들은 그 짐을 들고 어둠 속으로 사라졌다.

"어떻소? 아픈가요?" 투신은 나지막한 목소리로 로스토프에게 물었다.

"아픕니다."

"중대장님, 장군께서 부르십니다. 저기 농가에 계십니다." 포병 하사가 투신에게 다가와 말했다.

"지금 가지, 친구."

투신은 일어나서 외투의 단추를 끼우고 매무새를 고치며 모닥불 곁을 떠났다……

포병들의 모닥불에서 멀지 않은, 사령관을 위해 준비된 농가에서 바그라티온 공작은 부대장 서너 명과 식사하면서 이야기하고 있었다. 양고기 뼈를 게걸스럽게 뜯는 몸집이 작고 눈이 반쯤 감긴 노인, 식사에 곁들인 보드카 한 잔으로 얼굴이 벌게진, 이십이 년 동안 견책을 받지 않은 장군, 이름이 새겨진 반지를 낀 참모장교, 불안한 눈으로 모두를 둘러보고 있는 제르코프, 그리고 창백한 얼굴로 입술을 깨물며 열병 환자처럼 눈을 번득이고 있는 안드레이 공작이 있었다.

농가 안에는 노획한 프랑스 군기가 한구석에 세워져 있었고, 법무관은 순진한 얼굴로 군기의 천을 만져보면서 미심쩍은 듯이 고개를 갸웃거리고 있었다. 이 군기가 진짜 그의 흥미를 끈 것인지도 모르지만, 어쩌면 그는 자기 자리가 없는 식탁을 바라보는 것이 공복이라 괴로웠는지도 모른다. 이웃 농가에는 용기병들에게 포로로 잡힌 프랑스 대령이 있었다. 아군 장교들이 그의 주위에 모여 힐끗거리고 있었다. 바그라티온 공작은 각 부대장에게 감사의 말을 하고 상세한 전투 상황과 손실 등에 대해 물었다. 브라우나우에서 사열을 받았던 연대장은 전투가 벌어지자마자 숲 밖으로 퇴각하고, 벌목대를 모아 뒤로 보냈으며, 2개 대대를 이끌고 총검 공격을 감행하여 프랑스군을 격파했다고 보고했다.

"각하, 저는 제1대대가 혼란에 빠진 것을 본 순간, 길에 서서 생각했습니다. '이 대대를 보내놓고 일제 공격으로 응전해야겠다.' 그리고 그대로 실행했습니다."

연대장은 너무도 그렇게 하고 싶었고, 실행할 겨를이 없었던 것을 몹시 유감스럽게 생각하고 있었기 때문에, 그런 일이 실제로 있었다고 여기고 있었던 것이다. 혹시, 어쩌면 실제로 그랬었던 것일까? 과연 이런 혼란 속에서 실제로 있었던 일과 있지 않았던 일을 구별할 수 있었을까?

"각하, 제가 꼭 말씀드리고 싶은 것은," 그는 쿠투조프와 돌로호프의 대화, 그리고 자기와 이 강등병의 오늘의 해후를 떠올리며 말을 이었다. "다름이 아니라 강등된 한 병졸인 일개 병사 돌로호프가 제 눈앞에서 적의 장교를 포로로 잡는 특별한 수훈을 세웠다는 것입니다."

"그리고 저도 파블로그라드스키 연대의 공격을 목격했습니다, 각하." 이날 경기병을 본 적이 없고 다만 보병 장교에게 이야기를 들었을 뿐인 제르코프가 불안한 듯 주위를 둘러보며 끼어들었다. "방진을 둘이나 유린했습니다, 각하."

제르코프가 말하자 몇 사람은 여느 때처럼 농담을 기대하고 미소지었다. 그러나 그의 말 또한 아군과 오늘의 예찬에 기울고 있다는 것을 알자 다시 진지한 표정으로 되돌아갔다. 그러나 대부분의 사람들은 제르코프의 말이 터무니없는 거짓말이라는 것을 잘 알고 있었다. 바그라티온 공작은 몸집이 작은 늙은 대령에게로 얼굴을 돌렸다.

"여러분, 모두 감사합니다. 보병, 기병, 포병 할 것 없이 전부 영웅적으로 싸워주었습니다. 그런데 어째서 중앙에서는 포 두 문을 버렸습니까?" 그는 눈으로 누군가를 찾으면서 물었다. (바그라티온 공작은 좌익의 포에 대해서는 묻지 않았다. 그는 전투가 시작되자마자 좌익의 포를 모조리 버렸다는 것을 이미 알고 있었다.) "내가 자네에게 부탁했던 것 같은데?" 하고 말하며 그는 당직 참모장교를 바라보았다.

"한 문은 파괴되었습니다만," 당직 참모장교는 대답했다. "다른 한 문은 모르겠습니다. 전 계속 좌익에 있으면서 지시를 내렸고, 제가 떠나자 곧바로…… 정말 격렬했습니다." 그는 조심스러운 어조로 덧붙였다.

누군가가 투신 대위가 이 마을 근처에 있으며 이미 그를 데리러 사람을 보냈다고 말했다.

"그러고 보니 자네도 가 있었지." 바그라티온 공작이 안드레이 공작을 보며 말했다.

"물론입니다. 잠깐이지만 우리는 함께 있었습니다." 당직 참모장교는 유쾌하게 미소지으며 안드레이 공작에게 말했다.

"유감스럽게도 나는 당신을 보지 못했습니다." 안드레이 공작은 냉정하고 무뚝뚝하게 대답했다.

모두는 입을 다물었다. 그때 장군들 뒤의 문가에서 투신이 머뭇거리며 모습을 드러냈다. 투신은 여느 때처럼 상관의 얼굴을 보자 당황해서 좁은 농가 안의 장군들을 비켜 가다가 군깃대에 발이 걸려 비틀거렸다. 몇 사람이 웃음을 터뜨렸다.

"어쩌다 포를 버렸나?" 바그라티온 공작은 대위에게라기보다 웃음을 터뜨린 자들에게 눈살을 찌푸리면서 물었는데, 그중에서도 제르코프의 웃음소리가 가장 컸다.

투신은 엄중한 상관의 얼굴을 보자, 이제야 비로소 두 문의 포를 잃었으면서도 살아남았다는 것에 대한 죄책감과 수치심을 무섭도록 깨달았다. 그는 이 순간까지는 그것을 생각할 여유가 없을 만큼 흥분해 있었다. 게다가 장교들의 조소에 그는 더욱 당황했다. 그는 바그라티온 앞에 서서 아래턱을 떨면서 간신히 말했다.

"모르겠습니다…… 각하…… 인원이 없었기 때문입니다, 각하."

"엄호대에서라도 얻을 수 있었을 텐데!"

엄호대는 분명히 없었지만, 투신은 그 사실을 말하지 않았다. 그는 다른 부대장에게 누를 끼치는 것이 두려워서, 대답이 막힌 학생이 시험관의 눈을 바라보는 것처럼 묵묵히 바그라티온의 얼굴에 눈을 고정하고 서 있었다.

침묵은 꽤 오래 계속되었다. 바그라티온 공작은 가혹하게 대하는 것이 내키지 않은 듯했고, 할말을 찾지 못하는 것 같았다. 다른 사람들은 감히 이 대화에 끼어들려고 하지 않았다. 안드레이 공작은 눈을 치뜨고 투신을 바라보면서 손가락을 신경질적으로 떨고 있었다.

"각하." 안드레이 공작은 예의 그 날카로운 목소리로 침묵을 깨뜨렸다. "각하께서는 저를 투신 대위의 중대로 파견하셨습니다. 저는 거기서 병사 삼분의 이와 말을 잃고 두 문의 포가 파괴되는 것을 보았고, 엄호대는 볼 수 없었습니다."

바그라티온 공작과 투신은 절도 있으면서도 흥분하여 이야기하는 볼콘스키를 똑같이 뚫어지게 바라보고 있었다.

"각하, 만약 각하께서 제게 기탄없이 의견을 말하게 해주신다면," 그는 계속했다. "오늘의 성공은 무엇보다도 이 포병 중대의 활약과 투신 대위와 이 중대 전체의 영웅적인 지구력 덕분이라고 생각합니다." 이렇게 말하고 안드레이 공작은 대답도 기다리지 않고 불쑥 일어나 탁자를 떠났다.

바그라티온 공작은 투신을 바라보았다. 그는 볼콘스키의 단정적인 의견에 대해 의혹을 보일 마음도 들지 않고, 그렇다고 또 그 말을 그대로 믿을 수도 없었기 때문에 고개를 갸웃하며 투신에게 이제 물러가도 좋다고 말했다. 안드레이 공작도 그의 뒤를 따라 방에서 나왔다.

"정말 고맙습니다, 덕분에 살았습니다, 소중한 친구여." 투신이 그에게 말했다.

안드레이 공작은 투신을 돌아보고, 아무 말도 하지 않고 그의 곁을 떠났다. 안드레이 공작은 울적하고 마음이 무거웠다. 모든 것이 실로 괴상하고, 그의 기대와는 전혀 동떨어진 것이었다.

'이 사람들은 누구지? 무엇 때문에 왔지? 이 사람들한테 무엇이 필요한 걸까? 그리고 언제쯤 이런 것들이 모두 끝나는 걸까?' 눈앞에서 변하고 있는 그림자들을 바라보면서 로스토프는 생각했다. 팔의 통증은 점점 심해졌다. 견딜 수 없을 만큼 졸음이 엄습했고, 눈 속에서 빨간 동그라미들이 튀었고, 이 목소리들, 이 얼굴들이 주는 인상과 통증이 고독감과 하나로 녹아들었다. 이 사람들, 부상하거나 부상하지 않은 이 병사들이 그의 힘줄들을 으스러뜨리고, 짓누르고, 비틀고, 부러진 팔과 어깨의 살을 지지고 있었다. 그들에게서 벗어나기 위해 그는 눈을 지그시 감았다.

그는 잠시 의식을 잃었으나, 이 짧은 망각의 순간에 꿈속에서 무수한 환영을 보았다. 어머니와 그 크고 하얀 손, 소냐의 야윈 어깨, 나타샤의 눈과 웃음소리, 데니소프의 목소리와 콧수염, 텔랴닌, 그리고 그 텔랴닌과 보그다니치에 얽힌 사건의 전말도 보았다. 그 사건은 날카로운 목소리를 내는 병사와 똑같았고, 그 사건과 이 병사는 그의 팔을 잡고 짓누르며 고통스럽게 가차없이 한쪽으로 당기고 있었다. 그는 벗어나려고 했지만 그것들은 잠시도, 단 일 초도 그의 어깨를 놓지 않았다. 만약 그것들이 잡아당기지만 않는다면 어깨도 아프지 않고, 몸도 멀쩡할 텐데. 그러나 그것들에게서 벗어날 수가 없었다.

그는 눈을 뜨고 위를 보았다. 밤의 검은 장막은 숯불의 불빛에서 1아르신 위쪽에 드리워져 있었다. 그 불빛 속으로 눈가루가 날리고 있었다. 투신도 돌아오지 않고, 군의관도 와주지 않았다. 그는 혼자였고, 몸집이 작은 한 병사만 옷을 벗은 채 모닥불 저쪽에 앉아 야위고 누런 몸을 덥히고 있을 뿐이었다.

'아무도 나를 필요로 하지 않는다!' 로스토프는 생각했다. '도와주는 사람도, 가엾게 여겨주는 사람도 없다. 나도 한때는 내 집에서 건강하고, 쾌활하고, 사랑받았는데.' 그는 한숨을 쉬었고 한숨과 함께 절로 신음이 나왔다.

"이런, 어디가 아프십니까?" 몸집이 작은 병사가 불 위에서 셔츠를 털면서 물었다. 그리고 대답도 기다리지 않고 끙 앓는 소리를 내더니 덧붙였다. "오늘 하루 동안 얼마나 많은 사람이 죽고 다쳤는지 모르겠습니다. 무서운 일입니다!"

로스토프는 병사의 말을 듣고 있지 않았다. 그는 불 위로 날리는 눈송이를 보면서 따뜻하고 밝은 집, 푹신한 털외투, 쏜살같은 썰매, 건강한 몸, 가족의 애정과 염려가 연상되는 러시아의 겨울을 생각하고 있었다. '나는 무엇 때문에 여기에 왔을까!' 그는 생각했다.

다음날 프랑스군은 공격을 재개하지 않았고, 바그라티온 지대의 잔류병은 쿠투조프군에 합류했다.

제3부

1

바실리 공작은 자기의 계획을 숙고하지 않았고, 이익을 얻기 위해 남에게 나쁜 일을 하는 것은 더더욱 생각하지 않았다. 그는 다만 사회에서 성공했고, 그 성공이 습관처럼 몸에 밴 사교가에 지나지 않았다. 그리고 주위의 사정을 읽거나 사람들과 접촉하면서 여러 가지 계획과 고안을 하고, 자신이 뚜렷이 의식하지는 못하지만 그것이 그의 인생의 관심 전부가 되었다. 이러한 계획과 고안은 한두 가지가 아니라 수십 가지씩 그의 머릿속에서 운용되었는데, 그중에는 이제 막 떠오른 것도 있고, 완성되어가는 것도 있고, 사라져가는 것도 있었다. '이 남자는 지금 권세가 당당하니 그의 신뢰와 우의를 얻어 일시금을 하사받아야 겠다'라든가 '피예르는 부자니까 내 딸과 결혼하도록 유도해 내게 필요한 4만 루블을 빌려야겠다' 하는 생각을 품지는 않았다. 그러나 권세가 있는 사람을 만나는 순간 본능은 곧바로 그에게 이 사람은 쓸모가 있겠다고 속삭였고, 그러면 바실리 공작은 기회를 놓치지 않고 그에게 접근해서, 달리 속셈이 있어서가 아니라 본능적으로 비위를 맞추고, 친숙해지고, 용건을 끄집어냈다.

마침 피예르는 모스크바에서 그의 지적에 살고 있었으므로 바실리 공작은 당시 5등 문관에 해당하는 시종보侍從補의 지위를 그에게 알선하고, 자기와 함께 페테르부르크로 가서 자기 집에서 지내라고 설득했다. 겉으로 보기에는 아무 뜻도 없는 것 같지만, 그는 꼭 그렇게 해야만 한다는 분명한 확신을 가지고 피예르와 딸을 결혼시키는 데 필요한 온갖 수단을 강구했다. 만약 바실리 공작이 자기의 계획을 미리 숙고하는 사람이었다면, 지위 고하를 막론하고 모든 사람에게 그처럼 자연스럽고, 그처럼 단순하고, 그처럼 친숙한 태도를 취하지는 못했을 것이다. 그는 자기보다 세력 있고 부유한 사람에게는 어떤 힘에 의해 계속 끌려들었고, 누군가를 이용할 필요가 있고 또 그것이 가능해 보이는 순간을 잡는 보기 드문 수완을 가지고 있었던 것이다.

얼마 전까지만 해도 고독하나 근심 걱정 없는 신세였던 피예르는 별안간 부유한 베주호프 백작이 되어, 밤에 침실에 들어서야 비로소 혼자가 될 정도로 사람들에게 둘러싸이는 바쁜 몸이 되었다. 그는 서류에 서명을 하고, 잘 이해되지도 않는 여러 관청과 교섭을 하고, 총지배인에게 무언가를 묻고, 모스크바 근교의 영지에 가고, 전에는 피예르의 존재 따위는 알려고도 하지 않았지만 이제는 그가 만나고 싶어하지 않기라도 하면 그야말로 화를 내거나 비관하는 많은 사람을 만나야 했다. 이 같은 다양한 사람들—사무원, 친척, 지인—이 모두 이 젊은 상속자에게 아주 친절한 태도를 보였다. 그들은 모두 피예르가 의심의 여지 없이 뛰어난 자질을 지녔다고 믿는 것 같았다. 그는 "보기 드물게 친절한 분이니까"라든가 "당신처럼 아름다운 마음을 지닌 분은"이라든가 "당신은 정말 순수하십니다, 백작……" 혹은 "만약 그 사람이 당신만큼 현명하다면" 같은 말을 끊임없이 들었다. 그래서 피예르는 차츰 진심으로, 자신이 정말 보기 드물 만큼 친절하고 보기 드물 만큼 현명한 사람이라고 믿게 되었다. 사실 그는 예전부터 자신이 아주 선량하고 현명한 사람이라고 느끼고 있었기 때문에 더욱 그랬다. 심지어 전에 그에게 심술궂고 분명 적대적이었던 사람들까지도 부드럽고 상냥해졌다. 그처럼 화를 잘 내던, 허리가 길고 인형처럼 반질하게 머리를 빗어 넘긴 맨 손위의 공작영애까지도 장례식이 끝나자 몸소 그의 방으로 찾아왔다. 그녀는 눈을 내리뜨고 줄곧 얼굴을 붉히면서, 서로에게 쌓인 오해를 몹시 유감스럽게 생각하고 있고, 이제 자기로서는 아무 요청도 할 권리가 없으나 다만 그런 타격을 받은 뒤이니 자기가 너무도 많이 사랑하고 너무도 많은 희생을 바친 이 집에서 몇 주만이라도 더 지내게 해주기를 바랄 뿐이라고 말했다. 그녀는 이 말을 하면서 참지 못하고 울음을 터뜨렸다. 목석 같은 공작영애가 이렇게 변할 수도 있나 하고 감동한 피예르는 그녀의 손을 잡으면서 무엇 때문인지도 모르고 용서를 빌었다. 이날부터 공작영애는 피예르를 위해 줄무늬 목도리를 뜨기 시작했고, 그에 대한 태도를 완전히 바꾸었다.

"여보게, 그애를 위해서 부탁하네, 아무튼 그애는 고인의 일로 무척 마음을 썼으니 말이야." 바실리 공작은 공작영애에게 이익이 되는 어떤 서류에 서명해달라면서 그에게 말했다.

바실리 공작은 이 3만 루블의 어음이라는 뼈다귀를 가엾은 공작영애에게 던져주어야 한다고 마음먹었는데, 공작영애가 그 모자이크 무늬 서류가방 사건에 바실리 공작이 관계했었다는 것을 지껄일 생각을 하지 못하게 하기 위해서였다. 피예르가 어음에 서명하자, 공작영애는 더욱 친절해졌다. 손아래의 두 공작영애도 마찬가지로 친절해졌는데, 특히 점이 있는 귀여운 막내는 피예르를 볼 때마다 부끄러운 듯이 미소를 지어 그를 종종 당황하게 만들었다.

피예르에게는 모두가 자기를 사랑하는 것이 자연스러운 일이고, 만약 누군가 자기를 사랑하지 않는다면 그것이 오히려 부자연스러운 일이라고 여겨졌기 때문에 자기를 둘러싼 사람들의 성실을 믿지 않을 수 없었다. 게다가 그는 사람들의 성실 불성실을 따져볼 겨를이 없었다. 그는 언제나 바빴고, 언제나 온화하고 즐거운 도취 상태에 있다고 느끼고 있었다. 자기가 어떤 중요한, 전반적인 움직임의 중심에 있고, 사람들이 자기에게 무언가를 끊임없이 기대하고 있다고 느꼈다. 그래서 자기가 그것을 하지 않으면 많은 사람을 실망시키고 그들의 희망을 빼앗는 셈이 되며, 그것을 하면 만사가 다 좋을 거라 생각하고 그들의 요구에 따랐지만, 그 무언가 좋은 일이란 언제나 더 앞에 남아 있었다.

이러한 초기에 다른 누구보다 피예르의 일은 물론이고 피예르까지도 손아귀에 넣고 있던 사람은 바실리 공작이었다. 베주호프 백작이 사망한 이래 그는 피예르를 손에서 놓지 않았다. 바실리 공작은 자기가 많은 일에 쫓기고 지쳐 있긴 하나 어쨌든 친구의 아들이자 그런 막대한 재산을 가진 무력한 젊은이를 운명과 사기한의 농락에 맡기는 일은 결국 인정상 도저히 내버려둘 수 없다는 듯한 얼굴을 하고 있었다. 베주호프 백작이 죽은 후 모스크바에서 지낸 며칠 동안 바실리 공작은 피예르를 자기 방으로 부르기도 하고, 또 직접 그의 방으로 찾아가기도 하면서 해야 할 일을 지시했는데, 그때마다 그 지친 것 같으면서도 확신에 찬 어조는 번번이 이렇게 덧붙이는 것 같았다.

'자네도 알다시피, 나는 산더미 같은 일을 걸머지고 있지만 내가 자네를 돌보는 건 자비심 때문이네. 그러니까 자네도 알 테지만, 내가 제안하는 것은 자네가 할 수 있는 유일한 것일세.'

"자, 여보게, 드디어 내일 같이 떠나는 걸세." 어느 날 바실리 공작은 눈을 감고 손가락으로 피예르의 팔꿈치를 문지르면서 말했다. 마치 지금 말하는 것은 이미 오래전에 두 사람이 결정한 것이고, 이제는 달리 어쩌지 못한다는 듯한 어조였다.

"내일 출발하세. 내 포장마차에 자네 자리를 마련해놓겠네. 정말 기쁘군. 여기서 우리가 할 중요한 용무는 다 끝났어. 나도 진작 돌아갔어야 했는데 말이지. 그건 그렇고, 이건 내가 어느 대신에게 받은 편지일세. 내가 자네 일을 부탁해뒀었는데, 이제 자네는 외교단에 편입되어 시종보가 되었네. 자네에게 외교관의 길이 열린 셈이야."

지친 것 같으면서도 확신에 찬 어조가 위력적이었지만, 자기 장래에 대해 오랫동안 생각해왔던 피예르는 반박하고 싶었다. 그러나 바실리 공작은 마치 비둘기 울음처럼 정답고 중후한 어조로 그를 가로막았다. 이런 어조는 무슨 일이 있어도 반드시 상대방을 설복시켜야 할 때 사용하는 것인데, 그 말을 거스르는 것은 불가능했다.

"아니, 여보게, 이건 나 자신을 위해, 내 양심을 위해서 한 일이니까 고마워할 건 없네. 지나치게 사랑받는다고 불평하는 사람은 없어. 게

다가 자네는 자유로운 몸이니까 내일 당장이라도 그만둘 수 있어. 어쨌든 페테르부르크에 가면 다 알게 될 거야. 게다가 자네는 벌써 오래전에 이 무서운 기억들에서 멀어져야 했어—바실리 공작은 한숨을 내쉬었다—그렇지, 응, 여보게. 자네 마차에는 내 하인을 태우게. 아, 그렇지, 잊어버릴 뻔했군" 하고 바실리 공작은 덧붙였다. "알고 있겠지만, 여보게, 나와 고인 사이에 약간의 계산이 남아 있네. 랴잔의 영지에서 내가 받은 것이 있는데, 당분간 그대로 놔두기로 하지. 자네한테는 별 필요도 없을 테니까. 나중에 둘이 셈하기로 하고, 그럼."

'랴잔의 영지에서 받은 것'이란 수천 루블의 연공年貢으로, 바실리 공작은 그것을 자기 수중에 남겨두고 있었다.

페테르부르크에서도 모스크바에서와 마찬가지로 사람들의 부드럽고 애정 어린 분위기가 피예르를 둘러쌌다. 그는 바실리 공작이 알선해준 일자리, 아니 그 감투(그는 아무 일도 하지 않았으므로)를 물리칠수가 없었고, 교제와 초대와 공적인 일이 산적해 있었으므로 모스크바에 있을 때보다 더 몽롱하고 조급한 기분, 그리고 계속해서 다가오고는 있지만 아직 성취되지 않은 행복 같은 것을 느끼고 있었다.

이전의 독신자 친구들은 대부분 페테르부르크에 없었다. 근위 연대는 출정하고, 돌로호프는 강등되고, 아나톨은 지방의 사단에서 근무하고, 안드레이 공작은 외국에 있었으므로 피예르는 이전처럼 그들과 즐기며 밤을 보낼 수도, 또 이따금 존경하는 손위 벗들과 정다운 대화로 답답한 기분을 해소할 수도 없었다. 그는 줄곧 만찬회와 무도회에서 시간을 보냈고, 특히 바실리 공작의 집에서 그의 아내인 뚱뚱한 공작부인과 미인 옐렌과 함께 시간을 보냈다.

안나 파블로브나 셰레르도 다른 사람들처럼 피예르에 대한 의견을 바꾸었다.

전에 피예르는 안나 파블로브나 앞에만 서면 언제나 자기가 하는 말이 모두 무례하고 서툴고 불필요한 것 같고, 머릿속으로 생각할 때는 현명한 것 같다가도 입 밖으로 나오는 순간 어리석은 말이 되어버리고, 오히려 이폴리트의 가장 바보 같은 말이야말로 현명하고 애교 있는 것처럼 생각됐었다. 그런데 지금은 자기가 하는 말이 전부 *매력적인 것* 같았다. 안나 파블로브나가 그렇다고 말한 건 아니지만, 피예르는 그녀가 그의 겸손함을 존중하기 위해 참고 말하지 않는 것뿐이라고 생각했다.

1805년에서 1806년에 걸친 겨울의 초입에 피예르는 안나 파블로브나에게서 언제나와 같은 장밋빛 초대장을 받았는데 거기에 "*오늘밤, 아무리 봐도 싫증나지 않는 아름다운 엘렌 양도 오십니다*"라는 글이 덧붙여져 있었다.

이 부분을 읽으면서 피예르는 자기와 엘렌 사이에 다른 사람들에 의해 인정된 어떤 관계가 형성되고 있음을 처음으로 느꼈고, 이 생각은 견딜 수 없는 의무가 어깨에 얹힌 것처럼 그를 놀라게 하는 동시에 즐거운 상상으로서 마음에 들기도 했다.

안나 파블로브나의 야회는 처음과 다름없었으나, 다만 그녀가 손님 접대에 이용한 새 얼굴은 모르트마르 자작이 아니라 이번에 베를린에서 돌아온 외교관으로, 알렉산드르 황제가 포츠담에 체재하고 있다는 것과 두 고귀한 벗이 거기서 인류의 적에 대하여 끝까지 정의를 수호하기 위해 굳게 맹세한 일에 대한 새롭고도 상세한 소식을 가져온 인물이었다. 안나 파블로브나는 수심에 찬 얼굴로 피예르를 맞았는데, 그것은 분명 얼마 전 이 젊은이를 엄습한 상실, 즉 베주호프 백작의 죽음 때문인 것 같았다(사람들은 계속해서 피예르에게, 아버님이 돌아가셔서 얼마나 상심이 크시겠어요 하고 말하는 것을 의무처럼 생각하고 있었지만, 그는 아버지에 대해 아는 것이 거의 없었다). 그리고 이 수심은 황태후 폐하 마리야 페오도로브나의 이름을 입에 올릴 때마다 그녀의 얼굴에 나타나는 더없이 신성한 그것과 같은 것이었다. 피예르는 우쭐한 기분을 느꼈다. 안나 파블로브나는 여느 때처럼 특유의 수완을 발휘해 객실의 그룹을 정리했다. 바실리 공작과 장군들이 있는 큰 그룹은 그 외교관을 이용했다. 또하나의 그룹은 다탁 옆에 자리잡았다. 피예르는 첫번째 그룹에 끼려고 했지만, 마치 새롭고 훌륭한 착상이 수없이 떠오르는데도 그것을 실행할 겨를이 없어 초조한 전장의 사령관처럼 안나 파블로브나는 피예르를 보자 손가락으로 그의 소매를 만졌다.

"잠시만요, 나는 이 야회에서 당신을 위해 생각하고 있는 일이 있어요" 하고 그녀는 엘렌을 돌아보고 가볍게 웃음을 지었다.

"사랑스러운 엘렌, 당신을 존경하는 불쌍한 제 백모님 좀 동정해드려요. 십 분만 옆에 가서 있어주세요. 하지만 당신이 너무 지루하지 않도록 당신 옆에 사랑스러운 백작이 계셔주실 겁니다. 백작도 당신 옆에 있는 걸 마다하지 않을 거예요."

아름다운 엘렌은 백모에게 다가갔지만, 안나 파블로브나는 마지막 처리를 해야 한다는 듯이 피예르를 옆에 잡아두었다.

"어때요, 정말 아름답지 않아요?" 멀어져가는 위풍당당한 아름다운 여인을 가리키면서 그녀는 피예르에게 말했다. "그리고 저 몸가짐 좀 보세요! 젊은 아가씨가 저렇게 훌륭한 몸가짐의 요령을 터득하고 있으니 말이에요! 그것은 마음에서 나오는 거예요! 정말이지 저런 분을 차지하는 분은 행복할 겁니다! 저분과 부부가 되면, 아무리 교제가 서툰 남편이라도 저절로 사교계의 빛나는 자리를 차지할 수 있을 거예요! 그렇잖아요? 난 그저 당신의 의견을 알고 싶을 뿐이에요." 안나 파블로브나는 이렇게 말하고 피예르를 놔주었다.

피예르는 옐렌의 몸가짐에 대한 안나 파블로브나의 물음에 진심으로 긍정적인 대답을 했다. 만약 그가 옐렌에 대해 생각해본 적이 있다면, 그건 바로 그녀의 미모와 사교계에서 조용히 품위를 지키는 그 침착하고 비범한 수완에 대해서였을 것이다.

백모는 자기가 있던 한쪽 구석에서 두 젊은이를 맞아들였으나, 옐렌에 대한 애정은 감추고 오히려 안나 파블로브나에 대한 두려움을 보이고 싶은 것 같았다. 그녀는 이들을 어떻게 대해야 할지 묻는 듯 조카 쪽을 힐끔 보았다. 안나 파블로브나는 이들 옆에서 물러나면서 다시 한번 손가락 끝으로 피예르의 소매를 만지면서 이렇게 말했다.

"이제는 당신도 저의 집에서 지루했다고 하시지 않겠죠." 그러고는 옐렌을 바라보았다.

옐렌은 누구든 자기를 보면 감탄하지 않을 수 없다고 말하는 듯한 표정으로 미소지었다. 백모는 기침을 하고 침을 삼키더니 옐렌에게 만나서 무척 기쁘다고 프랑스어로 말했다. 그리고 피예르에게도 같은 인사를 하고 같은 표정을 보였다. 지루하고 자꾸 끊기는 대화 도중 옐렌은 피예르를 돌아보며 누구에게나 보이는 밝고 아름다운 미소를 지었다. 피예르는 그 미소가 익숙하고, 또 그에게는 별다른 의미도 없었기 때문에 관심을 두지 않았다. 이때 백모는 피예르의 망부亡父 베주호프 백작의 담뱃갑 수집에 대해 이야기하면서 자기 담뱃갑을 꺼내 보였다. 공작영애 옐렌은 그 담뱃갑에 세공된 백모의 남편 초상을 보여달라고 말했다.

"이건 비네스의 솜씨 같은데요." 피예르는 유명한 세밀화가의 이름을 들면서 담뱃갑을 집으려고 탁자 쪽으로 몸을 구부리며 다른 탁자에서 오가는 이야기에 귀를 기울였다.

그는 그쪽으로 가려고 자리에서 일어났지만, 백모가 옐렌 뒤에서 불쑥 그녀의 어깨 너머로 담뱃갑을 건네주었다. 옐렌은 방해가 되지 않도록 몸을 구부리고 미소를 지으며 돌아보았다. 여느 야회 때처럼 그녀는 앞뒤가 많이 파인 당시 유행하는 드레스를 입고 있었다. 피예르가 언제나 대리석 같다고 생각하던 그녀의 상반신이, 어깨에서 목으로 이어지는 그 생생한 아름다움이 그의 근시의 눈으로도 저절로 분간될 만큼 바로 앞에 있었고, 그가 살짝 몸을 구부리기만 하면 입술이 닿을 만큼 가까웠다. 그는 옐렌의 체온을 느끼고, 향수 냄새를 맡고, 그녀가 숨을 쉴 때마다 사각거리는 코르셋 소리까지 들었다. 그는 드레스와 완전히 하나가 된 듯한 그녀의 대리석 같은 아름다움이 아니라, 그저 옷으로만 가려진 육체의 아름다움을 보고 느끼고 있었다. 한번 들통난 속임수로 되돌아갈 수 없는 것처럼, 그는 그것을 발견하자 더이상 그녀를 달리 볼 수 없게 되어버렸다.

그녀는 주위를 둘러보고, 검은 눈을 빛내며 피예르를 똑바로 보면서 미소지었다.

'당신은 내가 얼마나 아름다운지 아직도 모르고 있었어요?' 그녀는 마치 이렇게 말하는 것 같았다. '내가 여자라는 걸 모르고 있었어요? 그래요, 난 여자예요, 난 누구의 것도 될 수 있고, 당신의 것도 될 수 있는 여자예요' 하고 그녀의 시선이 말하고 있었다. 이 순간 피예르는 옐렌이 자기의 아내가 될 수 있을 뿐만 아니라, 꼭 그렇게 되어야 하며, 그렇게 될 수밖에 다른 도리가 없다고 느꼈다.

마치 이 순간 그녀와 왕관 아래* 나란히 서기라도 한 것처럼 그는 확실히 깨달았던 것이다. 그것이 언제 어떻게 실현될 것인가는 전혀 알 수 없었고, 그러는 것이 좋을지 어떨지도 몰랐지만(그는 왠지 좋지 않을 것 같다고 느꼈다), 그렇게 되리라는 것은 알고 있었다.

피예르는 눈길을 내렸다가 다시 들고, 지금까지 항상 그랬던 것처럼 한번 더 그녀를 멀리 떨어져서, 자신과 상관없는 아름다운 여자로만 바라보려고 마음먹었다. 그러나 그는 이미 그럴 수가 없었다. 그것은 마치 지금까지 안개 속에서 부리얀**의 줄기를 보고 나무라고 생각하다가 한번 그것이 줄기라는 것을 알게 되면 다시는 그것을 나무로 볼 수 없게 되는 것과 마찬가지였다. 그녀는 무서우리만큼 그에게 가까운 사람이 되었다. 그녀는 이미 그에게 위력을 지닌 사람이 되었다. 그리고 그와 그녀 사이에는 그의 의지 외에는 아무런 장애도 없었다.

"좋아요, 난 당신들을 당신들의 작은 구석에 계시게 둘 거예요. 그편이 좋아 보이니까요." 안나 파블로브나의 목소리가 들렸다.

피예르는 자기가 뭔가 비난받을 일을 한 것은 아닌가 하고 두려운

---

* 러시아의 결혼식에서는 신랑 신부의 머리 위로 왕관을 들어올린다.
** 광야에 자라는 키가 큰 풀.

마음으로 생각해보면서 얼굴을 붉힌 채 주위를 둘러보았다. 모든 사람이 지금 그의 마음속에서 일어난 일을 그만큼이나 잘 알고 있는 것 같았다.

잠시 후 피예르가 큰 그룹으로 다가가자 안나 파블로브나가 말했다.

"당신이 페테르부르크의 저택을 수리하고 있다는 소문을 들었어요."

(사실이었다. 건축기사가 수리가 필요하다고 말하자 피예르는 영문도 모르는 채 페테르부르크의 큰 저택을 수리하기로 했던 것이다.)

"잘하셨어요. 하지만 바질 공작 댁에서는 나오지 않는 편이 좋을 거예요. 그런 분을 친구로 두는 건 정말 행운이니까요." 그녀는 바실리 공작에게 미소를 보내면서 말했다. "그 일에 대해서는 나도 뭔가 아는 게 있어요, 그렇지 않아요? 그리고 당신은 아직 젊으시죠. 당신에게는 충고가 필요해요. 내가 이렇게 나이든 여자의 권리를 행사한다고 해서 화내지는 마세요." 여자들이 자기 나이를 이야기한 뒤에는 항상 뭔가 기대하면서 입을 다물듯이 그녀도 입을 다물었다. "만약 당신이 결혼이라도 한다면 그건 또다른 문제지만요" 하고 말하며 그녀는 두 사람을 한 시선 속에 엮었다. 피예르는 옐렌을 보지 않았고, 옐렌도 피예르를 보지 않았다. 그러나 그녀는 여전히 무서우리만큼 그에게 가깝게 느껴졌다. 그는 뭐라고 웅얼거리고는 얼굴을 붉혔다.

집으로 돌아와서도 피예르는 자신에게 무슨 일이 있었는지 생각하느라 좀처럼 잠들 수 없었다. 대체 무슨 일이 일어났던 걸까? 아무 일도 아니다. 그저 어렸을 때부터 알고 지낸 여자, 옐렌은 미인이야 하면, "응, 미인이지" 하고 멍하니 대꾸해왔던 그 여자가 어쩌면 자기 것이 될지도 모른다는 것을 깨달았을 뿐이었다.

'그러나 그 여자는 바보다. 내 입으로 바보라고 말하지 않았던가.' 그는 생각했다. '이건 사랑이 아니다. 그 여자가 내 마음에 불러일으킨 감정에는 역겨운 어떤 것, 금지된 어떤 것이 있다. 소문에는 그녀의 오빠 아나톨이 그녀한테 빠지고, 그녀 역시 아나톨한테 열을 올려 한바탕 소동이 일어나 아나톨이 쫓겨났다고 하지 않았는가. 그녀의 오빠는 이폴리트요, 그녀의 아버지는 바실리 공작이다. 이건 좋지 않다' 하고 그는 생각했다. 그러나 그는 이렇게 추론할 때(추론이 미처 끝나기도 전에) 빙그레 웃고 있는 자신을 발견했고, 또다른 추론이 꼬리를 물고 떠오르는 것을 의식했으며, 그녀를 시시하다고 생각하면서도 동시에 그녀가 자기의 아내가 되고 자기를 사랑하게 될지도 모른다고, 또 어쩌면 전혀 다른 사람이 될지도 모른다고, 그녀에 대해 자기가 생각했던 것이나 남들에게서 들었던 이야기가 모두 거짓인지도 모른다고 공상하고 있는 자신을 발견했다. 그는 또다시 옐렌을 바실리 공작의 딸로서가 아니라, 회색 드레스에 감싸였을 뿐인 육체로 보고 있었다. '그러나 안 된다. 그런데 어째서 이전에는 그런 생각이 들지 않았을까?' 그는 그런 일은 있을 수 없다고 한번 더 자신에게 말했다. 이 결혼에는 뭔가 역겹고 자연에 반하는 것, 정직하지 못한 것이 있다고 생각했다. 그는 전에 옐렌이 했던 말과 그녀의 눈빛, 그들을 엮어서 바라보던 사람들의 말과 눈빛을 떠올렸다. 그리고 그에게 그의 집에 대해 이야기할 때의 안나 파블로브나의 말과 눈빛, 바실리 공작과 다른 사람들의 비슷한 수많은 암시를 떠올리자 그는 분명 좋지 않은, 결코 해서는 안 될 일을 하기 위해서 뭔가로 이미 자신을 속박해버린 것이 아닌가 두려워졌다. 그러나 그가 이러한 결론을 스스로에게 표명하는 동안에도 마음 한구석에서는 여성의 아름다움이 넘치는 옐렌의 모습이 떠오르고 있었다.

2

1805년 11월, 바실리 공작은 감사 일로 네 개 도道로 출장을 가야 했다. 그가 이 업무를 만든 것은 방치하다시피 한 자기 영지를 둘러보고, 아들인 아나톨을 (연대의 소재지에서) 데리고 니콜라이 안드레예비치 볼콘스키 공작에게 가서 이 부유한 노인의 딸과 자기 아들을 결혼시키려는 속셈이 있었기 때문이다. 그러나 이 새로운 일을 위해 출발하기에 앞서 바실리 공작은 피예르의 문제를 결정지어둘 필요가 있었는데, 피예르는 요즘 온종일 집에만, 현재 머물고 있는 바실리 공작의 집에만 들어박혀서 옐렌 앞에서는 언제나 우스꽝스럽고 들뜨고 바보처럼 되면서도(사랑에 빠지면 당연히 그렇지만) 아직도 청혼을 하지 않고 있었다.

'모든 일이 잘되어가고 있지만, 어쨌든 결말을 지어야 한다.' 어느 아침 바실리 공작은 수심 어린 한숨을 내쉬며 속으로 중얼거렸다. 그토록 자기에게 은혜를 입고 있는 피예르가(아니, 그건 그렇다 치더라도!) 이 일에 대해 보이는 태도는 분명 좋지 않다고 생각했다. '젊고…… 경솔하다…… 뭐, 그거야 어쩔 수 없지만.' 바실리 공작은 자신의 선량함을 흐뭇하게 느끼면서 계속 생각했다. '그러나 빨리 결말을 지어야 한다. 모레는 룔랴*의 본명 축일이니까 사람들을 초대하고,

만약 그가 자신이 해야 할 일을 깨닫지 못한다면, 내가 나서야 할 것이다. 암, 내가 나서야지. 나는—아버지니까!'

피예르는 안나 파블로브나의 야회 뒤에 흥분하여 그날 밤을 꼬박 뜬 눈으로 지새우면서 엘렌과 결혼하면 불행해질 것이므로 그것을 피하기 위해서는 이 집을 떠나야겠다고 결심했지만, 그뒤 한 달 반이 지나도록 여전히 바실리 공작의 집에 머물러 있었고, 세상 사람들에게는 두 사람이 갈수록 가까워지는 것으로 보이고 있고, 자신도 이제는 그녀를 전과 같은 눈으로 보거나 자신을 그녀에게서 떼어 생각할 수 없다는 것이 무서운 일이라고 느끼면서도 자기의 운명을 그녀의 운명과 결합시켜 생각하지 않을 수 없었다. 어쩌면 그는 자신을 억제할 수 있었을지도 모르지만, 바실리 공작의 집에서는 야회가 없는 날이 하루도 없었으므로(이전까지 이 집에서는 손님을 초대하는 일이 거의 없었다) 모두의 만족감을 해치고 모두의 기대를 저버리지 않으려면 그는 반드시 야회에 얼굴을 내밀어야 했다. 바실리 공작은 어쩌다가 드물게 집에 있는 날에는 피예르 옆을 지나갈 때마다 그의 손을 아래쪽으로 잡아당기면서 입을 맞추라고 말끔하게 면도한 주름진 뺨을 무심하게 내밀면서 "내일 보세"라든가 "그럼 식사 때 보세, 안 그러면 난 자네를 볼 수 없을 테니까"라든가 "난 자네 때문에 집에 있는 걸세" 하고 말했다. 그러나 바실리 공작은 피예르 때문에 집에 있던 날에도(그의 말에 의하면) 그와 말 한마디 나누지 않았는데, 그런데도 피예르는 자신이 공작의 기대를 저버릴 수 없다고 느꼈다. 그는 매일 똑같은 생각만

---

* 엘렌의 애칭.

하고 있었다. '자, 이제는 그녀를 이해하고, 판단을 내려야 한다. 그녀는 누구인가? 나는 전에 그 여자를 잘못 생각하고 있었던 걸까, 아니면 지금 잘못 생각하고 있는 걸까? 아니다. 그녀는 바보가 아니다. 훌륭한 아가씨다!' 이따금 그는 자신에게 말했다. '그녀는 실수를 한 적이 한 번도 없고, 어리석은 말도 결코 하지 않았다. 말수는 적지만 그녀가 하는 말은 언제나 간단하고 분명하다. 그러므로 그녀는 바보가 아니다. 또 그녀는 지금까지 단 한 번도 당황한 적이 없었고, 지금도 역시 그렇다. 그러므로 그녀는 우둔한 여자가 아니다!' 그는 종종 그녀와 토론을 벌이기도 하고 생각을 토로하기도 했는데, 그녀는 언제나 그런 문제에는 흥미가 없다는 것을 나타내는 짧지만 요령 있는 대답을 하거나, 무언의 미소와 시선으로 응답했고, 그 미소와 시선은 피예르에게 그녀의 우월함을 웅변하는 듯했다. 그 미소를 보면 어떤 토론도 부질없다는 그녀의 생각이 확실히 옳았던 것이다.

그녀는 언제나 그를 신뢰하는 듯하고 즐거운 미소로, 그에게만 보여주는 미소로 그를 대했으며, 그 속에는 언제나 그녀의 얼굴을 돋보이게 하는, 다른 사람들에 대한 미소보다 훨씬 의미심장한 것이 담겨 있었다. 피예르는 사람들이 그가 마침내 어떤 말을 하고, 어떤 선을 넘기를 고대하고 있다는 것을 알고 있었고, 머지않아 자기가 그 선을 넘으리라는 것도 알고 있었다. 그러나 그 두려운 한 발짝을 생각하는 것만으로도 정체불명의 공포가 엄습했다. 그래서 이 한 달 반 동안 그는 자기가 무서운 심연으로 점점 더 빨려들어가는 것 같다고 느끼고 수천 번도 넘게 이렇게 혼자 중얼거렸다. '도대체 내가 뭘 하는 걸까? 필요한 것은 결단력이다! 내게 결단력이 없는 걸까?'

그는 결심하려고 했지만, 그때마다 그가 언제나 자기 안에 있다고 알았고 또 실제로도 있었던 결단력이 어느 틈에 사라진 것을 느끼고 두려움에 사로잡혔다. 피예르는 완전히 결백하다고 느꼈을 때에만 비로소 강해질 수 있는 사람들 중 하나였다. 그런데 안나 파블로브나의 야회에서 담뱃갑을 매개로 촉발된 욕망에 온통 사로잡힌 이래, 그 욕망을 죄악시하는 무의식적인 감정이 그의 결단력을 마비시켰던 것이다.

옐렌의 본명 축일에 바실리 공작 집 만찬에 초대된 사람은 친척들과 친구들, 공작부인의 말마따나 가장 가까운 사람들이었다. 친척들이며 친구들은 모두 오늘이야말로 본명 축일의 주인공으로 축하받을 옐렌의 운명이 결정되는 날이라고 느끼고 있었다. 손님들은 만찬 자리에 앉았다. 한때는 위풍당당한 미인이었을 육중한 쿠라기나 공작부인은 여주인의 자리에 앉았다. 그 양쪽에는 노장군과 그의 부인, 안나 파블로브나 셰레르 등 주빈들이 자리잡았다. 식탁 끝 쪽에는 비교적 젊고 신분이 낮은 손님들이 앉았고, 집안 식구로서 피예르와 옐렌 역시 거기에 나란히 앉아 있었다. 바실리 공작은 식사도 하지 않고 즐겁게 식탁 주위를 돌아다니며 이따금 여기저기 손님들 틈에 끼여 앉았다. 그는 어느 손님에게나 꾸밈없고 기분좋은 말을 건넸지만 피예르와 옐렌에게만은 예외였는데, 마치 이 두 사람이 있다는 것을 모르기라도 하는 것 같았다. 바실리 공작은 모두의 기분을 들뜨게 했다. 백랍초가 밝게 타오르고, 은그릇과 크리스털 식기, 여자들의 의상, 견장의 금은이 반짝이고 있었다. 붉은 카프탄을 입은 하인들이 식탁 주위를 돌아다니고, 나이프와 컵과 접시 소리, 식탁을 둘러싼 사람들이 주고받는 활기찬 이야기 소리가 들렸다. 한쪽에서는 늙은 시종이 몸집이 작은 늙은 남작부인에게 불타는 사랑을 고백하는 소리와 노부인의 웃음소리가 들려오고, 한쪽에서는 마리야 빅토로브나인가 하는 여자의 실패담이 들려왔다. 식탁 한가운데서는 바실리 공작이 자기 주위에 청중을 모으고 있었다. 그는 입가에 익살스러운 미소를 지으면서 부인들에게 지난 수요일에 있었던 참의원 회의 광경을 이야기했는데, 그 회의에서는 알렉산드르 파블로비치 황제가 군대에 내린 당시 유명했던 칙유가 페테르부르크 신임 총독인 세르게이 쿠지미치 뱌즈미티노프*에 의해 배수되고 낭독되었다. 칙유에서 황제는 세르게이 쿠지미치에게, 짐은 여러 방면으로부터 국민의 충성에 관한 상소문을 받고 있는데, 페테르부르크의 상소문은 실로 그지없이 기쁘다, 짐은 이런 국민의 원수임을 자랑으로 여기며 그 명예에 보답하기 위해 노력하고 있다고 했다. 그 칙유는 다음과 같은 말로 시작되었다. 세르게이 쿠지미치! 여러 방면으로부터 짐의 귀에 들려오는 소문에 따르면 등등.

"정말 '세르게이 쿠지미치' 하는 데서 더이상 나아가지 못했던 거예요?" 한 부인이 물었다.

"네, 그렇습니다, 털끝만큼도." 바실리 공작은 웃으면서 대꾸했다. "'세르게이 쿠지미치…… 여러 방면으로부터…… 여러 방면으로부터, 세르게이 쿠지미치……' 가엾은 뱌즈미티노프는 도저히 읽어나갈 수가 없었죠. 몇 번인가 처음부터 다시 읽으려고 했으나 세르게이 하고는…… 훌쩍훌쩍…… 쿠…… 지미…… 치 하고 바로 눈물…… 그리고 여러 방면으로부터는 흐느끼는 소리에 묻혀서 들리지도 않고, 도저히

---
* 1744~1819. 러시아 장군이자 군사학원 부원장.

406

더는 읽어나갈 수가 없었습니다. 다시 손수건, 다시 '세르게이 쿠지미치, 여러 방면으로부터' 하고 시작했지만 또 눈물…… 그래서 결국 다른 사람에게 읽어달라고 부탁하게 됐습니다."

"쿠지미치…… 여러 방면으로부터…… 또 눈물……" 누군가 웃으면서 흉내냈다.

"그런 짓궂은 소린 마세요." 손가락으로 나무라는 시늉을 하면서 식탁 한끝에서 안나 파블로브나가 말했다. "정말 용감하고 훌륭한 분이에요, 우리의 선량한 뱌즈미티노프는……"

모두들 많이 웃어댔다. 상석에 앉은 사람들은 여러모로 활기찬 분위기의 영향으로 하나같이 즐거운 것 같았다. 그러나 피예르와 옐렌만은 거의 말석에 말없이 나란히 앉아 있었고, 두 사람의 얼굴에는 세르게이 쿠지미치와는 아무런 관련 없는 억눌린 듯한 밝은 미소가 어려 있었는데, 그것은 자신들의 감정에 대한 수줍음의 미소였다. 다른 사람들이 무슨 말을 하건, 무얼 가지고 웃고 농담하건, 아무리 맛있게 라인 와인이며 소테며 아이스크림을 먹건, 또 아무리 이 한 쌍의 남녀에게 냉담하거나 무관심한 척하건, 이따금 그들을 향한 시선을 보면 왜 그런지 세르게이 쿠지미치의 이야기도 식사도 웃음도 다 가장된 것이고, 사실 이 모임의 모든 관심은 이 한 쌍, 즉 피예르와 옐렌에게 집중되고 있다는 생각이 드는 것이었다. 바실리 공작은 세르게이 쿠지미치의 흐느낌을 흉내내면서 딸을 힐끔힐끔 곁눈질했다. 그리고 그의 웃는 표정은 마치 이렇게 이야기하는 것 같았다. '그렇지, 그렇지, 모든 일이 잘되어가는군. 오늘밤 전부 결말이 날 것이다.' 안나 파블로브나는 우리의 선량한 뱌즈미티노프를 옹호하며 그를 나무랐으나, 바실리 공작은 그 순간 피예르를 향해 반짝인 그녀의 눈 속에서 미래의 사위와 딸의 행복에 대한 축복을 읽었다. 노공작부인은 쓸쓸한 한숨을 내쉬더니 옆자리의 부인에게 와인을 권하면서 화난 듯이 딸 쪽을 바라보았고, 그 한숨은 이렇게 말하는 것 같았다. '그래요, 나나 당신은 이제 달콤한 와인이나 홀짝이는 것밖에 할 일이 없어요. 친애하는 부인, 그래요, 이제부터는 저 젊은 사람들이 보란듯이 행복해질 때니까요.' '아, 나는 지금 대단한 흥미라도 있는 것처럼 이야기하고 있지만, 이 모든 것이 얼마나 부질없는 것인가' 하고 외교관은 연인들의 행복한 얼굴을 바라보면서 생각했다. '이것이야말로 행복이다!'

좌중을 결합시켰던 이 같은 부질없고 경박하고 인위적인 흥미 속에 아름답고 건강한 젊은 남녀의 서로에 대한 소박한 갈망이 섞여들었던 것이다. 이 인간적인 감정은 모든 것을 압도하고 그들의 온갖 인위적인 요설 위를 높이 날았다. 농담도 재미있지 않고, 새로운 소식도 흥미롭지 않고, 활기는 분명 꾸며진 것이었다. 손님들뿐만 아니라 식탁 옆에서 시중드는 하인들까지도 똑같은 감정을 느꼈고, 아름다운 옐렌의 빛나는 얼굴과 피예르의 붉고 살찐, 행복하면서도 초조한 듯한 얼굴을 들여다보느라 시중드는 순서를 잊기 일쑤였다. 촛불빛까지도 이 두 사람의 행복한 얼굴에만 집중되는 것 같았다.

피예르는 자기가 모든 것의 중심이라고 느꼈고, 이것이 그를 기쁘게도 하고 거북하게도 했다. 그는 일에 열중한 사람 같은 상태에 있었다. 무엇 하나 똑똑히 보고 이해하고 들을 수가 없었다. 다만 이따금, 뜻하지 않게 단편적인 생각과 현실의 인상이 마음속에서 번뜩일 뿐이었다.

'이미 모든 것이 끝났다!' 그는 생각했다. '그런데 일이 어쩌다 이렇게 되었을까? 이렇게도 빨리! 이제 알겠다. 이 일은 그녀나 나 한 사람만이 아니라 모두를 위해 반드시 실현되어야만 했던 것이다. 저들이 모두 그것을 기대하고 꼭 실현될 거라고 믿고 있는데 내가 어떻게, 어떻게 저들을 실망시킬 수 있겠는가. 그런데 어떻게 실현시켜야 할까? 나는 모르겠다. 그러나 실현될 것이다, 반드시 실현될 것이다!' 자기 옆에서 빛나는 그녀의 어깨를 보면서 피예르는 생각했다.

그러자 그는 갑자기 왠지 모르게 부끄러워졌다. 모두의 관심을 독차지하고, 남들 눈에 자기가 행운아로 비치고 있는 것이, 잘생기지도 않은 자기가 마치 헬레네를 손에 넣은 파리스 같다는 것이 쑥스러웠다. '그러나 분명히 언제나 이럴 것이고, 이렇게 되지 않으면 안 되는 것이겠지' 하고 그는 자위했다. '그러나 이것을 위해 나는 도대체 무엇을 했을까? 그리고 이것은 언제 시작되었을까? 나는 바실리 공작과 함께 모스크바를 떠났었다. 그때까지는 아무 일도 없었다. 그후 그의 집에서 머물지 못할 이유가 있었겠는가? 그후 나는 그녀와 카드놀이를 하고, 손가방을 들어주고, 함께 마차를 탔다. 그런데 대체 언제 시작되고, 언제 이렇게 됐단 말인가?' 지금 그는 그녀 옆에 약혼자처럼 앉아서 그녀가 가까이 있다는 것, 그녀의 호흡, 그녀의 움직임, 그녀의 아름다움을 보고, 듣고, 느끼고 있었다. 문득 그는 뛰어나게 아름다운 것은 그녀가 아니라 그 자신이고, 그래서 모두가 그렇게 자신을 바라보는 것이라는 생각이 들었고, 그러자 그는 모두가 놀라는 것이 오히려 신이 나서, 가슴을 펴고 고개를 들고 자신의 행복을 기뻐하게 되었다. 그때 갑자기 귀에 익은 목소리가 들렸고, 그 목소리가 다시 한번 그에게 뭐라고 말했다. 그러나 피예르는 다른 일에 정신이 팔려 있었기 때문에 전혀 알아듣지 못했다.

"나는 언제 볼콘스키한테 편지를 받았느냐고 물었네." 바실리 공작은 세번째 되풀이했다. "왜 그리 멍하니 있나, 여보게."

바실리 공작은 빙그레 웃었고, 피예르는 모두가 자기와 옐렌 쪽을 보며 미소짓고 있는 것을 알아챘다. '아니, 이렇게 되면 할 수 없지 않은가? 이렇게 모두가 알아버리고 말았으니.' 피예르는 자신에게 말했다. '그래, 할 수 없다. 이것은 사실이니까.' 이렇게 생각하고 그가 부드럽고 아이 같은 미소를 짓자, 옐렌도 생긋 웃었다.

"언제 받았나? 올뮈츠에선가?" 바실리 공작은 논쟁의 결말을 짓기 위해서는 그것을 꼭 알아야 한다는 듯이 또 물었다.

'이렇게 하찮은 것에 대해 말하고 생각해도 괜찮은 걸까?' 피예르는 생각했다.

"네, 올뮈츠에서입니다." 피예르는 한숨을 지으며 대꾸했다.

만찬이 끝나자 피예르는 다른 사람들을 따라 자신의 여자를 객실로 인도했다. 손님들은 흩어지기 시작했고, 몇몇은 옐렌과 작별 인사도 나누지 않고 떠났다. 또한 중요한 일에서 그녀를 떼어놓지 않으려는 듯 잠깐 그녀에게 다가갔다가 배웅도 사양하고 황급히 물러가는 사람들도 있었다. 외교관은 침울한 얼굴로 말없이 객실을 나섰다. 외교관으로서의 출세도 피예르의 행복에 비하면 하찮은 것으로 느껴졌던 것이다. 발은 좀 어떠냐고 묻는 아내에게 노장군은 불퉁스럽게 중얼거렸다. '제기랄, 얼간망둥이 같은 할멈' 하고 그는 생각했다. '저 엘레나 바실리예브나*는 쉰 살이 되어도 여전히 미인일 거야.'

"이제는 축하를 드려도 될 것 같군요." 안나 파블로브나는 공작부인에게 속삭이듯이 말하고 힘주어 키스했다. "편두통만 아니라면 좀더 남아 있고 싶지만 말이에요."

공작부인은 아무런 대꾸도 하지 않았다. 딸의 행복에 대한 질투가 그녀를 괴롭히고 있었다.

손님들이 배웅을 받는 동안 피예르와 옐렌은 그들이 앉아 있던 작은 객실에 단둘이 남아 있었다. 그는 이 한 달 반 동안에도 옐렌과 단둘이 한방에 있을 때가 종종 있었지만, 사랑에 대해 이야기한 적은 단 한 번도 없었다. 지금은 그것이 필요하다고 느꼈지만, 그러면서도 그는 마지막 한 발짝을 내디딜 결심을 좀처럼 하지 못했다. 어쩐지 부끄러웠다. 이렇게 옐렌 곁에 앉아 있는 것조차 마치 남의 자리라도 차지하고 앉은 것같이 느껴졌던 것이다. '이 행복은 너를 위한 것이 아니다.' 마음속의 목소리가 말했다. '이 행복은 네가 가진 것을 갖지 못한 사람을 위한 것이다.' 그러나 무슨 말이든 해야 했기에 그는 말을 꺼냈다. 오늘의 야회는 만족스러웠느냐고 물었다. 그녀는 언제나처럼 간단하게, 오늘의 본명 축일 축하연이 자기에게는 가장 즐거운 일 중 하나였다고 대답했다.

가장 가까운 친척 몇은 아직 남아 있었다. 그들은 큰 객실에 앉아 있었다. 바실리 공작은 느릿느릿한 발걸음으로 피예르에게 다가갔다. 피예르는 일어나서 이미 밤이 늦었다고 말했다. 바실리 공작은 캐묻는 것 같은 엄한 눈초리로, 마치 그의 말이 너무 이상해서 알아들을 수 없다고 말하는 것처럼 그를 바라보았다. 그러나 이내 엄한 표정은 사라

---

* 옐렌의 이름과 부칭.

지고 바실리 공작은 피예르의 손을 아래로 잡아당기면서 자리에 앉히고는 상냥하게 미소지었다.

"그래, 어땠니, 룔랴?" 그는 곧 익숙한 어조로 딸에게 부드럽고 친절하게 물었다. 이 어조는 자기 자식을 날 때부터 귀여워한 부모가 습득하는 것이지만 바실리 공작은 다른 부모들을 따라하는 데 지나지 않았다.

그는 다시 피예르 쪽으로 몸을 돌렸다.

"세르게이 쿠지미치, 여러 방면으로부터." 그는 조끼의 첫 단추를 풀면서 말했다.

피예르는 미소지었지만, 지금 바실리 공작의 흥미를 끄는 것이 세르게이 쿠지미치의 웃기는 이야기 따위가 아니라는 것을 알고 있다는 것이 그 미소에서 엿보였고, 바실리 공작도 피예르가 그것을 알고 있다는 것을 알아챘다. 바실리 공작은 돌연 뭐라고 중얼거리더니 나가버렸다. 피예르는 바실리 공작까지 당황한 것이라고 생각했다. 사교에 익숙한 나이든 남자의 당황한 모습은 피예르의 마음을 흔들었다. 그래서 엘렌을 돌아보았는데, 그녀 역시 당황한 모습이었고, 그 눈빛은 '하는 수 없어요, 당신 탓이잖아요'라고 말하는 것 같았다.

'무슨 일이 있어도 한 발짝 내디뎌야 한다. 그러나 나는 할 수 없다, 할 수 없다.' 피예르는 이렇게 생각하고, 아까 세르게이 쿠지미치 이야기를 잘 듣지 못했는데 대체 무슨 이야기냐고 또다시 엉뚱한 이야기를 꺼냈다. 엘렌은 미소지으면서 자기도 잘 모른다고 대답했다.

바실리 공작이 객실에 들어갔을 때, 공작부인은 중년 부인과 나지막한 목소리로 피예르에 대해 이야기하고 있었다.

"물론, 서로 훌륭한 배필이에요. 그러나 부인, 행복이라는 것은……"

"결혼은 하늘에서 맺어주는 것이지요." 중년 부인은 대답했다.

바실리 공작은 그녀들의 이야기는 듣고 있지 않는 것처럼 하면서 멀리 한쪽 구석으로 걸어가 소파에 앉았다. 그는 눈을 감고 조는 듯했다. 그러더니 고개를 툭 떨어뜨리고서야 정신을 차렸다.

"알린*" 하고 그는 아내를 불렀다. "*두 사람이 무엇을 하고 있나 좀 가봐요.*"

공작부인은 문으로 다가가서 의미심장한, 그러나 시치미뗀 표정으로 문 옆을 지나치며 객실 안을 들여다보았다. 피예르와 옐렌은 여전히 앉아서 이야기하고 있었다.

"역시 마찬가지예요." 그녀가 남편에게 말했다.

바실리 공작은 눈살을 찌푸리고 한쪽 입가에 주름을 잡았고, 볼은 특유의 불쾌하고 거친 표정을 띠면서 실룩거렸다. 그는 몸을 떨고 일어나더니 고개를 젖히고 결연한 걸음으로 부인들 옆을 지나 작은 객실로 갔다. 그는 빠른 걸음으로 즐거운 듯이 피예르에게 다가갔다. 공작의 얼굴이 전에 없이 엄숙한 것을 보고 피예르는 놀란 듯이 일어섰다.

"고마운 일이야!" 그는 말했다. "안사람에게 다 들었네! ─그는 한 손으로는 피예르를, 다른 한 손으로는 딸을 끌어안았다─나의 친구, 룔랴! 난 정말 기쁘다─그의 목소리는 떨리기 시작했다─난 자네 아버지를 사랑했네…… 이애는 자네의 훌륭한 아내가 될 거야! 그리고 하느님도 두 사람을 축복해주실 거야……"

그는 딸을 끌어안고, 다시 또 피예르를 끌어안더니 노인다운 입으로

---

* 쿠라기나 공작부인의 이름인 알리나를 프랑스어로 부른 것.

그에게 키스했다. 눈물이 정말 그의 두 뺨을 적셨다.

"공작부인, 이리 와보오." 그는 소리쳤다.

공작부인도 나와서 울음을 터뜨렸다. 중년 부인도 손수건으로 눈가를 훔쳤다. 피예르는 사람들에게 키스를 받고 자기도 몇 번이나 아름다운 옐렌의 손에 키스했다. 몇 시간 후 그들은 다시 둘만 남았다.

'이것은 모두 이렇게 되어야 했던 일이고 이렇게밖에 될 수 없었던 일이다' 하고 피예르는 생각했다. '그러니까 이것이 좋다 나쁘다 따질 필요는 없다. 좋은 일이다. 이제 일은 정해지고, 이전과 같은 괴로운 의혹은 사라졌으니까.' 피예르는 신부가 될 여자의 손을 잡고 오르내리는 아름다운 가슴을 잠자코 바라보았다.

"옐렌!" 그는 큰 소리로 부르고 잠시 말을 멈췄다.

'이럴 때는 뭔가 특별한 말을 하던데.' 그는 생각했지만 무슨 특별한 말을 해야 하는지 도무지 알 수 없었다. 그는 옐렌의 얼굴을 바라보았다. 그녀가 그에게 다가왔다. 그녀의 얼굴은 온통 붉어졌다.

"아, 이것을 벗어줘요…… 아무래도 이것이……" 그녀는 안경을 가리켰다.

피예르는 안경을 벗었고, 그의 두 눈에는 안경을 쓰다 벗은 사람에게 보이는 특유의 기묘한 느낌 이상의, 놀라고 의아스러운 듯한 빛이 떠올랐다. 그는 그녀의 손 위로 몸을 굽혀 손에 키스하려고 했다. 그러나 그녀는 재빠르고 거칠게 머리를 움직이며 그의 입술을 낚아채듯 자기 입술에 포갰다. 그녀의 얼굴은 완전히 변해버렸고, 불쾌한 듯 당황한 그 표정은 피예르를 놀라게 했다.

'이제는 이미 늦었다, 다 끝나버렸다. 그리고 난 이 여자를 사랑하고 있다.' 피예르는 생각했다.

"나는 당신을 사랑합니다!" 이럴 때는 이런 말을 해야 한다고 생각해내고 그는 말했다. 그러나 이 말은 스스로도 부끄러울 만큼 빈약하게 울렸다.

한 달 반 뒤 그는 결혼했고, 세간의 말로 하자면 미모의 아내와 거만의 재산을 소유한 행복한 사람으로, 새로 수리한 페테르부르크의 호장한 베주호프 백작 저택에 안주하게 되었다.

3

니콜라이 안드레예비치 볼콘스키 노공작은 1805년 12월에 바실리 공작으로부터 아들과 함께 방문하겠다는 뜻을 알리는 편지를 받았다. ("저는 지금 감사 일로 출장중입니다. 존경하는 은인이신 공작님을 뵙기 위해서라면 100베르스타의 길도 제게는 돌아가는 길이 아닙니다"라고 그는 썼다. "제 아들 아나톨도 저를 배웅할 겸 귀대하고 있으니, 아들이 아비를 따라 공작님에 대한 깊은 존경심을 직접 보일 수 있도록 허락해주시기 바랍니다.")

"일부러 마리를 이쪽에서 끌어낼 것도 없겠어요. 신랑감이 제 발로 와준다니까요." 이 소식을 들은 몸집이 작은 공작부인이 조심성 없이 말했다.

니콜라이 안드레예비치 공작은 눈살을 찌푸리고 아무 말도 하지 않았다.

편지가 오고 이 주쯤 지난 어느 저녁, 바실리 공작의 하인들이 먼저 도착하고 다음날 공작이 아들과 함께 왔다.

볼콘스키 노공작은 전부터 바실리 공작의 인격을 낮게 평가했는데, 특히 근간에 파벨 황제의 뒤를 이어 알렉산드르 황제의 새로운 치세가 시작되면서 그의 관위와 명성이 현저히 높아지자 더욱 그랬다. 그런데 이번에 온 편지와 몸집이 작은 공작부인의 암시로 그의 속셈을 알게 되자, 바실리 공작에 대한 높지 않았던 평가는 악의 섞인 경멸감으로 바뀌었다. 그는 바실리 공작에 대한 이야기가 나올 때마다 콧방귀를 뀌었다. 바실리 공작이 도착한다는 날 니콜라이 안드레예비치 공작은 유난히 불만스럽고 기분이 나빴다. 그가 오기 때문에 기분이 나쁜 것인지, 아니면 기분이 나쁘기 때문에 그가 오는 것이 불만스러운 것인지 아무튼 그는 기분이 나빴으므로, 티혼은 아침나절에 건축기사가 공작의 방으로 뭔가 보고하러 들어가려고 하자 그만두라고 충고했다.

"어떻게 걷고 계시는지 들리지 않습니까?" 공작의 발소리에 건축기사의 주의를 돌리며 티혼은 말했다. "발뒤꿈치를 완전히 붙이고 걷고 계십니다. 우린 잘 알죠⋯⋯"

그러나 언제나처럼 여덟시가 지나자 공작은 검은담비 깃이 달린 벨벳 외투에 역시 검은담비 모자를 쓰고 산책을 나섰다. 간밤에는 눈이 내렸다. 니콜라이 안드레예비치 공작이 거니는 온실로 통하는 길은 눈이 말끔히 치워져 있었고, 눈 위에 비질한 흔적이 선명했으며 길 양쪽으로 쌓여 있는 부드러운 눈더미 위에는 삽이 꽂혀 있었다. 공작은 눈살을 찌푸리고 말없이 온실이며 하인 방이며 건축 현장을 둘러보았다.

"썰매는 다닐 수 있나?" 공작은 자신을 집까지 배웅하는 얼굴도 동작도 주인을 쏙 빼닮은 점잖은 지배인에게 물었다.

"눈이 많이 쌓였습니다, 각하. 이미 큰길 쪽도 쓸어놓으라고 일러두었습니다."

공작은 고개를 갸웃하고는 현관 층층대로 다가갔다. '아, 다행이다' 하고 지배인은 생각했다. '비구름은 지나갔다!'

"썰맷길 내기가 몹시 힘들었습니다, 각하" 하고 지배인은 덧붙였다. "듣자니까, 각하, 대신께서 각하를 찾아오시나보더군요?"

공작은 지배인 쪽을 돌아보고 찌푸린 눈으로 그를 노려보았다.

"뭐? 대신? 무슨 대신? 누가 그러던가?" 그는 그 날카롭고 거친 목소리로 말했다. "내 딸 공작영애가 아니라 대신을 위해 청소한 건가! 내게 대신 같은 건 없어!"

"각하, 제가 생각한 것은……"

"네가 생각을 했다고!" 공작은 점점 성급해지더니 말을 더듬으며 외쳤다. "네가 생각을 했다고…… 도둑놈! 망할 놈!…… 내가 네놈에게 생각하는 법을 가르쳐주지." 그는 지팡이를 쳐들어 알파티치를 향해 내려쳤는데, 만약 지배인이 자기도 모르게 몸을 피하지 않았다면 정통으로 맞을 뻔했다. "생각을 했다고!…… 망할 놈!……" 그는 급하게 외쳤다. 그러나 알파티치가 주인의 매질에서 몸을 피하는 불손을 저지른 자신에게 놀라 다소곳하게 대머리를 숙인 채 공작 앞으로 가까이 갔음에도, 아니 어쩌면 그랬기 때문인지 공작은 "망할 놈!…… 길은 도로 덮어놔!……" 하고 여전히 소리치면서도 다시 지팡이를 쳐들지는 않고 집안으로 황급히 들어가버렸다.

점심식사 전, 공작의 기분이 좋지 않은 것을 안 공작영애와 부리엔 양은 그가 나오기를 기다리며 서 있었다. *부리엔 양*은 '저는 아무것도 몰라요. 저는 평소와 똑같아요' 하는 듯한 밝은 얼굴을 하고 있었다. 공작영애 마리야는 겁먹고 창백한 얼굴로 눈을 내리깔고 있었다. 공작 영애 마리야에게 무엇보다 괴로운 것은, 이럴 때 *부리엔 양*처럼 행동 해야 한다는 것을 알면서도 그럴 수 없는 것이었다. 그녀는 생각했다. '내가 만약 아무것도 알아채지 못한 것처럼 하면 아버지는 나를 매정 하다고 생각하실 거고, 또 내가 시무룩하게 흐린 얼굴로 있으면 (늘 그 러셨듯) 넌 왜 또 코를 빠뜨리고 있느냐고 말씀하실 거야.'

공작은 겁먹은 딸의 얼굴을 보고 콧방귀를 뀌었다.

"이, 바…… 바보 같으니!……" 그는 말했다.

'게다가 그애는 보이지도 않는군! 벌써 누가 쓸데없는 소리를 지껄여 댔군.' 그는 식당에 오지 않은 몸집이 작은 공작부인에 대해 생각했다.

"공작부인은 어디 있지?" 그는 물었다. "숨었나?……"

"몸이 좋지 않으셔서," *부리엔 양*이 밝게 미소지으며 말했다. "나오 시지 않을 겁니다. 몸이 그러시니까 무리도 아니지요."

"흠! 흠! 크흐! 크흐!" 공작은 기성을 내며 식탁 앞에 앉았다.

그의 눈에는 접시가 깨끗해 보이지 않았다. 그는 얼룩을 가리키고 접시를 내던졌다. 티혼이 그것을 냉큼 받아 식당 하인에게 건넸다. 몸 집이 작은 공작부인은 몸이 좋지 않은 것이 아니었다. 그녀는 공작을 몹시 두려워했기 때문에 그의 기분이 좋지 않다는 이야기를 듣자 식사 하러 가지 않기로 했던 것이다.

"아기 때문에 걱정이 되어서 그래요." 그녀는 *부리엔 양*에게 말했 다. "너무 놀라면 무슨 일이 생길지 모르니까요."

대체로 말해서 몸집이 작은 공작부인은 리시예 고리에서 노공작에 대한 끊임없는 두려움, 그리고 스스로도 의식하지 못하는 반감에, 두려움 쪽이 압도적으로 강했기 때문에 의식하지 못하는 반감에 지배받으며 살고 있었다. 공작 역시 그녀에게 반감을 품고 있었지만 그것은 경멸에 가려져 있었다. 공작부인은 리시예 고리의 생활에 익숙해지자 각별히 부리엔 양을 사랑하게 되어 매일같이 함께 시간을 보내고, 밤에도 같이 자자고 청했으며, 종종 그녀에게 시아버지 이야기를 하면서 비판을 하기도 했다.

　"손님이 오신다죠, 공작?" 하고 부리엔 양은 장밋빛 손으로 하얀 냅킨을 펴면서 말했다. "쿠라긴 공작 각하가 아드님과 함께 오신다죠?" 그녀는 묻는 어조로 말했다.

　"흠! 그 애송이 각하가 말이지…… 내가 협의회에 넣어줬었지." 공작은 경멸하는 어조로 말했다. "그런데 그 자식놈은 대체 뭐하러 오는 건지 알다가도 모르겠어. 리자베타 카를로브나* 공작부인이나 마리야 공작영애는 알고 있을지도 모르겠지만. 그러나 나는 어째서 그 녀석이 아들놈까지 데리고 온다는지 모르겠단 말이야. 나는 볼일 없어." 그러고는 새빨개진 딸의 얼굴을 바라보았다.

　"어디 아픈 거냐? 아니면 오늘 아침 그 바보 같은 알파티치가 말한 것처럼 너도 대신이 무서운 거냐?"

　"아니에요, 아버지."

　부리엔 양이 재빠르게 끄집어낸 화제는 그 자리에 몹시 어울리지 않

---

* 몸집이 작은 공작부인 리자의 이름과 부칭.

는 것이었지만, 그녀는 입을 가만두지 않고 온실이며 새로 피기 시작
한 꽃의 아름다움에 대해 지껄여댔고, 공작의 기분은 수프를 다 먹었
을 무렵 조금 누그러졌다.

식사가 끝나자 그는 며느리의 방으로 갔다. 몸집이 작은 공작부인은
작은 탁자 앞에 앉아 하녀인 마샤와 이야기하고 있었다. 그녀는 시아
버지를 보자 파랗게 질렸다.

몸집이 작은 공작부인은 완전히 모습이 변했다. 미인이 아니라 추해
보일 정도였다. 뺨은 늘어지고, 윗입술은 치켜올라가고, 눈은 처져 있
었다.

"네, 몸이 조금 힘들어서요." 기분이 어떠냐는 공작의 물음에 그녀
는 대답했다.

"뭐 필요한 건 없니?"

"없어요, 고맙습니다, 아버님."

"그래, 좋아, 좋아."

그는 나와서 하인 방으로 갔다. 알파티치는 고개를 푹 수그리고 하
인 방에 서 있었다.

"길은 도로 덮어놨겠지?"

"덮었습니다, 각하. 제발 용서해주십시오. 그저 제가 멍청한 짓을 했
습니다."

공작은 그의 말을 가로막고 그 부자연스러운 웃음소리를 냈다.

"뭐, 좋아, 좋아."

그는 손을 내밀어 알파티치에게 입을 맞추게 하고는 서재로 갔다.

바실리 공작은 저녁에 도착했다. 마부들과 급사들이 프레시펙트(그들

은 프로스펙트*를 이렇게 불렀다)까지 마중을 나가 일부러 눈을 뿌려놓은 길에서 와자하게 떠들면서 짐이며 썰매를 별채 쪽으로 끌고 갔다.

바실리 공작과 아나톨에게는 따로 방이 주어졌다.

아나톨은 캄졸**을 벗고 양손을 허리에 짚은 채 탁자 앞에 앉아 미소를 지으며 크고 아름다운 눈으로 탁자 한구석을 멍하니 바라보고 있었다. 그는 자기 인생 전체를 끊임없는 오락이라고 생각하고, 왜 그런지는 모르지만 누군가는 그를 위해 꼭 그것을 제공해줘야 한다고 생각했다. 지금도 그는 심술궂은 노인과 부유하지만 못생긴 상속녀를 만나러 온 것을 오락이라고 생각했다. 어쩌면 아주 괜찮고 재미있는 일일 거라고 예상하고 있었던 것이다. '그녀가 굉장한 부자라면 결혼해서 나쁠 것도 없다. 결코 아무런 방해도 되지 않을 것이다' 하고 아나톨은 생각했다.

그는 습관이 된 치장에 세심한 주의를 기울여 면도를 하고 향수를 뿌리고, 타고난 선량하면서도 의기양양한 표정을 지으며 아름다운 머리를 높이 쳐들고 아버지가 쓰는 방으로 들어갔다. 바실리 공작 옆에서 두 하인이 주인의 옷을 갈아입히느라 진땀을 빼고 있었다. 공작은 기운차게 주위를 두리번거리고 있었는데, 방에 들어서는 아들의 모습을 보자 '그렇지, 그렇게 해주었으면 하는 거야!'라고 말하는 듯이 즐겁게 끄덕여 보였다.

"아, 농담이 아니에요, 아버지, 정말 그렇게 못생긴 여자입니까? 네?" 여행중 한두 번이 아니게 오갔던 이야기의 연속인 듯 그는 프랑스어로

---

* 가로숫길, 큰길.
** 조끼 형태의 방한용 재킷.

물었다.

"그만해라, 바보 같은 소리! 무엇보다 중요한 것은 노공작에게 되도록 공손하고 분별 있게 대해야 한다는 거야."

"만약 욕지거리를 퍼붓거나 하면 저는 떠나겠습니다." 아나톨은 말했다. "저는 그런 노인은 딱 질색이니까요. 네?"

"기억해둬라, 네 모든 것이 이것에 달렸다는 것을."

이때 아가씨 방에서는 대신 부자의 도착이 알려졌을 뿐만 아니라 어느새 두 사람의 외관까지 자세하게 이야기되고 있었다. 공작영애 마리야는 혼자 자기 방에 앉아 마음의 동요를 억누르려는 헛된 노력을 하고 있었다.

'그들은 왜 그런 편지를 보냈을까, 왜 리자는 나한테 그런 이야기를 했을까? 그런 일이 있을 리가 없어!' 그녀는 거울을 들여다보며 자신에게 말했다. '어떻게 하면서 객실로 나가야 할까? 만약 그가 내 마음에 든다면, 난 그를 도저히 자연스럽게 대할 수 없을 거야.' 그녀는 아버지의 눈초리를 생각하기만 해도 두려웠다.

몸집이 작은 공작부인과 *부리엔* 양은 하녀 마샤에게서 대신의 아들이 눈썹이 짙은 홍안의 미남이라는 것과 아버지는 발을 질질 끌면서 겨우 층층대를 올라가는데 아들은 뒤에서 마치 독수리처럼 세 단씩 뛰어올라갔다느니 하는 등 온갖 필요한 정보를 입수했다. 이러한 정보를 입수한 몸집이 작은 공작부인과 *부리엔* 양은 복도에서부터 이미 들릴 만큼 큰 목소리로 한창 이야기하면서 공작영애의 방으로 들어갔다.

"그분들이 도착했어요, *마리*, 아가씨도 알고 있어요?" 몸집이 작은 공작부인은 배를 뒤뚱거리며 걸어가 안락의자에 무겁게 앉으면서 말했다.

그녀는 아침마다 입는 블라우스가 아니라 가장 좋은 옷 중 하나를 골라 입고, 머리를 세심하게 손질하고, 얼굴에도 활기가 넘쳤지만, 그래도 야위고 생기를 잃은 얼굴의 윤곽까지 숨길 수는 없었다. 전에 페테르부르크의 사교계에서 입었던 옷을 입자 많이 망가진 외모가 한층 도드라졌다. 부리엔 양도 눈에 띄지 않을 정도로 세심한 치장을 했는데, 그것은 귀엽고 생생한 그녀의 얼굴에 한층 매력을 보태주었다.

"어머나, 아가씨, 옷을 그대로 입고 계시네요?" 그녀는 말했다. "곧 손님이 오셨다고 알리러 올 텐데, 아래층으로 가려면 조금이라도 치장을 하셔야죠!"

몸집이 작은 공작부인은 안락의자에서 몸을 일으키더니 벨을 눌러 하녀를 불렀고, 공작영애 마리야를 위한 의상을 궁리하고 실행에 옮기려고 서두르며 즐거운 듯 나섰다. 공작영애 마리야는 자기를 보러 신랑감이 왔다는 사실에 자기가 동요하는 것이 왠지 모욕적으로 느껴졌다. 그러나 그보다 더 모욕적이었던 것은 두 벗이 그것을 당연하게 생각한다는 것이었다. 부끄럽다든가 하는 이야기를 하면, 두말할 것도 없이 스스로에게나 두 사람에게나 자기가 동요하고 있다는 것을 드러내는 것이 될 것 같았다. 게다가 두 사람이 권하는 치장을 거절하면 놀림과 강요를 당하며 시간만 끌 게 분명했다. 그녀의 얼굴은 확 붉어졌고, 아름다운 눈은 평소의 빛을 잃었고, 얼굴은 붉은 반점으로 덮였다. 그리고 그 얼굴에 자주 나타나는 보기 흉한 희생자의 표정을 띤 채 그녀는 부리엔 양과 리자에게 몸을 맡겼다. 두 여자는 그녀를 아름답게 꾸미기 위해 정말 진심으로 신경쓰고 있었다. 사실 마리야는 예쁘지 않기 때문에 두 여자에게는 그녀에 대한 경쟁심이 전혀 없었다. 그래서 화장을 하면 아름다워질 수 있다는 여자들만의 단순하고도 확고한 신념을 가지고 정말 진심으로 그녀의 치장에 착수했다.

"아녜요, 역시, *사랑하는 아가씨*, 그 드레스는 좋지 않아요." 리자는 멀리서 공작영애를 비스듬히 보면서 말했다. "그걸 가져오라고 해요, 왜 그 고동색 드레스 있잖아요! 정말! 정말 어쩌면, 이것으로 평생의 운명이 결정될지도 모르잖아요. 그건 너무 밝아요, 좋지 않아요, 안 돼요, 좋지 않아요!"

좋지 않은 것은 옷이 아니라 공작영애의 얼굴과 모습 전체였으나 부리엔 양도 몸집이 작은 공작부인도 그것을 깨닫지 못했다. 두 사람은 공작영애가 머리를 빗어올리고, 파란색 리본을 달고, 고동색 드레스에 파란색 숄을 늘어뜨리기만 하면 아주 예뻐질 거라는 생각을 바꾸지 않았다. 두 사람은 마리야의 겁먹은 듯한 얼굴이나 모습이 그렇게 한다고 바뀔 수 있는 것이 아니라는 것을 잊고 있었고, 아무리 얼굴의 윤곽과 장식을 바꾸어보아도 그녀의 얼굴은 역시 초라하고 추했다. 두 번 세 번 치장을 바꾼 뒤—공작영애 마리야는 순순히 따랐다—가까스로 그녀가 머리를 빗어올리고(이 머리 모양은 그녀의 얼굴을 완전히 바꾸어놓은 동시에 망쳐놓고 말았다) 단정한 고동색 드레스에 파란색 숄을 두르자, 몸집이 작은 공작부인은 두어 차례 주위를 돌며 조그마한 손으로 옷 주름을 펴기도 하고 숄을 잡아당기기도 하고 고개를 갸웃거리기도 하며 이쪽저쪽에서 바라보았다.

"아니, 이건 안 되겠어요." 그녀는 손뼉을 치면서 단호하게 말했다. "안 되겠어요, 마리, 이건 아가씨에게 정말 어울리지 않아요. 난 역시

아가씨가 매일 입는 그 귀여운 회색 드레스가 더 나을 것 같아요. 정말, 나를 봐서라도 그렇게 해줘요. 카탸," 그녀는 하녀에게 말했다. "아가씨의 회색 드레스를 가져와. 자, 두고봐요, 마드무아젤 부리엔, 내가 어떻게 하는지." 그녀는 예술가적인 흥취에 젖어 미소지으며 말했다.

그러나 카탸가 분부대로 옷을 가지고 왔을 때, 공작영애 마리야는 거울 앞에 앉아 얼굴을 찬찬히 들여다보며 꼼짝 않고 있었다. 그리고 자기 두 눈에 눈물이 고이고, 금방이라도 울음을 터뜨릴 것처럼 입술이 파르르 떨리는 모습을 거울로 보았다.

"자, 사랑하는 공작영애," 부리엔 양이 말했다. "조금만 참으세요."

몸집이 작은 공작부인은 하녀에게서 옷을 받아들고 공작영애 마리야에게 다가갔다.

"자, 이번에는 수수하고 귀엽게 해보겠어요." 그녀는 말했다.

리자와 부리엔 양, 그리고 웃는 카탸의 목소리가 녹아들어 새들의 지저귐처럼 즐거운 듯이 웅성거렸다.

"아니에요, 나를 내버려두세요." 공작영애는 말했다.

그 목소리는 새들의 지저귐을 대번에 뚝 그치게 할 만큼 진지하고 고통에 차 있었다. 두 사람은 눈물과 생각으로 가득한, 애원하는 듯한 표정으로 자기들을 바라보는 크고 아름다운 두 눈을 보았고, 더이상의 강요는 무익하고 잔인하기까지 한 일이라는 것을 깨달았다.

"그럼, 머리만이라도 바꿔요." 몸집이 작은 공작부인은 말했다. "그러니까 당신에게 말했잖아요." 그녀는 부리엔 양에게 나무라듯 말했다. "마리의 얼굴에 이런 스타일의 머리는 어울리지 않는다고요. 안 돼요, 안 돼. 제발, 바꿔줘요."

"나를 좀 내버려두세요. 내버려두시라고요. 뭘 어떻게 하든 나는 변하지 않아요." 겨우 눈물을 참는 목소리로 마리야는 대답했다.

부리엔 양도 몸집이 작은 공작부인도 치장한 공작영애 마리야의 모습이 정말 보기 흉하고 오히려 평소보다 못하다는 것을 인정하지 않을 수 없었다. 그러나 이미 늦었다. 공작영애 마리야는 그녀들이 잘 알고 있는 사려 깊고 우수에 찬 표정으로 두 사람을 바라보고 있었다. 이 표정이 두 사람에게 두려움을 주지는 않았다. (그녀는 결코 남에게 그런 감정을 품게 하지 않았다.) 그러나 일단 이 표정이 나타나면 그녀는 언제나 말이 없고, 결심을 뒤집는 일도 거의 없다는 것을 두 사람은 잘 알고 있었다.

"바꿀 거죠, 네?" 리자가 말했으나 공작영애 마리야가 아무런 대꾸도 하지 않자, 리자는 방에서 나갔다.

공작영애 마리야는 혼자 남았다. 그녀는 리자의 충고대로 하지 않았고, 머리 모양을 바꾸지도, 거울을 들여다보지도 않았다. 그녀는 힘없이 눈을 떨구고 두 팔을 늘어뜨린 채 앉아 말없이 생각에 잠겨 있었다. 그녀가 상상하는 남편은 강하고 압도적이고 불가사의한 매력이 있는 존재, 불현듯 그녀를 완벽하게 다른, 그만의 행복한 세계로 데려다주는 존재였다. 그녀는 어제 유모의 딸네 집에서 보았던 것처럼, 자기 아기를 품에 안은 모습을 그려보았다. 남편은 옆에 서서 그녀와 아기를 부드러운 눈으로 바라보고 있다. '하지만 안 될 거야, 그런 일은 있을 수 없어, 나는 너무 못생겼어' 하고 그녀는 생각했다.

"차 드시러 내려오세요. 공작님께서 곧 나오십니다." 문 뒤에서 하녀의 목소리가 들렸다.

그녀는 퍼뜩 정신이 들었고, 방금 했던 상상에 몸서리를 쳤다. 그래서 그녀는 일어서서 아래층으로 가기 전에 성상이 있는 방으로 가 성체등의 불빛이 비치는 커다란 구세주 성상의 거뭇한 얼굴에 눈을 고정하고 두 손을 모으고 그 앞에 몇 분 동안 가만히 서 있었다. 공작영애 마리야의 마음속에 괴로운 의혹이 일었다. 과연 자신에게도 사랑의 기쁨, 남자를 사랑하는 지상의 기쁨이란 것이 가능할까? 결혼에 대해 두루 생각하면서 가정의 행복과 아이들에 대해서도 공상해보았지만, 그녀에게 가장 중요하고, 가장 강렬하고, 가장 신비로운 공상은 지상의 사랑이었다. 이 감정은 그녀가 남에게, 심지어 자기 자신에게 숨기려 애쓸수록 더 집요해졌다. '오오, 하느님,' 그녀는 속으로 말했다. '제 마음속에 있는 악마의 생각을 어떻게 떨쳐야 할까요? 조용히 당신의 의지에 따르기 위해 이 좋지 못한 생각에서 영원히 벗어나려면 어떻게 해야 할까요?' 이 질문을 꺼내기도 전에 벌써 하느님은 그녀의 마음속에 답을 내려주었다. '자신을 위해서는 아무것도 바라지 마라, 구하지 마라, 동요하지 마라, 시기하지 마라. 네가 인간들의 미래를 모르고 너의 운명을 모르는 것은 당연한 일이다. 하지만 모든 것에 대한 각오를 품고 살아야 한다. 만약 하느님이 결혼생활의 의무로 너를 시험하시고자 한다면, 너는 그 의지에 따를 각오를 하면 되는 것이다.' 이렇게 다소 위안을 주는 상념을 품고(그러나 역시 자신에게 금지된 지상의 꿈이 이루어질지도 모른다는 일말의 희망을 품고) 공작영애 마리야는 한숨을 내쉬며 성호를 긋고, 이제는 머리와 옷에 대해서도, 또 어떻게 들어가야 할지 무슨 말을 해야 할지도 전혀 생각하지 않고 아래층으로 갔다. 하느님의 섭리를 생각한다면 이런 것이 다 무슨 소용인가. 하느님의 의지 없이는 머리카락 한 올도 사람의 머리에서 그냥 떨어지지 않는 것인데.

4

공작영애 마리야가 들어갔을 때 바실리 공작은 이미 객실에 있었고, 그의 아들과 몸집이 작은 공작부인과 부리엔 양과 이야기하고 있었다. 그녀가 그 무거운 걸음걸이로 발뒤꿈치를 바닥에 완전히 붙이면서 걸어들어가자 남자들과 부리엔 양은 자리에서 일어섰고, 몸집이 작은 공작부인은 손님들에게 그녀를 가리키면서 "마리입니다!" 하고 말했다. 공작영애 마리야는 거기 있는 모든 사람을 하나하나 자세히 보았다. 그녀의 모습을 보자마자 일순 진지하게 움직임을 멈췄다가 이내 미소 짓는 바실리 공작의 얼굴을 보았고, 마리가 손님들에게 어떤 인상을 주는지 읽으려고 호기심에 찬 몸집이 작은 공작부인의 얼굴도 보았다. 부리엔 양의 리본과 아름다운 얼굴과 전에 없이 생생하게 그를 주시하는 눈동자도 보았다. 그러나 마리야는 그를 볼 수 없었다. 방에 들어갔을 때 크고 빛나고 아름다운 무언가가 자기에게 가까이 다가오는 것을 보았을 뿐이다. 맨 먼저 바실리 공작이 다가왔다. 그녀는 자기 손 위로 몸을 굽힌 그의 대머리에 키스하고는, 오히려 그에 대해서는 자신이 더 잘 기억하고 있다고 상대방의 말에 대답했다. 이윽고 아나톨이 다가왔다. 그녀는 아직 그를 볼 수가 없었다. 그저 자기 손을 꼭 잡은 화사한 손의 감촉을 느끼면서 포마드를 바른 아름다운 금발 아래서 빛나는 하얀 이마에 가까스로 입술을 갖다 댔을 뿐이다. 그녀가 처음으로 그를 힐끗 보았을 때, 그녀는 그의 아름다움에 놀랐다. 아나톨은 단정하게 채운 군복 단추에 오른손 엄지를 대고 가슴을 내밀고 등은 젖힌 자세로 한 발짝 물러선 한쪽 다리를 건들거리며 살짝 고개를 기울이고, 그녀는 전혀 염두에 없는 듯한 모습으로 말없이 유쾌하게 공작영애를 바라보았다. 아나톨은 재치가 있지도, 민첩하지도, 또 능변가도 아니지만 그 대신 언제나 침착하고 어떤 일에도 자기의 확신을 굽히지 않는, 사교 면에서는 존중할 만한 능력을 지니고 있었다. 만약 초면에 자신감 없는 사람이 말없이 있다가 쑥스러움을 느끼며 뭔가 화제를 찾으려고 서두른다면 오히려 꼴사납게 비치겠지만, 아나톨은 그와는 정반대로 입을 다물고 한쪽 다리를 건들거리면서 유쾌한 듯이 공작영애의 머리 모양을 관찰하고 있었다. 그는 얼마든지 오래 그렇게 입을 다물 수 있을 것같이 보였다. '누구라도 침묵이 불편하시면 부디 말씀해주십시오, 나는 떠들기 싫습니다만.' 그의 모습은 마치 이렇게 말하고 있는 것 같았다. 또한 여자를 대하는 아나톨의 태도에는 무엇보다 여자의 마음에 궁금증과 불안, 심지어 애정까지도 불러일으키는, 상대방을 멸시하면서 자기의 우월을 의식하는 듯한 뭔가가 있었다. 마치 그의 모습은 '나는 당신들을 압니다. 알고말고요, 하지만 당신들을 상대한들 무슨 소용이 있겠습니까? 뭐, 당신들은 기뻐하실 테지만!' 하고 말하는 것 같았다. 사실 그는 여자와 만날 때 이러한 생각을 하지 않았을지도 모르지만(아니, 생각하지 않았다는 것이 맞을 것이다. 그는 대체로 생각이란 것을 거의 하지 않기 때문이다). 어쨌든 그의 모습과 태도는 그런 느낌이었다. 공작영애는 그것을 느끼고, 나 같은 것이 당신의 상대가 되리라고는 감히 생각지 않습니다 하는 마음을 그에게 보이고 싶은 듯이 노공작에게로 얼굴을 돌려버렸다. 몸집이 작은 공작부인의 하얀 이 위로 솜털이 송송 돋은, 약간 들린 입술과 사랑스러운 목소리 덕분에 이야기는 전체적으로 활기를 띠었다. 그녀는 수다스럽고 명랑한 사람들이 자주 사용하는 가벼운 농담조로 바실리 공작을 대했다. 그러한 방법은 자기와 상대에게 전부터 익숙한 농담이나, 다른 사람은 잘 모르는 즐겁고 재미있는 추억을 전제로 하는데, 그런 것이 실제로 없더라도 상관없었다. 바실리 공작과 몸집이 작은 공작부인 사이에도 그런 것은 전혀 없었으나 바실리 공작은 기꺼이 이 분위기에 맞장구를 쳤다. 몸집이 작은 공작부인은 실제로 있지도 않았던 우스꽝스러운 추억 속으로 지금까지 거의 몰랐던 아나톨까지 끌어들였다. 부리엔 양도 그 모두의 공통된 추억에 끼어들었고, 심지어 공작영애 마리야까지도 그 즐거운 추억 속으로 끌려들어가는 것을 느끼고, 즐거워졌다.

"적어도 이번만은 우리가 당신을 실컷 이용해야겠어요. 친애하는 공작." 몸집이 작은 공작부인이 바실리 공작에게 물론 프랑스어로 말했다. "여긴 당신이 항상 도망치시는 *아네트의 야회*가 아니에요. 그 *친애하는 아네트*를 기억하고 계시겠죠!"

"아, 하지만 아네트처럼 정치 이야기를 꺼내지는 말아주십시오!"

"그렇다면 차 마시는 자리처럼요?"

"그럼 좋지요!"

"당신은 어째서 아네트네에 한 번도 오시지 않았나요?" 몸집이 작은 공작부인이 아나톨에게 물었다. "아! 알아요, 알고 있어요." 그녀는 윙크하며 말했다. "당신의 형님인 이폴리트가 당신이 하신 일에 대해 이야기해주셨어요. 오, 정말이지!" 그녀는 한 손가락을 들어 그를 위협하는 시늉을 했다. "전 당신이 파리 시절에 쳤던 장난까지 알고 있어요!"

"그런데 이폴리트가 네게 얘기하지 않았니?" 바실리 공작은 마치 몸집이 작은 공작부인이 도망치려고 하는 것을 간신히 붙들기라도 하는 것처럼 그녀의 손을 잡으면서 아들에게 말했다. "그애가 얘기하지 않았어? 이폴리트가 이 귀여운 공작부인을 몸이 야윌 정도로 사모했는데, 공작부인이 그애를 집에서 내쫓아버렸다는 것을!"

"오! 정말 이분은 여성들 중에서도 진주입니다, 공작영애!" 그는 공작영애에게로 얼굴을 돌리고 말했다.

부리엔 양도 파리라는 말이 나오자 그 공통된 추억에 끼어들 기회를 놓치지 않았다.

그녀는 아나톨에게 파리를 떠난 지 오래됐는지, 그 도시가 마음에 들었는지 과감하게 물었다. 아나톨은 프랑스 여자의 질문에 기꺼이 대답하고 미소 띤 얼굴로 바라보면서 그녀의 모국에 관해 이야기를 나누었다. 아나톨은 귀여운 부리엔 양을 보았을 때 리시예 고리에서 머무는 것도 그다지 지루하지는 않겠다고 생각했다. '정말, 나쁘지 않아!' 그녀를 훑어보면서 그는 생각했다. '이 말동무 아가씨는 정말 나쁘지 않아. 마리야가 시집올 때 이 여자도 데려와주면 좋겠군' 하고 그는 생각했다. '정말, 정말 나쁘지 않아.'

노공작은 눈살을 찌푸린 채 자기가 어떻게 해야 할지 생각하면서 서재에서 천천히 옷을 갈아입고 있었다. 그는 이 손님들의 방문 때문에 화가 나 있었다. '바실리 공작과 그 아들놈이 내게 뭐라고! 바실리 공작은 실속 없는 허풍선이니 보나마나 그 아들도 어지간한 녀석이겠지.'

그는 속으로 투덜거렸다. 그가 화가 난 것은 평소 덮어두었던 미해결의 문제, 노공작이 계속해서 스스로를 속여오던 문제가 이 두 손님의 방문으로 불현듯 마음속에서 고개를 쳐들었기 때문이다. 그 문제라는 것은 언젠가는 공작영애 마리야와 헤어져, 그녀를 남편 될 사람의 손에 맡길 결심을 할 수 있느냐 하는 것이었다. 공작은 자기가 그 문제에 대해 공정한 대답을 하리라는 것을 이미 알고 있었기 때문에 절대로 정면에서 그 문제를 제기하지 않았다. 왜냐하면 공정한 대답이라는 것이 그의 감정보다도 더 그의 생활의 모든 가능성에 대립한다는 것을 알고 있었기 때문이다. 그는 겉으로 보기에는 공작영애 마리야를 그리 귀히 여기지 않는 듯했지만, 사실 니콜라이 안드레예비치 공작은 그녀가 없는 생활을 상상조차 할 수 없었다. '왜 그애가 결혼을 해야 하지?' 그는 생각했다. '불행해질 게 뻔한데. 안드레이와 결혼한 리자만 봐도 그렇잖아(요즘은 그만한 남편감도 찾아보기 힘들지만). 과연 리자는 자기 운명에 만족하고 있을까? 게다가 누가 마리야 같은 여자를 사랑해서 데려가려고 하겠어? 밉상에 재치도 없는데! 문벌이나 재산을 노리고 데려가겠지. 처녀로들 살지 않나? 그러는 편이 더 행복하지!' 니콜라이 안드레예비치 공작은 옷을 입으면서 생각했지만, 언제나 미루어오던 그 문제는 지체 없는 해결을 요구하고 있었다. 바실리 공작은 분명 청혼을 하기 위해 아들을 데리고 온 것이며, 오늘내일 사이에 확실한 회답을 요구할 것이 뻔했다. 가문도 사회적인 지위도 상당하다. '좋아, 나도 굳이 반대하지는 않겠다.' 공작은 속으로 중얼거렸다. '그 아들이 내 딸에게 어울리는 남자라면야. 이참에 한번 좀 봐야겠어.'

"이참에 한번 좀 봐야겠어." 그는 소리내어 말했다. "어디 한번 그

녀석을 좀 봐야겠어."

그는 언제나처럼 다부진 걸음걸이로 객실에 들어가 모두를 재빨리 훑어보았다. 그는 몸집이 작은 공작부인의 달라진 옷차림이며, 부리엔의 리본이며, 공작영애 마리야의 망측한 머리 모양이며, 부리엔과 아나톨의 미소며, 모두의 대화에서 외톨이가 된 공작영애의 모습을 전부 단박에 알아보았다. '바보같이 단장하고 나왔군!' 독기 서린 눈으로 딸을 보며 그는 생각했다. '부끄러운 줄도 모르고! 저 녀석은 마리야를 숫제 쳐다보지도 않는군!'

그는 바실리 공작에게 다가갔다.

"오, 잘 왔네, 잘 왔어. 만나서 기쁘네."

"다정한 벗을 위해서라면 7베르스타를 돌아가도 멀지 않다고 하잖습니까." 바실리 공작은 여느 때처럼 빠르고 자신만만한 어조로 친근하게 말했다. "이애가 제 둘째 놈입니다. 아무쪼록 귀엽게 봐주십시오."

니콜라이 안드레예비치 공작은 아나톨을 돌아보았다.

"훌륭한 젊은이군, 훌륭한 젊은이야!" 그는 말했다. "자, 와서 키스해주게." 그러고는 아나톨에게 볼을 내밀었다.

아나톨은 노인에게 키스하고, 미리 아버지한테서 들었던 그의 기벽이 당장이라도 나오지 않을까 기대하는 듯 호기심 가득한 눈으로 더없이 침착하게 그를 바라보았다.

니콜라이 안드레예비치 공작은 소파 구석의 자기가 항상 앉는 자리에 가서 앉은 뒤 안락의자를 옆으로 끌어당겨 바실리 공작에게 앉으라고 권하고는 정치적인 문제며 새로운 소식에 대해 묻기 시작했다. 그는 바실리 공작이 하는 말을 주의깊게 듣는 척하면서 줄곧 공작영애 마리야를 보고 있었다.

"벌써 포츠담에서 그런 편지가 왔단 말인가?" 그는 바실리 공작의 마지막 말을 되풀이하더니 갑자기 일어서서 딸에게 다가갔다.

"넌 손님들을 위해서 이렇게 단장한 거냐, 응?" 그는 말했다. "아름답다, 참으로 아름다워. 넌 손님들 앞에서 새로운 머리 모양을 보여줬지만, 난 손님들 앞에서 네게 한마디해야겠다. 앞으로 내 허락 없이는 옷차림도 바꾸지 마라."

"아버님, 그건 제 잘못이에요." 얼굴을 붉히면서 몸집이 작은 공작 부인이 두둔하고 나섰다.

"그대야 그대 마음대로 해도 괜찮소." 니콜라이 안드레예비치 공작은 며느리 앞에서 한 발을 뒤로 빼 절을 하며 말했다. "그러나 이애를 보기 싫게 할 필요는 없소. 안 그래도 못생긴 애를."

벌써 눈물을 글썽이고 있는 딸에게는 눈길조차 주지 않고 그는 다시 자리에 앉았다.

"천만에요, 머리가 공작영애에게 아주 잘 어울리는데요." 바실리 공작이 말했다.

"그런데 여보게, 젊은 공작, 이름이 뭔가?" 니콜라이 안드레예비치 공작은 아나톨을 돌아보며 말했다. "이리 오게, 이야기나 하면서 친해져보세."

'이제 슬슬 재미있는 게 시작되는군.' 아나톨은 이렇게 생각하고 미소를 머금으면서 노공작 옆에 앉았다.

"그래, 여보게, 자네는 외국에서 교육을 받았다고 하던데, 나나 자네 아버지처럼 교회 집사한테서 읽기와 쓰기를 배웠던 것과는 많이 다르겠지. 그런데 여보게, 자네는 지금 근위 기병으로 근무하고 있나?" 노인은 가까이 얼굴을 디밀고 찬찬히 아나톨을 보면서 말했다.

"아닙니다, 저는 일반 사단으로 옮겼습니다." 아나톨은 간신히 웃음을 참으면서 대답했다.

"아! 훌륭한 일이야. 그런데 여보게, 자네는 황제와 국가에 이바지하고 싶은가? 바야흐로 전시야. 자네 같은 훌륭한 젊은이는 반드시 군무에 임해야지, 군무에 임할 필요가 있어. 어때, 전선에 있나?"

"아닙니다, 공작. 연대는 벌써 출정했습니다. 저는 소속이 있습니다. 저, 아버지, 제 소속이 어디지요?" 하고 아나톨은 웃으면서 아버지에게로 얼굴을 돌렸다.

"참 훌륭하게도 근무하고 있군, 참으로 훌륭해. 제 소속이 어디지요라니! 하하하!" 니콜라이 안드레예비치 공작은 웃어댔다.

그러자 아나톨은 더욱 큰 소리로 웃었다. 니콜라이 안드레예비치 공작은 갑자기 얼굴을 찌푸렸다.

"자, 이제 가도 좋네." 그는 아나톨에게 말했다.

아나톨은 미소지으며 다시 여자들 쪽으로 갔다.

"자네는 아이들을 외국에서 교육시켰다지, 바실리 공작? 응?" 노공작은 바실리 공작을 향해 말했다.

"저는 할 수 있는 데까지 다 해주었습니다. 그리고 기탄없이 말씀드리자면, 그곳 교육이 러시아보다는 훨씬 앞서 있거든요."

"그래, 지금은 모든 것이 변했지, 모든 것이 신식이야. 참 훌륭한 젊은이야! 훌륭해! 그럼, 내 방으로 가세."

그는 바실리 공작의 팔을 잡고 서재로 갔다.

바실리 공작은 노공작과 단둘이 되자, 곧 자기의 바람과 희망을 확실히 밝혔다.

"도대체 자네는," 노공작은 화가 나서 말했다. "내가 그애와 떨어질수 없어서 붙들고 있다고 생각하나? 무슨 그런!" 그는 노기를 띠며 말을 이었다. "난 내일이라도 상관없어! 하지만 자네에게 이 말만은 해두지. 난 내 사위가 될 사람을 잘 알고 싶네. 내 원칙은 자네도 잘 알 테지만 난 무슨 일에든 숨김이 없어! 내일 자네가 있는 앞에서 딸에게 물어보겠네. 그애가 바란다면, 자네 아들을 잠시 여기서 지내게 해주게. 그러면 나는 잠자코 살펴볼 테니까." 공작은 말하고 콧방귀를 뀌었다. "시집을 가겠다고 해도 좋네. 난 어떡하든 마찬가지야." 그는 안드레이와 헤어질 때처럼 날카로운 목소리로 외쳤다.

"솔직하게 말씀드립니다만," 뱃속까지 환히 들여다보고 있는 상대방에게 잔꾀를 부려봐야 소용없다는 것을 깨달은 바실리 공작은 교활한 어조로 대답했다. "당신은 사람의 마음을 훤히 꿰뚫어보시는군요. 아나톨은 천재는 아니지만, 정직하고 친절한 놈이고, 제 피를 받은 훌륭한 아들입니다."

"음, 음, 좋아, 곧 알게 되겠지."

오랫동안 남자와 교제하지 않고 지내온 고독한 여자에게 흔히 있는일이지만, 니콜라이 안드레예비치 공작 집안의 세 여자는 아나톨의 출현으로 지금까지의 인생은 인생이 아니었다고 느꼈다. 생각하고 느끼고 관찰하는 힘이 갑자기 열 배나 커지고 지금까지 어둠 속에서 지내온 인생에 별안간 의미로 충만한 새로운 빛이 비치기라도 하는 것 같았다.

공작영애 마리야는 이제 자기의 얼굴이며 머리 모양 같은 것은 전혀 생각하지도 기억하지도 않았다. 그녀는 어쩌면 자기의 남편이 될지도 모르는 남자의 아름답고 꾸밈없는 표정의 얼굴에 온통 주의를 빼앗겼다. 아나톨은 친절하고 용감하고 결단력 있고 남자답고 관대한 사람 같았다. 그녀는 그렇게 확신했다. 미래의 가정생활에 대한 무수한 공상이 그녀의 뇌리에서 꼬리를 물고 이어졌다. 그녀는 그것들을 쫓아내고, 숨기려고 애썼다.

'내가 저분에게 너무 냉담한 것은 아닐까?' 공작영애 마리야는 생각했다. '아니, 나는 벌써 마음 깊은 곳에서 저분과 너무 가까워진 것 같아서 자제를 하고 있는 거야. 하지만 저분은 내가 자기에 대해 어떻게 생각하는지 잘 모르니까 어쩌면 내가 자기를 싫어한다고 생각할지도 몰라.'

그래서 공작영애 마리야는 이 새로운 손님에게 친절하게 대하려 애썼으나 마음처럼 되지 않았다.

'*불쌍한 처녀다! 형편없이 못생겼어*' 하고 아나톨은 그녀에 대해서 생각했다.

아나톨의 방문으로 역시 무척 흥분한 *부리엔* 양은 전혀 다른 생각에 빠져 있었다. 상류사회에 이렇다 할 지위도 없고, 친척도 친구도, 고향마저 없는 이 젊고 아름다운 처녀는 니콜라이 안드레예비치 공작을 섬기면서 책을 읽어주고 공작영애 마리야의 친구가 되어주는 것에 한평생을 바치겠다는 생각은 조금도 없었다. *부리엔* 양은 벌써부터, 못생기고 옷맵시도 별로고 몸가짐도 서툰 러시아의 공작영애들보다 자기가 훨씬 뛰어나다는 것을 한눈에 알아보고 사랑에 빠져서 자기를 어딘가로 데려가줄 러시아 공작이 나타나기를 기다리고 있었다. 그런데 드디어 기다리던 러시아 공작이 찾아온 것이었다. *부리엔* 양은 아주머니에게서 듣고 결말은 자기가 각색한 이야기를 공상 속에서 즐겨 되풀이했다. 유혹에 빠진 처녀 앞에 불쌍한 어머니, *가엾은 어머니*가 환영으로 나타나 결혼도 하지 않고 남자에게 몸을 맡긴 것을 나무라는 이야기였다. *부리엔* 양은 공상 속에서 이 이야기를 그녀를 유혹한 그에게 들려주면서 곧잘 눈물을 흘릴 만큼 감동했었다. 그런데 드디어 진짜 러시아 공작인 그가 나타난 것이다. 그가 자기를 데려가줄 것이다. 그리고 *가엾은 어머니*가 나타날 것이고, 마침내 그와 결혼하게 될 것이다. 아나톨과 파리에 대해 이야기하는 동안 *부리엔* 양의 머릿속에서는 미래의 이야기 전체가 이렇게 꾸며지고 있었다. *부리엔* 양은 타산으로 움직이는 것이 아니라(그녀는 어떻게 하면 좋겠다는 생각은 단 한 순간도 하지 않았다) 이미 오래전부터 그녀의 머릿속에 준비되어 있었던 모든 것이 지금 나타난 아나톨에게 집중된 것뿐이었다. 그녀는 될 수 있는 대로 아나톨의 마음에 들기를 바랐고, 그러려고 노력했다.

몸집이 작은 공작부인은 나팔 소리를 들은 늙은 군마처럼 무의식적으로 자기의 몸 상태도 잊고, 아무런 속셈도 내심의 고민도 없이 천진난만하고 경박한 들뜬 기분에 이끌려 교태 어린 빠른 걸음을 내디디려 하고 있었다.

아나톨은 여자들 사이에 있을 때면 자신을 여자들이 쫓아다니는 데 염증이 난 인간이라는 위치에 두었지만, 자신이 이 세 여자에게 미친 영향을 보자 허영에 찬 만족을 느꼈다. 게다가 그는 아름답고 도발적인 *부리엔*에게 격한, 짐승 같은 욕정을 느끼기 시작했다. 그것은 굉장한 속도로 엄습하여 더없이 난폭하고 대담한 행위를 감행하게 만드는 감정이었다.

차를 마신 뒤 그들은 소파가 있는 방으로 옮겼고, 공작영애에게 클라비코드 연주를 청했다. 아나톨은 *부리엔* 양 옆에서 팔꿈치를 괴고 기쁜 듯이 눈으로 웃으면서 공작영애 마리야를 바라보았다. 공작영애 마리야는 남자의 시선이 자기를 향한 것을 깨닫고 괴로우면서도 즐거운 흥분을 느꼈다. 평소 즐겨 치는 소나타의 선율은 마음속 가장 깊은 곳에 숨겨진 시적인 세계로 그녀를 이끌었고, 자기를 향한 그의 시선은 그 세계를 더한층 시적으로 만들었다. 그러나 아나톨의 시선은 그녀를 향해 있었음에도 그녀와는 아무런 관계가 없었고, 그는 이때 클라비코드 밑에서 자기가 발로 건드리고 있는 *부리엔* 양의 다리 움직임에 마음을 쓰고 있었다. *부리엔* 양 역시 공작영애를 보고 있었는데, 그 아름다운 눈 속에는 공작영애 마리야가 처음 보는, 기쁨과 기대에 겁먹은 표정이 떠올라 있었다.

'그녀는 정말 나를 사랑하는구나!' 공작영애 마리야는 생각했다. '나는 지금 얼마나 행복한가. 그리고 이런 벗과 이런 남편이 옆에 있다면 앞으로도 얼마나 행복할까! 그런데 정말 그가 내 남편이 될까?' 여전히 자기를 향한 그의 시선을 느끼면서 그녀는 차마 그의 얼굴을 보지도 못하고 생각했다.

밤이 되어 만찬이 끝나고 모두 각자의 방으로 돌아가기 시작했을 때, 아나톨은 공작영애의 손에 키스했다. 그녀는 자기가 어떻게 그런 용기를 냈는지 모를 만큼, 근시의 눈 앞으로 가까이 다가오는 아름다운 얼굴을 똑바로 쳐다보았다. 그다음에 그는 *부리엔* 양의 손에도 입술을 됐다(예의에 벗어난 일이었으나 그는 자신만만하고 아무렇지 않게 해치웠다). 부리엔 양은 갑자기 얼굴을 붉히고 겁이 난 듯 공작영애를 힐끔 쳐다보았다.

'정말 세심하기도 해라' 하고 공작영애는 생각했다. '아멜리(부리엔 양의 이름이다)는 내가 질투를 느껴서 나에 대한 그녀의 순수하고 친절한 마음씨며 헌신을 고맙게 여기지 않는다고 생각하는 게 아닐까?' 그녀는 부리엔 양에게 다가가 힘주어 키스했다. 아나톨은 몸집이 작은 공작부인의 손에도 입술을 가져갔다.

"아녜요, 아녜요, 안 돼요! 당신의 품행이 좋아졌다고 아버님이 편지를 주시면, 그때 손에 키스를 허락하겠어요. 그 전에는 안 돼요."

그러고는 손가락을 들어올리고 미소지으면서 방을 나갔다.

5

모두 흩어졌고, 침대에 눕자마자 잠들어버린 아나톨을 빼고는 모두 이날 밤 오래도록 잠을 이루지 못했다.

'정말 그가 내 남편이 될까? 완전히 낯설고 잘생긴 그 친절한 남자가? 어쨌든 그는 친절한 사람이다.' 공작영애 마리야는 생각했고, 그러자 지금까지 거의 한 번도 느껴보지 못한 공포가 엄습했다. 그녀는 뒤를 돌아보는 것이 무서웠다. 칸막이 뒤, 어둠침침한 한구석에 누군가 서 있는 것 같았다. 그리고 이 누군가는 그―악마―이고, 이마가 희고 눈썹이 짙고 입술이 붉은 남자였다.

그녀는 벨을 눌러 하녀를 부르고 자기 방에서 자달라고 청했다.

부리엔 양은 이날 밤 겨울 정원이라 불리는 온실에서 오래도록 헛되이 누군가를 기다리면서, 그 누군가에게 미소를 던지기도 하고, 자기의 타락을 꾸짖는 *가엾은 어머니*의 말을 상상하고 눈물이 나도록 감동하기도 했다.

몸집이 작은 공작부인은 침대가 좋지 않다고 하녀에게 불평했다. 그녀는 옆으로 누워도, 엎드려도 잠을 이룰 수 없었다. 어떻게 해보아도 무겁고 불편했다. 배가 거추장스러웠다. 이날은 특히 다른 때보다 더 거추장스러웠는데, 아나톨의 방문이 이런 것이 없었던, 모든 것이 홀가분하고 즐거웠던 과거로 그녀의 마음을 데려갔기 때문이었다. 그녀는 콥토치카*를 걸치고 실내모를 쓰고 안락의자에 앉아 있었다. 땋은 머리가 헝클어지고 졸린 듯한 카탸는 입속말을 중얼거리면서 무거운 깃털 이불을 벌써 세 차례나 두드리기도 하고 뒤집기도 했다.

"말했잖니, 이불이 울퉁불퉁하다고." 몸집이 작은 공작부인은 되풀이해 말했다. "나도 잘 수 있으면 좋겠단 말이야. 그러니 내 잘못이 아니야." 그녀의 목소리는 금방이라도 울음을 터뜨릴 것 같은 아이처럼 떨렸다.

노공작 역시 잠을 이루지 못했다. 티혼은 노공작이 화난 듯 걸어다니면서 내는 콧소리를 잠결에 듣고 있었다. 노공작은 딸의 일로 자신이 모욕을 당했다고 생각하고 있었다. 그 모욕은 자신이 아니라 다른 사람, 그가 자신보다 더 사랑하는 딸에 대한 것이었기 때문에 더욱 치

---
* 주로 실내에서 입는 여성용 짧은 상의.

명적이었다. 그는 이 문제를 다시 잘 숙고하여 공정하게 처신할 방도
를 찾아보라고 자신에게 말했으나, 그렇게 하기는커녕 더욱더 자신을
초조하게 만들 뿐이었다.

'처음 보는 남자가 나타나니까 벌써 아버지고 뭐고 다 잊어버리고 이
층으로 뛰어가서 머리를 바꾸고, 꼬리 칠 궁리나 하다니! 아버지 같은
건 아무렇지 않게 내동댕이칠 생각인 거야! 게다가 내가 야단칠 것을
잘 알면서…… 쿵…… 쿵…… 쿵…… 그 바보 녀석이 부리엔카*만
보고 있는 것을 내가 모를 줄 알아(그 계집애는 내쫓아버려야겠어)!
그래, 이만한 것을 깨달을 긍지조차 없단 말인가! 설사 자신을 위한 긍
지는 없다고 해도 나를 위해서는 조금이나마 있을 법하지 않느냔 말이
다. 그 바보 녀석이 그저 *부리엔*만 쳐다보고 그애는 염두에도 없다는
것을 가르쳐줘야겠어. 그애에게는 긍지란 게 없어. 내가 그애에게 그
걸 보여주지……'

노공작은 딸에게 잘못 생각하고 있다고, 아나톨은 *부리엔*을 꾀려고
한다고 알려주면 공작영애 마리야의 자존심을 건드려 결국 일이 (딸과
헤어지고 싶지 않은 자기의 바람대로) 잘될 것임을 알았기 때문에 겨우
안심했다. 그는 티혼을 불러 옷을 벗기 시작했다.

'빌어먹을 놈들이 와가지고!' 티혼이 가슴에 흰 털이 난 주인의 노인
다운 마른 몸에 잠옷을 입혀주는 동안 그는 생각했다. '내가 부르지도
않은 녀석들이 와서 내 생활을 어지럽히고 있어. 내 여생도 얼마 남지
않았는데.'

---

* '부리엔'의 어미를 러시아식으로 바꿔 모욕적으로 부른 것.

"제기랄!" 그는 잠옷을 머리에 뒤집어쓰는 사이에도 중얼거렸다.

티혼은 공작이 이따금 속마음을 소리내어 말하는 버릇이 있다는 것을 알고 있었기에, 묻는 듯한 화난 눈초리가 잠옷 밑으로 나타났을 때도 별로 놀라는 기색이 없었다.

"자나?" 공작은 물었다.

티혼은 유능한 하인이 모두 그렇듯 주인의 생각이 미치는 방향을 알아차릴 수 있었다. 그는 바실리 공작 부자에 대해 묻고 있다는 것을 알아차렸다.

"벌써 잠자리에 드시고 불도 꺼졌습니다, 각하."

"쓸데없어, 쓸데없어……" 공작은 빠르게 말하고 발을 슬리퍼에, 손을 가운에 찔러넣고는 평소 침대로 사용하는 소파로 다가갔다.

아나톨과 부리엔 양 사이에는 아무런 말도 오가지 않았지만, 그들은 가엾은 어머니가 나타나기 전까지, 즉 연애소설 제1편에 대해 서로 완전히 이해하고 있었으므로 비밀리에 서로 해야 할 이야기가 있다고 생각하고, 아침부터 단둘이 만날 기회를 엿보고 있었다. 공작영애가 여느 때와 같은 시간에 아버지의 방에 갔을 때, 부리엔 양은 겨울 정원에서 아나톨을 만났다.

공작영애 마리야는 이날 유난히 설레는 마음으로 아버지의 서재 문으로 다가갔다. 그녀는 오늘 분명 자기의 운명이 결정된다는 것을 모든 사람이 알 뿐만 아니라, 이에 대해 자기가 어떻게 생각하는지도 그들이 다 아는 것 같다고 생각했다. 그러한 표정을 티혼의 얼굴에서도, 더운물을 담아 들고 복도에서 마리야와 마주쳤을 때 깊이 고개 숙여 절한 바실리 공작의 하인의 얼굴에서도 읽을 수 있었다.

이날 아침 노공작은 딸에게 이상하리만큼 부드럽게 대했고, 마음을 썼다. 공작영애 마리야는 노공작이 마음을 쓸 때 나타나는 표정을 잘 알고 있었다. 그것은 공작영애 마리야가 수학 문제를 이해하지 못하면 짜증이 나 꺼칠한 손을 꽉 움켜쥐고 벌떡 일어나 그녀 옆에서 물러서면서, 나지막한 목소리로 몇 번이고 똑같은 말을 되풀이할 때 그의 얼굴에 나타나곤 하는 표정이었다.

그는 곧장 용건으로 들어가 마리야를 '당신'이라고 부르면서 말문을 열었다.

"나는 이번에 당신 일로 청혼을 받았습니다." 그는 어색한 미소를 띠며 말했다. "당신도 대충 짐작하겠지만," 그는 말을 이었다. "이번에 바실리 공작이 찾아오고, 더욱이 자기의 양자를 데리고 온 것은(니콜라이 안드레예비치 공작은 무슨 이유인지 아나톨을 양자라고 불렀다) 내게 문안하기 위해서가 아니었습니다. 나는 어제 당신 일로 청혼을 받았습니다. 당신도 내 방식을 잘 알고 있을 테고, 그래서 나는 당신과 의논하려고 합니다."

"지금 그 말씀을 어떻게 이해해야 할까요, *아버지*?"

"어떻게 이해해야 하냐니?" 아버지는 노기등등하게 외쳤다. "바실리 공작이 너를 맘에 드는 며느릿감으로 보았기 때문에 양자를 위해 네게 청혼한 것이다, 이렇게 이해하면 되는 거지. 어떻게 이해해야 하냐니?! 그래서 네게 묻고 있는 것이다."

"저는 모르겠어요, 어째서, *아버지*가." 공작영애는 속삭이듯이 말했다.

"내가? 내가 말이냐? 내가 어쨌다는 거냐? 내 일은 내버려두시죠. 내가 시집가는 게 아니니까. 당신은 어떻게 하고 싶은가요? 난 그것이 알고 싶은 겁니다."

공작영애는 아버지가 이 혼담을 좋게 보지 않는다는 것을 알았다. 그러나 이 순간, 지금을 놓치면 자기 인생을 결정지을 기회는 영원히 오지 않을 거라는 생각이 들었다. 그녀는 아버지의 시선을 피하려고 눈을 내리깔았다. 이 시선을 받으면 아무 생각도 할 수 없고 그저 습관대로 복종할 수밖에 없게 된다고 느꼈기에 이렇게만 말했다.

"제가 바라는 것은 오직 하나, 아버지의 뜻에 따르는 거예요." 그녀는 말했다. "그렇지만 굳이 제 희망을 말해야 한다고 하신다면……"

그녀가 말을 끝맺기도 전에 공작이 가로막았다.

"그래, 훌륭하구나!" 그는 외쳤다. "그 녀석은 지참금과 함께 너를 데리고 가겠지만, 그렁저렁 *마드무아젤 부리엔*까지 데리고 갈 거다. 아내가 되는 건 그 여자고, 너는……"

공작은 입을 다물었다. 이 말이 딸에게 준 인상을 알아챘던 것이다. 그녀는 고개를 숙였고, 금방이라도 울음을 터뜨릴 것 같았다.

"아니, 아니, 농담이다. 농담이야." 그는 말했다. "다만 이것만은 명심해둬라. 나는 여자가 남편을 선택할 때는 전적인 권리를 가져야 한다는 지론을 가진 사람이니까 네게도 자유를 줄 것이다. 그러나 한 가지 잊어서는 안 될 것은, 네 평생의 행복이 이 결심 하나에 달려 있다는 것이다. 나에 대해서는 얘기할 것도 없어."

"하지만 전 모르겠어요…… *아버지.*"

"이러쿵저러쿵할 거 없다는데도! 그 녀석은 아비가 시키는 대로 할 뿐이고, 너뿐만 아니라 어떤 여자하고도 결혼할 인간이야. 그러나 네게는 선택의 자유가 있어…… 방에 돌아가서 잘 생각해봐라. 그리고 한 시간 뒤에 그 녀석 앞에서 좋은지 싫은지 말해다오. 나는 알고 있다, 너는 이제부터 기도를 하겠지. 뭐, 그것도 좋다, 기도해라. 그러나 그것보다는 생각을 해야 한다. 자, 가거라."

"좋은지 싫은지, 좋은지 싫은지, 좋은지 싫은지!" 이미 공작영애가 안개 속을 걸어가듯 비틀거리며 방을 나간 뒤에도 그는 여전히 소리쳤다.

그녀의 운명은 결정되었고, 그것도 행복한 쪽으로 결정되었다. 그러나 아버지가 *부리엔* 양에 대해서 했던 그 암시가 무서웠다. 설사 거짓이라 하더라도 역시 무서운 일이었고, 그녀는 그것을 생각하지 않을 수 없었다. 그녀는 아무것도 보지도 듣지도 못하고 겨울 정원을 지나 앞만 보며 걸어갔다. 그런데 갑자기 귀에 익은 *부리엔* 양의 속삭이는 소리가 그녀를 깨웠다. 눈을 들자, 두어 걸음 떨어진 곳에서 프랑스 처녀를 껴안고 속삭이는 아나톨의 모습이 눈에 들어왔다. 아나톨은 잘생긴 얼굴에 무서운 표정을 띠고 공작영애 마리야를 돌아보았는데, 그녀를 보지 못한 *부리엔* 양의 허리에서 처음 한순간에는 손을 떼지 않았다.

'누가 거기 있지? 무슨 일이야? 잠깐 기다려!' 아나톨의 얼굴이 이렇게 말하는 것 같았다. 공작영애 마리야는 말없이 두 사람을 바라보고 있었다. 그녀는 이 상황이 이해되지 않았다. 이윽고 *부리엔* 양이 외마디소리를 지르고 달아났다. 아나톨은 즐거운 미소를 머금고 마치 이 괴상한 사건을 비웃어달라는 듯한 태도로 공작영애 마리야에게 인사를 하더니, 어깨를 으쓱하고, 자기 방으로 통하는 문으로 들어가버렸다.

한 시간 뒤 티혼이 공작영애 마리야를 부르러 왔다. 그는 마리야에게 공작이 방에서 부른다고 전하고, 바실리 세르게이치 공작도 거기 있다고 덧붙였다. 티혼이 왔을 때 공작영애는 방안 소파에 앉아 울고 있는 부리엔 양을 끌어안고 있었다. 공작영애 마리야는 조용히 그녀의 머리를 쓰다듬었다. 공작영애 마리야의 아름다운 눈은 예전의 침착함과 광채를 완전히 되찾았고, 부드러운 애정과 연민을 가득 담아 부리엔 양의 귀여운 얼굴을 바라보고 있었다.

"아녜요, 공작영애, 전 영원히 당신의 온정을 잃고 말았어요." 부리엔 양은 말했다.

"어째서요? 난 전보다 더 당신을 사랑하고 있어요." 공작영애 마리야는 말했다. "그리고 나는 당신의 행복을 위해 내가 할 수 있는 모든 일을 할 작정이에요."

"하지만 당신은 나를 경멸하시겠죠. 당신처럼 깨끗한 분은, 이런 정열에 휩싸이는 잘못 같은 건 모르실 거예요. 아아, 내 가엾은 어머니……"

"나는 다 알아요." 서글픈 미소를 띠며 공작영애 마리야는 대답했다. "안심해요, 나의 친구. 나는 잠깐 아버지한테 다녀올게요." 그녀는 말하고 방을 나갔다.

바실리 공작은 한쪽 다리를 높이 꼬고 손에 담뱃갑을 들고 자못 감개무량한 듯이, 동시에 자기의 다감함을 스스로 슬퍼하고 비웃는 듯이, 대단한 감동의 미소를 지으며 앉아 있었다. 공작영애 마리야가 들어오자, 그는 황급히 담배 한 줌을 집어 코로 가져갔다.

"오오, 사랑하는 아가씨, 나의 아가씨." 그는 일어나서 그녀의 두 손을 잡고 말했다. 그리고 한숨을 쉬며 덧붙였다. "아들의 운명은 당신에게 달려 있습니다. 내가 언제나 내 딸처럼 사랑하는 친절하고 소중하고 다정한 나의 마리. 자, 결정을 내려주시지요."

그는 옆에서 물러났다. 그의 눈에 진짜 눈물이 고였다.

"킁…… 킁……" 니콜라이 안드레예비치 공작은 콧소리를 냈다.

"공작은 자기의 양자…… 아들을 대신해서 네게 청혼하시는 것이다. 너는 아나톨 쿠라긴 공작의 아내가 되고 싶니, 어떠니? 말해봐라, 좋은지, 싫은지!" 그는 소리쳤다. "그리고 난 다음에, 나도 내 의견을 개진할 권리가 있다. 그건 그저 나만의 의견에 불과하다만." 바실리 공작의 애원하는 듯한 표정에 답하면서 니콜라이 안드레이치 공작은 덧붙였다. "좋으냐, 싫으냐? 응?"

"제 바람은, *아버지*, 저는 언제까지나 아버지 곁을 떠나고 싶지 않고, 제 생활과 아버지의 생활을 영원히 갈라놓고 싶지 않다는 거예요. 저는 결혼하고 싶지 않습니다." 그녀는 아름다운 눈으로 바실리 공작과 아버지를 바라보면서 단호하게 말했다.

"어리석고, 쓸데없는 소리! 어리석어, 어리석어, 어리석어!" 니콜라이 안드레이치 공작은 눈살을 찌푸리며 소리쳤지만, 딸의 손을 잡고 끌어당기더니 키스는 하지 않고 딸의 이마에 자기 이마를 대고 잡은 손에 힘을 꾹 주었고, 그래서 그녀는 얼굴을 찌푸리고 날카로운 소리를 냈다.

바실리 공작은 일어섰다.

"*사랑하는 아가씨, 당신에게 말씀드려둡니다만, 나는 이 순간을 절대, 절대로 잊지 않겠습니다. 그러나 사랑하는 아가씨, 이토록 선량하고 너그러운 그 마음이 언젠가는 움직일 수도 있다는 희망을 조금이나마 우리에게 주십시오. 자, '어쩌면'이라고 말해주십시오…… 미래는 실로 원대하니까요. 말해주십시오, '어쩌면'이라고.*"

"공작님, 방금 제 마음속에 있는 모든 것을 말씀드렸습니다. 뜻은 감사하지만, 전 절대로 아드님과 결혼하지 않을 거예요."

"그럼, 이것으로 일은 끝났군. 여보게, 어쨌든 자네를 만나서 참 반가웠네, 정말 반가웠어. 그럼, 공작영애, 이제 돌아가도 좋다. 돌아가거라." 노공작은 말했다. "자네를 만나서 정말, 정말 반가웠네." 그는 바실리 공작을 껴안으면서 거듭 말했다.

'내 사명은 따로 있다.' 공작영애 마리야는 생각했다. '내 사명은 다른 이의 행복, 사랑과 자기희생으로 나를 행복하게 하는 것이다. 그러니까 어떤 대가를 치르더라도 불쌍한 아멜리의 행복을 도모해주자. 그녀는 아주 뜨겁게 그 사람을 사랑하고 있다. 그녀는 아주 뜨겁게 후회하고 있다. 그와 그녀의 결혼을 위해 난 무슨 일이든 할 것이다. 만약 그가 부자가 아니라면, 그녀에게 돈을 주자. 아버지에게도 부탁하고, 안드레이에게도 부탁하자. 그녀가 그의 아내가 되면 난 정말 행복할 것이다. 그녀는 낯선 타국에서 의지할 데 하나 없이 외롭게 살아가는 정말 불행한 여자니까! 게다가 그녀가 그토록 정신을 못 차리는 것을 보면 그를 얼마나 뜨겁게 사랑하는지 알 것 같다. 어쩌면 나도 그녀와 똑같은 행동을 했을지 모른다!……' 공작영애 마리야는 생각했다.

6

로스토프가는 오랫동안 니콜루시카의 소식을 듣지 못했다. 한겨울이 되어서야 겨우 한 통의 편지가 백작에게 건네졌는데, 백작은 주소를 보고 한눈에 아들의 필적을 알아보았다. 편지를 받은 백작은 깜짝 놀라 서둘러 누구의 눈에도 띄지 않도록 애쓰면서 발뒤꿈치를 세우고 서재로 뛰어들어가 문을 닫고 읽기 시작했다. 안나 미하일로브나는 편지가 온 것을 알아채고(그녀는 집안에서 일어나는 일이라면 무엇이든 아는 사람이었으므로) 조용히 백작의 방으로 가서, 그가 편지를 손에 들고 울다 웃다 하는 모습을 보았다.

안나 미하일로브나는 자신의 재정 문제가 거의 정리되었는데도 그대로 로스토프가에서 지내고 있었다.

"여봐요, 백작?" 안나 미하일로브나는 어떤 동정이라도 당장에 보일 수 있도록 준비하면서 의아한 듯이 슬픈 어조로 물었다.

백작은 더 크게 울기 시작했다.

"니콜루시카가…… 편지를…… 부상을…… 당한…… 모양입니다…… 마 셰르…… 부상을…… 내 귀염둥이가…… 백작부인한테는…… 장교로 임관되고…… 감사하게도…… 백작부인한테는 어떻게 말해야 할까요?"

안나 미하일로브나는 옆에 앉아 자기 손수건으로 그의 눈가의 눈물과 편지에 떨어져 얼룩진 눈물을 닦고 또 자기의 눈물도 닦은 뒤, 편지를 읽고는 백작을 위로했고, 식사하고 차 마시는 시간에 백작부인에게 미리 마음의 준비를 시키고, 잘되면 차를 마신 뒤에 모든 것을 알리기로 했다.

점심식사를 하는 내내 안나 미하일로브나는 전쟁 소문과 니콜루시카에 대해 이야기했다. 그리고 이미 알고 있으면서도 그에게서 마지막 편지를 받은 것이 언제였느냐고 두 번이나 묻고서 어쩌면 오늘쯤 편지가 올지도 모르겠다고 말했다. 이러한 암시에 백작부인은 마음이 어수

선하고 불안해져서 백작과 안나 미하일로브나를 번갈아 보았고, 안나 미하일로브나는 눈치채지 못하게 사소한 화제로 말을 돌렸다. 가족 누구보다도 어조나 눈빛, 표정의 미묘한 차이를 포착하는 능력이 뛰어난 나타샤는 식사가 시작될 때부터 귀를 기울이고 들으면서 아버지와 안나 미하일로브나 사이에 뭔가가 있고, 그것이 오빠와 관련된 일이 틀림없으며, 안나 미하일로브나가 뭔가를 준비하고 있다는 것을 눈치챘다. 언제나 대담한 그녀도(나타샤는 어머니가 니콜루시카의 소식에는 무척 민감해진다는 것을 알았기 때문에) 차마 식사중에 질문하지는 못했고, 걱정이 되어 아무것도 먹지 못하고 가정교사가 주의를 주는데도 듣지 못하고 의자에 앉아 안절부절못했다. 식사가 끝나자 나타샤는 곧장 안나 미하일로브나를 뒤쫓아 소파가 있는 방으로 가서 달려들다시피 그녀의 목에 매달렸다.

"사랑하는 백모님, 말씀해주세요, 무슨 일이에요?"

"아무것도 아니다, 얘야."

"아니에요, 제 사랑, 제가 사랑하는 친절하신 백모님, 전 놓아드리지 않을 거예요. 백모님이 알고 계신다는 거, 저는 알아요."

안나 미하일로브나는 고개를 저었다.

"아, 넌 정말 눈치가 *빠르구나.*" 그녀가 말했다.

"니콜렌카한테서 편지가 왔죠? 틀림없어요!" 안나 미하일로브나의 얼굴에서 긍정의 표정을 읽고 나타샤는 소리쳤다.

"하지만 제발 조심해다오. 너도 알고 있지? 네 어머님이 얼마나 놀라실지."

"그럴게요, 그럴게요, 괜찮으니까 말씀해주세요. 말씀 안 해주실 거예요? 그럼 지금 당장 어머니한테 알릴 거예요."

안나 미하일로브나는 아무한테도 말하지 않는다는 조건을 달고는 편지 내용을 간략하게 이야기해주었다.

"정말, 맹세할게요." 나타샤는 성호를 그으면서 말했다. "아무한테도 말하지 않겠어요." 그녀는 말하고 곧장 소냐에게 뛰어갔다.

"니콜렌카가…… 부상을 당했나봐…… 편지가……" 그녀는 진지하면서도 기쁜 어조로 말했다.

"니콜라가!" 소냐는 일순 창백해지면서 이렇게만 중얼거렸다.

나타샤는 오빠의 부상 소식에 소냐가 받은 인상을 보고서야 비로소 이 소식의 슬픈 일면을 깨달았다.

그녀는 소냐에게 뛰어들어 끌어안고 울기 시작했다.

"가벼운 부상이야, 하지만 오빠는 장교가 되었대. 이제 많이 좋아져서 직접 편지를 보낸 거야." 그녀는 울음 섞인 목소리로 말했다.

"뭐야, 여자는 다 울보라니까." 페탸가 씩씩한 걸음걸이로 방안을 거닐면서 말했다. "난 정말 기뻐, 진짜, 정말이야, 형이 아주 큰 공을 세웠다니까. 누나들은 모두 울보야! 아무것도 모르는 거야!"

나타샤는 눈물을 글썽이며 미소지었다.

"넌 편지를 읽지 않았니?" 소냐가 물었다.

"읽지 않았어, 하지만 백모님이 말씀해주셨어. 이제 다 나았고, 오빠는 이제 장교라고……"

"아, 감사해라." 소냐는 성호를 그으면서 말했다. "하지만 어쩌면 백모님이 너를 속이셨는지도 모르잖아. 어머니한테 가보자."

페탸는 말없이 방안을 거닐었다.

"내가 니콜루시카라면 프랑스 녀석을 더 많이 죽였을 텐데." 그는 말했다. "프랑스 녀석들은 정말 비겁해! 나라면 송장이 산처럼 쌓일 만큼 그놈들을 죽여버릴 거야" 하고 페탸는 계속했다.

"조용히 해, 페탸. 무슨 그런 바보 같은 소리를 하니!⋯⋯"

"바보라니, 시시한 일로 우는 사람들이야말로 바보지." 페탸는 말했다.

"그를 기억해?" 잠시 말이 없던 나타샤가 갑자기 물었다. 소냐는 미소지었다.

"내가 *니콜라*를 기억하느냐고?"

"아니, 소냐, 그저 기억하는 게 아니라 모든 걸 정말로 잘 기억하느냐고 물은 거야." 나타샤는 자기 말에 더없이 진지한 의미를 실으려는 듯 열심히 몸짓까지 하면서 말했다. "난 니콜렌카를 기억하고 있어, 기억해." 그녀는 말했다. "하지만 보리스는 아니야. 전혀 기억하고 있지 않아⋯⋯"

"뭐? 보리스를 기억하고 있지 않다고?" 소냐는 깜짝 놀라 물었다.

"기억하고 있지 않은 건 아니야. 그가 어떤 사람이라는 것쯤은 나도 알아. 하지만 니콜렌카처럼 기억하고 있지는 않아. 오빠는 이렇게 눈을 감고 있으면 금세 떠오르지만, 보리스는 아니야(그녀는 눈을 감았다). 전혀 떠오르지 않아, 아무것도!"

"어머, 나타샤!" 소냐는 마치 자기가 이야기하려는 것을 상대가 들을 자격이 없다고 생각하는 듯이, 그리고 나타샤가 아니라 농담 같은 건 할 수 없는 다른 누군가에게 말하는 듯이, 벗을 바라보지도 않고 기쁨에 차서 진지하게 말했다. "난 네 오빠를 사랑하게 된 이상, 설령 나나 네 오빠에게 무슨 일이 일어나더라도 나는 그를 사랑하는 것을 결코 멈추지 않을 거야, 평생."

나타샤는 깜짝 놀라 호기심에 찬 눈으로 소냐를 바라보며 잠자코 있었다. 소냐의 말은 사실이며, 소냐가 말한 그런 사랑도 있을 거라고 나타샤는 느꼈지만, 자신은 그런 감정을 경험해본 적이 없었다. 그런 사랑도 있을 수 있다고 믿기는 했지만 이해할 수는 없었다.

"오빠에게 편지 쓸 거야?" 그녀는 물어보았다.

소냐는 생각에 잠겼다. 니콜라에게 뭐라고 쓸 것인지, 아니 써야 하는지, 이것은 그녀를 괴롭혀온 문제였다. 이제 그는 장교가 되었고, 부상한 영웅으로서의 영예를 얻게 되었는데 그에게 자기를 떠올리게 하거나 자기와 한 약속을 상기시키는 것이 과연 잘하는 일일까.

"모르겠어. 그런데 만약 그가 편지를 주면 나도 쓸 거야." 그녀는 얼굴을 붉히면서 말했다.

"오빠한테 편지 쓰는 게 부끄럽지 않아?"

소냐는 미소지었다.

"아니."

"나는 보리스한테 편지 쓰는 건 부끄러울 거야, 난 쓰지 않을래."

"어머, 왜 부끄러워?"

"글쎄, 그건 잘 모르겠어. 왠지 쑥스럽고 부끄러워."

"왜 그런지 난 알아." 아까 나타샤가 한 말에 토라졌던 페탸가 말했다. "그건 누나가 그 안경 쓴 뚱뚱보(페탸는 자기와 이름이 같은 새로운 베주호프 백작을 이렇게 부르고 있었다)를 좋아하더니 이제는 그 가수가 좋아졌기 때문이야(페탸는 나타샤의 성악 선생인 이탈리아인에 대해서 말하고 있었다). 그래서 부끄러운 거지."

"페탸, 넌 바보야." 나타샤는 말했다.

"너보다는 바보가 아니지, 이 아줌마야." 아홉 살인 페탸가 마치 고참 여단장 같은 말투로 말했다.

백작부인은 식사 때 안나 미하일로브나가 준 암시 때문에 마음의 준비가 되어 있었다. 자기 방으로 돌아온 그녀는 안락의자에 앉아 담뱃갑에 끼워놓은 아들의 작은 초상에서 눈을 떼지 않았고, 눈물이 하염없이 흘러내렸다. 안나 미하일로브나는 편지를 손에 쥐고 발끝으로 살금살금 백작부인의 방 앞으로 다가가서 걸음을 멈췄다.

"들어오지 마세요." 그녀는 뒤따라온 노백작에게 속삭였다. "나중에요." 하고 말하고는 들어가서 손을 뒤로 돌려 문을 닫았다.

백작은 열쇠 구멍에 귀를 대고 엿듣기 시작했다.

처음에는 무심한 대화 소리가 들려오더니 뒤이어 안나 미하일로브나 혼자 장황하게 이야기하는 소리가, 다음에는 외치는 소리가, 그다음에는 침묵이 흘렀고 다시 두 사람이 기쁜 듯이 함께 이야기하는 소리와 발소리가 들리더니, 안나 미하일로브나가 그에게 문을 열어주었다. 안나 미하일로브나의 얼굴에는 까다로운 절단 수술을 마치고 자기 솜씨에 경탄하라고 참관인을 불러들이는 외과 의사 같은 뽐내는 표정이 떠올라 있었다.

"잘됐어요." 그녀는 엄숙한 몸짓으로 백작부인을 가리키면서 백작에게 말했다. 백작부인은 한 손에는 초상이 끼워진 담뱃갑을, 또 한 손에는 편지를 들고 번갈아 입술을 갖다 대고 있었다.

백작을 보자 그녀는 양손을 내밀어 남편의 대머리를 껴안고 그 너머로 다시 편지와 초상을 바라보고, 다시 그것들에 입술을 대기 위해 남편의 대머리를 가볍게 밀어냈다. 이윽고 베라, 나타샤, 소냐, 페탸가 방에 들어오고 편지 낭독이 시작되었다. 편지에는 행군에 대해서도, 니콜루시카가 참가한 두 차례의 전투와 장교 임관에 대해서도 간단히 적혀 있었고, 어머니와 아버지의 손에 키스하며 축복을 빈다는 것, 베라, 나타샤, 페탸에게도 키스를 전한다고 적혀 있었다. 그 밖에 셸링 씨와 쇼스 부인(가정교사), 유모에 대한 안부도 잊지 않았고, 마지막으로 그는 자기가 변함없이 사랑하고 늘 생각하는 소중한 소냐에게 키스를 전해달라고 부탁했다. 이 말을 듣자 소냐의 눈은 눈물이 쏟아질 것처럼 빨개졌다. 그리고 자기에게 쏠리는 사람들의 시선을 견디지 못하고 홀로 달려가 뛰어다니면서 스커트를 풍선처럼 부풀리더니, 빨개진 얼굴로 웃으면서 마룻바닥에 주저앉았다. 백작부인은 울고 있었다.

"왜 우세요, 어머니?" 베라가 말했다. "편지에는 모두 기쁜 소식뿐인데, 울 일은 없잖아요."

아주 옳은 말이었다. 그러나 백작도 백작부인도 나타샤도 모두 비난하듯 그녀를 쳐다보았다. '대체 누구를 닮아서 이럴까!' 하고 백작부인은 생각했다.

니콜루시카의 편지는 몇백 번 되읽혔다. 그리고 이 편지를 들을 자격이 있다고 생각되는 사람은 누구라도 이 편지를 손에서 놓지 않고 있는 백작부인을 찾아가야만 했다. 가정교사들, 유모들, 미텐카, 그리고 몇몇 지인도 찾아왔는데 백작부인은 편지를 다시 읽으면서 그때마다 새로운 희열을 느끼고 또 거기서 니콜루시카의 새로운 미덕을 발견했다. 자기 아들—스무 해 전, 아직 그녀의 뱃속에서 조그마한 손발을 겨우 알아챌 만큼 움직이던 그 아들, 아이를 너무 오냐오냐하는 백작과 곧잘 말다툼의 불씨가 되었던 그 아들, 처음에는 '배', 그다음에 '할머니'라는 말을 익혔던 그 아들—이 지금 낯선 땅, 낯선 사람들 속에 섞여 누구의 도움도 지도도 없이 혼자 용감한 군인으로서 남자다운 일을 한다고 생각하자 백작부인은 어쩐지 불가사의하고, 신기하고, 기쁘기 그지없었다. 아이란 눈에 보이지 않는 길을 거쳐 요람에서 나와 어른이 된다는 것을 가르쳐주는, 온 세계 공통의 오래된 모든 경험도 백작부인에게는 존재하지 않는 것이었다. 성장의 각 시기에 있었던 아들의 변화는, 그것과 똑같은 길을 밟고 성장한 무수히 많은 사람이 마치 존재하지도 않았다는 듯 그녀에게는 언제나 신기한 것이었다. 스무 해 전 그녀의 심장 아래 어딘가에서 숨쉬던 조그마한 존재가 응애응애 울기도 하고 젖을 빨기도 하고 옹알거리기도 한 것이 도무지 믿어지지 않았던 것처럼, 이번에도 이 존재가, 편지로 미루어보건대 강건하고 용감한 사나이가 되어 세상의 아들들과 사람들의 귀감이 되었다는 것이 도저히 믿어지지 않았던 것이다.

"정말 훌륭한 슈틸*이에요. 참으로 아름답게 썼어요!" 아들의 편지에서 묘사적인 대목을 읽으면서 그녀는 말했다. "그리고 어쩌면 이렇게 마음도 예쁠까! 자기에 대해서는 아무것도…… 정말 아무것도 쓰지 않고! 데니소프라는 사람에 대해서만 쓰고 있지만 분명 우리 아이가 누구보다 용감할 거예요. 자기의 괴로움에 대해서는 조금도 쓰지 않았으니까요. 정말 훌륭한 마음씨예요! 난 그애의 마음을 잘 알 수 있어

---

* stil. 문체, 표현법 등을 뜻하는 독일어를 러시아어로 음차한 것.

요! 게다가 어쩌면 이렇게까지 모든 사람을 기억할까요! 한 사람도 빠뜨리지 않았으니 말이에요. 난 언제나 그렇게 얘기했었지요, 그 아이가 요만할 때부터 언제나 그렇게 말했었답니다……"

온 집안사람들이 니콜루시카에게 보내는 편지는 초안을 잡고 깨끗하게 정서되는 데만 일주일 넘게 걸렸다. 백작부인의 감독과 노백작의 배려로 필요한 물건과, 신임 장교로서 갖춰야 할 제복과 군장 마련에 필요한 돈이 모였다. 실무에 밝은 여성인 안나 미하일로브나는 자기와 아들을 위한 진중에서의 연줄과 통신상의 편의까지 얻어둘 수 있었다. 그녀는 근위 사단을 지휘하는 콘스탄틴 파블로비치 대공*에게 편지를 보낼 수가 있었던 것이다. 로스토프가 사람들은 재외 러시아 근위 사단이라고 하면 그것만으로 완전한 주소라고 생각했기 때문에 근위 사단을 지휘하는 대공 손에 편지가 들어가기만 하면 그 부근 어딘가에 있을 파블로그라드스키 연대에 닿지 않을 리 없다고 생각했다. 그래서 대공의 급사急使에게 부탁해 편지와 돈을 보리스에게 보내기로 결정했고, 그러면 보리스가 틀림없이 니콜루시카에게 전해줄 거라고 생각했다. 노백작과 백작부인, 페탸, 베라, 나타샤, 소냐가 쓴 편지와 백작이 아들에게 보내는 제복과 군장 마련에 필요한 6천 루블이 부쳐졌다.

---

* 1779~1831. 알렉산드르 황제의 동생.

7

11월 12일, 올뮈츠 부근에서 숙영하던 쿠투조프의 전투 부대는 이튿날 있을 러시아와 오스트리아 양국 황제의 열병식 준비로 분주했다. 러시아에서 새로 도착한 근위 사단은 올뮈츠에서 15베르스타 떨어진 곳에 숙영하고, 이튿날 열병을 받기 위해 아침 열시까지 올뮈츠 연병장으로 바로 나오기로 되어 있었다.

니콜라이 로스토프는 이날 보리스의 편지를 받았다. 편지에는 이즈마일롭스키 연대가 올뮈츠에서 15베르스타 떨어진 지점에 숙영하고 있고, 보리스가 편지와 돈을 건네기 위해 니콜라이를 기다리고 있다고 쓰여 있었다. 마침 부대가 행군에서 돌아와 올뮈츠 부근에서 숙영중이고, 충분히 물자를 갖추고 있는 영내 매점이 있는데다가 오스트리아의 유대인들이 온갖 유혹을 하면서 진중에 넘치고 있을 때라 로스토프는 특히 돈이 필요했다. 파블로그라드스키 연대에서는 계속해서 연회와 전투에 대한 논공행상 축하연이 베풀어졌고, 최근에 올뮈츠로 와서 여급이 있는 술집을 차린 헝가리 여자 카롤리나를 노리고 매일처럼 올뮈츠로 외출이 계속되었다. 로스토프는 이즈음 장교 임관 축하연을 베풀기도 하고 데니소프의 말인 베두인을 사기도 하여 동료와 영내 매점 상인들에게 많은 빚을 지고 있었다. 보리스의 편지를 받자 그는 동료들과 함께 올뮈츠로 말을 타고 가서 식사를 하고 와인을 한 병 들이켜고는 혼자서 근위 사단 숙영지로 어린 시절의 친구를 찾으러 갔다. 로스토프는 아직 제복을 갖추지 못하고 있었다. 그는 사병용 십자훈장이 달린 견습사관의 해진 웃옷에, 역시 닳아빠진 가죽을 잇댄 승마바지,

그리고 술이 달린 사브르를 차고 있었다. 그가 타는 말은 행군중에 카자크에게서 산 돈* 종種이었다. 구겨진 경기병 모자는 잔뜩 멋을 부려 뒤로 비스듬히 쓰고 있었다. 이즈마일롭스키 연대가 가까워짐에 따라 그는 빗발치는 총알 속을 뚫고 나갔던 용감한 경기병다운 자기의 모습에 보리스와 그의 동료 근위 장교들이 놀랄지도 모른다고 생각했다.

근위 사단은 이제까지의 행군을 마치 산책이라도 하는 것처럼 청결과 군율을 자랑하면서 해왔다. 나날의 행정은 짧은데다가 배낭은 짐마차로 운반되었고, 장교들은 숙영 때마다 오스트리아 군 당국으로부터 훌륭한 식사 대접을 받았다. 각 연대가 도시에 들어오고 나갈 때마다 군악대가 뒤따르고, 행군 때마다(이것이 근위병의 자랑이었다) 대공의 명령에 의해 병사들은 보조를 맞추고 장교들은 자기 위치에서 도보로 행진했다. 보리스는 행군의 처음부터 끝까지, 지금은 이미 중대장이 된 베르그와 동숙했다. 베르그는 행군중에 중대를 위임받자 타고난 실행력과 면밀함으로 상관의 신임을 얻었고, 자기에게 득이 되는 일들을 챙겼다. 한편 보리스는 피예르가 보내준 소개장으로 안드레이 볼콘스키 공작하고도 친숙해져 그를 통해 총사령부에 자리를 얻게 되기를 내심 기대하고 있었다. 베르그와 보리스는 그들에게 할당된 청결한 숙사에서 마지막 주간 행군의 피로를 풀자, 깨끗하고 단정하게 옷을 차려입고 둥근 탁자 앞에 앉아 체커**를 했다. 베르그는 연기가 피어오르는 파이프를 무릎 사이에 끼우고 있었다. 보리스는 특유의 꼼꼼함을 발휘해 베르그의 다음 수를 기다리면서 희고 가는 손가락으로 체커의 말을

* 러시아 남서부의 돈 강 유역.
** 서양 장기의 일종으로, 두 사람이 열두 개씩 말을 써서 하는 놀이.

피라미드 꼴로 쌓아올렸는데, 분명 승부만을 생각하고 있는 듯이 상대방의 얼굴을 바라보고 있었다. 그는 언제나 현재 하고 있는 것만 생각하는 사내였다.

"자, 어떻게 이 난관에서 벗어나죠?" 그는 말했다.

"뭐, 해봐야지." 베르그는 말에다 살짝 손을 대며 대답했으나, 이내 손을 떼었다.

이때 문이 열렸다.

"야, 드디어 찾았군!" 로스토프가 외쳤다. "베르그도 여기 있었군요? 이야, 아이들아, 이제 가서 주무세요!" 그는 전에 보리스와 함께 웃으면서 즐거워했던, 유모의 이상한 프랑스어를 흉내내면서 외쳤다.

"이런! 몰라보게 변했는데!" 보리스는 로스토프를 맞으려고 일어서면서도 쓰러진 말들을 잡아 제자리에 놓는 것을 잊지 않았다. 그는 친구를 껴안으려고 했으나, 니콜라이는 피하듯이 몸을 돌렸다. 남들이 간 길은 끔찍하게 싫고, 남을 모방하지도 않으며, 새롭고 독자적인 방법으로 감정을 표현하고 싶은, 어쨌든 연장자들이 흔히 하는 겉치레뿐인 인사는 하고 싶지 않은 젊은이 특유의 마음으로 니콜라이는 친구와 만난 자리에서도 뭔가 특별한 인사를 하고 싶다고 생각했다. 이를테면 꼬집는다든가 밀어젖힌다든가 하여 그저 모두가 하는 평범한 키스만은 어쩐지 하고 싶지 않았던 것이다. 보리스는 그와는 반대로 침착하고 다정하게 로스토프를 끌어안고 세 번 키스했다.

두 사람은 거의 반년 동안 만나지 못했다. 인생의 길에 첫발을 내딛는 청년기의 두 친구는 서로에게서 커다란 변화를 발견했다. 그것은 그들이 인생의 첫발을 내디딘 사회의 환경이 미친 완전히 새로운 영향 때문이었다. 마지막 만났을 때와는 너무도 달라진 두 사람은 자기에게 일어난 변화를 조금이라도 빨리 상대방에게 보여주고 싶어했다.

"뭐야, 당신들은 형편없는 마루닭들 같잖아! 말쑥하고 산뜻한 게 마치 산책 다녀온 사람들 같은데? 우리 일반 사단의 죄 많은 군인 나부 랭이와는 완전히 다르군." 로스토프는 보리스의 귀에 익숙지 않은 바리톤 목소리를 울리며 일선 군인다운 몸짓으로 진흙투성이 승마바지를 가리키면서 말했다.

숙사의 독일인 여주인은 로스토프의 큰 목소리에 놀라 문에서 얼굴을 내밀었다.

"허어, 꽤 예쁘장한데?" 그는 윙크하면서 말했다.

"너, 어쩌자고 그렇게 떠드는 거야? 모두 깜짝 놀라잖아." 보리스는 말했다. "설마 오늘 네가 오리라곤 생각도 못했어" 하고 그는 덧붙였다. "나는 어제야 간신히, 안면이 있는 쿠투조프 장군의 부관 볼콘스키에게 네게 편지를 전해달라고 부탁했거든. 설마 그 사람이 이렇게 빨리 전해주리라곤 생각 못했어…… 그래, 어때, 벌써 총알맛을 봤나?" 보리스는 물었다.

로스토프는 그 말에는 대꾸하지 않고 군복 끈에 매단, 사병에게 주는 게오르기 십자훈장을 한 번 흔들고, 붕대를 감은 한 손을 보이며 미소짓고는 베르그를 힐끔 보았다.

"보다시피." 그는 말했다.

"음, 그렇군, 그래, 그래!" 웃으면서 보리스는 말했다. "우리도 역시 굉장한 행군을 해왔지. 알고 있을 테지만 황태자께서 늘 우리 연대와 행군하신 덕택에 우리에게도 온갖 편의와 혜택이 있었어. 폴란드에서 있었던 환영회와 만찬회와 무도회는 얼마나 훌륭했는지 이루 말할 수 없을 정도야! 게다가 황태자께서도 우리 장교들에게 무척 친절히 대해 주시고 말이야."

그리고 두 친구는 이야기를 주고받았는데, 한 사람이 자기네 경기병식 왁자한 술잔치와 야전 생활을 이야기하면, 다른 사람은 지위가 높은 사람의 지휘 아래서 근무하는 유쾌함과 이익 등을 이야기했다.

"역시, 근위대란!" 로스토프는 말했다. "그건 그렇고, 보리스, 술이라도 사오라고 하지그래."

보리스는 얼굴을 찌푸렸다.

"꼭 마시고 싶다면." 그는 말했다.

그는 침대로 다가가서 깨끗한 베개 밑에서 지갑을 꺼내 술을 사오라고 일렀다.

"그렇지, 네게 편지와 돈을 줘야지." 그는 덧붙였다.

로스토프는 돈과 편지를 건네받고 돈은 소파 위에 내던지고, 탁자에 양 팔꿈치를 괴고 편지를 읽기 시작했다. 그는 몇 줄 읽어내려가다가 화난 눈으로 베르그를 바라보았다. 그는 베르그와 시선이 마주치자 편지로 얼굴을 가렸다.

"가족들이 굉장히 큰돈을 보내셨군요." 소파에 파묻힐 정도로 묵직한 지갑을 보면서 베르그는 말했다. "우리 같은 사람은 봉급만으로 겨우겨우 지내고 있지만 말입니다, 백작. 당신에게 내 얘기나 들려드릴까요……"

"모처럼이지만, 친애하는 베르그." 로스토프는 말했다. "만약 당신이 집에서 온 편지를 받고 이것저것 물어보고 싶기도 한 가까운 사람과 만났다고 합시다. 만약 내가 그 자리에 우연히 있었다면, 나는 당신을 방해하지 않기 위해 곧 자리를 피했을 겁니다. 그러니 당신에게도 부탁합니다. 나가주십시오. 어디든, 어디라도…… 제기랄!" 그는 외치고는 베르그의 어깨를 잡고 상냥하게 얼굴을 바라보면서 무례한 말을 부드럽게 하려고 애쓰는 듯이 덧붙였다. "괜찮겠죠? 화내지 마십시오. 친애하는 베르그, 나는 당신을 옛친구라 생각하고 허물없이 솔직하게 말한 것이니까요."

"아, 천만에요, 백작, 나는 아주 잘 이해합니다." 베르그는 일어나면서 목구멍에 걸리는 목소리로 혼잣말처럼 말했다.

"집주인들한테 가보시죠. 그들이 당신을 찾고 있었습니다." 보리스가 덧붙였다.

베르그는 얼룩도 먼지도 묻지 않은 깨끗한 프록코트를 입고 거울 앞으로 가서 알렉산드르 파블로비치 황제처럼 살쩍을 쓸어올렸고, 자기의 프록코트가 로스토프의 눈길을 끈 것을 확인하자, 유쾌한 미소를 지으며 방을 나갔다.

"아, 나는 정말 개자식이야!" 편지를 읽으면서 로스토프는 말했다.

"왜 그래?"

"아, 난 진짜 돼지 같은 놈이야. 집에 편지 한 통 보내지 않다가 갑자기 여러 사람을 놀라게 하고 말았어. 아, 진짜 돼지 같은 놈이야!" 그는 갑자기 얼굴을 붉히면서 되풀이했다. "어떻게 된 거야, 빨리 가브릴로에게 술을 가져오라고 해! 뭐, 좋아, 한잔하자!" 그는 말했다.

가족들의 편지에는 바그라티온 공작에게 보내는 추천장도 동봉되어 있었다. 이것은 안나 미하일로브나의 권유로 백작부인이 지인들을 통

464

해 입수해서 아들에게 보낸 것으로, 겉봉에 이름이 적힌 사람에게 가지고 가 유용하게 쓰라고 적혀 있었다.

"뭐야, 이런 바보 같은 소릴! 이런 게 내게 무슨 필요가 있다고!" 추천장을 탁자 밑으로 팽개치면서 로스토프는 말했다.

"그걸 왜 팽개쳐?" 보리스가 물었다.

"무슨 추천장이야, 추천장 같은 건 내겐 소용없어!"

"왜 그게 소용없는데?" 편지를 주워 겉봉에 적힌 이름을 읽으면서 보리스는 말했다. "이 편지는 네게 꼭 필요한 거야."

"난 아무것도 필요 없어. 나는 누구의 부관도 되고 싶지 않으니까."

"왜 그렇지?" 보리스는 되물었다.

"하인이나 하는 일이니까!"

"너는 여전히 공상가구나." 보리스는 고개를 흔들면서 말했다.

"너는 여전히 외교가이고 말이지. 아니, 그런 건 아무래도 좋아…… 그래, 너는 어떻게 하고 있어?" 로스토프는 물었다.

"응, 보다시피 지금까지는 모든 것이 잘되어가는 편이야. 그러나 고백하자면, 나는 꼭 부관이 되고 싶어. 전선에는 남고 싶지 않거든."

"왜?"

"왜라니? 일단 군직에 발을 들여놓은 이상 빛나는 경력을 쌓기 위해 노력하는 것이 당연하니까 그렇지."

"음, 그렇긴 하지!" 로스토프는 다른 것을 생각하고 있는 듯한 모습으로 말했다.

그는 어떤 문제의 답을 찾는 듯한 모습으로 친구의 눈을 묻는 듯이 골똘히 바라보았다.

늙은 시종 가브릴로가 술을 가지고 왔다.

"이제 알폰스 카를리치를 불러도 괜찮겠나?" 보리스는 말했다. "그 사람이라야 네 술 상대가 되지, 난 안 돼."

"불러, 부르라고! 흥, 그까짓 독일 녀석이 뭔데?" 로스토프는 경멸하는 듯한 미소를 지으며 말했다.

"그는 아주, 아주 좋은, 정직하고 유쾌한 사람이야." 보리스는 말했다.

로스토프는 다시 한번 보리스의 눈을 골똘히 바라보며 한숨을 쉬었다. 베르그가 돌아왔고, 이윽고 술병을 앞에 놓고 세 장교의 대화는 차츰 활기를 띠었다. 근위 장교들은 행군 이야기며, 러시아니 폴란드니 외국에서 열렬한 환영을 받았던 일에 대해 로스토프에게 이야기했다. 그들의 지휘관인 황태자의 언행과 선량하면서도 화를 잘 내는 성정에 관한 일화도 들려주었다. 베르그는 언제나처럼 자신과 관계 없는 화제일 때는 잠자코 있었으나 황태자의 성정에 관한 일화가 화제에 오르자, 황태자가 갈리시아에서 각 연대를 순시할 때 행동이 불규칙하다며 화를 냈는데, 그때 자기가 황태자와 친히 말을 나누는 영광을 얻었던 것을 만족스러운 듯이 이야기했다. 그는 유쾌한 미소를 띠면서, 굉장히 화가 난 황태자가 그에게 다가와 "알바니아 놈들!"(황태자가 노했을 때 으레 쓰는 말이었다) 하고 소리치고 중대장을 불렀다고 이야기했다.

"믿으실지 모르겠습니다만, 백작, 나는 별로 놀라지 않았습니다. 나는 내가 옳다는 것을 알고 있었기 때문입니다. 나는 말입니다, 아시다시피 아무런 과장 없이 말합니다만, 나는 연대의 명령이라면 줄줄 외고 있고, 모든 규칙도 하늘에 계신 우리 아버지만큼이나 잘 알고 있습니다. 그러니까 백작, 우리 중대에 태만이란 없습니다. 그래야 내 양심도 편안합니다. 나는 앞으로 나갔습니다. (베르그는 몸을 일으켜 한 손을 모자 차양에 대고 황태자 앞으로 걸어나갔던 모습을 재현했다. 존경과 자족의 표정을 그보다 더 잘 나타내는 것도 어려울 것이다.) 황태자는 내게 욕지거리를 퍼부었죠. 사람들이 말하는 것처럼 욕을 퍼붓고, 퍼붓고, 죽어라고 욕을 퍼부었습니다. '알바니아 놈들' '빌어먹을 자식' '시베리아 유형감이야' 하고 말이죠." 베르그는 명민한 미소를 띠면서 말했다. "나는 내가 옳다는 것을 알고 있었기 때문에 잠자코 있었습니다. 그렇지 않습니까, 백작? '뭐야, 넌 벙어리냐, 응?' 하고 황태자는 호통치셨죠. 그래도 나는 잠자코 있었습니다. 그래서 결국 어떻게 되었을 것 같습니까, 백작? 다음날이 되자 명령에 그런 지적은 한마디도 없었습니다. 당황하지 않는다는 것은 바로 이런 것입니다. 그렇습니다, 백작." 파이프를 물고 고리 같은 연기를 뿜어내면서 베르그는 이야기를 맺었다.

"정말 굉장하군요." 로스토프는 웃으면서 말을 받았다.

그러나 보리스는 로스토프가 베르그를 비아냥거리려는 것을 알아채고 교묘하게 화제를 돌렸다. 그는 로스토프에게 어디서 어떻게 부상을 당했느냐고 물었다. 로스토프는 이 물음이 마음에 들었으므로 차차 신이 나서 이야기했다. 그는 쇤그라벤에서 있었던 전투에 대해, 전투에 참가한 사람들이 당시 상황을 이야기할 때 흔히 말하는 식으로, 말하자면 남한테서 들은 일이며 이렇게 되었으면 하고 자신이 바랐던 일들까지 그대로, 될 수 있는 한 재미있게 이야기했지만, 그것은 사실과는 전혀 다른 것이었다. 로스토프는 정직한 젊은이라서 결코 의도적으로 거짓말을 할 리 없었다. 그는 사실대로 이야기할 생각이었으나, 자기도 모르는 사이에 불가항력적으로 거짓말로 빠져버린 것이었다. 한편 듣는 사람 쪽도 벌써 여러 번 공격에 관해 들어왔던 터라 공격이 어떤 것이라는 일정한 관념을 갖게 되어, 로스토프에게도 그것과 마찬가지 이야기를 기대하고 있었기 때문에, 만약 로스토프가 사실만 이야기했다면 그들은 믿지 않았거나, 아니면 보통 기병의 공격에 대해 이야기하는 사람들과 똑같은 일을 경험하지 않았다는 것은 뭔가 로스토프에게 허물이 있어서라고 생각했을지도 모른다. 어쨌든 그는 전군이 구보로 말을 달리는 동안 자기가 말에서 떨어져 손을 다치고 급기야 프랑스병에게 쫓겨 숲속으로 도망쳤다고는 선뜻 이야기할 수 없었다. 그뿐만 아니라 사실 그대로를 이야기하기 위해서는 있었던 일만 이야기하도록 자신을 억제하지 않으면 안 되었다. 사실 그대로를 이야기하는 것은 참 어려운 일이며, 이것을 할 수 있는 젊은 사람은 드물다. 듣는 사람들은 로스토프가 어떻게 자신마저 잊고 불타올랐고, 어떻게 폭풍처럼 방진으로 돌진했는지, 어떻게 적병들 사이를 뚫고 들어가 종횡무진 베었는지, 사브르로 그들을 고기 베듯 죽이는 기분이 어땠고, 마침내 어떻게 기진맥진해서 쓰러졌는지 듣기를 기대했다. 그래서 그도 그들에게 그렇게 이야기했다.

이야기 도중 그가 "공격할 때 얼마나 묘하고 미칠 것 같은 기분이 드는지 당신들은 모를 거야"라고 말했을 때, 보리스가 기다리고 있던 안드레이 볼콘스키 공작이 방으로 들어왔다. 젊은 사람들에게 보호자가 되어주는 것을 좋아하는 안드레이 공작은 남이 자기에게 도움을 청하는 것에 우쭐했고, 어제 그의 환심을 사는 데 성공한 보리스에게도 호감을 느끼고 이 젊은이의 청을 들어주기 위해 찾아온 것이었다. 쿠투 조프의 서류를 전달하기 위해 황태자에게 파견된 안드레이 공작은 보리스가 혼자 있길 바라면서 이 젊은이의 숙사에 들렀다. 그러나 방에 들어서자 전쟁 이야기에 열중한 전선 부대의 경기병이 눈에 띄었으므로(안드레이 공작이 아주 싫어하는 부류에 속했다) 그는 보리스에게 부드러운 미소를 보낸 뒤 로스토프를 향해 얼굴을 찌푸리고 눈을 가늘게 뜨면서 가볍게 인사하고는 지쳐서 힘든 듯이 소파에 앉았다. 그는 시시한 패와 마주친 것이 불쾌했다. 로스토프는 그것을 알아채고 발끈했다. 그러나 어차피 남이니까, 아무래도 상관없었다. 하지만 언뜻 보리스 쪽을 쳐다보았다가 그 역시 전선 부대의 경기병인 자기를 부끄럽게 생각하고 있다는 것을 알게 되었다. 사람을 깔보는 듯한 불쾌한 태도를 보인 것은 안드레이 공작인데다, 그도 분명 속해 있을 이런 사령부 부관들에 대해 실전에 참가하고 있는 전선 부대 군인으로서 멸시감을 품고 있었음에도 불구하고, 로스토프는 왠지 부끄러운 느낌이 들어 얼굴을 붉히면서 입을 다물고 말았다. 보리스는 사령부에 새로운 소식은 없는지 물었고, 실례가 되지 않는다면, 하고 말한 뒤 아군의 예정에 대해 들은 얘기가 없는지도 물었다.

"아마, 전진할 겁니다." 낯선 이들 앞에서 더이상 얘기하고 싶지 않은 듯이 볼콘스키는 대답했다.

베르그는 이 기회를 놓치지 않고 유달리 정중한 태도로, 소문대로 이번에 전선 부대의 중대 지휘관들에게 이전보다 배나 되는 마량비가 지급되느냐고 물었다. 안드레이 공작은 그런 중대한 국가 지령에 대해서는 말할 수 없다고 웃으면서 대답했고, 베르그도 기쁜 듯이 소리내어 웃었다.

"당신 일은," 안드레이 공작은 다시 보리스에게 얼굴을 돌리고 말했다. "나중에 이야기합시다." 그리고 그는 로스토프를 돌아보았다. "열병식이 끝나면 나를 찾아와주시오. 할 수 있는 일은 하겠습니다."

그는 방안을 둘러보고 다시 로스토프를 돌아보았다. 그리고 숨겨지지 않는 어린애 같은 당혹감을 악의로 바꾸고 있는 로스토프에게는 아랑곳하지 않고 말했다.

"당신은 쇤그라벤 전투에 대해 이야기하고 있었죠? 당신도 그 전투에 참가했습니까?"

"저는 거기 있었습니다." 로스토프는 마치 이 말로 부관을 모욕하려는 듯이 퉁명스럽게 말했다.

볼콘스키는 경기병의 심정을 알아챘지만, 그것이 도리어 재미있게 느껴졌다. 그는 슬며시 경멸하는 미소를 지었다.

"그래요! 그 전투에 대해서는 지금 한창 말이 많죠!"

"네, 말이 많습니다!" 갑자기 광분한 눈빛이 되어 보리스와 볼콘스키를 번갈아 보면서 로스토프는 큰 소리로 말하기 시작했다. "그렇습니다, 한창 말이 많습니다. 그러나 우리의 이야기는 적의 포화 속을 뚫고 온 자의 이야기입니다. 우리의 이야기에는 무게가 있습니다. 아무것도 하지 않고 포상을 받는 사령부 풋내기들의 이야기와는 다릅니다."

"나 역시 그런 족속이라고 생각하는 겁니까?" 유달리 유쾌한 미소를 띠고 안드레이 공작은 침착하게 말했다.

분노와 함께 이 인물의 침착한 태도에 대한 기묘한 존경의 감정이 로스토프의 마음속에서 하나로 뒤섞였다.

"딱히 당신을 두고 말한 것은 아닙니다." 그는 말했다. "나는 당신을 알지 못하고, 사실 알고 싶지도 않습니다. 나는 일반적인 사령부 사람들에 대해 말한 겁니다."

"나는 당신에게 이 말만을 해두겠습니다." 목소리에 침착한 권위를 실으며 안드레이 공작은 말했다. "당신은 나를 모욕하고 싶어하고, 그것이 매우 손쉬운 일이라는 당신의 생각에 나도 동의하지만, 그것은 당신이 장래에 자신에 대해 충분한 경의를 가지지 않아도 상관없는 때나 할 수 있는 이야기입니다. 그러나 당신도 잘 알겠지만, 그것을 하기에는 때와 장소의 선택이 다소 좋지 않았습니다. 머지않아 우리는 모두 더 크고 더 치열한 결전에 나가지 않으면 안 되니까요. 게다가 내용모가 안타깝게도 당신 마음에 들지 않는 것이, 당신의 오랜 친구라는 드루베츠코이의 잘못은 아닙니다. 그러나," 그는 일어서면서 "당신은 내 성을 알고 있고, 내가 어디에 있는지도 알고 있습니다. 그러나 이것만은 잊지 마십시오"라고 덧붙였다. "나는 나 자신도, 당신도 모욕을 당했다고는 생각하지 않습니다. 연장자로서 충고합니다만, 이 일은 이대로 흔적 없이 흘려보내는 게 좋습니다. 그럼 금요일 열병식이 끝난 뒤에 기다리고 있겠습니다, 드루베츠코이, 그럼 이만!" 안드레이 공작은 큰 소리로 말하고 두 사람에게 인사하고 나가버렸다.

로스토프가 뭔가 대꾸해야 한다고 깨달았을 때는 이미 그가 나가버린 뒤였다. 그래서 그는 더욱 화가 치밀었다. 로스토프는 곧 말을 끌고 오라고 명령하고, 보리스와 무뚝뚝하게 작별한 뒤 숙사로 돌아갔다. 내일이라도 본부로 가서 그 거만한 부관에게 결투를 청해야 할 것인가, 아니면 정말 이대로 흘려보내야 할 것인가 하는 문제가 돌아오는 내내 그를 괴롭혔다. 몸집이 작고 약해 보이지만 자신만만한 그 인간이 자기 권총 밑에서 겁에 질린 꼴을 보면 얼마나 통쾌할까 하고 적의에 차서 생각하기도 하고, 한편으로는 그 미운 부관만큼 친구로 삼고 싶은 사람이 자기가 아는 사람 중에는 한 사람도 없다는 것을 깨닫고 놀라기도 했다.

8

보리스와 로스토프가 만난 다음날, 오스트리아군과 러시아군의 열병식이 있었다. 러시아군은 새로 본국에서 온 군대와 쿠투조프와 함께 전투에서 돌아온 군대까지 모두 열병식에 참가했다. 두 황제, 즉 왕위 계승자인 황태자를 대동한 러시아 황제, 대공을 거느린 오스트리아 황제가 8만 연합군을 열병하는 것이었다.

말쑥하고 단정하게 잘 차려입은 군대는 요새 앞의 연병장에 정렬하면서 이른 아침부터 행동을 개시했다. 보병대는 기를 펄럭이고, 수천 개의 발과 총검을 움직이고, 장교의 호령에 멈추기도 하고 방향을 바꾸기도 하고 다른 제복을 입은 같은 규모의 보병 집단을 우회하기도 하면서 일정한 간격을 두고 정렬했다. 파랑, 빨강, 초록의 수가 놓인 화려한 제복 차림의 기병대는 검은색, 밤색, 회색 말에 올라타 자수로 가득한 제복 차림의 군악대를 선두로 말굽 소리와 무기 부딪치는 소리를 울리면서 질서 있게 나아갔다. 반짝반짝하게 닦인 대포가 포차 위에서 흔들거리며 구리 특유의 소리를 내고, 화약 냄새를 풍기는 포병대는 기병대와 보병대 사이로 길게 행진하여 지정된 위치에 자리를 잡았다. 벌게진 목을 높은 깃으로 받치고 굵거나 가는 허리를 힘껏 잡아매고 수장과 훈장을 주렁주렁 매단 대례복을 입고 장식대를 두른 장군들, 머리에 포마드를 잔뜩 바르고 한껏 치장한 장교들, 또한 말끔히 씻고 면도한 산뜻한 얼굴에 윤이 날 정도로 잘 손질한 무기를 든 병졸들부터 공단처럼 반짝이는 가죽과 젖은 갈기가 가지런히 빗질된 말들에 이르기까지, 모두들 예사롭지 않고 뜻깊고 장엄한 일이 이루어지고 있다는 것을 느끼고 있었다. 장군이든 병사든 이 인간의 바다 속에서는 모래알이나 마찬가지인 자신의 미미함을 느꼈으나, 그러면서도 이 거대한 전체의 일부라고 생각하면서 자신의 위력을 느꼈다.

이른 아침부터 긴장된 분주한 움직임과 노력이 시작되어 열시에는 모든 것이 정해진 질서대로 정돈되었다. 대연병장에는 수많은 대열이 섰다. 전군은 세 줄로 길게 뻗었다. 앞에는 기병, 그 뒤에 포병, 더 뒤에는 보병 순이었다.

각 병종의 부대 사이에는 마치 길이 나 있는 것 같았다. 세 부분으로 갈라진 군대는 색으로 뚜렷이 구별되었다. 쿠투조프의 전투 부대(우익의 가장 앞줄에 파블로그라드스키 연대가 서 있었다), 러시아에서 새로 도착한 일반 사단과 근위 사단의 각 연대, 그리고 오스트리아의 군대였다. 그러나 모든 병사가 같은 지휘관, 같은 군규 아래, 같은 선 위에 정렬해 있었다.

"오신다! 오신다!" 흥분된 속삭임이 나뭇잎 사이를 스치는 바람처럼 지나갔다. 그러자 놀란 목소리가 들리고 마지막 준비를 하는 혼란의 물결이 전군 위를 줄달음쳐 지나갔다.

올뮈츠 앞쪽으로 접근해 오는 무리가 나타났다. 바람이 없는 날이었으나 이때 미풍이 전군 위로 불어, 깃대에 매달린 늘어진 군기와 창에 달린 작은 기를 살짝 흔들었다. 마치 군대가 이 가벼운 움직임으로 황제들이 접근한 기쁨을 표현하는 것 같았다. 하나의 목소리가 울려퍼졌다. "차렷! 차렷!" 이윽고 새벽에 닭들이 우는 것처럼 이 소리가 여기저기서 되풀이되었다. 그리고 완전히 조용해졌다.

죽음과 같은 정적 속에 말굽 소리만 울렸다. 두 황제의 호종들이었다. 두 황제가 측면으로 다가오자 〈장군 행진곡〉을 연주하는 제1 기병 연대의 나팔들이 울리기 시작했다. 그것은 나팔수들이 부는 것이 아니라 군대가 황제의 접근을 기뻐하면서 자연스럽게 내는 소리 같았다. 이 울림 속에서 알렉산드르 황제의 젊고 부드러운 음성만이 또렷하게 들렸다. 그가 인사말을 하자, 제1연대가 "우라!" 하고 외쳤다. 귀가 먹먹할 만큼 길게 이어지는 기쁨의 함성은 병사들도 자기들이 이루고 있는 이 대집단의 규모와 위력에 아연해질 정도였다.

로스토프는 황제가 처음 다가간 쿠투조프군의 앞렬에 서 있었는데, 그 순간 전군의 한 사람 한 사람이 느낀 것과 똑같은 감정을 느끼고 있었다. 그것은 이 순간의 위력을 의식하는 자랑스러움과 이 장엄함의 원천인 사람에 대한 열광적인 애착이라는 무아의 감정이었다.

그는 이 대집단 전체(로스토프도 그것에 결부되어 있는 하잘것없는 한 알의 모래알에 불과했다)가 물과 불 속으로 몸을 던지는 것도, 범죄와 죽음과 위대한 영웅적 행위에 뛰어드는 것도, 오직 이 사람의 한마디에 달려 있음을 느꼈고, 그래서인지 바야흐로 다가오고 있는 이 한마디 앞에서 그는 전율하고 숨죽이지 않을 수 없었다.

"우라! 우라! 우라!" 하는 소리가 사방에서 울려퍼지고 각 연대는 잇달아 처음에는 〈장군 행진곡〉, 다음에는 "우라!"로 황제를 맞았다. 〈장군 행진곡〉과 또다시 "우라! 우라!!"가 더 힘차게 더 커지면서 하나로 합쳐져 마침내 귀가 먹을 것처럼 진동했다.

아직 황제가 다가오지 않은 연대들은 한결같이 침묵하고 부동자세를 취하고 있었기 때문에 생명이 없는 육체처럼 보였지만, 황제가 다가오면 연대는 갑자기 활기를 띠고 황제가 이미 지나온 부대의 규호에 합세해 우라 소리를 진동시켰다. 귀가 먹을 것 같은 엄청난 함성에 싸여 네모꼴을 유지한 채 화석처럼 꿈쩍도 하지 않는 대집단의 한복판을 되는대로, 그러나 균형을 이루면서, 그리고 무엇보다 자유롭게, 말을 탄 수백 명의 호종이 움직여 가고, 그들 선두에서 두 황제가 말을 몰고 있었다. 대집단의 절제된 열렬한 관심이 온통 이 두 사람에게 쏠리고 있었다.

젊고 아름다운 알렉산드르 황제는 근위 기병 제복 차림에 삼각모를 비스듬히 쓰고 그 보기 좋은 얼굴과 그다지 크지 않은 목소리로 모두의 주의를 끌었다.

로스토프는 나팔수들 가까이 서 있었는데 먼발치에서 황제의 모습을 날카로운 눈으로 알아보고, 다가오는 모습을 지켜보고 있었다. 황제가 스무 걸음 정도 앞까지 다가와 그 훌륭하고 아름답고 젊고 행복한 듯한 얼굴을 세부까지 또렷이 알아볼 수 있게 되었을 때, 니콜라이는 일찍이 경험한 적이 없는 애정과 감격을 맛보았다. 그 이목구비, 움직임 하나하나, 황제의 모든 것이 아름답게 느껴졌다.

파블로그라드스키 연대 앞에 말을 멈춘 황제는 오스트리아 황제에게 프랑스어로 무엇인가 말하고 미소지었다.

그 미소를 보고 로스토프는 자기도 모르게 미소를 지었고, 황제에 대한 애정이 더욱 세차게 솟구치는 것을 느꼈다. 어떻게든 황제에 대한 애정을 표현하고 싶었다. 그러나 그것이 불가능하다는 것을 알기에 그는 울고 싶었다. 황제는 연대장을 불러 몇 마디 건넸다.

'아아! 만약 폐하께서 말을 걸어주신다면 나는 어떨까!' 로스토프는 생각했다. '아마 행복에 겨워 죽을지도 모른다.'

황제는 장교들에게도 말을 걸었다.

"여러분 모두에게 (황제의 한마디 한마디가 로스토프에게는 천상의 울림처럼 들렸다) 충심으로 감사한다."

만약 지금, 자신의 황제를 위해 죽을 수 있다면, 로스토프는 얼마나 행복할 것인가!

"그대들에게 게오르기 군기가 수여되었다. 앞으로도 그 이름에 부끄럽지 않도록 하라."

'죽을 수 있다면, 그저 그분을 위해서 죽을 수 있다면!' 로스토프는 생각했다.

황제는 또 무슨 말인가 했으나 로스토프는 알아들을 수 없었고, 병사들은 가슴을 펴고 "우라!" 하고 외쳤다.

로스토프도 안장 위에 몸을 굽히고 있는 힘껏 외쳤다. 그는 외치면서 자기의 몸 같은 건 망가져버려도 좋다, 황제에 대한 이 환희를 속속들이 표현할 수만 있다면, 하고 생각했다.

황제는 경기병들 앞에서 주저하듯이 몇 초 동안 서 있었다.

'폐하께 어찌 주저함이 있을 수 있을까?' 하고 로스토프는 생각했으나, 이윽고 이것까지도 황제의 다른 모든 행동과 마찬가지로 장엄하고 매력적으로 느껴졌다.

황제의 주저는 한순간뿐이었다. 유행하는 볼이 좁고 끝이 뾰족한 장화를 신은 발이 영국풍으로 꼬리를 짧게 자른 밤색 암말의 허벅지에 닿았다. 황제는 하얀 장갑을 낀 손으로 고삐를 당겼고, 질서 없이 바다처럼 물결치는 부관들의 배웅을 받으며 움직이기 시작했다. 차례차례 다른 연대 옆에서도 멈췄다가 황제는 차츰 멀어져가고 마침내 모자의 하얀 털 장식만 황제를 에워싼 호종들 너머로 로스토프의 시야에 들어왔다.

로스토프는 막료들 속에서 성가신 듯이 축 처져서 말을 타고 있는 볼콘스키를 보았다. 그는 어제 그와의 말다툼을 상기했고, 그에게 결투를 청해야 할 것인가 하지 말아야 할 것인가 하는 문제가 머리에 떠올랐다…… '물론 그런 짓을 할 필요는 없다' 하고 지금의 로스토프는 생각했다. '게다가 지금 같은 순간에 그런 일을 생각하거나 이야기할 가치가 있는 걸까? 사랑과 감격과 자기희생을 느끼고 있는 이 순간에 우리의 논쟁이니 모욕이니 하는 것이 무슨 의미가 있단 말인가? 나는 지금 만인을 사랑한다. 만인을 용서한다' 하고 로스토프는 생각했다.

황제가 거의 모든 연대를 돌고 나자, 각 부대는 의식 행진을 하며 그를 지나쳐 가기 시작했고, 로스토프는 데니소프에게서 새로 산 베두인을 타고 자기 중대의 연결점, 즉 완전히 혼자 떨어져 황제의 눈에 띄는 곳에서 행진했다.

승마에 능숙한 로스토프는 황제 앞에 가기 조금 전에 두 번 박차를 가해, 베두인이 흥분해서 더욱 빠른 구보로 바꿀 정도로 행복하게 말

을 몰았다. 베두인은 자기를 향한 황제의 시선을 느끼기라도 한 듯 거
품투성이 코를 가슴팍에 대고 꼬리를 올리며, 마치 땅을 밟지 않고 하
늘을 나는 듯한 기세로 발을 우아하게 높이 들어 번갈아 디디면서 달
려 지나갔다.

로스토프도 두 다리를 젖히고 배를 조이고 말과 한몸이 된 것처럼
느끼면서, 눈살을 찌푸리긴 했으나 행복해 보이는 얼굴, 데니소프가
말하는 이른바 악마의 낯을 하고 황제 옆을 통과했다.

"파블로그라드스키 연대는 용사들만 모였군!" 황제가 말했다.

'아아! 만약 폐하께서 지금 당장 불속으로 뛰어들라고 명하신다면
나는 얼마나 행복할까.' 로스토프는 생각했다.

열병식이 끝나자 새로 도착한 장교들과 쿠투조프 휘하의 장교들이
떼를 지어 모여들어 포상이니 오스트리아군이니 그들의 제복이니 전
선이니 보나파르트에 대해 이야기하기 시작했다. 특히 에센* 군단까지
도착하고, 프로이센이 아군의 편을 든다면 보나파르트도 큰코다치게
될 거라고 떠들어댔다.

그러나 어느 그룹에서나 알렉산드르 황제에 대한 이야기가 가장 많
이 나왔는데, 모두가 황제의 한마디 한마디, 일거일동을 서로에게 전
하면서 감격스러워했다.

모두는 한시라도 빨리 황제의 지휘하에 적진으로 진군하고 싶은 생각
뿐이었다. 황제의 지휘를 직접 받는다면 상대가 누구든 이기지 못할 리
없다고, 열병 후 로스토프를 비롯한 장교 대부분은 생각했다.

---

*I. N. 에센(1759~1813). 러시아 장군.

열병 후에 누구라 할 것 없이 모두가, 두 차례 전투에 승리했을 때보다 더 강하게 승리를 확신하고 있었다.

9

열병식 다음날 보리스는 가장 좋은 제복을 입고 동료 베르그에게서 성공을 빈다는 말과 함께 전송을 받으며 올뮈츠의 볼콘스키를 찾아갔다. 볼콘스키의 호의를 이용해 최대한 유리한 지위를 얻기 위해서였는데, 그 지위란 주요한 인물의 부관이 되는 것으로 그는 그것을 군대에서도 특히 매력적인 자리라 여기고 있었다. '아버지가 1만 루블이나 부쳐주는 로스토프라면 누구에게도 고개 숙이지 않겠다느니, 누구의 하인이 되고 싶지 않다느니 하는 배부른 소리를 할 수 있지만, 나처럼 믿을 게 머리밖에 없는 인간은 스스로 출세할 길을 찾으며 온갖 기회를 놓치지 말고 이용해야 한다.'

이날 그는 올뮈츠에서 안드레이 공작을 만나지 못했다. 그러나 총사령부와 외교단이 주재하고, 두 황제 폐하를 비롯한 각료들, 즉 조신들과 측근들이 거주하는 올뮈츠 시가의 모습을 보자 이 상류사회의 일원이 되고 싶은 열망이 더욱 강렬해졌다.

그는 아는 사람이 아무도 없었고, 화려한 근위복을 입고 왔지만, 깃털 장식이며 수장이며 훈장을 달고 멋진 마차로 거리를 오가는 상류사회 사람들은 조신이건 군인이건 할 것 없이 보리스 같은 한낱 근위 장교 따위는 인정해주지 않을뿐더러, 인정할 수도 없을 정도로 모두 그와는 비교도 되지 않는 높은 데 있는 것 같았다. 그는 총사령관 쿠투조프의 숙사에서 볼콘스키에게 면회를 청했으나, 거기 있는 부관들은 말할 것도 없고 병졸들까지도 너 같은 장교는 쓸어내야 할 만큼 여기로 꾸역꾸역 몰려들고 있기 때문에 넌더리가 난다고 알려주려는 듯이 보리스를 위아래로 훑어보았다. 그럼에도 불구하고, 아니 그랬기 때문에 도리어 자극을 받아 그 이튿날인 15일 점심을 마치고 그는 또다시 올뮈츠로 나가 쿠투조프의 숙사에서 볼콘스키에게 면회를 청했다. 안드레이 공작은 숙사에 있었고, 보리스는 본디 무도실이었던 것 같지만 지금은 침대 다섯 개와 탁자나 의자 등의 가구, 클라비코드가 놓여 있는 큰 홀로 안내되었다. 문 바로 옆에 있는 부관은 페르시아풍의 가운을 입고 책상 앞에 앉아 뭔가를 쓰고 있었다. 또다른 부관인 얼굴이 붉고 몸이 뚱뚱한 네스비츠키는 두 손을 머리에 괴고 침대에 누워 옆에 앉은 장교와 담소하고 있었다. 또 한 사람은 클라비코드로 빈왈츠를 연주하고, 다른 한 사람은 클라비코드 위에 누워 가락을 흥얼거리고 있었다. 볼콘스키는 없었다. 이들은 보리스를 보았지만 아무도 자세를 바꾸지 않았다. 보리스가 뭔가를 쓰고 있던 부관에게 묻자 그는 못마땅한 듯이 돌아보면서, 볼콘스키는 오늘 당직이니까 만나고 싶으면 왼쪽 문을 통해 응접실로 가보라고 했다. 보리스는 고맙다고 인사하고 응접실로 갔다. 응접실에는 장교와 장군이 열 명가량 있었다.

보리스가 들어갔을 때 안드레이 공작은 경멸하는 듯이 실눈을 뜨고 (이것이 직무만 아니라면 단 일 분도 당신과 말을 섞지 않을 거라고 분명하게 말하는 듯이 정중하면서도 피곤해하는 듯한 독특한 표정으로) 훈장을 잔뜩 단 러시아 노장군의 말을 듣고 있었다. 노장군은 거의 발끝으로 선 듯한 부동자세로 검붉은 얼굴에 아첨하는 사병 같은 표정을 짓고 안드레이 공작에게 무엇인가 보고하고 있었다.

"아주 좋습니다. 잠깐 기다려주십시오." 그는 모욕적인 말을 하고 싶을 때 쓰는, 프랑스식으로 발음하는 러시아어로 장군에게 말했고, 보리스를 보자 장군은 더이상 상대하지 않고(좀더 들어달라고 간청하듯 장군이 그를 뒤따라 달려왔지만) 유쾌한 미소를 띠고 고개를 끄덕이면서 보리스 쪽으로 돌아섰다.

보리스는 이 순간, 전부터 예감했던 것을 역력히 깨달았는데, 그것은 군규에 명기되어 있고 연대 사람들을 비롯해 그 자신도 잘 알고 있는 계급과 규율 외에 군대에는 또다른, 보다 본질적인 계급이 있다는 것으로, 이 계급이야말로 제복을 잔뜩 졸라매듯 입은 검붉은 얼굴의 장군으로 하여금 일개 대위에 불과한 안드레이 공작이 자기의 편의를 위해 소위보인 드루베츠코이와 이야기하는 동안 공손한 태도로 기다리지 않을 수 없게 하는 것이었다. 보리스는 자기도 앞으로는 군규에 있지 않은 이 불문율의 계급에 따라 근무하리라고 전보다 더욱 굳게 결심했다. 그는 지금 안드레이 공작에게 소개되었다는 것만으로도, 다른 경우나 일선에서라면 나뭇잎처럼 날려갈 수밖에 없는 자기 같은 근위대 소위보가 이 장군보다 우위에 있는 것처럼 느껴졌다. 안드레이 공작이 다가와 그의 손을 잡았다.

"어제는 만나지 못해서 대단히 유감이었습니다. 나는 어제 온종일 독일 사람들과 뛰어다녔습니다. 바이로터와 작전 계획*을 협의하러 갔

---

* 아우스터리츠 전투 계획을 말함.

었지요. 정말 독일 사람들은 정확한 점에서는 끝이 없어요!"

보리스는 안드레이 공작이 이미 누구나 다 아는 사실이라는 듯이 암시하는 것을 잘 알고 있다는 듯이 미소지었다. 그러나 그는 바이로터라는 성은 고사하고 작전 계획이란 말조차 처음 듣는 것이었다.

"그건 그렇고, 당신은 지금도 부관이 되기를 원합니까? 나는 그동안 당신 일을 생각하고 있었습니다."

"네, 실은, 저는," 왜 그런지 자기도 모르게 얼굴을 붉히면서 보리스는 말했다. "총사령관께 부탁드려보는 것이 어떨까 했습니다. 각하께서 쿠라긴 공작이 저에 대해 쓴 편지를 받으셨거든요. 제가 부탁드리고 싶었던 까닭은," 그는 변명하듯 덧붙였다. "근위 사단은 실전에 참가할 것 같지 않기 때문입니다."

"좋아요, 좋습니다! 모든 걸 잘 상의해봅시다." 안드레이 공작은 말했다. "그런데 잠깐, 저분이 찾아온 것을 잠깐 보고하고 와도 되겠습니까? 그러면 나는 온전히 당신 차지가 될 겁니다."

안드레이 공작이 검붉은 얼굴의 장군이 온 것을 보고하러 간 동안, 불문율의 계급의 이득에 대해 보리스와는 다른 생각을 가진 듯한 이 장군이 부관과의 대화를 방해한 뻔뻔한 소위보를 뚫어지게 노려보았기 때문에 보리스는 어쩐지 어색해졌다. 보리스는 그를 외면한 채 안드레이 공작이 총사령관의 집무실에서 돌아오기를 초조하게 기다렸다.

"실은 말입니다, 난 이렇게 했으면 합니다." 그들이 클라비코드가 있는 큰 홀로 들어갔을 때 안드레이 공작은 말했다. "당신이 총사령관을 찾아갈 건 없어요." 그는 말했다. "그야 각하께서는 갖은 친절을 베풀고 식사에 초대하실 겁니다('그것도 그 불문율의 계급에 따라 근무한다는 점에서 볼 때 나쁠 게 없지 않은가' 하고 보리스는 생각했다).
그러나 그 밖에 기대할 건 아무것도 없습니다. 우리 같은 부관이나 전
령은 금방이라도 일개 대대를 편성할 수 있을 만큼 많으니까요. 이렇
게 해보면 어떻겠습니까? 나한테 좋은 친구가 있는데, 시종무관장으로
있는 돌고루코프 공작이라는 훌륭한 사람입니다. 당신은 잘 모르겠지
만 요컨대 지금 쿠투조프 장군이나 그의 막료들이나 우리에게는 아무
런 실권이 없습니다. 현재 모든 실권은 황제에게 집중되어 있기 때문
입니다. 그러니 지금 나와 함께 돌고루코프 공작에게 가보는 게 어떻
습니까? 나는 그에게 볼일이 있고, 이미 그에게 당신 이야기를 해두었
습니다. 그러고 나서 지켜봅시다. 돌고루코프 공작이 당신을 자기 옆
에 둘지, 아니면 태양 가까운 데로 주선하겠다고 할지."

안드레이 공작은 젊은 사람을 지도해서 처세상의 성공을 도울 상황
이 되면 언제나 무척 활기를 띠었다. 타고난 오만한 성격 때문에 자신
은 절대 이러한 도움을 받으려 하지 않지만 남을 돕는다는 구실로 그
는 내심 늘 자기 마음이 끌리는 사회, 자기에게 성공을 가져다줄 듯한
사회에 몸을 두고 있었다. 그래서 그는 아주 기꺼이 보리스의 일을 떠
안고, 함께 돌고루코프 공작에게 갔다.

그들이 두 나라 황제와 그 측근들이 있는 올뮈츠의 궁전에 들어간
것은 이미 밤이 늦은 시각이었다.

마침 이날은 군사회의가 있어서 두 황제를 비롯해 군사위원회 의원
전원이 출석했다. 이 회의에서 노인들, 즉 쿠투조프 장군과 슈바르첸
베르크 공작*의 의견에 반해, 즉각 공격을 개시하여 보나파르트와 일
대 결전을 벌인다는 결정이 내려졌다. 안드레이 공작이 보리스와 함께

돌고루코프 공작을 만나러 궁전에 들어갔을 때는 군사회의가 막 끝났을 때였다. 총사령부 사람들은 젊은 세력의 승리로 끝난 오늘 군사회의가 준 감명에 도취되어 있었다. 아직은 공세를 취하지 말고 좀더 기다려보자고 했던 신중파의 목소리는 만장일치로 말살되었고, 그들의 논거는 의심의 여지도 없는 공격 유리론의 증명에 보기 좋게 뒤집혔다. 그래서 회의에서 논의된 것, 즉 미래의 결전과 의심의 여지도 없는 아군의 승리는 벌써 미래가 아니라 과거의 일처럼 생각될 정도였다. 유리한 점은 모두 아군 쪽에 있었다. 분명 나폴레옹의 군세를 훨씬 능가하는 거대한 병력이 한곳에 집결되어 있었고, 군은 두 황제의 왕림으로 사기가 충천하고 전투를 열망하고 있었다. 활동의 무대가 될 전술상의 지점은 전군을 통솔하는 오스트리아의 바이로터 장군이 상세한 부분까지 샅샅이 알고 있었다(마치 행운의 신이 도와주기라도 하는 것처럼, 오스트리아군은 이번에 프랑스군과 싸움을 벌일 바로 그 들에서 지난해에 기동 훈련을 했던 것이다). 따라서 이곳 지형은 아주 세세한 데까지 이미 파악되었고, 지도에도 전사되어 있었고, 게다가 보나파르트는 분명 힘이 꺾인 듯 달리 어떤 일을 획책하고 있는 것 같지 않았다.

가장 열렬한 공격 찬성파의 한 사람인 돌고루코프 공작은 방금 회의를 마치고 돌아온 터라 녹초가 되어 있었지만, 자기 쪽의 승리에 활기를 띠고 득의에 차 있었다. 안드레이 공작은 자기가 돕고 있는 장교를 그에게 소개했지만, 돌고루코프 공작은 보리스의 손을 정중하게 꽉 잡

---

* K. Ph. 슈바르첸베르크 크루마우스키(1771∼1820). 오스트리아 원수.

앉을 뿐 말 한마디 건네지 않았고, 이 순간 자기 마음을 사로잡고 있는
것을 말하지 않고는 배길 수 없다는 듯이 안드레이 공작에게 프랑스어
로 말하기 시작했다.

"아, 친애하는 공작, 우리는 격전을 치르고 돌아왔습니다! 이 논쟁
의 결과가 될 실전에서도 승리가 따라주길 바랄 뿐입니다. 그런데, 친
애하는 공작," 그는 더듬거리지만 활기찬 어조로 말했다. "나는 오스
트리아군에 대해서, 특히 바이로터에 대한 내 판단이 잘못됐었다는 것
을 인정하지 않을 수 없습니다. 어쩌면 그렇게 정확하고, 세밀하고, 지
형 지식이 풍부하고, 게다가 온갖 가능성과 조건, 세세한 점에 이르기
까지 그토록 선견지명이 있을까요! 아니, 친애하는 공작, 지금 우리가
가진 조건보다 더 유리한 조건은 생각해내려고 해도 도저히 생각해낼
수 없을 정도입니다. 오스트리아군의 정확성에 러시아군의 용맹이 합
쳐졌으니 그 이상 무엇이 필요하겠습니까?"

"친애하는 공작, 그럼 마침내 공격이 결정된 겁니까?" 볼콘스키는
물었다.

"그런데 보나파르트는 눈에 띄게 망연자실해 있는 것 같더군요. 아
십니까, 오늘 황제 폐하께 그의 편지가 도착했습니다." 돌고루코프는
의미심장한 미소를 지었다.

"그래요? 뭐라고 쓰여 있었습니까?" 볼콘스키는 물었다.

"무얼 쓸 수 있겠습니까? 이러쿵저러쿵 늘어놓고 있지만 모두 시간
을 끌려는 수작에 불과합니다. 나는 말해둡니다만, 그는 이미 우리 손
아귀에 들어온 것이나 다름없습니다, 확실합니다! 그런데 무엇보다 우
스운 것은," 갑자기 선량한 웃음을 터뜨리며 그는 말했다. "답서에 그

의 칭호를 뭐라 써야 할지 도무지 모르겠단 겁니다. 집정이 아니라면, 물론 황제도 아니며, 그래서 나는 보나파르트 장군이 적당하다고 생각했습니다."

"하지만 황제로 인정하지 않는 것과 보나파르트 장군이라고 부르는 것은 조금 차이가 있는데요." 볼콘스키는 말했다.

"바로 그겁니다" 하고 웃으면서 돌고루코프는 재빨리 가로막았다. "당신도 알고 있는 그 빌리빈이, 무척 현명한 그가 이런 직명을 제안했습니다, '찬탈자이자 인류의 적에게'."

돌고루코프는 유쾌하게 웃어댔다.

"그것뿐입니까?" 볼콘스키가 물었다.

"아무튼 빌리빈이 딱 들어맞는 직명을 생각해냈죠. 참으로 기지가 있는 현명한 사람이에요……"

"뭔데 그러십니까?"

"프랑스 정부의 원수. 프랑스 정부의 원수*chef*에게라고 말입니다." 돌고루코프 공작은 만족스러운 듯 진지하게 말했다. "어떻습니까, 훌륭하지 않습니까?"

"좋군요, 보나파르트에게는 전혀 마음에 들지 않겠지만요." 볼콘스키는 대답했다.

"네, 그야 물론! 내 형님이 그를 알죠. 형님은 파리에서 한 번도 아니고 여러 번 그와, 즉 지금의 프랑스 황제와 식사를 했습니다. 형님은 그자보다 더 세련되고 교활한 외교가는 본 적이 없다고 말하더군요. 말하자면 프랑스식 기민함과 이탈리아식 배우 기질을 겸비하고 있답니다. 당신은 그와 마르코프 백작*의 일화를 알고 있습니까? 그와 맞상대할 수 있는 사람은 마르코프 백작뿐이었습니다. 손수건 사건을 아십니까? 그건 정말 걸작입니다!"

이야기하기를 좋아하는 돌고루코프는 보리스와 안드레이 공작을 번갈아 보면서, 보나파르트가 러시아 공사인 마르코프를 시험해보려고 마르코프 앞에 일부러 손수건을 떨어뜨리고는 주워줄 거라 기대해 마지않으며 그 얼굴을 바라보면서 발을 멈추었는데, 마르코프가 그 바로 옆에 자기 손수건을 떨어뜨리더니 보나파르트의 손수건은 줍지 않고 자기 것만 주웠다고 이야기했다.

"대단한데요." 볼콘스키는 말했다. "그건 그렇고, 공작, 실은 이 젊은 사람 일로 부탁을 드리려고 왔습니다. 짐작하시겠지만……"

그러나 안드레이 공작이 말을 끝내기도 전에 부관이 들어와서, 황제가 돌고루코프 공작을 부른다고 알렸다.

"아아, 유감이군요!" 허둥지둥 일어서서 안드레이 공작과 보리스의 손을 잡으면서 돌고루코프는 말했다. "아시겠지만, 나는 내가 할 수 있는 일이라면 무엇이든 기꺼이 하겠습니다. 당신을 위해서도, 또 이 사랑스러운 젊은이를 위해서도." 그는 사람 좋고 솔직한, 활기차고 가벼운 표정을 지으며 다시 한번 보리스의 손을 꼭 잡았다. "그러나 보시다시피…… 그럼 나중에 또 봅시다!"

보리스는 이 순간 자기 앞에 있는 인간이 최고 권력을 가진 존재라는 것을 깨닫고 흥분했다. 그는 연대에 있을 때 자신을 보잘것없고 순진하고 하찮은 일부분으로 느끼게 했던 이 거대한 집단의 모든 움직임

---

* A. I. 마르코프(1747~1827). 1801~1803년 파리 주재 러시아 공사.

을 좌우하는 원동력을 지금 이 자리에서 직접 접하고 있는 자신을 의식했던 것이다. 두 사람이 돌고루코프 공작의 뒤를 따라 복도로 나오자 (돌고루코프가 들어간 황제의 거실 문에서) 문관복을 입은 키 작은 남자가 나왔다. 그는 영리해 보이는 얼굴에 날카로운 아래턱이 튀어나와 있었는데, 그것이 용모를 망치지 않고 오히려 독특한 생기와 민첩함을 부여하고 있었다. 키 작은 남자는 다정한 친구를 대하듯이 돌고루코프에게 인사하고, 안드레이 공작을 향해 똑바로 걸어오면서 그가자기에게 인사를 할지, 길을 비킬지 기다리는 듯이 차가운 눈으로 응시했다. 안드레이 공작은 인사를 하지도, 길을 비키지도 않았고, 얼굴에는 적의마저 떠올랐기 때문에 이 젊은 남자는 그를 외면하고 복도를 지나가버렸다.

"저 사람은 누구입니까?" 보리스는 물었다.

"저 사람은 누구보다 유명한, 그러나 내게는 누구보다 불쾌한 인간 중 하나입니다. 외무대신 아담 차르토리스키 공작*입니다."

"바로 저런 자들이," 두 사람이 궁전 밖으로 나왔을 때 볼콘스키는 억누르지 못한 한숨을 몰아쉬며 말했다. "바로 저런 자들이 민족들의 운명을 결정하고 있단 말입니다."

이튿날 군은 행군을 시작했다. 그래서 보리스는 그후 아우스터리츠 전투 때까지 볼콘스키에게도 돌고루코프에게도 다시 갈 수 없었고, 한 동안 좀더 이즈마일롭스키 연대에 머물렀다.

---

* A. J. 차르토리스키(1770~1861). 폴란드 출생. 알렉산드르 1세 직속 비공식 자문기관 인 '비밀위원회' 멤버였으며, 1804년 외무대신이 되었다.

10

16일 새벽, 니콜라이 로스토프가 근무하는, 바그라티온 공작의 지대가 된 데니소프의 기병 중대는 숙영지를 출발해 이른바 일을 하기 위해 떠났는데, 다른 종대를 뒤따라 1베르스타쯤 갔을 때, 갑자기 큰 가도에서 행군을 제지당했다. 로스토프는 카자크 부대와 제1, 제2 경기병 중대, 몇 개의 보병 대대, 포병대가 전진해 가고 바그라티온 장군과 돌고루코프 장군이 부관을 거느리고 옆을 지나가는 모습을 바라보고 있었다. 언제나 전투를 앞두고 느끼게 되는 공포를 극복하려는 내면의 싸움도, 또 이 전투에서 경기병으로서 뛰어난 공훈을 세우겠다는 공상도 모두 헛되이 사라져버렸다. 그의 중대가 예비로 남겨지게 되었기 때문인데, 니콜라이 로스토프는 이날 하루를 쓸쓸하고 지루하게 보냈다. 오전 여덟시가 지나자, 그는 전방에서 울리는 사격 소리와 '우라' 함성을 들었고 후방으로 운반되는 부상자를 보았으며(그리 많지는 않았다), 마침내 프랑스 기병 지대가 카자크 기병 중대에 둘러싸여 오는 것을 보았다. 전투는 끝난 듯했고, 그다지 큰 전투는 아니지만 아군에게 유리했다는 것은 분명해 보였다. 후방으로 돌아오는 병사들과 장교들은 혁혁한 승리와 비샤우 시 점령, 프랑스군의 한 중대를 고스란히 사로잡은 이야기를 하고 있었다. 지난밤은 지독하게 추웠지만, 이날은 활짝 개어 햇살도 포근했다. 이 가을날의 유쾌한 반짝임은 승전보에 어울렸고, 전투에 참가했던 사람들의 이야기뿐만 아니라 로스토프 옆을 지나가는 병사들, 장교들, 장군들, 부관들의 기뻐하는 표정도 똑같이 그것을 전해주고 있었다. 그런 만큼 전투 전의 공포를 공연히 고민

하고, 이 즐거운 하루를 하는 일 없이 보낸 니콜라이는 쓸쓸했다.

"로스토프, 이리 오게. 속상한 김에 술이나 한잔하세!" 물통과 술안주를 앞에 놓고 길가에 앉아 데니소프가 소리쳤다.

장교들은 술안주를 집기도 하고 지껄이기도 하면서 데니소프의 식량 상자 주위에 모여 있었다.

"아, 또 한 놈 끌고 온다!" 두 명의 카자크에게 이끌려 터벅터벅 걸어오는 프랑스 용기병 포로를 가리키면서 한 장교가 소리쳤다.

카자크는 포로에게서 뺏은 크고 아름다운 프랑스 말의 고삐를 잡고 있었다.

"그 말을 팔게!" 데니소프가 카자크에게 소리쳤다.

"그러십시오, 장교님……"

장교들은 일어서서 카자크와 포로를 둘러쌌다. 프랑스 용기병은 알자스 태생으로, 프랑스어 발음에 독일어 악센트가 섞여 있었다. 그는 얼굴이 새빨개진 채 흥분해서 씩씩거렸고, 프랑스어를 듣자 대뜸 장교들 쪽으로 얼굴을 돌리더니 이 사람 저 사람 할 것 없이 아무에게나 지껄이기 시작했다. 그는 자기는 결코 붙잡히지 않았을 것인데 마의馬衣를 가져오라고 명령한 하사 때문이라고, 그 하사가 러시아군은 이미 딴 곳으로 갔다고 말했기 때문이라고 지껄였다. 그리고 말끝마다 "*제 말을 아껴주십시오*"라고 덧붙이며 말을 쓰다듬었다. 그는 자기가 지금 어디에 있는지 잘 모르는 듯했다. 그는 자기가 붙잡힌 것을 변명하기도 하고, 앞에 자기 상관이라도 있는 것처럼 병사다운 성실함과 근무상의 세심한 주의를 보이기도 했다. 그는 러시아군과 전혀 다른 프랑스군의 신선한 공기를 그대로 아군의 후위로 운반해 온 것 같았다.

카자크들은 20루블에 말을 넘겨주었고, 최근 집에서 돈을 부쳐줘 장교 중에 가장 부유한 로스토프가 그 말을 샀다.

"제 말을 아껴주십시오." 말이 경기병에게 넘어가자, 알자스 사람이 로스토프에게 선량하게 말했다.

로스토프는 미소지으면서 용기병을 위로하고, 돈을 건넸다.

"걸어, 걸어*!" 카자크는 포로를 앞서 걷게 하려고 그의 팔을 잡으면서 말했다.

"폐하다! 폐하다!" 갑자기 경기병들 사이에서 소리가 들렸다.

모두가 허둥대며 뛰어갔고, 로스토프는 모자에 하얀 깃털을 단 기수 몇 명이 뒤쪽 도로를 따라 다가오는 것을 보았다. 순간 모두가 각자 위치에서 대기했다.

로스토프는 어떻게 자기 위치로 달려가서 말을 탔는지 기억하지도, 느끼지도 못했다. 전투에 참가하지 못했던 서운함도, 싫증나는 사람들 속에서 늘어지던 기분도 홀연 없어지고, 자기 자신에 관한 상념도 순식간에 사라졌다. 황제가 다가온다는 사실에서 솟구친 행복감에 완전히 휩싸였던 것이다. 이것만으로도 오늘의 손실이 보상된다고 느꼈다. 고대하던 밀회의 날이 온 연인처럼 그는 행복했다. 대열 가운데서 뒤를 돌아본다든가 할 수는 없고 또 그렇게 하지도 않았지만, 그는 감격 어린 직감으로 차츰 그가 접근해 오는 것을 느꼈다. 그저 가까워지는 기수들의 말굽 소리로만 그것을 느낀 것이 아니라, 차츰 주위가 밝아지고 즐거워지고 의미 있게 여겨지고 흥겨워지는 기분을 느꼈던 것

---

* 원문에는 프랑스어 'aller'의 잘못된 발음이 러시아어로 쓰여 있다.

이다. 로스토프의 태양은 부드럽고 장엄한 광선을 그의 주위에 비추면서 서서히 다가왔다. 그는 어느 틈에 이 광선에 휩싸이는 자신을 느끼고, 황제의 목소리, 그 부드럽고 침착하고 엄숙한, 그러면서도 그지없이 소박한 목소리를 들었다. 당연히 그래야만 한다고 로스토프가 느낀 대로 죽음과도 같은 정적이 찾아들었고, 이 정적 속에서 황제의 목소리가 울렸다.

"파블로그라드스키 경기병들인가." 그는 묻는 듯이 말했다.

"예비대입니다, 폐하!" 누군가의 목소리가 대답했다. 그것은 "파블로그라드스키 경기병들인가" 하는 그 초인적인 목소리가 들린 뒤였던 만큼, 너무나 인간적인 목소리였다.

황제는 로스토프의 옆까지 오자 말을 멈추었다. 알렉산드르 황제의 얼굴은 사흘 전 열병식 때보다 아름다웠다. 그 얼굴은 명랑함과 젊음, 열네댓 살 장난꾸러기 같은 천진난만한 젊음으로 빛나고 있었으나 그래도 역시 위대한 황제의 얼굴이었다. 경기병 중대를 둘러보던 황제의 눈이 우연히 로스토프의 눈과 마주치고 이 초쯤 그대로 멎었다. 황제는 마치 로스토프의 심중을 헤아리기라도 한 듯(로스토프에게는 그가 모든 것을 헤아리는 것 같았다) 이 초쯤 그 푸른 눈으로 로스토프의 얼굴을 바라보았다. (그 눈에서는 부드럽고 따뜻한 빛이 흘러넘쳤다.) 이윽고 황제는 갑자기 눈썹을 치켜세우고 왼발로 말을 차더니 구보로 앞쪽으로 나아갔다.

젊은 황제는 싸움터에 나가고 싶은 갈망을 억누르지 못해, 조신들의 온갖 진언도 듣지 않고 지금까지 자기를 수행하던 제3종대에서 떨어져 열두시경 전위 부대를 향해 달려온 것이었다. 경기병대에 도착하기도 전에 몇몇 부관이 그에게 행복한 전투 결과를 보고했다.

　프랑스의 일개 기병 중대를 사로잡았을 뿐이었으나, 마치 프랑스 전 군을 상대로 찬연한 승리를 거둔 것처럼 보고되었으므로 황제도 전군 도, 아직 초연이 흩어지지 않은 동안은 프랑스군이 격파되어 부득이 퇴각중이라고 믿어버렸다. 황제가 지나가고 몇 분 뒤에 파블로그라드 스키 연대의 일개 중대에 전진 명령이 내렸다. 독일의 소도시 비샤우 시내에서 로스토프는 다시 한번 황제를 보았다. 황제가 도착하기 전에 꽤 격렬한 교전이 있었던 소도시의 광장에는 아직 치울 겨를이 없었 던 전사자며 부상자가 그대로 뒹굴고 있었다. 문무관들에 둘러싸인 황 제는 열병식 때와는 다른, 영국풍으로 꼬리를 짧게 자른 밤색 암말을 타고, 몸을 옆으로 기울이고, 황금 손잡이가 달린 안경을 우아한 손짓 으로 눈에 대면서, 군모도 없이 피투성이 머리를 드러내고 엎드려 있 는 병사를 보고 있었다. 그 부상병이 너무도 불결하고 볼썽사납고 흉 측했기 때문에 로스토프는 황제 가까이에 그것이 있는 것을 보자 모욕 을 느꼈다. 로스토프는 마치 오한이 스친 것처럼 황제의 구부린 어깨 가 떨리고 그의 왼발이 경련하듯 말의 옆구리에 박차를 가하기 시작한 것을 보았다. 그러나 이러한 모습에 익숙한 듯 말은 아무렇지 않게 주 위를 둘러보며 그 자리에서 움직이려고 하지 않았다. 부관들이 말에서 내려 병사를 안아 일으켜 준비된 들것에 태웠다. 병사는 신음하기 시 작했다.

　"조심, 조심, 좀더 조심할 수는 없나?" 황제는 빈사의 병사보다 훨씬 괴로운 듯한 목소리로 말하고 그대로 말을 몰고 가버렸다.

　로스토프는 황제의 눈에 흐르는 눈물을 보았고, 그가 떠날 때 차르토리스키에게 프랑스어로 말하는 소리를 들었다.

"전쟁이란 참 무서운 것이다, 정말 무서운 거야! 전쟁은 정말 무서운 거야!"

전위 부대는 비샤우의 전방, 즉 온종일 계속된 사격전으로 아군에게 진지를 빼앗긴 적군의 산병선을 눈앞에 두고 배치되었다. 이윽고 전위 부대에 대해 황제의 치사가 발표되고 포상이 약속되고 병사들에게는 갑절의 보드카가 배급되었다. 지난밤보다 더욱 즐겁게 야영의 모닥불이 타닥타닥 타올랐고, 병사들의 노랫소리가 울려퍼졌다. 이날 밤 데니소프는 소령 승진을 축하하는 술자리를 마련했는데, 벌써 꽤 취한 로스토프는 술자리가 끝날 무렵 황제의 건강을 위한 건배를 제의했다. "그러나 공식 만찬회에서 하듯이 그저 황제 폐하를 위하여가 아니라," 그는 말했다. "선량하고 매력적인 위인인 황제 폐하의 건강을 위하여다. 폐하의 건강과 프랑스군에 대한 필승을 위하여 건배!"

"전에도 우리는," 그는 말했다. "쇤그라벤에서처럼 프랑스군에게 한 치의 양보도 없이 싸웠지만, 이번에 황제께서 선두에 서시면 정말 어떻게 될까? 우리 모두 죽는 거야, 황제를 위해 기꺼이 죽는 거야. 그렇지 않나, 여러분? 어쩌면 내가 이상한 말을 하고 있는지도 몰라, 나는 많이 마셨으니까. 하지만 나는 그렇게 느끼고 있고, 여러분 역시 그렇겠지. 알렉산드르 1세의 건강을 축복하며! 우라!"

"우라아아!" 장교들의 감격한 목소리가 울렸다.

늙은 기병 대위인 키르스텐도 스무 살의 로스토프에 못지않게 감격해서 진심으로 외쳤다.

장교들이 술을 마시고 제각기 컵을 부수자 키르스텐은 새 컵에 술을 채우고 승마바지에 루바시카 바람으로 병사들이 있는 모닥불로 다가가서 컵을 든 손을 장중하게 쳐들고, 길고 하얀 윗수염이 있는 얼굴과 벌어진 루바시카 밑으로 허연 가슴을 드러내면서 모닥불 불빛을 받고 멈추었다.

"여러분, 황제 폐하의 건강과 적에 대한 필승을 위해 건배하세, 우라!" 그는 타고난 용감하고 노련하고, 경기병다운 바리톤 목소리로 외쳤다.

경기병들도 모여들어 일제히 큰 소리로 외치며 화답했다.

그날 밤늦게 모두가 흩어졌을 때, 데니소프는 짤막한 손으로 자기가 좋아하는 로스토프의 어깨를 두드렸다.

"행군중에는 반할 사람이 없으니까 폐하께 반해버렸군." 그는 말했다.

"농담이라도 그런 말은 해선 안 돼!" 로스토프는 소리쳤다. "이것은 실로 고결한, 실로 훌륭한 감정이야, 실로……"

"알았네, 알았어, 친구, 동감이야, 찬성이야……"

"됐어, 자네는 몰라!"

로스토프는 일어나서 모닥불 사이를 서성거리며, 목숨을 아끼지 않고(그런 것은 생각할 수도 없었다) 그저 황제의 눈앞에서 죽을 수만 있다면 얼마나 행복할까 하고 공상했다. 그는 확실히 황제와 러시아군의 영광과 미래에 있을 승리에 대한 희망에 도취되어 있었다. 더구나 아우스터리츠 전투를 앞둔 기억할 만한 며칠 동안 이러한 감정을 경험한 사람은 그만이 아니었다. 당시 러시아군의 9할쯤은, 비록 감격의 정도는 그보다 덜하지만 황제와 러시아군의 영광에 도취되어 있었다.

11

다음날 황제는 비샤우에 머물렀다. 시의侍醫인 빌리에는 몇 번이나 황제에게 불려갔다. 총사령부와 인근 부대에서도 황제의 건강이 좋지 않다는 소문이 퍼졌다. 측근의 말에 의하면, 황제는 이날 아무것도 먹지 못하고 밤에 잠도 자지 못했다. 이 병은 황제의 다감한 마음을 찌른 사상자들의 강렬한 인상이 원인이었다.

17일 새벽, 프랑스 장교가 군사기를 들고 러시아 황제에게 회견을 요청하러 전초에서 파견되어 왔다. 그는 사바리 후작*이었다. 때마침 황제는 막 잠이 든 참이어서 사바리는 기다려야 했다. 정오가 되어서야 그는 황제를 알현할 수 있었고, 한 시간 뒤 돌고루코프 공작과 함께 프랑스군의 전초로 떠났다.

소문에 의하면, 사바리가 파견된 목적은 알렉산드르 황제에게 나폴레옹과의 회견과 강화를 제의하기 위해서였다고 한다. 그러나 개인적 회견은 거절되었고, 이에 러시아 전군은 기쁨과 자부심을 느꼈고, 황제의 대리로서 비샤우 전투의 승리자인 돌고루코프 공작이 나폴레옹과 교섭하기 위해 사바리와 함께 파견되었으나, 러시아의 예상과는 반대로, 정말 강화가 목적일 때에 한하여 교섭한다는 조건으로 간 것이었다.[33]

돌고루코프는 저녁때 돌아와서 곧장 황제에게 갔고, 오랫동안 단둘이 있었다.

---

* A. J. M. R. 사바리(1774~1833). 프랑스 정치가이자 장군. 1805~1807년 원정에 참가했고, 나폴레옹의 신임이 두터웠다.

11월 18일과 19일에 군은 두 차례 진군하고 적의 전초는 짧은 교전 끝에 후퇴했다. 19일 정오부터 군의 수뇌부들 사이에 흥분에 휩싸인 다급하고 격렬한 움직임이 시작됐고, 그것은 그 기념할 만한 아우스터리츠 전투가 벌어진 11월 20일 아침까지 계속되었다.

19일 정오까지는 이 움직임과 활기를 띤 대화와 분주함, 부관의 파견 등은 두 황제의 총사령부에 한정된 것이었다. 그러나 이날 오후가 되자 이 움직임은 쿠투조프의 총사령부와 각 종대장들의 참모부에도 전해졌다. 저녁이 되자 부관들을 통해 전군 구석구석까지 퍼졌다. 19일에서 20일에 걸친 밤 사이에 8만의 연합군은 숙영지를 떠나 떠들고 술렁거리면서 9베르스타에 걸친 거대한 띠를 이루며 움직이기 시작했다.

이른 아침 두 황제의 총사령부에서 시작되어 그후의 모든 움직임을 촉발한 중앙부의 집중적인 운동은 시계탑의 큰 시계의 중심에 있는 톱니바퀴의 시동과 흡사했다. 첫번째 톱니바퀴가 천천히 움직이기 시작하면 두번째, 세번째 톱니바퀴가 돌고, 점점 빨라지면서 다른 톱니바퀴와 도르래와 기어가 움직여 소리가 울리거나 인형이 튀어나오고, 이 운동의 결과를 나타내는 두 바늘이 규칙적으로 움직이는 것이다.

시계의 장치와 마찬가지로 군의 장치도 일단 그 속에서 일어난 운동은 최후의 결과에 이를 때까지 절대 저지할 수 없으며, 또 아직 운동이 전달되지 않은 장치의 곳곳은 움직이기 직전까지는 아무것도 모르는 듯이 정지해 있다. 이와 이가 맞물리면서 축을 따라 톱니바퀴들이 삐걱거리고, 도르래는 획획 소리를 내며 빨리 돌아가는데 바로 옆의 톱니바퀴는 백 년이라도 꼼짝도 않고 있을 것처럼 멈춰 있다. 그러나 이윽고 때가 와서 지렛대가 걸리면 톱니바퀴는 당장 운동에 정복되어 짤

칵짤칵 소리를 내면서 돌아가기 시작하고, 결과도 목적도 모르는 채 하나의 운동에 합쳐져버리는 것이다.

시계의 경우 수많은 톱니바퀴와 도르래의 복잡한 운동의 결과가 다만 시각을 표시하는 바늘의 느리고 정확한 운동에 불과한 것처럼, 이들 16만 러시아 프랑스 양군의 온갖 복잡한 인간의 행동—이들의 정념, 희망, 후회, 굴욕, 고민, 오만, 공포, 환희 등—의 결과도 다만 세 황제의 회전會戰이라고 불리는 아우스터리츠 전투의 패배에 지나지 않고, 인류사의 문자반 위에서 세계사의 바늘이 느리게 움직인 것에 불과했다.

안드레이 공작은 이날 당직이어서 줄곧 총사령관 옆에 있었다.

오후 여섯시 무렵 쿠투조프는 두 황제의 총사령부로 가서 잠시 황제 곁에 있다가 궁내관장인 톨스토이 백작에게 갔다.

볼콘스키는 이 시간을 이용해 사태를 상세히 알아보려고 돌고루코프에게 들렀다. 안드레이 공작은 쿠투조프가 왜 그런지 기분이 상해 불만을 느끼고 있고, 총사령부에서도 그에 대해 불만을 품고 있으며, 황제의 총사령부에 있는 모두가 다른 사람들은 모르는 뭔가를 알고 있는 듯이 쿠투조프를 대하고 있다는 것을 느꼈기 때문에 돌고루코프와 이야기해보고 싶었다.

"아, 잘 있었소, 공작." 빌리빈과 앉아서 차를 마시고 있던 돌고루코프가 말했다. "내일을 축하하고 있던 참입니다. 당신네 노인은 기분이 어떠신가요?"

"뭐, 나쁘다고 할 수는 없습니다만, 자신의 의견을 들어주길 바라시는 것 같습니다."

"그분의 의견이라면 군사회의에서도 들었고, 또 사리에 맞기만 하다면 앞으로도 기꺼이 듣겠지요. 그러나 보나파르트가 그 어느 때보다도 총력전을 두려워하고 있는 이때, 주저하거나 무엇인가를 기다린다는 것은 당치도 않습니다."

"참, 당신은 그를 만나보셨죠?" 안드레이 공작은 말했다. "보나파르트는 어떻습니까, 그에게 어떤 인상을 받으셨습니까?"

"글쎄, 내가 그를 만나보고 확신한 것은, 그가 이 세상 무엇보다도 총력전을 두려워하고 있다는 겁니다." 돌고루코프는 나폴레옹과의 회견에서 얻은 이 총체적인 결론을 존중하는 듯 다시 한번 되풀이했다. "만약 그가 전투를 두려워하지 않는다면 도대체 무엇 때문에 회견을 요구하고, 교섭을 하고, 무엇보다도 퇴각을 한다고 하겠습니까, 퇴각하는 건 그의 평소 전법과도 상반되는 것인데 말입니다. 내 말이 틀림없습니다, 그는 두려워하고 있습니다, 총력전을 두려워하고 있습니다. 마침내 최후가 온 것입니다. 나는 단언합니다."

"그런데 나폴레옹은 어땠습니까? 좀 이야기해주십시오." 안드레이 공작은 다시 물었다.

"그는 회색 프록코트를 입고 있었고, 내가 '폐하'라고 불러주기를 줄곧 바라고 있었으나 아무런 존칭도 붙여주지 않자 몹시 실망하고 말았습니다. 말하자면 그런 사내죠. 그것뿐입니다." 미소를 띠고 빌리빈을 돌아보면서 돌고루코프는 대답했다.

"나는 쿠투조프 노인을 대단히 존경하지만" 하고 그는 말을 이었다. "지금처럼 나폴레옹이 확실히 우리 수중에 있을 때 공연히 무엇인가를 기다리면서 시간만 보내다가 적을 도망가게 두거나 우리를 기만하는 틈을 주게 된다면, 우리는 정말 볼장 다 보는 겁니다. 안 됩니다, 수보로프 장군과 그의 원칙을 잊어서는 안 됩니다. 말하자면 공격을 받는 위치가 아니라 스스로 공격하는 위치에 서야 한다는 것이죠. 믿어보십시오, 전쟁터에서는 젊은 사람들의 에너지가 늙고 우유부단한 사람*들의 경험을 전부 합친 것보다 더 올바른 길을 가르쳐주는 일이 흔히 있으니까요."

"그럼 우리는 어떤 진형으로 그를 공격하는 겁니까? 저는 오늘 전초에 가보았지만, 그의 주력이 과연 어디에 있는지 좀처럼 판단할 수 없었습니다." 안드레이 공작은 말했다.

그는 자기가 작성한 공격 계획을 돌고루코프에게 말하고 싶었던 것이다.

"아, 그런 건 정말 아무래도 상관이 없습니다." 돌고루코프는 일어나서 탁자 위에 지도를 펼치며 재빨리 말했다. "온갖 경우를 다 예상하고 있습니다. 만약 적이 브륀에 있다면……"

돌고루코프 공작은 바이로터의 측면 이동 계획을 모호하게 재빨리 설명했다.

안드레이 공작은 반론하고, 자기의 계획을 논증하기 시작했다. 그것은 바이로터의 계획만큼 훌륭한 것이었을지도 모르지만, 한 가지 결점이라면 바이로터의 계획이 이미 찬성을 얻어버렸다는 것이었다. 안드레이 공작은 바이로터 계획의 결점과 자기 계획의 장점을 논증하기 시작했지만, 돌고루코프 공작은 그의 말을 듣지 않고 지도가 아닌 안드

---

* 카르타고와의 전투에서 대기 작전을 주장하며 전쟁 지연론자인 척했던 로마 사령관 막시무스(기원전 275~203)의 별명으로 쿠투조프를 비꼰 것.

레이 공작의 얼굴을 멍하니 바라보았다.

"그렇기는 하나 오늘 쿠투조프가 있는 곳에서 군사회의가 있을 테니까. 거기서 의견을 전부 말할 수 있을 겁니다." 돌고루코프는 말했다.

"물론 그럴 생각입니다." 지도에서 물러서면서 안드레이 공작은 말했다.

"두 분 다 뭘 그렇게 걱정하십니까?" 지금까지 즐거운 미소를 지으며 두 사람의 이야기를 듣고 있던 빌리빈이 농담이라도 하려는 듯한 어조로 말했다. "내일 이기건 패하건, 러시아군의 명예는 이미 보증되어 있잖습니까. 당신들의 쿠투조프 외에는 러시아인 종대장은 한 명도 없으니까요. 종대장이라고는 빔펜 장군, 랑제롱 백작, 리히텐슈타인 공작, 호엔로에 공작, 그리고 그 프시…… 프시 뭔가가 있죠. 폴란드인 이름은 하나같이 이 모양이어서 말입니다."[34]

"독설은 그만두게." 돌고루코프는 말했다. "그렇지 않아, 지금은 러시아인이 두 명 더 있어, 밀로라도비치와 도흐투로프. 그리고 또 한 사람 아락체예프 백작을 들고 싶지만, 그 사람은 신경이 약해서[35]."

"그건 그렇고, 미하일 일라리오노비치 각하가 나오신 것 같은데요." 안드레이 공작은 말했다. "행운과 성공을 빕니다, 여러분" 하고 덧붙이고 그는 돌고루코프와 빌리빈의 손을 잡은 다음 그곳을 나왔다.

숙사로 돌아오는 길에 안드레이 공작은 자기 옆에 말없이 앉아 있는 쿠투조프에게 내일의 전투를 어떻게 생각하는지 묻지 않을 수 없었다.

쿠투조프는 엄격한 눈으로 부관을 바라보고 잠시 말이 없다가 대답했다.

"난 패할 거라고 생각하네. 톨스토이 백작에게도 이렇게 얘기하고 폐하게 전해달라고 부탁했지. 그런데 그 사람이 뭐라고 대답한 줄 아나? 아, *친애하는 장군! 나는 지금 쌀과 커틀릿으로 정신이 없으니 전쟁 쪽은 당신이 맡아주시오. 그래⋯⋯ 다들 바로 이렇게 내게 답했어!"*

12

밤 아홉시가 지나서야 바이로터는 자신의 계획안을 들고 군사회의 장소로 지정된 쿠투조프 장군의 숙사로 갔다. 총사령관에게 소집된 종대장들도 출석을 거부한 바그라티온 공작을 제외하고는 모두 제시간에 모였다.

다가오는 전투의 총지휘를 맡은 바이로터의 활기차고 다급한 태도는 마지못해 군사회의 의장 겸 지도자 역할을 맡은 쿠투조프의 못마땅하고 졸린 듯한 모습과 뚜렷이 대조되었다. 바이로터는 이미 저지할 수 없게 된 운동의 선두에 선 것을 분명히 느꼈다. 그는 수레에 매여 산을 달려내려가는 말과 같았다. 자기가 끌고 가는지 끌려가는지도 모르는 채, 이 운동이 어떠한 결과를 가져올지 숙고해볼 겨를도 없이 온 힘을 다해 전속력으로 돌진하고 있었던 것이다. 바이로터는 이날 저녁부터 직접 시찰하기 위해 두 차례 산병선으로 갔고, 보고와 설명을 위해 역시 두 차례 러시아 황제와 오스트리아 황제에게 갔으며, 자기 사무실에서 독일어로 작전 계획을 받아쓰게 했다. 그리고 지친 상태로 지금 쿠투조프에게 온 것이었다.

그는 너무 바빠서 총사령관에게 경의를 표하는 것조차 잊은 듯했다.

상대방의 말을 가로막고, 묻는 말에 대답을 하지 않는가 하면, 상대방의 얼굴도 보지 않고 불명확하고 빠르게 말했고, 옷은 흙투성이에 지쳐서 멍하고 초췌해 보이면서도 자신에 찬 오만한 낯을 하고 있었다.

쿠투조프는 오스트랄리츠* 근처 귀족의 작은 저택을 숙사로 쓰고 있었다. 총사령관의 집무실로 쓰이는 큰 객실에 쿠투조프 자신과, 바이로터, 그리고 군사회의 의원들이 모였다. 그들은 차를 마시면서, 군사회의를 시작하기 위해 바그라티온 공작이 도착하기만을 기다리고 있었다. 여덟시 가까이 되어 바그라티온의 전령이 공작은 참석하지 못한다는 통보를 가지고 왔다. 안드레이 공작은 그것을 총사령관에게 보고하러 와서, 미리 쿠투조프한테 회의에 참석해도 좋다는 허가를 받아놓은 터라 그대로 방에 남았다.

"바그라티온 공작이 참석하지 못하신다니 이제 시작해도 되겠습니다." 바이로터는 허둥지둥 자리에서 일어나 브륀 근교의 커다란 지도가 펼쳐진 탁자로 다가가면서 말했다.

쿠투조프는 살찐 목 때문에 깃이 터질 것 같은 제복의 단추를 풀고 볼테르식 안락의자에 앉아 노인다운 두툼한 두 손을 가지런히 팔걸이에 얹은 채 거의 자고 있는 것 같았다. 바이로터의 목소리에 그는 간신히 그 외눈을 떴다.

"그렇군요, 그래, 어서어서, 늦어지니까." 그는 이렇게 말하고 고개를 끄덕이더니 그대로 고개를 떨어뜨리고 다시 눈을 감았다.

처음에 군사회의 의원들은 쿠투조프가 자는 체하고 있다고 생각했

---

* 아우스터리츠와 가까운 마을.

지만 공격 계획이 낭독되는 중에 그의 코에서 나온 소리는, 지금 이 총사령관에게 필요한 것은 작전 계획이니 뭐니 하는 것이나 그것에 대한 모멸을 나타내는 것보다 훨씬 중대한 무엇, 즉 수면이라는 억제할 수 없는 인간적 욕구를 지금 바로 충족하는 것임을 나타내고 있었다. 그는 정말 자고 있었다. 바이로터는 일 분도 아까운 바쁜 사람다운 몸짓으로 쿠투조프를 힐끔 보고, 그가 자고 있는 것을 확인하자 서류를 들어 크고 단조로운 목소리로 다가올 전투의 작전 계획을 읽기 시작했는데, 역시 빼놓지 않고 읽은 그 표제는 다음과 같았다.

"코벨니츠와 조콜니츠 후방의 적진 공격에 관한 작전 계획, 1805년 11월 20일."

작전 계획은 아주 복잡하고 난해했다. 그 원문은 이렇게 쓰여 있었다.

"적의 좌익은 숲에 덮인 산에 자리잡고 있고 우익은 코벨니츠와 조콜니츠를 따라 부근에 있는 늪 후방에 포진해 있다. 이에 비해 아군의 좌익은 적의 우익보다 우세하므로, 이 측면에서 적을 공격하는 것이 유리하다. 만약 아군이 적의 측면을 공격하고, 적의 정면을 은폐하고 있는 슐라파니츠와 벨로비츠 사이의 골짜기를 피해 슐라파니츠와 튀라사의 숲 사이의 평지로 적을 추격할 수 있는 위치에서 조콜니츠와 코벨니츠 두 마을을 점령한다면 더욱 유리하다. 이 목적을 위해서 필요한 것은…… 제1종대 진군…… 제2종대 진군…… 제3종대 진군…… 등등" 바이로터는 읽어내려갔다. 장군들은 이 난해한 작전 계획을 마지못해 듣고 있는 것 같았다. 금발에 키가 큰 북스게브덴 장군은 벽에 몸을 기댄 채 타오르는 촛불에 시선을 고정하고 있었으나, 듣고 있지도 않았거니와 자기가 듣고 있는 것처럼 보이고 싶지도 않은 것 같았다. 바이로터의 맞은편에서는 붉은 얼굴에 윗수염과 어깨가 치켜올라가 있는 밀로라도비치가 두 팔꿈치를 바깥쪽으로 굽히고 손을 무릎 위에 올린 군인다운 자세로 앉아 부릅뜬 눈으로 상대방을 쏘아보고 있었다. 그는 바이로터의 얼굴을 뚫어지게 쳐다보면서 고집스럽게 침묵을 지켰는데, 이 오스트리아의 참모장이 입을 다물었을 때만 그에게서 눈을 돌렸다. 이때 밀로라도비치는 다른 장군들을 의미심장하게 둘러보았다. 그러나 그가 이 계획에 찬성인지 반대인지, 만족인지 불만인지는 그 의미심장한 시선의 의미로 미루어보아도 알 수 없었다. 바이로터와 가장 가까이 앉아 있던 사람은 랑제롱 백작인데, 그는 낭독하는 동안 줄곧 남프랑스 사람다운 얼굴에 미묘한 미소를 띤 채 초상화가 있는 금제 담뱃갑 모퉁이를 빠르게 돌리는 가느다란 자기 손가락을 바라보고 있었다. 길고 긴 한 구절 중간에서 그는 담뱃갑 돌리기를 멈추고 고개를 번쩍 들고는 얄팍한 입술 양끝에 불쾌하고도 지독하게 공손한 표정을 띠면서 바이로터를 가로막고 무슨 말인가 하려고 했다. 그러나 오스트리아 장군은 낭독을 멈추지 않고 화가 난 듯 눈살을 찌푸리며 양 팔꿈치를 흔들기 시작했다. 마치 '나중에, 나중에 당신 생각을 말하면 되지 않소. 지금은 지도를 보면서 잘 들어주시오'라고 말하는 것 같았다. 랑제롱은 의아스러운 표정으로 눈을 치뜨면서 설명을 구하는 듯 밀로라도비치 쪽을 돌아보았으나, 의미 있어 보이지만 실은 아무 의미도 없는 밀로라도비치의 시선과 마주치자 씁쓸히 눈길을 떨구고 또다시 담뱃갑을 돌리기 시작했다.

"*지리학 강의 같군.*" 그는 혼잣말처럼 중얼거렸지만, 들으라는 듯이 꽤 크게 말했다.

프시비셰프스키는 공손하지만 위엄 있는 정중한 태도로, 또한 온통 주의를 빼앗긴 사람 같은 모습으로, 한쪽 귀에 손을 대고 바이로터 쪽을 향해 꺾고 있었다. 키가 작은 도흐투로프는 열띠고 겸손한 표정을 지으며 바이로터의 맞은편에 앉아 펼쳐진 지도 위로 몸을 구부리고 작전 계획과 잘 모르는 지형을 열심히 연구하고 있었다. 그는 잘 알아듣지 못한 말이나 어려운 마을 이름을 다시 한번 말해달라고 여러 번 부탁했다. 바이로터가 그의 청을 받아주자 도흐투로프는 그것을 적었다.

한 시간 넘게 계속된 낭독이 끝나자, 랑제롱은 담뱃갑을 돌리던 손을 멈추고 바이로터뿐만 아니라 누구의 얼굴도 특별히 보지는 않으면서 이러한 작전 계획을 수행하는 것이 얼마나 곤란한지 말하기 시작했는데, 이 계획에는 적의 위치가 분명한 것으로 되어 있지만, 적은 이동하고 있으므로 실제로는 우리가 모를 수 있다는 것이었다. 랑제롱의 반론은 근거가 있었지만, 분명 이 반론의 목적은 마치 초등학생을 대하듯이 자신만만하게 자기가 작성한 작전 계획을 읽고 있던 바이로터 장군에게, 그가 상대하고 있는 사람들이 모두 바보는 아니며, 이중에는 군사에 관해서는 오히려 그를 가르칠 수 있는 사람도 있다는 것을 깨우쳐주려는 데 있었다. 바이로터의 단조로운 음성이 끊어질 즈음, 마치 자장가 같은 물레방아 바퀴 소리가 끊어졌을 때 잠을 깨는 방아꾼처럼 쿠투조프는 눈을 뜨고 랑제롱의 말에 귀를 기울이다가, 마치 '자네들은 아직도 그런 쓸데없는 소리를 하고 있나!' 하고 말하는 듯 얼른 다시 눈을 감고 더한층 고개를 떨구었다.

군사 계획의 입안자인 바이로터의 자존심을 될 수 있는 대로 짓밟으려고 애쓰면서 랑제롱은 보나파르트가 공격을 받기는커녕 도리어 쉽게 공격을 개시해 이 계획을 전부 수포로 돌리는 일도 얼마든지 있을 수 있다고 논증하려 했다. 바이로터는 어떠한 반론에 대해서도, 그것이 어떤 내용이든 아랑곳하지 않겠다고 미리 굳게 각오한 듯한 경멸 어린 미소를 지었다.

"그가 만약 우리를 공격할 수 있다면, 오늘밤에라도 실행했을 겁니다" 하고 그는 말했다.

"당신은 그가 무력하다고 생각하십니까?" 랑제롱이 물었다.

"그에게는 고작해야 4만의 병력밖에 없습니다." 여자 의술가에게 치료법을 지시받은 남자 의사 같은 미소를 띠고 바이로터는 대답했다.

"그렇다면 그는 우리 쪽의 공격을 기다리면서 자멸의 길을 걷고 있는 셈이군요." 랑제롱은 동의를 구하듯 또다시 가장 가까이에 있는 밀로라도비치를 돌아보며 날카롭고 빈정대는 듯한 미소를 지으며 말했다.

그러나 밀로라도비치는 분명히 이 순간, 장군들이 논의하고 있는 문제에 대해서는 전혀 생각하고 있지 않는 것 같았다.

"정말," 그는 말했다. "내일 전장에서 모든 걸 알게 될 겁니다."

바이로터는 너무도 확신할 뿐만 아니라 두 황제에게도 충분히 확신시킨 것을 러시아 장군들이 반박하고 자신이 다시 증명하는 것이 그에게는 사뭇 우스꽝스럽고 괴상하다는 듯이 히죽 웃었다.

"적은 불을 껐고, 진중에서는 계속해서 떠드는 소리가 들리고 있습니다." 그는 말했다. "이건 무엇을 뜻할까요? 적은 우리가 유일하게 두려워하는 것, 즉 퇴각을 하고 있든가, 진지를 바꾸고 있든가 둘 중 하나입니다(그는 히죽 웃었다). 그러나 설사 적이 튀라사의 진지를 점령한다 하더라도 그것은 그저 아군의 수고를 덜어줄 뿐이며, 따라서 명령은 세세한 점에 이르기까지 모두 그대로 두어도 무방합니다."

"어떻게 그렇게 한다는 겁니까?……" 진작부터 자기의 의혹을 표명할 기회를 노리던 안드레이 공작이 말했다.

쿠투조프는 눈을 뜨고, 무겁게 기침을 하고 장군들을 둘러보았다.

"여러분, 내일의, 아니 오늘의(벌써 열두시가 지났으므로) 작전 계획을 이제 와서 변경할 수는 없습니다." 그는 말했다. "계획을 들었으니 우리는 각자 자기의 의무를 다할 뿐입니다. 전투에 앞서 무엇보다도 중요한 것은…… (그는 잠깐 말을 끊었다) 푹 자두는 겁니다."

그는 일어나려는 기색을 보였다. 장군들은 가볍게 절하고 물러갔다. 벌써 한밤중이었다. 안드레이 공작도 방에서 나왔다.

기대와는 달리 안드레이 공작은 군사회의에서 자기 의견을 말할 수 없었기 때문에, 이 회의는 그에게 막연하고 불안한 인상을 남겼다. 누가 옳은지, 돌고루코프와 바이로터인지, 쿠투조프와 랑제롱과 공격 계획에 반대한 그 밖의 다른 사람들인지 그것 역시 알지 못했다. '그러나 쿠투조프는 황제께 직접 자기 의견을 상주할 수 없었을까? 이 수밖에 달리 방법이 없는 것일까? 도대체 조신들의 개인적인 생각에 몇만의 생명, 아니 나, 내 생명까지 위험에 내맡겨야 한단 말인가?' 그는 생각했다.

'그렇다, 내일 죽을지도 모른다. 얼마든지 있을 수 있는 일이다.' 그는 생각했다. 그러자 갑자기 죽음에 대한 상념에 이어 몹시 아득한 추억들이 떠올랐다. 그는 아버지, 아내와의 마지막 이별을 생각했다. 처음 아내와 사랑에 빠졌던 무렵도 생각했다. 그녀의 임신을 떠올리자, 그녀도 자신도 애처로웠다. 그는 신경질적이고 나약하고 흥분한 상태로 네스비츠키와 동숙하고 있는 농가에서 나와 집 앞을 거닐기 시작했다.

안개가 자욱한 밤, 달빛이 안개 속으로 신비롭게 비치고 있었다. '그렇다, 내일이다, 내일!' 그는 생각했다. '내일, 어쩌면 나의 모든 것이 끝날지도 모른다. 이런 추억도 모두 사라지고, 더이상 내게 아무런 의미도 없는 것이 될지도 모른다. 아마도, 아니 확실히 내일이다, 내 역량을 남김없이 발휘할 순간이 마침내 처음으로 찾아온 것이다.' 그의 머릿속에 내일의 전투와 손실, 전투가 한 지점에 집중되는 모습, 모든 지휘관들의 혼란이 떠올랐다. 그리고 그때, 그가 그렇게도 오랫동안 열망했던 행복한 순간이, 툴롱이 마침내 눈앞에 나타난다. 그는 쿠투조프에게, 바이로터에게, 두 황제에게도 확고하고 명확하게 자기의 의견을 진술한다. 모두 그의 정확한 고찰에 경탄하지만, 아무도 그것을 실행할 엄두를 내지 못하고, 그래서 그는 일개 연대, 아니 일개 사단을, 아무도 그를 간섭하지 않는다는 조건을 언명하고 결전 장소로 이끌고 가서 혼자 힘으로 승리를 거둔다. 그런데 죽음과 고통은 어떻게 하지? 다른 목소리가 속삭인다. 그러나 그는 이 목소리에 대답하지 않고 자기 성공의 꿈만을 이어갔다. 다음의 작전 계획은 그 단독으로 작성된다. 그는 쿠투조프 휘하의 당직 장교에 지나지 않지만, 혼자서 모든 것을 처리한다. 다음 전투에서 그 한 사람의 힘으로 승리를 거둔다. 쿠투조프는 해임되고 그가 후임이 된다…… 그래서, 그다음은? 또다시 다른 목소리가 말한다. 설령 네가 그 이전에 부상, 전사, 혹은 기만을 열 번이나 피했다 하더라도, 그다음에는? '그래, 그다음에는……' 하고 안드레이 공작은 자문자답했다. '그다음에 어떻게 될지는 나도 모른다. 알고 싶지도 않고 알 수도 없다. 그러나 내가 이러한 것을 원하고, 명예를 원하고, 남들에게 알려지는 것을 원하고, 남들에게 사랑받는 것을 원하는 것, 내가 오직 그것만을 원하고, 오직 그것만을 위해 살고 있다 하더라도 그것이 죄는 아니다. 그렇다, 그것만을 위해서인 것이다! 나는 절대 누구에게도 이런 말을 하지 않겠지만, 그러나 아아! 명예와 사람들의 사랑 외에 내가 사랑하는 것이 아무것도 없다고 해도, 어쩔 수 없는 일이 아닌가. 죽음도, 부상도, 가족을 잃는 것도 나는 전혀 두렵지 않다. 많은 사람—아버지, 누이, 아내는 내게 가장 소중한 사람들이다—이 아무리 소중하고 사랑스럽더라도 명예의 한순간을 위해, 사람들에게 승리를 자랑하는 한순간을 위해, 내가 알지 못하고 앞으로도 알 일이 없는 사람들에게 사랑받기 위해, 나는 아버지와 누이와 아내를 지금 당장이라도 버릴 수 있다. 이런 생각이 아무리 무섭고 부자연스러운 것이라 해도 나는 상관없다.' 쿠투조프의 숙사 뜰에서 들려오는 이야기 소리에 귀를 기울이면서 그는 생각했다. 뜰에서 종졸들이 짐을 꾸리는 소리가 들렸다. 마부인 듯한 누군가의 귀에 익은 목소리가 안드레이 공작도 알고 있는 티트라는 이름을 가진, 쿠투조프의 나이든 요리사를 놀리고 있었다. "티트, 어이, 티트!"

"왜?" 늙은이가 대답했다.

"티트, 타작하러 가지.*" 농담을 좋아하는 사내가 말했다.

"뭐야, 이 빌어먹을 자식" 하는 목소리가 들렸으나 그 목소리는 종졸들과 하인들의 웃음소리에 덮여버렸다.

---

* 티트(Тит)와 '타작하다'라는 뜻의 몰로티티(молотить)로 말장난한 것.

'역시 나는 이런 자들에게 승리를 자랑하는 것을 사랑하고, 또한 존중한다. 지금 내 머리 위, 이 안개 속에 떠다니는 신비로운 힘과 명예를 나는 존중한다!'

13

로스토프는 이날 밤 소대와 더불어 바그라티온 지대 전방의 측면 산병선에 있었다. 산병선에는 부하인 경기병이 두 명씩 배치되어 있었고, 그는 견디기 힘들 만큼 쏟아지는 졸음을 쫓으며 말을 타고 산병선을 돌아다니고 있었다. 후방에는 안개 속에서 어슴푸레하게 타오르고 있는 아군의 광대한 모닥불의 바다가 보이고, 전방에는 안개에 덮인 어둠이 펼쳐져 있었다. 아무리 안개 저쪽을 보려고 애써도 로스토프는 아무것도 볼 수 없었다. 무엇인가가 때로는 잿빛으로, 때로는 검은 빛으로 보이기도 하고, 적군이 있는 것이 분명한 곳에 불 같은 것이 가물거리기도 하고, 그냥 자기 눈 속에서 무언가가 반짝이는 것이 아닌가 싶기도 했다. 눈이 저절로 감겼고, 그러자 황제와 데니소프와 모스크바의 추억이 떠올랐고, 퍼뜩 눈을 뜨자, 눈앞에 그가 탄 말의 머리와 귀가 보이고 때로는 여섯 걸음 정도로 가까운데도 알아보지 못하고 부딪히게 되는 경기병들의 검은 형체가 보였고, 먼 저쪽은 여전히 짙은 안개에 덮인 어둠뿐이었다. '뭐가 이상한가, 얼마든지 있을 수 있는 일 아닌가' 하고 로스토프는 생각했다. '폐하께서 나를 보시고 다른 장교에게도 하시듯 명령을 주실지 모른다. "저쪽에 가서 상황을 살펴보고 오라"고 하실지도 모른다. 폐하께서 우연히 어느 장교를 발견하고 가까이로 부르셨다는 이야기를 여러 번 들었다. 만약 폐하께서 나를 가까이로 부르시면 어떻게 될까! 오, 그때는 목숨 바쳐 폐하를 수호하고, 사실 그대로를 모두 상주하고, 기만하는 자들을 폭로하리라!' 로스토프는 황제에 대한 자신의 애정과 충성을 생생하게 그리기 위해 적병과 독일인 기만자들을 떠올리고, 그들을 기꺼이 죽일 뿐만 아니라 황제 앞에서 그들의 두 뺨을 갈기는 모습을 상상했다. 갑자기 멀리서 들리는 외침 소리가 로스토프를 깨웠다. 그는 몸을 떨며 눈을 떴다.

'나는 어디 있지? 그렇다, 산병선이다. 군호와 암호는 끌채와 올뮈츠였지. 내일 우리 중대가 예비로 남겨진다니 속상하다……' 그는 생각했다. '전투에 참가하게 해달라고 부탁해보자. 어쩌면 이것이 황제를 뵐 유일한 기회가 될지 모른다. 그렇다, 이제 교대까지는 얼마 남지 않았다. 다시 한 바퀴 돌아보고 와서 곧바로 장군한테 청원해보자.' 그는 안장 위에서 자세를 바로잡고 다시 한번 부하 경기병들을 순시하기 위해 말을 몰았다. 사방이 조금 밝아진 느낌이 들었다. 왼쪽에는 부드럽고 밝은 사면이, 그 정면에는 벽처럼 가파른 검은 언덕이 보였다. 그 언덕 위에 하얀 얼룩 같은 것이 보였는데, 달빛이 비친 숲속의 풀밭인지, 잔설인지, 하얀 집인지 로스토프는 도무지 알 수 없었다. 하얀 얼룩 위에서 뭔가가 꿈틀거리는 것 같기도 했다. '틀림없이 눈일 것이다. 저건 그저 얼룩일 뿐이다. 얼룩은 *타슈tache*다' 하고 로스토프는 생각했다. '아니, 타슈таш가 아니다……'

'나타샤, 누이, 까만 눈동자. 나…… 타시카…… (내가 폐하를 뵈었다고 얘기하면 그애는 얼마나 놀랄까!) 나타샤를…… 타시카*를 집어

512

다오……'—"오른쪽으로 비켜서십시오, 소위님. 거기는 덤불입니다."
로스토프가 졸면서 지나갈 때 경기병이 말했다. 어느새 말의 갈기까지
수그러졌던 머리를 들고 로스토프는 경기병 옆에 멈췄다. 젊고, 어린
애 같은 졸음이 참을 수 없을 만큼 그를 엄습했던 것이다. '그렇군, 그
런데 나는 무슨 생각을 하고 있었을까?—잊으면 안 된다. 폐하께 어떻
게 상주하느냐 하는 것이었나? 아니, 그것이 아니다—그건 내일의 일
이다. 그렇다, 그렇다! 나 타시쿠, 나스투피티**…… 투피티 나스***—누
구를? 경기병들이다. 경기병과 윗수염…… 윗수염을 기른 경기병이
트베르스카야 거리****를 말을 타고 갔었다. 나는 그걸 생각하고 있었다.
구리예프의 집 바로 앞이었는데…… 구리예프 노인…… 아아, 데니소
프는 좋은 사람이다! 그러나 이제 이런 것은 모두 시시하다. 중요한 건
지금 폐하께서 거기 계시다는 것이다. 폐하는 나를 보시고 뭔가 말씀
하시려 했는데, 입 밖에 낼 용기가 없으셔서…… 아니, 용기가 없었던
것은 나다. 그러나 이것 역시 시시하다. 뭔가 필요한 일을 생각하고 있
었다는 것을 잊지 않는 것이 중요하다. 그렇다, 나—타시쿠, 나스—투
피티, 그렇다, 그렇다, 그렇다. 이제 됐다.' 그는 또다시 말의 목덜미에
고개를 떨어뜨렸다. 그때 느닷없이 여러 사람이 자기를 노리고 사격을
하는 것 같은 느낌이 들었다. "뭐지? 뭐지? 뭐지?…… 베어버려!……
뭐지?……" 로스토프는 정신을 차리고 말했다. 눈을 뜬 순간 로스토

---

* 지도 등을 넣어 허리에 차는 가죽 주머니.
** '공격하다', '짓밟다'라는 뜻.
*** '우리를 무디게 한다'라는 뜻.
**** 모스크바의 중심가.

프는 전방의 적진 근처에서 수천 명의 길게 끄는 외침 소리가 울려퍼지는 것을 들었다. 그의 말도, 옆에 있던 경기병의 말도 이 외침 소리에 귀를 쫑긋거렸다. 외침 소리가 들린 근처에서 한 점의 불꽃이 불을 뿜었다가 꺼지고 뒤이어 또 한 점, 이윽고 산 위 프랑스군의 전선에 걸쳐서 불이 붙고 외침 소리는 더욱 높아졌다. 로스토프는 프랑스어로 말하는 소리를 들었으나 잘 알아들을 수 없었다. 너무나 많은 목소리가 울리고 있었다. 아아아아! 하는 소리와 르르르르! 하는 소리만 들렸다.

"저게 뭘까? 자넨 뭐라고 생각하나?" 로스토프는 옆에 서 있는 경기병에게 말을 걸었다. "적이 틀림없지?"

경기병은 대답하지 않았다.

"왜 그러나, 자네에겐 들리지 않나?" 꽤 오랫동안 대답을 기다린 뒤 로스토프는 다시 물었다.

"누가 알겠습니까, 소위님." 경기병은 내키지 않는 듯 대답했다.

"위치로 보면 적이 틀림없지?" 로스토프는 되풀이했다.

"적일지도 모릅니다. 그럴지도 모릅니다." 경기병은 말했다. "아무튼 야밤중이니까요. 이놈! 까불지 마!" 그는 자기 아래서 꼼지락대는 말에게 소리쳤다.

로스토프의 말도 역시 안절부절못하고 외침 소리에 귀를 쫑긋거리고 불을 바라보면서 얼어붙은 땅을 한 발로 차기 시작했다. 각자의 외침 소리들이 차츰 높아지면서 수천의 군사라야 낼 수 있을 것 같은 거대한 노호로 변했다. 불도 프랑스군의 진영인 듯한 근처로 더 크게 번졌다. 로스토프는 이제 졸리지 않았다. 적진에서 일어나는 들뜨고 의기양양한 외침 소리가 그를 자극했던 것이다. "황제, 황제 만세!" 하는 소리가 이제는 또렷이 들렸다.

"멀지는 않다, 틀림없이 내川 건너 쪽이다." 로스토프는 옆에 있는 경기병에게 말했다.

경기병은 대답하지 않고 한숨을 내쉬더니 화난 것처럼 기침을 했다. 기병의 산병선 위를 구보로 달려오는 말굽 소리가 들리고, 밤안개 속에서 커다란 코끼리를 연상시키는 경기병 하사의 모습이 불쑥 나타났다.

"소위님, 장군들이 오십니다!" 로스토프에게 다가오면서 하사가 말했다.

로스토프는 불이 보이고 외침 소리가 나는 쪽을 연방 돌아보면서 산병선을 따라 달려오고 있는 말을 탄 사람들을 맞기 위해 하사와 함께 말을 몰았다. 그중 한 사람은 흰말을 타고 있었다. 바그라티온 공작이 돌고루코프 공작과 부관들과 함께 적진에 불이 보이고 외침 소리가 들리는 이상한 현상을 시찰하러 온 것이었다. 로스토프는 바그라티온 공작에게 다가가서 말을 세우고 보고한 뒤, 부관들 사이에 끼여 장군들의 이야기에 귀기울였다.

"믿어보십시오." 돌고루코프 공작은 바그라티온을 향하면서 말했다. "이건 간계 이외에는 아무것도 아닙니다. 적은 퇴각했습니다. 그들은 우리를 속이기 위해 후위에 명령하여 불을 피우고 떠들게 하고 있습니다."

"그럴 리가." 바그라티온 공작은 말했다. "나는 저녁때부터 저 언덕 위에서 적을 봤지만, 만약 퇴각했다면 저기서 철병했을 겁니다. 여보게, 장교" 하고 바그라티온 공작은 로스토프에게 몸을 돌리고 말했다. "저기에 아직 적의 보초가 있나?"

"저녁때는 있었지만 지금은 모르겠습니다, 각하. 명령을 내려주십시오. 제가 경기병을 데리고 가보겠습니다." 로스토프는 대답했다.

바그라티온은 말을 멈춰 세우더니 대답도 하지 않고 안개 속에서 로스토프의 얼굴을 알아보려고 애썼다.

"좋아, 가보고 오게." 잠시 잠자코 있다가 그는 말했다.

"알겠습니다, 각하."

로스토프는 말에 박차를 가하고 하사인 페드첸코와 경기병 둘을 불러서 따라오라고 명령했다. 그리고 여전히 외침 소리가 들리는 쪽을 향해 산기슭으로 질주했다. 로스토프는 아직 아무도 자기보다 먼저 가보지 않은 신비롭고 위험한 짙은 안개 속 저쪽으로 세 경기병을 데리고 단독으로 가는 것이 무섭기도 하고 즐겁기도 했다. 바그라티온은 냇가에서 더 나아가지는 말라고 산 위에서 소리쳤지만 로스토프는 그 말이 들리지 않는 척 멈추지 않고 나아갔다. 그리고 줄곧 덤불을 나무로, 수레홈을 사람으로 잘못 보고 계속해서 그 잘못을 자신에게 타일렀다. 구보로 산을 내려가자 이제 불은 아군의 것도 적군의 것도 보이지 않았지만, 프랑스군의 외침은 더 높고 더 또렷하게 들렸다. 밑으로 내려가자, 눈앞에 흐르는 강 같은 것이 보였다. 그러나 가까이 가서 보니 말과 마차가 다져놓은 길이었다. 도로로 나온 그는 이 도로를 따라서 갈 것인가, 아니면 가로질러서 칠흑 같은 들을 건너 산 쪽으로 갈 것인가 망설이면서 고삐를 잡아당겼다. 안개 속에 희끄무레한 길을 전진하는 것이 적의 그림자를 얼른 알아볼 수 있기 때문에 그나마 안전했다. "자, 따라와" 하고 그는 길을 가로질러 저녁때부터 프랑스 보초들이 서 있던 지점을 향해 구보로 산을 오르기 시작했다.

"소위님, 적입니다!" 뒤에서 경기병이 말했다.

갑자기 안개 속에 나타난 검은 물체가 무엇인지 로스토프가 식별할 겨를도 없이 별안간 불꽃이 번쩍하더니 총성이 울렸고, 탄환은 무엇인가를 호소하듯 안개 속 높고 먼 곳으로 소리를 내며 날아갔다. 또 하나의 총은 발사되지 않았으나 약실에서 불꽃이 튀었다. 로스토프는 말 머리를 돌려 구보로 돌아갔다. 또다시 네 발의 총성이 다른 간격으로 울리고, 탄환은 갖가지 소리를 내며 안개 속 어딘가로 날아갔다. 주인과 마찬가지로 총성을 듣고 고무된 말을 억누르면서 로스토프는 평보로 나아가기 시작했다. '자, 더 해라, 더 해!' 그의 내면에서 명랑한 목소리가 말했다. 그러나 사격은 더이상 없었다.

로스토프는 바그라티온 쪽으로 다가갔을 때에야 비로소 말에게 박차를 가하고 한 손을 모자 차양에 대면서 장군 가까이로 말을 몰아붙였다.

돌고루코프는 아직도 프랑스군은 퇴각했지만 그저 아군을 속이기 위해 불을 피운 것이라고 주장하고 있었다.

"그건 대체 무엇을 증명하는 건가?" 로스토프가 다가갔을 때 그는 말했다. "퇴각하고 보초만 남겨두었는지도 모르지."

"아무래도 아직은 완전히 퇴각한 것 같지 않습니다, 공작." 바그라티온은 말했다. "내일 아침이면, 내일이 되면 전부 알게 될 겁니다."

"산 위에 보초가 있습니다, 각하. 저녁때부터 같은 위치에 있습니다." 로스토프는 한 손을 모자 차양에 대고 몸을 숙이며, 이 정찰과 탄환의 울림이 유발한 즐거운 미소를 거두지 못하면서 보고했다.

"좋아, 좋아." 바그라티온이 말했다. "수고했네, 장교."

"각하." 로스토프는 말했다. "각하께 청이 있습니다."

"뭔가?"

"내일 저희 중대는 예비로 남겨지게 됩니다만, 저를 제1중대로 파견해주십시오."

"성이 뭔가?"

"로스토프 백작입니다."

"그래, 좋네, 전령으로 내 옆에 있게."

"일리야 안드레이치의 영식인가?" 돌고루코프가 물었다.

그러나 로스토프는 대답하지 않았다.

"그럼, 기대하겠습니다, 각하."

"그래, 명령해두겠네."

'내일 나는 어떤 명령을 가지고 폐하께 파견될지도 모른다' 하고 그는 생각했다. '근사하다!'

적진에서 외침 소리가 들리고 불이 보인 것은 각 진영에서 나폴레옹의 명령이 낭독됐을 때 황제가 직접 야영지를 순시했기 때문이었다. 병사들은 황제를 보자 짚단에 불을 붙여 "황제 만세!" 하고 외치면서 그의 뒤를 따라 달렸다. 나폴레옹의 명령은 다음과 같았다.

병사들이여! 러시아군은 울름에서 오스트리아군이 겪은 패배에 대한 복수를 돕기 위해 그대들과 싸우려 하고 있다. 홀라브룬에서 그대들에게 격파당한 이래[36] 줄곧 이곳까지 추격해 온 바로 그 군대다. 지금 우리가 점령한 진지는 강력하며, 만약 적이 우리의 우익을 우회한다면 그들은 우리에게 측면을 노출하게 될 것이다! 병사들이여! 나는 친히 군을 지휘할 것이다. 만약 그대들이 평소와 같은 용기로 적진에 혼란과 낭패를 가져오게 할 수 있다면, 나는 전화로부터 멀리 몸을 피하게 될 것이다. 그러나 만약 한순간이라도 우리의 승리에 의심을 품는다면, 그대들은 적이 쏜 첫 포탄에 몸을 내맡기는 그대들의 황제를 목격하게 될 것이다. 왜냐하면 승리에는 주저란 있을 수 없기 때문이며, 특히 우리 국민의 명예를 위해서 없어서는 안 될 프랑스 보병의 명예에 대해 운위되고 있는 지금으로서는 더욱 그렇다.

부상병 후송을 구실로 전열을 어지럽히지 마라! 우리 국민에 대한 극도의 증오로 비로소 고무된 영국의 용병들을 반드시 무찔러야 한다는 일념을 각자 가슴속 깊이깊이 새겨두어야 한다. 이 승리로 원정은 종결되고, 그대들은 현재 프랑스에서 편성중인 새로운 프랑스군이 기다리는 겨울의 병영으로 돌아갈 것이다. 그때 내가 체결하는 강화야말로 나의 국민, 그대들, 그리고 나에게 가치 있는 것이 될 것이다.

나폴레옹

14

새벽 다섯시는 아직 캄캄했다. 중앙군과 예비대, 바그라티온의 우익은 아직 이동하지 않고 대기하고 있었다. 그러나 좌익에서는 작전 계획대로 프랑스군의 우익을 보헤미아 산속으로 격퇴하기 위해 맨 먼저 고지에서 내려가야 하는 보병, 기병, 포병의 대열이 벌써 꿈틀거리면서 숙영지에서 뜨기 시작했다. 불필요한 물건을 모두 던져넣은 모닥불의 연기가 눈에 스며들었다. 춥고 어두웠다. 장교들은 서둘러 차를 마시고 아침을 먹고, 병사들은 건빵을 씹고, 불을 쬐며 발을 동동거리기도 하고 사방에서 불 옆으로 모여들어 바라크의 잔해나 의자, 탁자, 수레바퀴, 통, 그 밖의 온갖 가져갈 수 없는 물건을 모닥불에 던져넣기도 했다. 오스트리아의 종대장들은 러시아군 사이를 왔다갔다하면서 출동 예보계 역할을 하고 있었다. 한 오스트리아 장교가 연대장 숙사 가까이에서 나타나자 연대는 술렁거리기 시작했다. 병사들은 모닥불 옆을 떠나 뛰어가서 파이프는 장화 허리에, 주머니는 짐마차에 처넣고 총을 풀어 정렬했다. 장교들은 단추를 끼우고 군도를 차고 배낭을 메고 소리치면서 대열 사이를 돌아다녔다. 수송병들과 종졸들은 말을 짐마차에 매고 짐을 싣고 줄을 묶었다. 부관들과 대대장들과 연대장들은 말에 올라앉아 성호를 긋고, 뒤에 남을 수송병들에게 마지막 명령과 주의와 임무를 주었다. 이윽고 수천 명의 단조로운 발소리가 울리기 시작했다. 종대는 앞으로 나아갔지만 어디로 가는지 몰랐고, 주위에 밀집한 인파와 연기와 차츰 짙어지는 안개 때문에 자기들이 나온 곳도, 지금 가는 길도 보이지 않았다.

행군중인 병사는 배에 탄 선원과 마찬가지로 언제나 자기 연대에 둘러싸여 제약을 받으며 끌려간다. 아무리 멀리 가건, 아무리 이상하고 위험한 미지의 곳으로 발을 내디디건, 선원의 주위에 언제나 자기가 탄 배의 같은 갑판, 같은 돛대, 같은 닻줄이 있듯이, 병사에게는 언제나 가는 곳마다 같은 전우, 같은 대열, 같은 상사 이반 미트리치, 중대에서 기르는 같은 개 주치카, 같은 상관이 있다. 병사는 자기 배를 둘러싼 광막한 세계를 군이 알려고 하지 않는다. 그러나 전투 날이 되면 군대의 정신적 세계에 뭔가 결정적이고 장엄한 어떤 것의 접근을 알리는 만인 공통의 준엄한 음조가 어디서 어떻게인지 들려와 병사들에게 유별난 호기심을 유발한다. 전투 날 병사들은 흥분하여 자기 연대의 관심 밖으로 빠져나가려고 애쓰면서 귀를 세우고, 눈여겨보고, 주위에서 일어나는 일에 대해 꼬치꼬치 캐묻는다.

벌써 날이 새고 있었지만 안개가 짙어져 열 걸음 앞은 아무것도 보이지 않았다. 덤불이 거목으로 보이기도 하고, 평지가 낭떠러지나 심한 비탈로 보이기도 했다. 어딜 가나 열 걸음만 떨어지면 사방에서 보이지 않는 적과 부딪칠 것 같았다. 각 종대는 한참 동안 그 안개 속을 걷고 들을 가로지르고 담 옆을 지나면서 미지의 낯선 땅으로 나아갔지만, 어디서도 적과 부딪치는 일은 없었다. 그리고 병사들은 앞뒤 사방에 자기들과 똑같은 방향으로 나아가는 러시아군 종대가 있는 것을 알았다. 병사들은 어디로 가는지는 모르지만 자기와 똑같은 방향으로 엄청나게 많은 자기편 군사가 진군하고 있다는 사실에 내심 유쾌해하고 있었다.

"저 봐, 쿠르스키 연대도 지나갔어." 대열 속에서 목소리가 들렸다.

"굉장한데. 형제, 아군이 어떻게 이렇게 많이 모였을까! 어젯밤에 불을 피웠을 때 봤는데 정말 끝이 보이지 않았어. 영락없는 모스크바야!"

대열로 다가가서 병사들과 말을 섞는 종대장은 없었지만(종대장들은 군사회의에서 이미 우리가 목격했듯이 계획된 전투에 불만인데다가 기분이 나빴기 때문에, 그저 명령을 수행할 뿐 병사들의 사기 진작 같은 것은 생각조차 하지 않았다) 그런데도 병사들은 일, 특히 공격을 하러 갈 때는 거의 언제나 그랬듯 유쾌하게 행군했다. 그러나 짙은 안개 속을 한 시간 남짓 더 전진했을 때, 군의 대부분은 발을 멈춰야 했다. 혼란과 무질서에 대한 불쾌한 의식이 대열 사이에 번졌다. 이 의식이 어떻게 전해지는지를 단언하기는 매우 어렵지만, 골짜기를 흐르는 물처럼 유독 빠르고 확실하게, 어느 틈엔가 막기 어려울 정도로 번져간다는 것은 의심의 여지가 없었다. 만약 동맹군 없이 러시아군뿐이었다면 이 무질서에 대한 의식이 전군에 확산되기까지는 꽤 많은 시간이 걸렸을지도 모른다. 그러나 그들은 혼란의 원인을 만족스럽고 자연스러운 마음으로 고집불통인 독일인에게 전가해버렸고, 그러자 지금은 해로운 혼란이 소시지 장수* 때문이라고 모두 다 확신하게 되었다.

"왜 멈추지? 길이라도 막혔나? 벌써 프랑스군과 부딪쳤나?"

"아냐, 그런 소리는 안 들리는걸. 만약 그랬다면 투당탕 지져대기 시작했겠지."

"정말, 무턱대고 출발을 서두르더니, 출발하기가 무섭게 한가운데다 우두커니 세워놓는군. 다 독일놈들 때문이야. 제기랄, 그놈의 고집불통은 어쩔 수가 없군!"

"누가 아니래, 나 같으면 그놈들을 앞으로 떠밀었을 거야. 보나마나 뒤쪽에서 움츠리고 있을걸. 쳇, 먹지도 못하고 서 있어야 하다니!"

"어떻게 된 거야, 아직도 비키지 않았나? 기병이 길을 막고 있다고

---

* 독일인을 비하한 말.

하던데." 한 장교가 말했다.

"제기랄, 망할 독일놈들, 제 땅도 모르는 건가." 다른 장교가 말했다.

"자네들은 몇 사단인가?" 한 부관이 말을 가까이 몰면서 물었다.

"18사단입니다."

"그런데 왜 여기 있지? 자네들은 벌써 더 앞으로 가 있어야 하잖아. 이러다가는 밤까지도 통과하지 못해. 글쎄, 바보가 하는 지휘는 이렇다니까. 자기가 뭘 하고 있는지도 모르거든" 하고 내뱉고 장교는 말을 몰고 가버렸다.

그뒤에 한 장군이 말을 타고 지나가며 러시아어가 아닌 말로 화가 난 듯 외쳤다.

"타파 라파? 뭐라는 거야. 통 못 알아듣겠군." 멀어져가는 장군 흉내를 내면서 한 병사가 말했다. "다 쏴죽여버릴 테다, 비열한 놈들!"

"아홉시 전에 도착하라는 명령인데 아직 반도 못 갔어. 어처구니없는 명령이군!" 사방에서 이런 말이 되풀이되었다.

이렇듯 군대가 전장으로 출발했을 때 품었던 유쾌한 긴장감은 영문을 알 수 없는 지휘와 독일인에 대한 불만과 적의로 바뀌기 시작했다.

혼란의 원인은 오스트리아 기병대가 좌익에서 행진하던 중, 아군의 중앙 부대가 우익에서 너무 떨어져 있는 것을 발견한 사령관이 전 기병대에게 우측으로 옮기라고 명령했기 때문이었다. 그래서 수천 명의 기병이 앞을 통과하는 동안 보병대는 기다리고 있어야 했던 것이다.

선두에서는 오스트리아 종대장과 러시아 장군 사이에 충돌이 있었다. 러시아 장군이 기병에게 정지하라고 외치자, 오스트리아 종대장은 사령관의 명령이지 자기 탓이 아니라고 맞섰다. 이러는 동안 군은 긴

장감을 잃고 심드렁하게 서 있었다. 한 시간이나 지체한 후에야 군은 간신히 전진하여 산을 내려가기 시작했다. 산 위에서는 안개가 걷히고 있었지만 군이 내려가는 앞쪽 저지대에서는 더 짙어지고 있었다. 전방의 안개 속에서 한 발, 또 한 발의 총성이 울리고, 처음에는 불규칙한 간격으로 "투당탕…… 탕!" 하고 고르지 않은 소리가 났으나 이윽고 차츰 규칙적으로 울리고 간격도 빈번해졌다. 마침내 골트바흐 강변의 전투가 시작되었던 것이다.

생각지도 못한 강변의 저지대에서, 그것도 안개 속에서 갑자기 적과 충돌한 러시아군의 각 종대는 대장으로부터 격려의 말 한마디 듣지 못하고 이미 늦었다는 의식만 지닌 채, 무엇보다도 짙은 안개 때문에 앞도 주위도 볼 수 없는 상태에서 활기 없이 꾸물거리면서 응사하기 시작했고, 대장과 부관에게 제때 명령을 받을 수가 없었으므로 나아가다 멈추다 했으며, 대장들과 부관들도 낯선 땅에서 자기 부대를 찾지 못하고 안개에 갇혀 우왕좌왕할 뿐이었다. 저지대로 내려간 제1, 제2, 제3 종대는 이렇게 전투를 개시했다. 쿠투조프가 직접 이끄는 제4종대는 이때 프라첸 고지에 멈춰 있었다.

전투가 시작된 저지대에는 여전히 짙은 안개가 깔려 있었으나, 상공은 이미 활짝 걷혀 있었다. 하지만 앞쪽에서 일어나고 있는 것은 조금도 보이지 않았다. 과연 아군이 예상했던 것처럼 10베르스타 밖에 적의 주력이 모여 있는지, 아니면 바로 이 안개 속에 있는 것인지 아홉시가 가까워질 때까지 아무도 알지 못했다.

오전 아홉시가 되었다. 안개는 여전히 망망대해처럼 저지대를 휩덮고 있었으나, 나폴레옹이 휘하 원수들에 둘러싸여 서 있던 슐라파니츠 부근의 고지는 완전히 걷혔다. 그의 머리 위에는 맑게 갠 푸른 하늘이 있었고, 속이 빈 새빨간 부표처럼 태양의 거대한 원구가 젖빛 안개바다 위에서 흔들리고 있었다. 프랑스 전군도, 막료를 거느린 나폴레옹도 강 건너가 아닌, 즉 아군이 점령하여 전투를 개시하려고 계획하던 조콜니츠와 슐라파니츠 두 마을의 저지대가 아닌 강의 이쪽에, 나폴레옹이 육안으로 보병과 기병을 분간할 수 있을 만큼 아군에게서 가까운 지점에 서 있었다. 나폴레옹은 이탈리아 회전 때와 같은 푸른 외투를 입고, 잿빛 작은 아라비아말을 타고, 원수들보다 조금 앞에 있었다. 그는 안개바다에 떠 있는 듯한 언덕을 묵묵히 응시하면서 골짜기의 사격 소리에 귀를 기울였다. 이때는 아직 야위었던 그의 얼굴은 근육 한 가닥 움직이지 않았고, 빛나는 눈은 한 곳만 뚫어지게 응시하고 있었다. 그의 예상은 정확했다. 러시아군의 일부는 이미 늪과 호수를 향해 저지대로 내려갔고, 일부는 그가 공격을 계획하고, 진지의 주요 지점으로 생각하고 있던 프라첸 고지에서 철수하고 있었다. 러시아군 종대가 프라츠 마을 부근 두 산 사이의 골짜기에서 계속해서 한 방향으로 총검을 번득이면서 점점 저지대의 안개바다로 자취를 감추는 것을 그는 안개 속으로 보았다. 어젯밤에 입수한 정보, 야밤중에 전초에서 들리던 수레바퀴 소리며 사람 발소리, 러시아군의 무질서한 움직임, 그 밖의 온갖 예상으로 판단컨대, 연합군은 그들이 멀리 물러간 것으로 알고 있다는 것, 프라츠 마을 부근에서 이동중인 부대가 러시아군의 주력이라는 것, 그리고 이 주력이 벌써 상당히 지쳐서 신통한 공격을 할 수 없다는 것을 그는 똑똑히 간파하고 있었다. 그러나 그는 아직 전투를 시작하려고 하지 않았다.

오늘은 그에게 엄숙한 날, 즉 대관 1주년 기념일*이었다. 날이 밝기 전에 그는 두어 시간 잠을 자고, 건강하고 쾌활하고 생기 있는 얼굴로, 모든 것이 가능할 것 같고 모든 것이 성공할 것 같은 행복한 기분에 젖어 전장으로 말을 달려 왔다. 그는 안개 속으로 보이는 고지를 바라보며 꿈쩍도 않고 서 있었다. 그의 냉정한 얼굴에는 사랑에 빠진 행복한 소년의 얼굴에서 흔히 보듯이, 자기는 행복을 누릴 만하다는 자신이 넘치고 있었다. 원수들은 그의 뒤에 서서, 그의 주의를 흩뜨리지 않으려고 애썼다. 그는 프라첸 고지와 안개 속에서 떠오른 태양을 번갈아 바라보고 있었다.

태양이 완전히 안개 속에서 나와 들에도 안개에도 눈부신 빛을 끼얹었을 때(마치 전투 개시를 위해 이것만 기다리고 있었던 것처럼) 그는 아름다운 하얀 손에서 장갑 한 짝을 벗어들어 원수들에게 신호로써 전투 개시 명령을 내렸다. 원수들은 부관들을 거느리고 사방으로 흩어졌고, 몇 분 뒤 프랑스군의 주력은 러시아군이 차츰차츰 철수하여 왼쪽의 저지대로 내려가고 있는 프라첸 고지를 향해 신속하게 움직이기 시작했다.

15

오전 여덟시, 쿠투조프는 이미 저지대로 내려간 프시비셰프스키와

---

* 나폴레옹의 대관식은 1804년 12월 2일 파리 노트르담 대성당에서 열렸고, 아우스터리츠 전투는 1805년 12월 2일에 일어났다.

랑제롱의 종대와 교대하기 위해 밀로라도비치의 제4종대 선두에서 말을 타고 프라츠 마을로 출발했다. 그는 전면에 있는 연대 병사들에게 인사하고 출동 명령을 내림으로써 그 자신이 이 종대를 통솔할 생각임을 분명히 했다. 프라츠 마을 가까이에서 그는 말을 멈췄다. 안드레이 공작은 총사령관의 수많은 막료 중 한 사람으로서 그의 뒤에 서 있었다. 안드레이 공작은 오랫동안 고대하던 순간이 닥쳤을 때 누구나 느끼는 흥분과 초조를 느끼면서도, 동시에 마음의 고삐를 잡아쥐어 침착하게 가라앉은 자신을 느꼈다. 그는 오늘이야말로 자신의 툴롱이, 아르콜레 다리가 실현될 날이라고 확신하고 있었다. 어떻게 실현될 것인지는 그 자신도 알지 못하지만, 반드시 실현될 거라고 확신하고 있었다. 지형이나 아군의 위치도 그는 아군의 누구 못지않게 잘 알고 있었다. 그는 자기의 작전 계획 같은 것은 완전히 잊어버렸는데, 이제는 그것을 실행하겠다는 생각조차 할 필요가 없었기 때문이다. 지금 안드레이 공작은 바이로터의 작전 계획에 몰두하며 일어날 수 있는 온갖 우연을 숙고하고, 자신의 민첩한 상상력과 결단력이 요구되는 새로운 안을 세우고 있었다.

안개가 짙은 왼쪽 저지대에서는 보이지 않는 양군의 사격 소리가 들리고 있었다. 안드레이 공작은 그곳에 전투가 집중되고, 큰 장애가 나타날 것 같다고, '나는 분명 저곳으로 파견될 것이다' 하고 생각했다. '그러면 나는 일개 여단, 혹은 일개 사단을 거느리고 군기를 들고 앞장서서, 눈앞에 있는 것은 모조리 분쇄해버리리라.'

안드레이 공작은 옆을 지나가는 각 대대의 군기를 예사로이 보고 있을 수 없었다. 군기를 바라보면서 그는 연신 이렇게 생각했다. '저것이

내가 앞장서서 나아갈 때 들 군기인지도 모른다.'

밤안개는 새벽녘이 되자 고지에서는 서리만 남기고 이슬로 변했지만, 저지에서는 아직 젖빛의 하얀 바다처럼 깔려 있었다. 아군이 내려간 왼쪽 저지에는 아무것도 보이지 않고, 사격 소리만 들려올 뿐이었다. 고지 위에는 어둡게 갠 하늘이 있고, 오른쪽에는 커다란 태양의 원구가 빛나고 있었다. 멀리 앞쪽의 안개바다 건너편에는 틀림없이 적군이 있을 숲이 우거진 언덕이 보였고, 거기서 뭔가가 또 보였다. 오른쪽에서는 군화와 수레바퀴 소리를 울리고 이따금 총검을 번뜩이며 근위대가 안개의 세계로 발을 들여놓고 있었다. 왼쪽에서는 그만한 규모의 기병대가 마을 밖 안개바다 속으로 모습을 감춰가고 있었다. 앞에서도 뒤에서도 보병대가 움직이고 있었다. 총사령관은 마을 어귀에 서서 군대를 통과시키고 있었다. 이날 아침 쿠투조프는 피로하고 초조해 보였다. 그의 옆을 통과하던 보병대가 명령도 없이 멈췄는데, 아마도 선두가 무엇에 막힌 모양이었다.

"이제 그만 대대를 종대로 정렬시켜서 마을을 우회하도록 명령하는 게 어떻소?" 말을 타고 다가온 장군에게 쿠투조프는 화난 듯이 말했다. "장군, 어째서 당신은 모르는 거요? 적을 향해 진군중인데 좁은 마을길에 부대를 길게 뻗쳐놓아서는 안 되지 않소."

"각하, 저는 마을 밖에서 정렬시킬 생각입니다." 장군이 대답했다.

쿠투조프는 신경질적인 웃음을 터뜨렸다.

"적의 면전에서 대열을 정렬할 생각을 하다니 당신도 대단하십니다, 정말 대단해요."

"적은 아직 멀리 있습니다, 각하, 작전 계획에 의하더라도……"

"작전 계획?" 쿠투조프는 역정을 내며 외쳤다. "대체 누가 그런 소리 했소?…… 내 명령에 따르시오."

"알겠습니다, 각하."

"여보게," 네스비츠키가 안드레이 공작에게 속삭이듯 말했다. "우리 영감은 몹시 기분이 나쁘신 모양이야."

이때 모자에 녹색 깃털 장식을 달고 하얀 제복을 입은 오스트리아 장교가 쿠투조프에게 달려와서 제4종대는 출동했느냐고 황제의 이름으로 물었다.

쿠투조프는 대꾸하지 않고 얼굴을 돌려버렸고, 그러자 불의에 그 시선은 옆에 서 있던 안드레이 공작에게 떨어졌다. 볼콘스키를 보자 이런 사태가 된 것이 자기 부관 책임은 아니라는 것을 의식한 듯 쿠투조프는 악의에 찬 신랄한 눈초리를 이내 누그러뜨렸다. 그리고 오스트리아 부관한테는 대답하지 않고 볼콘스키에게 말했다.

"여보게, 가서 제3사단이 마을을 통과했는지 보고 오게. 그리고 진군을 멈추고 내 명령을 기다리라고 이르게."

안드레이 공작이 말을 몰고 가려 하자 쿠투조프는 그를 불러세웠다.

"그리고 저격병 배치가 되었는지 확인하고 오게." 그는 덧붙였다. "모두 뭣들 하고 있는 거야, 정말 뭣들 하고 있어!" 여전히 오스트리아 부관한테는 대답하지 않고 그는 중얼거렸다.

안드레이 공작은 명령을 실행하기 위해 말을 몰았다.

그는 전진하는 대대들을 모두 앞질러 가서 제3사단을 정지시키고, 역시나 아군의 전방에 산병선이 없다는 것을 확인했다. 저격병을 배치하라는 총사령관의 명령을 전하자 선두 연대의 대장은 몹시 놀랐다.

연대장은 자기 앞쪽에도 몇 개 연대가 있기 때문에 10베르스타 이내에는 적군이 있을 리 없다고 굳게 믿고 있었던 것이다. 사실 전방에는 짙은 안개에 싸인 망막한 경사지 외에는 아무것도 보이지 않았다. 이 실책을 보완하라고 총사령관의 이름으로 명령하고 안드레이 공작은 말을 몰고 되돌아왔다. 쿠투조프는 아까와 같은 자리에서 뚱뚱한 몸을 안장 위에 노인답게 얹고 눈을 감으며 무겁게 하품했다. 군은 이제 움직이지 않았고, 병사들은 총을 세운 채 쉬고 있었다.

"좋아, 좋아." 그는 안드레이 공작에게 말하고, 이제 좌익의 전 종대가 내려갔으니 움직일 때가 아니냐고 시계를 들고 보면서 말한 장군에게로 얼굴을 돌렸다.

"아직 시간은 충분합니다, 장군." 쿠투조프는 하품하면서 말하고, "충분합니다!" 하고 다시 한번 되풀이했다.

이때 쿠투조프 뒤쪽 멀리서 연대가 외치는 환성이 들렸다. 이 소리는 공격하러 가는 러시아군의 길게 뻗은 대열의 끝에서 끝으로 쭉 전해지며 빠르게 가까워지고 있었다. 분명 이 환성을 받고 있는 사람이 급히 말을 몰고 오는 것 같았다. 쿠투조프는 자기 뒤에 있던 연대의 병사들이 외치기 시작하자, 조금 옆으로 말을 비켜 세우고 눈살을 찌푸리며 돌아보았다. 프라첸에서 가도를 따라 색색의 복장을 한, 일개 중대쯤 되어 보이는 기병 부대가 달려오고 있었다. 그중 두 사람은 선두에서 구보로 크게 내디디며 나란히 달려왔다. 한 사람은 하얀 깃털 장식이 달린 모자에 검은 제복을 입고 영국풍으로 꼬리를 짧게 자른 밤색 암말을 타고 있고, 다른 한 사람은 흰 제복에 검정말을 타고 있었다. 두 황제와 그 시종들이었다. 쿠투조프는 전선의 노병다운 자세로 병사들에게 "차렷" 하고 구령을 내리고 경례하면서 황제에게 다가갔다. 그의 자세와 태도는 갑자기 변했다. 그는 스스로 판단하지 않는 막료의 태도를 취했다. 그는 분명 알렉산드르 황제를 불쾌하게 만들고 놀라게 했을 짐짓 공손한 빛을 띠고 바싹 다가가 경례했다.

불쾌한 인상은 맑은 하늘에 낀 안개처럼 황제의 젊고 행복한 얼굴을 스쳤을 뿐 곧 사라졌다. 볼콘스키가 처음 외국에서 황제를 보았던 그 올뮈츠 열병식 때에 비하면 그는 건강을 상한 뒤라서인지 조금 수척해 보였다. 그러나 아름다운 회색 눈에는 위엄과 온화함이 변함없이 매력적으로 융합되어 있었고, 얇은 입술은 여전히 어떻게든지 변할 수 있을 것 같은 느낌을 주었으며, 무엇보다 따뜻하고 순수한 젊음이 보였다.

올뮈츠 열병식 때는 한결 위엄 있어 보였던 그가 여기서는 쾌활하고 정력적으로 보였다. 그는 3베르스타의 길을 구보로 달려와서 얼굴이 살짝 상기되어 있었는데, 말을 세우자 안도의 한숨을 내쉬고 자기와 마찬가지로 젊고 활기찬 막료들의 얼굴을 돌아보았다. 차르토리스키, 노보실초프, 볼콘스키 공작*, 스트로가노프**, 그 밖의 화려한 차림을 한 쾌활한 젊은이들이 아름답고 잘 손질돼 있고 윤기가 흐르고 약간 땀을 흘린 말을 타고 미소짓고 이야기하면서 황제 뒤에 멈춰 있었다. 혈색이 좋은 긴 얼굴의 젊은 프란츠 황제는 아름다운 검은 암말을 타고 무언가 걱정이 있는 듯 천천히 주위를 둘러보고 있었다. 그는 흰 제복을

---

* P. M. 볼콘스키(1776~1852). 1805년 북스게브덴 군대의 당직 장군.
** P. A. 스트로가노프(1774~1817). 원로원 의원으로 1805년 외교 업무를 하며 알렉산드르 1세를 수행했다. 차르토리스키, 노보실초프, 스트로가노프는 알렉산드르 1세의 '젊은 벗들'로 '비밀위원회' 멤버였다.

입은 부관들을 가까이 불러 무엇인가 물었다. '틀림없이 몇시에 출발했느냐고 묻는 것이다' 하고 안드레이 공작은 낯이 익은 프란츠 황제를 응시하면서 생각했고, 전에 그를 알현한 일을 떠올리자 미소를 금할 수 없었다. 두 황제의 시종 중에는 러시아, 오스트리아의 근위대와 일반 부대에서 선발된 용감한 전령들이 있었다. 그리고 그들 사이에는 수놓인 마의를 입힌, 황제들의 예비마들이 조마사 손에 이끌리고 있었다.

열린 창문으로 들판의 신선한 공기가 답답한 방안으로 갑자기 불어들어오는 것처럼, 지금 달려온 이 화사한 젊은이들로부터 젊음과 정력과 승리에 대한 신념이 음울한 쿠투조프의 참모부로 불어들었다.

"왜 시작하지 않는 거요, 미하일 일라리오노비치?" 알렉산드르 황제는 쿠투조프에게 황급히 물으며 프란츠 황제를 정중하게 바라보았다.

"저는 기다리고 있습니다, 폐하." 쿠투조프는 공손하게 몸을 굽히면서 대답했다.

황제는 가볍게 눈살을 찌푸리면서 잘 들리지 않는다는 듯이 귀를 기울였다.

"기다리고 있습니다, 폐하" 하고 쿠투조프는 되풀이했다(안드레이 공작은 "기다리고 있습니다"라고 말할 때 쿠투조프의 윗입술이 부자연스럽게 떨린 것을 알아챘다). "아직 종대가 전부 모이지 않았습니다, 폐하."

황제는 알아들었지만 분명 그 대답이 마음에 들지 않는 듯했고, 그는 구부정한 어깨를 움츠리고 옆에 서 있는 노보실초프를 힐끔 쳐다보았는데, 그 눈빛은 쿠투조프를 비난하는 것 같았다.

"그러나 미하일 일라리오노비치, 우리는 지금 차리친 루크에 있는 게 아니잖소. 종대가 전부 모이지 않으면 시작할 수 없는 열병식과는 다르니까." 또다시 황제는 프란츠 황제의 눈을 바라보면서, 마치 자기를 편들진 않더라도 듣기만이라도 해달라고 부탁하는 듯이 말했다. 그러나 프란츠 황제는 연신 주위를 둘러볼 뿐 그의 말은 듣고 있지 않았다.

"그러니까 시작하지 않고 있는 것입니다, 폐하." 쿠투조프는 상대방이 알아듣지 못할 수 없도록 쩌렁쩌렁 울리는 목소리로 말했고, 그의 얼굴은 다시 한번 가볍게 떨렸다. "그러니까 시작하지 않고 있습니다. 우리가 있는 곳이 열병식장도, 차리친 루크도 아니기 때문입니다." 그는 또박또박 정확하게 말했다.

순간 자기도 모르게 서로 눈을 마주친 황제의 막료들 얼굴에는 한결같이 불평과 비난의 빛이 떠올랐다. '아무리 노인이기로서니, 저렇게 함부로 입을 놀리다니 있을 수 없는 일이다.' 그들의 얼굴은 이렇게 말하고 있었다.

황제는 쿠투조프가 또 무슨 말을 할지 기다리면서 찬찬히 주의깊게 그의 눈을 바라보았다. 그러나 쿠투조프는 공손하게 머리를 숙인 채, 역시 무언가를 기다리는 듯했다. 침묵이 일 분 정도 흘렀다.

"그러나 폐하, 명령이시라면" 하고 쿠투조프는 머리를 들고 아까와 마찬가지로, 자기 스스로는 판단하지 않는 순종적인 장군 같은 어조로 바꾸어 말했다.

그는 말을 몰아 밀로라도비치 종대장을 부르더니 공격 개시 명령을 내렸다.

군대는 다시 움직이기 시작하여 노브고로드스키 연대의 2개 대대,

아프셰론스키 연대의 1개 대대가 황제 옆을 전진해 갔다.

아프셰론스키 대대가 통과할 때, 붉은 얼굴의 밀로라도비치는 외투도 입지 않고, 제복에 훈장을 달고, 큼직한 깃털 장식이 달린 모자를 비스듬히 쓰고, 맹렬하게 말을 몰고 나와 힘차게 경례하면서 황제 앞에서 멈췄다.

"성공을 빌겠소, 장군." 황제가 그에게 말했다.

"폐하, 맹세코, 전력을 다하겠습니다, 폐하!" 그는 밝게 대답했으나 서툰 프랑스어 발음으로 시종들의 냉소를 받았다.

밀로라도비치는 말 머리를 돌려 황제의 조금 뒤에 가서 멈췄다. 황제의 출현에 용기를 얻은 아프셰론스키 연대의 병사들은 씩씩하고 힘차게 보조를 맞추면서 두 황제와 시종들 옆을 지나갔다.

"제군들!" 밀로라도비치는 크고 자신만만하고 밝은 목소리로 외쳤다. 그는 사격 소리와 전투에 대한 기대, 황제의 눈앞에서 힘차게 전진하는 용감한 아프셰론스키 연대의 병사들, 즉 수보로프 시절부터의 전우들의 모습 때문에 너무 흥분한 나머지 황제의 존재마저 잊어버린 것 같았다. "제군들, 마을을 점령하는 것은 이번이 처음이 아니다!" 하고 그는 외쳤다.

"전력을 다하겠습니다!" 병사들이 외쳤다.

황제가 탄 말은 이 예기치 못한 함성에 뛰어 물러났다. 러시아에서의 열병식 때부터 황제를 태워온 이 말은 이곳 아우스터리츠의 들판에서도 기수가 무심코 가하는 왼발의 박차를 참으면서 마르스의 들판*에

---

* 1818년 이래 차리친 루크(페테르부르크의 연병장)를 일컬음.

서와 마찬가지로 사격 소리에 귀를 기울이고 있었으나 그것의 의미도, 프란츠 황제의 검은 암말과 나란히 서 있는 까닭도, 자기를 탄 사람이 이날 말하고 생각하고 느낀 모든 것의 의미도 알지 못했다.

황제는 미소를 머금고 활기찬 아프셰론스키 연대의 병사들을 가리키면서 한 측근에게 몸을 돌리고 무엇인가를 말했다.

16

쿠투조프는 부관들을 거느리고 기총병騎銃兵 뒤에서 평보로 출발했다. 종대 뒤쪽에 붙어 반 베르스타쯤 가자, 그는 도로의 갈림길에 있는 빈집(분명 전에는 선술집이었을 것이다) 앞에서 말을 멈췄다. 길은 양쪽 다 내리막이었고, 어느 쪽이나 군대가 전진하고 있었다.

안개는 걷히기 시작했고, 2베르스타쯤 앞쪽 고지에는 벌써 희미하게 적군이 보였다. 왼쪽 저지대에서는 점점 또렷하게 사격 소리가 들려왔다. 쿠투조프는 오스트리아 장군과 이야기하면서 걸음을 멈췄다. 안드레이 공작은 그들 조금 뒤에 서서 적이 있는 곳을 보다가 한 부관에게 망원경을 빌리려고 몸을 돌렸다.

"보십시오, 보십시오." 멀리 있는 적군이 아니라 바로 앞 산기슭을 내려다보면서 부관은 말했다. "저건 프랑스군입니다!"

두 장군과 부관들이 다투듯이 망원경을 잡았다. 모두의 얼굴빛이 갑자기 바뀌면서 공포의 빛이 떠올랐다. 아직은 2베르스타쯤 떨어져 있는 줄 알았던 프랑스군이 느닷없이 앞에 나타난 것이었다.

"저것이 적군일까?…… 아니야!…… 그러나 보십시오, 적입니다……
확실히…… 도대체 어떻게 된 일이지?" 하는 목소리들이 들렸다.

지금 쿠투조프가 서 있는 곳에서 오백 걸음도 채 되지 않을 것 같은
오른쪽 저지대를 넘어 아프셰론스키 연대를 향해 올라오는 밀집된 프
랑스군 종대를 안드레이 공작은 육안으로도 볼 수 있었다.

'마침내 왔다. 결정적 순간이 온 것이다! 내가 나설 때가 왔다.' 안드
레이 공작은 이렇게 생각하고, 박차를 가해 쿠투조프 앞으로 달려갔다.
"아프셰론스키 연대를 정지시켜야 합니다." 그는 외쳤다. "사령관
각하!"

그러나 이 순간 모든 것이 연기에 뒤덮이고, 바로 옆에서 총성이 울
렸다. 그리고 안드레이 공작에게서 불과 두세 걸음 떨어진 곳에서 "이
봐, 형제들, 이젠 틀렸어!" 하고 어린애처럼 겁에 질려 외치는 목소리
가 들렸다. 이 소리는 마치 호령 같았다. 이 소리에 모두가 도망치기
시작했던 것이다.

점점 수가 늘고 뒤엉킨 군중은 오 분 전 각 부대가 두 황제 옆을 통
과했던 자리로 뛰어 돌아갔다. 이 군중을 제지하는 것은 어려웠을 뿐
만 아니라 이 군중과 함께 뒤로 밀려나지 않는 것도 불가능했다. 볼콘
스키는 당황하여 자기 눈앞에서 무슨 일이 일어나고 있는지 이해하지
못한 채 그저 쿠투조프에게서 떨어지지 않으려고 애쓰면서 사방을 둘
러볼 뿐이었다. 네스비츠키는 여느 때와는 달리, 화가 나서 새빨개진
얼굴로 빨리 여기를 벗어나지 않으면 포로가 될 거라고 쿠투조프에게
외쳤다. 쿠투조프는 그 자리에 선 채 대꾸도 하지 않고 손수건을 꺼냈
다. 그의 뺨에 피가 흐르고 있었다. 안드레이 공작은 사람들을 뚫고 그

옆으로 다가갔다.

"부상당하셨습니까?" 아래턱이 떨리는 것을 간신히 억누르면서 그는 물었다.

"부상은 여기가 아니야, 저쪽이야!" 상처 난 뺨에 손수건을 대고, 도망치는 병사들을 가리키면서 쿠투조프는 말했다.

"저들을 멈춰 세워!" 그는 이렇게 외쳤으나, 동시에 그들을 멈춰 세우는 것이 불가능하다고 확신한 듯 말에 박차를 가해 오른쪽으로 달려갔다.

새로 밀어닥친 패주병 무리가 그를 그 소용돌이 속으로 몰아넣고 뒤로 끌고 갔다.

군대는 밀집한 무리가 되어 패주하고 있었으므로 한번 그 속에 말려들면 쉽게 빠져나올 수 없었다. 어떤 자는 "빨리 가! 왜 꾸물거리고 있어?" 하고 외치고, 어떤 자는 그 자리에서 돌아보며 공중에 대고 발포하고, 어떤 자는 쿠투조프가 타고 있는 말을 때렸다. 안간힘을 다해 군중의 흐름 왼쪽으로 빠져나온 쿠투조프는 반수 이상 줄어든 막료들을 데리고 포성이 가까이 들리는 쪽으로 말을 몰았다. 쿠투조프에게서 떨어지지 않으려고 애쓰면서 패주병 무리에서 빠져나온 안드레이 공작은 연기에 싸인 산비탈에서 여전히 포격중인 러시아 포병 중대와 그들을 향해 돌진하는 프랑스군을 보았다. 그 위쪽에 러시아 보병대가 있었으나 포병 중대를 도우러 전진하지도 않고, 패주병들 쪽으로 퇴각하지도 않고 머물러 있었다. 장군이 말을 타고 이 보병대로부터 떨어져 나와 있던 쿠투조프에게 다가왔다. 쿠투조프의 막료는 겨우 네 사람만 남아 있었다. 모두 파랗게 질린 얼굴로 말없이 눈짓만 하고 있었다.

"저 비겁한 녀석들을 멈추게 하게!" 쿠투조프는 패주병들을 가리키고 숨을 헐떡거리면서 연대장에게 말했다. 그러나 그 순간 마치 이 말을 응징이라도 하듯 새떼 같은 탄환이 쿠투조프의 막료와 연대를 향해 윙윙 소리를 내며 날아왔다.

포병 중대를 공격하던 프랑스군이 쿠투조프를 보자 그를 겨누고 쏜 것이다. 이 일제사격으로 연대장은 한쪽 다리를 부여잡고, 몇 명의 병사가 쓰러지고, 군기를 들고 있던 소위보는 군기를 놓쳤다. 군기는 옆 병사의 총에 감겨 흔들리다가 땅바닥에 떨어져버렸다. 병사들은 명령도 기다리지 않고 사격을 개시했다.

"오, 오오!" 쿠투조프는 절망적인 표정으로 신음하며 돌아보았다. "볼콘스키" 하고 그는 자기의 노쇠를 자각한 듯 떨리는 목소리로 속삭이듯 말했다. "볼콘스키," 그는 혼란에 빠진 대대와 적 쪽을 가리키면서 말했다. "도대체 어떻게 된 건가?"

그러나 그가 말을 끝마치기도 전에 안드레이 공작은 목구멍까지 치밀어오르는 치욕과 분노의 눈물을 느끼면서 어느새 말에서 뛰어내려 군기 쪽으로 달려가고 있었다.

"제군들, 전진하라!" 그는 어린애처럼 새된 목소리로 외쳤다.

'마침내 왔다!' 안드레이 공작은 군깃대를 움켜쥐고, 분명 그를 겨누고 퍼붓는 듯한 탄환 소리를 흐뭇하게 들으면서 생각했다. 몇 명의 병사가 쓰러졌다.

"우라!" 무거운 군기를 간신히 두 손으로 움켜쥐고 외치며 안드레이 공작은 대대 전부가 자기를 뒤따라올 거라 확신하면서 앞으로 달려갔다.

사실 그가 혼자서 달린 것은 몇 발짝에 지나지 않았다. 한 사람, 또한 사람 병사가 움직이기 시작하자 대대 전체가 "우라!" 하고 외치며 앞으로 달려나와 이윽고 그를 앞질러버렸다. 대대의 하사가 달려와서 안드레이 공작의 손에서 무거워 휘청거리는 군기를 받았으나 이내 죽어버렸다. 안드레이 공작은 또다시 군기를 움켜쥐고 깃대를 질질 끌면서 대대와 함께 달렸다. 앞쪽에서 그는 아군의 포병대를 보았다. 일부는 전투를 하고 있었지만, 일부는 포를 내버리고 이쪽으로 달려오고 있었다. 그는 또 포차 말의 재갈을 잡고 포를 돌리는 프랑스 병사들도 보았다. 안드레이 공작과 대대는 이제 포에서 스무 걸음 정도 떨어진 거리에 있었다. 머리 위에서는 쉴새없이 탄환의 울림이 들리고, 좌우에서는 줄곧 병사들이 신음하며 쓰러져갔다. 그러나 볼콘스키는 그들을 보지 않았다. 그는 다만 앞쪽 포병대에서 일어나고 있는 일을 주시하고 있었다. 그는 모자를 비스듬히 쓴 빨간 머리 포수가 한쪽에서 프랑스병이 잡아당기고 있는 포의 세간을 자기 쪽으로 잡아당기고 있는 모습을 또렷이 보았다. 자기들이 무엇을 하고 있는지도 모르는 게 분명한 그들의 정신이 나간 듯하고 적의에 찬 표정도 그는 확실히 보았다.

'저들은 무엇을 하고 있을까?' 안드레이 공작은 두 사람을 보면서 생각했다. '저 빨간 머리 포수는 총도 없으면서 왜 도망치지 않을까? 프랑스병은 저 빨간 머리 포수를 왜 찌르지 않을까? 여기까지 달려오기도 전에 저 프랑스병은 자기에게 총검이 있다는 걸 생각해내고 포수를 찔러 죽일 것이다.'

실제로 다른 프랑스병이 총을 앞쪽으로 기울인 채, 싸우고 있는 두 사람 쪽으로 달려왔다. 자신을 기다리고 있는 것을 여전히 깨닫지 못하고 세간을 빼앗아 의기양양해하는 빨간 머리 포수의 운명은 결정될 것이었다. 그러나 안드레이 공작은 그 결말을 보지 못했다. 옆에 있던 병사가 단단한 막대기로 그의 머리를 힘껏 후려친 것 같았다. 조금 아팠지만, 무엇보다 불쾌했다. 그 고통이 주의를 어지럽혀 그가 보고 싶었던 것을 보는 데 방해가 됐기 때문이다.

'어떻게 된 걸까? 내가 쓰러지고 있는 걸까? 다리에 힘이 없다.' 안드레이 공작은 이런 생각을 하다가 갑자기 뒤로 쓰러졌다. 그는 프랑스병들과 포수의 싸움의 결과가 어떻게 되었는지, 빨간 머리 포수가 죽임을 당했는지, 포를 빼앗겼는지 지켰는지 보기 위해 눈을 떴다. 그러나 아무것도 보이지 않았다. 머리 위에는 드높은, 맑지는 않지만 측량할 수 없이 드높은 하늘과, 하늘을 따라 유유히 흐르고 있는 잿빛 구름밖에 없었다. '어쩌면 이렇게도 조용하고 평온하고 엄숙할까. 내가 달리던 때와는 전혀 다르다.' 안드레이 공작은 생각했다. '우리가 달리고 외치고 싸우던 때와는 전혀 다르다. 저 프랑스병과 포수가 적의에 불타고 공포에 질린 얼굴로 서로 세간을 잡아당기던 때와는 전혀 다르다. 이 드높고 끝없는 하늘에 흘러가는 구름은 전혀 다르다. 왜 나는 전에 이 드높은 하늘을 보지 못했을까? 그러나 이제라도 깨달았으니 나는 얼마나 행복한가. 그렇다! 모두 허무하다, 모두 거짓이다, 이 끝없는 하늘 외에는. 그러나 이 하늘마저도 없다. 아무것도 없다, 정적과 평안 외에는. 그것으로 좋은 것이다!……'

17

우익에 있는 바그라티온의 부대는 아홉시가 되어도 전투를 시작하지 않았다. 전투를 시작하라는 돌고루코프의 요구에 동의하고 싶지 않고 책임을 피하고 싶은 마음에서 바그라티온 공작은 총사령관에게 전령을 보내 전투 개시에 대한 지시를 받자고 돌고루코프에게 제안했다. 우익과 좌익은 10베르스타나 떨어져 있었기 때문에 설사 전령이 전사(이는 흔히 있을 수 있는 일이다)하지 않고, 지극히 어려운 일이지만 총사령관을 만난다 하더라도 저녁 전까지는 돌아올 수 없다는 것을 바그라티온은 알고 있었던 것이다.

바그라티온은 무표정하고 졸린 듯한 큰 눈으로 막료들을 둘러보았고, 흥분과 기대로 굳어버린 듯한 로스토프의 앳된 얼굴이 무심결에 맨 먼저 눈에 들어왔다. 그는 로스토프를 보내기로 했다.

"만약 총사령관보다 폐하를 먼저 뵙게 되면 어떻게 해야 합니까, 각하?" 로스토프는 모자의 차양에 손을 댄 채 물었다.

"폐하께 여쭈어봐도 좋네." 돌고루코프는 당황해서 바그라티온을 가로막으며 말했다.

산병선에서 교대한 뒤 날이 새기 전 몇 시간을 잔 덕분에 로스토프는 자신이 아주 쾌활하고, 용감하고, 결단력 있고, 동작에 탄력이 있다고 느꼈고, 자신의 행복을 확신하고, 모든 일이 쉽고 즐겁고 가능하다고 느끼고 있었다.

이날 아침 그의 소망은 모두 이루어졌다. 즉 총력전이 시작되고, 거기에 참가하게 되었다. 그뿐이랴, 용감한 장군의 전령이 되었다. 그런

제3부 541

데다가 명령을 가지고 쿠투조프에게 가게 되었다. 어쩌면 황제에게 가게 될지도 몰랐다. 이날 아침은 쾌청했고, 그가 탄 말은 훌륭했다. 그의 마음은 희열과 행복으로 가득차 있었다. 명령을 받자, 그는 말을 몰고 전선을 따라 질주하기 시작했다. 처음에는 아직 전투를 개시하지 않고 정지해 있던 바그라티온 부대의 대열을 따라 달리다가, 이윽고 우바로프* 기병대가 점령하고 있는 지역으로 들어갔다. 여기서는 벌써 이동과 전투 준비의 징후가 보였다. 우바로프 기병대를 지나자 자기 앞에서 울리는 대포와 소총의 발사 소리를 또렷이 들을 수 있었다. 사격은 점점 격렬해졌다.

이전처럼 불규칙한 간격으로 두세 발의 총성이 들리고 이어서 한두 발의 포성이 들리는 것이 아니라, 프라츠 마을 전방의 산비탈을 따라 연발하는 총성이 신선한 아침의 대기 속에 울려퍼지고 있었고, 게다가 빈번한 포격이 뒤섞여, 포성이 따로따로 울리는 것이 아니라 하나의 굉음으로 합쳐져서 울렸다.

산비탈에 퍼진 소총 연기는 서로 쫓고 달리듯이 흐르고, 뭉게뭉게 피어오른 포연은 퍼지면서 다른 포연과 섞이고 있었다. 연기 속으로 반짝이는 총검으로 보아 보병인 듯한 밀집 부대가 보였고, 녹색 탄약함을 끌고 가는 포병의 가느다란 행렬도 보였다.

로스토프는 언덕 위에 잠시 말을 세우고 눈앞에서 전개되는 사태를 살펴보려 했다. 그러나 아무리 집중해서 보아도 사태를 확실히 분간할 수도 이해할 수도 없었다. 연기 속에서 사람의 형체가 움직이고, 그 앞

---

* F. P. 우바로프(1769~1824). 러시아 장군.

뒤로도 군대의 대열 같은 것이 움직이고 있었지만, 누가, 무엇 때문에, 어디로 가는지는 조금도 알 수 없었다. 그 광경과 울림은 그를 겁먹게 하거나 낙심하게 하기는커녕 정력과 결단력을 주었다.

'자, 더, 더 해라!' 그는 마음속으로 외치면서 다시 전선을 따라 전진해서 이미 전투를 개시한 부대의 권내로 차츰 깊숙이 들어갔다.

'앞으로 어떻게 될지 나는 모르지만, 모든 것이 잘될 것이다!' 로스토프는 생각했다.

오스트리아군의 어느 부대를 통과할 때, 그는 그다음의 전열은(그것은 근위대였다) 이미 전투를 개시했다는 것을 알아챘다.

'더 잘됐다! 가까이에서 봐야겠다.' 그는 생각했다.

그는 거의 최전선을 따라 말을 몰았다. 기마병 몇이 그를 향해 달려왔다. 공격 대열에서 흩어져 돌아오는 근위 창기병들이었다. 로스토프는 그들을 피하다가 문득 그중 한 사람이 피투성이가 된 것을 보았지만, 계속해서 앞으로 달렸다.

'나와는 상관없는 일이다!' 그는 생각했다. 그러나 미처 백 걸음도 가기 전에 왼쪽에서 기병의 대집단이 그가 가는 길을 가로지르듯이 넓은 들판 전면에 걸쳐서 나타났다. 눈부실 정도로 하얀 제복을 입고 검정말을 탄 이 무리는 곧장 그를 향해 빠르게 달려왔다. 로스토프는 그들의 진로에서 벗어나기 위해 전속력으로 말을 몰았다. 만약 그들이 줄곧 같은 속도로 달려왔다면 로스토프는 그들을 피할 수 있었겠지만, 그들은 점점 속도를 올렸고 개중에는 벌써 전력으로 달리는 말도 있었다. 말굽 소리와 무기 부딪치는 소리가 점차 들려오고, 말과 기수의 모습, 심지어 얼굴까지 볼 수 있게 되었다. 그들은 정면에서 몰려오는 프

랑스 기병대를 공격하러 가는 근위 기병들이었다.[37]

근위 기병들은 빠르게 달렸지만, 아직은 말을 제어하고 있었다. 로스토프는 그들의 얼굴을 볼 수 있었고, 한 장교가 "전진, 전진!" 하고 순종 말을 전속력으로 몰면서 외치는 소리도 들을 수 있었다. 로스토프는 말에게 밟히거나 공격하러 가는 무리에 휩싸여 들어갈까봐 전방을 따라 있는 힘껏 말을 달렸으나, 결국 그들을 피할 수는 없었다.

가장 끝에 있던 아주 키가 크고 곰보인 근위 기병은 로스토프와 충돌할 것 같자 성난 듯이 얼굴을 찌푸렸다. 만약 로스토프가 그 근위 기병의 말의 눈에 채찍을 휘두르지 않았다면, 그는 분명 로스토프를 베두인과 함께 거꾸러뜨렸을 것이다(로스토프는 이 거대한 사람들과 말에 비하면 자신이 무척 작고 나약하다는 생각이 들었다). 육중하고 키가 5베르쇼크*나 되는 검정말은 겁을 먹고 귀를 눕혔지만, 곰보인 근위 기병이 맹렬하게 박차를 가하자 꼬리를 젓고 목을 빼고 더욱 빨리 달렸다. 근위 기병이 옆을 지나쳤을 때, 로스토프는 "우라!" 하고 그들이 외치는 함성을 듣고 돌아보았다. 그 선두의 열이 빨간 견장을 단, 프랑스병인 듯한 낯선 기병들과 뒤섞여 있는 것이 눈에 띄었지만, 그 앞은 아무것도 보이지 않았다. 그 순간 어디선가 대포를 쏘기 시작해 주변이 온통 연기로 뒤덮였기 때문이다.

근위 기병들이 그를 지나쳐 연기 속으로 사라진 순간, 그는 그들을 뒤따라 달려갈지 명령받은 곳으로 갈 것인지 망설였다. 프랑스군까지

---

* 러시아의 옛 길이 단위로, 1베르쇼크는 약 4.4센티미터. 키를 말할 때는 대개 2아르신(약 142센티미터)을 생략하고 베르쇼크만 썼다. 즉 이 말의 키는 2아르신 5베르쇼크로 약 165센티미터다.

도 경탄한다는 눈부신 근위 기병의 공격이었다. 그 멋지고 거대한 장부들 집단의 훌륭한 사람들 중에서, 수천 루블짜리 말을 타고 그의 옆을 지나쳐 간 부유한 청년이며 장교며 견습사관 중에서 돌격 후까지 살아남은 자가 열여덟 명에 불과했다는 것을 나중에 듣고 로스토프는 오싹했다.

'나는 저들을 부러워할 이유가 없다, 나의 일은 나에게서 달아나지 않으며, 어쩌면 나는 곧 폐하를 뵙게 될지도 모른다!' 로스토프는 이렇게 생각하며 말을 내달렸다.

근위 보병대와 나란히 서게 되자 그는 그들의 머리 위와 주변으로 포탄이 날아오고 있음을 깨달았지만, 그것은 포탄의 굉음을 들어서라기보다 병사들의 불안한 표정과 장교들의 부자연스럽고, 도전적이고, 장엄한 표정을 읽었기 때문이었다.

근위 보병 연대의 전선 뒤를 지나갈 때, 그는 자기 이름을 부르는 소리를 들었다.

"로스토프!"

"무슨 일입니까?" 보리스를 알아보지 못하고 그는 대답했다.

"봐, 마침내 우리도 제일선에 들어왔어! 우리 연대는 돌격하러 나갔지!" 포화 속에 처음 선 젊은이에게서 흔히 볼 수 있는 행복한 미소를 띠며 보리스는 말했다.

로스토프는 말을 세웠다.

"그렇군!" 그는 말했다. "그래서 어떻게 됐어?"

"격퇴했지!" 말이 많아진 보리스가 쾌활한 어조로 말했다. "상상이 되나?"

보리스도 자기 부대의 근위대가 전방에서 군대를 발견하고 그것을 오스트리아군이라고 생각했는데, 갑자기 그쪽에서 포탄이 날아와 비로소 자기들이 제일선에 있다는 것을 깨닫고 예상치 못한 때에 전투를 개시해야 했던 경위를 이야기하기 시작했다. 로스토프는 보리스의 말을 다 듣지 않고 말을 몰려고 했다.

"어디로 가나?" 보리스가 물었다.

"폐하께 명령을 가지고."

"저기 계셔!" '폐하'를 '전하'로 잘못 듣고 보리스는 이렇게 말했다.

그리고 그는 백 걸음 남짓 떨어진 곳에 서 있는 대공을 가리켰는데, 철모를 쓰고 근위 기병복을 입은 대공은 타고난 딱 바라진 어깨에 힘을 주고 눈썹을 찌푸린 채, 하얀 군복을 입은 창백한 오스트리아 장교에게 소리치고 있었다.

"저분은 대공이잖아. 나는 총사령관이나 폐하께 볼일이 있어." 이렇게 말하고 로스토프는 다시 말을 몰려고 했다.

"백작, 백작!" 보리스와 마찬가지로 활기를 띤 베르그가 다른 쪽에서 달려오면서 소리쳤다. "백작, 난 오른손에 부상을 입었지만(손수건으로 동인 피투성이 손을 보이면서 그는 말했다), 전선에 남았습니다. 군도는 왼손으로 잡으면 됩니다, 백작. 우리 폰 베르그 일가는 모두 기사였습니다, 백작."

베르그는 또 무슨 말인가 했으나 로스토프는 끝까지 듣지 않고 앞쪽으로 달려나갔다.

근위대와 공지空地를 통과한 로스토프는 조금 전 공격하러 가는 근위 기병들에 휘말린 것처럼 제일선에서도 같은 꼴을 당하지 않기 위해,

가장 격렬한 총성과 포성이 들리는 곳을 멀리 우회하면서 예비대의 전선을 따라 전진했다. 그런데 적군이 있으리라고 전혀 생각지 못한 그의 전방과 아군의 후방 가까이에서 갑자기 총성이 들려왔다.

'어떻게 된 일일까?' 로스토프는 생각했다. '적이 아군의 배후로 돈 걸까? 그럴 리는 없다.' 그러자 갑자기 자기 자신과 전투의 결과에 대한 공포가 그를 엄습했다. '그러나 어쨌든,' 그는 생각했다. '이렇게 된 바에야 이제 우회해도 소용없다. 나는 여기서 총사령관을 찾아야만 한다. 그리고 만약 모든 것이 멸망해버리면, 내 임무도 함께 사라질 뿐이다.'

갑자기 로스토프를 엄습한 이 불길한 예감은, 여러 군대가 뒤섞여 진을 치고 있는 프라츠 마을 너머로 들어갈수록 더욱 확실해졌다.

"뭔가? 뭔가? 누구한테 쏘는 건가? 누가 쏘는 거야?" 로스토프는 앞길을 가로막으며 도망치는 러시아군과 오스트리아군이 뒤섞인 병사 무리가 다가왔을 때 물었다.

"알 게 뭐야! 전멸이다! 다 틀렸어!" 로스토프와 마찬가지로 사태를 제대로 이해하지 못한 패주병 무리는 러시아어, 독일어, 체코어로 대답했다.

"독일놈들을 죽여라!" 한 사람이 소리쳤다.

"배신자, 죽일 놈들!"

"이 러시아 개새끼들!……" 한 독일인이 뭐라고 투덜거렸다.

몇 명의 부상병이 걸어가고 있었다. 욕지거리, 아우성, 신음 소리가 왁자한 무딘 울림으로 녹아들었다. 총성은 잠잠해졌다. 나중에 로스토프는 러시아와 오스트리아의 병사들이 저희끼리 쏘아댔다는 것을 알게 되었다.

'아아! 이게 무슨 꼴인가?' 로스토프는 생각했다. '더구나 언제 폐하의 눈이 미칠지 모르는 곳에서…… 그러나 아니다, 이것은 일부 불한당 같은 놈들의 짓이다. 이런 일은 곧 지나간다. 이래서는 안 된다. 이런 일은 있을 수 없다' 하고 그는 생각했다. '다만 빨리, 되도록 빨리 이자들을 앞질러 가야 한다!'

로스토프는 아군의 패주니 패배니 하는 것을 생각할 수 없었다. 총사령관을 찾아가라는 명령을 받은 바로 그 프라첸 고지에 프랑스군의 대포와 병사들이 보이는데도 그는 여전히 그것을 믿을 수 없었고, 믿으려고 하지도 않았다.

18

로스토프는 프라츠 마을 부근에서 쿠투조프와 황제를 찾으라는 명령을 받았다. 그러나 와서 보니, 이 두 사람은 고사하고 대장 비슷한 사람도 없었다. 그저 혼란에 빠진 부대의 잡다한 무리가 있을 뿐이었다. 그는 되도록 빨리 이 무리에서 빠져나가기 위해 이미 지친 말을 몰아댔지만, 앞으로 나아갈수록 아군의 혼란은 더 심각했다. 그가 말을 몰고 들어선 길에는 사륜포장마차를 비롯해 각종 마차, 온갖 병과의 러시아병과 오스트리아병, 부상당한 자와 부상당하지 않은 자의 무리가 득실거리고 있었다. 그리고 모든 것이 프라첸 고지에 포진한 프랑스 포병대에서 날아오는 포탄의 음산한 울림 밑에서 뒤섞여 어지럽게 꿈틀거리고 있었다.

"폐하는 어디 계시나? 쿠투조프 각하는 어디 계시나?" 로스토프는 잡아 세울 수 있는 모든 사람에게 물어보았으나 누구에게서도 대답을 얻지 못했다.

마침내 그는 한 병사의 먹살을 움켜쥐고 억지로 대답하게 했다.

"아, 형제! 벌써 오래전에 모두 저쪽으로 갔습니다. 앞쪽으로 도망 쳤단 말입니다!" 병사는 무엇이 우스운지 낄낄거리면서 뿌리치고 가려다가 로스토프에게 말했다.

로스토프는 취한 게 분명한 이 병사를 놓아주고, 고관의 종졸이거나 조마사인 듯한 남자의 말을 세우고 묻기 시작했다. 그는 황제가 한 시간쯤 전에 유개마차에 실려 이 길을 전속력으로 지나갔고, 황제는 중상을 입었다고 로스토프에게 말해주었다.

"그럴 리가 있나." 로스토프는 말했다. "분명히 누군가 다른 사람이겠지."

"이 눈으로 봤습니다." 종졸은 자신만만한 비웃음을 지으며 말했다. "저도 이제 폐하의 얼굴을 알아볼 만한 때가 되었습니다. 페테르부르크에서도 몇 번 뵈온 적이 있으니까요. 창백한, 정말 창백한 얼굴을 하고 마차에 타고 계셨습니다. 네 필의 검정말이 끄는 마차를 타고 어이구 아버지, 우리 옆을 날아가듯 달려 지나가셨습니다, 나리. 이제 폐하의 말도, 마부 일리야 이바니치도 알아볼 만한 때 아닙니까? 마부 일리야가 폐하 이외의 사람을 태울 리가 없으니까요."

로스토프는 그의 말을 놓아주고 앞으로 나아가려고 했다. 옆을 지나가던 부상당한 장교가 그에게 말을 걸었다. "당신은 누구한테 볼일이 있습니까?" 그는 물었다. "총사령관입니까? 그렇다면 각하는 포탄에 맞아 전사하셨습니다. 우리 연대에서, 가슴에 포탄을 맞고 전사하셨습니다."

"전사가 아니야, 부상이네." 다른 장교가 정정했다.

"누구 말입니까? 쿠투조프 각하가 말입니까?" 로스토프는 물었다.

"쿠투조프 각하가 아니라, 저, 뭐라고 하더라…… 뭐 어쨌든 마찬가지입니다. 살아남은 자는 얼마 되지 않으니까요. 자, 저리로 가봐요. 바로 저 마을로. 저 마을에 사령관이 모두 모여 있습니다." 호스티에라데크 마을 쪽을 가리키면서 말하고 장교는 지나가버렸다.

로스토프는 이제 무엇 때문에 누구한테 가는지도 모르는 채 평보로 말을 몰았다. 황제는 부상당하고, 싸움은 패하고 말았다. 지금은 그것을 믿지 않을 수 없었다. 로스토프는 장교가 가르쳐준 대로 멀리 탑과 교회가 보이는 방향으로 말을 몰았다. 이제 서두를 필요가 있을까? 황제와 쿠투조프가 설령 부상당하지 않고 살아 있다 한들 그들에게 무슨 할말이 있을까?

"소위님, 이쪽 길로 가십시오, 그쪽은 위험합니다." 한 병사가 소리쳤다. "단번에 당합니다!"

"오! 무슨 말을 하고 있어!" 다른 병사가 말했다. "어딜 가시는지나 아나? 그쪽 길이 가깝습니다."

로스토프는 잠시 생각하다가 이윽고 가면 당한다고 한 방향으로 나아갔다.

'이렇게 된 바에야 이제 어떻게 되든 마찬가지다! 만약 폐하가 부상당하셨다면 내 목숨 따윌 아끼겠는가?' 그는 생각했다. 그는 프라츠 마을에서 도망친 병사들이 가장 많이 죽은 곳으로 들어섰다. 아직 프랑스군에 점령되지는 않았으나, 러시아병은 살아남은 자도 부상당한 자도 오래전에 이곳을 내버렸다. 들판에는 잘 경작된 밭의 보릿단처럼 1데샤티나*마다 열에서 열다섯 명꼴로 전사자와 중상자가 쓰러져 있었다. 부상자는 기어서 둘씩 셋씩 모이고, 때로는 로스토프가 듣기에 일부러 내는 것처럼 불쾌한 외침과 신음 소리를 냈다. 로스토프는 고통스러워하는 이들을 보지 않으려고 구보로 말을 몰았고, 두려움을 느꼈다. 그것은 목숨 때문이 아니라 그에게 필요한, 이 불행한 사람들을 보고 견딜 수 있는 용기가 자신에게 없다는 것을 알기 때문이었다.

살아남은 자가 하나도 없자 프랑스병들은 사상자만 흩어져 있는 곳을 향한 사격을 멈췄고, 말을 탄 부관을 발견하자 그쪽으로 포구 하나를 돌리고 서너 발의 탄환을 쏘았다. 슛슛 하며 바람을 가르는 무서운 소리의 느낌, 주위의 죽은 자들, 로스토프의 마음속에서 일던 공포와 자기연민이 하나의 인상으로 융합되었다. 그는 최근에 받은 어머니의 편지를 떠올렸다. '어머니는 어떻게 느끼실까?' 그는 생각했다. '지금 내가 이 들판에서 이렇게 대포의 과녁이 된 것을 보신다면.'

호스티에라데크 마을은 싸움터에서 철수한 러시아군으로 역시 혼잡했지만 비교적 질서를 유지하고 있었다. 프랑스군의 포탄도 여기까지는 닿지 않고 총성도 아련하게 들렸다. 여기서는 이제 누구나가 싸움에 졌다는 것을 똑똑히 알고 또한 이야기하고 있었다. 로스토프는 황제와 쿠투조프가 어디 있는지 계속 물어보았지만 대답할 수 있는 사람은 없었다. 황제의 부상이 사실이라고 말하는 자도 있고, 그렇지 않다

---

* 러시아의 옛 면적 단위로, 1데샤티나는 1.092헥타르.

고 말하는 자도 있었다. 이런 터무니없는 소문이 퍼진 것은 다른 사람들과 함께 황제의 시종으로 싸움터에 나갔던 궁내관장인 톨스토이 백작이 핏기가 사라진 겁에 질린 얼굴로 황제의 마차를 타고 싸움터에서 도망쳐 왔기 때문이라고 했다. 한 장교가 마을 외곽 왼쪽에서 사령관인 듯한 사람을 보았다고 알려주었고, 로스토프는 이제 누군가를 찾아낼 수 있으리라는 희망을 버리고 다만 자기 양심에 거리낌이 없도록 하기 위해 그쪽으로 말 머리를 돌렸다. 3베르스타쯤 말을 몰아 마지막 러시아 군대를 지나갔을 때, 도랑에 둘러싸인 채소밭 옆에서 도랑을 향해 서 있는 두 기수를 발견했다. 하얀 깃털 장식이 달린 모자를 쓴 한 사람은 낯익은 듯했다. 또 한 명의 낯선 기수는 훌륭한 밤색 말을 타고 있었는데(로스토프는 이 말도 낯익다고 생각했다) 도랑 쪽으로 다가가서 말에 박차를 가하고 고삐를 늦추며 가볍게 뛰어넘었다. 말의 뒷발에 차여 흙이 조금 무너졌다. 그는 갑자기 말 머리를 돌리더니 다시 도랑을 뛰어넘어와서 자기처럼 해보라는 듯이 하얀 깃털 장식을 단 기수에게 공손하게 말을 건넸다. 그 모습이 로스토프에게는 낯익었고, 왠지 모르게 그의 주의를 끈 이 기수는 얼굴과 손으로 거부하는 몸짓을 했다. 이 몸짓을 본 순간 로스토프는 이 사람이 바로 자기가 마음 아파했고 존경해 마지않는 황제라는 것을 깨달았다.

'그러나 이런 쓸쓸한 들 한복판에 홀로 있는 걸 보면 폐하가 아닌지도 모른다' 하고 그는 생각했다. 이때 알렉산드르가 고개를 돌렸고, 로스토프는 자기 기억에 생생하게 아로새겨져 있던 더없이 경애하는 얼굴의 윤곽을 보았다. 황제의 얼굴은 파리하고, 볼은 야위고 눈은 쑥 들어가 있었으나 그것 때문에 오히려 더 우아하고 부드러워 보였다. 황제의 부상 소문이 사실이 아님을 확인하자 로스토프는 기뻤다. 또한 황제를 본 것도 기뻤다. 그는 직접 황제를 알현할 수도 있다, 아니 알현해야 한다는 것을, 돌고루코프의 명령을 상주해야 한다는 것을 잘 알고 있었다.

그러나 사랑에 빠진 젊은이가 마침내 고대하던 순간이 와서 그녀와 단둘이 있게 되었는데도 밤마다 공상하던 말을 입 밖에 낼 용기를 내지 못하고 몸을 떨면서 도와줄 사람은 없는지, 시간을 끌거나 빠져나갈 수 없는지 불안해하며 주위를 두리번대는 것과 마찬가지로, 지금 로스토프는 이 세상에서 무엇보다 바라던 때에 도달했으면서도 황제에게 어떻게 다가가야 할지 모르고, 게다가 왠지 황제에게 다가가는 것이 쑥스럽고, 무례하고, 불가능한 수많은 이유가 떠오르는 것이었다.

'이게 뭔가! 나는 어쩐지 폐하께서 혼자 낙심하고 계신 것을 좋은 기회로 이용하려는 것 같구나. 지금처럼 슬픔에 잠긴 순간에 낯선 얼굴은 폐하께 불쾌하고 마음 무겁게 비칠지 모른다. 게다가 그저 잠깐 폐하의 얼굴을 본 것만으로도 이렇게 입술이 타고 심장이 얼어붙는 것 같은데 지금 폐하께 무슨 말을 할 수 있겠는가?' 폐하 앞에 나섰을 때 하려고 생각해두었던 무수한 말은 하나도 떠오르지 않았다. 더구나 그런 말들은 대부분 전혀 다른 상황, 승리와 개선 때, 특히 그가 부상당해 죽어갈 때, 폐하가 그의 용감한 행위를 치하하고 그가 행동으로 입증한 자기의 사랑을 폐하께 말하며 숨을 거두는 상황을 공상하고 준비한 것이었다.

'게다가 이미 오후 네시가 가깝고 전투도 패한 지금 어떻게 우익 진영에 대한 명령을 내려달라고 폐하께 청한단 말인가? 안 된다. 절대로 나는 폐하 옆으로 다가가서는 안 된다. 폐하의 명상을 깨뜨려서는 안 된다. 폐하의 나쁜 시선과 나쁜 평가를 받느니 차라리 백 번이고 천 번 이고 죽는 것이 낫다' 하고 로스토프는 결심하고, 비애와 절망을 가슴에 품은 채, 여전히 주저하며 서 있는 황제 쪽을 연신 돌아보면서 말을 몰고 말없이 그 자리를 떠났다.

로스토프가 이러한 사념에 몸을 맡기고 쓸쓸히 황제 곁에서 물러나려 했을 때, 마침 그곳을 지나던 폰 톨* 대위가 황제를 알아보고 곧장 옆으로 다가가 돕겠다고 제의하고, 황제를 도와 도보로 도랑을 건너게 했다. 황제는 쉬고도 싶고, 또 몸도 편찮다고 느끼고 있었으므로 사과나무 아래 앉았고, 톨도 그 옆에 발을 멈추었다. 로스토프는 폰 톨이 황제에게 뭔가 열심히 말하고, 황제가 눈물을 흘리는 듯 한 손으로 눈을 가리고 다른 한 손으로 톨의 손을 잡는 모습을 먼발치에서 선망과 회한의 마음으로 바라보았다.

'아아, 나도 저 자리에 설 수 있었는데!' 로스토프는 이렇게 생각하고, 황제의 운명에 대한 동정의 눈물을 간신히 참으면서, 어디로, 무엇 때문에 가는지도 모르고 극도의 절망에 빠져 말을 몰았다.

황제의 슬픔도 자기의 나약함 때문이라는 느낌이 들자 그의 절망은 더욱 심해졌다.

그는 황제 곁으로 갈 수 있었다…… 아니, 갈 수 있었을 뿐만 아니라 가야만 했다. 그리고 그것은 황제에게 그의 충성을 보일 유일한 기회였다. 그러나 그는 그 기회를 활용하지 못했다…… '내가 무슨 짓

---

* K. F. 톨(1777~1842). 러시아 장군.

을 한 걸까?' 그는 생각했다. 그는 말 머리를 돌려 황제를 보았던 장소로 급히 가보았지만, 도랑 저쪽에는 이미 아무도 없었다. 짐마차며 마차가 지나가고 있을 뿐이었다. 로스토프는 한 수송병에게서 쿠투조프의 참모부가 그리 멀지 않은 마을에 있으며 그들도 지금 그쪽으로 가는 중이라는 것을 알아내고 뒤따라 말을 몰았다.

그의 앞에는 쿠투조프의 조마사가 마의를 입힌 말 몇 필을 끌며 걷고 있었다. 조마사 뒤에 짐마차가 따르고, 그 뒤에는 군모를 쓰고 반외투를 입은 다리가 휜 늙은 하인이 걷고 있었다.

"티트, 어이, 티트!" 조마사가 말했다.

"왜?" 늙은이는 멍한 목소리로 대답했다.

"티트, 타작하러 가지."

"뭐야, 이 바보 같은 자식!" 노인은 화가 난 듯 침을 뱉고 말했다. 침묵의 행진이 잠시 계속되다가 다시 같은 농담이 되풀이되었다.

오후 다섯시가 되기 전에 전투는 모든 지점에서 패배로 끝났다. 백문 이상의 포가 이미 프랑스군에 넘어갔다.

프시비셰프스키는 자신의 예하 군단과 함께 무기를 버리고 항복했다. 다른 종대도 반수 이상의 병력을 잃고 혼란에 빠져 뒤엉킨 채 퇴각했다.

랑제롱과 도흐투로프 군대의 패잔병들은 한데 뒤섞여 아우게스트 마을에 가까운 못가의 둑과 제방 위에서 밀치락달치락하고 있었다.

다섯시가 지나 아우게스트 마을의 둑 쪽에서 맹렬한 포성이 들렸는데, 프랑스군 일대가 프라첸 고지의 사면에 다수의 포병대를 배치하여 퇴각중인 러시아군을 향해 쏘아대는 것이었다.

후위에서는 도흐투로프와 그 밖의 대대가 집결해 아군을 추격하는 프랑스 기병대를 총격으로 막고 있었다. 땅거미가 지기 시작했다. 오랜 세월 동안, 물레방앗간의 늙은 주인이 콜파크를 쓰고 낚싯대를 드리우고 한가롭게 앉아 있고, 그의 손자가 루바시카 소매를 걷어붙이고 바구니 속에서 펄떡펄떡 뛰는 은빛 물고기를 만지작거리고, 털이 부풀부풀한 모자를 쓰고 파란 재킷을 입은 모라비아인이 밀을 실은 양두 짐마차를 타고 평화롭게 갔다가 짐마차까지 밀가루투성이가 되어 돌아오던 이 아우게스트의 좁은 제방 위에서, 지금 죽음의 공포 때문에 추악한 꼴이 된 수많은 사람이 겨우 몇 걸음 나아가기도 전에 똑같은 죽음을 맞겠다고 짐마차며 포차 사이, 말 밑, 수레바퀴 사이에서 밀어대고, 죽고, 죽어가는 자를 밟고 넘어가고, 서로 죽이기까지 하고 있었던 것이다.

이 빽빽한 무리 한복판에 십 초마다 포탄이 공기를 압축하면서 떨어지고, 유탄이 폭발하여 사람을 죽이고, 가까이 서 있는 자에게 피를 끼얹었다. 손을 다친 돌로호프는 중대 병사를 열 명쯤 데리고(그는 이미 장교가 되어 있었다) 도보로 전진하고 있었는데, 그와 말을 타고 있는 그의 연대장이 연대의 생존자 전부였다. 무리의 물결에 휩쓸려 두 사람은 제방 입구 쪽으로 흘러들었으나 사방에서 밀리며 걸음을 멈추었다. 앞에서 말이 포차에 깔려 여럿이 이 말을 끌어내려 하고 있었기 때문이다. 포탄 한 발이 그들 뒤쪽에서 누군가를 쓰러뜨렸고, 또 한 발이 앞쪽에 떨어져 돌로호프에게 피를 끼얹었다. 무리는 결사적으로 몸부림치며 앞으로 밀면서 몇 걸음인가 내디뎠으나 또다시 멈추고 말았다.

'여기서 백 걸음만 더 가면 반드시 산다. 그러나 이 분만 더 여기 있으면 반드시 죽는다.' 누구나 이렇게 생각하고 있었다.

무리 한가운데 서 있던 돌로호프는 두 병사를 다리에서 밀어젖히고 제방 끝으로 달려가서 못을 뒤덮은 미끄러운 얼음 위로 뛰어내렸다.

"이쪽으로 와!" 발밑에서 우지직 하고 소리내는 얼음 위를 뛰며 그는 소리쳤다. "이쪽으로 와!" 그는 포 쪽을 향해 소리쳤다. "충분히 견딜 수 있다!……"

얼음이 그를 받치고 있기는 했지만 기울면서 우지직우지직 하고 소리가 났으므로, 포차나 무리는 고사하고 그 한 사람의 무게만으로도 금방 갈라질 것이 뻔해 보였다. 모두 그를 보며 얼음 위로 내려서야 할지 결정을 못 내리고 망설이면서 못가로 바짝 밀려갔다. 말을 탄 채 제방 입구에 있던 연대장은 돌로호프를 향해 손을 들고 입을 열었다. 그 순간 포탄이 소리를 내며 무리의 머리 위로 낮게 스쳐가자 모두 몸을 움츠렸다. 무엇인가가 축축한 데로 푹 떨어지는 소리가 들리고, 장군이 말과 함께 피의 웅덩이 속으로 나동그라졌다. 누구도 장군 쪽을 바라보지 않았고, 안아 일으켜줄 생각도 하지 않았다.

"얼음 위로 내려가! 얼음 위로! 내려가! 돌아라! 어이, 안 들리나? 내려가!" 포탄이 장군에게 명중하자, 갑자기 자기가 무엇을 무엇 때문에 외치는지도 모르는 무수한 목소리들이 들렸다.

제방으로 올라온 후방의 포차 한 대가 얼음 쪽으로 방향을 틀었다. 병사 무리가 얼어붙은 못으로 달려내려가기 시작했다. 선두에 섰던 한 병사의 발밑에서 얼음이 우지직 갈라지고 그의 한쪽 발이 물속에 빠졌다. 그는 몸을 가누어 빠져나오려다 허리까지 빠져버렸다. 가까운 데 있던 병사들은 주춤하고, 포차의 마부는 말고삐를 잡아당겼지만, 뒤쪽에서는 "얼음 위로 내려가! 어째서 서 있는 거야, 내려가! 내려가라고!" 하는 외침 소리가 여전히 들리고 있었다. 공포의 아우성이 무리 속에서 일었다. 포차를 둘러싸고 있는 병사들은 말 머리를 돌리고 채찍을 후려갈겼다. 말들이 못가에서 물러섰다. 그러자 보병들을 떠받치고 있던 얼음이 커다란 조각으로 갈라지고, 얼음 위에 있던 마흔 명쯤 되는 병사들은 서로를 물에 빠지게 하면서 앞뒤로 미끄러지기 시작했다.

포탄은 여전히 일정한 간격으로 윙윙거리며 날아와 얼음 위, 물속, 특히 제방과 못과 못가를 뒤덮고 있는 무리 위로 폭음을 울리며 떨어졌다.

19

프라첸 고지에서는 안드레이 볼콘스키 공작이 군깃대를 쥔 채 쓰러졌던 그 자리에서 피를 흘리며 누워 있었고, 자기도 모르게 가늘고 구슬프고 어린애 같은 신음 소리를 내고 있었다.

저녁 무렵에는 신음 소리도 그치고 완전히 잠잠해졌다. 그는 이런 무의식 상태가 얼마나 계속되었는지 몰랐다. 그러나 돌연 자기가 아직 살아 있고, 불에 타는 듯하고 뭔가를 찢는 것 같은 머리의 통증에 괴로워하고 있다는 것을 느꼈다.

'저긴 어디인가? 여태까지 모르고 있다가 오늘 비로소 본 저 드높은 하늘은?' 이것이 그의 머릿속에 처음 떠오른 생각이었다. '그리고 이런 괴로움도 몰랐었다' 하고 그는 생각했다. '그렇다, 나는 여태까지 아무 것도, 아무것도 몰랐었다. 그러나 나는 어디에 있는 걸까?'

그는 귀를 기울이기 시작했고, 다가오는 말굽 소리와 프랑스어로 말하는 사람들의 목소리가 들렸다. 그는 눈을 떴다. 머리 위에는 구름이 전보다 한층 높게 떠 있는 변함없이 드높은 하늘이 펼쳐져 있었고, 구름 사이로 짙푸른 무한이 보였다. 그는 머리를 돌릴 수가 없었으므로, 말굽 소리와 말소리로 미루어 틀림없이 자기 옆에 다가와서 멈춘 듯한 사람들의 얼굴을 볼 수 없었다.

말을 타고 다가온 사람은 두 부관을 거느린 나폴레옹이었다. 보나파르트는 싸움터를 순시하면서 아우게스트의 제방을 포격하고 있는 포병대를 강화하라는 마지막 명령을 내리고, 싸움터에 내버려진 사상자를 돌아보고 있었다.

"훌륭한 자들이로군!" 나폴레옹은 전사한 러시아 척탄병을 보면서 말했다. 병사는 얼굴을 흙속에 처박고 꺼멓게 타버린 목덜미를 드러낸 엎드린 자세로 이미 굳은 한 팔을 길게 내뻗고 있었다.

"폐하, 이젠 포탄이 없습니다!" 이때 아우게스트를 포격하고 있던 포병대에서 달려온 부관이 보고했다.

"예비대에서 가져오도록 해." 나폴레옹은 이렇게 말하고 몇 걸음 떨어진 곳에 내팽개쳐진, 군깃대 옆에 하늘을 향해 쓰러져 있는 안드레이 공작 옆에서 말을 멈추었다(군기는 전리품으로 이미 프랑스군의 손에 넘어갔다).

"참으로 훌륭한 죽음이다." 나폴레옹은 볼콘스키를 내려다보면서 말했다.

안드레이 공작은 이것이 자기를 두고 하는 말이고, 이렇게 말한 사람이 나폴레옹이라는 것을 알아챘다. 그는 이 말을 한 사람이 *폐하*라고 불리는 것을 들었다. 그러나 이런 소리는 파리가 윙윙거리는 소리처럼 들렸다. 그는 그것에 흥미를 갖지 않았을 뿐만 아니라 주의를 기울이려고도 하지 않고 이내 잊어버렸다. 머리가 타는 것 같았다. 출혈로 쇠약해진 것 같았으며 그는 자기 위에 멀리 드높은, 영원한 하늘만 보고 있었다. 그는 이 사람이 자기가 동경하던 영웅인 나폴레옹이라는 것을 알았지만, 이 순간은 나폴레옹도 흘러가는 구름이 떠가는 높고 무한한 하늘과 자기 마음 사이에서 일어나고 있는 일에 비하면 작고 하찮기만 하다는 생각이 들었다. 지금 옆에 누가 서 있건, 자기에게 무어라고 말하건 아무 상관 없었다. 그저 사람들이 자기 옆에 멈춘 것이 기뻤고, 이 사람들이 자기에게 도움을 주어, 이제는 완전히 생각이 달라져 실로 훌륭하게 생각되는 삶으로 돌려보내주기만을 바랄 뿐이었다. 그는 어떻게든 몸을 움직여 무슨 소리라도 내보려고 안간힘을 썼다. 그는 힘없이 한쪽 다리를 움직이며, 스스로도 안타까울 만큼 나약하고 고통스러운 신음 소리를 냈다.

"아! 이자는 살아 있군." 나폴레옹은 말했다. "이 젊은이, 이 젊은이를 일으켜서 붕대소로 데려가라!"

이렇게 말하고 나폴레옹은 란 원수 쪽으로 말 머리를 돌렸고, 란은 모자를 벗고 미소를 띤 채 전승을 축하하면서 황제에게 다가갔다.

안드레이 공작은 그후의 일은 아무것도 기억하지 못했다. 들것에 실리고, 실려가며 흔들리고, 붕대소에서 상처를 바늘로 찔러대자 끔찍한 고통으로 의식을 잃었다. 날이 저물 무렵 다른 러시아군 부상병과 포

로가 된 장교들과 함께 병원으로 옮겨질 때 그는 비로소 의식을 회복
했다. 이때 다소 정신이 맑아져서 주위를 둘러보기도 하고, 말도 할 수
있게 되었다.

그가 의식을 회복하고 처음 들은 말은 재빠르게 지껄이는 호위 장교
의 프랑스어였다.

"여기 있어야 해. 폐하께서 곧 지나가실 테니까. 폐하께서 이 포로들
을 보시면 기뻐하실 거야."

"오늘은 포로가 마치 러시아군 전부라고 해도 좋을 정도로 많군. 폐
하께서도 진절머리를 내시겠어." 다른 장교가 말했다.

"그러나 어쨌든! 듣자니까 이 사람은 알렉산드르 황제의 근위대 전
체를 지휘하고 있었다더군." 첫번째 장교가 흰 군복을 입은 부상당한
러시아 장교를 가리키면서 말했다.

볼콘스키는 그 사람이 페테르부르크의 사교계에서 만난 적이 있는
레프닌 공작*이라는 것을 알았다. 그 옆에는 열아홉 살쯤 되어 보이는,
역시 부상당한 근위 기병 장교가 서 있었다.

보나파르트는 구보로 다가와 말을 멈췄다.

"누가 최고참이오?" 그는 포로들을 보며 물었다.

대령인 레프닌 백작이 지명되었다.

"당신은 알렉산드르 황제의 근위 기병 연대 지휘관이오?" 나폴레옹
이 물었다.

"저는 중대를 지휘하고 있었습니다." 레프닌이 대답했다.

---

* N. G. 레프닌(1778~1845). 러시아 육군 대령.

"당신의 연대는 훌륭하게 임무를 수행했소." 나폴레옹이 말했다.

"대사령관의 찬사는 일개 병사에게는 무상의 영광입니다." 레프닌이 말했다.

"그 찬사는 기꺼이 그대에게 주겠소." 나폴레옹은 말했다. "옆에 있는 젊은이는 누구요?"

레프닌 공작은 수흐텔렌* 중위라고 대답했다.

중위를 바라보고 나폴레옹은 미소지으면서 말했다.

"아직 젊은 몸으로 우리와의 싸움에 뛰어들었군."

"젊음이 용기에 장애가 되지는 않습니다." 수흐텔렌은 띄엄띄엄 말했다.

"훌륭한 답변이오." 나폴레옹은 말했다. "당신은 상당히 출세하겠군!"

포로라는 전리품을 더 충실하게 보이기 위해 역시 황제의 눈에 띄는 앞쪽에 세워진 안드레이 공작은 그의 주의를 끌지 않을 수 없었다. 나폴레옹은 싸움터에서 본 안드레이 공작을 기억해내고, 그때 보고 기억에 새겼던 젊은이라는 호칭을 쓰며 말을 건넸다.

"아아, 당신인가, 젊은이?" 그는 말했다. "기분은 어떻소, 우리 용사?"

안드레이 공작은 불과 오 분 전까지만 해도 자기를 실어온 병사들에게 몇 마디 말을 걸었지만, 지금은 말없이 나폴레옹을 똑바로 바라보고만 있었다…… 그는 이때, 오늘 그가 발견하고 이해한 그 드높고 공평하고 선량한 하늘에 비하면 지금 나폴레옹의 마음을 차지한 온갖 흥미는 부질없다고 느껴졌고, 그 천박한 허영심과 승리의 기쁨도, 그의

---

* P. P. 수흐텔렌(1788~1833). 1805년 당시 기병 연대 중위로, 후에 시종무관장이 되었다.

영웅이던 나폴레옹까지도 모두 하찮게 여겨졌기 때문에 대답할 수가 없었다.

그뿐만 아니라 출혈로 인한 쇠약, 고통, 근접한 죽음이 불러일으킨 준엄하고 장중한 상념들에 비하면 모든 것이 무익하고 시시한 것 같았다. 안드레이 공작은 나폴레옹의 눈을 보면서 위대함의 부질없음, 누구도 이해할 수 없는 삶의 부질없음, 살아 있는 자는 누구도 그 뜻을 이해할 수도 설명할 수도 없는 죽음의 더한 부질없음에 대해 생각하고 있었다.

황제는 대답을 기다리지 않고 말 머리를 돌려 떠나면서 한 지휘관에게 말했다.

"이 사람들을 잘 돌봐주고 내 야영지로 데려오게. 시의侍醫 라레에게 상처를 보이도록 하겠네. 그럼 또 만납시다, 레프닌 공작." 그는 이렇게 말하고 말에 박차를 가해 빠르게 달려갔다.

그 얼굴은 자기만족과 행복에 빛나고 있었다.

병사들은 안드레이 공작을 실어오는 도중, 누이 마리야가 목에 걸어주었던 금제 성상이 눈에 띄어 몰래 풀어두었는데, 포로들에 대한 황제의 상냥한 태도를 보고는 황급히 그것을 원래 자리에 걸어놓았다.

안드레이 공작은 누가 어째서 그것을 도로 걸어주었는지 전혀 몰랐지만, 그의 군복 가슴 위로 가느다란 금사슬에 매달린 성상이 걸려 있는 것을 문득 알아차렸다.

'아아, 얼마나 좋을까.' 누이가 정성스럽고 겸허하게 자기 목에 걸어준 성상을 바라보면서 안드레이 공작은 생각했다. '모든 것이 마리야가 생각하는 것처럼 간단명료하다면 얼마나 좋을까. 살아가면서 어디서 구원을 찾고, 삶이 끝나면 저기, 무덤 속에서는 무엇을 기대해야 하는지 그것을 알 수 있다면 얼마나 좋을까! 주여, 저를 불쌍히 여기소서! 하고 지금 기도드릴 수 있다면 얼마나 행복하고 안심될까…… 그러나 누구한테 그것을 말할 수 있단 말인가? 내가 호소할 수도 없고, 위대하다든가 무가치하다든가 하고 말로 표현할 수조차 없는 막연하고 알 수 없는 힘에게 말인가?' 그는 마음속으로 말했다. '아니면 마리야가 부적 주머니에 수놓은 하느님에게 말인가? 확실한 것은 아무것도, 아무것도 없다. 내가 이해할 수 있는 건 다 부질없다는 것과, 뜻을 알수는 없지만 대단히 중요한 무언가가 확실히 위대하다는 것뿐이다!'

들것이 움직이기 시작했다. 그것이 흔들릴 때마다 안드레이 공작은 또다시 견딜 수 없는 아픔을 느꼈다. 열병 같은 상태가 차차 심해지고 환각이 시작되었다. 아버지, 아내, 누이, 머지않아 태어날 자식, 전투 전야에 느낀 부드러운 기분, 그리고 작달막하고 보잘것없는 나폴레옹의 모습, 또 이 모든 것 위에 멀리 있는 드높은 하늘 등이 그의 열띤 상념의 중심을 이루었다.

리시예 고리에서의 조용한 생활과 평온한 가정의 행복이 떠올랐다. 그가 이 행복을 즐기고 있을 때 느닷없이 냉담하고 천박한, 남의 불행에 행복해하는 눈빛의 작달막한 나폴레옹이 나타나 회의와 고민이 다시 시작되었지만, 오직 하늘만은 평안을 약속하고 있었다. 아침 무렵모든 공상이 뒤엉키면서 인사불성과 망각이 뒤섞인 어둠 속으로 녹아들었고, 나폴레옹의 시의인 라레는 그의 이러한 상태가 회복보다는 죽음으로 끝날 가능성이 크다고 했다.

"이 사람은 신경질에 담즙질이어서," 라레가 말했다. "회복되지 못할 겁니다."

결국 안드레이 공작은 회복될 가망이 없는 다른 부상자들과 함께 그 지방 사람들에게 맡겨져 보호받는 몸이 되었다.

(2권으로 이어집니다)

1권

제1부

1) 1~5장에서는 1800년대 초 페테르부르크 상류사회 살롱의 생활상이 재현되고
있다. 안나 파블로브나의 야회에 온 손님들의 대화에는 '조정의 정통주의자적 페
테르부르크 사화' '유행' '시사 문제'가 반영되어 있고, 특히 이 시기 유럽의 정치
투쟁과 관련된 역사적 사건의 반향을 느낄 수 있다. 이탈리아와 이집트 원정에서
군인으로서의 명예를 획득한 나폴레옹은 1804년 황제의 칭호를 받아들이고 새로
운 전쟁을 준비하면서 노골적으로 영토 침탈을 감행했다. 그는 1797년 첫 이탈리
아 원정 때 제노바를 점령해 리구리아 공화국에 분여했고, 1805년 점령지 공화국
을 이탈리아왕국으로 선포한 뒤 스스로 이탈리아 왕이 되었다. 1799년에 침탈한
루카는 1805년 그의 여동생인 엘리자와 그 남편인 바키오치에게 분여했다.
2) 1799년 A. V. 수보로프의 이탈리아와 스위스 원정 때 오스트리아 사령부가 한
행동은 러시아-오스트리아 군사동맹의 파기를 이끌었다. 1801년 2월 9일 오스
트리아는 프랑스와 유럽에서 나폴레옹의 지배를 공고하게 만든 뤼네빌조약을 조
인했다. 1804년 오스트리아는 나폴레옹이 이탈리아 주권을 또다시 침해할 경우
나폴레옹에게 군사적 공격을 가한다는 내용으로 러시아와 협정을 체결했다. 그러
나 '프랑스인들의 황제'가 황제의 칭호를 받아들이고 제노바와 루카를 합병했는
데도 오스트리아는 여전히 전쟁 준비를 늦추고 있었다.
3) 나폴레옹이 혁명 사상의 소유자였다는 견해는 실제와 일치하지 않았다. 브뤼메
르 18~19일(1799년 11월 9~10일)의 쿠데타 결과, 나폴레옹은 프랑스에 군사
독재 체제를 수립했고 대부르주아에 유리한 것만 남기고 민주적 혁명의 성과를
일소했다. 봉건 군주적 사회질서를 옹호하던 왕당파의 눈에 나폴레옹은 혁명의
증오스러운 히드라로 비쳤다. 게다가 그들에게는 나폴레옹이 툴롱(1793)과 파
리(1795)에서 반혁명적 폭동 진압에 참여했고, 국민공회의 군대에서 복무했던
것이 잊을 수 없는 일이었다.

4) 앙기앵 공 살해 사건을 말한다. L. A. 앙기앵(1772~1804, 콩데 가문의 마지막 대표자, 부르봉가의 방계)은 바스티유 함락 뒤 곧 망명했으며 프랑스혁명에 반대하여 왕당파 군대에서 싸웠고, 뤼네빌조약 후 바덴공국의 에텐하임에서 살았다. 1804년 카두달과 피슈그뤼의 나폴레옹 암살 기도에 가담했다는 이유로 기소된 뒤 그는 바덴공국 국경에 침입한 프랑스 기마 헌병대에 체포되어 뱅센 성으로 보내졌고(1804년 3월), 군사재판에서 유죄판결을 받아 뱅센 성 해자에서 총살당했다. 앙기앵 공의 처형은 유럽의 분노를 사 나폴레옹에 반대하는 새로운 동맹의 결성을 촉진했다. 알렉산드르 1세는 나폴레옹에게 바덴공국의 주권을 침해하고 '왕을 피 흘리게 한 것'에 대해 항의하는 신랄한 내용의 외교문서를 보냈다. 그러나 프로이센과 오스트리아는 이 사태가 무도한 방법으로 국경 불가침을 침해당한 독일 연방과 관계가 있었는데도 침묵을 지켰다.

5) 1530년 이래로 요한기사단의 영유지이던 몰타 섬은 1798년 나폴레옹에게 점령되었다가 1800년 영국군에 점령되었다. 아미앵조약(1802)으로 영국은 몰타 섬에서 철병하기로 약속했으나 이행하지 않았다. 알렉산드르 1세는 러시아군의 일시적 점령을 주장하지만 이루어지지 않았다.

6) 프로이센의 중립은 실제로는 나폴레옹의 프랑스에 맞서는 오스트리아, 러시아, 그 밖의 동맹국들의 싸움에서 프랑스를 지원하는 격이 되었다. 즉 나폴레옹은 동맹국들을 한 나라씩 제재할 수 있는 가능성을 얻었던 것이다. 울름에서 오스트리아의 마크 장군이 항복하고, 아우스터리츠에서 오스트리아군과 러시아군이 궤멸당한 뒤 프로이센은 프랑스와의 전쟁을 준비하지만 끝내 실행하지는 않았다.

7) 모르트마르 자작의 실제 모델로 추정되는 인물은 프랑스 정치가이자 러시아 궁정부 사르데냐 왕의 전권대사를 지내고 철학서를 쓰기도 했던 J. M. 메스트르(1753~1821) 백작이다.

8) 모리오 신부의 실제 모델은 알렉산드르 1세의 정치에 일련의 영향을 준 이탈리아 신부 S. 피아톨리(1749~1809)다. 1794년 피아톨리는 오스트리아에서 '위험한' 혁명 사상의 보급자로 체포되었다가 풀려나 1800년대 초 차르토리스키 공작의 도움으로 페테르부르크 상류사회에 받아들여졌다.

9) 피아톨리 신부는 프랑스 계몽주의자들의 이데올로기에 기원을 둔『영구평화론』을 썼고, 그것은 자코뱅당의 사상에 가까웠다. 루소, 마블리(1709~1785, 프랑스의 신부, 철학자, 역사학자), 생피에르(1737~1814, 프랑스의 작가, 수도원장) 등의 저작 외에 피아톨리는 칸트, 주로 그의『영구평화론』을 면밀히 연구했다. 톨스토이는 자신이 가장 좋아하는 작가 중 하나인 루소가, 18세기 말 프랑스 신부 생피에르가 쓴『영구평화론』초안을 요약하고 거기에 논쟁적인 고찰을 덧붙여 출

간한 『영구평화론』의 사상에 대해 잘 알고 있었다.

10) M. I. 쿠투조프는 18세기 말 가장 뛰어난 러시아 사령관 중 한 사람으로 핀란드에서 부대 사령관, 리투아니아와 페테르부르크에서 총독을 지내는 등 군의 요식을 거쳤다. 1802년 페테르부르크 총독 재임시 알렉산드르 1세의 불만을 사(페테르부르크의 경찰 상태 때문이었다) 해임되고 군에서 퇴역당해 1805년까지 시골에서 살았으나 대프랑스동맹 전투가 시작되기 전 총사령관으로 임명되었고, 이해 8월 라드지빌로프에 집결한 5만의 러시아군은 쿠투조프의 지휘 아래 오스트리아로 향했다.

11) 이 구절의 전거는 구명되지 않았다. 톨스토이는 이 소설을 집필하며 역사적 문서와 방대한 자료를 이용했는데, 그중 하나가 A. 티에르의 『집정시대와 제국의 역사』였다. 소설의 여러 장면, 등장인물들의 대화, 명령, 서간, 나폴레옹의 친서 등 1805~1809년, 1812년의 여러 사건과 연관된 내용을 이 책에서 차용했다. 이 밖에도 A. I. 미하일롭스키-다닐렙스키, M. I. 보그다노비치, S. 글린카, D. V. 다비도프 등의 저작을 폭넓게 활용했다.

12) 1799년 11월 9일(혁명력[공화력] 8년 브뤼메르 18일―1792년 9월 22일, 프랑스에 공화국을 선포한 날이 혁명력의 시작으로 받아들여졌다). 나폴레옹 보나파르트의 쿠데타 결과 5집정 정부는 해산되고 모든 권력은 3집정으로 넘어갔다. 그러나 사실상 권력은 1집정, 즉 절대적 권력을 쥔 독재자의 위치를 장악한 보나파르트에게 집중되었다. 1802년 1집정의 지위는 종신제로 강화되었다.

13) 1799년 3월, 프랑스군은 이틀간의 포위 뒤 시리아의 도시 야파(현재는 이스라엘)를 공격 점령했다. 살아남은 완전무장한 4천 명의 터키 병사는 목숨을 보장받고 투항했으나 나흘 뒤 나폴레옹은 모두를 사살하라는 명령을 내렸다. 톨스토이에게 나폴레옹의 이미지는 1857년 톨스토이가 처음으로 유럽을 여행하면서 나폴레옹 전쟁사를 접하고 직간접으로 그의 활동과 성격을 주의깊게 연구한 끝에 명확히 형성되었는데, 이때 쓴 수많은 일기와 메모는 『전쟁과 평화』에 등장한 나폴레옹의 형상을 해석해놓은 글에 가깝다. 그에게 나폴레옹은 가증할 파괴와 잔인한 전쟁의 화신으로 비쳤다. "악당의 우상화, 무섭다." 톨스토이는 전쟁박물관과 나폴레옹의 묘석을 둘러본 인상을 1857년의 일기에 이렇게 적었고, 1860년대에 나폴레옹이라는 테마로 돌아온 뒤에도 이러한 부정적 견해를 고수했다.

14) 1796년 11월, 북부 이탈리아 아르콜레 마을 부근에서 프랑스군은 사흘 동안 엎치락뒤치락하면서 다리를 공격하고 있었다. 공격 사흘째인 결정적인 날(11월 17일), 나폴레옹은 두 손에 군기를 든 채 병사들을 이끌고 다리로 뛰어들었다

(톨스토이는 이 일화에 대해 회의적이었다. "아르콜레 다리 위에서 군기를 들기는커녕 물웅덩이에 빠졌다." 그는 아르콜레 전투에 참가했던 프랑스의 A. F. 마르몽[1774~1852] 원수의 수기를 읽고 일기에 이렇게 적었다. 마르몽에 의하면, 나폴레옹은 실제로 군기를 들었으나 다리를 건너는 데는 실패했고 이후 무질서한 퇴각 때 물이 가득찬 도랑에 빠졌다).

15) 프랑스군이 점령한 시리아의 야파에 흑사병이 창궐하자, 나폴레옹은 L. A. 베르티에(1753~1815), J. B. 베시에르(1768~1813) 원수와 함께 그 도시의 흑사병 환자들을 수용한 야전병원을 찾아갔다.

16) 세묘놉스키 연대의 장교란, 표트르 1세의 소년 시절에 부제(父帝)가 아들의 군대놀이를 위해 창시한 소년병 군대를 기초로 표트르 1세가 1687년에 만든 프레오브라젠스키 연대와 함께, 러시아에서 가장 오래된 군의 하나인 세묘놉스키 근위 연대의 사관을 말한다. 돌로호프의 실제 모델로 추정되는 인물로는 '미국인'이라는 별명을 가진 F. I. 톨스토이, A. S. 그리보예도프의 희곡『지혜의 슬픔』에 나오는 루핌 도로호프, 1812년 러시아의 유명한 유격대원 A. S. 피그네르가 있다. 가족의 구전에 의하면, 톨스토이가 『회상』에서 "매력적이고 범죄적인 인간"이라 일컬었던 그의 당숙 F. I. 톨스토이가 유력하다.

17) 1805년경 나폴레옹은 라망슈(도버)해협을 경유하여 영국으로 침공할 준비를 하면서, 상륙용 주정과 15만의 육군을 북부 프랑스의 불로뉴 주변에 집결시켰다. 그러나 해협은 영국 함대가 지키고 있었고, 당시 나폴레옹의 명령으로 프랑스-스페인 연합 함대를 지휘하고 있던 프랑스 해군 제독 P. 빌뇌브는 연합 병력으로 육전대의 상륙을 실현하기 위해 지중해에서 라망슈로 돌파를 시도했다. 그러나 1805년 10월 21일 프랑스-스페인 연합 함대는 H. 넬슨의 영국 함대에 의해 트라팔가르 해전에서 궤멸되었고, 이때 러시아군이 오스트리아군과 합류하기 위해 출동했다는 것이 알려지게 되었다. 불로뉴 원정을 단념한 나폴레옹은 전쟁 준비가 되어 있는 육군을 오스트리아 국경으로 이동시켰다.

18) 이 인물의 실제 모델은 상류층답지 않은 매너와 신랄한 언사, 무엇에도 얽매이지 않는 기인 같은 성격으로 유명했던 모스크바의 귀족 부인 N. D. 오프로시모바다. 톨스토이는 「『전쟁과 평화』에 대한 몇 마디」에서 이 인물과 데니소프에 대해 "당시 사회에서 특히 전형적이고 사랑스러운 두 실제 인물에 가깝고, 어울리는 이름"을 붙였다고 썼다.

19) 1805년 개전 초 나폴레옹이 오스트리아에 안긴 일련의 큰 패배를 말한다. 즉 1796~1797년 이탈리아 원정 때의 첫번째 패배, 1800년 6월 프랑스군보다 우세했던 오스트리아군이 북부 이탈리아 마렝고 근처에서 무참히 패하여 1801년

뤼네빌조약을 체결해야 했던 것을 암시하고 있다.

20) 신신의 말은 사실과 다르다. 수보로프의 군대는 북부 이탈리아에서 프랑스군에게 혁혁한 승리를 거둔 뒤, 그가 단호히 반대했는데도 결국 스위스로 보내졌다. 이것은 군대를 궤멸로 이끄는 계획 같았다. 게다가 오스트리아의 지휘부는 출정을 저지하면서 허용할 수 없는 완만함을 보였다. 수보로프가 지체한 틈을 노려 나폴레옹 휘하의 프랑스 원수 A. 마세나(1758~1817)는 A. M. 림스키 코르사코프(1753~1840)의 러시아 군단과 F. 호체(1739~1799) 원수의 오스트리아 군단을 조금씩 격파했다. 산을 넘고 전투를 하느라 지친 2만 2천 명의 수보로프 군대는 식량도 탄약도 대포도 없이 8만의 프랑스군과 맞닥뜨리게 되었고, 결국 1799년 9월 20일 무텐 계곡에서 알프스군 전위대에게 격파당했다.

21) 1805년의 작전 계획에 대해 말하고 있다. I. I. 미헬손(1740~1807) 장군은 서부 국경 폴란드에서 러시아 육군 부대를 지휘했다. P. A. 톨스토이(1769~1844)는 스웨덴 왕 구스타프 아돌프 4세가 전체적으로 지휘하는 상륙 부대에 합류하기 위해 포메라니아(발트 연안 남쪽으로 프로이센의 일부)로 출항했던 2만 군단의 사령관으로, 다방면에서 프랑스를 공격할 예정이었다. 러시아와 오스트리아 연합군은 남부 독일을 거쳐 라인으로 공격해야 했다. 스웨덴인, 영국인, 아시아인(P. A. 톨스토이가 지휘하는 러시아인 군단)은 포메라니아와 하노버(1866~1946년 북서부 독일에 존재했던 프로이센의 주)를 거쳐 공격하면서(상륙 부대 작전 행동은 남부 이탈리아에서도 시작되고 있었다) 북부 독일로 부대를 이동시키고 있었다. 오스트리아군과 러시아군은 남부에서 공격하고 있었다. 러시아는 프로이센을 전쟁에 끌어들이려고 애쓰면서 폴란드를 거쳐서, 갈리시아에서는 도나우 강 작전을 도모하고 있었다. 오스트리아 역시 두 군대(바바리아군과 이탈리아군)를 선발하고 있었다. 또 하나의 공격 방향은 이탈리아 중앙을 거치기로 되어 있었으나(러시아군은 코르푸 섬에서, 영국군은 몰타 섬에서) 결국 실행되지 못했다.

22) 옛 귀족 집안의 특징적이고 상징적인 부속물로 우리의 족보와 같다. 가계수(家系樹)는 기원, 계승성, 한 족속의 친척 관계, 약속된 형식으로 기술된 성에 대한 정보의 모음이다. 가계수의 줄기는 친가의 문장과 외가의 문장을 넣은 두 주지(主枝)로 나뉘고, 주지에서 나누어진 각각의 가지는 다시 두 가지 등으로 나뉜다. 톨스토이의 전기 작가 P. I. 비류코프는, 야스나야 폴랴나에는 톨스토이의 외조부 볼콘스키 공작 때부터 화포에 유성도료를 칠한 볼콘스키가의 가계수가 오랫동안 보존되어 있다고 썼다.

23) 모로 장군은 카두달과 피슈그뤼의 나폴레옹 암살 음모에 가담하여 체포되었다

가 미국으로 쫓겨났다. 1805년 알렉산드르 1세는 그를 러시아로 데려오려고 워싱턴 주재 대사 팔렌 백작을 뉴욕으로 보냈다. 팔렌의 여행은 아우스터리츠 전투로 인해 중단되었지만, 1813년 모로는 알렉산드르 1세의 초청으로 러시아에 와 연합군 참모부 군사고문으로 근무했고, 1813년 8월 27일 드레스덴 근교의 전투에서 치명상을 입었다.

24) 이 장면에는 톨스토이가 알아채지 못한 채로 남았던 오류가 있다. 안드레이 공작은 누이동생에게 "섬세하게 세공한 은사슬에 매달려 있"는 성상을 받는데, 아우스터리츠 전투 뒤 중상을 입은 안드레이 공작에게 프랑스 병사들이 돌려준 것은 "가느다란 금사슬에 매달린 성상"이었다(1권 3부 19장 참조).

제2부

25) 1805년 전쟁 초반, 러시아군은 오스트리아군으로부터 매우 멀리 떨어져 있었다(나폴레옹군이 라망슈해협에서 도나우 강까지 이동하는 데는 64일이 걸릴 거라고 예상되었다). 그러나 9월 10일 프랑스 병력이 이미 라인에 있다는 것이 알려지자 오스트리아군은 갖가지 수단을 동원해 쿠투조프 군대의 이동을 재촉하기 시작했다. 러시아 보병은 하루에 25킬로미터씩 이동했고, 테셴부터는 같은 시간에 60킬로미터까지 이동했다.

26) 오스트리아의 마크 장군은 1805년 10월 20일 프랑스의 20만 군대와 맞서고 있던 오스트리아군과, 그에 합류한 쿠투조프의 5만 러시아군을 곤궁에 몰아넣은 채 울름 근교에서 항복했다. 그는 나폴레옹에게 대항하지 않았고, 오스트리아와의 강화 체결을 바란다는 나폴레옹의 뜻을 오스트리아 조정에 알린다고 약속한 후 풀려났다.

27) D. V. 다비도프(1784~1839)는 나폴레옹전쟁 당시 러시아의 유명한 영웅이자 파르티잔, 군인, 시인으로, 이 작품에 등장하는 바실리 데니소프의 모델이 된 인물이다. 활동(여러 유격대의 조직)뿐만 아니라 외모와 기질까지도 문학 협회 '아르자마스'에 있을 때 '아르메니아인'이라는 별명으로 불렸던 다비도프와 유사하다. 톨스토이는 이 작품을 쓰면서 1800년대 초와 1812년 나폴레옹과의 여러 전쟁에 대해 기록한 다비도프의 저작(『현대 전쟁사를 위한 자료(1806~1807)』 『1812년의 파르티잔 군사행동 일기』)을 활용했다. 또한 자신의 소논문 「『전쟁과 평화』에 대한 몇 마디」에서도 데니소프를 현존한 인물처럼 썼다.

28) 1805년 10월 19일, 벨스 근교의 람바흐 부근에서 바그라티온의 부대는 수적으

로 우세한 뮈라의 군대 전위를 도시에서 백병전으로 격퇴했다. 10월 24일, 바그라티온의 부대는 나폴레옹 군대가 공격할 때 철수할 수 있도록 쿠투조프에게 도움을 준 뒤, 며칠 후 암슈테텐 근교 멜크 부근에서 맹렬히 저항했다.

29) 크렘스 근교 뒤렌슈타인 부근에서 있었던 전투를 말한다. 쿠투조프는 후위전에서 프랑스군을 격퇴한 뒤 자기 군대를 도나우 강 다른 쪽으로 이끌어 모르티에의 군대를 나폴레옹의 눈앞에서 완벽하게 격퇴했다. 나폴레옹은 도나우 강 남안에서 그 모습을 보고 있었지만 도울 수 없었다.

30) 1805년 10월 말, 알렉산드르 1세는 프로이센의 프리드리히 빌헬름 3세에게 나폴레옹-전쟁에 참가하라고 설득하고자 헛되이 시도하면서 교섭하기 위해 직접 베를린으로 갔다. 포츠담조약(러시아 황제와 프로이센 왕이 포츠담의 프리드리히 2세 묘지에서 장중한 맹세로 체결했다)으로 알려진 조약의 비준이 이 회견의 결과였다. 프로이센 왕은 전쟁중인 나라들 사이의 중재를 맡았다. 프랑스에게 제시한 조건을 그들이 거부할 경우 프로이센은 대프랑스 전쟁에 참가한다는 것이었다. 그러나 이를 알리기 위해 나폴레옹에게 파견된 하우크비츠 백작은 사건의 결말을 기다리며 의도적으로 시간을 끌었다. 그리고 나폴레옹이 아우스터리츠 전투 뒤 승리자로 빈에 돌아왔을 때, 하우크비츠는 그의 승리를 축하하며 최후 통첩을 제시하는 대신 프로이센-프랑스 공수동맹조약에 조인했다.

31) 이폴리트의 말은 실제 정치적 사건과 관련되어 있다. 아우스터리츠 전투 뒤 러시아로 가는 중에 러시아 황제는 오스트리아의 지극히 어려운 처지를 간파하고 프로이센 왕에게 오스트리아를 도와야 한다고 편지를 썼다. 그의 생각에 프로이센은 나폴레옹에게 포츠담조약의 조건을 받아들이도록 요구해야만 하고, 거부할 경우 선전포고를 해야 했다. 알렉산드르 1세는 '러시아의 전 병력으로' 프로이센을 지원하겠다고 약속했다. 그러나 이 같은 움직임은 베를린에서 공감을 얻지 못했다.

32) 전략상 중요한 길목인 다리의 상실은 러시아군을 절망적인 상황에 빠뜨렸다. 이로써 프랑스군은 츠나임으로 이동하는 방향에서 러시아군을 훨씬 앞질렀기 때문이다. 뮈라는 기병대를 지휘하고 있었다.

제3부

33) 사바리의 임무는 치밀한 전략을 세우는 것이었다. 나폴레옹은 프랑스군이 어려운 상태이며 평화를 바란다는 식의 거짓 풍문을 의도적으로 퍼뜨리고 있었다. 러

시아군 참모부에 사바리를 파견해 휴전을 제의하려 했던 것은 알렉산드르 1세와 그 측근들로 하여금 이 풍문을 사실로 믿게 하기 위해서였다.

34) 러시아군 소속 외국인 지휘관들을 멸시하고 있다. M. 빔펜(1770~1851)과 I. 리히텐슈타인(1760~1836)은 오스트리아인, F. L. 호엔로에(1746~1818)는 프로이센인, A. F. 랑제롱(1763~1831)은 옛 프랑스 가문의 후예로 프랑스군에서 근무한 경력이 있었다. 빌리빈이 이름을 제대로 기억하지 못하고 있는 폴란드인은 I. Ya. 프시비셰프스키(1755~1810)로, 아우스터리츠 전투에 참가해 포로가 되었다가 러시아로 돌아온 뒤 재판에 회부돼 한 달 동안 병사로 강등되었으며, 이어 퇴역 선고를 받았다.

35) M. A. 밀로라도비치(1771~1825)와 D. S. 도흐투로프는 1800년 초와 1812년 나폴레옹전쟁에 참가한 유명한 러시아 장군들이다. A. A. 아락체예프는 알렉산드르 1세 시대 막강한 권세를 누린 총신으로 그의 이름은 경찰의 압제, 우둔하고 잔혹한 군부, 미쳐 날뛰던 유난히 암울한 한 시기와 관련이 있다. 아락체예프는 전투 경험이 없었고, 군사작전에 직접 참가한 사람들에게 얻은 정보를 즐겨 이용했다. 아락체예프는 신경쇠약을 핑계로 전투에서 지휘를 거부했고, 이는 사령부에도 알려져 있었다. 이러한 평판과 신경쇠약은 1807년 핀란드전 작전 행동에서도 판명되었다. 그때 그는 군으로부터 100베르스타나 떨어진 곳에서 지휘를 했다. 하지만 이것도 알렉산드르 1세가 1808년 그를 국방대신에 임명하고 군의 전권을 그의 손아귀에 쥐여주는 것을 방해하지 못했다.

36) 나폴레옹군은 홀라브룬에서 러시아군을 이기지 못했다. 뮈라의 선두 부대는 홀라브룬에서 느닷없이 바그라티온 부대의 전위와 맞닥뜨렸고, 프랑스와 오스트리아 사이에 강화가 체결되었다는 뮈라의 보증에 속은 오스트리아 장군 노스티츠 백작은 바그라티온의 주력을 위험에 빠뜨려놓은 채 연대와 함께 진지를 떠나버렸다. 바그라티온은 이곳에서 버티며 쿠투조프군에게 이동할 시간을 벌어주었다.

37) 근위 기병들은 근위 보병들의 퇴각을 엄호했다. 공격은 네 시간 동안 계속되었고, 근위 기병대는 장교 15명, 병사 200명을 잃었다. N. I. 데프레라도비치(1767~1843) 장군이 그들을 지휘했다.

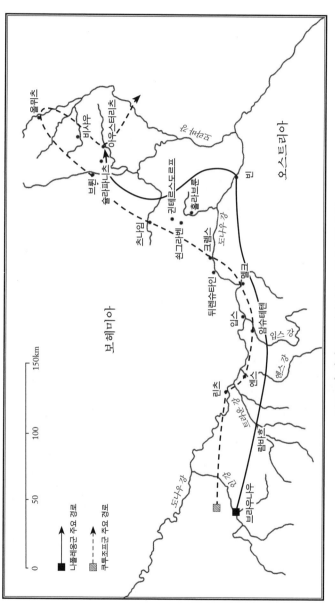

1805년 전역도(브라우나우~아우스테리츠)

문학동네 세계문학전집 발간에 부쳐

세계문학은 국민문학 혹은 지역문학을 떠나 존재하는 문학이 아니지만 그것들의 총합도 아니다. 세계문학이라는 용어에는 그 나름의 언어와 전통을 갖고 있는 국민문학이나 지역문학의 존재를 인정하면서 그것을 넘어서는 문학의 보편적 질서에 대한 관념이 새겨져 있다. 그 용어를 처음 고안한 19세기 유럽인들은 유럽문학을 중심으로 그 질서를 구축했지만 풍부한 국민문학의 전통을 가지고 있는 현대의 문학 강국들은 나름의 방식으로 세계문학을 이해하면서 정전(正典)의 목록을 작성하고 또 수정한다.

한국에서도 세계문학 관념은 우리 사회와 문화의 변화 속에서 거듭 수정돼왔다. 어느 시기에는 제국 일본의 교양주의를 반영한 세계문학 관념이, 어느 시기에는 제3세계 민족주의에 동조한 세계문학 관념이 출현했고, 그러한 관념을 실천한 전집물이 출판됐다. 21세기 한국에 새로운 세계문학전집이 필요하다는 것은 명백하다. 우리의 지성과 감성의 기준에 부합하는 세계문학을 다시 구상할 때가 되었다.

문학동네 세계문학전집은 범세계적으로 통용되는 고전에 대한 상식을 존중하면서도 지난 반세기 동안 해외 주요 언어권에서 창작과 연구의 진전에 따라 일어난 정전의 변동을 고려하여 편성되었다. 그래서 불멸의 명작은 물론 동시대 세계의 중요한 정치·문화적 실천에 영감을 준 새로운 작품들을 두루 포함시켰다.

창립 이후 지금까지 한국문학 및 번역문학 출판에서 가장 전문적이고 생산적인 그룹을 대표해온 문학동네가 그간 축적한 문학 출판 경험을 바탕으로 새로운 세계문학전집을 펴낸다. 인류가 무지와 몽매의 어둠 속을 방황하면서도 끝내 길을 잃지 않은 것은 세계문학사의 하늘에 떠 있는 빛나는 별들이 길잡이가 되어주었기 때문이다. 우리가 자부심과 사명감 속에서 그리게 될 이 새로운 별자리가 독자들의 관심과 애정에 힘입어 우리 모두의 뿌듯한 자산이 되기를 소망한다.

문학동네 세계문학전집 편집위원
민은경, 박유하, 변현태, 송병선, 이재룡, 홍길표, 남진우, 황종연

세계문학전집 145
전쟁과 평화 1
ⓒ 박형규 2016

1판 1쇄 2016년 10월 10일
1판 10쇄 2025년 2월 10일

지은이 레프 톨스토이 | 옮긴이 박형규

책임편집 김혜정 | 편집 원예지 황정숙 이종현 오동규 | 모니터링 이희연
디자인 김현우 이원경 | 저작권 박지영 형소진 오서영
마케팅 정민호 서지화 한민아 이민경 왕지경 정유진 정경주 김수인 김혜원 김예진
브랜딩 함유지 함근아 박민재 김희숙 이송이 김하연 박다솔 조다현 배진성
제작 강신은 김동욱 이순호 | 제작처 영신사

펴낸곳 (주)문학동네 | 펴낸이 김소영
출판등록 1993년 10월 22일 제2003-000045호
주소 10881 경기도 파주시 회동길 210
전자우편 editor@munhak.com | 대표전화 031) 955-8888 | 팩스 031) 955-8855
문의전화 031) 955-2696(마케팅) 031) 955-1904(편집)
문학동네카페 http://cafe.naver.com/mhdn
인스타그램 @munhakdongne | 트위터 @munhakdongne
북클럽문학동네 http://bookclubmunhak.com

ISBN 978-89-546-4257-6 04890
     978-89-546-0901-2 (세트)

www.munhak.com

1, 2, 3 안나 카레니나 레프 톨스토이 | 박형규 옮김

4 판탈레온과 특별봉사대 마리오 바르가스 요사 | 송병선 옮김

5 황금 물고기 J. M. G. 르 클레지오 | 최수철 옮김

6 템페스트 윌리엄 셰익스피어 | 이경식 옮김

7 위대한 개츠비 F. 스콧 피츠제럴드 | 김영하 옮김

8 아름다운 애너벨 리 싸늘하게 죽다 오에 겐자부로 | 박유하 옮김

9, 10 파우스트 요한 볼프강 폰 괴테 | 이인웅 옮김

11 가면의 고백 미시마 유키오 | 양윤옥 옮김

12 킴 러디어드 키플링 | 하창수 옮김

13 나귀 가죽 오노레 드 발자크 | 이철의 옮김

14 피아노 치는 여자 엘프리데 옐리네크 | 이병애 옮김

15 1984 조지 오웰 | 김기혁 옮김

16 벤야멘타 하인학교-야콥 폰 군텐 이야기 로베르트 발저 | 홍길표 옮김

17, 18 적과 흑 스탕달 | 이규식 옮김

19, 20 휴먼 스테인 필립 로스 | 박범수 옮김

21 체스 이야기·낯선 여인의 편지 슈테판 츠바이크 | 김연수 옮김

22 왼손잡이 니콜라이 레스코프 | 이상훈 옮김

23 소송 프란츠 카프카 | 권혁준 옮김

24 마크롤 가비에로의 모험 알바로 무티스 | 송병선 옮김

25 파계 시마자키 도손 | 노영희 옮김

26 내 생명 앗아가주오 앙헬레스 마스트레타 | 강성식 옮김

27 여명 시도니가브리엘 콜레트 | 송기정 옮김

28 한때 흑인이었던 남자의 자서전 제임스 웰든 존슨 | 천승걸 옮김

29 슬픈 짐승 모니카 마론 | 김미선 옮김

30 피로 물든 방 앤절라 카터 | 이귀우 옮김

31 숨그네 헤르타 뮐러 | 박경희 옮김

32 우리 시대의 영웅 미하일 레르몬토프 | 김연경 옮김

33, 34 실낙원 존 밀턴 | 조신권 옮김

35 복낙원 존 밀턴 | 조신권 옮김

36 포로기 오오카 쇼헤이 | 허호 옮김

37 동물농장·파리와 런던의 따라지 인생 조지 오웰 | 김기혁 옮김

38 루이 랑베르 오노레 드 발자크 | 송기정 옮김

39 코틀로반 안드레이 플라토노프 | 김철균 옮김

40 어두운 상점들의 거리 파트릭 모디아노 | 김화영 옮김

41 순교자 김은국 | 도정일 옮김

42 젊은 베르테르의 슬픔 요한 볼프강 폰 괴테 | 안장혁 옮김

43 더블린 사람들 제임스 조이스 | 진선주 옮김

44 설득 제인 오스틴 | 원영선, 전신화 옮김

45 인공호흡 리카르도 피글리아 | 엄지영 옮김

46 정글북 러디어드 키플링 | 손향숙 옮김

47 외로운 남자 외젠 이오네스코 | 이재룡 옮김

48 에피 브리스트 테오도어 폰타네 | 한미희 옮김

49 둔황 이노우에 야스시 | 임용택 옮김

50 미크로메가스·캉디드 혹은 낙관주의 볼테르 | 이병애 옮김

51, 52 염소의 축제 마리오 바르가스 요사 | 송병선 옮김

53 고야산 스님·초롱불 노래 이즈미 교카 | 임태균 옮김

54 다니엘서 E. L. 닥터로 | 정상준 옮김

55 이날을 위한 우산 빌헬름 게나치노 | 박교진 옮김

56 톰 소여의 모험 마크 트웨인 | 강미경 옮김

57 카사노바의 귀향·꿈의 노벨레 아르투어 슈니츨러 | 모명숙 옮김

58 바보들을 위한 학교 사샤 소콜로프 | 권정임 옮김

59 어느 어릿광대의 견해 하인리히 뵐 | 신동도 옮김

60 웃는 늑대 쓰시마 유코 | 김훈아 옮김

61 팔코너 존 치버 | 박영원 옮김

62 한눈팔기 나쓰메 소세키 | 조영석 옮김

63, 64 톰 아저씨의 오두막 해리엇 비처 스토 | 이종인 옮김

65 아버지와 아들 이반 투르게네프 | 이항재 옮김

66 베니스의 상인 윌리엄 셰익스피어 | 이경식 옮김

67 해부학자 페데리코 안다아시 | 조구호 옮김

68 긴 이별을 위한 짧은 편지 페터 한트케 | 안장혁 옮김

69 호텔 뒤락 애니타 브루크너 | 김정 옮김

70 잔해 쥘리앵 그린 | 김종우 옮김

71 절망 블라디미르 나보코프 | 최종술 옮김

72 더버빌가의 테스 토머스 하디 | 유명숙 옮김

73 감상소설 미하일 조셴코 | 백용식 옮김

74 빙하와 어둠의 공포 크리스토프 란스마이어 | 진일상 옮김

75 쓰가루·석별·옛날이야기 다자이 오사무 | 서재곤 옮김

76 이인 알베르 카뮈 | 이기언 옮김

77 달려라, 토끼 존 업다이크 | 정영목 옮김

78 몰락하는 자 토마스 베른하르트 | 박인원 옮김

79, 80 한밤의 아이들 살만 루슈디 | 김진준 옮김

81 죽은 군대의 장군 이스마일 카다레 | 이창실 옮김

82 페레이라가 주장하다 안토니오 타부키 | 이승수 옮김

83, 84 목로주점 에밀 졸라 | 박명숙 옮김

85 아베 일족 모리 오가이 | 권태민 옮김

86 폭풍의 언덕 에밀리 브론테 | 김정아 옮김

87, 88 늦여름 아달베르트 슈티프터 | 박종대 옮김

89 클레브 공작부인 라파예트 부인 | 류재화 옮김

90 P세대 빅토르 펠레빈 | 박혜경 옮김

91 노인과 바다 어니스트 헤밍웨이 | 이인규 옮김

92 물방울 메도루마 슌 | 유은경 옮김

93 도깨비불 피에르 드리외라로셀 | 이재룡 옮김

94 프랑켄슈타인 메리 셸리 | 김선형 옮김

95 래그타임 E. L. 닥터로 | 최용준 옮김

96 캔터빌의 유령 오스카 와일드 | 김미나 옮김

97 만(卍)·시게모토 소장의 어머니 다니자키 준이치로 | 김춘미, 이호철 옮김

98 맨해튼 트랜스퍼 존 더스패서스 | 박경희 옮김

99 단순한 열정 아니 에르노 | 최정수 옮김

100 열세 걸음 모옌 | 임홍빈 옮김

101 데미안 헤르만 헤세 | 안인희 옮김

102 수레바퀴 아래서 헤르만 헤세 | 한미희 옮김

103 소리와 분노 윌리엄 포크너 | 공진호 옮김

104 곰 윌리엄 포크너 | 민은영 옮김

105 롤리타 블라디미르 나보코프 | 김진준 옮김

106, 107 부활 레프 톨스토이 | 박형규 옮김

108, 109 모래그릇 마쓰모토 세이초 | 이병진 옮김

110 은둔자 막심 고리키 | 이강은 옮김

111 불타버린 지도 아베 고보 | 이영미 옮김

112 말라볼리아가의 사람들 조반니 베르가 | 김운찬 옮김

113 디어 라이프 앨리스 먼로 | 정연희 옮김

114 돈 카를로스 프리드리히 실러 | 안인희 옮김

115 인간 짐승 에밀 졸라 | 이철의 옮김

116 빌러비드 토니 모리슨 | 최인자 옮김

117, 118 미국의 목가 필립 로스 | 정영목 옮김

119 대성당 레이먼드 카버 | 김연수 옮김

120 나나 에밀 졸라 | 김치수 옮김

121, 122 제르미날 에밀 졸라 | 박명숙 옮김

123 현기증. 감정들 W. G. 제발트 | 배수아 옮김

124 강 동쪽의 기담 나가이 가후 | 정병호 옮김

125 붉은 밤의 도시들 윌리엄 버로스 | 박인찬 옮김

126 수고양이 무어의 인생관 E. T. A. 호프만 | 박은경 옮김

127 맘브루 R. H. 모레노 두란 | 송병선 옮김

128 익사 오에 겐자부로 | 박유하 옮김

129 땅의 혜택 크누트 함순 | 안미란 옮김

130 불안의 책 페르난두 페소아 | 오진영 옮김

131, 132 사랑과 어둠의 이야기 아모스 오즈 | 최창모 옮김

133 페스트 알베르 카뮈 | 유호식 옮김

134 다마세누 몬테이루의 잃어버린 머리 안토니오 타부키 | 이현경 옮김

135 작은 것들의 신 아룬다티 로이 | 박찬원 옮김

136 시스터 캐리 시어도어 드라이저 | 송은주 옮김

137 고독한 산책자의 몽상 장자크 루소 | 문경자 옮김

138 용의자의 야간열차 다와다 요코 | 이영미 옮김

139 세기아의 고백 알프레드 드 뮈세 | 김미성 옮김

140 햄릿 윌리엄 셰익스피어 | 이경식 옮김

141 카산드라 크리스타 볼프 | 한미희 옮김

142 이 글을 읽는 사람에게 영원한 저주를 마누엘 푸익 | 송병선 옮김

143 마음 나쓰메 소세키 | 유은경 옮김

144 바다 존 밴빌 | 정영목 옮김

145, 146, 147, 148 전쟁과 평화 레프 톨스토이 | 박형규 옮김

149 세 가지 이야기 귀스타브 플로베르 | 고봉만 옮김

150 제5도살장 커트 보니것 | 정영목 옮김

151 알렉시·은총의 일격 마르그리트 유르스나르 | 윤진 옮김

152 말라 온다 알베르토 푸겟 | 엄지영 옮김

153 아르세니예프의 인생 이반 부닌 | 이항재 옮김

154 오만과 편견 제인 오스틴 | 류경희 옮김

155 돈 에밀 졸라 | 유기환 옮김

156 젊은 예술가의 초상 제임스 조이스 | 진선주 옮김

157, 158, 159 카라마조프가의 형제들 표도르 도스토옙스키 | 김희숙 옮김

160 진 브로디 선생의 전성기 뮤리얼 스파크 | 서정은 옮김

161 13인당 이야기 오노레 드 발자크 | 송기정 옮김

162 하지 무라트 레프 톨스토이 | 박형규 옮김

163 희망 앙드레 말로 | 김웅권 옮김

164 임멘 호수·백마의 기사·프시케 테오도어 슈토름 | 배정희 옮김

165 밤은 부드러워라 F. 스콧 피츠제럴드 | 정영목 옮김

166 야간비행 앙투안 드 생텍쥐페리 | 용경식 옮김

167 나이트우드 주나 반스 | 이예원 옮김

168 소년들 앙리 드 몽테를랑 | 유정애 옮김

169, 170 독립기념일 리처드 포드 | 박영원 옮김

171, 172 닥터 지바고 보리스 파스테르나크 | 박형규 옮김

173 싯다르타 헤르만 헤세 | 권혁준 옮김

174 야만인을 기다리며 J. M. 쿳시 | 왕은철 옮김

175 철학편지 볼테르 | 이봉지 옮김

176 거지 소녀 앨리스 먼로 | 민은영 옮김

177 창백한 불꽃 블라디미르 나보코프 | 김윤아 옮김

178 슈틸러 막스 프리슈 | 김인순 옮김

179 시핑 뉴스 애니 프루 | 민승남 옮김

180 이 세상의 왕국 알레호 카르펜티에르 | 조구호 옮김

181 철의 시대 J. M. 쿳시 | 왕은철 옮김

182 카시지 조이스 캐럴 오츠 | 공경희 옮김

183, 184 모비 딕 허먼 멜빌 | 황유원 옮김

185 솔로몬의 노래 토니 모리슨 | 김선형 옮김

186 무기여 잘 있거라 어니스트 헤밍웨이 | 권진아 옮김

187 컬러 퍼플 앨리스 워커 | 고정아 옮김

188, 189 죄와 벌 표도르 도스토옙스키 | 이문영 옮김

190 사랑 광기 그리고 죽음의 이야기 오라시오 키로가 | 엄지영 옮김

191 빅 슬립 레이먼드 챈들러 | 김진준 옮김

192 시간은 밤 류드밀라 페트루솁스카야 | 김혜란 옮김

193 타타르인의 사막 디노 부차티 | 한리나 옮김

194 고양이와 쥐 귄터 그라스 | 박경희 옮김
195 펠리시아의 여정 윌리엄 트레버 | 박찬원 옮김
196 마이클 K의 삶과 시대 J. M. 쿳시 | 왕은철 옮김
197, 198 오스카와 루신다 피터 케리 | 김시현 옮김
199 패싱 넬라 라슨 | 박경희 옮김
200 마담 보바리 귀스타브 플로베르 | 김남주 옮김
201 패주 에밀 졸라 | 유기환 옮김
202 도시와 개들 마리오 바르가스 요사 | 송병선 옮김
203 루시 저메이카 킨케이드 | 정소영 옮김
204 대지 에밀 졸라 | 조성애 옮김
205, 206 백치 표도르 도스토옙스키 | 김희숙 옮김
207 백야 표도르 도스토옙스키 | 박은정 옮김
208 순수의 시대 이디스 워턴 | 손영미 옮김
209 단순한 이야기 엘리자베스 인치볼드 | 이혜수 옮김
210 바닷가에서 압둘라자크 구르나 | 황유원 옮김
211 낙원 압둘라자크 구르나 | 왕은철 옮김
212 피라미드 이스마일 카다레 | 이창실 옮김
213 애니 존 저메이카 킨케이드 | 정소영 옮김
214 지고 말 것을 가와바타 야스나리 | 박혜성 옮김
215 부서진 사월 이스마일 카다레 | 유정희 옮김
216 사람은 무엇으로 사는가 레프 톨스토이 | 이항재 옮김
217, 218 악마의 시 살만 루슈디 | 김진준 옮김
219 오늘을 잡아라 솔 벨로 | 김진준 옮김
220 배반 압둘라자크 구르나 | 황가한 옮김
221 어두운 밤 나는 적막한 집을 나섰다 페터 한트케 | 윤시향 옮김
222 무어의 마지막 한숨 살만 루슈디 | 김진준 옮김
223 속죄 이언 매큐언 | 한정아 옮김
224 암스테르담 이언 매큐언 | 박경희 옮김
225, 226, 227 특성 없는 남자 로베르트 무질 | 박종대 옮김
228 앨프리드와 에밀리 도리스 레싱 | 민은영 옮김
229 북과 남 엘리자베스 개스켈 | 민승남 옮김
230 마지막 이야기들 윌리엄 트레버 | 민승남 옮김
231 벤저민 프랭클린 자서전 벤저민 프랭클린 | 이종인 옮김
232 만년양식집 오에 겐자부로 | 박유하 옮김
233 이상한 나라의 앨리스 루이스 캐럴 | 존 테니얼 그림 | 김희진 옮김
234 소네치카·스페이드의 여왕 류드밀라 울리츠카야 | 박종소 옮김
235 메데야와 그녀의 아이들 류드밀라 울리츠카야 | 최종술 옮김
236 실종자 프란츠 카프카 | 이재황 옮김
237 진 알랭 로브그리예 | 성귀수 옮김
238 말테의 수기 라이너 마리아 릴케 | 홍사현 옮김
239, 240 율리시스 제임스 조이스 | 이종일 옮김
241 지도와 영토 미셸 우엘벡 | 장소미 옮김

242 사막 J. M. G. 르 클레지오 | 홍상희 옮김

243 사냥꾼의 수기 이반 투르게네프 | 이종현 옮김

244 험볼트의 선물 솔 벨로 | 전수용 옮김

245 바베트의 만찬 이자크 디네센 | 추미옥 옮김

246 나르치스와 골드문트 헤르만 헤세 | 안인희 옮김

247 변신·단식 광대 프란츠 카프카 | 이재황 옮김

248 상자 속의 사나이 안톤 체호프 | 박현섭 옮김

249 가장 파란 눈 토니 모리슨 | 정소영 옮김

250 꽃피는 노트르담 장 주네 | 성귀수 옮김

251, 252 울프홀 힐러리 맨틀 | 강아름 옮김

253 시체들을 끌어내라 힐러리 맨틀 | 김선형 옮김

254 샌프란시스코에서 온 신사 이반 부닌 | 최진희 옮김

255 포화 앙리 바르뷔스 | 김웅권 옮김

256 추락 J. M. 쿳시 | 왕은철 옮김

257 킬리만자로의 눈 어니스트 헤밍웨이 | 정영목 옮김

● 문학동네 세계문학전집은 계속 출간됩니다